中国法治文学网络作品征文获奖书系

警察生死情

中国法学会法治文化研究会 编

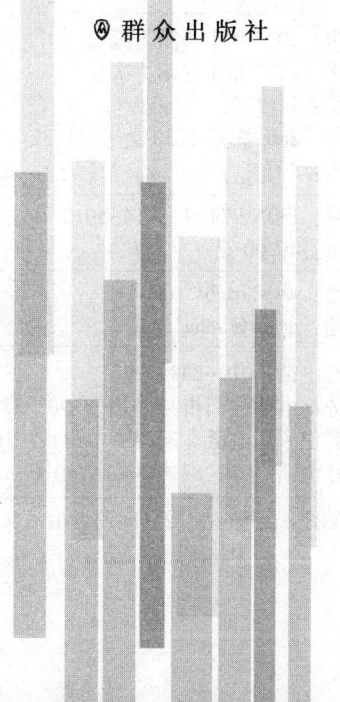

群众出版社

图书在版编目（CIP）数据

警察生死情／中国法学会法治文化研究会编．—北京：群众出版社，2022.1
（中国法治文学网络作品征文获奖书系）
ISBN 978-7-5014-5910-0

Ⅰ.①警… Ⅱ.①中… Ⅲ.①长篇小说—中国—当代 Ⅳ.①I247.5
中国版本图书馆 CIP 数据核字（2021）第 249158 号

警察生死情
中国法学会法治文化研究会　编

出版发行：群众出版社
地　　址：北京市丰台区方庄芳星园三区15号楼
邮政编码：100078
经　　销：新华书店
印　　刷：三河市荣展印务有限公司
版　　次：2022年1月第1版
印　　次：2022年1月第1次
印　　张：14.125
开　　本：880毫米×1230毫米　1/32
字　　数：393千字
书　　号：ISBN 978-7-5014-5910-0
定　　价：49.00元
网　　址：www.qzcbs.com
电子邮箱：qzcbs@sohu.com

营销中心电话：010-83903991
读者服务部电话（门市）：010-83903257
警官读者俱乐部电话（网购、邮购）：010-83901775
文艺分社电话：010-83901330　010-83903973

本社图书出现印装质量问题，由本社负责退换
版权所有　侵权必究

前言

为切实履行法治文学肩负的新时代使命，弘扬社会主义法治精神，推进法治中国建设，中国法学会法治文化研究会于 2020 年 9 月 22 日发布了举办"中国法治文学网络作品征文"活动的公告。

为确保此次活动成功，特别成立了"中国法治文学网络作品征文活动组委会"，组委会主任由中国法学会党组成员、副会长，中国法学会法治文化研究会会长张苏军同志担任；组委会办公室主任由中国法学会法治文化研究会常务副会长周占华同志担任，副主任由中国法学会法治文化研究会副会长朱克辛、易孟林、刘巍同志担任。作品征集时间为 2020 年 10 月 1 日至 2021 年 3 月 15 日。

经过长达近半年的征文，共收到作品 121 部（篇、首）。其中，小说 33 部（篇），报告文学 10 部（篇），散文17篇，诗歌61首。经初评委审定，提交终评委44部（篇、首）。经终评委审定，最终获奖作品为30部（篇、首）。其中，一等奖1部，二等奖3部，三等奖10部（篇），优秀奖16部（篇、首）。

此次征文评选的原则是：

1. 凡涉案作品，案件未经人民法院宣判，不宜选入。

2. 凡涉及敏感题材，须报有关主管部门审批的作品，不宜选入。

3. 一个作者，只能参评一篇作品。

"中国法治文学网络作品征文获奖书系"共5部，收录了一等奖、二等奖、三等奖作品。三等奖作品中的长篇小说和部分报告文学存目，同时附录全部获奖作品名单。

"中国法治文学网络作品征文获奖书系"编委会
2021年12月28日

警察生死情

关玺华

目录

第一章　失约 ………………………………………… /1

第二章　做媒 ………………………………………… /32

第三章　滑稽警探 …………………………………… /62

第四章　铁了心娶她 ………………………………… /89

第五章　防盗系统 …………………………………… /111

第六章　落户 ………………………………………… /123

第七章　第三者 ……………………………………… /135

第八章　大黑汉 ……………………………………… /152

第九章　脚踩两条船 ………………………………… /171

第十章　骗子 ………………………………………… /183

第十一章　白蛇盗仙草 ··· /206

第十二章　女贼 ··· /220

第十三章　有情无缘 ·· /239

第十四章　胡搅蛮缠 ·· /258

第十五章　冤家路窄 ·· /293

第十六章　儿女情长 ·· /314

第十七章　真爱 ··· /334

第十八章　黄粱梦 ··· /355

第十九章　倒大霉 ··· /376

第二十章　报复 ··· /392

第二十一章　来生再续缘 ·· /408

第二十二章　血祭忠诚 ·· /424

尾声 ·· /442

附录　"中国法治文学网络作品征文"获奖名单 ············ /443

第一章 失约

市公安局打扒侦查员许建中、李小雄、陈强盛三人是铁哥们儿，他们在公共汽车上抓小偷。

许建中身材中等，略显消瘦，相貌老诚，看上去像个老实的普通工人。李小雄身高一米八五，体格健壮，像个运动员。陈强盛中等个儿，长得虽不出众，但一双眼睛机智异常，似乎还有些"油头滑脑"，像个玩世不恭的商人。这三人全是 20 多岁，都是不吃眼前亏的光棍儿。

他们是一个打扒小组。许建中是组长，李小雄和陈强盛都管他叫头儿。其实这个头儿连个副科级都不是，就是个负责人。

他们三人抓小偷的常用方法，是在公共汽车上找小偷，有的时候也在公共汽车站蹲守。所谓蹲守，就是在车站看着，遇见小偷就抓，哪个小偷赶上了，就算他倒霉。

这天，车站上来了八个小伙子，各个贼眉鼠眼，有几个还戴着墨镜。

陈强盛盯了盯这八个小伙子，低声对许建中说："这几个有戏。"

许建中向这些小伙子扫了一眼，看出了这几个人的路数，低声吩咐陈强盛和李小雄挂上他们，留神这帮小子身上有家伙。

一辆公共汽车进站，八个扒手中的三个上了前门，两个上了中门，三个上了后门，上车以后就用贪婪的目光不停地朝周围乘客的衣兜、包上暨摸。

三位侦查员也从后门挤上了车，暗中注意着八个扒手的动静。

后门的三个扒手盯上了一个带小孩儿的老头儿。一个扒手用手挡住老人的视线，一个下手掏老人的兜，从老人的兜里掏出一个装钱的信封。

这时，背对扒手的许建中向旁边的陈强盛发出了信号，突然一转身，迅速抓住了扒手拿信封的手。与此同时，李小雄和陈强盛分别抓住了另两个扒手。

三个扒手还想抵抗，但三位侦查员动作相当迅速，掏出手铐将他们铐住。

目睹这一过程的乘客纷纷拍手叫好，被窃老人激动得直流热泪，他拿着许建中递给他的信封，抽出里面的钱看了看，激动地说："这钱是我给孙子看病的，要不是你们，我就……"

车上的小偷有八个，抓了三个还有五个。

许建中为了稳住车上的另外几个小偷，故意大声说："你们三个在车上扒窃，跟我们上公安局！"

接着，他又低声告诉李小雄和陈强盛，先别惊动那几个小偷。

车上另外几个贼还真没敢轻举妄动。

公共汽车一进站，三位侦查员押着扒手下了车。

车下正好有几个巡警，许建中把扒手拉到巡警身边，低声向巡警说："哥们儿，帮忙看一下，车上还有五个哪。"

这时车上的五个扒手已经下了车，许建中和李小雄、陈强盛大步向这五个扒手追去。

五个扒手一看不妙，拼命向胡同里跑。

三位侦查员几步就追到两个扒手身后，动作之快如饿虎扑食。两个扒手拼命反抗，另外三个趁机钻进胡同狂奔。

李小雄和陈强盛按住了扒手，许建中向胡同里的扒手追去，不少群众也加入了追扒手的队伍。众人大喊大叫，吓得小偷狼狈而逃。

扒手进了胡同以后，拼命逃跑，可还是没有甩掉追赶的警察和群众。

三个扒手有些急了,其中有两个突然同时掏出自制的手枪,对准追在最前面的许建中。

一个扒手大喊着:"别过来!过来就打死你!"

许建中二话不说,飞起一脚将这个扒手踢倒,扒手向后一倒又撞了另一个扒手。

三个扒手不敢纠缠,钻进一条胡同猛跑。

许建中和几个群众一边高喊着抓小偷,一边向扒手追去。

扒手跑了几十米,见许建中紧追不舍,又停下来。其中一个扒手用枪指着许建中:"小子!你要是再敢追我们,开枪崩了你!"

许建中面对贼人的枪口,沉着地慢慢向前走,并厉声道:"把枪放下!我是警察,你们跑不掉了!"

望着这个不怕死的警察,三个歹徒畏惧了,拿枪的手直哆嗦,他们最终没有开枪,又掉头向胡同里猛跑。

许建中和几个群众继续追赶,可他们追着追着都气喘吁吁,显得体力不支了。

这时,一个叫姚晨曲的漂亮姑娘从胡同对面骑车过来,许建中拦住她说:"我是警察,正追小偷,借您的车使一使。"

没等姚晨曲明白过来,他骑上车就向扒手追去。

姚晨曲在后面边追边喊:"哎——我的车!"

前面跑着的三个扒手中,有一个惯偷,正是许建中的冤家对头王疤瘌。王疤瘌拐过弯见四下没人,转头钻进了路边的厕所,他的两个同伙儿都没发现他溜了。

许建中等人追过了厕所,王疤瘌在厕所里向外看,心里暗自庆幸。

两个持枪的扒手像无头的苍蝇在胡同里乱撞,迎面出现几个堵截的巡警。他们只得钻进另一条胡同,可一进胡同就遇见了包抄过来的李小雄和陈强盛。

两个扒手精疲力竭,见无路可逃,便在一家门口停下来,倚仗门垛掩护，两人背靠背将枪口对准两边的警察和群众，双方僵持着。

这时又有不少群众围上来，为警察助威，用砖头砸向扒手。

许建中看双方僵持不下，把自行车支上，迎着小偷的枪口从容地向前走。

扒手看着许建中，有些慌了，双手握着枪，喊道："别过来！你再敢向前走一步，我真的开枪了！"

这时，追着许建中要自行车的姚晨曲见到小偷的枪口，吓得心怦怦乱跳，不由得为这个警察揪心，看着他一步步迎着枪口向前走，又害怕又敬佩。她以前也听说过警察勇斗歹徒的英雄事迹，可没亲眼见过。

这回她看着许建中迎向枪口的举动，觉得他简直就是英雄。她生怕小偷的枪会响，情不自禁地向许建中叫了声："小心！"

此时，许建中看着小偷，拍拍胸脯，坦然地说："你朝这儿打，害怕的就不是警察。你看看这四周，都是抓你的群众，你就是把子弹都打光了，最后还得完蛋。"

扒手眼睛都红了，穷凶极恶地大叫一声："好！那咱们就一块儿完蛋吧！"他闭上眼睛就要扣动扳机。

就在这时，李小雄和陈强盛从扒手身后的院里闪出来，一人按一个，将两个扒手按在地上。周围的群众一拥而上，将两个扒手制服了。

陈强盛掂量着两把夺下来的枪，感叹道："好家伙，顶着门儿哪，够悬的。"

许建中让陈强盛和李小雄先把小偷押走，他去还自行车。

陈强盛和李小雄押着小偷往回走，许建中推着自行车在人群中翘首张望，寻找车主。

这时，姚晨曲从人群中走出来，对许建中说："警察同志，把车还我吧。"

许建中忙把车推向姚晨曲，向她笑笑说："对不起，我一着急把您的车抢了，耽误您的事了。"

姚晨曲也笑了笑说："没什么，你也是为了抓小偷。"

许建中把车还给了姚晨曲，匆匆忙忙地走了。

姚晨曲看着许建中的背影，心里充满了仰慕，感觉这个相貌普普通通的警察太帅了，帅得无以言表。

被许建中他们抓住的小偷对预审员有什么招什么，说他们一共八个人，除了跑了的那个，都是东北人。跑掉的那个叫王思水，在劳改场他们都叫他王疤瘌，因为他脖子上有个疤瘌。

预审员一听有个叫王疤瘌的，知道就是前些日子从劳改场跑掉的那个，公安部有通缉令。这次许建中他们没把他抓来，真是可惜了。

许建中看了预审记录，知道王疤瘌在他眼皮底下跑了，非常后悔，不禁眉头紧锁。

本来有三个小偷进胡同，可追着追着就少了一个。这王疤瘌不但精，而且心黑手狠，他出来后社会上又多了一个祸害。这回乱哄哄的也没看清他，要知道是他，说什么也不能让他跑了。

陈强盛知道王疤瘌这个人，他认为许建中和王疤瘌有缘。因为许建中把王疤瘌送进大牢三次，将来他们还得打交道。许建中不找他，他也会来找许建中，找他玩命来。

许建中、陈强盛和李小雄都到了找女朋友的年龄。

李小雄身高体壮，相貌堂堂，是比较好找的那种。他找了个女朋友，叫崔颖。他上班抓小偷，下班后的主要任务就是陪他这位女朋友。

崔颖20多岁，大学刚毕业，不但长得极出众，而且举止高雅。李小雄第一次见到崔颖就爱上她了，被她迷得神魂颠倒。崔颖见到李小雄也对他相当满意，觉得他要样儿有样儿，要个儿有个儿，像个男子汉。可唯一不满意的就是他的工作，她不喜欢李小雄当警察，她觉得当警察太危险，弄不好她就得当寡妇。警察虽说挣钱不算太少，但也不是大款，不能满足她的高消费。不过她有她的想法，工作是可以换的，将来有机会给他找个挣大钱的工作就行了。

这天，崔颖下班约李小雄一块儿去看她的好朋友姚晨曲，要让姚晨曲给鉴定一下自己的男朋友。实际上是要在姚晨曲面前显摆一下自己的男朋友有多帅。她向李小雄介绍说，姚晨曲是个极有魅力的女人，见过她的男人没有不迷她的，追姚晨曲的男人甚至超过追她的男人，可姚晨曲到现在还没找到合适的男朋友，没遇上好的。

姚晨曲和崔颖从小在一起长大，后来崔颖上了大学，姚晨曲却因为家里生活困难，早早找工作上了班，在商店里当售货员。崔颖说，姚晨曲吵着让她把男朋友带来给她看看。

崔颖和李小雄说说笑笑进了姚晨曲所在的新兴商店，来到卖布的柜台。

柜台里有个衣着朴素的漂亮姑娘，她就是姚晨曲。姚晨曲一见崔颖进来，十分高兴。

崔颖亲热地对姚晨曲道："晨曲，你不是让我把男朋友带来给你看看吗？来了。"她把李小雄拉过来给姚晨曲介绍道："李小雄。"她又指着姚晨曲给李小雄介绍说，"姚晨曲，我最好的朋友，我们俩小学、中学都是同学。你听她的名字多好听：晨曲，早上的一首歌。"

李小雄看着姚晨曲，只见她面容白皙，美而不艳，不但衣着朴素，而且不戴任何饰物，显得很温柔。她的美和崔颖不同，美得让人觉得她简直就是穿素服的嫦娥。他不敢多看姚晨曲，怕崔颖不高兴，但又不忍把目光收回来，向姚晨曲点了点头说："你好。"

姚晨曲看着李小雄，似曾相识，她想了想，一下笑了，说："我看着你眼熟，对，我想起来了，那天你在胡同里抓小偷来着，对吧？"

李小雄点点头道："对，我在公安局打扒。"

崔颖有些诧异地问："你们见过？"

姚晨曲道："岂止见过，那天他的同事为了抓小偷还抢了我的自行车呢。"

崔颖吃惊道:"真的?"

姚晨曲道:"好家伙,那天可把我吓死了,那小偷拿枪指着警察就要打,真悬。"

李小雄笑道:"对,差点儿给我们一人来一枪。"

崔颖瞪了李小雄一眼道:"下次你可不能冒这险,你死了我怎么办?"

姚晨曲赞叹地说:"你们当警察的真了不起,我算开眼了,真棒!"

崔颖故作娇嗔地看着姚晨曲道:"别当着我的面夸我的男朋友啊,我可爱吃醋。"

姚晨曲笑道:"这有什么吃醋的。"

崔颖向李小雄道:"你可不知道,凡是见过晨曲的男人,没有一个不说她好的。"

李小雄由衷地点点头道:"是不错。"

姚晨曲看着李小雄似是很真诚地说:"我挺佩服你们警察的,老爱看有关警察的电视剧,警察在我的心目中特高大。"

崔颖笑了,她对李小雄:"你看晨曲多可爱,这么会说话。"

李小雄心想,真是一点儿不假。小姚的美和崔颖是两个劲儿,有点儿柔弱,还有点儿清纯,可没有矫揉造作,哪个男人会不喜欢这种女人?他点点头:"是啊,我很少听到有人说警察的好话。"

崔颖娇嗔地拧了李小雄一把,说:"你看你看,坏了吧,得,咱们走吧。我看你们是一见钟情。"

她这一说,把姚晨曲和李小雄说得直脸红。

姚晨曲噘嘴道:"你老爱拿我开心。"她不再看李小雄,问崔颖道,"干吗刚来就走?"

崔颖笑着说:"不走,我怕你把我的男朋友拐走。"

姚晨曲羞涩地说:"去你的,谁像你。"

崔颖笑得咯咯的,拉着李小雄向外走,对姚晨曲说:"逗你玩儿。

你要是愿意要他，我马上就让给你，我才不稀罕他呢，哪天高兴我就把他甩了。"

李小雄和崔颖挽着胳膊出了姚晨曲的商店，亲亲热热地在街上逛。

李小雄对崔颖向来不隐瞒心事，他第一眼看见姚晨曲，就对她印象特别好，他想把姚晨曲介绍给自己的同事许建中，因为小许到现在还没找到女朋友，他把这个想法告诉了崔颖。

崔颖知道许建中，当时就表示反对。理由是小许父母都在外地，在北京也没房子。小姚条件好，找什么样儿的不行，非找个要样儿没样儿平平常常的警察？现在的漂亮女人都讲实惠，喜欢有钱的男人，像她这样找个警察的也不多。

李小雄对恋爱有自己的想法，认为人好比什么都强。在他眼里，许建中就属于大好人。他不死心，非让崔颖给问问，没准儿姚晨曲愿意呢，她一个劲儿地夸警察，可能真是对警察印象好。

崔颖觉得姚晨曲是会说话，不可能对警察有什么好印象，而且她认为姚晨曲的事不好管。崔颖给她介绍过不止一个了，她都没瞧上。哪一个都比小许强，可她跟人家谈不上一个星期就说不行，谈不来。崔颖了解姚晨曲，知道她心里有准儿，眼儿高着呢。

李小雄这人好抬杠，认为婚姻全凭缘分，姚晨曲没准儿跟许建中有缘。崔颖耐不住李小雄跟她磨，勉强答应帮他问问。如果姚晨曲愿意见面，就给李小雄打个电话。

李小雄向崔颖推荐了一家名叫"有缘"的咖啡厅，说在那儿见面吉利。李小雄真希望这有缘咖啡厅里发生有缘的事，因为他实在想帮许建中这个忙。至于缘分是怎么回事，他还真说不清楚。

许建中和他的两个搭档上班就去公共汽车站打扒。

李小雄心里装不住事，把看见美女姚晨曲的事跟许建中说了，他把姚晨曲描绘成天仙，说那姑娘眼睛长得最美，皮肤也白，最让人觉得不一般的是她一点儿不打扮，朴朴素素都那么漂亮。

　　许建中完全相信李小雄见到的女人有多漂亮，可他一向对自己信心不足，不敢去见这位美女，怕让对方休了怪难看的。他认为漂亮女人找对象的要求一定高，就凭自己的条件，人家怎么会看得上？他让李小雄别费劲了，他的条件只能找个从农村来的普通女孩子。

　　李小雄一个劲儿给许建中打气，认为不管条件如何，有缘就能成，再说这也是撞大运的事。许建中真让李小雄说活动了，心想，找对象还真是撞大运，万一撞上了也没准儿，就跟买彩票似的，谁知道谁会走运？再说自己也不小了，该找女朋友了。

　　陈强盛在一边阴阳怪气地对李小雄说："我说小雄，有这好事你怎么不想着我呀？就知道想着领导，拍领导的马屁。领导不愿意见，你还死乞白赖的。你让我去见见不就行了。"

　　李小雄太了解陈强盛了，他特别会讨女人喜欢，身边老有漂亮女人。也不知道哪个是正式的，哪个是临时的，他自己也说不清楚。他给人的印象是，对女人从来没有认真的时候。谁要是给他介绍对象，那可就惨了，非得让他给气个半死。

　　他向陈强盛撇了撇嘴说："你还用我给你介绍，你身边整天有一堆一堆的美女围着，你以为我不知道？"

　　陈强盛说："一堆也没有你说那么好的呀，你不知道我喜欢漂亮的？我非找个比你那位崔颖还漂亮的不可。"

　　这时，李小雄的手机响了，他拿出手机看了看，见是崔颖发来的微信，说姚晨曲答应和许建中见面。约的是晚上六点，有缘咖啡厅。

　　许建中似信非信。

　　李小雄肯定地说："我还能骗你？今天晚上六点，崔颖带着小姚去。"

　　陈强盛乐道："嘿，有缘咖啡厅，有意思。头儿，你要不愿意去，我就替你去啊。"

　　三人正聊着，有一辆公共汽车进了站，站台上的人都向上挤。三位侦查员忙来到挤车的人群后观察。

许建中的目光盯在一个外地小伙子身上。只见那外地小伙子在上车的人中挤来挤去，但不上车。

良久，他把手伸进了一个老人的挎包里，老人一动，吓得他又把手抽了回来。

许建中向李小雄和陈强盛使了个眼色，二人会意地点点头。李小雄低声对陈强盛说："是个笨家伙。"

陈强盛没吭气，心想：连个屁也没偷出来，真是个屎蛋。可没证据还不能抓他，还就得在不早不晚的时候抓，人赃俱获。

小偷上了车，三位侦查员也跟了上去。小偷在动物园外下了车，许建中、李小雄和陈强盛跟着也下了车。

小偷下车以后四下张望，见一个老人在路边等车，上前向老人问路："老师傅，颐和园怎么走？"

老人向北一指说："那边。"

小偷顺着老人指的方向大步走去。

许建中、李小雄和陈强盛面面相觑。陈强盛咧了一下嘴，心想：怎么回事？他要走着去颐和园？该偷偷，上那么远干什么？

李小雄也在心里暗骂，这个外地人，大概以为颐和园一拐弯就到了。

三个侦查员虽说心里撮火，可凭他们的职业责任感，还是跟着小偷向颐和园走。

天气炎热，小偷在前面兴致勃勃地走，不着急下手偷东西，只是一心一意地赶路。许建中、李小雄和陈强盛在后面跟着，累得大汗淋淋，叫苦不迭。

许建中知道外地贼对北京的交通不熟，等他走到颐和园，恐怕已经天黑了，这可就耽误他晚上相亲了。他是个厚道人，不想因为自己的私事影响工作。可他嘴上不说，眼神里明显有些焦躁。

陈强盛知道晚上的约会对许建中来说有多么重要，这可是一辈子的大事。他提出自己一个人跟着这个外地贼，让许建中和李小雄去相亲。

可许建中不同意，他担心那外地贼身上带着刀，陈强盛弄不好要吃亏。他和李小雄商量，不行就给崔颖打个电话，改天再见面。

李小雄不死心，说不能因为一个小毛贼误了终身大事，再跟他一会儿，没准儿他一会儿就下手偷东西呢。

三个侦查员耐着性子，继续跟着这个缺心眼儿的小偷。

就在三个侦查员紧跟傻小偷的时候，崔颖和姚晨曲已经早早地来到有缘咖啡厅。

二人都打扮得十分漂亮，崔颖化了浓妆，看上去更艳丽。而姚晨曲只化了淡妆，显得清纯、脱俗。

崔颖简单向姚晨曲介绍了许建中的情况，说许建中这人特老实，貌不惊人，衣不出众，可他抓小偷有一套，看小偷一眼，就知道对方是小偷。许建中在公安局是劳模级的人物，可不知为什么，到现在也没弄个一官半职，还是个组长，八成是不会拍马屁。

姚晨曲和崔颖平常总喜欢聊爱情问题，听崔颖这么说，反倒对许建中产生了兴趣，她就不喜欢过于油滑的人，更讨厌爱拍马屁的人。

崔颖不认可姚晨曲的爱情观，觉得她太保守，这年头儿不拍马屁当不了官，一辈子没权没势。

姚晨曲对"当官"二字嗤之以鼻，她觉得不当官也没什么不好，干吗非要有权有势？她谈恋爱就是找丈夫，不是找官儿，也不是找钱。

崔颖坚决反对姚晨曲的恋爱观，她觉得找一个有钱有势的，就是体面，日子过得就是舒服。找个没钱没势的，过穷日子，那一辈子多窝囊。

二人一聊爱情问题就争论不休，姚晨曲很固执，坚信只要两人感情好，钱多钱少都无所谓，一样过幸福的日子。崔颖比姚晨曲现实得多，认为姚晨曲太不现实，她这种恋爱观还真应该找个警察，单纯追求精神满足。

咖啡厅里人不多,可有两个不一般的人,一个是惯偷王疤瘌,另一个是他的情妇刘小春。二人正在这儿休息聊天。

崔颖和姚晨曲正坐在王疤瘌和刘小春旁边的椅子上。

许建中、陈强盛和李小雄还在和小偷较劲,小偷进了颐和园,三位侦查员在后面紧紧跟着,看上去双方都累得不善。

许建中心里着急,不时看表,已经是五点半了,料定现在走也来不及了,他让李小雄给崔颖打个电话,改个见面的日子。

李小雄不情愿,可也没办法,头一次见面就没成功,真是不顺。他拿出手机,给崔颖打了个电话。崔颖接到李小雄的电话就火儿了,她在李小雄面前是霸道惯了的,哪能容忍他失约呀,这多让她在姚晨曲面前跌面子。她命令李小雄和许建中立刻打车过来。

可李小雄说他们远在颐和园,打车也来不及了,而且车堵得厉害,根本过不去。他让崔颖跟小姚解释解释,代他们赔个礼,再约个日子。

崔颖气坏了,她认为许建中和李小雄太不把她们当回事了,凭姚晨曲的条件,嫁多大的款都有富余,能和警察见面已经是给足了面子,他们还敢失约。她发誓再不管臭警察的事了,让他们抓臭小偷去吧,甭找女朋友了。

李小雄知道崔颖会生气发脾气,可他也只能事后向她赔不是了。他担心没把许建中的对象找到,崔颖一怒,连自己也悬了。

崔颖在咖啡厅里真生气了,李小雄从来没让她生过气,觉得对不起姚晨曲。

二人正为警察失约的事烦恼,旁边的小偷可得了机会。王疤瘌和刘小春起身向外走的时候,王疤瘌顺手偷走了崔颖放在旁边椅子上的手包,动作又轻又快,崔颖和姚晨曲丝毫没有察觉。

当崔颖和姚晨曲准备离开咖啡厅的时候,崔颖掏钱买单,一找手包才发现包没了,她的手机和钱,还有驾驶证、身份证都在手包里面。

崔颖急坏了,可她不去怪罪小偷,反而把账记在抓小偷的警察身上了,认为都是那俩臭警察害的,要不是他们失约,她也丢不了手包,得让李小雄赔她手机。

害得警察谈恋爱失约的那个小偷进了颐和园就走不动了,也没力气偷东西了。他找个没人的长廊,躺在上面大睡起来。

许建中、李小雄和陈强盛在不远的地方干生气,也没办法。

小偷睡了一会儿醒来想起该去下货了,打个哈欠站起来,漫无目的地在公园里逛,见前面有个工艺品商店就走了进去。他在工艺品商店里转了一圈,见有几个人在购买工艺品,便凑了过去。

许建中、李小雄和陈强盛也进了工艺品商店。

此时,二十六七岁、长得丰满白皙的少妇李聪正在柜台前买翠戒,她身后的小偷把她挎包的拉锁拉开,从里面夹出了她的钱包。

就在这一刹那,许建中一步上去抓住了小偷拿钱包的手,喝道:"别动!"

小偷和李聪都大吃一惊。

李小雄上来给小偷戴上了手铐,说:"盯你一下午了!你这个笨蛋。"

这时有几个小伙子走过来,其中一个前几天刚丢了一万多块钱和一个手包,正没处撒火呢,一看警察抓住小偷了,上来就打这小偷,拿他出气。

许建中和李小雄忙用手护住小偷不让打,可老百姓不管那个,先出了气再说,一阵乱拳,打得小偷直捂脑袋。

陈强盛对这小偷的气也大了,他在一边拿着李聪的钱包大喊着:"别打!别打!"可他自己却在后面狠狠蹬了小偷一脚,还振振有词道:"我也解解恨!"

旁边的李聪看着陈强盛蹬小偷一脚,不禁咯咯直笑,心想,这警察够坏的，嘴上嚷着别打，脚下使坏。

许建中和李小雄好不容易才把群众与小偷隔离开，许建中拉着小偷上派出所，他让陈强盛叫上被偷的事主。

陈强盛把钱包交给李聪，请她一同上派出所做个证人笔录。

李聪当然答应，并且打开钱包，拿出一沓钱来递给陈强盛，说是一点儿小意思，请三位警察收下。

陈强盛笑了，心想，警察抓小偷还有人打赏。他有意拿李聪开心，指着李小雄说："他为了抓这小偷，女朋友都跟他吹了，您谢他吧。"

李聪跟在后面，开玩笑地对李小雄说："那我赔你个女朋友吧。"

李小雄让李聪别信陈强盛的，这儿就他没女朋友，所以他心理不平衡，老盼着别人的女朋友跑了。

李聪这时才仔细打量陈强盛，发现他不但言语幽默，而且眼神中有一种特殊的自信和成熟，并不像她平日想象的警察，有那种令人生畏的威严。他的眼睛是温柔的，温柔中带有俏皮和玩世不恭。她暗叹这种男人一定招女人喜欢，有魅力。不知不觉中她对陈强盛产生了好奇，也可以说是特殊的好感。

世上的事就是这样，"缘分"二字有时候难以解释，陈强盛和李聪的缘分就是小偷给牵的线。

人们常被小偷黑一下，弄得损失惨重，就是损失不大，也怄一肚子气。

这些小偷似乎无处不在，一不留神你的东西就成他的了。可你往往又不知道小偷在哪儿，什么时候出现。

大家公认小偷最多的地方，就是公共汽车上。因为公共汽车上人多，在人挤人的时候，小偷最容易下手。

不久前在有缘咖啡厅偷了崔颖钱包的惯偷王疤瘌，绰号"震东单"，是个多次被警察抓进大牢的主儿。

他30多岁，相貌凶恶，后脖子上有道明显的疤瘌，是让仇家剁的。他从六岁就开始偷,进了三次大牢,最后一次被判了20年。前几天他刚从劳改场逃出来。据说逃出来的原因是那儿的伙食不太好,不如他在外面的时候吃得痛快。另外,那儿也没有女人陪着,这他也受不了。他在大牢外面有个情妇,叫刘小春。刘小春才20多岁,是在马路上偷东西的时候被王疤瘌勾搭上的。刘小春也是个资深的小偷,专门干"抹子活儿",擅长用小刀片割人的包,然后再偷包里的东西。王疤瘌和刘小春情深意笃,谁偷了东西都分对方一半,关系那叫铁,连在床上做爱的时候都海誓山盟地说要给对方偷个钻石戒指什么的。

这天王疤瘌约了三个同行来到北京站附近的一家饭馆,王疤瘌的同伙中有一个人总是留一撮小黑胡,扒手们都称他"小黑胡",真名叫什么没人知道。还有一个脸色苍白,大方脸,长得不怎么样,却自称"盘儿亮"。第三个号称"草上飞",也叫曹尚飞。据说武功了得,是现在都市当中极少见的练过轻功的贼。王疤瘌把这帮哥们儿请到这儿来,说是要庆祝他成功地从劳改场逃回来。他还约了刘小春,等她一到就开饭。三个光棍儿正等着刘小春的时候,打扮得花枝招展的刘小春带着一身妖艳之气进了饭馆。

王疤瘌见刘小春来了赶紧起身,把她介绍给几个哥们儿。刘小春一听曹尚飞的名字,大有相见恨晚的意思,对曹尚飞前几天在东城盗了几家大户的战绩非常敬佩。曹尚飞看上去很傲慢,对刘小春的赞誉似乎并不感到意外。他只是略微谦虚一下,说那是雕虫小技,不值一提。

刘小春问王疤瘌今天是谁做东,小黑胡和盘儿亮争着要请,说是给王大哥接风。大家都争着做东,最后由刘小春裁决,掷色子定胜负。结果王疤瘌掷了个"九自己"。王疤瘌摸摸兜,发现带的钱不多,让众人等一下,他去取钱,然后就出了饭馆。曹尚飞和小黑胡等人莫名其妙,不知道他上哪儿取钱。

刘小春知道王疤瘌取钱的含义。她告诉小黑胡等人,王疤瘌上马路银行去取钱。曹尚飞不阴不阳地一笑,他心里也明白,王疤瘌当然是上马路上取钱,他遇上谁,谁就要倒霉了。

王疤瘌出了饭馆,迎面遇上一个乡下打扮的老人提个包从北京站出来,四下张望着向前走。老汉上前向王疤瘌问路,他想找协和医院,从兜里掏出一个字条给王疤瘌看。王疤瘌在老汉掏字条的时候,一眼看见老汉兜里露出一个钱包。他装作热心地上前接过老汉的字条,一边看字条,一边飞快地把老汉的钱包偷了过来,装进自己兜里。然后把字条还给老汉,客气地告诉老汉,往前走,向左拐。老汉继续向前走,王疤瘌得意地转身回到饭馆,嘴里还哼着:"妹妹你大胆地向前走呀!"他进了饭馆,把钱包往桌上一扔,说:"点菜吧。"

在场的小黑胡等人面面相觑。

小黑胡惊叹道:"我的天,这么快?"

王疤瘌得意地说:"这叫关公温酒斩华雄!"

刘小春高兴地在王疤瘌脸上滋哑地亲了两下,真把他当关公了。

被王疤瘌偷的老汉发现钱丢了,在马路上大哭,他身边围了不少看热闹的人。老汉伤心欲绝,他存了半辈子的钱,到北京来看病,一下火车就被小偷偷了个精光。他到北京的时候,心里充满了对生活的渴望,可这瞬间的变故,打破了他所有生的希望,只觉得天昏地暗,叫天天不应,叫地地不灵。这个淳朴的庄稼人,含恨选择了自我毁灭,他冲向马路,一头撞向了飞驰而来的汽车。惊呼声伴着一阵急刹车声,老汉倒在血泊中。

饭馆里,王疤瘌给曹尚飞等人斟满了红葡萄酒,这酒红得就像老汉那鲜红的血。

世上的事都是生生相克的,有鼠就有猫,有鸡就有鹰,有小偷就有抓小偷的警察。王疤瘌被警察抓过三次,三次都是折在许建中的手上,他和许建中似乎有缘,老能碰上。王疤瘌为此还让人算过卦,算卦的人说他和那警察是前世的冤家,他早晚还得折在那警察手里。王疤瘌气坏了，心说，我得想办法把那警察给做了，不然这辈子甭想过安生日子。刘小春曾经问过王疤瘌，这次出来如果遇上抓他的那个姓许的警察，他怎么办。王疤瘌咬着牙说，会毫不犹豫地向他扑过去，给他一刀。

后来王疤瘌真把刀捅向了许建中，那是几年以后的事了。

陈强盛的警院同学王磊是城乡接合部的一个片警，中等个儿，十分健壮。他的管界贼多，多得让他睡不好觉。这天王磊在图书馆遇上了陈强盛，王磊有些沮丧地对陈强盛说，他的管界老出入室盗窃的案子，奖金都快被扣光了，可他总是抓不到贼。这事有什么好办法没有？

陈强盛认为王磊的管界治安环境太乱，这不是公安局一家的责任。陈强盛说："你们那儿搞的是出租房经济，环境脏乱，治安秩序不好，发案高是必然的。这是社会责任，让一个社区民警承担社会责任，扣他的奖金，太不公平。"

王磊觉得陈强盛说的就是对，社区发了入室盗窃的案子，上面让所长做检查，所长回来就骂他，说他没有发动群众搞防范。可是怎么发动群众搞防范，谁愿意干不给钱的活儿？过去街道上的老头儿老太太义务值班巡逻，那是光荣传统。现在还让人家义务值班巡逻？不成了。

陈强盛觉得发动群众没错，可是当务之急是把这伙贼抓了。估计是有一伙贼在王磊那儿吃出甜头了，得把这帮贼灭了，不然他还得写检查。

王磊让陈强盛给出出主意，怎么才能把这伙贼灭了。

陈强盛说最近太忙，等忙过这阵子去他那儿看看，帮他把这帮贼灭了。近期他得跟所里要几个保安，在重点地区、重点时段加强巡逻。不过他们在明处，贼在暗处，巡逻只能起震慑作用，抓不到贼。再傻的贼也不会在作案的时候被巡逻的看见，巡逻遇上贼的概率不到万分之一。

王磊感叹陈强盛说的没错,让陈强盛尽快过来,他现在一听群众报案就脑袋疼,血压都高了。

陈强盛笑道:"血压高了看武侠小说,精神放松血压就降下来了。"

王磊苦笑道:"我看武侠小说是想飞檐走壁,然后抓贼去。"

陈强盛微微一笑道:"现在有飞檐走壁的贼,没有飞檐走壁的侠客。"

王磊二十六了还没找到女朋友。所长说他笨,让他到社区里划拉一个,所以他每天下管界的时候还真留心看,可是没发现中意的。有个女孩子叫朦朦,颇有几分姿色,可不是他喜欢的那种。这姑娘头发染成了蓝色,穿露肩膀露肚脐眼的衣服,而且裤子一个裤腿长,一个裤腿短,上面还有几个大窟窿,怎么看都特雷人。这姑娘家里是拆迁土豪,开一辆红色的跑车。每次从王磊身边过,都带着八级大风的轰鸣呼啸。王磊特不喜欢这样的女孩子,觉得这种女孩子不是过日子的人,养不起。他得找个既漂亮又温柔体贴的,还得是知书达礼的,可这种女孩子在他的管界里没有,他也就把谈恋爱这事放下了。

王磊的管界在城乡接合部,贼比美女多,外地人比当地人多。有一片待拆迁区,是农民房。他们把房子改成简易的两层楼,然后隔成一小间一小间的,租给外地人。这些外地人都是打工的,晚上睡觉不锁门,结果贼就晚上溜门偷手机、顺钱包。出租房基本没有防盗门,用简易的明挂锁,贼 30 秒就能把锁撬开。因此,入室盗窃的案子天天有。外地人也偷外地人,放在门口的大脸盆、鞋、衣服,什么都丢。

王磊的管界还有一个拆迁安置区,这地方是楼房,住的都是拆迁土豪,家里都有几百万拆迁补偿款,自然也就成了小偷最关注的地方。这地方闹爬楼的贼,多高的楼都能顺着空调架子或者防护网爬上去,然后剪断防护栏,入室盗窃。王磊每天上班都能听到群众报案,所长天天骂他，让他下管界宣传发动群众搞防范。他脑仁疼，心说：自己家的东西自己不看好了，让我给你们看着，我还能天天到你们家门口坐着去？

王磊为了压发案，什么招都使了，没用。他每天背个书包，到管界里推销防撬锁，动员装明挂锁的住户换防撬锁，可是那些租房子的不换，说房子是房东的，换锁得房东出钱。王磊动员退休的人出来当治安志愿者，可人家说了："给钱不？不给钱干吗给你值班巡逻？"

开跑车的朦朦家里有钱，她母亲去世早，她父亲靠卖苦力把她养活大了，赶上拆迁，分了两套房子，外加300多万现金，一夜暴富。朦朦的父亲有钱了，可生活习惯没改，不舍得吃肉，不舍得喝好酒。可朦朦是特想得开的那种，只要兜里有钱，准花了。买了跑车不说，还整天在外面高消费。朦朦的父亲这天在楼下遇上了王磊，跟他闲聊，向他发牢骚，说他那闺女爱玩网络游戏，喜欢穿名牌衣服，花钱跟流水似的，一晚上能在歌厅花一万多。买个包就八千。

王磊笑道："正常，您是拆迁土豪啊，有钱。"

朦朦的父亲叹道："真管不了，不敢给她卡。家里拆迁得的钱都让她给造得差不多了。我吃个熘肉片还算计算计呢，她买双鞋就好几千。"

王磊知道现在这一代孩子会花钱，敢花钱，可是不会挣钱。没钱了只能啃老。他劝朦朦的父亲想开点儿，毕竟他就这么一个宝贝女儿。

朦朦的父亲说得赶快把朦朦嫁出去，嫁个有钱的，什么事都解决了。

王磊知道朦朦整天嚷着要嫁个开奔驰宝马的，凭她的条件，没问题。

朦朦的父亲唉声叹气地走了，正巧朦朦从单元里出来。一看见王磊，就上前跟他说："嘿，臭警察，你整天让我们换锁芯，是不是拿了锁厂的回扣呀?"

王磊听着别扭,白了朦朦一眼道:"你这话说的,我们是平价进,平价出。免费安装。纯粹是为人民服务。"

朦朦撇嘴道:"为人民服务?那我们公司的产品你也给推销推销吧。"

王磊问朦朦的公司是做什么的。朦朦说她们公司的防盗系统是世界一流的。

王磊早听说过这种防盗系统,但对那东西不感兴趣。

朦朦说她是公司干推销的,问王磊派出所的大门要不要安装防盗系统,如果安的话可以找她,价格优惠。

王磊不屑地对朦朦说:"我看不怎么样,电视上报道过,有人用照片往上一比划,门锁就开了,根本不管用。"

朦朦瞪眼道:"你瞎说,那是初级识别系统,技术不过关。我们的产品是高级系统,能对人的面部三维识别。"

王磊笑道:"你们的系统能识别出小偷吗?"

朦朦道:"你废话,小偷脸上又没写字,怎么识别?"

王磊道:"不行吧,那算了吧,不跟你合作了。"

朦朦瞪眼道:"嘿,刚才还说为人民服务哪,现在露馅了吧?"

王磊道:"不是我不想为人民服务,我听说你干活儿不靠谱,整天乱花钱,把你们家的拆迁款快折腾没了。"

朦朦哈哈大笑道:"你是不是听我爸说的?他就是财迷,整天怕我花钱。有钱不花留着干吗?他们这代人不舍得到饭馆吃饭,不舍得旅游,不舍得打车。兜里揣着几百万,整天挤公共汽车。"

王磊道:"你一个月挣多少钱?整天开个跑车满世界跑,你挣的工资够养车吗?你一个晚上在歌厅花一万多,你爸能不心痛吗?"

朦朦道:"歌厅一瓶酒就几百,那么多人,一晚上得喝多少?轮到我请客,不能抠抠搜搜的,让人笑话。"

王磊道:"你这么能花钱,以后谁敢娶你?"

朦朦道:"我得找个有钱的,能养得起我的,能给我买貂皮大衣的。"

王磊一听貂皮大衣,差点吓着,摇头道:"我的天,貂皮大衣?好几万。"

朦朦道:"对呀,你给我买一件吧?"

王磊吐了一下舌头道:"我?你把我卖了吧,看我值几个钱。"

朦朦笑道:"你这个抠门儿,找不到女朋友。"

王磊道:"是,您这样的我肯定养不起。"

朦朦道:"当然,我每个月光买游戏卡就得两千,养车也得两千,还得在外面吃饭呢。我爸要是不接济我,我连网费都交不上,所以得找个有钱的。"

王磊点头道:"你得找个开奔驰的,最好别找个和你一样只会花钱不会挣钱的。"

朦朦煞有介事地对王磊说:"我最近在网上谈了一个特有钱的,他说他爸是一个大公司的董事长,母亲是财务总监。他们家有矿山,有影视公司,不少买卖呢。"

王磊听了很好奇,问道:"他是干什么的?"

朦朦道:"他说是开公司的,他的父母让他自己闯天下。"

王磊觉得朦朦太单纯,提醒她道:"我觉得网上谈恋爱不靠谱。一个富二代,根本不用谈什么网恋,身边的美女应该一堆一堆的。你可得慎重,了解清楚了,别上当。"

朦朦不以为然道:"我这个人是现实主义者,没有豪车、豪宅,别打我的主意。我正约他见面呢,他要不是开着豪车来的,我掉头就走。"

王磊跟朦朦神侃了一会儿,觉得这姑娘虽然长得还算顺眼,但是衣服穿得乱七八糟的,思想也太过单纯,而且恋爱观有问题,将来准在这方面吃大亏。

在许建中、陈强盛和李小雄这三个人中，李小雄是最早有女朋友的。他的女朋友崔颖长得漂亮，所以李小雄追她有点儿费劲，事事得顺着她，这种恋爱很累，但是也快乐。不过李小雄不知道，惦记崔颖的可不止一个两个，而且都是有钱的。

崔颖的老板葛经理平常格外关心崔颖，觉得身边有崔颖这个大美人儿，给他的公司提气。他经常看着崔颖想入非非，几次想办法和崔颖套近乎都没成功。他知道崔颖是属刺梅的，即便心里打她的主意，表面上还得装成正人君子的样子。这天崔颖正好因为李小雄失约而生气，他便凑到崔颖身边，劝崔颖找对象千万别找警察，图什么呀？像崔颖这么漂亮的，找个百万富翁没问题。崔颖也说自己眼神儿不好，找了个臭警察。她发誓一个星期不接李小雄的电话，好好惩罚他一下。

葛经理开的是网上零售公司，有个叫马征的客户老给他送东西，一部手机、一台笔记本电脑，甚至首饰，这些东西价格都比市场上便宜一半。这马征是开广告公司的，他送来的东西自称是客户的样品。葛经理把这些东西倒手卖了，也能赚钱。他想让崔颖见见这位马经理，说这位马经理是个大款，光小蜜就养了好几个。崔颖反感这样的人，认为这样的人准不是好人。可葛经理的生意经是只要挣钱就行，不管他是好人还是坏人。现在是市场经济，只要赚钱，什么生意都能做，什么人都能打交道。葛经理想让崔颖见见马经理，一是为了挣钱，抓住这个客户；二是马经理主动提出要见见葛经理手下这位美人儿。他几次打电话都是崔颖接的，他想和崔颖套近乎，弄得崔颖挺烦，感觉就像老板在逗三陪女。她是大学毕业，是有文化的人，岂能容忍别人这么挑逗她？可俗话说：不怕贼偷，就怕贼惦记。她是让两个色狼惦记上了，要想抵挡这两个色狼的诱惑，还真得有点儿自制力，谁让她长得漂亮呢，漂亮往往是女人倒霉的根源。

崔颖不接李小雄的电话，李小雄知道崔颖又犯小姐脾气了，他对崔颖这点很了解。他估计许建中和姚晨曲的事八成是没戏了，暗叹都是小偷惹的祸。许建中本身对这事就没抱希望,只得自叹没缘。

李小雄说崔颖和姚晨曲在咖啡厅等他们的时候,被小偷拎了包,崔颖的钱和驾驶证都丢了。许建中听了心里很不是滋味,一是觉得对不起崔颖,二是他有一种职业的愧疚感,一听说谁被小偷偷了,就感到自己有一份责任。他感叹每天抓小偷,还是抓不干净。老百姓喝杯咖啡还丢东西,心里肯定撮火。什么时候把小偷都抓干净了,让老百姓都踏踏实实地过日子,他这个警察当得就心里坦然了。

三位侦查员在一起的时候,除了探讨找女朋友的问题,还常常探讨为什么有人当小偷的问题。三人各有高见,可都整不明白,这人干什么不好,干吗非当小偷?担惊受怕的,一不留神还让警察抓住。

陈强盛说这事得去问小偷,明儿抓了小偷,就问他这个问题。等抓了一百个小偷以后,就能得出答案了。许建中认为如果问小偷为什么偷东西,答案可能是一百个。天下的小偷作案手法都差不多,可每个小偷犯罪的原因都不同。小偷不都是坏人,有的小偷本质并不坏,是可以教育好的。当然也有死不改悔的,这样的是少数。

陈强盛不赞成许建中的观点,他认为小偷都不是好东西,都应该剁手指头,要不就在脸上刺上"小偷"二字,那小偷就越来越少了。

许建中认为陈强盛的观点不对,他认为小偷也是人,应该拿他们当人看。

李小雄不赞成许建中的观点,他历来认为小偷都该打。他坚决赞成陈强盛的观点,对小偷就应该狠一点儿,抓住以后先暴揍一顿。

不管是陈强盛还是李小雄,在这个问题上都不能说服许建中。他们也不明白为什么许建中抓了这么多年的小偷,心里还对小偷这么仁慈。他们认为这是许建中的弱点,心太软。

陈强盛和许建中争论没结果,就庄严地说:"我宣布:心太软的人都找不到媳妇,心太软的人都当不了官,心太软的人都不是男子汉。"

李小雄也宣布说:"心太软的人都得上厕所罚站,去抓臭小偷!

心太软的人都得上女厕所,抓女……女小偷!"

不管陈强盛和李小雄怎么诅咒,许建中该心软的时候还是心软。谁打小偷他都拦着,更不让李小雄和陈强盛打小偷。但是,世事难料,谁也没想到,许建中后来被扣了个暴力执法的罪名,面临牢狱之灾。

许建中每天在公共汽车上挤,下班累得筋疲力尽,回宿舍的时候总是迈着沉重的步子。他平常老是穿着一身极朴素的衣服,吃饭也不讲究,赶不上食堂的饭点儿,就买包方便面,边走边啃,吃的时候还四下看,看谁像小偷他就毫不犹豫地跟上去。这天他下班以后回宿舍,一个戴墨镜的中年人与他擦肩而过,他用带有职业特色的目光一扫,蓦然发现这人后脖子上有一道明显的大疤瘌。他停住脚,望着急匆匆走过去的中年人,心想:这不是王疤瘌吗?他太熟悉了,王疤瘌是惯偷,他抓过王疤瘌三次,去年才把他送进大牢,判了20年,他越狱出来对社会的危害太大了。许建中的目光变得机警而又锐利,把方便面装进兜里,大步向王疤瘌追去。

王疤瘌感觉出背后有人追来,快步钻进了一家商店。他躲在商店的门后边向外一看,见是许建中,吓得一哆嗦。心想坏了,得赶紧逃。他转身钻进人群,向一个拿着照相机在柜台前转悠的年轻人低声叫道:"盘儿亮!"

盘儿亮回头见是王疤瘌,忙点头:"大哥,你来了。我正等你呢。"

王疤瘌低声说:"有个警察追我,帮我拦住他。"

这盘儿亮脸色苍白,一双眼睛转来转去,一看就知道是一个阴险的人。他眼珠一转问道:"警察?在哪儿?"

王疤瘌低声说:"来了,穿白上衣的。"说着从商店另一个门钻了出去。

许建中走进商店,站在门口四下巡视,这时盘儿亮走过来,有意往许建中身上一撞，照相机掉在地上，他大叫："哎呀！你走路怎么不瞧着点儿呀，把我的照相机摔坏了！"

许建中一愣，知道遇上无赖了，厉声说："是你撞的我。"

盘儿亮嚷道："怎么是我撞你呢？你这人怎么不讲道理呀？你把我的照相机摔坏了，你说怎么办吧？"

许建中无心和这小痞子纠缠，焦急地寻找王疤癞，可盘儿亮拉着许建中纠缠不休。

一辆公共汽车停在商店门口，车门即将关闭，王疤癞跳上去，用力扒开车门，动作熟练地蹿了上去。片刻，许建中甩开盘儿亮，从商店里出来寻找王疤癞，但是王疤癞已经没了人影。许建中不禁心里嘀咕：王疤癞跑得也太快了，得尽快想办法把他抓回监狱去。可王疤癞藏在哪儿？许建中越想心里越沉重。

公共汽车上的小偷一多，群众报案的也就多了。发案一高，公安局的领导就坐不住了，就得给这帮打扒的侦查员压活儿。这天处长把众民警召到会议室训话，说现在公共汽车上的扒窃案还没压下去，外地贼增多，本地贼呈团伙作案趋势。各组还得发扬连续作战的精神，一定要把案子压下来。前两天许建中他们组，一星期抓了七个贼，其他组可别落后。

30多岁的女民警王秀兰向来对许建中不服气，因为许建中常立功受奖，传说还是重点培养对象，有可能提副队长，她老大不服。王秀兰虽说不会抓小偷，但是有几分姿色，会在领导面前说好话，招领导喜欢。加上她上进心特强，觉得自己是当领导的料，坚信不会抓小偷也能当领导。因为抓小偷是粗活儿，领导不必亲自动手。她一听处长表扬许建中，情不自禁地小声嘀咕："抓七个小偷，那是他们走运，赶上了。"

陈强盛在旁边听到了王秀兰的话，讥讽地说："你上车碰碰运气我看看，你要是能抓个贼来才怪呢，不让贼把你抓走就不错了。"

王秀兰理直气壮地说:"我是内勤,不是打扒的。"

陈强盛牙尖嘴利地说:"您不是内勤,是嘴勤。"

王秀兰十分恼火,可自知斗嘴不是陈强盛的对手,得赶紧躲开他,白了陈强盛一眼:"你讨厌,不爱理你。"

陈强盛还是不饶人:"你当然不爱理我,我又不是队长,不是处长。可我爱理你,你比处长的媳妇还有魅力呢。"

王秀兰气坏了,瞪了陈强盛一眼站起来走了:"我躲你远远的,你讨厌。"

陈强盛乐了,朝着王秀兰的背影说:"别生气,生气影响美容,影响魅力,影响进步——"

旁边的警察听了都捂着嘴,偷着乐。王秀兰发誓,等她当了领导先整陈强盛。

按说许建中和姚晨曲的事已经黄了,可李小雄对这事锲而不舍。他本来办事就一根筋,这事当然不甘心就这么糊里糊涂地算了。他利用和崔颖逛公园的机会,趁崔颖高兴,又把这事提了出来。崔颖也不想在姚晨曲面前就这么丢了面子,有心再挽回一下,说当警察的都一个毛病,不守约。好在小姚好说话,答应再见一次。李小雄一听有门儿,兴奋地大赞姚晨曲人好,通情达理。崔颖给姚晨曲打了个电话,约好星期六晚上七点,在东单公园门口见面。崔颖嘱咐李小雄,这回可不能再失约了。

崔颖把一张姚晨曲的照片递给李小雄,让许建中自己拿着照片到公园门口找。她是不想再陪着去了,去了就得把许建中骂一顿。

李小雄接过照片看了看,觉得姚晨曲的相貌绝对能让男人过目不忘,何况许建中眼力特好,只要看一次照片,永远忘不了。他拿着照片看个没完,赞叹姚晨曲简直像电影明星。崔颖见李小雄这么看姚晨曲的照片,吃醋了,狠狠地对李小雄说:"看什么看,不许你说别人漂亮!"

李小雄赶忙把照片收起来，赔笑着说姚晨曲没有崔颖漂亮，崔颖是世界上最漂亮的。崔颖规定李小雄以后见了别的女人，一眼也不许看，只能看她一个人。李小雄满口答应，除了女小偷，什么女人也不看。可崔颖说女小偷也不能看，只能看男小偷。

　　王疤痢自从在马路上偶然遇上许建中以后就开始睡不着觉，做梦都梦见许建中给他戴手铐。他认定许建中是他的克星，非得把许建中除了才有他的生路。他弄来一把弹簧刀，试了试，然后在磨刀石上使劲磨。他的情妇刘小春在一旁侧目看着他。王疤痢边磨刀边对刘小春说，他一定要杀了那个姓许的，不杀他就没咱们的好日子过。刘小春认为现在的问题是到哪儿找这个警察，总不能到公安局去吧？王疤痢一想也对，那警察神出鬼没的，怎么杀他？

　　刘小春想了个办法。让王疤痢找几个人在一个车站连着干几档子，把那警察引来，这叫引蛇出洞，因为哪儿发案多，警察就会上哪儿去。

　　王疤痢大喜，可他又一想，在车站杀人不好下手，那儿人多。刘小春说，只要那警察来了，她就可以把他引到一个没人的地方，那时候再下手。

　　刘小春给王疤痢献了这个小计策，差点儿把许建中一生的幸福给毁了。

　　自那天以后，王疤痢和几个同伙在110路总站连续作案，被偷的群众纷纷报案，这引起了公安局的注意，自然也惊动了常在这一带打扒的许建中。这天许建中和李小雄、陈强盛研究了一下报案记录。许建中对110路总站的案子感到有些奇怪：一般贼都是打一枪换一个地方，可从报案记录上看，这几天110路总站连着发案，这帮贼怎么这么嚣张？陈强盛也觉得有些蹊跷，认为肯定是团伙作案，不然这些人怎么会这么大胆？许建中决定去那儿看看。

　　刘小春的计策果然见了效，还真把许建中给引出来了。

星期六这天对许建中来说格外关键，因为崔颖再次出面做媒，让他和姚晨曲见面，时间是晚上7点。也就在这天的白天，许建中被刘小春引了出来，先和她"约会"了一次。

许建中和陈强盛、李小雄从早上开始就在110路总站打扒，他们在人流中巡视着，不时翘首向挤车的人群查看。在距离车站不远的地方，王疤瘌、刘小春等人看见了许建中。王疤瘌喜形于色，他对刘小春说按计而行。

许建中等人蹲守了一天，没发现一个小偷。李小雄知道今天是许建中和姚晨曲约会的日子，提醒他别忘了约会。许建中当然不会忘，他怀里揣着姚晨曲的照片，一天看三遍，从周一盼到周六，哪能忘呀。许建中感到奇怪的是，这地方前几天接连发案，今天有点儿邪了，蹲了一天，愣是没开张。

陈强盛也纳闷：不对头呀，今天贼都放假了？

晚上6点的时候，李小雄催着许建中走，这回要是再晚了，崔颖明天非吃了他不可。许建中看贼没有动静，就让李小雄和陈强盛下班，他也上了110路公共汽车。许建中一上车，刘小春也上了车。她有意挤到许建中附近，东瞧西看，专盯人的兜，还试探性地用手指挑开了一个乘客的上衣兜。

许建中一上车就用职业的目光扫视了一下车上的乘客，刘小春的举动立刻被他发现了。他不动声色地挤到了刘小春的身后，侧目盯着刘小春的一举一动。心想，在车站等了半天没开张，这下要开张了。刘小春见许建中挤了过来，脸上露出得意之色。她又放肆地用手指挑开了一个乘客的上衣兜，但没有下手。汽车一停，刘小春下了车。许建中看了看表，见约会的时间还早，也下了车。刘小春在大街上快步急走，许建中在后面紧紧地盯着她。刘小春见许建中跟了上来，心想，今天你这个警察要当到头儿了。

刘小春来到一个正拆迁的居民区，四处是断壁残垣。她进了工地，三拐两拐没了人影。许建中快步走进拆迁工地，警惕地四下巡视。他在一个残墙边刚要拐弯，突然从头上打下一根大木棒，他一歪头，木棒"嘭"地打在他的肩上。许建中抬头一看，暗算他的正是曾掩护王疤瘌逃跑的那个小白脸。他一咬牙，猛地抓住对方衣领，一个"背负投"将对方摔倒。这时王疤瘌手拿弹簧刀冲上来，对着许建中就刺。许建中抓起盘儿亮掉在地上的木棒迎敌，左抡右打，打得王疤瘌近不了身。盘儿亮从地上爬起来时抓了一块砖头，从侧面向许建中扔去，打在许建中的头上。许建中的头上立刻鲜血直流，但他毫无惧色，回手就打了盘儿亮一木棒，打得盘儿亮趴在地上。

这时有几个保安从工地另一侧走过来，大叫："住手！怎么回事？"

王疤瘌一见有人来了，顾不上趴在地上的盘儿亮，掉头就跑了。许建中奋力扑到盘儿亮身上，给他戴上了手铐，此时他的衣服已经被鲜血染红了。

夕阳被乌云遮在西天那边，云色显得越来越黑沉，远处还响了几声闷闷的雷声。天闷得让人心烦，像是要下雨。已经过了约会的时间，姚晨曲仍一个人在东单公园门口等着许建中的到来，可就是不见这位警察的影子。她从心里想见这警察，可他上次失了约，按理说这次应该早早地来，这是礼节，可没想到他还是没来，这从情理上说不过去。姚晨曲有些恼火，又希望他还是能来。可她想错了，已经过了半个小时，这位警察还是没来。她也不知道是委屈还是失望，只得离开了约会的地方。她不禁胡思乱想，觉得自己受了嘲弄，又觉得警察不应该是不守信用的人。但不管怎么说，她是不会再见这位警察了，他太让她失望了。她一个人在寂静的林荫路上走着，想象着这位警察应该是什么样，他为什么又失约，是不是又抓小偷去了？她觉得自己倒霉透了，真是不顺。天上掉下几滴雨点，打在姚晨曲白皙的脸上。她的眼睛也湿润了，她想哭，就像天要下雨。

憋了几日的雨，终于倾泻下来。

姚晨曲生在一个普通工人家庭，父亲是开车的，母亲是工厂退休工人，没什么文化。弟弟比她小两岁，现在已经谈了对象，就等她这个姐姐出嫁以后腾出房子好结婚。姚晨曲也想早早找个合适的男朋友，嫁出去好解决家里住房的困难。可她也不知道见了多少个，没一个看上眼的。其实她要求不高，就是要谈得来，人要实在。可就是这两条，她还是遇不上。她遇上的人都太商业化，她觉得这种人靠不住。而对方往往被姚晨曲的美貌迷得神魂颠倒，恨不得当场就拜倒在她的石榴裙下，因此就在她面前极力表现，请她去高档饭馆吃饭，给她买贵重首饰。这又让她不适应，她不喜欢这个。每次她都不要对方一分钱的东西，而且见面都不超过两次就分手。不管对方怎么求她，她也不会再去赴约了。人家都说她眼高，可她认为她的条件并不高，她只想找个依靠，并不追求浪漫的爱情。她要找个能一块儿过日子的人。

　　姚晨曲从公园沮丧而归，在家对着梳妆台发呆。她母亲走过来，看着姚晨曲一脸不快的样子，问她发什么呆。姚晨曲是个内向的人，不愿意把心里话向别人说，尤其是受了欺负这种事，更是不愿意告诉别人。可姚母听说崔颖给姚晨曲介绍了一个对象，紧着追问。姚晨曲只得淡淡地说崔颖给她介绍了一个警察。姚母一听"警察"两个字吃惊不小，坚决反对姚晨曲找警察，理由是警察没一个好东西，一个个都跟横贼似的。论姚晨曲这长相，找个开奔驰车的、挣大钱的没问题。

　　姚晨曲听了母亲的话只是苦笑，心想我倒想找个警察呢，可人家看不上我，两次约会都失约。虽然她反感母亲对警察的职业偏见，可她又从心里怨恨这位两次失约的警察，因为她还没遇见一个不把她放在眼里的男人，这警察居然两次耍她，太不尊重人了。从这点来说，她还真想见见这警察，看看他到底什么样，为什么这么对她。

　　第二天，姚晨曲把警察失约的事如实告诉了大媒人崔颖。崔颖一听许建中又失约了，当时就柳眉倒竖，大嚷起来："什么？他又没去？好你个李小雄，你敢耍我！"

姚晨曲无奈地对崔颖说:"算了吧,人家看不上我,不怪李小雄。"

崔颖气呼呼地说:"那不行,他这不是拿我们耍着玩儿吗,我非找他算账去不可!"

崔颖把李小雄从公安局叫出来,向他使劲嚷嚷:"许建中怎么这么不是东西!拿我们耍着玩儿呢!你死乞白赖地让我给他介绍对象,我好心好意帮你,这可倒好,把我给搁进去了。我真是瞎管闲事!以后你的事我一律不管!"

李小雄自知理亏,但还得硬着头皮解释,苦着脸说:"那天许建中去赴约的路上让小偷打了,脑袋上缝了好几针。"

崔颖根本不信,说他瞎编,非要让李小雄把许建中叫来,看看他的脑袋上有没有疤瘌。

李小雄被崔颖骂得脸红脖子粗,只得向崔颖赔礼。

崔颖不依不饶,大骂许建中这样的臭警察应该一辈子打光棍儿!

许建中真是惨透了,不但头破血流,还在良心上深受责备。他觉得太对不起崔颖和姚晨曲,第二次失约了,说不过去。

他在办公室里抱着头长吁短叹,谁也不怨,就怨自己倒霉。他自叹跟这位姚晨曲小姐没缘分,不然怎么两次约会都让小偷给搅了?

陈强盛对许建中这次失约看得很客观,认为这没什么,婚姻的事全凭缘分。有缘千里能相会,无缘见面不相逢。是你的,不用强求,到时候准是你的;不是你的,费尽心思也得不到。事已经出了,只能面对现实,长吁短叹也于事无补。好事多磨,这事曲曲折折,说明他们俩有缘分,那位姚美人准是许建中的,不信走着瞧。

第二章 做媒

　　崔颖的老板葛经理惦记崔颖，对她软磨硬泡。崔颖知道他找对象眼高，不漂亮的不见，就想把姚晨曲介绍给他，对他说姚晨曲是仅次于她的大美人，只不过工作差点儿，是个售货员。葛经理不相信崔颖说的大美人还当售货员，不过出于好奇，让崔颖带他到姚晨曲的商店看看。崔颖被他缠得没办法，这天下午带着葛经理来到姚晨曲所在的新兴商店。葛经理把汽车停在新兴商店的门口，跟着崔颖进了商店。他看了看这普普通通的商店，真不相信这儿能出大美人儿。现在有点儿姿色的女孩子，谁不找个挣钱多的地方去，会在这么小的商店里当售货员？崔颖让他看了再说，别以为自己是个老板就了不起，人家还不一定看得上他呢。葛经理不服气，说他一去酒吧，追他的女孩子排队。崔颖想笑，酒吧哪有什么好女人，哪能跟她的好朋友比。

　　姚晨曲正忙着招呼顾客买东西，崔颖和葛经理进了商店。崔颖向葛经理一努嘴说："看见了吧，那个最漂亮的。"

　　葛经理顺着崔颖的目光向前看，一眼看见了柜台里的姚晨曲，眼睛一下就亮了，心想这女子真是够漂亮的，和崔颖不分高下，甚至比崔颖更柔媚，有中国传统美人特有的那种味道。他看着姚晨曲，眼睛都直了。

　　崔颖一看葛经理见了姚晨曲就眼睛发直，白了他一眼，心想，有钱人都是见一个爱一个。

　　崔颖往柜台上一伏，大大咧咧地对姚晨曲说："我来了！"

　　姚晨曲抬头一看崔颖和葛经理，心想昨天收到了崔颖的微信，说要带她的经理来相亲,没想到这坏蛋真把她的经理带来了,这下麻烦了。她低声对崔颖说:"我正上班呢,你别捣乱。"

崔颖不理姚晨曲,回头向葛经理介绍姚晨曲。葛经理忙上前恭恭敬敬地向姚晨曲点头,自报名号葛云飞。他从进来眼睛就没离开姚晨曲,真有点儿垂涎欲滴的劲头。

姚晨曲礼貌地向葛经理点头说:"你好,我听崔颖说过,你是她的老板。"

葛经理恭维地笑着说:"不敢,她是我的领导。"

姚晨曲装傻道:"你们来是买东西吗?"

葛经理一时无言以对,说:"我们……这……"

崔颖火了,瞪了姚晨曲一眼说:"你少废话,我们干吗非上你这小店儿来买东西!讨厌!你赶紧请个假,跟我们到咖啡厅去!"

姚晨曲不急不恼地说:"这么忙,我不好意思请假。"

崔颖急了:"这都快到下班的时候了,有什么不好意思的?这是特殊情况,你不好意思请我替你请去。"

姚晨曲仍是不紧不慢地说:"我不喜欢喝咖啡。"

"不喝咖啡喝茶,咖啡厅里有红茶。"崔颖道。

姚晨曲说:"我不愿意上咖啡厅,上咖啡厅老丢钱包。"

崔颖娇嗔地要打姚晨曲,一提丢钱包她就有气,为这事她差点儿跟李小雄吹了。她拿起柜台上的尺子,说如果姚晨曲不跟她去,她就拿尺子打人。姚晨曲知道,今天要是不跟崔颖去,她绝不会罢休,只得请了假。

葛经理心里别提多美了,觉得姚晨曲太漂亮了,简直就是仙女下凡。

葛经理听姚晨曲说不喜欢喝咖啡,就开车拉着她们到了三里屯一个酒吧。姚晨曲根本不适应酒吧里的气氛,硬着头皮在那儿坐着。酒吧里有个乐队在演奏疯狂的流行音乐,一个长发男青年在演唱一首歌曲,扯着嗓子使劲喊。姚晨曲听得直皱眉头,感觉这哪儿是唱歌呀,比卖菜的吆喝还难听。而崔颖听得津津有味,葛经理不时色眯眯地偷眼看姚晨曲。

音乐一停,姚晨曲实在受不了,对崔颖说这儿太闹腾,吵得人心烦,欣赏不了,她喜欢安静。

葛经理看姚晨曲不开心,就没话找话地问姚晨曲是不是喜欢高雅音乐,不喜欢通俗音乐。姚晨曲一笑,说自己就是一个普通售货员,谈不上喜欢高雅音乐,太高雅的她也听不懂。多明戈来了也听不懂,不爱听。不管是通俗的还是高雅的,就喜欢听好听的,她喜欢听老歌,有的情歌也爱听。葛经理忙奉承姚晨曲,说她太谦虚了,人这么高雅,兴趣爱好一定都很高雅。姚晨曲不承认自己是高雅的人,认为自己是个普通人,没太多的兴趣爱好。做人也是追求平平淡淡,不想出人头地,也不想大富大贵。

崔颖埋怨姚晨曲太不合潮流,这年头儿哪有不想发财的?谁不追求大富大贵?

酒吧里音乐又开始响了起来,震耳欲聋。姚晨曲捂着耳朵说:"真是噪音,咱们走吧。"

葛经理一看姚晨曲真的不适应这种高噪声音乐,赶紧拉着崔颖说换地方。三人起身来到门口,姚晨曲对崔颖说她得回家了,太晚了她妈该骂人了。葛经理提出开车送姚晨曲回家,可姚晨曲坚持自己坐公共汽车回去,看上去丝毫不想给葛经理献殷勤的机会。葛经理是情场老手,一看姚晨曲不愿意别人送,马上又提出改天请姚晨曲吃西餐。姚晨曲和葛经理在一起一点儿兴趣也提不起来,摇摇头说不用葛经理破费了。葛经理这才感到自己在这位小姐面前献殷勤是不管用了,似乎这漂亮小姐对他一点儿也不感冒。他有些尴尬,但又不甘心就这么放弃眼前的美色,他用求援的目光看着崔颖。

崔颖上前拉住姚晨曲,让她给一点儿面子,别这么大架子。姚晨曲看着崔颖,心想看来得给崔颖一个台阶下,不然她在老板面前也不好交代,只得答应再联系,然后向二人告辞走了。

葛经理看着姚晨曲的背影，心虚地问崔颖，他是不是还有希望。崔颖有些无可奈何，因为她也做不了姚晨曲的主，她和姚晨曲虽说是好朋友，可在谈恋爱的问题上，还真不明白她是怎么想的，只能看葛经理有没有这个命了。

葛经理看着姚晨曲远去的方向，似乎明白了当今还有钱买不来的东西。他渴望得到这个女人，得想方设法地去追求她。

第二天，崔颖来打探姚晨曲对葛经理的印象如何，可姚晨曲说没有印象，她甚至都没有正眼看葛经理。崔颖知道姚晨曲是个有主见的人，而且是个拧种。她试图说服姚晨曲再去见见葛经理，但是姚晨曲提不起兴趣，崔颖弄不懂姚晨曲心里到底打的什么主意，劝她再好好考虑考虑。姚晨曲告诉她，对商人没有考虑的余地，没有共同语言。崔颖拿姚晨曲一点儿办法也没有，真弄不明白她想找个什么样的男朋友。

别人想撮合姚晨曲和许建中见面，结果两次都没成。可这二位鬼使神差地因为抓小偷见面了，好像小偷有意给他们做媒似的。这事是在一个星期后的一天下午。

这天，许建中和李小雄、陈强盛在公共汽车站蹲守的时候，盯上了三个又高又壮的外地男青年，此时这三个男青年正配合着要偷一个妇女挎包里的钱。这位妇女似乎警惕性挺高，见三个男人在她身边挤，忙护住包嚷道："挤什么呀，讨厌！"她躲开这三个人，站到旁边去了。三个外地贼没有得逞，又转身向街上走去。他们在前面走，许建中和李小雄、陈强盛在后面跟着。三个男青年进了一家商店，许建中和陈强盛、李小雄也跟进了商店。商店里有不少顾客在卖衣服的柜台前争购降价服装，三个男青年也来到卖服装的柜台前，挤来挤去，伺机作案。许建中和陈强盛、李小雄在不远处佯装看商品，眼睛却紧盯着三个贼的一举一动。许建中没想到，这个商店正是姚晨曲所在的商店，几个小偷就这么鬼使神差地把他领到了姚晨曲的面前。

这时姚晨曲的柜台前人不多,她无意中看到了许建中,认出这个人正是在胡同里抢她自行车抓小偷的那个警察,不禁有些吃惊。再一看,崔颖的男朋友李小雄跟他在一起,心里明白几分,估计警察是来抓小偷的。她暗中观察许建中,想着崔颖给她介绍的男朋友,应该是他,他的照片崔颖给她传到手机上一张。这个警察为什么总是失约?那天他真的被小偷打伤了?她心里七上八下,甚至有些紧张。这时许建中并没有看见姚晨曲,正在暗中观察小偷的一举一动。

　　三个外地贼此时已挤到一位妇女身后,其中一个耸肩上拨,把手伸进了妇女的挎包内,将一个黑色钱包偷了出来。与此同时,许建中和陈强盛、李小雄猛扑上去,一人抓一个贼。

　　许建中大吼:"小偷!"一把抓住了小偷拿钱包的手。人群一阵混乱,纷纷把目光投向侦查员和小偷。

　　姚晨曲惊得直捂嘴,被这突然的变故吓得不知如何是好。

　　三个外地贼拼命反抗,与三位侦查员打了起来。被许建中抓住手的大个子贼甩开许建中欲夺路而逃。许建中抱住他将他摔倒在地,两人在地上滚打起来。另一个贼推开陈强盛就往商店外跑,陈强盛在后面一把抓住他的衣服,可他甩了衣服挣脱出去,撞开一条路,蹿出了商店。陈强盛在后面叫着:"站住!哪儿跑!"大步追了上去。

　　第三个贼也是身高力大,与李小雄扭打起来,而且挣脱了李小雄,夺路逃出商店,李小雄在后面紧追不舍。

　　这时小偷一脚把许建中从身上蹬开,爬起来从腰上抽出一条两尺长的皮鞭,对着许建中的头乱抽。许建中不顾疼痛,奋力抓住小偷的衣领。小偷又用皮鞭勒许建中的脖子,两人扭打在一起。周围的群众都吓呆了,竟无人上前帮助许建中。

　　姚晨曲在柜台里看见许建中与小偷搏斗,情不自禁地绕出柜台,手忙脚乱地不知如何帮忙,忽然看见门旁有个装满水的水桶,她抄起水桶,用力往小偷的头上扣去,"哗",一桶水全扣在小偷的头上。周围的群众这时才反应过来,一拥而上,把小偷按在地上,许建中掏出手铐把小偷铐了起来。他回身揉着被小偷抽红了的脖子，抬头看这位帮忙的姑娘，一下愣了，没想到帮助他的人竟是他两次相亲两次失约的那位姑娘，是他日思夜想的姚晨曲。他百感交集，愣了半天才尴尬地向姚晨曲笑笑说："你是……你在这儿上班呀？"

姚晨曲苦笑一下，说："是啊，上次见过你抓小偷，今天又赶上一回。"她大大方方，不冷不热。

许建中不知说什么好，赔笑着对姚晨曲说："谢谢你，多亏你帮忙。"

姚晨曲淡淡地说："没什么，不用谢。"说完转身走进了柜台。

这时陈强盛拉着一个贼走进来，向许建中道："头儿，走吧。这家伙差点儿跑厕所里去，幸好我腿快。"

许建中拉着小偷，有些神不守舍，临出门又悄悄回头看了姚晨曲一眼，见姚晨曲也在看他，忙转回头走出了商店。许建中在商店门口看了看商店的牌子，上面写着"新兴商店"。

许建中第二次见了姚晨曲以后，下了一百回决心，当晚终于壮着胆子来到姚晨曲所在的商店。他也不知道来干什么，就是想见她。他在商店门口徘徊，一直等到商店关门，姚晨曲才从商店里走出来。许建中壮着胆子迎了上去，对姚晨曲说："你好。"

姚晨曲一看是许建中，有些吃惊，怔了一下，心想，这警察怎么来了？旋即镇静下来，不冷不热地向许建中笑了笑说："是你？警察同志找我有什么事吗？"

许建中有些慌乱，语无伦次地说："我……我来……一是道歉，二是道谢。那天我去东单公园见你，半路上和小偷打起来了，就耽误了。"

姚晨曲看着许建中，并没说话。

许建中一看姚晨曲不说话，以为她生气了，更慌了，吭哧瘪肚地说："我……特想去见你，可是两次都因为抓小偷耽误了，真对不起。"

姚晨曲看了看许建中，只是苦笑一下，仍没说话。

许建中还是不停地说，想一下把想说的话都说了，说是今天要不是姚晨曲帮忙，他就吃大亏了，他是特意来谢姚晨曲的……说了一堆。姚晨曲只是听，并不说什么。最后许建中终于无话可说了，姚晨曲笑了笑说："警察同志，还有事吗？"

许建中心一下凉了半截，心想没戏了，无法挽回了。他摇了摇头说："没了。"

姚晨曲淡淡地对许建中说："那好吧，再见。"说完转身就走。

许建中见姚晨曲要走，鼓足勇气说："哎，小姚！"

姚晨曲停住脚，却没有回头，问道："还有事吗？"

许建中硬着头皮道："我还能见到你吗？"

姚晨曲忽然转过头，直视着许建中说："你还想见我吗？"

"想，想见。"许建中忙说。

姚晨曲又笑了，说："你觉得我还想见你吗？"

许建中不敢看姚晨曲，尴尬地摇摇头道："你……我想你是不想见我了。"

姚晨曲看着许建中，觉得他又可怜又可笑，白天抓小偷的英雄劲全没了，就像一个受气包，连她的眼睛都不敢看。自己也说不清为什么，其实想见到这位让她又恨又敬佩的警察，可她没有给许建中一个令他兴奋的回答，仍然不冷不热地说："我要考虑一下，你明天晚上七点在东单公园门口等我，我要想见你，我就去。不想见你，我就半路上抓小偷去了。"

许建中目送姚晨曲走远，心想，这下没希望了，这姑娘让我气得不轻。

王疤瘌自从遇上了许建中以后，虽说是侥幸逃脱，但他深知许建中的厉害，常常睡不着觉。人都有克星，许建中就是他的克星。上次他算计许建中没有成功，以后再遇上他怎么办？无论如何也得把许建中除了，不然甭想活得踏实。这天他和同伙小黑胡、情妇刘小春在饭馆里喝酒，商量对策。小黑胡担心盘儿亮进去会把他们供出来，王疤瘌说不用担心，盘儿亮不知道他住哪儿，他供出谁来都没用，警察也别想找到人。王疤瘌现在就是担心那克星警察，因为随时都可能在马路遇上他，得想办法除了他。小黑胡说他有个办法可以除了这警察，他有个哥们儿，外号"大黑汉"，练武术的，手特黑。他娶了个没工作的老婆，还养了个儿子，现在穷得叮当响，正需要钱。只要给他点实惠，拉他入伙，让他除掉那姓许的没问题。王疤瘌一琢磨，他手下正缺一个这样的人才，用这种练武的人当杀手把握大，当即委派小黑胡和这大黑汉联系，花几万块钱，让他取那警察的人头。

许建中再也不敢失约了，尽管约会的对象十有八九不会来，但他还是提前一个小时就到了。他独自一人在东单公园门口站着，不时四下张望。公园门口人很多，时间一分一秒地过去了，不见姚晨曲的影子。他看看表，时间是八点，已经过了一个小时，姚晨曲还没来。他叹着气胡思乱想，估计姚晨曲不会来了。可他又不死心，万一她来了呢。他不想离开，坐在门边的石台上，丝毫不抱希望地死等。天色越来越暗，他又看了看表，已经九点了，他仍不愿意离开，觉得这样可以赎罪，可以偿还因为两次失约欠姚晨曲的债。

其实姚晨曲早就来了，提前半个小时就到了。她也不知道为什么来，这个两次失约的警察，居然还主动约她见面，按说不应该答应他，可她竟然答应了。她离公园还挺远就看见了许建中，但她没过去。她心里有气，想考验考验他。她在离公园不远的路边注视着许建中，两个小时过去了，这警察居然还在死等，像是要在这儿等一晚上。她动摇了，无可奈何地看看表，慢步向许建中走来。

许建中正托着腮帮发呆，竟没看见姚晨曲的到来。姚晨曲轻轻碰了一下他，然后转过身。许建中一见是姚晨曲，惊喜道："小姚？你来了？我以为你不来了呢。"

姚晨曲故作生气地说:"你以为我不来了?那你等了两个小时还不走?赖劲儿的。"

许建中笑着说:"我想,我要是走了就再也别想见你了。"

小姚羞赧地笑道:"谁想见你了?"

许建中说:"可是我想见你。"

姚晨曲佯装生气地说:"讨厌鬼。等人的滋味好受吗?"

许建中说:"还行,我准备等一晚上呢。"

姚晨曲道:"真应该罚你等一晚上,涮我两次,有你这样的吗?"

许建中赶紧赔罪,并且信誓旦旦地说下次决不失约。姚晨曲听了直撇嘴,她对许建中这决不失约的承诺根本不敢信。可许建中从姚晨曲的表情看,她似乎已经原谅了自己。他邀请姚晨曲一同逛长安街,姚晨曲欣然同意。二人边聊边在长安街上逛,许建中趁机把两次失约的经过原原本本地告诉了她。姚晨曲听得很认真,但她也有些害怕,感到许建中随时都处在危险之中。她两次见许建中,都看见他和小偷做殊死搏斗,万一有个闪失可怎么办?

姚晨曲被许建中所说的打扒生活深深地吸引了,她打心里觉得许建中是个了不起的人,不知不觉中已经开始为许建中担心起来。她嘱咐许建中跟王疤瘌这样的人打交道得留神,上次她看那小偷用枪指着他,可把她吓坏了。许建中听了心里甜蜜蜜的,他一生中,除了他的母亲,还没有一个女人这么关心过他。他对姚晨曲说,和拿枪的歹徒打交道也没什么可怕的,只有怕警察的小偷,没有怕小偷的警察。许建中的话说得很自然,对生与死的看法说得也是轻描淡写,但姚晨曲听了却在心灵深处产生了强烈的震撼。

就在许建中和姚晨曲漫步聊天的时候,一个男青年与许建中擦肩而过,此人腋下夹着个黑色皮包,走路低着头,不时四下张望着。许建中盯了这个人一眼,然后对姚晨曲低声说:"这个人是小偷。"

姚晨曲吃惊地问:"你怎么知道他是小偷?"

许建中肯定地说:"咱们跟上他,等会儿你就知道了。"

二人跟着男青年慢慢向前走,只见男青年走到树林边,向一个行人低声道:"要笔记本电脑吗?便宜。"行人看了男青年一眼,问是什么电脑,男青年说是名牌,八成新,只卖一千块钱,还把黑皮包打开让行人看。行人看了看这电脑,问道,为什么这么便宜?是不是假的?男青年说这是世界名牌,绝对不是假的,不信可以当面试。行人还是摇摇头,不信任地转身走了。

许建中走到男青年面前,问道:"请问你这电脑卖多少钱?"

男青年说:"您要是有心要,您给一千块钱。这是我花一万块钱买的,因为家里有人住院,急着用钱,所以便宜卖了。"说着给许建中看电脑。

许建中冷笑着看了看那电脑,突然掏出工作证向男青年眼前一亮,厉声道:"警察!你跟我上派出所。"男青年一下就傻眼了。

经过派出所民警的审问,这个卖电脑的男青年最终交代,他溜门撬锁,共作过十多起案子。民警经过网上指纹比对,证实此人是入室盗窃嫌疑人,很多案子跟他有关。

从派出所出来,许建中送姚晨曲回家。姚晨曲好奇地问许建中,怎么他一眼就看出那人是小偷。许建中说:"这个人挂相。他穿的都是名牌衣服,可气质和衣服不协调,看人的时候眼是贼的。而且他走路是无目的的,东张西望,也不知道自己要上哪儿,这是小偷特有的行为方式。他拿的包是背包,可他却夹着,这也不对劲。这是一种不正常的形体语言,一看就感觉不对。再说他向行人卖电脑,那么好的电脑一千块钱就卖,十有八九不是好来的。"他平常爱研究犯罪心理学,研究小偷的行为动作语言,时间长了就有经验了。

姚晨曲听着,颇有感慨,心想,许建中真是个抓小偷的专家,而且爱学习,爱动脑子。

姚晨曲与许建中经过一段时间的接触,对他很是敬佩。对女人而言,爱情往往是从敬佩和崇拜开始的,这种发自内心的敬佩和崇拜,是金钱不能换来的。这也许就是那些有钱人只能得到性而不能得到爱的根本原因。姚晨曲从此把心全放在了许建中的身上,不知不觉中产生了对许建中的思念、渴望和爱慕,甚至有时这种情感让她焦虑不安,让她兴奋,让她失眠。她知道自己开始爱上这个警察了,这可能就是她孜孜以求的爱。

葛经理自从见过姚晨曲以后,就对她念念不忘。崔颖劝他死了这条心,姚晨曲不喜欢商人。可葛经理坚信没有不爱钱的女人,他要用钱征服姚晨曲。这天晚上,他开着车来到姚晨曲商店的门口,手拿一束鲜花,静候姚晨曲出来。这时许建中骑着自行车也来到商店门口,下了车在门口等着姚晨曲。葛经理离商店的门近些,而许建中却在离门较远不引人注意的地方站着。

片刻,姚晨曲推着自行车从商店的旁门出来,抬头看见了葛经理和许建中,不禁一怔,这俩人怎么同时来了?葛经理笑盈盈地上前对姚晨曲说:"姚小姐,我等你半天了。"

许建中刚要叫姚晨曲,一看有个男人给她送花,欲言又止,扶着自行车没有上前。

姚晨曲看着葛经理送过来的花,苦笑着接过来,不知如何对葛经理说才好。她想拒绝葛经理,又怕因此伤了他的自尊心。她是个厚道人,即使拒绝对方,也是很婉转,给他留点儿面子。她向葛经理诚挚地道谢,接过了鲜花。葛经理想请姚晨曲吃饭,问她有没有时间。姚晨曲看看葛经理,又看看不远处的许建中,许建中赶紧把头扭向一边,避开了姚晨曲的目光。姚晨曲把花又还给葛经理,诚恳地对葛经理说,她是骑自行车的命,不是坐小汽车的命。葛经理不太明白姚晨曲的意思,说她不坐车也行,他们可以散步。姚晨曲只得向葛经理说,她昨天约了一个骑车的朋友出去,他已经来了,说着向许建中站的地方一努嘴。

葛经理看了看远处站着的许建中,一脸疑惑。姚晨曲礼貌地对葛经理说声对不起,然后推着自行车来到许建中的身边,一手推着车,一手挽着许建中的胳膊走了。

葛经理看着姚晨曲和许建中的背影,一脸沮丧,手中的鲜花慢慢掉在地上。

许建中看着姚晨曲,小心翼翼地问那个给她送花的人是谁。姚晨曲看着许建中,说是一个朋友。她问许建中是不是吃醋了。许建中点点头,说与其说是吃醋了,还不如说是害怕了,怕姚晨曲上了那个人的汽车,把他这个骑车的扔了。姚晨曲笑许建中胆小,还是警察呢。她让许建中猜猜,她对那个人说了什么。许建中说实在难猜,姚晨曲如实地告诉他,她跟那人说,她是骑车的命,不是坐小汽车的命。许建中听了感觉自己真是太幸运了,是世界上最幸运的人。他真想拥抱姚晨曲,可又没这胆子。

姚晨曲问许建中想不想发财,将来也买一辆汽车。许建中摇摇头说,他对生活没有太多的欲望,胸无大志,挺没出息的。能多抓几个小偷,心里就满足了。

姚晨曲听了许建中的人生观,并没有笑话他胸无大志,反而甜甜地一笑,认为他很实在,追求平平淡淡的生活,这脾气特像一个人。许建中追问他的脾气像谁,姚晨曲娇羞地一笑,说:"像我。"许建中惊讶地看着姚晨曲,觉得自己怎么敢和姚晨曲比,她多高雅,多不平凡。可姚晨曲仍然甜甜地笑着,说将来他就知道了,她也是一个追求平凡的人。许建中看着姚晨曲,越看越爱,甚至忘了自己还推着车。姚晨曲被许建中看得有些不好意思,她不许许建中老这么盯着她,让他向前看。许建中有些不好意思,但他还是真诚而大胆地告诉姚晨曲,她太漂亮了,他简直无法控制自己不看她。姚晨曲被许建中说得甜滋滋的,干脆抬起头,让他看个够。

王疤瘌谋杀许建中的计划开始实施了。

小黑胡认识的这个人称大黑汉的武林高手,20多岁,又高又壮,拳脚相当厉害。这天，小黑胡领着王疤瘌来到大黑汉每天练功的树林边，躲在树后看大黑汉练功。王疤瘌见这黑汉的拳脚就像个少林寺的和尚，非常凶猛，暗赞这人是条汉子。他吩咐小黑胡，一定要把这黑汉拉过来。

当天小黑胡就来到大黑汉家。这是一个平民区的大杂院，夏日的傍晚有不少人在院里纳凉。大黑汉在院里举石锁，身上的肌肉隆起，一身的彪悍之气。小黑胡提着两瓶好酒和一盒点心来到大黑汉家，说是好久没见了，来看看他。大黑汉一看小黑胡，知道他是从大牢里出来的，底儿潮，可碍于往日的交情，还是笑脸相迎。大黑汉猜想，小黑胡可能又让谁打了，找他来帮忙，不然无缘无故的怎么会提着点心来。他是个直性子，问小黑胡是不是又跟谁打架了。小黑胡忙说这回不是因为打架，就是想来看看哥们儿，当年要是没有黑哥们儿，他早让人打死了。就是现在有人跟他叫板，他一提黑哥们儿对方准尿。

大黑汉如今已经是成家的人了，对以前的事不想再提。他怕小黑胡又给他招事，先堵他的嘴，说现在有了老婆孩子就不爱惹事了。你找我来要是打架的事，兄弟你就别开口了。如果你受了欺负，我可以出面帮你把事铲了。可我只管说和，不管打架。小黑胡没想到大黑汉上来就堵他的嘴，眼珠一转，说是请大黑汉出去喝二两。可大黑汉说今天还有事，改日再说。小黑胡不敢强求，只好作罢，可临走还是对大黑汉说，将来有事找他，他可别不帮忙。大黑汉只是客套几句，并没有给小黑胡一个理想的答复。

大黑汉送小黑胡出了院子，默默地望着小黑胡的背影，目光中充满了矛盾和疑虑。他不是个怕打架的人，可自从娶了媳妇以后，就不想再惹事了。但他毕竟是讲义气的人，过去的朋友来求他帮忙，还真不好意思拒绝。他当然不会想到，小黑胡是来请他杀人的，而且是杀警察。

崔颖并不知道姚晨曲已经和许建中谈上了，这天又到姚晨曲的商店，和她谈相亲的事儿。她又给姚晨曲找了个好的，是她上大学时的同学，现在在外企工作。姚晨曲成心逗崔颖，说现在不想找。崔颖果真火了，问她是不是想当老姑娘，等着天上掉馅饼。不相亲，不跳舞，不交际，男朋友从哪儿来呀？姚晨曲咯咯一笑，说她已经找到男朋友了。崔颖不信，问她是从哪儿找的。姚晨曲说当然是你给介绍的，就是那个警察。崔颖以为姚晨曲拿她开心，说那警察坚决不能要，提起这事她就生气。要是李小雄再敢提这件事，就踢他两脚。可姚晨曲故意板着脸，声称除了警察，其他的都不见，这可把崔颖气坏了。她觉得姚晨曲一定是得了疯病，发誓再不管她的事了，让她嫁警察算了！骂完姚晨曲，自己却急忙和警察朋友李小雄约会去了。

  崔颖爱看电影，尤其爱看美国大片，越热闹越好，她也不管李小雄愿意不愿意，一有时间就让李小雄陪她看夜场电影，看完就晚上12点了。李小雄有时候不愿意看，可崔颖说看电影过瘾。李小雄问她看了以后第二天还上不上班了，崔颖说班还得上，但是得趴桌上睡觉，她的老板葛经理拿她没辙，还得哄着她干活儿。李小雄也拿她没辙，只得陪她看夜场电影，然后在电影院睡觉。

  姚晨曲和许建中迅速进入了热恋阶段，二人几乎没有谈的过程，彼此好像瞬间就爱上了。姚晨曲已经到了一天不见许建中就想得心里发慌的地步。而许建中更是兴奋得不得了，几乎每时每刻都在想着晚上要和姚晨曲见面的事。他现在精神头儿也足了，走路都是小跑着，抓一天贼也不觉得累。他心里涌动着一股难以形容的幸福，一想到姚晨曲，浑身就有使不完的劲。这二人晚上见面，没有初恋者的腼腆，有的只是爱，爱得都要把对方融化了。连姚晨曲都不敢相信，她会这么热烈地爱上这个和她约会两次都失约的警察。上街她主动地挽许建中的胳膊，许建中开始还有些胆怯，可面对姚晨曲的温柔他根本无法抗拒，也不想抗拒。当他揽着姚晨曲温暖的腰肢的时候，浑身都在发颤。他抑制不住想吻她的欲望，而姚晨曲也是半推半就，纵容了许建中爱的表露。二人不到一个月的恋爱期，亲热程度已经远远超过了谈了一年恋爱的李小雄和崔颖。每到月明星稀的时候，夏日盛开的花丛后面，许建中和姚晨曲总是先要长时间地亲吻，然后紧紧拥抱着低声说着知心的话。每到这个时候，许建中就感到姚晨曲是世界上最美丽、最温柔的女人，完全陶醉在姚晨曲的温柔乡里。

陈强盛看出了许建中的变化，不止一次问许建中是不是捡钱包了，干吗总是乐滋滋的，还眼睛发亮，可也不能天天捡钱包呀？许建中如实坦白，姚晨曲接受了他。陈强盛也感到吃惊，这可真是缘分，八成是许建中前世修来的福气。

李小雄也有些纳闷，许建中两次失约，姚晨曲居然还能接受他，准是个特别理解警察的女人。要换成崔颖，别说失约两次，一次都得吃了他。

许建中虽说在热恋，可也没忘了抓王疤癞。自从他发现王疤癞越狱以后，就一直在寻找他的踪迹。这天他得到情报，王疤癞很可能住在东城的一个小胡同里，这地方叫帽儿胡同，他和一个女贼一块儿租的房。这情报是东城治保积极分子老马提供的，老马手下有个小孩儿，原来是个小偷，后来被老马教育过来了，专门给老马提供小偷方面的情况。提供一次情报，老马奖励他50块钱，实际上就是老马养的小侦探。这次就是这孩子发现了王疤癞的踪迹。

许建中和李小雄、陈强盛来到帽儿胡同，那个十多岁的孩子领着他们来到一个大杂院门口，把王疤癞的住处指给许建中看，说刚才看见他和一个女的出去了。

许建中谢过小孩儿，给了他一包糖。那孩子接过糖，蹦蹦跳跳地走了。许建中等人回到胡同口的车里，注视着王疤癞住的院子，专等他回来就拿他。

本来李小雄和崔颖晚上是有约会的，二人约好了六点在王府井大街见面，崔颖让李小雄陪她买鞋。可三位侦查员蹲守王疤癞，这王疤痫迟迟不露面，李小雄一看快到点了，只好给崔颖打电话，可崔颖不接手机，八成是没听到。李小雄又给她单位打电话，接电话的是崔颖的老板葛经理，他一听是崔颖的男朋友心里就反感，说崔颖不在，有事他可以转告。李小雄请他转告崔颖，他不能赴晚上的约会了。葛经理满口答应，说一定转告。可他心想，这警察也配娶大美人儿崔颖？他才不会从中帮什么忙呢。崔颖来了以后，他没有告诉她李小雄来电话的事，而是催问他在姚晨曲那儿还有没有希望。崔颖告诉他，姚晨曲不想找商人，说商人都是奸商。葛经理有点儿撮火，他就不明白，怎么会有不爱钱的女人？他暗暗发誓，姚晨曲那边没戏了就把崔颖弄到手。有了这种想法，更不会把李小雄请他转告崔颖的事向她说了。

晚上崔颖来到王府井，居然没见到李小雄的人影。她急了，李小雄不是那种爱失约的人，今天是怎么了？敢涮她？她不相信李小雄会无故失约，拿出手机拨打李小雄的手机，李小雄在蹲坑，手机没开。崔颖心想，警察失约也传染，许建中相亲失约两次，李小雄一定被他传染了，这个臭警察。

王疤痫迟迟不露面，正在许建中三人等得心焦的时候，王疤痫和刘小春走进胡同口，二人搂搂抱抱，十分亲热。王疤痫远远看见胡同里停了一辆吉普车，由于现在他是逃犯，做贼心虚，有点儿异常他就特别敏感，甚至有点儿神经过敏。他问刘小春这胡同里怎么有辆吉普车，平常这地方没人停车。刘小春知道王疤痫怕警察找上门来，决定自己先过去看看，如果有事，她就一直走，不进院，没事就进院。于是她戴上墨镜，向胡同里走去。

刘小春来到吉普车前，向车内看去，一眼就看见了许建中，不禁哆嗦一下，心想还真是警察来了，而且是老对头。她低头仍然向前走，一直走到胡同的尽头才拐弯。王疤痫看刘小春走到胡同尽头，吓得掉头就跑。

许建中看着刘小春的背影，对李小雄和陈强盛说："刚才过去那女的，看着挺眼熟。是不是王疤痫的姘头？上次我跟她打过交道。"

李小雄也奇怪，她要是王疤癞的姘头，怎么没进院？

陈强盛忽然明白了，大叫一声："坏了！她是不是踩道呀？"

三个人急忙下车向刘小春追去，可追到胡同尽头，已经是人影皆无。三个侦查员沮丧地面面相觑，知道这次抓王疤癞又没戏了。

第二天，崔颖在办公室拿着电话向李小雄大吼，质问他为什么失约，而且她的同事说了，没有人接到李小雄的电话。李小雄有口难辩，说是一个男人接的电话。可葛经理当着崔颖的面，矢口否认有这么回事。崔颖气得没等李小雄解释就挂了电话，并且对同事说，凡是公安局来的电话，都说她不在。

一时没有伺候好，崔颖三天没接李小雄的电话。李小雄有些沉不住气了，饭都吃不下去。许建中劝他去找找崔颖，跟她解释解释。他失约两次小姚都原谅他了，何况李小雄不是失约，只是有些误会。李小雄摇头叹气，他上崔颖家找过她，她愣是不开门，哪还有解释的机会？

陈强盛给李小雄出主意，让他蹲坑。在崔颖的单位门口埋伏，然后再跟踪，从动物园一直跟到颐和园。

许建中看着李小雄那苦恼的样子，暗暗庆幸自己的女朋友不但温柔美丽，而且善解人意，哪像崔颖，动不动就耍小姐脾气。

下班的时候，李小雄到崔颖的单位门口蹲坑，崔颖一出来他就迎了上去。崔颖一见是李小雄，掉头就往另一条道上走。李小雄在后面追，边追边解释。可崔颖头也不回，还讥讽他："我听说你追人挺有耐心的，能从动物园一直追到颐和园？你也追我吧，我准备从北京走到北戴河去。"前面来了一辆出租车，她拦住出租车，上车走了，把李小雄一个人扔在路上。李小雄一脸的尴尬，望着远去的出租车，不知如何是好。

李小雄对崔颖已经没了办法，只好求许建中帮忙，实施第二套方案，让姚晨曲出面当说客。许建中把这事跟姚晨曲一说，姚晨曲觉得崔颖不像话，准备找她谈谈。

星期天，姚晨曲轻敲崔颖的房门，里面崔颖问是谁。姚晨曲大声说："警察！"

崔颖拉开门，一见是姚晨曲，笑着说天天有个男警察砸门还不够，又来个女警察。姚晨曲走进屋坐在沙发上问崔颖，你这么讨厌警察，为什么给我介绍个警察？崔颖说这是有难同当。她问姚晨曲星期天大早上跑来干什么。姚晨曲说是来谢大媒。崔颖以为她是开玩笑的，可姚晨曲一本正经地说是诚心诚意来谢她。崔颖没明白，这谢字指的是什么。姚晨曲说崔颖给她介绍的那个抓小偷的警察她挺满意，人既正派又实在。崔颖瞪大眼睛看着姚晨曲，摸摸她的头，怀疑她发烧了。姚晨曲笑了，说这是真事。她又和那警察见面了，而且已经谈了好长时间。崔颖听了目瞪口呆，她相信姚晨曲这个拧种能干出这事来，可她不明白，那警察失约两次，姚晨曲怎么还会和他见面？

姚晨曲说那警察是自己找上门来的，他们谈了谈，觉得不错。她说得轻描淡写，可崔颖不干了，瞪着眼向姚晨曲嚷，埋怨她不应该原谅那个警察。可姚晨曲说警察失约不是故意的，他们的工作就这样，没点儿。这叫好事多磨。崔颖给她介绍那么多，她就觉得这个警察合适，特对她的脾气。崔颖气得拧姚晨曲的大腿，说将来她要后悔可甭赖别人。姚晨曲说她将来只会谢崔颖。她劝崔颖别把失约看得那么严重，得体谅他们。

此时崔颖似乎明白点儿味了，盯着姚晨曲说："哦，我明白了。你不是来看我的，是给小雄当说客来了，对吧？"

姚晨曲笑道："小许让我来现身说法。"

崔颖也笑了："现身说法？让我向你学习是吧？这帮臭警察，没一个好东西。"

"对，还包括警察的女朋友。"姚晨曲道。

崔颖一听也笑了，对姚晨曲坦白，她不是因为李小雄失约就要跟他吹，是想教训教训他，也逗逗他。其实她挺喜欢小雄的，他除了工作不好，其他都挺好。李小雄也是特实在的人，傻实在。而且他要样儿有样儿，要个儿有个儿，颇有男子汉的气魄。她对李小雄还是相当满意的。

姚晨曲劝崔颖别太过分，把李小雄害得吃不好睡不香的，不能这么折磨人，这可不是爱的表现。可崔颖反而得意地说，这才够刺激，谈恋爱就得有点儿新鲜感。姚晨曲劝崔颖别拿男朋友开心，把自己的快乐建立在别人的痛苦之上。可崔颖认为姚晨曲不懂，这就叫爱情。把爱自己的人折腾得神魂颠倒，才能有爱情。一个女人看着一个男人为自己失魂落魄，那是什么感觉，是一种说不出来的享受。她找的就是这种感觉，人活着就是追求一种快乐的感觉。

姚晨曲知道崔颖是喜欢让男人把她奉为皇后的那种人，劝崔颖既然感觉已经找到了，还是应该见见李小雄，不然她回去也不好交差。

崔颖怎么也没想到李小雄会让姚晨曲来当说客，这个面子她还是得给。她向姚晨曲问了一个现实的问题，你是不是想和一个警察过一辈子？姚晨曲觉得她提的问题有些奇怪，既然要嫁给一个警察，当然要和他过一辈子。崔颖说她不想和警察过一辈子，李小雄要想娶她，就必须脱警服。她可不想成天为他担惊受怕。当警察工作忙、挣不了大钱，不能给她买高档汽车，弄不好还让人用刀捅了。

姚晨曲和崔颖想的完全不一样，她认为找对象就求个人好。警察虽说挣不了大钱，但也不算少，而且旱涝保收。至于说危险，这倒是个令她担忧的事。但她喜欢有英雄气魄的男人，讨厌那种胆小怕事的男人。当初她看见许建中迎着枪口往上走，就觉得他是一个英雄，不然也不会再见他了。

崔颖接受不了姚晨曲这套人生哲学，她爱的是李小雄而不是警察。姚晨曲不想说服崔颖，因为她了解崔颖，她不是一个能听别人劝告的人。在这一点上，她们俩有相似之处。

晚上，姚晨曲在东单公园和许建中约会，把崔颖让李小雄脱警服的想法告诉了许建中。许建中并没有因此而吃惊，这种事在公安局是常有的,很多人从公安局调出去都是因为这个。他很理解崔颖,对女人不喜欢警察这行并不惊奇。姚晨曲却从心里不能接受崔颖的观点,觉得她不理解警察。

　　许建中凝望着姚晨曲,问她理解警察吗,是不是也想让他脱警服?姚晨曲摇了摇头说,她不会提这种要求。警察虽说不能当大款,但她平时就把钱看得很淡,有钱就多花,没钱就少花。她也不喜欢打扮得花枝招展的,也不爱戴首饰,有个戒指也想不起来戴。

　　许建中爱慕地看着姚晨曲说,她不打扮已经很漂亮了,但他还是喜欢姚晨曲打扮得漂漂亮亮的,看着她就是一种享受,有一种自豪感。姚晨曲看着许建中,笑得很甜,温柔地投入了他的怀抱,她心里由衷地想为许建中打扮,打扮得漂漂亮亮让他看了高兴。

　　天晚了,许建中将姚晨曲送到家门口。依依不舍,和姚晨曲在一起老是觉得时间过得太快。姚晨曲也觉得时间过得快,她也不隐瞒自己对许建中的想念,说每天从一上班就想着晚上和他见面,还老担心他失约。许建中充满歉意地笑笑,觉得自己几次失约把姚晨曲害苦了,发誓以后再不失约了。有事提前一个小时给她打电话,而且随时开着手机,走到哪儿都能让她找到。姚晨曲觉得这还差不多。二人约定明天准时见面,许建中一口答应。但是他做梦也没想到,一件意想不到的事使他无颜再见姚晨曲,这是他生活中从来没遇到过的一次磨难。

　　第二天一下班,许建中就去赴姚晨曲的约会。他来到公共汽车站,车还没有来,就在车站等车。他下意识地用职业的目光搜寻扒手,这时一个穿着超短裙的时髦小姐来到车站,她斜眼看了看许建中,傲慢地站在许建中旁边。许建中本能地盯了这个小姐一眼,立刻发现这个小姐挂相,十有八九是个女贼。这时公共汽车来了,时髦小姐没有上车,反而转身向另一个车站走去。许建中想如果跟着这女贼,可能会误了姚晨曲的约会,昨天刚跟人家发誓不再失约,今天就失约？但扒手的出现对他太有吸引力了，一个警察的责任感使他不由自主地跟上了这个时髦小姐。来到另一个车站，许建中站在时髦小姐的身后，暗中盯着她。时髦小姐侧目看了看跟上来的许建中，脸上绽出一丝得意的冷笑。

车站上有不少等候上车的人，这时公共汽车来了，众人都向车门涌，时髦小姐也向车门挤。许建中跟在这小姐后面向前挤，暗中观察她的一举一动。时髦小姐见许建中站在她的身后，忽然大叫起来："啊！有流氓！"她返身抓住许建中大嚷道："你干吗？你干吗摸我胸！"

许建中愣了，说："你胡说，我什么时候摸你胸了？"

小姐大叫道："你这个臭流氓！你从那个车站跟到这个车站，刚才趁着人多摸我胸，还把手伸到我的裙子里！"

许建中气愤得说不出话来，他抓了这么多年小偷，还头一次遇上这种无赖，而且是个女无赖，一时不知如何应付。这时在场的群众有的也跟着瞎起哄，有个小伙子叫道："嘿，小姐遇上老顶了嘿！在车下就开顶了。"

另一个小伙子对小姐说："流氓袭胸，还不打110报警，得让警察抓他。"

许建中赶紧为自己申辩，但这时髦小姐似乎有意要害他，大喊大叫地说他耍流氓，招来众多围观者。不明真相的群众都同情弱者，自然站在小姐一边，纷纷谴责许建中，使他陷入了有口难辩的尴尬境地。有人拿出手机打了110，请警察来抓流氓。

许建中极力为自己辩解，指责这时髦小姐血口喷人，但无济于事，没有人听他的解释。他又不好公开自己的身份，怕给公安局造成不好的影响。

双方纠缠了约有十分钟，一辆警车赶来，上面下来两个警察。时髦小姐赶紧上前告状，说是许建中耍流氓，趁乱摸她的胸。一个看热闹的小伙子也添油加醋，说是有人大白天调戏妇女，太可气了。许建中很是恼火，怒斥时髦女郎在胡说八道。警察见双方各执一词，一时难辨真伪,就让许建中和那时髦小姐上警车,并让那个自称看到许建中耍流氓的小伙子也上车。这小伙子本来是瞎起哄,一听让他去当证人,心里发虚,忙说人太多,自己没看清楚,听这女士一叫,以为真有这事,说完就上公共汽车走了。

警察知道这小伙子是个成心捣乱的主儿,叫他也没用,只好向围观的众人说道:"有目击者没有,请协助一下我们的工作。"

围观的人面面相觑,谁也没应声,因为谁也没看见,民警只得带许建中和时髦女郎上了警车。

在车站不远的地方,王疤瘌和刘小春看着许建中被冤枉的难堪样儿,高兴得掩面偷笑。这一切都是这二人精心策划的,没想到会这么成功。王疤瘌大赞刘小春的姐们儿会演戏,可为他出气了。这警察有一百张嘴也说不清楚,回去非丢饭碗不可。

到了约会的时间,许建中还没来,姚晨曲给他打手机,许建中只得说自己临时有事,今天去不了了,明天给她打电话。

许建中被巡警带到派出所,他向巡警说了事情的经过,巡警很同情他,但是时髦小姐不依不饶,一口咬定许建中对她耍流氓了,公安局要是不处理这个流氓,她就到市委上访去。巡警没了主意,干脆通知许建中的单位来领人,让时髦小姐等回音。许建中单位的处长和队长都来了,把许建中领了回去。

好事不出门,恶事传千里。这事被许建中单位的内勤民警王秀兰知道了,她是有名的长舌妇,听说许建中出了事,乐疯了。平常她就总爱在背后说别人的坏话,这次可有话题了。这王秀兰一心想当官,谁有本事嫉妒谁,谁有权力拍谁。她30多岁没有生过孩子,还有几分姿色,尤其她那脸上的酒窝,是专门为领导长的,只有领导来的时候才会展露她那迷人的笑脸。对待像许建中这样的普通民警,她是横挑鼻子竖挑眼,而且许建中老当先进也让她妒忌,觉得许建中是她最有力的竞争对手。这回许建中出事了,她立刻把这个消息在十分钟之内传遍了全队。她对同屋的民警说，许建中是因为找不到女朋友，憋出毛病来了，所以大白天在公共汽车上耍流氓，是公安局的败类。同屋的民警觉得许建中是个老实人，绝对不会干这种事，八成是被冤枉的。但是王秀兰说许建中已经被巡警抓走了，那肯定是真事。知人知面不知心，看人不能光看表面，谁知道他心里想的是什么。许建中是表面上假装工作积极，老以劳模自居，其实他心里龌龊着呢。蔫人出豹子，他就是那种蔫人。这回得开除他的党籍，开除公职，让他回家。公安局不能留这样的人，败坏公安局的名声。王秀兰越说越慷慨激昂，恨不得一脚把许建中从公安局踢出去。

处长亲自把许建中接回处里，向他询问事情发生的经过。许建中把经过详细地向处长、李队长以及政治处的张副主任汇报了一遍，他认为这个时髦的小姐有问题，她穿着超短裙，身上抹着香水，来挤公共汽车不太正常。她这种穿着打扮的小姐没有挤公共汽车的，应该属于打车的那种人。她的眼睛是贼的，所以他才跟上了她。

处长听了许建中的话，不住点头，认为许建中的分析很有道理，一个打扒侦查员应该有这种眼光。他征求政治处张副主任的意见，这个张副主任和王秀兰是朋友，关系似乎有时候还过于亲热。他和许建中没有什么交情，对打扒的事也一窍不通。他摆出了公事公办的样子，说现在事情不太好办，许建中说他没摸那小姐，可那小姐一口咬定他摸了，而且据巡警说当时有个小伙子先说看见了，可以做证，后来又说没看见，走了。许建中是单独外出，没有证人。现在局纪检让他们政治处一定要把事情查清楚，如果属实，要严肃处理。他调查了一下，那个时髦小姐是酒吧的服务员，没有犯罪记录，不像许建中说的是个小偷。他现在也不知道怎么办，不知道怎么向事主和上级纪检部门交代。

处长又征求李队长的意见，李队长心里非常明白，许建中是个老实正派的人，绝对不会干非礼小姐的事，这肯定是那女人诬陷许建中。可现在双方各执一词，他也拿不出主意为许建中开脱，只得提了个折中的建议。鉴于事主不依不饶，扬言上告，还要找新闻媒体曝光，一旦张扬出去会对公安局的声誉造成不好的影响，所以最好这几天先让许建中休息，对事主就说已经让许建中停职检查了，对纪检部门就说还要进一步调查。

处长平常就喜欢许建中的勤勤恳恳和打扒的手眼神通，从心里不相信许建中会干这种事，但目前看来也只好先让他休息几天了，把事情拖一下，等过了这阵再说。他就征求许建中的意见，许建中表示服从组织上的决定。

张副主任不敢和处长对着干，但还是一本正经地对许建中说，在组织调查期间要认真反省一下，如果真的做了损害公安局声誉的事，应该如实向组织交代清楚。许建中一听就怒了，可还是压着心中的怒火，说自己从来不做损害公安局声誉的事，以前没做过，将来也不会做。他不能接受无端的诬陷！

张副主任气坏了，心想你好狂呀，这明明是不把他这副主任放眼里呀，这事得走着瞧，不能就这么算了。

王秀兰听说许建中被领导调查，立刻兴奋地向全处的人散布说，许建中被停职检查了。她说得绘声绘色，把许建中描绘成一个十足的大色狼，好像明天许建中就要被开除了。

许建中遇上了倒霉事，他的两个哥们儿李小雄、陈强盛最为他不平。李小雄拍着桌子骂政治处张副主任是想借机整人，这事是明摆着的，小偷为逃避抓捕，反咬一口。张副主任不站在警察的立场，却和小偷一块儿整自己的人，真不是东西。

陈强盛也觉得政治处那姓张的小子是个马屁精，是靠拍马屁上去的，他干不出人事来，就这水平。

许建中只是叹气，认为这事不能赖张副主任，是得给事主一个交代，而且也没有证人为他做证，空口无凭。

陈强盛说即便许建中没有证人也不能说明问题，因为那女的也是空口无凭，凭什么就认为她说的就是事实呢？

许建中是个心肠很善的人，极力为张副主任辩解，说张副主任也没说他就干了这事，就是说查查，找找证人。

李小雄恼恨地嚷道："他查个屁！这有什么可查的？"

陈强盛也说："他找证人？他什么也找不到，他就能找到他爸那骨灰盒！"陈强盛说话有时候又狠又损，而且他要是想挤对谁，能把他挤对得一钱不值。他这张嘴王秀兰最害怕，见了他都躲着。

三个人正在生气，桌上的电话响了。李小雄拿起电话一听是姚晨曲找许建中，他看看许建中，许建中忙向他摆摆手。李小雄忙对姚晨曲说许建中没在，出去抓小偷了。姚晨曲说许建中手机没开，找不到他。李小雄说可能是许建中的手机没电了，等他回来让许建中给她回电话。

陈强盛问许建中为什么不接姚晨曲的电话，许建中垂头丧气，他知道姚晨曲在找他，可他没脸去见她。他怎么跟她说？说自己被停职检查了，因为领导怀疑他摸女人的胸？

李小雄觉得许建中应该跟姚晨曲解释解释，这事纯属诬陷。可许建中担心这事会在姚晨曲心中留下阴影，而且她会信他吗？她那么纯真的女孩子，哪儿受得了这事？万一她不相信，他怎么办？他在她眼里成什么人了？

陈强盛也觉得这事最好先别告诉姚晨曲，等事情有个结果再说。可李小雄担心政治处那马屁精要是查不出个结果，许建中的黑锅就得背一辈子。陈强盛也感到李小雄的担心不是没有道理，他凝眸沉思片刻，问许建中，那个诬陷他的女人叫什么？许建中说在派出所那小姐自称叫李小娜。陈强盛打开电脑，要查这个李小娜在哪儿上班。李小雄觉得奇怪，问查她干什么。陈强盛说自己正好还没女朋友，得找找这个时髦小姐，谈谈感情问题。

许建中知道陈强盛一肚子鬼主意，生怕他惹出事来，嘱咐他千万别胡来。陈强盛一脸坏笑，说他绝对不会去摸这小姐的胸，顶多摸摸她身上哪儿有问题。他从电脑上查出这个李小娜在三里屯一个酒吧上班，立刻开始了自己的行动计划。这事他没让许建中知道，也没告诉李小雄，他干事喜欢独往独来。

姚晨曲最近心里乱极了，三天没有找到许建中，他就像人间蒸发一样。单位没人，手机也不开。她给许建中的单位打电话，接电话的人都吭吭哧哧的，说不清楚许建中上哪儿了。她觉得不对劲，有一种不祥的预感，许建中可能出事了。她实在没办法，只好求助好朋友崔颖，毕竟崔颖是她的大媒。

崔颖一听姚晨曲因为找不到许建中而寝食难安，觉得她挺可笑，交个警察朋友还用这么上心，找不到就找不到呗，不行就和他吹。但她还是答应为姚晨曲找找。

崔颖晚上把李小雄叫了出来，问他许建中出了什么事，为什么不见姚晨曲。李小雄怕崔颖，把许建中的事告诉了崔颖，嘱咐她千万别和姚晨曲说。崔颖觉得警察出这事真是不可思议，怎么会有人成心诬陷警察？她答应不把这事告诉姚晨曲，但得让许建中立刻见姚晨曲，不能这么躲着她。姚晨曲对许建中动了真情，不见她就是折磨她。

李小雄无奈，只得向许建中传达了崔颖的指令，许建中也想念姚晨曲，第二天晚上就和姚晨曲在他们平时约会的东单公园见了面。

许建中和姚晨曲坐在公园的长廊上，许建中心事重重，低头抽着烟，没了往日和姚晨曲约会时的幸福和快乐。姚晨曲看出许建中心里有事，关切地问他出了什么事，他是从来不抽烟的，为什么又学上抽烟了？许建中忙把烟掐掉，说是抽烟解闷。姚晨曲更纳闷儿了，怎么几天不见许建中像变了一个人，愁眉不展的，怎么了？许建中极力掩饰着，说什么事都没出，就是有点儿累了，这几天抓小偷抓多了。姚晨曲觉得许建中好像很疲劳的样子，问他是不是生病了。许建中含含糊糊，说自己没病，一切正常。姚晨曲关切地劝许建中，有难事尽管告诉她，她会为他分担，这样瞒着两人都不好。

许建中愁苦地看着姚晨曲，惨凄凄地一笑，说有些事她不会理解，她太善良，知道这些事不好，这样会给她增加精神负担。但姚晨曲执意要知道，要为他分担烦恼。许建中从心里感激姚晨曲，这些日子他受了委屈，心灰意冷，唯一的精神支柱就是姚晨曲的爱。他向姚晨曲承认自己最近遇到了点儿麻烦事，但是因为心里有她，所以能扛过来。他让姚晨曲放心，他不会有事，一切烦恼都会过去。

姚晨曲知道许建中一定是遇上了不小的麻烦，既然他不愿意说，也不好勉强，毕竟公安局不是一般的地方，也许有些事是不能对外人说的。

王秀兰向李队长建议，许建中耍流氓应该开除，因为他给公安局造成了非常坏的影响。可李队长说这事没有证据，不能轻率决定，认为许建中十有八九是被冤枉的。王秀兰说，那女人和许建中没冤没仇的，干吗要冤枉他？她又建议如果不开除许建中，就让他自己辞职，走人回家。这样就可以对事主说是把他开除了，许建中自己也有个台阶下。李队长还是不同意，劝许建中辞职让他干什么去？再说，许建中是打扒高手，他走了对工作是相当大的损失。王秀兰见李队长护着许建中，很不服气，像许建中这种人有什么可惜的？少了他这个臭鸡蛋还不做鸡蛋糕了？

李队长知道王秀兰一向妒忌许建中，许建中比她受领导的重视，她心理不平衡。李队长了解许建中，像许建中这样的打扒能手是人才，从感情上说，让许建中走他接受不了。

王秀兰见说不动李队长，又到政治处献计献策。张副主任向来喜欢王秀兰的俊俏，和她说话也投缘，听了她的建议，觉得她说的有理，这是万全之策。他找到李队长，让他劝许建中自己辞职。李队长当然不干，但张副主任认为许建中的事很难找到目击证人，还是劝他自己辞职为好，组织上想办法在街道给他安排个工作，也算给他一个生活出路。李队长觉得这么干就是冤枉了许建中，不同意。张副主任说这不能叫冤枉，组织上并没有给他定性，没有说他犯了错误。这只是万全之策，他个人做一些牺牲，换个工作，这对他也有好处。自己辞职总比被查出有问题开除了强。为了不给公安局造成更恶劣的影响，让许建中牺牲点儿个人利益，他应该能理解。他是党员，这点觉悟还是应该有的。可李队长觉得这对许建中精神上的打击太大，担心他承受不了。搁谁也接受不了，这算什么？不明不白的。

张副主任知道李队长重视打扒工作，不忍心让许建中走。就劝他从大局考虑，这事只能这么办，不能这么无限期拖着。那边扬言要找新闻媒体曝光，还要上市委告状去，造成坏影响怎么办？打扒队是先进单位，这事闹大了影响太坏。

李队长是个硬汉子，不怕人要挟，不吃这一套。心想告状就让她告去吧，没有证据公安局可以反告她诬陷。他这个队之所以是先进单位，百分之九十九是许建中这样的打扒侦查员辛勤工作换来的，现在这么做对他太不公平。但他知道张副主任这个人很固执，不能跟他硬顶，勉强答应劝说许建中自己辞职。

许建中一听领导让他自己辞职，如雷轰顶。他实在接受不了这个现实，觉得自己太冤了，为什么这些领导不听自己的辩解，非要让他离开公安局？他热爱公安工作，热爱打扒工作，难道自己为公安工作献身的权利都没有了？他实在想不通。而且他还在想，自己如果辞了职，将如何面对自己心爱的姑娘姚晨曲？她能接受这个现实吗？自己将来还能给她带来幸福吗？如果姚晨曲跟着他不幸福，他对得起这么好的姑娘吗？他一夜没有睡觉，看着天空发呆，心里有一种叫天天不应的感觉。

晚上，许建中和姚晨曲仍然来到东单公园。坐在长椅上，许建中显得有些憔悴。姚晨曲端详着许建中问他的难事解决了没有。许建中若有所思，说快解决了。他拿出一根烟，没有抽，又把烟掰成了两截。姚晨曲感到疑惑，问许建中为什么不能把这件事告诉她，难道不怕她因此生他的气吗？许建中诚挚地告诉姚晨曲，不告诉她，就是怕失去她。他看着姚晨曲,眼睛里有悲哀,也有矛盾。他问姚晨曲是不是喜欢警察。姚晨曲微笑着说她崇拜警察,尤其是抓小偷的警察。许建中苦笑着问如果他不是警察了,她还会不会和他做朋友?姚晨曲看着许建中的眼睛,觉得他的问题很奇怪,难道他不想当警察了?

许建中说他喜欢自己的职业,不过有时候事情会有想不到的变化。姚晨曲有些着急,让许建中直截了当地说。许建中犹豫了一下,委婉地对姚晨曲说,如果他不能给她带来幸福,或者和她在一起会给她带来不好的影响,她应该离开他,再找一个好的男人。

姚晨曲简直不敢相信自己的耳朵,这个深爱着自己的男人怎么会突然提出和她分手?她吃惊地看着许建中道:"你说什么?你的意思是让我离开你?还是你想和我分手?"

许建中苦涩地说:"我想我可能不配和你这么好的女人在一起,你跟着我可能会不幸福。所以我……"

姚晨曲有些气恼地说:"你……你怎么能这么对我?你今天一定要说清楚!为什么要和我分手,我不答应和你分手。"说着眼泪夺眶而出。

许建中双手抱住头,痛苦地说:"唉,我对不起你。我希望你幸福,你这么好的人一定会得到幸福。"

姚晨曲看着许建中,伤心而又不解地说:"小许,这是为什么?我不同意,我不要离开你!"说着伏在许建中肩头失声痛哭。

最终许建中也没有说为什么要和姚晨曲分手,姚晨曲不甘心,她一定要弄明白。第二天,她来到了许建中的单位,找到了李队长。

李队长这两天心里也不痛快,见了姚晨曲一听许建中要和她分手,知道许建中怕对不起姚晨曲。他把事情的经过原原本本告诉了姚晨曲,并说这件事发生得太突然,他本人不相信小许会干这种事,但是也没有更好的解决办法,许建中要是辞了职对他或许好一些。

姚晨曲觉得许建中实在是太冤了,公安局这么对待他是不公平的,李队长应该为许建中主持公道。李队长知道许建中冤枉,可他目前也是无能为力，只能向姚晨曲解释，因为公安局很注意自身的形象，所以对干部队伍管理得很严，有时候甚至有些不近人情，请姚晨曲谅解。

　　姚晨曲太伤心了，仿佛感到世界末日来临了。她流着泪离开了公安局，谁也不想见，甚至一天没有吃东西。晚上她望着天上圆圆的月亮，泪止不住地流。这泪是为许建中流的，她知道，许建中此时心里一定在流血。

　　许建中的辞职报告整整写了一天，但只写了四个字：辞职报告。他拿着笔，手在颤抖，心也在颤抖，泪水把稿纸都浸湿了。

第三章　滑稽警探

在许建中倒霉的时候,陈强盛正暗中进行着自己的计划。

他这几天一直在注意诬陷许建中的那个时髦小姐李小娜,要和这位小姐过过招。

这天李小娜来到公共汽车站,陈强盛就在不远处盯着她。

公共汽车进站,李小娜并没有上车,她向前挤了挤,又退了回来,向另一个车站走去。陈强盛冷笑一下,也跟着李小娜来到另一个车站。

这时,公共汽车进了站,李小娜挤上了车,陈强盛也挤了上去,紧跟在李小娜身后。

公共汽车上人比较多,李小娜和陈强盛都站在车门口。

这时售票员向陈强盛道:"下车的同志请刷卡。"

陈强盛向售票员笑了笑说:"没带卡,看来蹭车是不行了。"说着拿出钱包,从一沓钱中拿出两块钱投进钱箱,然后把钱包放进兜里,随后拿出手机看。这时车门开了,陈强盛下了车,李小娜也紧跟着陈强盛下了车,下车后她就急忙向车后走。

陈强盛从后面一把抓住了李小娜的肩头说:"别走,偷了我的钱包就想走?"

李小娜回头看着陈强盛,一脸惊愕。

陈强盛微笑着对李小娜道:"偷钱包你还嫩点儿。"说着打开手机,上面有一张李小娜偷他钱包时的照片。

李小娜看着陈强盛手机上的照片一下呆住了,本来觉得顺了他的钱包挺得意，没想到这都被照下来了，吓得差点儿尿了裤子，哆嗦着把钱包从兜里拿出来，递给陈强盛，装出一副可怜兮兮的样子哀求道："大哥我错了，我把钱包还您，您饶我一回吧。"

陈强盛冷笑道："饶你可以，不过你得把一件事情说清楚。"

说着，他掏出手铐，飞快地铐上了李小娜的双手。

在派出所，李小娜向审讯他的民警和陈强盛交代了她陷害许建中的经过，并说不是她存心要诬陷那个警察，是她的一个朋友让她这么干的，说干成了给她两千块钱。她的朋友叫刘小春，是王疤瘌的情人。

民警问李小娜，知道不知道这个刘小春住哪儿？是干什么的？

李小娜说，刘小春以前住密云，具体什么地方不知道。但她知道刘小春是在商场里下货的，特别喜欢偷外国人。

陈强盛听着李小娜的交代，心里的石头算是落了地。

他跟踪这个女人一直很有信心，因为他相信许建中的眼力，只要许建中看着挂相的人，十有八九是小偷。果然，这个女人真是个小偷，而且是个惯偷。这回许建中终于可以重见天日了。

下班以后许建中和李小雄、陈强盛在食堂高高兴兴地吃饭，听着陈强盛讲述抓获女贼的经过。李小雄大赞陈强盛有本事，愣在这女人身上摸到了真东西。陈强盛向来爱神侃，自称是采花大盗，有花必采。

李队长今天也特高兴，拿着一堆猪头肉、花生米之类的东西，提着一瓶白酒，到食堂找到许建中等人，乐滋滋地吆喝道："来来，庆祝庆祝，喝酒，喝酒！"

李小雄一看队长拿来的酒是茅台，馋得直流口水。邻桌的几个民警一看有好酒，也纷纷凑过来，起着哄要酒喝。

队长把杯子分给众人，然后倒上酒，举杯道："来，为了小许平反昭雪，干杯！"

"对！为了小许干杯！"民警们纷纷与许建中碰杯。

许建中拿着酒杯，激动得热泪盈眶，颤抖着说："谢谢，谢谢队长，谢谢众哥们儿。"又拍拍陈强盛的肩，"谢谢，谢谢哥们儿。"说着，眼泪禁不住往下掉。

李队长也激动地说："对，我也谢谢陈强盛，别看这小子一肚子坏水儿，这回还真干了一件天大的好事。你为小许洗清了不白之冤，也为我们队赢得了荣誉。来，干杯！"

众人一饮而尽。

在离许建中不远的桌上，王秀兰看着队长请许建中等人喝酒，十分恼火。心想许建中怎么这么有运气，害他那女人居然真是个小偷。这小偷也太可恨了，竟然让陈强盛这个坏小子给逮着了。现在完了，空欢喜一场，一切又像以前一样了，许建中依然在她的前面，挡着她向上走的路，这让她不能接受。她看着李队长为许建中摆酒庆贺也生气，这有什么可庆祝的？还拿来了看家的茅台酒，真让她倒胃口。

许建中喝了一杯酒，脸立刻就红了，他兴奋地拿出手机，向众人道："不好意思，我得把这好事告诉我的女朋友。"

众人起哄，一民警道："呦，晚上还不买一束鲜花给人家送去？"

许建中笑着拨通了姚晨曲的电话。姚晨曲正在家看着窗外流泪，忽然电话响了，她拿起电话道："喂，是我。"一听是许建中，立刻抹了一下泪说，"你要和我说分手，我就把电话挂了，你太不信任我了，太不了解我了！"说着就把电话挂了。

还没等许建中把好消息告诉姚晨曲，她就把电话挂了，他只得再拨。这回他拨完电话没等姚晨曲开口，就对着电话大声说："小姚，我是许建中，我想和你说，我永远不会和你分手！"

李小雄等人起哄道："说点儿情意绵绵的！"

姚晨曲拿着电话，眼泪像断了线的珠子，一串串滚落下来。她知道许建中不会离开她，他是那么爱她。当她听说许建中被洗清了不白之冤时，激动得不知道说什么好，真想立刻扑到他的怀里，给他一个深情的吻。

李小雄把许建中和姚晨曲的恋爱插曲告诉了崔颖,崔颖听着也觉得新鲜,她的好朋友姚晨曲平常找对象眼多高啊,现在居然和一个警察爱得要死要活的。

崔颖和李小雄恋爱也总是搞得轰轰烈烈的,时而爱得天翻地覆,时而吵吵闹闹一个星期都不见面,但崔颖总能把李小雄握在手里,让他服服帖帖。这天崔颖百媚千娇地挽着李小雄逛王府井,边走边靠在李小雄的肩上撒娇,让他发誓,以后永远不失约。李小雄信誓旦旦地发过誓以后,她满意地拉着李小雄往百货大楼里走,要去买时髦的高跟鞋。在穿戴方面,崔颖和姚晨曲正相反,什么时髦、什么漂亮穿什么,永远追赶着时代的潮流。

二人来到百货大楼前,见有一群人围着一个老太太说着什么,李小雄从旁边过,看见老太太手里拿着一个提包,提包上有一个大口子。老太太急得团团转,说她带了一千块钱到北京给女儿买嫁妆,可不知道什么时候让小偷把包给割了。李小雄走到老太太跟前,问老太太买东西的时候身边有没有人挤她。老太太说有个秃顶小伙子老在她身边挤,包可能就是这人割的。周围的人议论纷纷,认为这小偷早跑了,上哪儿找去。老太太只能认倒霉,吃一堑长一智,破财免灾。

李小雄听了老太太的描绘,心里有了底。他向老太太出示了工作证,让老太太跟他去找这小偷。崔颖觉得李小雄是瞎耽误工夫,小偷早跑了,上哪儿找去?李小雄低声告诉崔颖,在这一带干割包活儿的,有个叫秃子的就是秃顶。秃子有个习惯,只要偷了钱,就要到大饭馆暴撮一顿,可以到附近的大饭馆去找他。崔颖觉得这事挺新鲜,要是能找到这小偷,那李小雄可真是神探了。她好奇地跟着李小雄和老太太,来到不远处的全聚德烤鸭店。

李小雄和崔颖带着老太太走进全聚德烤鸭店,一进店李小雄就四下巡视,在墙角的一张桌子旁,一个秃顶青年正点菜。李小雄大步走到这个青年身边，厉声道："秃子！"

秃子抬头一看是李小雄，吓了一跳，忙说："呦，李哥，是您呀，您也来吃烤鸭？"

李小雄盯着秃子道："你今天干什么了？"

"我什么也没干呀？我早洗手啦。"秃子假装委屈地说。

李小雄道："你刚才在大楼里干什么了？快拿出来！"

秃子结巴起来："我，我……"他哆嗦着从兜里拿出一沓钱，"这是我自己的钱。"

李小雄从秃子手里抓过钱摊在桌子上，竟发现钱里夹着一张纸条，一看是一张银行回执单，上面清楚地写着"张秀芝"。他把纸条往桌上一拍，说："这张秀芝也是你吗？"

秃子傻了。老太太在旁边大叫道："张秀芝是我，这是我从银行取钱的时候人家给的单据。"

李小雄瞪着秃子说："你还有什么可说的！"拿出手铐就把秃子铐上，顺手把钱交给了老太太："大妈，您的钱，拿好。"

老太太拿着钱，激动得不知说什么好，一个劲儿地说谢谢。今天她算遇上救星了，要不是遇上警察，可活不了了。

崔颖在一边看得直拍手，大赞李小雄还真有两下子！搂着李小雄的脖子，给了他一个清脆的吻。

许建中和李小雄都在谈恋爱，只有陈强盛还没有真正意义上的女朋友。因为他眼高，非要找个漂亮的。可他没想到，他的女朋友竟在他抓小偷的时候不知不觉地出现了。事情其实已经有了个开头，只是当时他并没有发觉。一切都是在不合情理的情况下悄悄发生的，这是他没有预料到的。

陈强盛是个滑稽的人，他抓小偷的时候经常没正形，拿小偷耍着玩。这天他和许建中、李小雄在公共汽车上打扒。他们都站在车门旁，不时在乘客中寻找扒手的踪迹。此时车上有位乘客一直注视着三位侦查员,她就是在颐和园被小偷掏包的那位胖美人李聪。她手里抱着一摞书,并没有与三位侦查员打招呼,而是好奇地看着他们,心想怎么这么巧,又遇上这三个警察了,估计还能看到他们抓小偷的好戏。

陈强盛像是闲得无聊,从兜里掏出一沓钱,边数边念叨:"唉,每月就发这么点儿钱,真不够撮一顿饭的。"

旁边的李小雄提醒他说:"放好了,刚发的工资要是丢了,这个月你就喝西北风去吧。"

陈强盛把钱小心地装进兜里。许建中在一旁心想,谁要是能偷了陈强盛,那才是本事大呢。陈强盛一声不吭,似是改了平常爱说爱笑的性格。过了一会儿,又把钱拿出来数,像在盘算着什么,然后把钱放回兜里,手插兜倚靠在门边上。这时一个小伙子凑过来,借汽车摇晃之机拱了陈强盛一下。陈强盛一晃,从兜里抽出手,拉住扶手。小伙子趁机把手伸进了陈强盛的衣兜,可抽出的不是钱,而是一沓大便纸。

陈强盛表情木然,复又插兜拿出钱点点,然后放回去,手扶栏杆合上眼,似睡非睡。扒手看着陈强盛,皱皱眉,心想怎么没抓出钱来,奇怪。他把大便纸塞进兜里,又一次挨上陈强盛,趁陈强盛把手从兜里拿出来的时候,把两个手指伸进他兜里,可提出的还是大便纸。他有些莫名其妙,但并不灰心,第三次把手伸进了陈强盛的兜。这时陈强盛忽然睁开眼,微笑着一把攥住了小偷的手说:"你笨手笨脚,偷到警察头上来了!"一翻手腕,变魔术似的钱已在手上,微笑着对小偷道,"喏,钱在这儿!"

小偷惊吓得五官都挪位了,他怎么也不会想到,警察居然拿他开涮,他算是倒霉了。

许建中上来给小偷戴上了手铐,一直看着陈强盛的李聪禁不住拍手叫好道:"太精彩了!"

陈强盛扭头才发现李聪也在车上,认出她就是在颐和园被偷的那个胖美人,主动和她打招呼道:"哟,胖大姐,是你呀,又见面了。"

李聪故作娇嗔地说:"你再说我胖,我跟你急。"

陈强盛边拉着小偷往车门口走,边扭着头看李聪手里的书,一看她居然拿的是武侠小说,问道:"哟,你也爱看武侠小说?"

"对,这是我刚买的。"李聪说。

陈强盛撇了一下嘴说:"还买?上图书馆借去多合算。明儿你上首都图书馆找我去,我是那儿的武协主席,武侠小说协会主席。"

这时汽车进了站,陈强盛边拉小偷下车边向李聪说:"拜拜了,啊——胖,不是,瘦大姐!"

李聪看着三个警察把小偷抓走了,觉得又新奇又可乐。尤其是陈强盛,给她留下了非常奇特的印象。他怎么这么滑稽呀,真是个逗人的警察。她有一种奇怪的想法,想去首都图书馆找找他,看看是不是真有他说的什么武侠小说协会。他居然是武协主席?自封的吧?

李聪有钱,可她自己也说不清楚这钱是怎么来的。她工作的工厂要倒闭,在家等消息,工厂每月只发几百块钱的生活费,其他的钱都由她老公给。她也不多要,每月向老公要三千块钱。她老公叫马征,就是崔颖的老板葛经理要介绍给崔颖认识的那个马经理。据说马征自己开了个广告公司,每月挣不少钱,可李聪从来没去过她老公的公司,因为马征不愿意让她去。马征在外面养小蜜是公开的秘密,李聪也懒得过问,她早就不爱马征了,在她心目中,一个男人有了钱就会学坏,一旦学了坏,想学好就不容易了。她想和马征离婚,马征不同意,俩人就凑合着过同床异梦的日子。不过李聪已经一年没让马征碰她了,嫌他脏,怕得性病。但她毕竟是个年轻的女人,无论是在生理上还是在精神上,都需要一个男人。她就像古时候皇宫里的寂寞怨妇,时常幻想着有自己喜欢的男人来陪伴。可她又不是那种水性杨花的女人,在性的方面又有传统的一面,只能在武侠小说中寻找自己的梦境,以消遣那太多的闲暇时间。她无所事事,有时候也出去花钱。

她花马征的钱，纯粹是为了解气，为了报复他在外面养小三。

李聪和马征住的是装修得很讲究的两居室。她从书店回来，把书放下就躺在床上，懒散地拿起一本书，翻了两页又合上了。她心事重重，老想着那个滑稽警察抓小偷的事。

李聪的丈夫马征提着一个大提包回家，他不到30岁，长得白白的，像个知识分子。他见李聪拿着书躺在床上，问她是不是又买武侠小说了。李聪看也不看马征，说不看小说干什么去。她见马征一件一件地从提包里往外拿手机、笔记本电脑、照相机之类的东西，好奇地问他怎么老往家拿这些东西，哪儿来的？马征说这都是广告客户拿来的样品。李聪觉得无聊，想去马征的广告公司看看，到现在她也没上马征那儿看过。马征似乎不想让李聪到他的公司去，就说他那儿没什么可看的，就是一间普通的办公室。李聪知道马征不会让她去，怕她见到他的小蜜。她让马征放心，她才懒得看他养的小蜜呢。只要马征每月给她三千块钱，他爱干什么干什么，最好连家都甭回。

马征虽然嫖娼养小蜜，但最喜欢的女人还是李聪，因为李聪不但长得漂亮，还丰满性感。刚结婚的时候他迷恋了李聪很长时间，但是后来两口子因为一些事总是争吵，感情也就随之淡漠了。他已经好长时间没有和李聪做爱了，他凑过来搂着李聪想和她亲热，李聪厌烦地推开他，烦躁地说："你别碰我，我怕得性病。我早跟你说过，不许你上我的床，也别来烦我。"

马征有些恼火，对李聪道："我每月给你三千块钱，你连床都不让我上？"

李聪白了马征一眼说："对，你不愿意就离婚。离了婚你就可以把小蜜带回家来了，也不用给我钱了。"

马征可舍不得和李聪离婚，他占有过的女人不能再让别人享用，宁可花钱养着，也不让别人碰。他狠狠地对李聪说："你越想离我越不离！看咱俩谁耗得过谁。"他生气，可拿李聪没办法，总不能弄个婚内强奸吧，他也只能到外面去吃野鸡了。而李聪也拿马征没办法，他不想离婚，甩都甩不掉地粘着她。况且她现在没工作，还得花马征的钱，什么时候能自食其力了，再从这个家搬出去。

李聪不知是想见陈强盛，还是想看看他说的武侠小说协会是否存在，星期天还真的走进了首都图书馆。她见有不少人在借书，便在书架上浏览，走到里面一个书架旁，忽然看见陈强盛也在找书，高兴地走上前，轻轻叫了一声："嘿，武协主席！"

陈强盛回头一看是李聪，很是高兴，他对李聪印象极好，尤其是她的漂亮和丰满，给人一种成熟的美。他向李聪笑道："呦，是你呀，瘦大姐。"

李聪瞪了陈强盛一眼道："讨厌，你少瞎叫，我有名。我叫李聪，木子李，聪明的聪。"

陈强盛一听这名字不错，笑着说："啊，这名字好听，李子树下的葱。比我的名字好听。"

李聪瞪眼道："去你的，我是聪明的聪，不是大葱的葱。你叫什么？"

陈强盛仍是笑嘻嘻地说："我叫武协主席呀。"

李聪佯装生气道："你少废话，说真名。"

陈强盛一本正经地说："鄙人叫陈强盛，耳东陈，强盗的强，盛大的盛。"

李聪笑道："我看你就是一个强盗！"

陈强盛说："那你就管我叫强盗吧，或者主席也行。"

李聪问陈强盛："你这武协主席是谁封的？是你自封的吧？"

陈强盛仍然一本正经地说："不，是民主选举。我跟你说啊，我们这个武侠小说协会呀，不是一般人能参加的。只有看过七个武侠小说作家写的书，才有资格申请加入我们这个协会。"

李聪乐道："那我有资格参加了。"

"你？你也想参加？那我考考你，你先说你都看过哪些作品吧。"陈强盛道。

李聪说："你听着啊。我看过'金庸全集'，古龙的看过十多本，凡是书摊上能买到的，我全买了。还看过梁羽生的、卧龙生的、还珠楼主的……"李聪一下说了十多个新派武侠小说的作家，陈强盛听得眼睛都直了，心想她还真看了不少书。他点头向李聪道："好家伙，你真厉害，可以当武协的分舵主了。"

这时有几个姑娘走过来，其中一个叫杨洋的姑娘向陈强盛叫道："嘿，大侠！你躲到这儿来了，让我们好找。"

陈强盛道："呵，你们可不知道，我遇见高手了。"他指指李聪，"这是李聪，武林高手，世界上所有的武侠小说她都看过。"

李聪不好意思地捶了陈强盛一下说："去你的，又拿我开心。"

杨洋打量了一下李聪，发现她又漂亮又高雅，虽说有些过于丰满，但皮肤白皙，显得格外性感，属于男人喜欢的那种女人。她带着醋意道："我说呢，半天没见你的人影，原来躲在这儿和高手切磋呢。"

众人一起笑了起来。

李聪和陈强盛在一起时心情特别好，陈强盛老给"武协"的人讲笑话，逗得大家捧腹大笑。她忽然觉得生活充实了很多，能到这儿来，真是比在家看着那个讨厌的马征强多了。她回家的时候和陈强盛同坐一辆公共汽车，她问陈强盛是不是每个星期天都来借书。陈强盛告诉她，他每星期都来，除非有特殊情况。他喜欢睡觉之前看武侠小说，没有武侠小说看就睡不着觉。不过有时候看上瘾了，一晚上不睡，看完了算。李聪说她没事干，看武侠小说纯属消遣。陈强盛问她为什么不上班。李聪说她们单位停工了，她成天在家待着。陈强盛问李聪是不是特有钱，总花钱买书，书很贵。李聪如实相告，她的老公有钱，是开广告公司的。她正跟老公闹离婚，等离了婚，她也是穷人了。陈强盛不理解，怎么找个有钱的老公还离婚？李聪说有钱的男人没一个好东西，都风流成性。陈强盛看着李聪，觉得她不但外表漂亮可爱，而且很有内涵，目光里不由得闪出赞赏之色。这个眼神虽然只是瞬间一闪，但还是被敏感的李聪捕捉到了。

许建中自从有了女朋友以后，开始关心陈强盛的婚姻大事，觉得陈强盛也该有一个正式的女朋友了。他请姚晨曲给陈强盛张罗个对象，说他们仨就他没女朋友。他们单位女的少，有个漂亮姑娘后面得有一百个人盯着。强盛这人平时爱说爱闹的，什么都不在乎，但人极聪明，绝对是一流侦查员。他找对象的条件挺简单，就是要漂亮，不漂亮的根本就不见，他说找个媳妇不能成天看着她别扭。

姚晨曲觉得陈强盛这条件也够高的。不过她们商店还真有个漂亮的，叫李娇娇，外号"李大美"，高鼻梁、大眼睛。烫个大波浪式的头发，还染成黄色的，一看就特打眼。许建中觉得强盛一定喜欢李娇娇这样的，问李娇娇人品怎么样。姚晨曲说李娇娇没什么大毛病，就是有时候说话让人不爱听，好吹牛，可工作还是挺认真的。她最大的特点就是爱打扮，穿衣服极讲究，早上穿的衣服上那花儿是花骨朵，中午是含苞欲放，晚上再换上一件，那花儿就开了。许建中不禁咋舌，心想，一天三换，真是够爱打扮的。姚晨曲说李娇娇眼高着呢，谈了七八个大款，都吹了。也不知道她能不能看得上陈强盛。不过她可以给他们牵个线，成与不成要看他们有没有缘分。二人约定，星期天给陈强盛和李娇娇牵线搭桥。

星期天，许建中和陈强盛在中山公园一进门的花坛旁等姚晨曲。不一会儿，就见姚晨曲领个花枝招展的姑娘走进公园，许建中忙向姚晨曲招手。

陈强盛远远地看见那姑娘，不禁吐了一下舌头，对许建中说："我的妈呀，这姑娘怎么把被面儿穿身上了？"

许建中赶紧嘱咐陈强盛，让他严肃点儿，好好跟人家谈，不许胡来。陈强盛满口答应，今天要当一回采花大盗。许建中瞪了他一眼，知道陈强盛从来就不会严肃，而且找对象极不认真。

姚晨曲领着李娇娇走过来，她向许建中和陈强盛介绍了李娇娇，李娇娇在和陈强盛握手的时候，娇滴滴地向他问了声好，那嗓子又细又温柔，就是听了有些肉麻，陈强盛直向许建中挤咕眼。

姚晨曲给双方介绍完，挽起许建中向李娇娇和陈强盛告辞，让他们自己谈。许建中边走边低声对姚晨曲说，这姑娘是够能打扮的，看上去跟花蝴蝶似的。姚晨曲问许建中，她和李娇娇站一块儿是不是显得特土。许建中认为姚晨曲比李娇娇漂亮多了，李娇娇是艳，姚晨曲是美。李娇娇是四分长相六分打扮，姚晨曲是九分长相一分打扮。他想打扮一下姚晨曲，给她买一身连衣裙，要白色的，再配一双白高跟鞋。可姚晨曲不要，许建中挣那几个钱还要给老家寄，她不能花他的钱。许建中坚持要买，说要先给她买一双鞋，让她踩着自己。姚晨曲笑了，也要给许建中买一双鞋，也让他踩着。二人感到由衷的甜蜜，看看离陈强盛和李娇娇远了，赶紧拥抱一下，深深地接了个吻。

陈强盛和李娇娇在树林里漫步，二人都有些拘束，还不时互相打量。陈强盛侧目看着李娇娇，终于开口说："李小姐似乎很会打扮。"

李娇娇笑吟吟地看着陈强盛，心里很得意，说："你觉得我这么打扮行吗？"

陈强盛又仔细看了看李娇娇，认为还行，衣服和鞋的颜色配得还可以，能显出年轻人奔放的个性。头上的发卡配得也很合适，能把人的注意力引到头上，更能突出她长发的魅力。李娇娇被陈强盛说得眼睛直发亮，说他真有眼力，她这身打扮是请一个服装设计师设计的，裙子是名牌，手包也是真皮的。

陈强盛问李娇娇是不是很爱唱歌跳舞，李娇娇说喜欢跳交谊舞，喜欢听音乐，还喜欢看芭蕾舞。陈强盛心想她的爱好还挺多，就是不知道是真爱还是假爱。

星期一，李小雄听说许建中给陈强盛介绍了一个对象，忙伏在陈强盛的办公桌旁探听情况，问人家看上他了没有。陈强盛一副扬扬得意的样子道："什么叫她看上我了吗？你得说我看上她了吗。"

李小雄说："嗨，都一样，你们俩不管谁看上谁，有戏吗？"

陈强盛似乎对李娇娇比较满意,说:"从外表看还行,不过还得谈谈看。"

许建中在旁边说那姑娘长得不错,而且她对强盛印象挺好,答应再见面。

陈强盛听李娇娇说爱看芭蕾舞,就买了两张芭蕾舞的票,晚上请她看芭蕾舞。

晚上,陈强盛带李娇娇来到北京音乐厅看芭蕾舞。看了一会儿,他发现李娇娇哈欠连天,似乎根本没有兴趣。他有些不解,问李娇娇,既然爱看芭蕾舞,怎么直打哈欠?没睡好觉?李娇娇赶紧说没有,这舞跳得挺好的,她爱看。可她似乎看不懂芭蕾舞,看了一会儿又无聊地东张西望,兴趣索然。

陈强盛让李娇娇看那演员的平转接大跳,说这种动作是从俄罗斯古典芭蕾舞里学来的。可李娇娇呆呆地看着台上,问陈强盛什么叫平转。陈强盛一听就知道李娇娇对芭蕾舞一窍不通,心想,这姑娘太虚荣,不懂就是不懂,还假装爱看芭蕾舞,好像爱看芭蕾舞就高雅了。

陈强盛回到公安局,向许建中说了对李娇娇的看法,认为这姑娘除了长得不错以外,其他方面实在难以恭维。她太浮浅,太爱慕虚荣。许建中也看出来了,爱打扮的姑娘往往爱慕虚荣,不过爱慕虚荣也是正常的,一般女孩子都有点儿,他劝陈强盛别对女孩子要求太高了。人无完人,而且爱慕虚荣也不是不能改的毛病,可以慢慢说服她。陈强盛一想也对,女人爱慕虚荣真不能算是大毛病,况且他喜欢漂亮姑娘,要让他跟李娇娇吹还有点儿舍不得。

李聪自从和陈强盛认识以后,总是忘不了他,在家看书的时候也不像以前那么悠闲了,总是拿着一本书,对着窗外发呆。马征发觉了李聪的变化,问李聪干吗老对着窗外发呆,那外面有什么好看的?李聪说她看公共汽车。马征更觉得蹊跷,公共汽车有什么好看的?李聪不理马征,拿起手包就向外走,说是上图书馆。马征觉得李聪似乎发生了点儿变化,准是有什么事瞒着他,甚至怀疑李聪有了外遇,要给他戴绿帽子,不禁开始注意李聪的行踪。

李聪来到图书馆,也不知道自己是来看书还是来找陈强盛。她手里拿着书,眼睛却看着门,一会儿又看着书发呆。

这天杨洋也来了,她发现李聪看书不翻页,觉得奇怪,就走过来看了看李聪的书,问她一下午就看了一页书,这页书上有什么好看的?李聪脸一红,自知有些失态,窘迫地对杨洋说她今天有些心烦。杨洋说心烦不要紧,待会儿陈大侠来了,让他讲俩笑话就不心烦了。李聪试探着问陈强盛是不是每个星期天都来,杨洋说一般没有特殊情况他都来,可不知道今天为什么没来,八成是抓小偷去了,他经常在汽车上和车站抓小偷。

李聪在图书馆没有遇上陈强盛,觉得心里发空,像是缺点儿什么,回到家实在无聊,突发奇想,要看看陈强盛是怎么在公共汽车站抓小偷的。她在家拿着一张公共汽车路线图,翻来覆去地看。

马征在旁边有些好奇,问她老看这公共汽车路线图干什么,想上哪儿?李聪有些烦躁,说哪儿也不去。马征说不想出门看公共汽车路线图,学地理呀?李聪说想去过车瘾,兜风。马征更觉得奇怪了,哪有坐公共汽车兜风的?李聪说我没法儿跟你比,你是大款,开着自己的车兜风,我只能坐公共汽车兜风。马征觉得李聪不可思议,准是在家待出毛病来了,主动提出开车带李聪去兜风。李聪想了想,认为可以,不过得按她说的路线走。马征心想,别往八宝山走就行。

二人出门上了马征的车,李聪让马征沿着110路汽车的路线走。她在车上向外看,车到了一个车站,就让马征慢点儿开,探出头在车站寻找。马征有些不耐烦,哪有这么兜风的,一会儿快一会儿慢的,还老跟着公共汽车走。但李聪坚持要这么走,马征拿她没办法。车到了110路的终点,马征问李聪还往哪儿开,李聪长叹一声,说是要不上公安局。这下把马征吓了一跳,说:"上哪儿?公安局?我说,要去你一个人去,我可不去。没事你上公安局干什么?"他纳闷儿,不知道李聪心里在想什么,觉得她不对劲。这种反常准跟公共汽车有关系,没准还和警察有关系。

星期天,李聪又来到首都图书馆阅览室,她和杨洋在书架上找书。杨洋一个劲儿夸李聪打扮得真漂亮:"士为知己者死,女为悦己者容。这么一打扮,你爱人看了一定很高兴。"李聪撇一下嘴,说从来不为老公打扮。杨洋不知是有意还是无意,竟然说如果李聪没结婚,跟陈大侠是天生的一对儿。可惜她有老公,这就是缘分问题了。李聪被杨洋说得心猿意马,皱着眉问杨洋陈大侠今天怎么又没来,担心他病了。

杨洋说陈强盛一向身体好,不会生病,八成是谈恋爱去了,不然他早来了。李聪一听脸色都变了,没听说陈强盛有女朋友呀。可杨洋认为他没准儿新找了,一有女朋友就顾不上来借书了,每天陪女朋友逛街,早把这儿忘了。李聪听了脸红一阵白一阵,一下坐在椅子上。杨洋一看吃了一惊,问李聪怎么了,为什么脸色这么难看。李聪赶忙掩饰,说没怎么,就是头直晕。最近晚上老失眠,白天头昏脑涨的。其实她心里明白,她在不知不觉中被陈强盛深深地吸引了,她想他,天天想。可这个警察居然去谈恋爱,把她扔在这图书馆,连个面儿也不露。但是又一想,她和陈强盛是什么关系,凭什么不让他去谈恋爱?自己是有夫之妇。她越想脑子越乱,越想头越发晕。

杨洋以为李聪真的病了,劝李聪别看书看太多了,她以前看书看晚了也失眠。李聪揉了揉头,又起来找书。她心神不宁地翻了两本书,又问杨洋:"缘分是什么意思?"

杨洋是个直爽的人,对李聪说:"道家特讲究缘分。能相见、相识就是缘分。比如说吧,你去找一个人,到他那儿他刚走一分钟,你们没碰上,这就是没缘分。话说回来了,你找他,他刚要走,可车坏了,晚走了一分钟,你们碰上了,这就是有缘分。男女之间的缘分也跟相见、相识有关系。男女结婚首先得相见、相识。再比如说吧，你和你的爱人是在汽车上相识的，这就全凭缘分。为什么呢？因为如果你那天正好早出来一会儿，你没坐那辆车，就遇不上他。如果你晚出来一会儿，哪怕是一分钟，也遇不上他。可你偏偏这个点儿出来，正巧和他坐一辆车，怎么回事？缘分，你和他有缘。世上的事，该是你的，不争也是你的。不该是你的，争也争不到，这就是道家所说的缘分。"

李聪听得目瞪口呆，没想到一个小姑娘居然满腹经纶，而且说得颇有道理。她仔细琢磨杨洋说的：不该是你的，争也不是你的。这话难道是对她说的？

杨洋不知道李聪在想什么，接着说，她和陈强盛就是随缘，她喜欢陈强盛，可陈强盛却不把她放眼里。她也不管陈强盛怎么对她，听天由命，争也没用，就看有没有缘分了。

李聪暗自吃惊，这杨洋居然也喜欢陈强盛，还大胆地对别人说。

杨洋告诉李聪，这儿的女孩子没有不喜欢陈强盛的。他这人特幽默，和他在一块儿心情舒畅，他的魅力就在这上面。不是所有女孩子都爱有钱的男人，真正高素质的女孩儿都会爱上陈强盛这样的男人。只有那些素质低的女人才把钱和爱情摆在一起。

李聪呆呆地听杨洋说，心里暗暗赞成杨洋的看法，陈强盛真是个招女人喜欢的男人，他的魅力在于他的内涵。她不敢承认自己已经爱上了陈强盛，但自己确实一天到晚想的只有他。

李聪听说陈强盛在谈恋爱，似乎是受了刺激，忽然想打扮一下自己，想让自己变得更年轻一点儿，增添点儿自信心。她来到一家不错的美发厅，让理发师给她设计一个发型，要漂亮，但还得稳重一点儿。理发师说李聪这么漂亮，留什么样的发式都好看。可李聪觉得自己和别人比起来，似乎还不够漂亮。她让理发师给她烫个大花儿，看看效果怎么样。

说来也巧，马征正在美发厅对面的歌厅的包间里唱歌，身边有两个小姐陪着。他边唱边把身边的小姐拉到怀里，连吻带摸。小姐把马征伺候得高兴劲上来了，他要把这两个小姐都带出去。小姐是只要给钱就愿意，双方谈好价钱就出了歌厅。

李聪焕然一新地从美发厅里出来，不但发型变得漂亮了，精神面貌也似乎好了很多。她刚一出门，正好马征和两个小姐从歌厅里出来，搂搂抱抱地上了车。

李聪看着马征和两个小姐上了车，一阵恶心，心想，当初怎么瞎了眼，嫁给这么个有大学文凭的流氓，高级流氓。她目送着马征坐的车走远，默默地向前走，漫无目的。她眼光发直，若痴若癫。

陈强盛自从和李娇娇谈恋爱以来，一直没到图书馆借书。可他爱看武侠小说，一有时间还得到这儿来。这天他带着李娇娇一同来到图书馆，让她也感受一下武侠协会的气氛。他向李娇娇大侃，说这儿有个自发的武侠小说协会，他是会长。李娇娇说她不爱看武侠小说，太俗，她只看世界名著。陈强盛知道李娇娇又在卖弄高雅，故意问她都看过什么名著。李娇娇想了半天也没说出什么世界名著的书名来，只说看过琼瑶和莎士比亚的书，是什么名她也记不住了。陈强盛笑了笑，没说话。他一听就明白了，李娇娇大概连什么是世界名著都不知道，可能就看过小人书。但他并没说出口，不想挤对她，怕她面子上挂不住。

陈强盛还没进阅览室的门，杨洋就和几个姑娘迎了出来。杨洋大惊小怪地叫道："呦！大侠，把女朋友带来啦，给我们介绍介绍。"

陈强盛忙向众人介绍了李娇娇，众姑娘有的说李娇娇的名字洋气，有的说她人长得洋气，夸得陈强盛美滋滋的。

李聪在阅览室里向外看，一眼看见了陈强盛和李娇娇，她的脸色一下变得异常苍白，心怦怦乱跳，赶紧躲了进去。

陈强盛领着李娇娇在阅览室的书架旁挑书，他拿下一本书递给李娇娇,告诉她,这种封面的都是世界名著。李娇娇接过书一看是《红与黑》,承认自己没看过这本书。陈强盛劝李娇娇多看些书,对她有好处。他无意间一转头,见李聪正在书架旁看书,忙过去向她打招呼:"李聪,你也来了?我怎么没看见你?"

李聪看了看陈强盛,醋劲儿十足地说:"你哪儿看得见我呀,您眼儿那么高。"

陈强盛拉过李娇娇给李聪介绍,说这是他新交的女朋友。李聪上下打量着李娇娇,发现李娇娇穿着一身名牌却显得十分俗气,问李娇娇是不是也喜欢看武侠小说。李娇娇娇声娇气地说,她不爱看武侠小说,只喜欢看世界名著。李聪本是个尖酸刻薄的人,一听就知道对方在吹牛,卖弄高雅,讥讽地一笑:"呦,那您是阳春白雪,我们是下里巴人。"她见李娇娇向前走了几步,就伏在陈强盛耳边低声说,"杨梅掉醋缸里——酸到一块儿了!"说完又高声说,"你们挑书,我不打扰了。"向李娇娇点了一下头就躲开了。

陈强盛向李聪瞪了一眼,耸了一下鼻子,以示抗议。

李娇娇没听懂李聪说什么,低声问陈强盛,什么叫阳春白雪、下里巴人。陈强盛向她解释说:"阳春白雪和下里巴人是两首歌的名字。古代楚国有个才子叫宋玉,有一次楚襄王问他:'你干了什么不好的事,为什么老百姓都不说你好?'宋玉说:'客有歌于郢中者,其始曰《下里》《巴人》,国中属而和者数千人。'就是说,有个客人在城中唱歌,先唱的是《下里》和《巴人》,国中能跟着唱的有数千人。'其为《阳春》《白雪》,国中属而和者不过数十人;引商刻羽,杂以流徵,国中属而和者不过数人而已。是其曲弥高其和弥寡。'这是说,客人唱了《阳春》和《白雪》,国中能跟着唱的人极少。因此证明曲子越高雅,能跟着唱的人越少。现在人用'阳春白雪'比喻高雅,用'下里巴人'比喻通俗。"

李娇娇听得入了神,向陈强盛道:"我跟你在一块儿能学到不少知识,我以前跟俗人接触得太多。"

陈强盛道:"不能随便说谁是俗人,谁是高雅的人,我也是普通人。有些事不能一概而论,不能说一个高雅的人就是好人,一个普通人就低人一等。比如一首歌,如果说会唱的人多就俗,会唱的人少就是高雅,这就错了。一部好的作品,首先应该为多数人所接受,应该雅俗共赏。如果一部作品出来大家都看不懂、听不懂,就不能说是高雅,只能说是不成熟。"说完他问李娇娇明白不明白。

李娇娇觉得陈强盛说得太深奥,瞪着大眼睛看着他,摇摇头说不懂。陈强盛笑了,他听李娇娇说"不懂"两个字反倒高兴。李娇娇问为什么她不懂陈强盛反而高兴,陈强盛毫不隐瞒地说,他喜欢不懂就说不懂,最讨厌不懂装懂的人。李娇娇是个聪明人,把陈强盛的话牢牢地记在了心里,她想让眼前这个男人喜欢她,还不能不懂装懂,不懂就得说不懂。

李娇娇去上厕所,李聪趁这个时候走了出来,她从李娇娇一进来就对她没有好感,觉得她从里到外都俗不可耐,根本配不上陈强盛。陈强盛条件这么好,身边有这么多女孩子追他,怎么找了这么一块料?她见李娇娇出去了,就对陈强盛说:"我说你怎么两个星期没来,原来是谈恋爱去了。"

"嗨,这是人家给我介绍的,刚谈没两天,还指不定成不成呢。"陈强盛不以为然地说。

李聪撇嘴道:"我以为你眼儿挺高的呢,原来就这条件。找了个又酸又俗又牙碜的,什么眼神儿?"

陈强盛有些窘然,求李聪别那么刻薄。他向李聪坦诚地说了自己的想法,他想找个好的,有才、漂亮、工作好、知道心疼人,又谈得来。可这么多年的寻觅让他失去了信心,怀疑这种人世上根本就没有。就是有也不一定让他遇上。他现在想通了,要么图漂亮,要么图人好,总得占一样。

李聪觉得陈强盛没出息,世上的好姑娘多了,凭他的条件和魅力,找什么样的找不到?非凑合一个?劝陈强盛再找找,别凑合。可陈强盛认为李聪是抬举他，他有什么条件和魅力？不过是一个最普通的警察！不是大老板。

李聪听陈强盛妄自菲薄，不知是为他着想还是为自己着想，有些急了，向陈强盛大嚷道："你以为女孩子都喜欢大老板呀，喜欢大老板的是妓女！喜欢你的女孩子多了。"

陈强盛笑着说："哎哟，我找不着北了，连南也找不着了。谁喜欢我呀？我有几两重我还不知道？你喜欢我吗？你喜欢我你找一个开公司的，你怎么不找一个警察呀？"

李聪气得想哭，说："你这人怎么这样？好心好意劝你，你却把我给裹进去了。"

陈强盛说："你别生气，我就是打个比方。"

李聪想说服陈强盛，向他强调婚姻是一辈子的大事，不能凑合。陈强盛知道李聪是好意，可他有自己的难处。而且他也不想马上就娶李娇娇，先谈谈看，不行再说。

李聪见不能说服陈强盛，也同意他先谈着，有了好的再换。不过警告他不能越轨，有些女人把贞操看得很重，他要是越了轨，以后想甩都甩不掉。陈强盛发誓他婚前决不干那事，他是警察，警察有警察的规矩。

李聪是满怀希望来图书馆等陈强盛的，可等来的却是她最不愿意看到的一幕。她只能接受眼前的事实，因为她是有夫之妇，没权利阻止陈强盛找女朋友。想到这儿，她更加觉得自己命苦，大有和陈强盛相见恨晚的感觉。

回家的时候，陈强盛、李娇娇和李聪同坐一辆公共汽车。在公共汽车上，三人手里都拿着书站在售票台旁。李聪问李娇娇在哪儿上班，李娇娇说在新兴百货公司。她觉得"售货员"三个字不太好听，所以谁问她在哪儿工作，她都说在百货公司。可陈强盛却成心要露李娇娇的底，说李娇娇是卖东西的，售货员。李聪倒是没有职业偏见，说李娇娇比她强，她现在是无业游民。单位要倒闭了，只能在家待着,听候发落。

车进站,上来不少乘客。陈强盛向上来的乘客扫了一眼,低头对李娇娇和李聪说:"上来一个贼。"两位女士忙向门口看,可看不出谁是贼。陈强盛让她们俩别跟他说话,让她们看一出好戏。他把手机给了李娇娇,让她帮忙录像。

这时一个长头发青年挤到售票台附近,眼睛乱转,总离不开人的提包和衣兜。陈强盛从兜里拿出钱包,数了数钱,又把钱包放了回去。长头发青年向陈强盛挤过来,趁车一晃,顺手偷了陈强盛的钱包。陈强盛装作没发觉,反而靠近了小偷。车停了,小偷下车,陈强盛紧跟着小偷下了车,李聪和李娇娇也跟了下来。

小偷下车往前走,陈强盛也紧挨着小偷走。小偷火了,向陈强盛嚷道:"妈的,躲开!你老跟着我干什么!"

陈强盛不紧不慢地说:"我还以为你没掏完呢。"

小偷一惊,没明白是怎么回事。

陈强盛笑了笑说:"不是我要跟着你,是你让我跟着你。"他拉了拉腰上的一根绳说,"咱俩是单线联系。"原来,他的钱包上有一根绳,一头儿连着他的腰,另一头儿在小偷的兜里。小偷目瞪口呆,吓傻了。

陈强盛拉出钱包道:"你偷了我的钱包,我这个月吃什么呀?"

旁边的李聪和李娇娇直拍手。

李聪叫道:"太妙了!"

李娇娇边用手机录像边赞道:"真好玩儿!"

陈强盛看着小偷道:"走吧,跟我上公安局。"

小偷眼珠一转,四下看看见边上只有李聪和李娇娇,便从兜里掏出一沓钱,向陈强盛挤出个笑,说:"咱们是一回生二回熟,这点儿钱先拿去用,以后再孝敬您,今天您就放我一回吧。"

陈强盛冷笑道:"这钱少了点儿吧?"

小偷一听有门儿,忙说:"好说,好说。"又从兜里拿出一块金表,"再加上这个怎么样?"

陈强盛怒道:"收起你这一套吧!你这点儿钱不够十年大牢的伙食费!"

小偷一看软的不成,就来硬的,眼一瞪,"嗖"地从腰里抽出一把匕首,对着陈强盛说:"小子!你别敬酒不吃吃罚酒!"

一见小偷拿出刀,李聪和李娇娇不约而同地上来护住陈强盛。李聪厉声质问小偷:"你干什么!"

陈强盛笑了,他觉得两位女士挺身护着他,让他有些受宠若惊,但他一个大男人遇事怎么能躲在女士的后面?他笑着推开李聪和李娇娇,对小偷说:"你小子敢在警察面前玩刀子,好,告诉你,老子一动手你就得横着进公安局!你看看周围有多少枪口在指着你。"

小偷下意识地四下看,陈强盛趁机突然一脚踢飞了小偷的刀,跟着就是一拳,打得小偷后退几步坐在地上。他一个箭步冲上前,一抢手铐就把小偷铐了起来。

李聪拍手道:"好!"她觉得陈强盛的武打动作真是太帅了,比武侠电影里的男主角还帅。

李娇娇吓得捂着胸口,念叨着:"哎哟,我的妈呀!吓死我了。"她一害怕就要尿裤子,急急忙忙去找厕所,逗得陈强盛直想笑,心想,这姑娘怎么还有这毛病,将来怎么当警察的老婆?

李聪自从知道陈强盛有了女朋友以后,心里要多烦有多烦。可没办法,只能在家看书。但是她眼睛在书上,心里却在想别的事,以至于马征回家她都没看见。马征抱着大包小包的东西进了门,见李聪连眼皮都没抬,仍继续看书,就从包里拿出一瓶香水放到李聪面前的茶几上,说这香水是给李聪的,让她闻闻,特别香。李聪仍继续看书,让马征把香水留着给他的小蜜用。马征像是受了委屈,觉得自己好心好意送她香水,她却看都不看一眼。李聪知道马征绝不会给她买什么香水,这香水指不定怎么来的呢。她故意问这香水是什么牌子,马征还真让她问住了，说可能是法国的。李聪拿起香水看了看，那香水上虽然写的是英文，但产地写的是中国。她又问这香水多少钱买的，马征还是说不出来，只好说是朋友送的。李聪不禁冷笑，她不明白，怎么会有人送他女人用的东西？

马征嬉皮笑脸，以为是李聪吃醋了。李聪绷着脸说她早就给了他自由，他爱干什么干什么，和她没关系。马征坐在李聪身边，无奈地看着她说："我的大美人儿，难道我们之间的关系真的就这么下去了？感情一点儿都不存在了？"

李聪依然冷笑着说："哼，感情？这会儿还谈什么感情？"

马征不解地说："我不明白，女人难道不喜欢钱吗？我在外面挣那么多钱回来，你却越来越看不起我？为什么？"

李聪说："这得问你自己。"

马征知道她指的是什么，可他也有理，现在这个社会，有钱的男人谁不去酒吧？谁不找小姐陪？蒸蒸桑拿，找小姐按摩按摩，这只是一种娱乐形式，现在流行这个。李聪轻蔑地看着马征，觉得他让人感到恶心，尤其是他身上的劣质香水味。

马征知道李聪清高，但他也觉得委屈，他让李聪想想，他对她哪样不好。用他的逻辑，只要男人能满足女人的物质需求，就是对她好。李聪对马征的观点只有苦笑，她希望马征能答应和她离婚，离了婚起码他可以把小蜜、妓女之类的人带回家了，但是马征还是坚持不离婚。他不明白，李聪最近为什么老看他不顺眼，问她是不是有外遇了。凭他的感觉，李聪一定是感情起了变化，而且变得还挺快。李聪以前不是这样，现在她经常看着窗外发呆，好像在想什么人。而且她上次去兜风，也像是在找什么人。

李聪心乱如麻，不想和马征多说，转过头不理睬他。

但马征不依不饶，发誓不让李聪离开。他占有过的女人，不想让给任何人！

李聪看着马征，气得说不出话来。

李聪经过和马征这么一吵，感到不能再和这个无赖在一块儿过了，决心离婚。她来到一家律师事务所，向一位律师咨询。律师问她是不是准备和马征上法院。李聪觉得还是不上法院为好，上法院太累，应该好离好散。不过马征是不会轻易和她离婚的，实在不行也只好上法院了。律师向她了解离婚的理由，李聪列举了一堆：马征人品有问题，在外面乱搞，养小蜜外加嫖娼等。凭这些理由她离婚应该是理直气壮的，但律师觉得这事并不乐观，因为她说马征乱搞、嫖娼，马征可以不承认，如果李聪拿不出像样的证据，比如照片、录像、信件这类的东西，马征不认账，还是不行。

李聪说她和马征已经没法儿在一起生活了，看见他就烦。要不是因为没有工作和房子，早和他分居了。律师一听她现在靠马征养活，不住地摇头，认为李聪如果离开马征以后就不能独立生存，还是先别离婚好，离了也麻烦。按说他们感情已经破裂，法院有可能判离，可离了婚她靠什么生活？

这确实是个实际问题。她和马征离婚以后难道就流落街头？她今后怎么生活？眼下面对的首要问题不是离婚，而是想办法独立生存，先解决吃和住的问题，然后才有可能去追求她的爱情。她问律师，法院是不是也有可能判不离？律师说完全可能，如果马征反过来说李聪有作风问题，在外面有外遇，第三者破坏家庭，这样法院就可能不判离。李聪矢口否认自己有外遇。

律师打量着李聪，这个风姿绰约的女人，似乎是特招男人喜欢的那种，不太相信她没有外遇。通常他的当事人都说自己是受害者，可法庭一调查，发现他们感情破裂不一定是男方的原因，是女方有了心上人，看不起现在的丈夫了。他怀疑李聪就是这种情况，希望李聪对他实话实说。李聪有些心虚，忽然觉得自己确实已经爱上了别人，可这叫有外遇吗？是移情别恋吗？属于第三者插足吗？她心里乱极了，看着律师竟说不出话来。

律师笑道："你看，让我说中了吧。唉，你再好好想想，想好了再找我。"

　　李聪失魂落魄地离开了律师事务所，几乎找不到回家的路。她爱那个抓小偷的警察，可自己又不能离婚。自己的人生之路怎么走？总不能给自己爱的人当情人吧？警察不是普通人，当然不会接受她这个情人，那她怎么办？难道就这么放弃自己的爱情，看着心爱的人和那个又酸又牙碜的女人结婚？她不甘心。

　　李聪从律师那儿出来，走到汽车站等车，但是公共汽车来了她并没有上车，看着乘客纷纷上了车，只是观望。片刻又来了一辆车，她向车上看看，还是没上。她希望这会儿陈强盛能神奇地出现在车上，可她也知道这种事发生的概率实在是太低了。她等了几辆车，没见到陈强盛，心中有一种失落感，转身漫无目的地沿着马路向前走。这时马征开车回家，看见李聪一个人在马路上闲逛，就把车停在她身边，叫她上车。李聪根本不理睬马征，仍然自己向前走。马征不知道李聪犯什么病了，向她叫道："李聪，天都快黑了，你在街上瞎逛什么呢？跟神经病似的。"

　　李聪看了看马征，苦笑一下，心想，我是有神经病，就因为嫁给你我才成了神经病。她不理马征，继续走。

　　马征拦住李聪，说前面不远处有家水煮鱼不错，问李聪有没有兴趣。李聪本来没胃口，可这么晚了回家还得做饭，多无聊，只得上了马征的车，跟他来到一家饭馆。

　　就在这家饭馆的一个角落里，小黑胡为了实现杀许建中的计划正请大黑汉喝酒。小黑胡说他有个发财的门道，能让大黑汉小发上一笔。大黑汉整天蹬三轮车挣不了几个钱，还得养老婆孩子，人不容易。他是个顾家的人，一心想着让自己的妻子和儿子日子过得好一点儿，可他没上过几年学，找个挣钱多的职业实在不容易，一听小黑胡说能挣钱，自然感兴趣。

　　小黑胡说凭大黑汉这身武艺，当个保镖什么的没问题。明儿他给大黑汉揽点儿事，专门给人铲事，铲一次收一笔钱。大黑汉一听铲事，心里犯了嘀咕，现在不比从前，弄不好会折进去。要是以前，什么事他不敢干？他怕谁呀？可现在有了老婆孩子，能不惹事就不惹事。小黑胡知道大黑汉怕犯事，说按他的方法办，绝对不会折进去。有人干一百次也没折进去，有人刚一干就进去了。要想挣钱，一是得想开了，二是得有胆子。这年头撑死胆大的，饿死胆小的。先挣一笔钱，然后金盆洗手，吃喝玩乐，也对得起老婆孩子。

大黑汉有些心动，心想，自己是进公安局进怕了，可是现在好多人发了财，不也没进去吗？只要不偷不抢，能挣钱有什么不好？起码不让老婆孩子跟着自己过苦日子。想到这，觉得可以试试，只要不犯法就成。小黑胡一看大黑汉心思活动了，来了情绪，心想，只要你一干上，拿了钱，就由不得你了。他对大黑汉说，前些日子有个哥们儿，让他给铲个事，说先给一万，事成之后再给一万。大黑汉有些不信，铲个事给这么多钱？小黑胡说他这哥们儿有个仇人，勾引他老婆，只要把这仇人暴揍一顿，这事就算办成了。大黑汉一听，这钱倒可以考虑挣。小黑胡说这事要干得神不知鬼不觉，手要重一点儿。只要大黑汉愿意，他就把事揽过来，俩人一块儿干，一人弄一万块钱花。大黑汉答应考虑考虑。他还是不敢轻易走歪道弄钱，但是让老婆孩子过好日子的念头又使他不愿意放弃挣钱的机会，他有些矛盾，所以没有马上答应小黑胡。

就在李聪和马征吃着水煮鱼的时候，陈强盛和李娇娇也走进饭馆。陈强盛一脸疲惫，而李娇娇却兴致勃勃，还亲热地挽着陈强盛的胳膊。这二人一进饭馆，李聪正好抬头看见，她一怔，筷子失手掉在地上，脸色一下变得苍白。她赶紧垂下头，似是害怕陈强盛看到她。由于饭馆人多，灯光也暗，陈强盛并没有看见李聪。他和李娇娇找到一个空位子坐下，李娇娇对陈强盛亲热地说："今天我请客，你点菜，别不舍得花我的钱。"

陈强盛一听李娇娇要请客，立刻来了情绪，坏笑道："你买单？好，我得把小刀儿磨得飞快，非狠宰你一刀不可。"

李娇娇笑着向陈强盛撒娇道:"你坏,坏警察。"然后在陈强盛的后脖子上温柔地拧了一下。

　　李聪侧目看着李娇娇拧陈强盛的脖子,胃里直冒酸水。

　　马征看李聪脸色不对,问她怎么了,脸色这么难看。李聪赶忙掩饰说有点儿不舒服,不想吃了,在外面等他,然后就起身出了饭馆。她心里要多烦有多烦,自己怎么这么不走运?找个丈夫是花心,爱上一个人,人家还有了女朋友。如果陈强盛真的爱上了那个李娇娇,自己就是离了婚又有什么意义?

第四章　铁了心娶她

　　自从姚晨曲找了个警察对象以后，平常认为她找对象眼高的同事都不理解。有一位女同事还来问她为什么要找个警察，她这么漂亮，找个老板不行吗？警察多厉害呀，看见警察就让人发怵。可姚晨曲认为警察没有什么可怵的，他们穿着警服是警察，脱了警服和普通人一样。

　　女同事问，警察工资高不高？

　　姚晨曲说，比售货员稍微高一点儿。

　　女同事断定，这警察一定是个身高、相貌都极出众的白马王子，不然姚晨曲绝不会看上眼。

　　姚晨曲笑着说，那警察就是个普通人，普通得不能再普通了。

　　女同事不理解，姚晨曲图什么？

　　姚晨曲说，她根本没想图什么，就觉得他人挺好的。在姚晨曲看来，同事提的问题很现实，符合常理，在现代人的眼里，漂亮的女人得找有钱的男人。可他们不知道，她追求精神上的享受多于物质上的东西，有时候甚至轻视物质上的东西。

　　晚上姚晨曲还是照例和许建中在东单公园约会。

　　她还惦记着李娇娇的事，问许建中，陈强盛对李娇娇印象好不好？

　　许建中说，陈强盛好像对李娇娇的长相比较满意，但觉得她爱慕虚荣，爱吹牛。

　　姚晨曲了解李娇娇这些毛病，她认为人无完人，尤其是女人，多少都有点儿爱慕虚荣。

姚晨曲挽着许建中在公园里漫步的时候，忽然觉得肚子阵阵作痛，不禁捂着肚子皱起眉头。

许建中忙扶住她，问怎么回事。

姚晨曲说，也不知道怎么回事，老是肚子疼。去医院看过好几回了，医生特会凑合，每次都给她开点儿胃药就完了，也说不出个原因来。已经一年多了，有时候疼，有时候就没事。

许建中觉得有病不能耽误，应该尽快找个好大夫检查检查，看看到底是什么病。他扶姚晨曲在一个长椅上坐下来，把她紧紧搂在怀里。

姚晨曲不愿意因为一点儿小病耽误了和许建中在一起的甜蜜时光，紧紧依偎在许建中的肩膀上，不让他再提她生病的事。她希望生活永远是这么美好，什么不愉快的事都不要发生。

两人一直亲热到很晚，许建中才送姚晨曲回家。

回家的路上，许建中和姚晨曲坐在公共汽车的最后一排座上，姚晨曲伏在许建中的肩头甜蜜地和他说悄悄话。许建中边跟姚晨曲低声交谈，边看车上的乘客。突然发现上来一个扒手，低声告诉了姚晨曲。姚晨曲吓了一跳，不敢抬头看，只是侧目瞧了一眼，问许建中扒手在哪儿。许建中让她别动，他来抓这扒手。

在车门口，一个高个子青年佯装去握扶手，用肘臂遮挡住一位老年男子的视线，另一只手直取老人的上衣兜，用双指一夹，老人正要下车，丝毫没有察觉，钱包已经离身了。

许建中跃上前去，攥住扒手掏钱包的手，喝道："别动！警察！"没等扒手反应过来，许建中已经把手铐铐在他的手上。车上的乘客欢声大哗，拍手叫好。

一个小伙子感叹道："警察抓小偷嘿，手真快！"

一个胖妇女高兴地说："这个月我被小偷掏了一次钱包，丢了一部手机，这下可给我出气啦！"

被掏包的老人也为自己庆幸，好家伙，一点儿都没感觉，钱包就让小偷掏去了。幸亏车上有警察。他忙向许建中道谢，许建中一笑，说他就吃这碗饭，不用谢。姚晨曲在一边用敬佩的眼光看着许建中抓小偷，心里有一种由衷的自豪感。

　　车到了站，许建中押着小偷下了车，姚晨曲和老人也跟了下来。许建中让老人和他一同到派出所做个笔录。他拦了一辆出租车，把小偷押上了车。许建中在车上询问老人在哪儿工作，老人说他是协和医院的大夫，要看病可以去找他，他是主任医师。许建中眼睛一亮，心想他是大夫，还是主任，医术一定不错。他把姚晨曲老是肚子痛的事和老人说了，老人很爽快，让他们明天到医院找他。他姓董，在外科。他说他从来没有警察朋友，这回认识了许建中这个抓小偷的警察心里挺高兴，一定尽力给姚晨曲看病。许建中觉得真是善有善报，他为群众干点儿好事就有好报，正想给小姚看病，就遇上好大夫了。

　　姚晨曲的母亲不知道为什么对警察有成见，见了警察就讨厌，打心眼儿里烦，她听说自己的女儿找了个警察对象，当然反对。她对姚晨曲说，警察都有职业病，一个个的都穷横穷横的。姚晨曲说她找的这个朋友没有职业病，人挺老实的，谈不上穷，更谈不上横。她已经考虑和他结婚的问题了。姚晨曲的母亲火了，跟她大嚷大叫，坚决不同意。姚晨曲从小就固执，这种大事当然不会听别人的。姚母苦口婆心，说像姚晨曲这模样的姑娘，什么样的找不到？找个大款，出门坐小汽车，她这当妈的脸上也光彩。姚晨曲说她就是骑自行车的命，坐小汽车头晕。姚母认为自己的女儿是鬼迷心窍了，这么明白的事就是看不明白。人往高处走，找个能挣钱的比什么都强。不听老人的话，倒霉的是她自己。姚晨曲说要找有钱的她早嫁人了，找对象得找谈得来的，有共同语言的。姚母一看不能说服女儿，干脆眼一瞪说："我不管那个！你要找个警察，可别怪我不让他进门！"

　　第二天，许建中陪着姚晨曲来到协和医院，董大夫为姚晨曲做了全面的检查,他从 B 超的片子上看并不乐观,可他没有告诉姚晨曲和许建中,让他们回去等化验结果。许建中和姚晨曲向董大夫道了谢,高高兴兴地离开了医院。董大夫却是一点儿高兴劲儿都没有,他怀疑姚晨曲的身体出了大问题。

许建中提出去姚晨曲家拜见她的父母,姚晨曲知道许建中这个时候去,一定会被她的老妈给骂出来,就对他说,她的父母对警察有成见,现在去还不是时候。她怕许建中生气,安慰他别着急,她一定想办法说服父母。

许建中对此一点儿也不介意,他知道有的群众对警察印象不好,这很正常。有些警察对群众耍特权,群众到公安局办事,有的警察又冷又横的,让群众很反感。群众反过来也不支持警察的工作,他有时候为了找扒手,在车上挤来挤去的,也常挨骂。有的时候跟小偷打起来,群众也不帮忙,多数人在那儿袖手旁观,像姚晨曲那样挺身而出帮助警察的人实在太少。不过他也担心就因为自己是警察,小姚的父母不会同意他们谈恋爱。

姚晨曲的检查结果出来了,董大夫没有通知姚晨曲,却把许建中请到了医院,他心情沉重地告诉许建中,小姚得的是结肠癌。许建中一听如雷击顶,脸色大变。他不相信小姚会得癌症,她年纪轻轻怎么会得这种病?

可董大夫告诉他,姚晨曲的病已经是中期了,得马上动手术,如果手术成功她还能活五年左右。许建中一听顿感天昏地暗,抱着头眼泪夺眶而出。他哽咽着求董大夫救救姚晨曲,她是个特别好的人,他不能没有她。

董大夫只是叹口气,因为从世界各国的医疗现状来看,癌症还是世界性的医疗难题,是不治之症,不过他会尽最大的努力给姚晨曲治病。

许建中抹去脸上的泪,请求董大夫别把病情告诉姚晨曲,她会受不了的。他要让姚晨曲在有生之年尽可能地享受人间的快乐，让她无忧无虑地活着。

董大夫明白许建中的想法，很理解他，承诺全力给姚晨曲治病。近日他要出国去开个学术会议，大约20天就回来，等他回来立刻就给姚晨曲做手术。

许建中从董大夫那儿出来，昏昏沉沉的，仿佛世界末日就要来了。

他觉得老天对姚晨曲太不公平，都说好人有好报，可是姚晨曲这么好的人，为什么得这种病？人间本来是美好的，为什么会有这么悲惨的现实，还是他不得不面对的现实，无法逃避的现实，这太惨了。他甚至觉得自己无法承受这种打击，精神几乎要被摧垮了。

下午，许建中和陈强盛、李小雄在车站蹲守。天下起了小雨，三位侦查员躲到一家商店的房檐下避雨。许建中望着霏霏细雨，任雨丝飘在脸上，似痴似呆，像是生了大病。

李小雄埋怨天气预报不准，早知道下雨，就带上雨衣了。陈强盛说今天一上班，就知道要下雨，因为头儿的脸老阴着。

李小雄看了看许建中，果然发现他的脸色很难看。

许建中心里痛苦，眼泪往肚里咽，只是长叹一声，又接着看雨。

陈强盛劝许建中有什么事跟哥们儿说说，别憋在心里。

许建中眼中含泪，摇摇头，欲言又止，呆呆地说了句："这秋雨是凉的，从里凉到外。"

陈强盛和李小雄互相看看，又都看看许建中，有些莫名其妙。

陈强盛想了想，问许建中，他是不是昨天上医院看姚大姐的检查结果去了，检查结果一定不好。

沉默良久，许建中才痛苦地对陈强盛和李小雄说，姚晨曲得的是结肠癌，已经是中期了，大夫说她最多能活五年。

李小雄和陈强盛相视愕然了。

李小雄和陈强盛都哀叹姚晨曲命苦，问许建中现在有什么打算。

许建中说过20天那董大夫回来就给小姚做手术。

陈强盛一个劲儿摇头，觉得许建中如此好的姻缘这么结束太悲惨。

许建中忽然说，他想和姚晨曲结婚，只要她答应嫁他，他愿意明天就娶她。

李小雄劝许建中别激动，好好想想，姚晨曲最多只能活五年，五年以后许建中就三十多了，再找对象可就不容易了。

许建中悲切地说，不管那么多了，过一天算一天。他不可能找到比姚晨曲更好的女人了。如果她没了，自己也不会再找了，就一个人过一辈子。

陈强盛也劝许建中，这是一辈子的大事，得三思而后行。同情姚晨曲，可怜她，可以和她做好朋友，不一定非娶她。

不管李小雄和陈强盛怎么劝，许建中是铁了心要娶姚晨曲，并嘱咐李小雄和陈强盛，绝不能把姚晨曲的病情告诉她，也不能告诉任何人，这件事只限于他们三个知道，连崔颖和李娇娇都不能告诉。他要让姚晨曲的有生之年快快乐乐地生活，不能让她生活在绝症的阴影里。

他凝神望着雨雾，心里反复想着一个问题，为什么人生对姚晨曲这么不公平？她这么好的人，命怎么会这么苦？

许建中不甘心让姚晨曲就这么等死，他要弄清这癌症是怎么回事，为什么就不能治。

他来到一家书店，买了一本《战胜癌魔》拿回去看。按书上的说法，这病如果是中期，也就能活五年。

他不死心，听说有位大学教授正在研究一种治癌症的新药，就跑到大学找这位教授。

许建中来到大学，还真找到了这位姓张的教授。

张教授本来工作时间是不见客的，但见来的是一位身穿警服的警察，破例接待了他。许建中说明了来意，把姚晨曲的病情向张教授简单介绍了一下。他悲伤地请张教授给他出出主意，想想办法，看看能不能救救姚晨曲。

张教授沉思良久，他看得出来，这警察是真爱他的女朋友，可他只得实话告诉许建中，不能娶这位姑娘，因为癌症到了中期就不好办了，即便做了手术，癌症也可能会转移，而且有时候病情会发展得很快，几乎是手术以后没几个月病人就去世了。

许建中听了心情更加沉重。

他哀求张教授，请他这个学术权威给姚晨曲开点儿药，花多少钱他都愿意。张教授听了叹气不止，说他这个学术权威也很惭愧，目前也没想出绝对能治好癌症的办法。他分析像姚晨曲这种情况，如果马上手术，而且手术成功，最多也只能再活五年。他建议许建中还是不娶姚晨曲为好。这种病还没有太好的治疗办法，尤其是中晚期的病人。

许建中坚定地对张教授说，不管姚晨曲能活多长时间，他都要娶她，而且她要是走了，他也不会再娶别人。

张教授仔细打量许建中，觉得这警察还真重情意，可人间偏要发生这种活生生拆散有情人的事。

他还是劝许建中不要牺牲自己一生的幸福，他还年轻。

许建中说，哪怕姚晨曲还能活一天，他也要娶她为妻。

张教授几乎被许建中感动了，只好祝愿在姚晨曲身上能出现医疗奇迹。

许建中向张教授咨询癌症这种病的病因，以便他今后好好照顾姚晨曲。

张教授说，他正在研究这个问题：为什么好人总是得这种病。他这些年来一直怀疑，癌症根本就是一种精神病。

许建中不解，怎么癌症会是精神病？

张教授认为，癌症的病因，可能是因为人精神受刺激，生气，导致情绪低落，精神沮丧，或者受了委屈以后产生的一种情绪，这种情绪就是致癌情绪。人有了致癌情绪，大脑控制细胞生长的神经就会休克，使细胞失去生长的控制，胡乱生长，就会成为癌细胞。这种癌细胞一般是身上哪儿有病，就在哪儿长。比如一个人有了致癌情绪，他正好有胃炎，那么癌细胞就会在胃里长。如果他食道正好因为吃烫的东西伤了，那癌细胞就会在食道长，这叫乘虚而入。一个好人，他总是受坏人的欺负，受坏人的气。他又不会反抗，或者没有能力反抗，就把气憋在心里，形成了一种致癌情绪。

以前他搞过一个调查，警察抓了很多小偷，这些小偷知道自己有罪，所以在监狱里就不会得癌症。但是有一次警察抓了一个人，说他是小偷，但是这个人确实没有偷东西，他是被冤枉的。这个人在监狱里就产生了致癌情绪，生气，睡不着觉，后来就得了癌症。

张教授认为这种致癌情绪在生活中随时都有，爱生气的人，生活不顺心的人，受了冤枉的人就容易得癌症，尤其是好人更容易得癌症。不过也不能一概而论，大脑控制细胞生长的神经有时候会突然休克，这和遗传基因也有关系。这个问题他也在研究，还没得出结论。

许建中认为张教授说的很有道理。姚晨曲性格内向，特别善良，可能也容易受气，所以得了这种病。

他从心里希望张教授早日取得研究成果，好救救姚晨曲。

他问，现在治疗癌症最好的方法是什么？

张教授说，现在大家都在研究如何治癌，只有手术才是有效的办法，但是癌症一转移，手术也就失去意义了。

许建中感叹，这癌症真是太坑人了！让张教授这么一说，他也有致癌情绪了。

张教授认为，许建中还真有了致癌情绪。按他的研究，过于悲伤和忧虑，都是致癌情绪。他希望许建中把自己的情绪调整过来，不然也不好。

他建议许建中多注意姚晨曲的情绪，精神方面的病，还是得从精神上治。除了马上给她动手术以外，还要让她精神快乐，绝对不能生气，不能受委屈。比如说，许建中现在因为她有病就和她分手，她可能一个月以后病情就会迅速恶化，两个月以后就可能走了。如果像许建中所说的，牺牲一切和她结婚，给她以人生最伟大的爱，她可能会在精神上克服致癌情绪，重新激活休克了的大脑神经。那时候她的生命就会延长，活到五年，或者超过五年。

许建中暗自发誓，他要用爱延长姚晨曲的生命，要让姚晨曲幸福，让她快快乐乐地走完人生的路。

张教授和许建中很谈得来，也赞赏他的爱情观。他过去对警察的印象不好，现在觉得自己过去似乎对警察有偏见，真正的警察往往更有人情味。

他对许建中说，他现在正研究一种醒脑的药，试图让休克了的脑神经恢复功能，如果成功了，一定先给许建中。

这天姚晨曲高高兴兴地去东单公园约会，特意穿了一身许建中最喜欢的白连衣裙，显得格外清丽动人。

许建中心事重重地等着姚晨曲。

当他看见姚晨曲的时候，强挤出个笑，称赞她穿白连衣裙真是迷人。

姚晨曲笑得很甜，看上去一脸幸福。她含情脉脉地告诉许建中，这衣服是为他穿的，因为她知道他喜欢白连衣裙。

她挽起许建中的胳膊走进东单公园，忽然想起来许建中去董大夫那儿取化验结果，她要看看她得的是什么病。

许建中若无其事地说，化验结果出来了，她没什么大病。不过这病不治还不行，不然发展下去就可能变成大病了。

姚晨曲看着许建中，心里有些忐忑，问是什么病。

许建中说，她的肠子上有溃疡，得做个小手术。

姚晨曲有些发怵,还要做手术?看来这病挺严重的。

许建中安慰她,是个小手术,一会儿就完。

姚晨曲问,什么时候去做手术?

许建中说,不着急,董大夫出国开会去了,20天以后就回来,回来就给她做手术。

姚晨曲沉默良久,忽然盯着许建中,仔细地看着他的脸色问:"你不会是在撒谎吧?你的脸色很不好,你告诉我,我得的是什么病?"

许建中忙避开姚晨曲的目光,劝她别胡思乱想,他的脸色不好是因为这两天打扒太累了。昨天又没带雨衣,挨雨淋了,有点儿不舒服。姚晨曲让许建中说实话,她觉得许建中的眼睛里有一种以前没有的东西。实在人不会撒谎,如果她的病是小病,许建中不会有这种表情。而且她觉得自己的病绝不是小病,自己感觉得出来。

许建中有些慌了,发誓什么事都没有,让姚晨曲相信他。

姚晨曲搂着许建中的腰,望着他的脸略带凄凉地说:"我真希望你没骗我,我不想离开你。可是如果我得了不能治的病,我希望你别瞒着我。"

许建中紧紧地搂住姚晨曲说:"你说什么呢,可别这么想。"

姚晨曲昂起头,泪盈于睫,向许建中喏喏低语,说她不怕得病,可她怕耽误许建中。现在他们的关系还没确定,如果她得的病很重,会拖累许建中,他应该另作选择。许建中捂住姚晨曲的嘴,不许她再说。说她没有得重病,要好好活着,嫁给他,他们一辈子在一起。姚晨曲抹去许建中脸上的一滴泪,喃喃低语,她愿意嫁给他,哪怕只和他生活一天,她也知足了。两人紧紧地拥抱在一起。

良久,许建中对姚晨曲说,他想立刻就和她结婚,就在她做手术之前结婚。姚晨曲完全沉浸在幸福之中,没有犹豫就答应了,她想立刻成为许建中的妻子。

在昏沉沉的月色之中,许建中和姚晨曲商定,立刻做结婚准备。

第二天，许建中上班就对李小雄和陈强盛说了想结婚的事。李小雄和陈强盛都对许建中的举动感到吃惊，劝他再慎重地想想。许建中义无反顾地说，他已经想好了，一定要在姚晨曲做手术之前和她结婚。

李小雄一听就愣了，离做手术还有20天，筹备结婚也来不及呀？

陈强盛也觉得太仓促，还得买家具，买衣服。关键是房子，没房子在哪儿结婚呀？

许建中也犯愁，结婚可以简单点儿，家具结婚以后可以慢慢置。就是房子，自己没房子，在姚晨曲家也不行，她妈根本不同意她嫁给警察。这可怎么办？

陈强盛给许建中出了个主意，他去帮许建中找一间农民房，先把婚结了再说。让派出所出面帮忙找，准能租一间好点儿的。他那个警校同学王磊是社区民警，帮忙租房应该没问题。许建中认为这个办法可行，不过最好离城里近点儿，他和小姚上班也方便些。

房子问题是解决了，但许建中还有担心的事，姚晨曲父母那关他还没过呢，他心里还真有点儿发怵。

姚晨曲回家向父母说了自己要结婚的事，姚母一听就急了，她向姚晨曲大嚷起来："你好大的胆子，你想嫁谁就嫁谁，可你别忘了，这是我的家，他甭想进我这个门！你也给我滚！滚出去！永远别回来！"

姚晨曲的父亲也在一边长吁短叹，他也说姚晨曲，这么大的事就自己做主了，眼里还有没有父母？不听老人言，吃亏在眼前。

姚晨曲含着泪对二老说，这事她说过不下一百回了，可他们就是不同意。非让她找个有钱的，可她就喜欢这个警察。

姚母知道事到如今再说什么也没用了，她了解自己的女儿，她想干的事，一百匹马也拉不回来，干脆甩手不管了，声明姚晨曲结婚的费用她不负责，以后他们有什么事也别找家里。姚晨曲的父亲也知道姑娘大了,管不了了,他让姚晨曲把那警察叫来,让他们见见。

第二天,许建中提心吊胆地提着礼品来到姚晨曲家,他见姚晨曲家虽说是新的高层楼房,但屋里并没装修,家具也是过时的旧家具,可以说姚晨曲的家也不能算是富有。

姚晨曲见许建中来了,忙向父母介绍,许建中恭恭敬敬地向姚晨曲的父母问好。姚晨曲的父亲倒是还客气,说他们家头一次有警察来,请他坐下喝茶。姚晨曲的母亲本是个素质不高的蛮横女人,她一句话也没说,只是上下打量着许建中。姚晨曲的父亲问许建中在公安局干什么,许建中说是打扒,就是在公共汽车上抓小偷。并说自己的父母都在外地,警察的工资不算高,但比一般工人强一些,有时候加班还有点儿加班费。他把自己的情况如实向姚晨曲的父母介绍了一下。最后说他和姚晨曲准备去领结婚证,如果顺利想在下星期办事,他准备在郊区租间房。

在旁边一直不说话的姚母此时拿腔拿调、略带着河北口音开了腔,张口就是横的:"这婚姻是大事,男大当婚,女大当嫁。可是你们家老的连面儿都不露,这像话吗?啊?小姚的东西我给准备好了,两床被,一个皮箱。你们家的东西呢?啊?"

许建中心里明白,这是挑他父母的理,还要聘礼。他低声说:"家具我订了几件。我们家那地方经济落后,我父母生活不太富裕,我没跟家里要钱。我父母倒说让我们回老家办事,可我工作忙,回不去,只好等到春节再带小姚回去了。"

姚母这回嗓门又加了一挡,嚷道:"你没向家要东西也行,可你们结婚总得买身礼服吧?金戒指、金项链都得买吧?"

许建中张口结舌,心想这是自己不对,结婚是大事,戒指总是该买的,不买戒指怎么对得起小姚?可他最近竟忙着给小姚看病的事,居然把这事给忘了。他急忙点头说:"戒指我今天就去买,最近一忙把这事忘了,是我不对。"

姚晨曲的母亲把嘴一咧,一脸的轻蔑。

当天下午,许建中和李小雄、陈强盛来到商店给姚晨曲买戒指。许建中要尽可能地给姚晨曲买个贵一点儿的,自己虽说没什么钱,可也不想让小姚受委屈。陈强盛向他推荐了一枚三千多块钱的戒指,样子不错,许建中就买了下来。就在三人一起向商店外走的时候,一个衣着样式普通、脸色黑黑的瘦小伙子迎面走进商场。许建中本能地盯了瘦小伙子一眼,只见那瘦小伙子眼睛滴溜乱转,就觉得他挂相,立刻轻咳了一下,停住脚。李小雄和陈强盛知道许建中发现了情况,都停下来看着许建中。

许建中向后使了个眼色:"那瘦小伙子挂相,跟上他!"

三个侦查员互相交换了一下眼色,转身散开跟上了那瘦小伙子。

卖摄像机的柜台前人很多,而柜台内只有两个售货员。瘦小伙子在柜台前转了一圈,向四周看看,挤到了柜台旁,他对售货员说:"小姐,拿那台数字摄像机看看。"

售货员把一台开了封的摄像机递给瘦小伙子,然后又到旁边给别的顾客拿货。

瘦小伙子抱着摄像机佯装细心端详,眼睛却不时地左顾右盼。

这时王疤瘌的情妇刘小春戴着墨镜来到柜台前,她对售货员说:"您给我拿那张动画片的影碟,给我试试。"

售货员给刘小春拿了一张影碟,在影碟机上试。

瘦小伙子见售货员被叫开,便把摄像机转过来,提在手中。这时另一个售货员走过来,瘦小伙子举起摄像机,向售货员道:"小姐,这儿修摄像机吗?"

售货员一抬手,说:"那边。"

瘦小伙子说:"谢谢。"然后提起摄像机,向修摄像机的柜台走去。他走了几步,正欲向门外走,许建中迎面挡住了他的去路。

许建中目光炯炯地盯着瘦小伙子道:"站住!摄像机哪儿来的?"

瘦小伙子先是一惊,旋即矢口抵赖道:"这是我刚买的!"

许建中冷笑着说:"刚买的?你连包装盒都不要了?太着急了吧?"

瘦小伙子一哆嗦,知道不妙,差点儿摔了手中的摄像机。他眼珠一转,猛地把摄像机往许建中身上一扔,掉头就跑。许建中手疾眼快,一下接住了摄像机。

瘦小伙子刚跑几步,被李小雄迎面抓住了脖领。瘦小伙子扳着李小雄的手,脚下又是勾又是绊,想把李小雄摔倒。可李小雄两脚站在那儿像入地生了根,绊不动也勾不起。李小雄冷笑一声,用力把瘦小伙子向上一提,瘦小伙子的两脚就悬空了,可他还在空中乱晃乱勾,像是连环绊儿没使完。

陈强盛在旁边向瘦小伙子拍手怪笑着说:"嘿嘿,使绊儿!使绊儿!"

李小雄一抬手,瘦小伙子四脚朝天摔在地上。陈强盛掏出手铐给瘦小伙子戴上:"嘿嘿,戴上吧,别客气。"

卖摄像机的柜台前,刘小春看到这一切,低着头匆匆离开了。她心里嘀咕,难怪王疤癞害怕遇上那姓许的警察,他真是神出鬼没的。他不是在公共汽车上吗?怎么又到商店来了?真是冤家路窄,倒霉透了。

刘小春急急忙忙逃回住处,对王疤癞说,瘦子让那姓许的警察抓去了。王疤癞吃了一惊,忙问怎么回事,怎么会遇上他呢?刘小春说这就是冤家路窄,走到哪儿都能遇上。本来东西已经到手了,可那姓许的警察不知从哪儿冒出来了,还带了两个帮手。

王疤癞心想这警察到处坏他的事,得赶紧除了他。他让刘小春去找小黑胡,让他尽快请那大黑汉出面,把姓许的除了,花多少钱都行。得让他快点儿办,不然再这样下去,指不定哪天连他也得落在那姓许的手里。王疤癞恶狠狠地发誓说:"我和那警察是前世的冤家,今世的仇人。有他没我,有我没他!"

小黑胡奉命请大黑汉喝酒,他边给大黑汉倒酒,边恭维大黑汉好酒量，练武的人都能喝酒。大黑汉说练武的不应该喝酒，他师父就跟他说过，让他少喝酒。喝酒散气，而且喝酒有时候误事。不过他这人讲义气，朋友在一块儿就想喝点儿。小黑胡趁机称赞黑哥们儿的仗义是人人皆知，人这辈子交个朋友不容易，尤其像大黑汉这样够哥们儿的朋友。要是没有大黑汉，他早让那帮黑道上的人给做了，大黑汉的好处，他老记着。大黑汉被小黑胡捧得晕晕乎乎的，这会儿求他什么事，他都能答应。小黑胡一看时机成熟了，开始绕着圈说正题。他大赞大黑汉仗义，找的妻子也漂亮，就是他挣钱少，没钱打扮她。

大黑汉一听别人夸他老婆漂亮，更高兴了，说自己老婆漂亮那还是其次，主要是人好，从来不嫌弃他穷。这几年跟着他，没过什么好日子，可什么怨言都没有。而且吃什么都行，穿什么都不在乎，从来不挑吃挑穿。对他也是一百一的好，有什么好吃的都紧着他吃，真是心肠好、贤惠。

小黑胡又往正题上拐，说这就是大黑汉的不是了，嫂子人这么好，就不能让她受穷，让她受穷是对不起她。得想办法挣钱，让她过好日子，比谁都过得好，这才是爷们儿。大黑汉让小黑胡说得挺惭愧，本来就老觉得对不起自己贤惠的妻子。自叹没什么挣钱的本事，只能干点儿力气活儿，这年头儿干力气活儿挣不着什么钱。

小黑胡见时机到了，嘿嘿笑着从兜里拿出一摞钱，交给大黑汉，说这就是大黑汉挣的钱，五千块。大黑汉接过钱，有些不解，不知道自己什么时候挣的钱。小黑胡告诉他，上次请他出面帮忙的事，人家先付的定金，事儿办完了还有一半。大黑汉有些犹豫，这事还没办就要人家的钱，合适吗？小黑胡说这是规矩，现在办事都先付定金，不给定金谁干呀，干完他跑了，跟谁要钱去？大黑汉还是犹豫不决，出出气就收一万块钱？太多了吧？小黑胡说一万可不多，现在修理人是要担风险的。再说，一万在你这儿是钱，在他那儿不算什么。他有的是钱，不要白不要。你拿着钱，给嫂子买点儿像样的衣服，给孩子买点儿吃的，多好。

大黑汉一想到老婆孩子，立刻下定决心，为了老婆孩子，应该挣点儿钱了，不然真是对不起他们。他对小黑胡说，咱们收了人家的钱，就得认真给人家办事儿，不然可对不起人家。小黑胡称赞大黑汉就是仗义，不过这事还不能急，得等对方的信儿。因为他还没找到仇人的下落呢，等找到了再通知他。大黑汉的仗义劲上来了，说等他找到了，告诉他一声就行。保证让他出气，把对方打服了为止。

晚上，大黑汉醉醺醺的，迈着沉重的步子回到家。他的妻子雪芳正在家中给孩子喂奶，她年轻俊秀，衣着很朴素。雪芳一见大黑汉回来了，忙起身问他怎么回来得这么晚，饿不饿，饿就给他热饭去。大黑汉说他吃过了，朋友请客喝酒。

雪芳知道大黑汉以前交过一些不三不四的朋友，她烦这些人，不禁双眉微蹙，劝大黑汉不要和那些不三不四的朋友来往，跟他们在一块儿，早晚要吃亏。

大黑汉一语不发地坐在椅子上，心事重重。他忽然想起来自己给雪芳买了衣服，起身从一个书包里拿出一件包装精美的连衣裙递给雪芳，说是真丝的，让她试试。雪芳心想，这裙子一定很贵，家里日子这么紧，他哪来的钱买连衣裙？忙问大黑汉哪来的钱。

大黑汉怕雪芳埋怨他，支支吾吾说是朋友送的，他帮了人家点儿忙，人家给了点儿钱。雪芳一听就知道这钱不是他蹬三轮车挣来的，把连衣裙往床边一推，劝大黑汉别挣那不干净的钱，她和孩子苦点儿不算什么，只要日子过得舒心，没烦心的事就行。但是他要挣不干净的钱，以后这日子就没法儿过了。大黑汉垂下头，说现在谁都捞钱，也说不清楚什么叫干净，什么叫不干净。

雪芳文化素质不高，也讲不出太多的道理，但她觉得大黑汉把不明不白的钱拿回家，绝不是好兆头。她看着大黑汉那垂头丧气的样子，心中掠过一丝忧虑。

为了许建中结婚租房子的事，陈强盛找到警院的同学王磊，让他帮忙租间房，说是同事许建中要结婚，没房子，也没钱，要找间便宜点儿的平房先把婚结了。王磊当即答应，而且马上就办，这对他来说不是事。他在管界里找了一间农民房，老农一看是王磊租，给他打了八折。

许建中和李小雄、陈强盛当天就来打扫房间，这房子是十平方米左右的平房，在近郊区一个小院里。房子虽小，但环境还算清静。

李小雄觉得结婚住这么小的房子太委屈了，只能放一张床、一个立柜，连个小厨房都没有，弄不好还漏雨。陈强盛倒是挺乐观，说这是暂时住，又不是住一辈子，先将就住两年再说，等许建中有了孩子，再贷款买经济适用房也不迟。他还摇头晃脑地对许建中说："古人云：室雅何须大，花香不在多。"

许建中对这房子非常满意，挺知足，他想有个家，房子不在大小，在于和谁一块儿住。俩人老打架，住金房子也没用。

三人商量先刷刷墙，然后买一张床、一个立柜、两床被子，行了。

李小雄说他要给许建中送一床被子，外加被罩、枕巾、床单。他不送崔颖也得送，干脆他代劳了。

陈强盛说厨房用品他全包了，锅碗瓢勺，外带一个尿盆。

许建中不让他们送，可这二位知道许建中手头紧，这些小意思非送不可。许建中也确实手头不宽裕，他不抽烟不喝酒，可老家父母身体不好，老是跟他要钱，所以他当了这么多年警察，没存什么钱。

姚晨曲只有崔颖这个最要好的朋友，结婚的事当然要通知她，何况她还是大媒。这天早上她来到崔颖家，告诉崔颖，她要结婚了。崔颖吃了一惊，要结婚？这也太快了？她劝姚晨曲再了解了解许建中。可姚晨曲觉得没有什么可再了解的了，她不会找到比许建中更好的人了。

崔颖还是不相信这么快就能谈出感情来，姚晨曲怎么能这么轻易就爱上一个人。她问姚晨曲，对许建中有感情吗？有爱情吗？

姚晨曲反问崔颖什么叫感情，什么叫爱情。崔颖把这个问题看得很简单，感情就是觉得他好，看他顺眼。爱情就更高档了，起码是天天想他，一天不见就缺点儿什么似的。而且他在自己的眼里应该是最好的，比其他男人都好。说句不害羞的话，就是见了他就想投入他的怀抱，永远不想离开他。

姚晨曲听完崔颖这些理论，不禁笑了。她脸色有些泛红，说这些感觉她都有，甚至比这还强烈，所以她决定嫁给许建中。她时时刻刻都在想许建中，有时候做梦都梦见他来了。

崔颖瞪大眼睛看着姚晨曲，摸摸她的头，怀疑她的神志是否清醒，是不是在说胡话。姚晨曲认真地告诉崔颖，她说的是心里话。崔颖还是不信，说姚晨曲瞎编，这不可能。因为她和李小雄谈了这么长时间，也没有这种感觉。姚晨曲和许建中才谈几天呀？这可能吗？许建中有这种魅力吗？

姚晨曲认为没什么不可能的，她就是有这种感觉。从见到许建中那天开始，就觉得他是她要寻找的那种男人。

崔颖坚决不信，一个劲儿地摇头。说姚晨曲蒙她，根据她的体验，她和李小雄谈了这么长时间，还是可见可不见，见也成，不见也不想。姚晨曲才几天就发展到有爱情了？这也太不可思议了。

姚晨曲说她不知道"爱"这个字都包含什么，但她觉得在自己对许建中的感情里包含着崇拜。

崔颖更惊讶了，使劲儿看着姚晨曲，不明白她怎么会崇拜一个警察。一个普普通通的警察，要个儿没个儿，要样儿没样儿，要钱更是谈不上，崇拜他什么？

姚晨曲说，她崇拜许建中敢迎着枪口向上走的气魄，也崇拜他的普普通通。

崔颖觉得姚晨曲中邪了，她现在才知道什么是情人眼里出西施。以前认为姚晨曲找对象眼挺高的，现在才明白，她不是眼高，是眼低。给她介绍个大款她看不上，原来她是眼睛向下看。

姚晨曲认为崔颖根本不懂她对许建中的爱，许建中在她眼里是最好的。那些兜里有几个钱就牛哄哄的所谓大款，其实什么也没有，和许建中比起来，档次要低多了。

崔颖不住摇头，认为姚晨曲完了，连什么是高什么是低都分不清楚了。

姚晨曲说她也许是真的完了，要是这辈子许建中不娶她，她永远也不会嫁别人。许建中要说不爱她，她就找根绳子往脖子上一套。

崔颖白了姚晨曲一眼，觉得她是感情冲动，纯属冲动！问她准备什么时候结婚。姚晨曲说星期天就办事，结婚证都领了。崔颖惊得要叫出来了，星期天？怎么这么着急？说嫁就嫁了？这也太草率了吧？

姚晨曲说一点儿不草率，她觉得结婚是件越快越好的事。

崔颖暗笑姚晨曲，跟她说起了女人之间才敢说的悄悄话，问她是不是性冲动，是不是已经和许建中上床了，弄得她性渴望，性需求过于强烈。要不就是她已经怀孕了，不嫁不行了，所以急着出嫁。姚晨曲被崔颖问得直脸红，不过她在崔颖面前也不回避性的问题，她说还没和许建中上床，但是除了上床，什么事都有了。她确实是有些性渴望，或者是性冲动。她就是想和他在一起，在他怀里的时候，特希望时光能够停住不动，可他们毕竟还没结婚，到了晚上还得分开，这让他们都有一种赶快结婚的愿望。他们已经到了爱和性统一的地步，非结婚不可了。

崔颖被姚晨曲的大胆直白说得有些讶然，又觉得可以理解，爱到了一定时候就得有性，不然要爱干什么？

她问姚晨曲，要结婚得有房子，还得装修，买家具，筹备婚礼，一大堆事呢，来得及吗？

姚晨曲说，按许建中的意思，一切从简。租一间房，把房子涂白了，再买几样家具就行了。

崔颖不同意姚晨曲的婚事这么简单就办了。结婚是一辈子的大事，哪能就这么凑合呀？许建中也太不把姚晨曲当回事了。要摆酒席，请花车,还要请婚庆公司帮助操办,女人一辈子就风光这么一回。

姚晨曲觉得还是简单点儿好,有什么条件办什么事。她和许建中收入都不高,也没条件大办。过于铺张了也不现实,这样挺好。婚礼就是个形式,意思到了就行。

崔颖不同意,婚礼怎么能凑合?从她这儿也不答应,她要找许建中去,他要这么简单就把姚晨曲骗走了,就跟他没完!

姚晨曲说,不能怨许建中,这是她的主意。

崔颖有些生气,觉得姚晨曲是急着出嫁,急疯了。可姚晨曲说她不是一个爱抛头露脸的人,也不喜欢太张扬。婚礼不在乎大小,在于和谁结婚。她追求的是内涵,不是表面。

崔颖知道没法儿说服姚晨曲了,这个犟种。问她结婚用的东西还缺什么,姚晨曲说什么都不缺了,家具、被子都有了,枕巾、床单、锅碗瓢勺都有人捐了。

崔颖无可奈何地大喊:"我要给你捐根擀面杖,让你天天给许建中捶背!"

姚晨曲笑道:"瞧你这恨他的劲儿,这可是你给我找的对象。"

崔颖嚷得声音更大了:"不是我!是你自己送上门去的!这臭警察,用的什么鬼花招儿,把你迷成这样!你说,闪电结婚是不是他的主意?"

姚晨曲说:"是呀,那又怎么样?"

崔颖道:"哼,他是怕你跑了,才想赶快把你弄到手。他是心虚。这家伙,够狡猾的。"

姚晨曲说:"好像不是他的问题,我也想立刻嫁给他。"

崔颖急了,瞪着姚晨曲嚷道:"你……你没羞!真气死我啦——"说着就掐姚晨曲的后脖子。

就在许建中忙着办喜事的时候,王疤癞和小黑胡、刘小春正加紧策划杀许建中的行动。小黑胡说大黑汉答应了,但只答应教训教训那姓许的。他没告诉大黑汉姓许的是干什么的，怕把他吓回去。到时候他跟大黑汉一块儿干，让大黑汉打头阵，和许建中正面交手，他在背后暗算，用刀捅那警察一个透心儿凉。

王疤瘌认为这计划可行，事成之后小黑胡到外地避避风，拿那大黑汉当替罪羊。

小黑胡说那大黑汉傻仗义，进去还不会抬别人。

王疤瘌乐了，觉得这样最好，大黑汉把罪过都揽过去了，到时候判个死罪，把他枪毙了，他们就可以过踏实日子了。

小黑胡奸诈地一笑，说大黑汉那漂亮的小媳妇可就成寡妇了，多可惜呀。到时候他要替朋友照顾这个美人儿。

刘小春说还得想法子找许建中，最好还是引他出来，可他出来没有一定的规律。只有弄出点儿动静，他才会出来。不过这次得算计好了，引他出来以后，不能再出问题。要一下凿死，连退路都得选好了。

王疤瘌觉得现在可以先让他们的人在市面儿上找这姓许的警察，发现他以后先跟踪，在他回家的路上弄他，尤其是晚上，这样保险。姓许的在明处，他们在暗处，怎么下手都行。

三个人商量好了行动计划，王疤瘌承诺事成之后他请客。刘小春提出要吃烤鸭。王疤瘌一笑，说到时候请她吃烤人肉，烤警察的肉。

洞房花烛夜是人生四大喜事之一，不管是在高楼大厦还是在简陋的平房，两个相爱的人在一起，只要爱得深，幸福都是相同的。在许建中租住的那间半旧的农民房里，不时传出阵阵欢声笑语。

客去主人安，洞房一刻值千金，大家也不想多打扰许建中，闹了一会儿就都走了。

许建中的新房里有一套简单的家具和一台彩电。灯光幽幽，纱帘轻垂，屋里格外静谧。许建中和姚晨曲坐在床边，深情地互相凝视着。许建中感觉自己是世界上最幸福的人，他想完全拥有面前这梦幻般美丽的妻子。他双手捧起姚晨曲的脸，亲吻她的嘴唇。这时桌上的闹钟突然响了起来,惊得两人浑身一颤。姚晨曲嘴张得大大的,不知是怎么回事。

许建中赶忙把闹钟按住,看着姚晨曲半天才琢磨过味来,扑哧一声笑了。他明白了,这准是强盛这坏小子干的。他向姚晨曲笑了笑,说:"陈强盛这个坏家伙,算好了时间要打扰我的好事。"

姚晨曲也笑了,她听许建中说过陈强盛爱冒坏水儿,一肚子花花肠子,没想到他真弄出这般花样来,把她吓得不轻。

许建中搂着姚晨曲的肩头,微笑着安慰她,跟警察在一块儿,什么都甭怕。

姚晨曲嫁给警察就做好了要担惊受怕的准备,也知道许建中得罪了不少小偷流氓。她温柔地叮咛许建中,今后一定要多加小心,因为现在他已经有了妻子,为了她得好好保护自己。

许建中感到由衷的甜蜜,深情地看着姚晨曲,觉得她真是美极了,一把将她抱在怀里,紧紧地吻住了她的丹唇。

第五章　防盗系统

　　许建中搬到王磊的管界，王磊没少帮忙收拾房子，许建中就跟王磊成了朋友。

　　王磊发现许建中虽然老家是外地山区的，因为老往家里寄钱，生活有点儿拮据，可他找的媳妇姚晨曲实在是漂亮，而且特朴素。许建中租间破房子和她结婚，她居然没有异议，心甘情愿和许建中过苦日子。她理解警察的工作，从来不嫌弃许建中是个没车没房的普通警察。

　　王磊每次看到姚晨曲都羡慕得不得了，人家许大哥也是警察，怎么就能找个既漂亮又温柔的媳妇？他发誓，找媳妇就得照着姚大姐这样的找。可是他的管界贼多，美女却少得不能再少了。

　　王磊的管界入室盗窃案高发，他一筹莫展，就找老同学陈强盛请教抓贼的招儿。陈强盛让王磊去找许建中，因为许建中是市公安局抓贼的劳模，看一眼，就知道对方是不是贼，那眼力是练出来的火眼金睛。王磊半信半疑，就到许建中租的小房子里向他请教抓贼的良方。

　　这天陈强盛和李小雄到许建中新租的房子里小聚。

　　王磊来了，说是请三位哥哥帮忙，把他管界里的贼灭了。

　　许建中听了王磊管界里的情况，认为社区发案高是社会责任，不是社区民警一个人能负责的，应该社区党委、政府和公安机关共同承担治安责任。如果地方上搞出租房经济，管界里人员复杂，治安秩序不好，发案高是正常的。不过他答应当晚就去王磊的管界看看，帮他出出主意。

陈强盛笑着向王磊道:"今天让你开开眼,看看我们头儿怎么抓贼。"

晚上,王磊陪同许建中、陈强盛、李小雄三位打扒侦查员到了自己管界的拆迁安置区,介绍了这个地区爬楼案件的作案手法。

许建中、陈强盛、李小雄和王磊在社区里溜达,许建中看着居民楼的单元门问王磊:"这些楼门为什么开着?不是装了门禁吗?"

王磊苦笑道:"这儿住了不少租房子的外地人,做买卖的回来得晚,嫌麻烦,好好的门禁非用砖头顶上。"

李小雄道:"这儿的人看来素质不高,你在这儿干够累的。"

陈强盛道:"为什么古时候孟子的母亲老是搬家,就是择邻而居。街坊邻居很重要,得和素质高的人当邻居。"

许建中叹道:"普通百姓,有个住的地方就知足了,还择什么邻呀。"他看到一辆电动自行车从他们身边疾驰而过,问王磊,"你看见这辆电动自行车了吗?"

王磊道:"看见了,这儿大晚上的老有开得飞快的电动自行车,而且撞了人也不停。经常发生电动自行车撞人的事,上哪儿找他们去呀?哧溜哧溜的,从来不遵守交通规则。"

许建中道:"我说的不是他守不守交通规则,你这儿人室盗窃发案时间集中在几点?"

王磊想了想道:"居民楼的入室盗窃主要集中在晚上12点到凌晨4点这段时间。"

许建中道:"那咱们今天晚上就蹲这个贼。"

王磊有些不解,问许建中:"晚上蹲哪个贼?"

许建中说就蹲刚才那个骑电动自行车的。

王磊更不明白了,问许建中怎么知道那个人是贼。

许建中说刚才一进社区,他就看见那个骑电动自行车的人用手电照楼上的窗户,照了两次。现在是晚上10点,这个时间屋里黑灯的,应该是家里没人。

王磊似乎有点儿明白了，许建中判定这是贼踩道。

李小雄向王磊道："我们头儿看贼看得特准，盯谁一眼就能知道他是不是贼。"

王磊还是半信半疑，晚上真能蹲着这个贼？他还真不信。

夜色中，一辆电动自行车停在楼下，骑车人四下看了看，见四周没人，便沿着居民楼的空调架子和防护栏向上攀爬，很快就上了四层，然后从书包里拿出大压力钳子，剪断了护栏，撬开窗户，从窗户爬进了居民家。

小偷在居民家翻箱倒柜，找到一个大编织袋，把居民家中的照相机、笔记本电脑，甚至茅台酒都装进了编织袋里，还在立柜里找到了一沓现金。

小偷背着编织袋，鬼鬼祟祟地从单元门里走了出来。忽然一束强光手电照在他的脸上，吓得他差点儿坐在地上。

只见单元门口站着许建中、陈强盛、李小雄和王磊，王磊戴着执法记录仪，手拿一个强光手电，直照着小偷。

陈强盛冷冷地笑着向小偷道："你顺了这么多东西，也不嫌累。"

小偷呆若木鸡。

李小雄上前一把掐住了小偷的脖子，把他按到地上，陈强盛过去给小偷戴上手铐道："戴上吧，别客气。"

王磊看了看小偷，又看了看许建中、陈强盛和李小雄，赞道："三位哥哥，太帅了。"

王磊回到派出所，和一个民警审问小偷。小偷交代晚上在居民家偷了一万多元现金，还有一个笔记本电脑、一个照相机、一个录像机、一瓶茅台酒、一条中华烟。近期在这个地方一共干了20多起，都是晚上爬楼钻窗户，入室盗窃。

王磊和民警带着小偷来到一间破旧的出租房里，查看屋里的赃物，有笔记本电脑、几部手机，还有几个照相机，等等。

王磊看着满屋子的赃物,心想,我管界里最近丢的东西八成都在这儿呢。你大爷的,抓贼是硬道理。

王磊抓了一个贼不管用,贼势汹汹,居然一晚上发了三起入室盗窃的案子,偷的都是拆迁土豪。

刑警队勘查现场得出结论:这三起入室盗窃案件都是一个人干的,爬楼钻窗。

一个刑警对王磊说,前几天他们抓了个爬楼的,这小子连住的地方都没有,晚上就睡立交桥下面,山区来的,特别会爬楼,盗了东西就卖钱吸粉了。他提醒王磊,这些日子入室盗窃高发,得布置警力蹲守。在这儿当社区民警,要加大预防入室盗窃的宣传,居民得提高防范意识,社区志愿者得加强重点部位的巡逻。

王磊有些沮丧,向刑警道:"我没少宣传预防入室盗窃,可是有些居民就是不当回事。"

刑警道:"群众有了自防意识,比什么都强,你有三头六臂能看几个门呀?"

王磊有些不服气:"我管的社区发了入室盗窃案子当然有我的责任,可是光靠防范不行,要我说,你们刑警把贼都抓干净了,天下就太平了。"

民警看了看王磊道:"抓贼得有线索,你的基础工作要是扎实了,提供的线索就多;基础工作薄弱,线索上不来,贼也不好抓。不是所有老旧小区都发案高,也有十年不发案的。你去跟人家学习学习,别老怨天尤人。人家满大街都是红袖标,你这儿有吗?"

王磊被刑警说得张口结舌,心里不服气,可是又说不过人家。

王磊的管界接连发案,所长急了,拍着桌子向王磊大吼:"王磊,你毁我是不是?我昨天刚在综治开完会,当着全市派出所所长的面做检查,50个高发案地区派出所,咱们排第一。今天你的管界又发案,你说我这脸往哪儿放?"

王磊叨叨着为自己辩解道:"我也不想发案,可是贼吃上我那片儿了。我整天在社区里动员群众换锁芯,装防盗门,可是那儿都是租房子的,房主才不管给你换锁芯装防盗门。我是该用的招儿都用了,可案子还是发,我是没辙了。要不您给我几个保安,我天天带他们到社区巡逻去。"

所长想了想,王磊说的对,就给了他五个保安,让他带着保安轮番在重点时段、重点地区巡逻。他和王磊商量,准备再跟街道党委汇报一下王磊管界高发案的情况,争取得到地方党委政府的支持。

王磊一听高兴了,对所长说:"对对,地方党委政府再不支持,我还给他们增光。"

所长一听就怒了,嚷道:"你增什么光呀你,我踹死你。你小子最近是不是光顾着谈恋爱了,把发动群众的事耽误了?"

王磊咧嘴道:"谈恋爱?您真抬举我,人家给我介绍了个对象,一听我是片儿警,掉头就走了。我现在是困难户,等着您给我介绍呢。"

所长道:"我给你介绍?你这个笨蛋,我不是跟你说了吗,让你在管界里划拉一个。"

王磊道:"正找呢。"

王磊这天带着保安到管界里的待拆迁区宣传防范,在大杂院里向几个居民耐心解释为什么要换防撬锁。他指着门上的明挂锁说,这种锁小偷一锤子就能砸开,而且门上挂个明挂锁,明摆着告诉小偷你们家没人。

但是居民不听王磊这一套,说防撬锁装起来挺麻烦的,还得安铁片,不好装。

王磊说他可以免费安装,他身上总带着装锁的工具。

一个居民问王磊道:"你是不是得了厂家的好处了?老向我们推销防撬锁。"

王磊恼怒道："我得什么好处了？一个锁才十几块钱，我还免费安装。我是为你们好。"

那个居民道："我先不装，改天再说吧，我还得上夜班去呢，晚了老板该扣我的钱了。"说着骑上电动自行车出了院子。

王磊看着这居民，气得鼓鼓的。

这天，王磊管的待拆迁区又出了用鱼竿钓衣服的案子。

晚上一个男青年正在家里睡觉，有个瘦小伙子在他的后窗户外面，站在电动自行车上，把一根钓鱼竿从窗户伸进屋里，钩住了男青年放在椅背上的裤子，慢慢把裤子钓了起来。

男青年似乎听到点儿动静，翻身拿起枕头边的手机，看了看不是手机响，抬头忽然看见自己的裤子腾空飞了起来。他赶紧揉了揉眼，以为自己眼花了。仔细再看，昏暗的月光下，他的裤子在空中摇摇晃晃，慢慢向窗口飞去。吓得他大叫一声："啊——闹鬼啦！我的裤子飞啦！"

窗外的瘦小伙子站在电动自行车上，听到屋里男青年的叫声，赶紧把鱼竿收起来，从鱼竿上摘下裤子，在裤兜里翻出一个钱包，把裤子往地上一扔，骑着电动自行车飞快地逃出了胡同。

第二天，王磊到案发现场查看，被偷的小伙子向他诉苦，说他放在裤兜里的钱包没了。辛辛苦苦打工挣的钱，好几百块，在老家能买不少麦子呢。

王磊看了看这破旧的出租房，问小伙子晚上睡觉怎么不关窗户。

小伙子说天热，不通风不行。

王磊嘱咐小伙子，通风得在窗台上放几个瓶子，挂个风铃之类的，有点儿动静就能听见。现金最好存银行里，别放在家里，不保险。现在买东西都用手机扫码，手里不用留太多现金。晚上睡觉的时候把手机放枕头下面，别大大咧咧乱放，丢了就不好找，这帮贼很不好抓。

小伙子恳请王磊赶紧把这个贼抓住，把他的钱追回来。

王磊心想，抓贼？哪儿那么容易，我正想辙呢。

说来也巧，用鱼钩钓裤子的贼遇上抓贼高手了，也是他命里该折。

这天晚上，许建中踏着夜色在胡同里匆匆往家走，手里还拎着一个装着菜的塑料袋。这时一个骑电动自行车的瘦小伙子从他身边经过，这小伙子看了看许建中，从他身边骑了过去。许建中看了一眼这个瘦子，目光如电。这个瘦子正是用鱼竿钓裤子的那位，正在胡同里寻找下手的机会。

瘦子在胡同里转悠，眼睛总看居民的窗户。

许建中快步走进胡同，看见骑电动车的瘦子在胡同里转悠，急忙隐身在电线杆后面。

瘦子看到一家平房的后窗户开着，里面没开灯，就把电动自行车停在这户居民家的后窗户外面，从书包里拿出一个鱼竿，一节一节地接在一起，然后站在电动自行车上，轻轻推开了这户居民家的后窗户。

这时许建中已经来到瘦子的身后，瘦子并没有察觉。

瘦子用鱼钩钓出了居民放在屋里的裤子，从裤兜里掏出一个钱包，美滋滋地往自己兜里装。这时许建中一把将瘦子拉倒，瘦子惊得"哎哟"一声，趴在地上还没明白是怎么回事，许建中已经给他戴上了手铐。

许建中、陈强盛和李小雄这三个打扒高手没少帮王磊抓贼，王磊也整天在社区里宣传防范。可是溜门的、爬楼钻窗户的、撬锁的、偷电动自行车的，还是十分猖狂。

这帮贼整天在王磊的管界闹腾，把王磊整得睡觉都睁着一只眼。可是没辙，贼吃上他的管界了，他挖空心思也想不出好招来对付这帮贼。

疯疯癫癫的时髦女郎朦朦这天用红跑车拦住了王磊的破自行车，还是那么凶巴巴地对他说："嘿，臭警察，跟不跟我们公司合作呀，在社区里装防盗系统。"

王磊对朦朦瞪眼道："防盗系统要是能抓贼，我就跟你合作。"

朦朦咯咯大笑道："你要是能把贼的脸上都写上'贼'字，我们的系统就能识别他们。"

王磊一个劲儿撇嘴："我要知道谁是贼，还用找你？"

第二天早上，王磊骑车下管界，又遇上朦朦的红跑车了。朦朦下车拦住了王磊，摘下墨镜，问道："嘿，臭警察，我上次跟你说的事想好了吗？"

王磊看了看朦朦道："我今天准倒霉，大早上就遇上你。以后不许叫臭警察，叫磊哥。"

朦朦妩媚一笑，走近王磊道："亲爱的磊哥，你想不想让我拥抱一下呀？"

王磊知道朦朦真敢干愣事，吓得直往后退，正色道："别，大庭广众的你可别胡闹。"

朦朦道："那你想不想跟我们公司合作呀？"

王磊道："我正在考虑怎么跟你们公司合作。"

朦朦道："你上次说用防盗系统抓小偷，我回去跟我们领导说了，他说技术上是可行的，让你提需求，我们设计。"

王磊道："说实在的，自从你跟我说了防盗系统以后，我就在想怎么才能让系统辨认小偷的问题，还跑到图书馆查了查资料。"

朦朦道："你还真认真，想出好办法了吗？"

王磊道："当然，咱可是大学毕业，计算机水平相当高。"

朦朦道："别臭吹，说说你想的歪点子。"

王磊道："我的设想是，建立预防入室盗窃人像比对报警系统。"

朦朦道："你别跟说我公文语言，用大白话。"

王磊道："我的意思是，现在小偷流窜作案，而且跑得快，民警和保安追不上他们，得有个报警系统，小偷一进社区，民警的手机就报警了。"

朦朦道："你的想法不错，我可以把你这个想法跟领导说说。"

王磊道："你们领导一定会给你多发奖金。"

朦朦看了看表道："走，上我的车。"

王磊道："上你的车？干吗？"

朦朦道："上我们公司，见见我们领导。"

王磊道："现在？不行，我得下管界。"

朦朦瞪眼道："这也是工作，你去不去？不去我开车撞你。"

王磊一想，朦朦说的没错，这也是干工作。但他不习惯坐女士的跑车，还是红色的。他苦笑道："行，去就去，我怕什么呀？不过我坐你这个车不是那意思。"

朦朦道："你少废话，警察就不能坐跑车了？上车。"

王磊不情愿地把自行车放在路边，上了朦朦的跑车。

这时有两个民警骑车从车边过，看王磊上了朦朦的红跑车，面面相觑。

一个民警对王磊道："嘿，哥们儿，一大早就泡妞去？"

朦朦哈哈笑着上了车，一声轰鸣冲出了社区。

王磊在朦朦的公司向她的几位领导、技术人员说了他的设想。公司的一位领导认为王磊的设想在技术上是可行的，但他似乎看不起王磊这个小小的片儿警，笑着说："王警官，我听说你是朦朦家那儿的片儿警，你的设想很好，可是这种系统的建立和开发，恐怕得相当一级的公安局领导出面。在技术上我们可以负责，但是经费由谁来出？我们做一个产品，最先考虑的是销路，如果没有销路，那我们公司怎么生存？"

王磊看着这位领导，一时无言以对。

是啊，自己只是一个小小的片儿警，在这儿神侃，让人家笑话了。唉,纸上谈兵也得有资格。这么大的工程,得有相当一级领导组织实施,自己算什么?人微言轻啊!

朦朦本来觉得用防盗系统抓贼这事很有前途,可是让公司的领导一说,顿时泄了气。是啊,装防盗系统谁出钱是根本问题。公安局是抓贼的,肯定没钱。让物业出钱,王磊的社区物业费根本收不上来,物业公司连保安都快雇不起了。让居民出钱,更是不可能的。那钱从哪儿来?王磊这个小人物,在公安局说话根本没人听。看来他们的合作一点儿戏也没有了。

王磊用防盗系统抓贼的事碰了壁,又找到老同学陈强盛问计。

陈强盛一听就笑了:"你这个笨蛋,哪能上来就搞那么大的工程?要小步走,一步一步地来。"

陈强盛让王磊先用一栋楼搞个试点。一栋楼有四个门,装四套,再把社区门口的监控装上,让公司把他们的样品在这儿试用。这几套装置用不了多少钱,让街道党委支持一下,出点儿钱,维护社区治安街道有责任。研究系统应该由公司出钱,他们搞技术研发,自己应该有这笔经费。得说服他们,让他们看到这项技术的市场前景。

王磊明白了,他得这边求街道,那边求公司,全凭三寸不烂之舌,空手套白狼。

陈强盛说,这事他已经写了一篇调研报告,发表在研究室的《公安研究》上了。如果领导重视,王磊的事就有希望。

王磊觉得陈强盛太厉害了,居然调研报告都发表了。

陈强盛让王磊别着急,慢慢来,重要的是得把试点弄出来。先是一栋楼,然后是一个社区,再往后就是一个派出所辖区。一点儿一点儿推广,技术也得不断完善。

王磊被陈强盛说得眼睛都亮了,点头道:"本来我都没信心了,你这么一说,我这精神头儿又来了。"

陈强盛道:"干事别急于求成,慢慢来。这和找女朋友一样,不能急,那个干推销的女孩子长得漂亮吗?"

王磊道:"她还算漂亮吧,不过她把头发染成蓝色的,裤子剪了几个大口子,衣服还露肩膀露肚脐眼儿,吓死谁。"

陈强盛笑道:"是个时髦的女孩子,不好追,你得有耐心。"

王磊笑道:"我追她?你得了吧,这样的女孩子我养不起。她也看不上我,说是得找开奔驰宝马的。"

陈强盛道:"你买个宝马自行车,也是宝马。"

王磊道:"宝马自行车也贵着呢,我也买不起。"

这天,王磊的管界来了一个又黑又胖的女贼,用压力钳子剪开了一辆电动自行车的车锁,然后骑上车逃之夭夭。

丢了车的居民向派出所报案,王磊赶紧到了现场。

几个居民在楼下看着地上被剪断的车锁,议论纷纷。

一个居民对王磊说:"小王,你看看,我新买的电动车,还没骑一个星期,没了。"说着把被剪断的车锁递给王磊。

王磊接过车锁,看了看道:"这个偷车贼是带着压力钳子来的。"他问居民把车放哪儿了,居民说就放楼下了,这车挺沉的,没法搬家里去。

有一个居民埋怨王磊道:"小王,不是我说你,咱们这儿贼可太多了。你们派出所不能不管呀!现在居民不能安居乐业,就是你们警察的工作没干好呀。"

王磊叹道:"我整天带着保安在这一带巡逻,可是案子还是没少发。"

居民道:"巡逻是不假,可是不起作用呀。你前脚走,后脚贼就来了,一个星期丢好几辆电动车了。"

另一个居民道:"不光是丢车,还有撬锁的呢。出去旅游一趟,回来家里的锁被撬了,值钱的东西全没了。这让我们怎么住呀?"

有个居民说话很难听:"这儿人心惶惶的,你们警察不能光吃饭不干活儿呀。"

王磊听着脸上的表情极为尴尬，心里憋屈，可是他能说什么？人家说什么他都得听着。

王磊让盗贼弄得十分郁闷，就去许建中家，向这位局里抓贼的劳模请教抓贼方法。

许建中帮王磊分析了一下：他们在公共汽车上抓小偷，最重要的是发现小偷。小偷顺手机的时间就是几秒，要不提前发现，根本别想抓他。社区跟公共汽车不一样，管界里上万人，靠一个社区民警对付这帮贼太难。得想办法提前发现要作案的人，或者在贼正作案的时候及时发现。他向王磊推荐一个经验，通州有个派出所雇了一位女协警，被称为"鹰眼神母"，能在半夜3点，利用商场顶上的探头，看到商场外面偷电动自行车的贼。然后通知附近的巡逻车，贼跑到哪儿，她的探头跟到哪儿，巡逻车就追到哪儿。电动车再快也没有探头转换得快，更没有警车快。他建议王磊在社区里建一个鹰眼系统，然后再把这个系统和派出所的监控室连接起来。

王磊想了想，觉得许建中说的太对了，建鹰眼系统很有必要，可那要花不少钱呢。

许建中让王磊跟物业、街道磕点儿钱，先在重点部位装几个探头，要在发案多的部位、社区里晚上没有灯光比较黑的地方先装。等见了效果，再慢慢增加。再找个"鹰眼神母"看着，24小时监控。对付贼不能消极防守，得主动出击，给贼设埋伏。不能被动挨打，得跟贼斗法。

王磊听了许建中的话，决定当天就到物业和街道磕钱去。

第六章　落　户

　　街道出了一部分钱，支持王磊在社区搞防盗系统的试点。王磊东拼西凑地建立了一个简单的盗贼人像数据库，朦朦的公司就把盗贼识别系统开发出来了，双方商定先在一个居民楼搞试点。朦朦找了几个工人，在这个楼的单元门上装了防盗系统。

　　防盗系统装完以后，王磊问朦朦，防盗的报警连接是怎么设置的？朦朦说这个报警系统里有派出所的监控室、王磊的手机，还有她的手机。她代表公司，看看误报率。只要数据库里有的贼，在这个识别系统的摄像头前面停留十秒钟，准能报警。

　　王磊心想，如果一个月内这栋楼没发生入室盗窃案件，他就再到办事处磕钱去，争取把小区里的单元楼都装上这个系统。不过他也担心这东西不灵，毕竟是新生事物，过去从来没装过。

　　系统装完了，朦朦挺高兴，建议王磊请她吃羊蝎子。王磊心情也不错，和朦朦来到社区附近的一家小小的羊蝎子店。

　　王磊和朦朦拿着啤酒杯相碰。

　　王磊道："我干了，你随意。"

　　朦朦道："我干了，你随意。"说着就把一杯啤酒都喝了。

　　王磊看着朦朦诧异道："嚯，厉害呀。"

　　朦朦常年在社会上混，在酒桌上应酬是强项。她拿起啤酒瓶道："咱们对着瓶子吹。"说着也递给王磊一瓶。

　　王磊觉得拿着瓶子吹有些不雅，可是人家朦朦已经开始对着瓶子喝了，自己也就不管那么多了："吹就吹，今天我就跟你吹了。"

朦朦瞪眼道:"你说什么呢,跟我吹了?我又不是你女朋友。"

王磊笑道:"我是说跟你吹着喝啤酒。"

朦朦看着王磊,问他为什么不找女朋友。王磊说他找不着,这两天街道主任正给他介绍呢。前几次介绍的他都没看上,长得太困难。

朦朦笑道:"你一个小屁片儿警,眼儿还挺高的,你也不照照自己什么模样。你要是男神级的,我就嫁给你了。"

王磊道:"我不是男神,可也不能找个太难看的。我得看着顺眼,不能看着堵心。"

朦朦笑道:"你就应该找一个河东狮吼,又黑又胖的农村老娘们儿。"

王磊瞪眼道:"不可能,我得找个大美妞,比我哥们儿陈强盛的女朋友还漂亮。"

朦朦道:"你哥们儿的女朋友漂亮?你看着眼红了?"

王磊道:"不是眼红,是眼馋。我们俩是警校的同班同学,他身边有好几个美女,一个比一个漂亮。"

朦朦道:"臭警察,能找什么美女,吹牛。"

王磊道:"你可不知道,我那三个打扒的哥们儿,女朋友一个赛一个漂亮。有一个大哥就住咱们管界,结婚了,我帮他租的要拆迁的农民房。"

朦朦撇嘴道:"住那儿?美女跟他住那种地方?我才不信呢。"

王磊道:"信不信由你,哪天我带你去他们家看看。"

朦朦道:"那地方我不敢去,又脏又乱。"

王磊道:"人家住那地方,小日子过得可美了,那是爱情。你这种吃喝玩乐的女孩子不懂什么是爱情,两口子过平凡的日子,是爱情的最高境界。"

朦朦摇头晃脑道:"爱情?还最高境界?我不信在破房子里有这种爱情。"

这时王磊的手机响了,是主任又给他介绍了一个相亲对象,照片发他手机上了。他赶紧打开手机看照片，朦朦也凑过来看。

王磊看着手机上的照片，感觉不错，挺漂亮的，能打八十分。

朦朦酸溜溜地一个劲儿撇嘴，说这个女孩子充其量就六十分，将将及格。

王磊高兴地拿起酒瓶向朦朦道："来，咱们吹！"

朦朦悻悻地拿起酒瓶和王磊碰了一下道："吹就吹。"仰头就把瓶子里的啤酒都喝了。

王磊忙着相亲，朦朦也没闲着，在玩网恋。她在网上认识一个自称是富二代的男青年，叫王耀东。谈了一段时间，二人决定从线上转到线下。这天约好了见面地点，在一个公园门口。

朦朦穿得十分时尚，站在公园门口四下眺望。这时一辆白色宝马车停在她面前，车上下来一个年轻的小伙子，看上去20多岁，穿着笔挺的西服，礼貌地向朦朦道："你是朦朦吗？"

朦朦上下打量了一下小伙子道："你是网上的东哥？"

小伙子道："我叫王耀东，正是你网上的东哥。"

朦朦看了看王耀东的车，点头道："宝马520，还行，就是车型老了点儿。"

王耀东道："这车买的时候50多万，还说得过去。300万的车我们家也有，我爸妈用着呢。"

朦朦道："你们家够有钱的，你父母开的是什么公司？"

王耀东道："他们都是开矿山的，还开了别的公司。"

朦朦羡慕地看着王耀东道："你也算富二代了，为什么还要在网上找女朋友？"

王耀东道："我没遇见合适的，或者说我喜欢的，所以就到网上找能谈得来的。"

朦朦道："你觉得和我谈得来？"

王耀东道："我觉得你很时尚，而且开跑车，穿名牌，对我的路子。"

朦朦道:"我也喜欢开豪车穿名牌的男人,看来咱们能玩到一块儿去。"

王耀东道:"那当然,上我的车吧,我带你去郊区兜兜风。"

朦朦笑道:"好啊,我看看你开车的技术怎么样。"说着高高兴兴地上了王耀东的车。她对这个王耀东很满意,第一他开的车说得过去,第二他家有钱,将来要是能嫁到这样的家庭,准能过上让所有人羡慕的生活。

王磊的社区不但有盗贼捣乱,还有好多杂事让他头疼。

这天有人到王磊的社区警务室闹事。这人叫生子,三十来岁,刚从监牢里放出来。生子是练武的,讲义气,好打架。他进大牢就是因为打架,拿菜刀砍了人,判了好几年。他放出来以后本应该把户口落在他原来住的地方,可是现在那房子他姐住着,不让他落户。这也不怪他姐无情。因为生子打架伤人,他父母倾家荡产赔偿被害人,后来着急生气,早早地去世了。生子的姐姐能不恨生子吗?就不给生子户口簿,就是不让他把户口落在那儿。

王磊上门做生子姐姐的工作,几次都吃了闭门羹。

生子没有户口,就找不到工作,他认为自己的户口落不上,就是因为公安局不给他解决问题,三天两头找派出所,找分局领导,可按规定落户得户主同意,这事就拖下来了。

生子靠吃低保过日子,心里憋屈,想不开。

这天他喝了点儿酒,醉醺醺地来到王磊的警务室拍桌子,向王磊大喊道:"我刑满释放回来,一直上不了户口。没户口怎么找工作呀?谁要我呀?"

王磊不急不恼地对生子说:"你以前是在这儿住,户口应该落在这儿。可是现在这房子你姐住着,她就是不同意你落户,你得回去跟她协商。"

生子道:"我姐不认我了,说父母是被我气死的。对,父母是被我气死的,我是没脸见她。不过我是从这儿走的,就是恢复户口,你们为什么不给我办呀?"

王磊道:"落户得户主同意,户主不给你户口簿,我们也不好办,要不你到分局反映一下去。"

生子大嚷道:"我找过派出所所长,找过分局户口处的领导。该找的我都找了,结果到现在还是没解决。我今天买了一瓶二锅头,把它都给喝了,喝完我就到前门楼子上喊去,让全中国人民都知道,判刑回来的上不了户口!"

王磊道:"生子,你的事我可没少找你姐谈。这可不是我们公安局的责任,你别把账记公安局头上。"

生子扯着嗓子喊道:"我不管,你们不给我解决户口,我就跳河去!"

王磊苦笑道:"你跳河是为了什么呀?不是为了解决户口吗?如果你信得过我,我把你的情况向领导汇报一下。你这是特殊情况。"

生子道:"你甭老拿这话来糊弄我,今天不给我解决,我只有上前门楼子这一条路了。不成我就往河里跳,一了百了。"

王磊笑了笑道:"你先别急着跳金水河,我听说那儿正闹干旱呢,水才没过脚面,你要是跳下去,大伙儿准以为你在捞蛤蜊呢。"

生子茫然道:"啊?真的?那么浅?那我先不跳金水河了。我到前门楼子上去,从那儿上面跳下来!"

王磊道:"前门楼子这两天正检修,都搭上架子了。你要是没飞檐走壁那两下子,还不好上呢。"

生子道:"啊?我没活路了,死路也没了?"

王磊道:"你找我来,就是走对路了。这么着吧,我再跟你姐谈谈,争取让她答应你落户,你看行吗?你再相信我一回。"

生子哭道:"说实在的,我真没抱什么希望,如果你再说我这事办不了,我真上金水河捞蛤蜊去。嗯,不是,我喝敌敌畏去。"

生子是狼茬子，他姐也不是省油的灯。

王磊上门找生子的姐姐做工作，他姐暴怒，向王磊大喊："他死去！早就该死！他拿刀砍了人，我爸妈得赔人家，把一辈子的积蓄都赔进去了，生生地被他气死了。现在他还想回这个家，把户口落这儿？没门儿！"

王磊耐心劝道："生子虽然过去干过犯法的事，可是已经受到惩罚了。既然放出来了，就是普通公民，而且他是你亲弟弟呀。"

生子姐姐道："我没这个弟弟，我知道他打的什么主意，他想把户口落在这儿，将来跟我分父母的房子。"

王磊心想生子的姐姐心眼儿挺多的，还想着生子得分房产的事，于是道："他可没这么想，他是想先暂时把户口落在这儿，以后有了自己的房子再迁走。"

生子姐姐道："就他？有自己的房子？谁信我都不信。"

王磊道："可是他回来了，总得给他一条生路，让他自食其力是不是？"

生子姐姐道："让他吃低保呀，他能干什么工作？"

王磊道："咱们得帮他，让他重新做人，不能再走歪道。"

生子姐姐道："我可帮不了他，他自己的路自己走，跟我没关系。"她看了看表道，"王磊，不是我不给你面子，这事没商量。我还得接孩子去，不留你了。"

王磊被生子姐姐赶出来了。怎么办呀？他一筹莫展。

这天生子又来到王磊警务室，扬言户口问题不解决，就死在这儿。

他站在王磊的办公桌前面，从书包里拿出一瓶敌敌畏，对王磊道："今天你要不给我解决户口问题，看见没有，这瓶敌敌畏我就在这儿喝了。"

王磊看了看那瓶敌敌畏，有些愕然道："敌敌畏？真喝？"

生子道:"当然,就在这儿喝,反正我也没活路了,你看着办吧。"

王磊微微一笑道:"行,好样的,本事见长呀。好,你喝吧,你不喝我喝。"

生子犹豫道:"那我可真喝了,你可别拦着我。"

王磊道:"不拦着。"

生子大声道:"别拦着我!"

王磊不以为然地说:"当然,别啰里啰唆的,快喝。"

生子拿起瓶子,看了看王磊道:"我可真喝了。"

王磊微笑道:"喝吧,你不喝我可喝了。你这是46度的,度数太低,喝水一样。"

生子瞪大眼睛道:"56度的!"

王磊撇嘴道:"46度的,我喝了这么多年酒,这我还闻不出来?我告诉你,我隔着墙就能闻出来你这瓶子里装的是什么酒,什么香型的,多高的度数。你还想拿这来蒙我?"

生子吭吭哧哧:"我这就是56度的!"

王磊道:"46度!"

生子道:"56度!"

王磊道:"46度!"

女协警元元走进来,瞪着眼看着王磊和生子,向保安叫道:"保安!快把这两个酒鬼轰出去!"

生子无力地放下敌敌畏,向元元道:"哎哟,元元姐,你给评评理,我这是56度的,他非说是46度的,我……"

王磊道:"以后拿点儿高度的来,别弄点儿低度酒掺水来糊弄我。"

生子瞪着王磊发狠道:"嘿,你别说大话,哪天我找70度的酒来,让你见识见识我的酒量。"

王磊笑道:"70度?还80度呢,你烧开了拿来。"他忽然一耸鼻子道,"好香啊。"眼珠一转,向元元道,"元元,我上趟厕所。"说着转身匆忙拉开后门跑了出去。

元元看着王磊的背影叨叨道:"什么情况?鼻子够灵的,跑什么呀?"

这时朦朦推门走进警务室,四下看了看道:"王磊呢?"

元元笑道:"朦朦呀,小土出去了,刚走没五分钟。"

朦朦撇了一下嘴道:"这家伙整天瞎忙什么呢,是不是又相亲去了?"

元元道:"没有没有,他最近正忙着抓贼呢,抓入室盗窃的贼。"

生子道:"他没去抓贼,喝酒去了,56度的。"

朦朦疑惑地看着生子:"他喝酒去了?上着班就敢喝酒去?我掐死他。"说着拿出手机。

生子道:"对,掐死他,一定要狠掐!"

朦朦给王磊打了个电话,刚拨完号,王磊桌上的手机响了。朦朦一看那手机,笑道:"嘿,这家伙敢跟我玩捉迷藏?"向里屋大喊道,"王磊!你给我滚出来,不出来我把你的手机砸了。"

没人应声。

朦朦又喊道:"王磊!你滚出来!不出来你死定了!"

生子也喊道:"对!出来你死定了!"

王磊慢慢从里屋走了出来,故作从容地向众人道:"上趟厕所也有人大呼小叫的。"

王磊说服不了生子的姐姐,听说朦朦和生子的姐姐关系不错,就请她出面当说客。

朦朦觉得生子虽然是从大牢回来的,但是人不错,挺讲义气的,应该帮帮他,答应哪天去跟生子的姐姐说说,不过得让生子写个保证书,有了房子就把户口迁走。

王磊觉得这没问题,许诺如果朦朦能把生子他姐姐说服了,就请她吃羊蝎子。

王磊琢磨着生子即便有了户口也不算万事大吉,他没工作,不能老吃低保，得给他找条谋生的出路。生子会修自行车，曾经向王磊提出来想在胡同口摆个修车摊儿，可是手续办不下来，工商不同意。他得去跟工商再进一步协调，即便是服刑回来的，也得给他一条生路，不能逼他抢劫去。他想让生子戴个红袖标，找个入室盗窃发案多的胡同，边修车边看门护院，见到不三不四的人就报告。这样工商可能会网开一面。

王磊准备再找生子的姐姐做工作的时候，生子的姐姐找他来了。

因为楼上的卫生间老漏水，她上去找这家。这家住着个老头儿，蛮不讲理，两个人吵得昏天黑地，最后到王磊的警务室，让警察给解决。

生子的姐姐气得直哆嗦，向老头儿大喊着："你们家厕所漏水，你不想办法修，我们怎么住？上厕所都得打伞！"

老头儿理直气壮地向生子的姐姐道："这房子是拆迁房，质量问题多了，可赖不着我。你该找谁找谁去。"

"我找谁去？你们家的房子我就得找你！"

"你找建房子的去，找开发商去，找物业去，我可没工夫做什么防水。"

王磊一看这二位像斗急了的公鸡，忙向生子的姐姐道："姐，你消消气，你喝点儿水。"又对老头儿道，"大爷您消消气，您喝点儿水。"

生子的姐姐仍然向老头儿喊道："物业不管修，我到哪儿找开发商去呀？"

王磊劝慰生子的姐姐道："姐，你听我一句，你消消气，喝点儿水。"他给生子的姐姐和老头儿一人一瓶矿泉水。

生子的姐姐向王磊道："小王，你给评评理，有这样不讲理的吗？他们家漏水，还理直气壮，连句道歉的话都没有。"

王磊道："各位老街坊，俗话说，远亲不如近邻。房子漏水的事可不是一家两家，这楼的质量是有点儿问题。这么办，你们都忙，找这儿找那儿的是费劲。这事交给我,我帮你们跑去,你们二位看如何?"

老头儿一听乐了,向王磊道:"那你辛苦,不过我可有言在先,让我出钱做防水,我是一分钱没有。"

王磊知道这老人家是拆迁土豪,家里有几百万,可是让他往外掏钱是不可能的,他的钱是命。他向老人道:"您放心,一分钱也不让您花。"

王磊大话说出去了,对于楼上漏水的事,怎么解决?

他去了建材商店,问售货员厕所漏水有什么办法。售货员让他买一袋堵漏灵,把马桶移开,用水把堵漏灵和了,稀着点儿。先沿着下水管四周浇,把漏水的缝隙都堵上,然后再用干一点儿的,把下水管四周抹上。这东西比水泥好,干得快,抹上四个小时以后就成了。

王磊买了一袋堵漏灵,去了那个老头儿的家。在老头儿家的厕所里,把马桶移开,细心地在管道边上抹上了堵漏灵。

老头儿在边上看着,夸奖道:"你这手艺不错呀。"

王磊道:"那当然,我可是专业泥瓦匠,这点儿小活儿,没问题。"

老头儿道:"抹上堵漏灵就不漏了?别明儿楼下又找我来。"

王磊信心满满地说:"估计不会,我做的防水,那是相当厉害。"

朦朦受王磊之托到生子姐姐家,动员生子的姐姐同意生子落户。

生子的姐姐和朦朦特投缘,姐俩有的聊。她把最近楼上漏水的事向朦朦说了,还说王磊做的防水不错,楼上已经好几天不漏水了。她领着朦朦到厕所,让她看房顶。

朦朦一向看不起王磊,觉得他就是个笨警察,除了喝酒是强项,其他什么都不成,撇嘴道:"王磊就是干粗活儿的料,修个门锁,换个水龙头,干不了大事。"

生子的姐姐道:"会干这也不简单,我们那口子什么都不会,换个灯泡还从上面摔下来,摔个半死。"

朦朦道:"换灯泡的事我会,以后你找我。"

生子的姐姐道:"你上房爬树没有不会的,我还不知道你。"

朦朦道:"那是,论爬树,王磊都甘拜下风。"

生子的姐姐道:"你这种猴淘猴淘的女孩子,哪个男人敢娶你呀?"

朦朦道:"我让谁娶我,谁就得娶我。"

生子的姐姐疑惑地看着朦朦道:"你是不是和王磊谈恋爱呢?"

朦朦的嘴咧得都快到后脑勺了:"他?穷了吧唧,在我这儿排不上队。"

生子的姐姐笑道:"我想也是,王磊要是娶了你,准死定了。"

朦朦不满地看着生子的姐姐道:"我有那么恐怖吗?姐,今天可是王磊让我来的,你得给我个面子。"

生子的姐姐想了想,觉得王磊既然帮了她,把楼上漏水的事解决了,人家朦朦又上门说和,这个面子得给。她答应把户口簿给生子,不过得让他写个保证书,她看了满意才成。

王磊多方奔走,生子的户口问题解决了,修车的执照也办下来了。生子在胡同口摆了个修理自行车的摊儿,开始自食其力。

这天,王磊骑车路过生子这儿,生子忙招呼他道:"大早上的上哪儿呀?"

王磊叹气道:"一大早就有人报案,说是昨天晚上他们家被溜门了,把他放在裤兜里的手机摸走了。"

生子道:"外地人睡觉不锁门,贼还不进去?"

王磊道:"那小破屋不通风,关上门更热了。"他把一个红袖标递给生子道,"戴上这个,治安志愿者。"

生子高兴地把红袖标戴胳膊上道:"行嘞,这条胡同就归我管了。要是有不三不四的人到这儿来,我就让他滚。"

王磊怕生子惹事,嘱咐他道:"你可别逮谁打谁啊,吓唬吓唬得了。"

生子道:"我往这儿一站,哪个小偷敢来?全给我绕着走!"

王磊笑道:"你得知道谁是小偷呀。你要能一眼就看出谁是小偷,那可是真功夫,我都没这两下子。"说着骑上车走了。

自从生子往胡同口这儿一坐,跟门神似的,大鬼小鬼都躲着他,胡同里踏实多了。

第七章　第三者

　　李小雄见许建中结婚以后小日子过得甜甜蜜蜜的，羡慕极了，觉得自己和崔颖谈了这么长时间，也应该到了谈婚论嫁的时候了。于是他就来到崔颖家，想和她正经地谈谈这个问题。

　　崔颖家里有卡拉 OK，她拉着李小雄唱歌。李小雄拿着话筒唱了一首《爱江山更爱美人》。崔颖边听边冲着李小雄笑。

　　李小雄一曲唱完，崔颖拉着他的手，问他是爱江山还是爱美人，李小雄说爱江山更爱美人。

　　崔颖撇嘴说这可不行，江山和美人只能选一样。

　　李小雄不明白，为什么爱江山就不能爱美人？

　　崔颖说："问题很简单，你是爱我，还是爱你那抓小偷的工作？你要想和我结婚，必须得调工作。我受不了你三天两头加班，而且整天跟小偷打交道，太危险，我不能整天为你担惊受怕。"

　　李小雄听了崔颖的话非常为难。

　　他喜欢打扒工作，这工作虽然苦，也有危险，可他已经习惯了。而且他干这个工作有一种荣誉感，觉得挺神圣的。即便要调工作，也不是简单的事。他除了抓小偷，其他能干什么？

　　崔颖说他可以去经商，做买卖。他要肯调工作，其他的事就甭管了，她保证能给李小雄找个挣钱多而且有发展前途的工作。抓小偷有什么好？又苦又累的。如果李小雄不舍得这工作也行，那就挑明了，以后谁也甭找谁了。

　　李小雄哪舍得离开崔颖呀，求崔颖给他时间，让他考虑考虑。

崔颖答应给他一个星期考虑时间，不调工作就分手。

这下可把李小雄难坏了，他心里矛盾，既不舍得和崔颖分手，也不愿意离开公安局，左右为难。

许建中只休了三天婚假就上班了，他知道现在小偷多，怕李小雄和陈强盛忙不过来。他一上班就和李小雄、陈强盛来到一个汽车站蹲守。陈强盛问许建中，姚大姐什么时候做手术。许建中说没什么特殊情况就两天以后做。陈强盛摇头叹气，心想蜜月里头做手术，而且还是绝症，许建中真是不幸。

李小雄没精打采，老是望着街上发呆，陈强盛叫了他一声他也没听见。许建中问他怎么回事，是不是和崔颖吵架了。他不愿意说，只说是和崔颖看夜场电影，没睡好。

车站上没有小偷，三位侦查员就上了公共汽车。在公共汽车上，李小雄仍然精神恍惚地看着车外，车一摇晃，他回头看了车上一眼，忽然看见一个小偷，这小偷从一个姑娘的挎包里掏出一个钱包。他赶忙上去抓那小偷，可晚了一步，没有抓住那小偷的手。按警察的行话，这就是抓老了。他抓住了小偷的胳膊，让小偷交出东西，小偷是个老手，知道没抓到他偷东西的证据警察就不能拿他怎么样。他若无其事地说李小雄冤枉人，他根本没偷别人的东西。李小雄问被偷的姑娘丢了什么，姑娘一看挎包，发现钱包没了。李小雄拉着小偷，让他下车。小偷不走，说自己没偷东西，为什么下车？陈强盛和许建中挤过来，硬拉着小偷下车。陈强盛警告小偷，别找不自在。小偷居然昂着头，跟着李小雄等人下了车。许建中叫上那个丢钱包的姑娘，一同下了车。

众人来到车站上，李小雄让小偷把衣服兜都翻开。小偷冷笑着，把衣服兜全亮了出来，居然没有钱包。三位侦查员和那姑娘全愣了。这时车上有人喊："钱包在地上！"丢钱包的姑娘赶忙上了车，车立刻就开走了。小偷看着三位侦查员，得意地说："你们冤枉人，这怎么办？"

陈强盛知道这小子得了便宜卖乖，上前抓住小偷的衣领道："你说怎么办！你说！"拿出了要打人的架势。

小偷吓得大叫："干吗？想打人？警察打人啦——"

许建中上前拉开陈强盛，小偷不服气地嘟囔着走了。许建中转过头问李小雄怎么抓老了，他很少出这种差错。李小雄只是摇摇头叹气，说是今天有点儿背。陈强盛气得一个劲儿嘟囔："这小子甩东西手真快，我也疏忽了。他大爷的，臭小子得了便宜卖乖，还敢跟老子叫板。"

许建中关切地问李小雄今天为什么老是发呆，好像神不守舍，有什么事能不能跟他说说。李小雄沮丧地把崔颖让他调出公安局，不然就跟他吹的事说了。他是舍不得许建中和陈强盛，再说他除了打扒能干什么。他又不是做买卖的料，让他做买卖还不赔死，他也不爱干那玩意儿。

许建中觉得崔颖的想法是很正常的，李小雄也应该理解她。警察挣的钱，跟人家做买卖的当然没法比，崔颖也是好心。陈强盛认为这事没什么可犯愁的，崔颖要有本事给李小雄找个挣大钱的工作，那也没什么不好，应该高兴才对。李小雄说他高兴不起来，钱那东西生不带来死不带去，有钱多花，没钱少花，他对钱从来不在乎。许建中劝李小雄，如果崔颖非要他调工作，那就调。在哪儿都是挣钱养家，不过得找个适合他的工作。

陈强盛感叹现在真有发大财的，到处是开奔驰宝马的年轻人，将来李小雄要发了财，别忘了他们哥们儿一块儿挤过公共汽车。

许建中觉得发财不发财倒是次要的，关键是要找个顺心的工作。钱这东西能买来床，可买不来踏实觉。他打心里不舍得李小雄走，他和李小雄、陈强盛有特殊的感情，可以说是生死之交。

李小雄在许建中和陈强盛的开导下，对调工作的事开始有些松动，但前提是得找个合适的工作才能调。陈强盛认为李小雄既然下决心调出公安局,就给崔颖一个明确的答复,还是以感情为重。

在蜜月的甜蜜之中,姚晨曲到医院做了手术,手术相当成功。手术当中,许建中一直等在手术室外。李小雄、陈强盛、王磊、崔颖、李娇娇,以及姚晨曲的家人也都来了,大家都很紧张。

手术做了两个钟头,董大夫从手术室里走了出来,说是手术成功了,众人才松了一口气。

许建中心里像压着一块大石头,不知道手术以后姚晨曲的病情会朝哪个方向发展。

护士把姚晨曲从手术室推出来以后,董大夫说姚晨曲得等一段时间才能醒过来。许建中就让众人回去了,他一个人守候着姚晨曲。

良久,姚晨曲慢慢苏醒过来,许建中就坐在她的床边关切地问她伤口疼不疼。姚晨曲无力地说不疼,她想喝点儿水,许建中就喂她喝了几口水。

姚晨曲觉得胸口有点儿憋得慌,许建中急忙来到董大夫的办公室,向董大夫说小姚胸口有点儿憋。董大夫说那是麻药劲儿大,还没过去呢,问题不大。

他低声对许建中说,等姚晨曲的伤口好了,给她做一段时间的放疗,把病灶周围的癌细胞杀死。以后三个月来复查一次,一定注意别让她累着,更不能着急生气。

董大夫来到姚晨曲的床前,亲切地恭喜她和许建中结婚,不过让她在病房里度蜜月太委屈她了,等她好了让小许陪她出去玩玩,再补一个蜜月。

姚晨曲笑了,说,在董大夫这儿度蜜月也挺好,只要小许在她身边就是度蜜月。

董大夫发现姚晨曲的精神状态不错,这有助于她的身体好转。他祝福姚晨曲和许建中和和睦睦、相亲相爱,并且送给他们一个小小的结婚礼物,是一对老夫妻亲吻的玩偶。姚晨曲看了喜欢极了,她从来不怀疑自己能和许建中白头到老。

　　许建中尽管心底隐藏着悲伤,但见姚晨曲心情这么好,也宽慰了许多。他企盼着能出现医疗奇迹,让他和姚晨曲终身在一起。

　　李小雄心情非常矛盾,在打扒和崔颖之间他只能选一样儿,没有办法,只得选择了崔颖。

　　他来到崔颖家,给她最终的答复。但在崔颖面前,还想最后说服她,争取两全其美。

　　他问崔颖,江山和美人能不能不分开?

　　崔颖问李小雄想好了没有。

　　李小雄说,想是想好了,如果非让他调出公安局,那必须得有个适合他干的工作,他能干的工作。

　　崔颖一看李小雄终于答应离开公安局了,高兴地站起身,从后面抱住他,把脸贴在他的背上,喃喃地说凭他的聪明机智,当个经理没问题。她要尽一切努力为他找个既挣钱多又有发展前途的工作。等到了一定的时候,他俩就开个自己的公司,她当董事长,李小雄当经理,或者李小雄当董事长,她当经理。

　　李小雄转过身,搂住崔颖,轻轻地吻了她一下。

　　他明白,自己当不了经理,充其量能给崔颖当个保镖,但是为了爱,也只能走一步看一步了。

　　姚晨曲心情好,身体也恢复得快,两天就能下床走动了。

　　她想向董大夫要求,让她出院,尽快回到她和许建中那幸福的小屋。可她又不敢提出来,怕董大夫笑话她,哪有没拆线就出院的?即便是新婚,也不能太那个了。

　　李娇娇打扮得漂漂亮亮地来看姚晨曲。她一方面想看姚晨曲,另一方面盘算着陈强盛应该在这儿,她想见陈强盛。

　　她拿着大包的营养品来到病房,一看见姚晨曲就高兴地和她说个没完。她说刚结婚就住院，蜜月两口子分居，太不像话。

姚晨曲说这没什么，今后的日子还长着呢，两口子还愁没时间在一块儿？

李娇娇觉得姚晨曲说的对，还向姚晨曲说了一句诗："两情若是长久时，又岂在朝朝暮暮。"

姚晨曲一听就笑了，几天不见，李娇娇怎么变得文绉绉的了？

李娇娇得意地说，这是跟警察学的，老跟陈大警察在一块儿，受他的感染。

姚晨曲也为李娇娇高兴，她跟陈强盛学点儿文学什么的有好处，比成天对着镜子打扮强。

李娇娇兴致勃勃地告诉姚晨曲，自从认识了陈强盛，她长了不少学问，陈强盛一肚子墨水儿，自称是小百科全书，学问大了，没有他不懂的。

姚晨曲忍不住笑了，觉得陈强盛是在吹牛。

李娇娇说，即便陈强盛吹牛，她也信，绝对信。

她四下看看，问陈强盛怎么没来。

姚晨曲说，他可能一会儿来。

李娇娇就在病房里等陈强盛，她向姚晨曲发牢骚，说陈强盛老是不冷不热的，谈了这么长时间了，也不懂得和她亲热，等得她直着急。

姚晨曲心想这李娇娇真是二百五，想和男人亲热哪有挂在嘴边儿的？她安慰李娇娇，她和陈强盛谈的时间还短，等谈出感情来他自然会和她亲热。但李娇娇觉得谈的时间已经不短了，姚晨曲和小许谈了没多长时间就结婚了，可她和陈强盛八字还没一撇呢。她以前也谈过几个，人家见了她跟见了女皇似的，可是这位陈先生，跟木头人似的，连抱她的热情都没有。姚晨曲听了捂着嘴一个劲儿笑。

李娇娇说她不怕小姚笑话，陈强盛真这样，好像她对陈强盛一点儿吸引力都没有，她不明白陈强盛对女人怎么这么冷漠。

姚晨曲问李娇娇是不是真的爱陈强盛，李娇娇毫不顾忌地说，她真的很爱陈强盛，陈强盛比她以前谈的那几个都好，特有男人味儿，和他在一块儿别提多开心了。她以前谈的那几个都太俗，一张嘴除了吃就是喝，没别的，肚子里没东西，要什么没什么。

正在李娇娇和姚晨曲谈得开心的时候，崔颖拿着大包小包的营养品走进病房，一进门就叫："呦，小姚，你活过来了！上次我来还以为你睁不开眼睛了呢。"

姚晨曲白了崔颖一眼："该死的，你少咒我！"

李娇娇见来了人，起身向姚晨曲告辞，说有空儿再来看她。姚晨曲知道李娇娇和崔颖不熟，也就没有挽留她。

崔颖把营养品放在姚晨曲的床边，问姚晨曲，刚才那位是不是她们商店的李大美，她们见过一次，就是在姚晨曲做手术的时候。姚晨曲说她已经把李娇娇介绍给强盛做女朋友了。崔颖觉得这挺有意思，三对男女，仨男人上大街抓小偷去了，仨女人上医院聚会来了。

姚晨曲问崔颖最近是不是又欺负人家李小雄了，弄得他神不守舍的。崔颖说这不是欺负他，是给他下最后通牒。让他改行，也是为了他好。当警察多危险，现在的小偷流氓多恶呀，警察弄不好就光荣牺牲了，干这个干吗？姚晨曲觉得大家都不当警察，那小偷还不满大街跑呀？崔颖说不会，还有你们家小许呢。姚晨曲警告崔颖，她再欺负李小雄，就让李小雄跟她吹。崔颖很自信地说，是李小雄离了她就没法儿活。姚晨曲扬言明天就给李小雄介绍个比崔颖更好的，看她怎么办。崔颖说她如果今天和李小雄吹，明天就能找个大款，她后面有一堆排队的呢。

姚晨曲最反对崔颖找大款，让她少拿大款说事，跟那些大款接触多了没好处，尤其是她这么漂亮的女孩子，弄不好就吃大亏。崔颖自信不会上当受骗，认为姚晨曲是死脑筋，老以为有钱人都是坏人，哪儿有那么多坏人？现在能发财的都是有能耐的，不能发财的都是笨蛋。以他们家小许为首的，加上李小雄和陈强盛，仨笨蛋！

这时许建中、陈强盛和李小雄正好走进病房。

陈强盛一听有人说他们是笨蛋，怪声怪气地说："谁骂我们仨是笨蛋呢？"

崔颖一看这仨人来了，高兴地笑道："我说你们三个是笨蛋。"

陈强盛向崔颖做了个鬼脸说："我们三位是世界上最聪明的人，怎么会是笨蛋呢？"

崔颖说："不会挣钱的就是笨蛋。"

陈强盛反驳说："原来是这么回事。这我可不同意，坚决不同意。我说崔颖小姐，我得请教你，那抢银行的有钱，他就是聪明人？他挨枪毙也是聪明？"

崔颖毫不示弱："你胡搅蛮缠。我说的是正经挣钱，不是抢钱。"

"你是说正经挣钱，那我问你，我们三个人，每人抓的小偷，等于别人抓的一倍还多。可我们挣的钱一分也不比别人多，大家都拿一样的工资，你说谁笨？"他开始和崔颖抬杠。

崔颖说："你们都笨！都是大笨蛋！谁让你们干这行的？你们拿的是死工资，就得这样。"

在场的人看着陈强盛和崔颖斗嘴，谁也不说话，只是笑。

陈强盛故作痛苦地对李小雄说："小雄，你的领导太厉害了。我同情你，同情你的遭遇。"

"哼，我厉害？你将来找一个没准儿还是胡同里出来的泼妇呢。一天骂你三回，不许你乱说乱动。"崔颖厉害起来嘴不饶人。

陈强盛撇着嘴说："啊？我就找个胡同里出来的泼妇？这可能吗？我就是要找一个对我放任自由的，什么都不管的，三天不回家也不问我的。"

崔颖说："你没这命，像你这样的坏男人，命里注定得找个厉害的河东狮吼。"

姚晨曲听不下去了，说："我说你们能不能少说两句，见面就吵嘴，就跟冤家对头似的。"

陈强盛向在旁边一直不说话的李小雄说:"哎,你怎么不说话呀?咱爷们儿这时候怎么成软柿子了?"

李小雄笑而不答,他哪敢惹崔颖呀。

崔颖得意地说:"你问他敢说话吗?"

姚晨曲说:"你就知道欺负小雄。"

许建中上来打圆场道:"我说各位,好不容易凑到一块儿,别老斗嘴呀。以后大家都是朋友了,还得常走动呢。见面就斗嘴,以后怎么做朋友呀?"

陈强盛说:"好,我听领导的。"他向崔颖使劲瞪一下眼,"哼!"

崔颖也不示弱,向陈强盛一撇嘴:"哼!"

李聪的丈夫马征来到崔颖所在的公司找葛经理,葛经理少不了在马征面前炫耀一下他的公关小姐崔颖。崔颖在与马征握手的时候有意恭维了一下马征,说是久仰马经理大名,在电话里聊过好几次了,只是没见过面。马征一见崔颖,眼睛都直了,他是个好色之徒,见了漂亮女人就打歪主意。他赞叹崔颖不但美若天仙,而且颇有才女风度,当即提议,中午请葛经理和崔颖吃饭。有美女在场,生意一定能谈成。

马征请崔颖和葛经理吃完饭,又请他们来到饭店的卡拉 OK 厅。崔颖拿起话筒唱了一首情歌,歌声缠绵而又清脆,听得马征和葛经理心旷神怡,想入非非。马征垂涎欲滴地看着崔颖,低声对葛经理说,崔颖比他所有的小蜜都漂亮。葛经理问是不是比他的夫人李聪还漂亮,马征说他老婆是个胖美人儿,跟崔小姐不是一个味儿。

葛经理看出马征对崔颖心怀不轨,提醒他,崔颖是刺儿梅,打她的主意可得小心。她不是鸡,是大学毕业生。马征问崔颖爱不爱钱,葛经理说在爱钱这个问题上崔颖和别人没什么不同。马征心想,女人爱钱就好办,钱可以买来一切。当然,他也知道,要泡崔颖还得葛经理同意。他把这个意思向葛经理一说,葛经理虽然不舍得崔颖被别的男人追，但挣钱的事对他来说更重要，当即就表示，只要在生意上双方能合作，这事他是不会干预的，这是两厢情愿的事。二人淫笑着握手，表示在泡崔颖的问题上要紧密合作。

三人从饭店出来的时候，马征提出送崔颖回家，崔颖说她不回家，得去红楼电影院，她男朋友在那儿等她呢。她让马征送她去电影院。马征听说崔颖已经有了男朋友，多少有些嫉妒，但还是开车把崔颖送到红楼电影院门口，他不想放弃任何与美女单独在一起的机会，哪怕是只在车上短暂地聊上一会儿。

李小雄正在电影院门口等着崔颖，看到崔颖从一辆车上下来，一个穿西服的男人殷勤地为她开车门，又扶她下车。

李小雄直皱眉头，心想崔颖怎么坐这男人的车来了？这男人看上去酸溜溜、色眯眯的。

马征开车走了，崔颖向李小雄走过来。

李小雄有些不高兴地问崔颖送她来的人是谁。

崔颖笑吟吟地看着李小雄，感觉出他似乎有些吃醋，她喜欢让李小雄吃醋，这样才能体现出她的重要性，而且让男人吃醋的感觉对她来说很是舒服。

她似乎有意刺激李小雄，说送她来的是一个广告公司的经理，也是一个第一次见了她就想追求她的人。

李小雄心里很不舒服，见崔颖脸上泛红，问她是不是喝酒了。

崔颖说喝了点儿，让李小雄别大惊小怪的，干公关哪有不喝酒的。

李小雄劝她以后少和那些不三不四的人来往。

崔颖白了李小雄一眼，说在生意场上混，就得跟各种人打交道。

可李小雄也不让步，认为现在社会上的人太复杂，女人弄不好就上当。他成天和坏人打交道，见的多。崔颖不以为然，觉得警察眼里没好人，警察都有职业病。她不信李小雄这一套，认为他是吃醋，心胸狭小，不像个大男人。

二人争争吵吵地进了电影院，崔颖看电影看得津津有味，而李小雄却很郁闷，这样谈恋爱，什么时候才能谈出感情来？

近一时期，许建中一直没有发现王疤瘌的踪迹，这天无意中从一个小偷嘴里得到了王疤瘌的消息。

他们在公共汽车上抓了一个小偷，刚抓到这个小偷的时候，许建中一眼就认出了他，他是在大栅栏混的那个冬子。许建中觉得奇怪，这冬子早就洗手了，怎么又重操旧业了？冬子说他是一时手痒痒，而且他也没法儿在大栅栏那儿混了，那儿来了一帮大刑出来的，把他们全灭了，非让他们交保护费，不交就打。他们里头有个大黑汉，会武术，没人敢惹他。他们的老大也特有名，以前叫震东单。

许建中和陈强盛、李小雄听了不禁精神一振，他们都知道，"震东单"是王疤瘌的绰号。许建中问冬子见过这个震东单没有。冬子说没见过，只是听说的。

许建中决定主动出击，到大栅栏去找王疤瘌。

马征自从见到崔颖，立刻开始对崔颖采取感情攻势。这天傍晚，他把车停在崔颖单位的门口，坐在车上等崔颖出来。良久，崔颖拎着手包从单位出来，马征按了两下喇叭。崔颖一看马征在车上看着她，有些意外，问他怎么来了，为什么不进去。马征下了车，笑呵呵地问崔颖晚上有事没有，他请吃饭，想和她合作做点儿生意。崔颖一听要跟她合作做生意，非常高兴，当即就上了马征的车。马征问崔颖喜欢吃什么，崔颖说她爱吃烤鸭。马征就开车去了全聚德。

许建中和陈强盛、李小雄根据冬子提供的情况，来到大栅栏搜寻王疤瘌。许建中让陈强盛守大街的南口，李小雄守北口，他在街上找，谁发现了王疤瘌就发信号。他要在里面发现了王疤瘌，就跟他到街口，然后给他们发信号，前后夹击。随后三人就分头行动。

许建中先观察了一下周围的环境，然后开始在大栅栏的街上巡视。

说来也巧，王疤瘌真的在这条街上，他戴着墨镜正和小黑胡在街上逛。王疤瘌问小黑胡有关大黑汉的情况，小黑胡说大黑汉现在已经是自己人了，以前他这也不敢干，那也说不能干，可他拿了钱以后，也不说什么了。有时候干事拉他一块儿去，他不动手也给他一份钱。那天他带着大黑汉在这条街上逛了逛，那帮外地摊主以前不服的，这回也不敢言语了。谁不服当时就练，没一个说话的，乖乖地都把保护费交了。

王疤瘌点点头，觉得有门儿，但他不让小黑胡在大黑汉面前提他，他们还是单独联系，然后就和小黑胡分开了。

在大栅栏北口，李小雄在路口的报摊旁遵守，边看报边注意来往的行人。这时崔颖和马征从停车场走来，她还挽着马征的胳膊。李小雄一眼就看见了崔颖，他见崔颖挽着马征，一下呆了，心想这是第二次看到崔颖和这个男人在一起了，还这么亲热，她和这个人的关系肯定不一般，绝不是普通朋友，心中产生一种妒火，这是从来没有过的。不知是因为吃醋还是想看看崔颖和那个男人到底要干什么，他没有叫崔颖，而是悄悄跟上了他们。

马征和崔颖亲亲热热地走进了全聚德烤鸭店，李小雄也跟进了烤鸭店。

许建中在街上巡视时，猛然看见了正往北走的王疤瘌。

他一阵暗喜，心想，王疤瘌，你今天还往哪儿跑！王疤瘌向大街的北口走，许建中远远地跟在后面。

在全聚德烤鸭店里，马征把菜单递给崔颖，让她点菜。崔颖让马征点，她觉得这儿的东西都不错。马征为了讨好崔颖，点的都是好菜，除了烤鸭，还要了油焖大虾、松鼠鱼、蝎子上树、螃蟹等，整整一桌子，外带一瓶女士酒。崔颖一看马征点菜，就知道他特有钱，问他的广告公司都干什么，怎么能赚这么多钱。马征说广告公司就是帮企业做广告，比如一个企业要在楼顶上建个广告牌，自己不会做，就得找广告公司做。有些企业每年有几百万的广告费,和广告公司签个合同,那这些广告费就由广告公司代理,找新闻单位做广告。新闻单位给广告公司回扣,而且还有差价。有的时候广告公司一笔生意就能挣几十万。开广告公司的,弄好了三年就是百万富翁。崔颖颇感惊讶。

正在马征和崔颖谈得投机的时候,李小雄在餐厅门口看着他们,气得直咬牙。

崔颖似被马征侃晕了,敬佩地看着马征,夸他会赚钱,将来得多给她介绍介绍发财的经验。马征答应带带崔颖,将来可以共同发财。

崔颖高兴地举杯和马征相碰。马征注视着崔颖,色眼眯眯,心想,这位小姐果然爱钱。爱钱的女人就得让有钱的男人玩,他迟早要玩了这个迷人的女人。

李小雄看着崔颖和马征那个亲密样,拂袖而去。

王疤癞走到了大街的北口,向右拐去。

许建中要发信号,可四下寻找李小雄,不见他的人影。他只得一个人向王疤癞追过去。

王疤癞已经走出很远,而且很警觉,三步一回头。他忽然发现许建中从后面追来,吓得一哆嗦,心想,坏了,这警察怎么追来了?他赶紧拐弯进了一条胡同,飞跑起来。

许建中不顾一切地追了上去,王疤癞跑进胡同,启动了停在胡同里的摩托车。

许建中追进胡同,向王疤癞大喊:"站住!"

王疤癞从腰里抽出一把火枪,回身对着许建中就是一枪。

许建中一闪身,还是被打中了肩膀,疼得他身子一晃,忙用手捂住肩膀,鲜血顺着他的手指缝流了下来。

王疤癞趁机开着摩托车一阵风似的逃了。

许建中看着王疤癞远去的背影,心里充满怒火,心想你跑得了今天跑不了明天,咱们早晚还得见面。

许建中在医院里取出了肩膀上的铁砂，好在伤势不重，没有打到要害。陈强盛和李小雄坐在他的床边，看到他的伤势不重，这才放了心。李小雄非常懊悔，一个劲儿检讨这事全怪他。

许建中问李小雄当时上哪儿了，怎么找不着他了？李小雄不愿意把看见崔颖和马征亲热的事说出来，只是支支吾吾地说他本来在那卖报的地方来着，后来上了一趟厕所，那儿厕所挺远的。

陈强盛责怪李小雄懒驴上磨屎尿多，这回抓不住王疤瘌，再想抓他就不容易了。他准逃得远远的，绝对不敢再上大栅栏来了。

李小雄心里撮火，恨死了那个和崔颖在一起的男人，想着找个机会非暴捶那家伙一顿。

马征每天把车停在崔颖单位的门口，等着她出来，然后接她出去吃饭。这天正巧李小雄也来到崔颖单位的门口，他没有进门，而是在一棵树下等着崔颖。李小雄看见了马征，心情异常复杂。他明白，这小子准是对崔颖不怀好意。

崔颖从楼里出来，正想进马征的汽车，抬头看见李小雄在树下看着她。她愣了一下，心想李小雄准是吃醋了，她向车里的马征说，今天不能去了，有个朋友来找她。马征在车里探出头，感到很遗憾，问谁找崔颖，能不能推了。崔颖有些为难，说推不了，改日再聚吧，说着向树下一努嘴。马征回头看见一个高大的小伙子在树下怒视着他，心里有些发虚，只得对崔颖说明天再给她打电话，然后就开车走了。

崔颖款步向李小雄走来，李小雄向崔颖冷淡地一笑。崔颖走到李小雄跟前，不满地说："你怎么来了？我不是跟你说我有事吗？"

李小雄一脑门子气，盯着崔颖说："有什么事？去陪那男人吃饭？"

崔颖烦恼地看着李小雄说："你管我上哪儿，我还没嫁给你呢。"

"你和这些不三不四的人来往有什么好处？"李小雄忍着怒气说。

崔颖不服气："你怎么知道他是不三不四的人？人家是做买卖的，

是经理。你别老拿警察的眼光看人,把谁都当成坏人。"

"你别忘了,你在和我谈恋爱。你不和我见面,却和别人出去,这算什么?"李小雄压着火说。

崔颖也不示弱:"我和他见面怎么了?我们又没干什么坏事,只是谈生意。"

"谈生意?上全聚德谈生意?"李小雄说完发觉自己说漏了嘴,不应该让崔颖知道他暗中跟踪她。

崔颖愣了,心想我和马征上全聚德,李小雄怎么知道了?他跟踪我?她有些恼了:"我和马征去全聚德吃饭,可那是谈生意,有什么不可以?"

李小雄反问崔颖:"如果我和一个姑娘上全聚德,你怎么想?"

崔颖恼羞成怒地告诉李小雄:"你爱和谁去和谁去,我不管!能找十个八个的小蜜,那叫有本事。可惜你兜里没那么多钱!"

李小雄冷笑道:"小偷有钱,可不是好来的。我就不相信一个男人天天请一个女人吃饭能安什么好心。"

崔颖道:"你是小心眼儿,所以以为别人都不是好人。"

李小雄气得狠狠地折断手中的树枝,扭头不看崔颖。这个举动触怒了崔颖,她怒不可遏地对李小雄大嚷:"李小雄!你……好,你甭理我!"说完扭头就走。

李小雄看着崔颖离去,有些后悔,但没有去追她,他不理解,为什么崔颖总是喜欢和有钱的人来往,钱真的这么重要?比感情还重要?

生活中发生了很多不愉快的事,但是生活还得继续,日子还得一天天过。

这天许建中、陈强盛和李小雄像往常一样在公共汽车站守候,三人都有心事,尤其是李小雄,一脸愁容。

许建中看出李小雄情绪不高,低声问他怎么提不起精神,是不是不舒服?是不是因为崔颖让他调工作的事?

李小雄本来不想提这事，可不说心里闷，就把崔颖最近老和一个大老板下饭馆的事说了。

陈强盛一听有第三者想插足，当即表示，可以和李小雄去修理那小子一顿。

李小雄说，要修理那小子，他一个人就够了。目前他还不想把事弄僵。要是修理了那小子，崔颖一定和他没完。

许建中不相信崔颖是那种对爱情不严肃的女人，怀疑李小雄误会崔颖了，她可能是和人家做生意。李小雄说，崔颖也自称是和那人做生意，可他怎么看那人都不顺眼，凭他的感觉，那人就像个贼。

陈强盛知道李小雄是吃干醋，还不敢得罪崔颖。于是说，要是李小雄不方便出面找那小子，他替李小雄出面，也不修理他，就吓唬吓唬他，让他走人。许建中不许陈强盛胡来，崔颖会以为是李小雄让他去的，会更恨李小雄，反而会把事情弄砸了。他觉得还是让姚晨曲跟崔颖谈谈比较好，她们有共同语言。

李小雄坚持这事自己和崔颖谈，他就不信崔颖真是个重钱不重情的人。许建中让李小雄好好和崔颖沟通，她干的工作也许就得和一些大款打交道，但是要小心坏人打她的主意。

李小雄说他认识不少生意人，可就看着那人不像好人，就那么挂相。陈强盛问那小子是不是长得特凶恶，跟王疤痢似的。李小雄摇摇头说，那小子不是表面凶恶的人，属于表面和善内心阴险的人。陈强盛让李小雄带他看看那人，给他相相面。他盯那人一眼，就知道他是哪类人。

许建中劝李小雄和陈强盛不要从表面看人。可陈强盛说这都是跟许建中学的，许建中就是看人一眼，马上知道他是不是小偷。这不是也从表面看人吗？不是也没钻到小偷肚子里去吗？

许建中说这不一样，小偷都挂相，眼睛老盯人的兜，而且小偷心虚，看人的时候眼神是贼的。李小雄说，那小子就是贼眼，一看就是心虚的人。

陈强盛有话没敢说，他认为那小子一定是个贼，但不偷东西，专偷女人的心。崔颖的心要是让这个贼给偷了去，李小雄可就瞎菜了。

许建中和姚晨曲结婚一年以后，姚晨曲的身体居然恢复得不错，两口子过着平静甜美的生活。许建中按照张教授的嘱咐，始终让姚晨曲保持愉快的心情，以百倍的疼爱来呵护着她，这比什么药都管用。姚晨曲通情达理，她管家，该给许建中老家寄的钱一分不少。这让许建中十分感动，庆幸自己找了个既漂亮又贤惠的妻子。

一天，许建中晚上下班回来，和姚晨曲在一起吃饭。

窗外刮起了阵阵北风。许建中听着窗外的风声，神色有些忧郁。他觉得时间过得太快，转眼和姚晨曲结婚都快一年了。按医生的说法，姚晨曲最多能活五年，现在已经过了一年，他真希望时间能定住不动。

姚晨曲并不知道许建中的心思，问许建中为什么老嫌时间过得快，连日历都不敢看。

许建中解释说，工作太忙，总觉得时间不够用。

姚晨曲说，她单位有个小伙子，跟许建中正相反，老说时间过得慢，一天到晚不知道干什么。

许建中一笑，得意地说，那是因为这小伙子没有像姚晨曲这样的好媳妇，说着就把姚晨曲揽在怀里，轻轻地吻着她的秀发。

他珍惜和姚晨曲在一起的每一分钟，希望能和她永远这样相亲相爱。

姚晨曲伏在许建中的怀里，说明天是星期天，让许建中陪她逛商店，她想给许建中买身衣服。

许建中从来不爱打扮，觉得自己的衣服够穿，让姚晨曲买。

姚晨曲说，她也不想买衣服，就是想看看小孩儿的衣服。

许建中有些吃惊，问她，买小孩儿衣服干什么用？

姚晨曲羞赧地告诉许建中，她已经一个多月没来月经了。

许建中搂紧姚晨曲，真没想到，姚晨曲这么快就怀孕了。

第八章　大黑汉

　　这天政治处的老民警找到处长，说是局里最近要开表彰会，看报谁合适。处长认为许建中应该表彰一下，他们组抓的小偷最多，而且他经常加班加点。并且说他是个好苗子，可以培养他当副队长。当时王秀兰跟在处长后面，正侧耳听着处长和老民警谈话。一听处长要提拔许建中，心里咯噔一下，脸色都变了。当副队长是她梦寐以求的事，可听处长的口气是要培养许建中，没她什么事，这下她着急了。她是个上进心非常强的女人，凡是能争取得到的东西，都会尽可能地去争。她不甘心这么败在许建中的手下，要努力争取得到这个副队长的位置，由她这个女人来领导许建中这些男人。她挖空心思想办法，一时却无计可施。但她了解许建中，他是个什么都不争的人，就知道抓小偷。他这样的人好对付，只要有了机会，就能变被动为主动，关键是要找到许建中的毛病，到处长那儿狠狠扎他一针。

　　傍晚，许建中下班来到一家百货商店，买了小孩儿用的尿不湿，还有妇女用的卫生巾。当他从商店里走出来的时候，正遇上王疤癞的同伙小黑胡和大黑汉等人从他身边走过。他一看小黑胡，发现他正是王疤癞的同伙。他立刻意识到这是找到王疤癞的好机会，只要跟上这个小黑胡，就能找到王疤癞的下落。于是便暗中跟了上去，可走了几步又停下来，心想姚晨曲的预产期到了，得回家看看她。想到这儿，他有些犹豫不决，不甘心放走这几个贼，但也想赶紧回家。他步履沉重，回头看看那群渐渐走远的贼，心想，也许姚晨曲的预产期不会这么准，没准儿过两天才能生孩子，不禁有了侥幸心理，决定先跟踪这几个贼。

　　许建中跟着这伙贼来到一家烤鸭店,众贼进了烤鸭店大吃大喝起来。

　　许建中在烤鸭店门口向里看了看,感觉真是有点儿饿了,可他不舍得花钱给自己买吃的,觉得在外面吃饭贵,得省着钱给姚晨曲买些营养品,而且孩子要出生了,以后用钱的地方多了,得尽量节省。他走到一个花坛后面坐下来,微微闭上了双眼,静静地等着这群贼出来。

　　小黑胡在烤鸭店里给大黑汉倒了一杯酒说:"来,黑哥们儿,自从你和我们合作以来,我们没少发财,而且再也没人敢跟我们叫板了。"他向众贼道,"来,咱们一块儿敬黑哥们儿一杯!"

　　众贼一起举杯向大黑汉敬酒。

　　烤鸭店门口,许建中坐在地上,一手捂着胃,一手抱着塑料袋,闭目养神。他虽然饿着肚子,可脑子里在想着回家饱餐一顿的幸福,幻想着姚晨曲摆好饭菜,坐在桌前向他含情地微笑。但是幻觉转眼就消失了,他坐在地上直咽口水。这时烤鸭店里传来一阵喝酒划拳声,许建中起身从窗户向里看了看,见小黑胡一伙正大吃大喝,不由得愤愤地拧紧双眉,心想,他们用偷来的钱大吃大喝,想没想过被偷的人的痛苦?

　　小黑胡一伙吃饱喝足,唱着乱七八糟的歌,晃晃悠悠地从烤鸭店里出来,走向一辆刚进站的公共汽车,一拥而上。许建中紧跟着上了这辆车。

　　公共汽车上的灯光昏昏暗暗的,只有许建中那双眼睛炯炯有光,紧盯着小黑胡一伙。小黑胡一伙上车以后都挤到车门口,待车门一开,便一起拥下车。在下车的一瞬间,许建中见小黑胡的一个同伙迅速把手伸进了正下车的细高个儿乘客的上衣兜,把一个钱包偷走了。许建中跳下车,追上细高个儿,拦住他说:"先生,我是公安局的。"他拿出工作证一晃,"请您查一下,您丢什么东西了吗?"

细高个儿两手在身上乱摸起来,当他的手停在上衣兜时,眼神一下子定住了,浑身一抖。

许建中追问:"丢什么了?"

细高个儿慌乱地说:"啊——钱包。"他如鲠在喉,发不出声了。

许建中看看那群晃晃悠悠地向胡同里走的贼,心急如焚地说:"人都要跑了!"说着大步向那伙贼追去。

许建中追上那伙贼,叫道:"都别走!站住!"

众贼都停下来,愣了。

许建中抓住那个偷细高个儿钱包的扒手说:"你刚才下车的时候干什么来着?"

扒手道:"没干什么呀,你是干什么的?"

许建中一亮工作证说:"你说干什么的!警察!你跟我过来。"他拉着扒手走到细高个儿身边。

小黑胡一看是许建中,心里不由得一阵紧张。心想机会来了,找他这么长时间没找到,他居然自己冒出来了,今天非让他死在这儿。于是领着众贼也跟了过来,伺机对许建中下手。

许建中把小偷叫到细高个儿面前,但细高个儿站在那儿一动不动,吓得呆若木鸡。许建中问细高个儿:"你丢什么了?"

细高个儿看着小黑胡那凶狠的眼睛,胆怯地说:"哎——我,我什么也没丢……嘿嘿。"

"什么!"许建中差点儿跳起来。

小黑胡嘿嘿一笑,对许建中说:"警察先生,您别冤枉人呀。"

许建中怒不可遏地说:"我冤枉人?"

细高个儿赶忙拉着许建中说:"让他们走吧……我真没丢钱包。"

小黑胡一伙趁机起哄:"连他都说没丢,您还说什么?"

"嘿嘿,您以后看清了再抓人!"

众贼起着哄走了,小黑胡的意图是把许建中引到没人的地方再动手。

细高个儿干笑着对许建中说:"丢几个钱……不算什么……这帮人得罪不得呀。"说着快步走了。

许建中站在那里,半晌没动。他怒视着细高个儿的背影,气得直咬牙,心想怎么遇上这么个孬种。这要是让小黑胡跑了,他还要在社会上危害老百姓,而且抓捕王疤瘌的线索也就断了。他不甘心,又向这伙贼追了过去。

众贼已经进了黑胡同,小黑胡发现许建中又跟了上来,心想,来得好,今天你的死期到了。他低声对大黑汉说:"黑哥们儿,上次我不是说有个人出两万让咱们给他出气吗?现在找到欺负他的那个人了。"

大黑汉已经醉得分不清东南西北了,迷迷瞪瞪地说,既然找到了,明儿咱们就找他去。小黑胡说不用等明儿,今天他就来了,就在咱们后面,一直跟着咱们。大黑汉醉醺醺地回头看,小黑胡向后一指,说就是那个人。大黑汉向胡同里一看,果然有个人快步走来。小黑胡说等那人过来你就练他一顿,钱回去就给你,你拿去给老婆孩子买点儿东西。

大黑汉没有多想,他酒劲上撞,也顾不上三七二十一了,打完这人就算对得起朋友,还能挣钱。他摇摇晃晃地弯腰捡起一块半头砖,闪进墙角。

许建中快步走进胡同,见那伙贼在前面不远处急走。他刚要跟上去,忽然大黑汉从他背后闪出来,只见他站在许建中背后,犹豫了一下,一闭眼,挥着大砖头向许建中头上平拍下来,虽然他下意识地只用了四成劲,但那砖头还是"啪"的一声在许建中头上碎了。许建中晃了晃,用手捂住头,慢慢倒了下去。

藏在暗处的小黑胡见大黑汉得手,从腰里抽出匕首,恶狠狠地向许建中走过来。他暗自得意,这回该我动手啦,一刀结果了他得了。他举刀正要下手,忽然胡同里出现一队巡逻的保安,一个保安见前面有动静,喊道:"谁!干什么的!"

小黑胡一看有人，吓得赶紧收起刀，也顾不上许建中了，掉头就跑。众贼也四散奔逃。大黑汉一看小黑胡跑了，也匆忙钻进了黑胡同。保安上来见地上倒着个满脸是血的人，知道出事了，赶紧追赶，可小黑胡和大黑汉等人很快消失在黑暗之中。

就在许建中忙着抓小偷的时候，姚晨曲在家感觉不太好，肚子阵阵难受。她一手捂着肚子，无力地坐在床上，靠着被垛，觉得孩子快要出生了，立刻给许建中打电话，可此时许建中倒在地上昏迷不醒，身上的手机响个不停。

姚晨曲见许建中不接电话，只得向街坊王大姐求援。王大姐一看姚晨曲脸色不好，赶紧跑到街上拦了一辆出租车，扶着姚晨曲上了车。她急得直叨叨："这个小许，一天到晚地忙工作，媳妇都这样了，也不回家看看。"

王大姐送姚晨曲来到医院，医生马上把姚晨曲送到了产房。经过检查发现，姚晨曲怀的是双胞胎。

许建中被打得晕头转向，险些被打成脑震荡，幸好大黑汉当时喝多了酒，而且也不想伤人太重，下手的力气不大，不然许建中不死也得残废。

保安把许建中送到医院，医生给他的头上缝了七针。

因为许建中急着回家看姚晨曲，也顾不上疼，连药都没拿就匆匆赶回了家。

邻居王老师告诉许建中，姚晨曲已经去医院了，是王大姐送她去的，现在孩子可能已经出生了。许建中二话没说，拿起一个凉馒头，边啃边向医院赶。

许建中急匆匆来到医院，大步往楼里走。一位老太太拦住他的去路，不让他进，说大晚上的这儿不让进人。许建中向老太太求情，说是爱人生孩子，想进去瞧瞧她。可老太太眼一瞪，脸一沉，说不行，大晚上的，这儿有规定，过了6点不让探视。许建中恳求老太太开开恩，他待五分钟就出来。老太太不耐烦了，说不行就不行，还说许建中这人怎么这么麻烦，里面都是女的，大晚上的男的进去合适吗？许建中被说得无言以对，只得低垂着头，在医院外面转悠。他这回才感觉很累，浑身都痛，找个台阶坐下来，忐忑不安地看着医院的大门，心里暗暗祈祷，愿上帝能保佑小姚。他不相信上帝，可这会儿也不知怎么办好了，只能求上帝保佑了。

天下起了小雨，冷得许建中浑身哆嗦，头上的伤口也开始阵阵作痛。

第二天上午，李小雄和陈强盛在办公室等许建中的消息，许建中从医院打来电话，说姚晨曲生了双胞胎，是两个女孩儿。陈强盛和李小雄听了高兴极了，但陈强盛有些为许建中遗憾，生一男一女多好，一龙一凤。他问许建中头上的伤怎么样，许建中说问题不大。陈强盛让许建中在家安心养伤，照看孩子和姚晨曲，他和李小雄有空儿就去看看那俩千金。

李小雄也为许建中高兴，姚晨曲是得了绝症的人，居然能为许建中生俩孩子，真是奇迹。他对陈强盛说，这回他和陈强盛有儿媳妇了，一人一个。

陈强盛不同意李小雄的说法，阴阳怪气地对李小雄道："一人一个我不同意，坚决反对。我要是生俩儿子呢？就没你什么事儿了。"

李小雄笑道："呸——你想得倒美！"

陈强盛挤对李小雄道："你说你，头儿的媳妇是你和崔颖介绍的，可现在人家双胞胎都生出来了，你们连婚还没结呢，你是怎么混的？"

李小雄一提这事就烦，结婚，都快发昏了。因为马征的事他和崔颖吵了架，崔颖好长时间不理他了，给她打电话也不接。

陈强盛劝李小雄服个软儿，给崔颖赔个不是。女人就是好面子，面子上过去了，其他就好办了。李小雄觉得这样他就一点儿尊严都没了。陈强盛说结婚前就得这样，不要尊严，一切顺着她，先骗到手再说，等结婚以后再慢慢地管教她。

李小雄心想，我管教崔颖？根本不可能。他太了解崔颖了，她是个性极强的人。

陈强盛建议李小雄给崔颖打个电话，约她一块儿去看姚大姐，趁机和她近乎近乎。李小雄觉得这倒是个好主意，立刻给崔颖打电话。

崔颖在办公室接到李小雄的电话有些吃惊，因为他们已经好久没联系了。她不冷不热地问李小雄有什么事。

李小雄说，姚大姐生了双胞胎，是俩女孩儿，约崔颖一块儿去看她。

崔颖一听姚晨曲生了双胞胎，有些不敢相信，真是神了。不过她还是没有答应和李小雄一块儿去，说自己去看小姚。

李小雄提出和她谈谈，她推托忙，说没时间，然后就把电话挂了。

李小雄拿着电话直发呆，脑子里一片空白。

当医院允许许建中进病房看姚晨曲的时候，姚晨曲已经可以给孩子喂奶了。许建中一进病房，姚晨曲就看见他头上裹着厚厚的纱布，知道他一定让小偷给打了，不禁伤心地掉下了眼泪。

许建中见姚晨曲掉泪，忙说伤得不重，只是擦破点儿皮。

姚晨曲问是谁把他打成这样，是不是那个王疤瘌？

许建中说是王疤瘌的同伙，在胡同里暗算了他一下。没事儿，当警察的，这不算什么。

他兴奋地抱起旁边小床上的一个女儿：" 咱们这俩女儿，长得一模一样，都特像你。" 说着环顾无人，在姚晨曲的额头上吻了一下，然后把孩子交给姚晨曲，自己又去抱另一个，"你抱一个，我抱一个。"

姚晨曲让许建中给孩子起个名字，要好听点儿的。

许建中想了想，说："女孩子的名字一定要漂亮，就像你的名字，早上的一首歌。"

姚晨曲道："我是早上生的，所以叫晨曲，可咱们的孩子是晚上生的。"

许建中一琢磨，说："晚上生的正好，一个叫星星，一个叫月月。"

姚晨曲觉得这星星和月月还真不错，好听，一点儿也不俗。

二人商量就这么定了：姚晨曲抱的是老大，就叫星星；许建中抱的那个是老二，就叫月月。

姚晨曲高兴地摇着怀中的孩子，担心将来会把她们搞混了，这两个孩子一模一样。

许建中认为这不要紧，在孩子衣服上画上星星和月亮，这样星星和月月就不会弄错了。他兴奋地在孩子脸上亲了一下道："宝贝儿，爸爸的小月亮。"

姚晨曲也在孩子脸上亲了一下说："宝贝儿，妈妈的小星星。"

说着，她与许建中相视而笑，二人开心极了。

姚晨曲生完孩子，出院就住在母亲家，她母亲帮她照顾孩子。因为让姚晨曲一个人看两个孩子，真有些吃不消。

这天陈强盛和李小雄来看许建中。他俩每人抱着一堆小孩儿衣服、奶粉、红糖之类的东西，还一人顶着一个婴儿小帽。

李小雄在敲门时有些犹豫，他听说月子房不让进男人。

陈强盛说，那咱不进月子房，姚晨曲家是两居室。

许建中正在洗一大盆尿布，劲头十足，忽听有人敲门，忙起身开门。

门一开，陈强盛和李小雄在门口齐声道："给您道喜——"

许建中一看这二位，乐不可支地把他们让进屋。姚母也从里屋出来，招呼李小雄和陈强盛进屋坐。众人走进外屋，陈强盛向姚母说："您这一下得俩外孙女，可够您忙活的。"

姚母说："可不，这儿房子也不宽敞，这不把她弟弟轰她那儿去了，凑合一个月就让她自己带吧，我的身体也不好。"

许建中让陈强盛和李小雄替他跟队长请假，他把年假休完了再上班。因为一下生两个孩子，洗尿布都是双份，小姚根本应付不了。

陈强盛让许建中踏踏实实在家看孩子，孩子是最重要的，把孩子看好了，工作上的事有他们哥儿俩呢。

陈强盛和李小雄坐了一会儿就起身告辞。陈强盛美滋滋地正往外走，迎面遇上了李娇娇。她也提着不少营养品往里走，眼睛正直勾勾地看着他。

陈强盛有些尴尬，他近来不敢见李娇娇，因为他有些见异思迁。李聪不但人漂亮，各方面的素质也比李娇娇好，有了这个比较，自然就对李娇娇冷淡下来，甚至有些疏远她。可他也无法解释自己和李聪的关系，因为李聪毕竟是有夫之妇，虽然她正闹离婚，但是她仍然是别人的老婆。出于这种矛盾的心理，他既没和李娇娇在感情上有什么发展，也没舍得和她分手，只是很少和她见面。有时候李娇娇约他，他也说忙，尽量减少和她见面的时间。今天和李娇娇走了个对面，想躲是不行了，不管怎么说她还是他名正言顺的女朋友。李娇娇笑着问陈强盛是什么时候来的，干吗不叫上她。他们不是一般的关系，看同一个人，还一个一个来，这合适吗？

陈强盛自知理亏，搔搔头皮觉得是有点儿不合适，说他是怕李娇娇忙，所以没叫她。

李娇娇不相信陈强盛的解释，她认为陈强盛干什么都喜欢自由自在，不喜欢和她一块儿去。是不是嫌她俗，怕她带不出去？

陈强盛忙解释，说是因为他忙，来不及找李娇娇。要不今天晚上他请客，给李娇娇赔罪。李娇娇一听乐了，觉得这还差不多。陈强盛约李娇娇晚上六点在手拉手餐厅门口见面。李娇娇一听是手拉手餐厅，更高兴了。俩人约好，不见不散。

崔颖也来看姚晨曲，在小区门口碰上了李小雄。李小雄想和崔颖好好谈谈。崔颖也正想和李小雄好好聊聊，她挽起李小雄的胳膊，二人沿着小路向前走。

李小雄边走边看着崔颖说："你知道这几天我多难受吗？你不理

我，我几天都没睡好觉。"

崔颖道："这就对了，谁叫你对我不好的。这是对你的警告，下次再敢对我不好，我就跟你吹。"

李小雄道："你可真够狠心的，知道我离不开你，还成心躲着我。"

崔颖白了李小雄一眼道："这不是我狠心，是你自找的。"

李小雄承认是他不好，向崔颖道歉，但他反对崔颖和那些大款在一起也是为她好，怕她上坏人的当。

崔颖根本不相信有那么多坏人，再说她也不是小孩子，谁想骗就骗？她向李小雄声明，以后不许他瞎怀疑，也不许干涉她做生意。

李小雄只得服软。

崔颖这才露出了点儿笑容，娇柔地说："不干涉我，不是让你不关心我。你说，你想我了吗？"

她的娇媚此时让李小雄觉得晕晕乎乎的，他赶紧表示想她想得茶饭无心，夜不能眠。

崔颖娇嗔地拧了一下李小雄的胳膊："哼，谁知道你是真想假想。以后再不珍惜我们的感情，你就永远也别想让我原谅你了。"然后就让李小雄陪她看电影去。

在电影院，李小雄说，许建中和姚晨曲是他和崔颖搭的桥，可人家都生双胞胎了，他们还没进展。

崔颖甜甜地一笑，问李小雄，是不是着急结婚了？

李小雄承认他想结婚。崔颖说要结婚可以，他得赶快调工作，调了工作就嫁他。李小雄和她商量，能不能先结婚，再慢慢调工作。崔颖不答应，理由是她不能嫁给警察。李小雄向崔颖解释，工作可以有了机会再调，这和结婚不矛盾。他既然答应调了，一定不反悔。可崔颖认为结婚不能凑合，女人一辈子就这么一次。她得好好风光风光，等一切都准备好了再结婚。她可不能跟小姚似的，什么都没有就结婚了。李小雄不同意崔颖把结婚的形式看得太重，觉得人家许建中和姚大姐虽然什么都没有，却也生活得挺好。表面看他们什么都没有，但实际上他们是最充实的，什么都有，有家庭，有孩子，最重要的是有爱。有了爱，其他都是次要的。

崔颖和李小雄的看法正好相反。她觉得爱才是虚的，其他都是实的，是最现实的。有一部电影名字叫《仅有爱是不够的》，说的就是这个道理。李小雄觉得崔颖虽然上过大学，但是她的这些想法真让人接受不了，他不明白，人最大的享受难道不是精神上的？精神上的享受是虚的？难道中国人的传统美德过时了？

在崔颖看来，物质上的享受才是最重要的，其次才是精神上的，这是西方最新的心理学观点。李小雄脑筋太老，跟不上时代。

许建中休完"产假"，一走进办公室，李小雄就迎上来对他说，刚才接到电话，打他那小子被抓住了，在一个农村的派出所押着呢。许建中立刻和李小雄、陈强盛赶往派出所。

许建中和陈强盛、李小雄来到派出所，站在窗前向院里看。这是个简陋的农村派出所，用砖头打许建中的大黑汉被关在一个小屋里。小屋的铁窗前，大黑汉的妻子雪芳抱着一岁多的孩子，长久地站在那里。她脸色悲凄，与屋里的大黑汉相视而泣。片刻，她把孩子递到他眼前。大黑汉手被铐着，想隔着铁栏杆摸那孩子，可孩子扭过头去，扎在雪芳怀里大哭。大黑汉也忍不住低头呜呜地哭出了声，边哭边向雪芳哽咽着说："你走吧，回去吧……"

许建中不忍心看大黑汉对着孩子哭，从屋里走出来，打开门让雪芳进了关大黑汉的小屋，然后问雪芳带吃的没有，雪芳点了点头。许建中让雪芳把吃的拿出来给大黑汉，雪芳很感激，立刻从挎包里拿出几个大包子递给大黑汉。大黑汉抹抹泪，大口大口地吃起来。

许建中出了小屋，与李小雄、陈强盛看着大黑汉吃饭，都沉默不语。

李小雄感叹道："这大黑汉看来还有点儿良心。"

陈强盛说从讯问笔录来看，这大黑汉跟别的小偷不一样，他是为了老婆孩子才当贼的。他老婆没工作，前些日子得了肾炎，没处报销药费。孩子又小，所以大黑汉欠了不少债。

许建中看着大黑汉，若有所思，觉得这是个不错的人，偶然走上犯罪道路也是情有可原，即便他打了自己一砖头，毕竟和王疤瘌不是一类人，应该想办法挽救他。

许建中回到公安局就来到处长的办公室，为大黑汉说情。他建议放了大黑汉，因为他坦白得比较彻底，根据他交代的线索打掉了一个欺行霸市的黑势力犯罪团伙。而且大黑汉本质不坏，也确有改过的决心。

处长觉得许建中的建议可以研究一下，不过还得再找大黑汉谈谈，争取把他发展成眼线，将来为侦破工作服务。许建中认为这样更好，决定再找大黑汉好好谈谈，决不能让他再走上犯罪的道路。

经过许建中的努力，大黑汉终于被释放了。

这天许建中和陈强盛、李小雄送大黑汉走出公安局看守所的大门，雪芳抱着孩子在门口等着。

大黑汉出门一见妻子，不禁愧泪横流。

许建中诚恳地对大黑汉说："你们单位要开除你的事，由公安局出面去跟你的单位说。不过你得争口气，不能再犯事了。"

雪芳也泪涟涟地对大黑汉道："你要再干这种事，怎么对得起人家警察呀。"

大黑汉一句不吭，只是无声地抹着泪。他打心里感激眼前这三个警察，自己拿砖头拍这样的好人，真是太不应该了。

许建中以警察的身份，来到大黑汉所在的三轮车联社，找这个联社的领导说情，希望联社不要开除大黑汉。许建中非常诚恳，说给这些犯过错的人生活出路，也是减少犯罪的一个因素，这还得靠社会各方面的协助。

联社的领导被许建中的诚恳打动了，不住地点头，认为许建中说的对，以后一定不歧视大黑汉，请警察同志尽管放心。"

这时，正好大黑汉走进来，一个工人跟他打趣道："嘿，黑哥们儿！你可以呀，敢打警察。"大黑汉愧疚得又是摇头又是叹气。

联社领导一见大黑汉来了，沉着脸对大黑汉说："我说黑汉，你瞧你办这事。你打了人家警察，人家还来单位给你说情，说你孩子小，家里困难，死活不让我们开除你。你说你，打这么好的人，黑了心了你。"

大黑汉只是听着，头也不敢抬。

许建中忙说，过去的事就过去了，大黑汉知道错了就得。年轻人，难免有一时冲动的时候，以后还得多关心他。

联社领导也说，他们和大黑汉共事多年了，他这人就是讲哥们儿义气，人倒是不坏。

许建中走出联社的时候，心里踏实多了，为大黑汉保住了工作，他将来一定能改邪归正。

大黑汉看着许建中离去的背影，心中充满了感激。过去他对警察有敌意，可眼前这个警察，真是太仗义了。

许建中回到办公室，想到大黑汉的生活实在是太苦了，应该想办法帮帮他，这样才能避免他再次犯罪。他和陈强盛、李小雄商量，陈强盛认为得想办法给大黑汉的老婆找个工作，跟街道联系一下，哪怕找个临时打工的地方也行。

李小雄说大黑汉找过街道，街道没给他解决。

许建中觉得这事挺难办，救急不救穷，警察也不能强迫谁招收大黑汉的老婆做工。

李小雄认为陈强盛一肚子鬼主意，他应该有办法。

陈强盛想了想，答应试着帮大黑汉的老婆找个工作，找到了，算大黑汉命好，找不到，也别怨他。

许建中让陈强盛尽力而为。

陈强盛表示，一定像找媳妇似的认真给大黑汉的老婆找工作。

李小雄暗笑,陈强盛找媳妇什么时候认真过呀。

姚晨曲带着孩子住在娘家,许建中每天下班得先去看姚晨曲和孩子。虽然忙忙碌碌,但他高兴,这两个孩子给他和姚晨曲增添了双份的快乐。这天许建中匆匆走进姚家,迎面碰上了姚母。

姚母白了许建中一眼,没好气地说:"你老是不按时回来,把孩子和大人都交给我照看,你倒是挺清闲。"

许建中向来不愿意招惹这位厉害的岳母大人,忙说:"最近单位忙,下班耽误了。"

姚母并不听许建中的解释,厉声道:"什么单位忙,我看你没闲着的时候。一点儿不顾家,我们小姚嫁个警察算是倒了霉了!"

屋里两个婴儿哇哇大哭,姚晨曲忙着给孩子换尿布。许建中赶紧上前帮姚晨曲。

姚晨曲被两个孩子累得精疲力竭,对许建中说这两个孩子一会儿一尿,裤子都不够使了。许建中赶紧把这些没干的裤子拿到楼下晒,回来又和姚晨曲一人抱起一个孩子,哄着孩子玩。

姚晨曲的母亲从来看许建中不顺眼,觉得闺女嫁给一个挣不了大钱的警察受了委屈。她不想让闺女常住在家里,借口姚晨曲的弟弟过些日子要结婚,得用这房子,让姚晨曲搬回去住。姚晨曲也没办法,就和许建中商量这事。许建中从心里愿意搬回家住,这样他不用两头儿跑,而且也不用每天来听丈母娘骂了。姚晨曲担心回家自己看孩子得休半年,单位休半年只给70%工资,奖金也没了,那他们在经济上就会出问题。况且请保姆也不合算,一是没地方让保姆住,二是现在请个保姆也不少钱。

许建中对生活问题看得很开,他的幸福观简单,一家人能平平安安地在一起过日子,就是最大的幸福。小姚自己看孩子,扣工资就扣吧,反正怎么都不省钱,自己看着还放心。于是和姚晨曲一合计,找个好天就搬走。先让小姚在家看孩子,等孩子大点儿了再上幼儿园,小姚就能上班了。

生两个孩子是天大的喜事，可让许建中没想到的是，两个孩子给他的经济带来的困难压得他喘不过气来。

孩子吃的用的比大人的还贵，人家买一份就够了，他得买两份。再加上他老家的父母还经常向他要钱，他的加班费几乎都给老家寄去了。现在小姚在家看孩子，收入大减。他不得不考虑生活费的问题，有时候甚至为此心情沉重。他总觉得自己苦点儿没什么，可姚晨曲身体不好，怎么能让她过苦日子？这样太对不起她。

许建中的经济上本来就出现了困难，他的老家近来又出了事。这天老家来电话，说家里闹水灾了，他母亲的病也越来越重，让许建中最好回家一趟，要不寄些钱回去也行。许建中听了一脸愁苦，不知如何是好。

李小雄和陈强盛见许建中发愁，问他是不是老家又要钱了，是不是他母亲又病了。

许建中如大病缠身，长叹一声："我们家里发水灾了，我母亲身体也出了问题，真是祸不单行。"

李小雄二话不说，从兜里拿出一沓钱递给许建中说："你先拿去用。"

陈强盛也掏出一沓钱塞给许建中道："你先把钱给老家寄去，等有了钱再还我们。反正我们也不像你似的，拖家带口的。"

许建中看着李小雄和陈强盛递过来的钱，眼睛湿润了。他是个红脸汉子，不轻易求人，可事到如今又能怎么办？

许建中不是一个重视名利的人，但在公安局，不都是像许建中这样的人，也有专门争名夺利的人。王秀兰当然就属于这类人，她眼睛盯着副队长的位置，生怕处领导提拔许建中，想方设法地找许建中的毛病。

她已经30多岁了，在公安局也没学什么业务，更没什么特殊的本事，只能靠她那女人特有的魅力，在公关上做文章。但不管她怎么努力，处领导的目光似乎并没在她这儿，提拔的对象还是盯在了劳模式的人物许建中身上，这让她非常郁闷。

这天政治处的一个老民警在队长办公室和队长谈工作，王秀兰在屋外侧耳听着。老民警问队长，这次表彰会应该报谁，队长说是报许建中，他生了双胞胎，家务事挺多，可小偷没少抓。

王秀兰听得真切，生气地直撇嘴。老民警从屋里走出来，王秀兰向他娇嗔地说："你们政治处的人别老把眼睛盯在打扒的外勤身上，我们这些干内勤的就没功劳啦？没有内勤工作许建中他们能出去打扒吗？"

老民警知道王秀兰上进心强，成心刺激她说："你要是觉得打扒的人获得的荣誉多，那你就跟陈强盛一块儿打扒去吧。"

王秀兰一听直翻白眼："让我和陈强盛打扒去，那还不让他把我气死？"

老民警笑道："你也气他呀。"

"陈强盛那小子没心没肺的，谁气得了他呀，那坏小子一辈子找不到媳妇。"王秀兰最怵的就是陈强盛，那家伙说话太损，而且经常和她作对。

就在王秀兰诅咒陈强盛找不到媳妇的时候，陈强盛正在为给大黑汉的老婆找工作东奔西走。他通过派出所的介绍来到一家劳动服务公司，一位中年妇女对陈强盛说，他是派出所介绍来的，这忙得帮，可目前就业机会少。他介绍的这个人没有什么特长，一时还解决不了，不过可以给他想着，一有机会就通知他。陈强盛知道没戏了，人家是客套，只得站起身告辞。

陈强盛跑了一天，一无所获。

星期天，陈强盛照例到首都图书馆借书，想找武协的朋友帮帮忙。

李聪一见陈强盛来了，问他最近在忙什么。陈强盛说忙着为一个像你这样没工作的女士找工作。李聪听着新鲜，当警察的还挺爱管闲事。陈强盛十分认真地对李聪说，这不是闲事，是他们头儿派给他的活儿。这女士的丈夫是流氓团伙的打手,前几天打了他们头儿一板砖,头儿看他犯罪全是为了养活没工作的老婆和孩子,就想给他老婆找个工作。

李聪觉得这事不可理解,揶揄道:"你的头儿心肠够好的。我也没工作,明儿也找你给解决解决。"

陈强盛笑道:"你那么有钱还用找工作?你吃完饭对着电线杆子打嗝儿就行了。"

李聪恼怒地掐住陈强盛的胳膊说:"你讨厌!你才吃完饭对着电线杆子打嗝儿呢。"

陈强盛疼得大叫道:"哎——别掐。我本来就没什么肉,你还想给我拧下点儿来。"

李聪放开手说:"你就会欺负我,我看你见了那个成天对着镜子描眉画眼试衣服的,就不敢说了。"

"这你可说错了,我一天挤对她三次,弄得她每次见我的面儿都不化妆了。"陈强盛反驳道。

李聪问陈强盛,怎么没带李娇娇来?陈强盛说他已经一个星期没约李娇娇了,没时间。找工作可不是容易事,他都跑了快半个北京了,一点儿戏都没有。他问李聪的老公那儿缺不缺人,如果缺人就帮帮忙。李聪一个劲儿撇嘴,说要是把女孩子介绍到她老公那儿去,就把这女孩子毁了,他是个有花必采的人。陈强盛有些惊讶,不相信有那么严重,但是李聪认定她老公是这种采花的人,要不她也不会跟他闹离婚。

陈强盛觉得李聪这儿是指不上了,他还得奔波去。李聪说有个工作不知道她愿不愿意干,前几天街道居委会找她,让她出钱承包一个小卖部,她没答应。陈强盛的朋友要是愿意干,她就把小卖部承包下来,让这位女士干就行了。陈强盛一听觉得小卖部这工作不错,总比没工作强。李聪承包,大黑汉的老婆干,到时候把挣的钱给李聪,李聪交居委会一部分,然后再给大黑汉的老婆开工资,挺好。陈强盛让李聪立刻就承包那小卖部,大黑汉的老婆不干他干。他要是干,保证不影响李聪对着电线杆子打嗝儿。李聪又上来掐住陈强盛的胳膊,扬言陈强盛再说她对着电线杆子打嗝儿,就再不管他的事了。以后陈强盛要是欺负她,她就把那小卖部的女士炒了。

陈强盛揉着胳膊,心想这下他算让李聪攥在手心儿里了。

给大黑汉的老婆找工作的事有了着落,陈强盛跳着脚回到办公室,一进门就向许建中和李小雄大喊事办成了。

许建中问他,给大黑汉的媳妇找了个什么工作?

陈强盛就把武协的朋友开小卖部的事说了。

许建中听了挺高兴,陈强盛还真有两下子。他正为这事犯愁呢,这下好了。

李聪说干就干,还真把小卖部承包下来了。雪芳很快就上了班,李聪也就当上了小老板,每天到小卖部帮着进货卖货什么的,俩人收入还不错。李聪承包这个小卖部其实也有自己的打算,因为按律师的说法,她得有自己养活自己的能力才能离婚。这也是为离婚做准备。

雪芳有了工作,从心里感激许建中这几个警察。这天她和大黑汉拿着两盒点心来到许建中租住的小平房,要当面向许建中道谢。她一进门就看见许建中在院里洗一大盆衣服。

许建中一见是大黑汉一家来了,高兴地起身迎上前,把他们往屋里让。大黑汉憨笑着说,老想来看看许大哥,一直没得闲儿。

许建中边往屋里让大黑汉一家,边向屋里招呼姚晨曲,说来客人了。姚晨曲正在床上和两个孩子玩,一听许建中叫,忙下了床。

许建中把大黑汉一家领进来,向姚晨曲介绍说:"这是我的朋友大黑汉,这是他爱人雪芳。"

姚晨曲忙给大黑汉夫妻让座,说这屋窄点儿。雪芳看着姚晨曲,由衷地说:"姚大姐长得真漂亮,许大哥有福气。"

许建中自豪地说:"当然有福气,她还给我生了一对双胞胎呢,俩闺女。"

雪芳和大黑汉忙到床边看许建中的两个女儿。雪芳一看这俩孩子，大眼睛高鼻梁，白嫩得像洋娃娃，不禁赞不绝口。大黑汉也觉得新鲜，这俩小孩儿一模一样，长得跟小玉人似的。

姚晨曲说这俩孩子可累人了，要哭一块儿哭，要吃一块儿吃。而且白天睡觉，晚上玩，还得开着灯陪她们玩。雪芳说那是孩子睡颠倒了，得给她们扳过来，不然大人受不了。

大黑汉憨厚地对许建中说，进门就看他洗一大盆衣服，当警察的在家还干家务。

许建中笑着说，人家洗一个尿布，他得洗俩，好事成双。说得大黑汉一个劲儿憨笑。

雪芳问姚晨曲身体怎么样了。姚晨曲说她去年肚子里长了个瘤子，后来做了手术。怀孕前老肚子痛，怀孕以后就不疼了，生完孩子又感到有些不好。

大黑汉看看许建中的家，不禁叹口气，看得出来，许建中的日子过得也够紧的。

雪芳对大黑汉说："你看看许大哥，他家里这么多事，还为你的事操心，还给我找了个工作，你拿砖头打这么好的人，你说你对得起许大哥吗？"

大黑汉惭愧地低下了头，心想自己这辈子办的最大的错事就是打了许建中这样的好人。许建中对他的恩情，他一辈子也报答不完。

许建中忙拦住雪芳说："以前的事咱们谁也不许再提了，雪芳的工作是我们队的强盛帮的忙，可不是我的功劳。你们今天来看我，就是看得起我这个警察，咱们以后就是朋友。"

雪芳看着许建中，眼泪直在眼圈里转，动情地说："许大哥，您对我们家的恩情，我们一辈子也忘不了。要不是您救他，我和孩子靠谁去？我们这一家子就完了。我就不说什么了，我也没有哥，以后许大哥就是我哥，姚大姐就是我姐……"

说着，她眼泪夺眶而出。

第九章　脚踩两条船

许建中的工作再忙，也没忘了姚晨曲的病。

这天他抽空儿来到医院，向董大夫说了姚晨曲的近况，还把两个女儿的照片给董大夫看，感谢董大夫的高超医术给他带来两个可爱的女儿。

董大夫看着星星和月月的照片，心想这真是不可思议，一个女人得了癌症，还能生双胞胎，而且怀孕期间病情没有发展，真是奇迹。这似乎是胎儿起了保护母亲的作用。如果治疗得好，姚晨曲的生命还能延长。

他安慰许建中，从目前姚晨曲的病情来看，并没有恶化的迹象，说明癌症并没有转移。重要的是要让姚晨曲保持良好的情绪，有了孩子虽然累，但孩子会给姚晨曲带来快乐，使她的精神避免处在一种抑郁的状态，这样反而对她有好处。

听了董大夫的话，许建中心里轻松了不少。他坚信爱能使小姚的病好起来。他要把所有的爱都给姚晨曲，决不能让病魔夺去她的生命。

自从大黑汉进了公安局以后，小黑胡躲了起来，直到大黑汉被释放他才敢出来走动。

这天他和王疤瘌在饭馆里吃饭，王疤瘌向他打听大黑汉的情况。

小黑胡说大黑汉从局子里出来了，大概是因为他死不认账，警察拿他也没辙，就把他放了。

王疤瘌问，大黑汉进去以后抬过谁没有？

小黑胡说，不清楚，反正大黑汉一进去他就溜了，怕大黑汉万一扛不住往外抬他。不过和大黑汉一块儿进去的不止一个，谁死扛谁出来，估计大黑汉是那种死扛的主儿。

王疤瘌让小黑胡先不要和大黑汉联系，过一段时间再说，以防万一。大黑汉靠蹬三轮挣的那几个钱，养活老婆孩子根本不行，现在的东西贵，过不了多久，还得和他们一块儿干。先让他缓缓，也避避风头，等过了这阵子，警察不急着找他了，再找机会算计那警察。

小黑胡向王疤瘌说了自己的打算，他听说那曹尚飞武功挺好的，建议请他出来把那警察灭了，毕竟王疤瘌过去和这曹尚飞有些交情。

王疤瘌很了解曹尚飞，这个人就认钱，钱少了绝对不干，出十万块钱他也不会去冒杀头的危险。他做事非常谨慎，稍微有点儿冒险的事都不敢干。不过这曹尚飞将来也得和那姓许的警察结仇，因为他现在太火了，什么案子都干，姓许的警察能不抓他？等他自己想灭那警察的时候就好办了。他希望这曹尚飞能早点儿撞上那姓许的警察。

王疤瘌猜着了，曹尚飞还真让许建中遇上了。

这天许建中和陈强盛、李小雄在公共汽车上盯上了一个年轻人，这人正是曹尚飞。他在车上挤来挤去，伺机作案。

三位侦查员也在车上挤，跟着他。

汽车进站，曹尚飞挤到车门口，在下车的时候掏一个乘客的兜，被这位乘客发现，乘客大叫："你干什么！你掏我兜干吗？"

曹尚飞一看掏炸了，下了车就跑。

乘客大叫："抓小偷——"

三位侦查员跳下车向曹尚飞追去。李小雄第一个下了车，他见小偷钻进了胡同，大步追了上去。曹尚飞在胡同里飞跑，跑到头儿才发现是个死胡同。

这时李小雄已经追到，曹尚飞回身与李小雄打了起来。李小雄身高力大，可曹尚飞颇有武功功底，两个人谁也没占到便宜。

许建中和陈强盛也追进胡同，二人大喊着上前助阵。

曹尚飞见又有人来，转身就跑，到了胡同尽头，只见他紧跑几步，一蹬墙就上了墙头，在墙头上向三位侦查员挥挥手，翻过墙就逃了。

三位侦查员大惊，看着高墙无计可施。

陈强盛吃惊道："我的天，这么高的墙一蹬就上去啦。"

李小雄喘着粗气对许建中说："这小子会武功，出手特黑。"

他刚才和这飞贼交手，差点儿吃亏，幸亏他也练过几手，而且对方也无心恋战，不然真得让他打趴下。

许建中心想：现在怎么还有这种人？难道他就是传说中的那个飞贼？要真是他，那他身上背的案子可太多了。

许建中回到公安局，把飞贼的相貌向技术部门描绘了一下，一位老专家画了一幅画像让许建中等人辨认，问是不是他们遇上的人。

许建中和陈强盛、李小雄都凑上前看，见画像上的人正是那天跑的那个飞贼。

陈强盛连连称赞老专家画艺精湛，凭他们仨一说，就画出来了。

老专家说，这个人与上个月东城分局要抓的那个飞贼是同一个人，他给东城分局刑警队画过一张模拟像，和这一样。

许建中问："老专家，飞贼在东城犯什么案子了？"

老专家说："前些日子在东城连着发了几起飞贼的案子，专门偷大户。最近有个眼线提供，说这飞贼和一个叫王疤瘌的、一个叫小黑胡的在饭馆里喝过酒，这飞贼自吹武功没有对手。"

许建中一听这飞贼还和王疤瘌有来往，抓了他就能找到王疤瘌，这可是不错的线索。

陈强盛认为现在王疤瘌不露面，找他不好找。通过这飞贼找他，也是一条道。李小雄认为这飞贼也不比王疤瘌好抓，这小子腿快，得多布置几个人。

许建中盘算，这飞贼作案频繁，应该容易找到他的踪迹。这事可以请大黑汉帮忙,让他在社会上打听一下飞贼的底细。

当天许建中来到三轮车联社,和大黑汉坐在三轮车上聊天,问他听没听说过北京有个飞贼。大黑汉想了想说,没听说过有这么个人。许建中把前两天追贼、贼上墙头的事向大黑汉说了。大黑汉一听就知道那人练过跑坡轻功,专门爬墙上房。现在这种人不多了,高来高去,一般人没法和他搭伙儿,所以此人可能是独来独往的贼。

许建中拿出一张画像给大黑汉看,大黑汉看了画像,答应帮许建中打听打听,看看黑道上谁认识这个飞贼。

大黑汉对许建中的事特别上心。

这天他在公路上蹬着三轮车,路边的饭摊上有一个小伙子向他打招呼:"黑哥们儿!"

大黑汉一看认识,是大牢里出来的扒手丁毛子,一想正好可以从他嘴里打听一下飞贼的事,就下了车。

丁毛子邀请大黑汉在一块儿喝点儿,歇歇脚。他招呼摊主又添一副碗筷、一瓶啤酒、一盘炒田螺、一盘皮皮虾。

大黑汉也不客气,拿起酒杯和丁毛子碰了一下杯,一口喝干。

他问丁毛子:"在哪儿发财?"

丁毛子说:"别提了,自从进了一回大牢,回来就洗手了。现在有时候倒服装,有时候帮人练摊儿,凑合活着。有饭吃就不容易,那时候溜个门什么的,也能捞到大钱。可那钱挣得提心吊胆,做梦都能吓醒了。"

大黑汉赞成丁毛子的说法,自己靠卖力气挣钱,心里踏实,这一点儿都不假。

他又问丁毛子:"以前和你一块儿混的那几个人现在也见不着了,都哪儿去了?"

丁毛子说:"有发新疆的,有去劳改场的,也有的放回来就见不到人了,反正是各奔前程了。"

大黑汉问他:"听没听说有个能爬墙的,高来高去?"

丁毛子想了想说:"有这么个人。这人不和别人搭伙儿,在黑道上没多少人知道。他自称叫曹尚飞,就是草上飞,谁也不知道他真名叫什么、住哪儿。他要下哪儿的货,先踩好了点儿,然后夜里去,从不走门儿,蹬墙上房那叫一绝。"

他见过这人一次,在一块儿喝过酒。那还是一年前,王疤瘌介绍给他认识的,那次是王疤瘌过生日,小黑胡拉他去喝酒,王疤瘌说那哥们儿会武功,能飞檐走壁。

大黑汉眼睛一亮,心想,小黑胡也认识这人,那就有门儿了。

丁毛子问:"你找这曹尚飞干什么?"

大黑汉说:"想见识一下他的武功,以武会友。"

丁毛子一听来了情绪,他对大黑汉的武功十分佩服,在他心目中,大黑汉的武功和那曹尚飞的武功应该不相上下。

他对大黑汉说:"有一次,在北新桥看见过一个人特像那曹尚飞,可没和他说话。"

大黑汉嘱咐丁毛子:"将来要再见到这个曹尚飞,一定要告诉我一声。"

许建中根据大黑汉说的情况,就带着陈强盛和李小雄来到北新桥派出所,请派出所的民警帮助摸一下这个曹尚飞。

派出所的王所长立即布置警力进行摸排,不久情况就反映上来了。

所长对许建中说,民警把管界内类似的人全摸排了一遍,发现一个人的相貌特征和他们要找的那个人很相似。这人叫曹志奇,长期外漂,现在已经布置警力把他的家控制起来了,可以带他们上曹志奇家看看。这曹志奇有前科,因为盗窃被判了两年刑,他媳妇跟他离婚了,他的老娘也被他气死了,他一个人住着一个小院。

王所长带着三位侦查员来到曹志奇家的小院前。

许建中看了看这小院,又看了看胡同里的几位戴红袖标的治保老人,问王所长:"这曹志奇多长时间没回家了?"

王所长说:"据治保积极分子反映,他有半年没回来了。没人知道他上哪儿了,他可能在别处还有房子。"

许建中看了看曹志奇家大门上的锁,锁都长了锈,少说有半年没开了。他围着小院的院墙查看,发现一处墙头上的土被人碰掉了一块。他凝眸仔细看了看,认定曹志奇回来过,这墙有蹬踩过的痕迹。他回来不走门,是从墙上翻进去的,所以治保积极分子没发现。

他让所长布置人对这个小院进行二十四小时监控,估计飞贼可能夜里回来。

大黑汉为了找飞贼,请丁毛子在饭馆里喝酒。

他把丁毛子灌得糊里糊涂,然后问他:"最近见没见到曹尚飞?"

丁毛子说:"还真遇见这曹尚飞了,真他妈的冤家路窄。昨天晚上,我玩牌玩到夜里两点多,回家的时候,正看见这小子在胡同里转悠,就主动上去跟他打招呼,可他假装不认识。我就自我介绍说,一块儿在王疤瘌那儿喝过酒。可这曹尚飞想了半天,说想不起来了。真是装孙子,当时真想给他一个大嘴巴。后来看他装孙子,只好自找台阶下,说您是贵人多忘事,下次再和王疤瘌一块儿过一回生日就认识了。"丁毛子愤愤地说,"他妈的,下次你要跟他比武,狠狠地打他,为兄弟出这口气。他大晚上的在交道口的胡同里转悠,没好事,八成是踩点儿呢。"

大黑汉问丁毛子:"会不会认错人?"

丁毛子说他这眼神儿,从来没认错过人。

大黑汉得到这消息,一分钟也不敢耽误,赶紧来到许建中家,把飞贼夜里在交道口踩点儿的事向他做了汇报。

许建中一想,上次东城发案就是凌晨3点多,飞贼昨天踩点儿,今天晚上就可能作案,得立刻找人蹲他。

晚上,许建中和陈强盛、李小雄、大黑汉来到交道口飞贼踩点儿的那个胡同蹲守。许建中让陈强盛堵胡同的东口,李小雄堵胡同的西口,大黑汉蹬着板车在这条街上流动,他和王所长在飞贼的家外面埋伏,其他胡同口由保安和派出所的人守着。

一切布置妥当,只等这飞贼出现了。

月夜,交道口的胡同里格外静谧。在一个大院外,飞贼曹志奇借着星光上了大院的墙。他伏在墙上向下看,这个院子很大,院墙很高,估计是个有身份的人住在这儿。

他先是投石问路,见没动静就想跳进院子。

这时,突然一道手电筒的光照到墙上。院里有人大喝一声:"谁!墙上有人!"

紧跟着,有几个武警从屋里跑出来,几道手电光照得飞贼直捂眼睛,他暗暗叫苦,这儿怎么有拿枪的大兵呀?这可不是好惹的,弄不好挨一枪就见阎王去了。

他慌忙纵身从墙上跳了下来。

此时院里的武警已经持枪追了出来。

飞贼沿着胡同跑,一到胡同口就遇上了李小雄。李小雄双手叉腰站在胡同口,飞贼一看李小雄,转身就跑。

李小雄心想,上次没跟你分出高下,今天咱们得见个高低。他追上去对着飞贼就打,二人在胡同里拳打脚踢,打成一团。

飞贼没心思和李小雄打,想着赶紧离开这危险的地方,虚晃一下转身就跑。

李小雄紧追不舍,可飞贼腿快,三拐两拐就消失在胡同里。气得李小雄心里直骂,他妈的,这小子准是属兔子的。

飞贼跑到胡同的东口,陈强盛正躲在电线杆子后面看着他。他手里拿着两个西红柿,等飞贼走到跟前时,突然把一个西红柿打在飞贼头上。

"啪"的一声,西红柿在飞贼的头上开了花,吓得飞贼"啊"地惊叫一声,掉头又往回跑。

陈强盛在后面又打出一个西红柿:"看镖!"这西红柿又打在飞贼

的后背上，飞贼知道中了埋伏，吓得拼命逃。陈强盛在后面奋力追赶，可他没跑多远就上气不接下气，眼看着飞贼跑远，大喊："嘿——有种你别跑！有种你站住……"

可他实在跑不动了，只得停下来站在那里喘粗气，嘴里还叨叨着："你小子是逃跑冠军，明年奥运会比赛逃跑……就让你……去！"

飞贼从一个房上跳到马路上，四下张望，见没有行人，就悄悄往前走。

这时，大黑汉蹬着三轮车在马路上慢悠悠地走着，一抬头看见了慌慌张张的飞贼，心想，这人和许大哥给他看的画像很像，十有八九是那个曹尚飞。

他停下车向飞贼道："大哥要车吗？我捎您一段？大晚上的您上哪儿打的去，您坐我的车虽说慢点儿，可我不宰您。您说个价？"

飞贼四下看看，心想刚才一阵折腾还真有点儿累了，于是上了大黑汉的车，给了大黑汉20块钱，让他把车蹬到北新桥。

大黑汉一听去北新桥，心里更有谱了，此人肯定是飞贼。他拉起飞贼就拐进了北新桥飞贼住的胡同。

飞贼觉得奇怪，他也没跟这板爷说去北新桥什么地方，他怎么知道向这里拐？立刻警觉起来，问大黑汉："为什么向这儿走？"

大黑汉一想要坏事，这家伙真精。他吭吭哧哧地说："光顾聊天了，不知不觉就进了胡同。"

飞贼起了疑心，问大黑汉是不是知道他住哪儿。

大黑汉赶紧说不知道。他有些紧张，加快了骑车的速度。

飞贼感觉不妙，让大黑汉停车。

大黑汉知道许建中就在前面埋伏着，不管飞贼说什么，只顾低头使劲往前骑。这时在胡同里的许建中和几个民警看见一辆三轮车进了胡同，都提高了警惕。

飞贼见大黑汉不停车，知道不妙，这黑大汉准是便衣。他飞身跳起抓住了头顶上的一根树杈，挂在树上，然后一翻身就上了房。

大黑汉急忙刹车,回头再找飞贼,只见飞贼的身影在房上一闪就没了。他一拍大腿,后悔因为自己的一时疏忽,居然让煮熟的鸭子飞了。

飞贼被这一惊,再也没露面。

许建中直发愁,他知道狡兔三窟,这飞贼肯定不会回家了,还得另想办法找他。

陈强盛分析,这飞贼有个明显的特点,就是专偷熟悉的地方。而且他作案的时候总穿白球鞋,可以让派出所民警多注意,估计飞贼还会在东城一带露面。

许建中决心对这个飞贼一抓到底,因为他是王疤瘌的朋友,抓住他就能抓住王疤瘌和小黑胡,决不能放过他。他把打扒的路线往东城移,希望能遇上这个飞贼。

李小雄提议星期天还去东城蹲坑,但陈强盛说星期天得和李娇娇约会一回了,不去就不像话了,许建中家里也有一堆事,所以还是决定星期天按时休息。

只有李小雄星期天不想休息,因为他心里烦。一想到要调出公安局就烦,他想在离开公安局之前多抓几个小偷,尤其是得把王疤瘌抓住。另外,他也为崔颖的事烦,崔颖越来越让他不放心,就因为她漂亮,也就看不住。这样的漂亮女人能不招那些有钱的男人惦记?这让他睡不着觉,可他也没办法。

李聪请陈强盛帮忙,给她的小卖部进点儿货。

对于李聪的事,陈强盛当然愿意帮忙。星期天本来他要和李娇娇约会的,这回也改时间了,从上午改成下午。早上他借了一辆小面包车,早早来到李聪的小卖部。李聪一见陈强盛,立刻眉开眼笑,说是正和雪芳念叨他呢,还真怕他找不到车。雪芳有些不好意思,说要不是路远,就让她爱人蹬三轮车去了。

陈强盛对雪芳说,现在大黑汉也挺忙的,整天帮着他们找那飞贼。大黑汉就是他们的铁哥们儿，小许拿他当自己的兄弟看。

雪芳知道大黑汉挺讲义气的，警察要是让他干点儿事，他老放在心上，准认认真真地办。警察拿他当自己人看待，他可高兴了。她对陈强盛说，自从大黑汉认识许建中以后，像变了一个人。许大哥真是好人。

陈强盛一听雪芳夸许建中，笑着说："我也是难得的好人。"

"对对，您也是好人。"雪芳笑道。

李聪斜眼看着陈强盛说："得了，你可不是什么好人。见了漂亮女人就开侃，非把人家侃晕了不可。"

陈强盛故作惊讶地说："啊？我见了漂亮女人就开侃？有这事？不会吧？"

李聪说："你呀，我还不知道你？你先别跟雪芳侃了，咱们拉货去吧。"

陈强盛和李聪来到一个小商品批发市场，李聪买东西，陈强盛就往车上装。他看着李聪认真的样子，心想她这身子还真能干这种粗活儿。现在李聪似乎精神面貌好多了，不像过去那么消沉了。他问李聪是不是喜欢做小买卖。李聪说不是喜欢，是想挣钱。只要拉下脸来干活儿，就能自食其力。她干这种活儿不为别的，就为自己养活自己，然后自己解放自己。律师说她要想离婚，就得先有独立生存的能力，要不然离了婚就没有生活来源了。

陈强盛问李聪是不是非离婚不可。李聪说她现在既无聊又空虚，还充满了对她那位所谓的丈夫的厌恶，看见他就烦，连家都不愿意回，当然得离婚。

陈强盛不理解，她老公这么有钱，她竟然不愿意回家，宁愿在外面挣钱自己养活自己，看来这婚姻是不怎么好，离了也罢。

李聪说她前些日子去烫头发，亲眼看见马征和两个三陪女从歌厅里出来，搂搂抱抱地上了车。当时她心里那种感觉，就没法儿形容。如果她还有一点儿爱，也就上前叫住马征了。可她当时只有一种感觉,恶心!她也不知道怎么这么倒霉,以前让马征的花言巧语给蒙了,现在后悔也晚了,青春年华都让他给耽误了。

陈强盛从心里同情李聪,觉得她的命够苦的。他宽慰李聪,现在后悔还不晚,她还这么年轻,离了婚再找个好的。但李聪觉得自己已经不年轻了,因为这段不幸的婚姻,她老多了,再想找合适的男人很不容易。而且中国人的传统观念很强,一般头婚男人都不愿意找二婚的女人,除非他自己也是二婚。

陈强盛不同意李聪的观点,现在是什么年代了?什么头婚二婚的,这种观念已经过时了。李聪这么漂亮,只要离了婚,身后准有一大堆追求者。

李聪听了陈强盛的话,心里美滋滋的。她一直在等陈强盛这句话,她担心的也是陈强盛嫌弃她是结过婚的人,因为现在有不少男人有这种观点。现在陈强盛明确表示对这个问题不在乎,她心里的一块石头算是落了地。

她问陈强盛:"如果让你娶结过婚的女人,你会干吗?"她的目光直视着陈强盛,等着他的明确答复。

陈强盛看着李聪那娇好的脸庞,心想这么漂亮的女人谁不想娶。他不仅喜欢李聪的漂亮,而且喜欢她的高雅气质,以及她身上特有的那种女人味,这种韵味恐怕只有李聪这种丰满的女人身上才有。他坚信凡是生理上没毛病的男人,都会喜欢李聪这种女人。

他毫不掩饰地对李聪说:"你非常漂亮,而且有女人的魅力,不愁找不到好男人。"

李聪兴奋地看着陈强盛问:"你说我有女人的魅力?"

陈强盛点点头说:"对,有魅力。"

李聪又问道:"那你说我和你那位李娇娇比,谁好?"

陈强盛有些为难,在他的心目中,李娇娇也是个漂亮女人,只是没有李聪高雅。他只好实话实说:"你们俩各有特点,不是同一类型的人,不能放一块儿比。"

李聪也知道陈强盛喜欢李娇娇的漂亮，只能苦笑着说，她不能和人家比，人家是黄花大姑娘，她是结过婚的。

她问陈强盛，今天还去不去和李娇娇约会？

陈强盛说，本来说是上午约会，因为来进货，所以改下午了，是李娇娇主动约他上大观园。

李聪脸上泛起一丝苦笑，她对陈强盛脚踩两条船也是无可奈何，自己现在还没离婚，怎么好干预他谈恋爱？

可她一想到陈强盛和李娇娇在一起卿卿我我，心里就非常不舒服。她有一种紧迫感，得赶紧离婚，不然陈强盛娶了李娇娇，那就一切都晚了。

第十章　骗子

朦朦的父亲这天接了个电话，对方自称是广州的警察，说朦朦父亲的信用卡账户涉嫌洗钱。

朦朦的父亲一听就毛了，因为他根本不会用信用卡。

对方说，他的信用卡可能被盗用了，应该报警，并给了他一个广州市公安局的电话号码。

朦朦的父亲记下了报警电话，哆哆嗦嗦地打电话报警。

接电话的是一个女人，说有人举报他涉嫌洗钱犯罪，为了查清案情，他得把名下所有存款转到公安机关指定的安全账户。

朦朦的父亲问怎么把钱转到公安局的安全账户，他不会转。

女人让他到银行自动取款机前面，再给她打电话，按她说的操作。他们查清案情以后，会全额把款返回他的账户上。这事不能告诉别人，会影响他们的破案工作。

朦朦的父亲来到自助银行，拿着手机，按照电话里的人说的进行转账操作。转了账，他有些迷迷糊糊的，心里七上八下，不知道怎么会出这种事。

王磊从银行门口过，见朦朦的父亲匆匆从银行走出来，就迎上前和他打招呼："大叔，您早上就到银行存钱呀？"

朦朦的父亲道："我转账。"

王磊一听不禁吃了一惊，忙问道："您给谁转账呀？现在电信诈骗挺多的，咱们这儿已经有好几个老人被骗了。"

朦朦的父亲道："我这不是诈骗，是广州市公安局给我打的电话。"

王磊一下就明白了，朦朦的父亲肯定遇上电信诈骗了，忙说道："广州市公安局？您先听我说大叔，现在电信诈骗都是打着公安局、法院的旗号。为什么所里让我们看银行啊，就是预防电信诈骗。"

朦朦的父亲疑惑道："不会吧？他说这是广州市公安局的报警电话。"

王磊道："啊？报警电话就是110。您准是被骗了，您给他的账户打了多少钱？"

朦朦的父亲道："300万拆迁补偿款，全打过去了。"

王磊摇头道："您赶紧跟我到银行，现在还来得及。"说完拉着朦朦的父亲进了银行。

王磊对银行工作人员说，朦朦的父亲被诈骗了，给骗子的账户转过去300万。

银行工作人员看着朦朦的父亲摇着头说，最近这种事特别多，受骗的都是老年人。他在电脑上进行了一番操作，果然有朦朦的父亲转账的记录。

朦朦的父亲有些犯晕，心想我的300万呀，这不是要我的老命吗？

银行工作人员向朦朦的父亲说，他已经停止了这笔转账。因为电信诈骗案子多，他们二十四小时以后才转账。幸亏民警及时发现，不然这300万就没了。现在骗子都在海外，如果被骗了，钱很难追回来。

朦朦的父亲擦着脸上的汗水，心想我的300万呀，真悬呀。

银行工作人员向朦朦的父亲说："您真是万幸，遇上民警了。"

朦朦的父亲拉着王磊一个劲儿道谢，还要请他吃羊蝎子。

王磊自然不会去，知道这老头儿爱财如命。心想这老爷子爱吃羊蝎子，和朦朦一个口味儿，真是一家子。

朦朦的父亲回到家就想开了，炖肉，喝酒。

朦朦回家一看桌上的酒和肉，有些纳闷，问道："爸，您今天怎么了？一个人又是喝酒又是吃肉的。您平常不是不舍得吃肉吗？今天想开了？"

朦朦的父亲道："不吃，钱都让骗子骗走了，还不如我吃了呢。"

朦朦看着父亲吃惊道："您被骗子骗了？"

朦朦的父亲道："差点儿，要不是在银行门口遇上王磊，咱们家那 300 万拆迁补偿款都让骗子骗走了。"

朦朦半信半疑道："真的？"

朦朦的父亲喝了一口酒道："王磊是好人哪。救了我的老命啦。"

朦朦笑道："王磊是好人？那个臭警察？他算什么好人。"

朦朦的父亲道："你可不知道有多悬，我都把钱给那帮骗子打过去了，出门正遇上王磊。他一听就拉着我去银行了，人家银行说最近有好多人上当受骗，都是骗子冒充公安局和法院。人家银行把我转出去的钱给截住了，又给我转回来了。"

朦朦微微一笑道："王磊救了您的老命，您没请他吃一顿？"

朦朦的父亲道："我请了，可是他说是应该做的，不能吃请。"

朦朦心想，看不出来，王磊这个臭警察人还行。

朦朦见到王磊向他道了谢，说她这个老爸傻乎乎的，别人说什么信什么。他们家那点儿拆迁补偿款，早晚都让骗子骗走。

王磊让朦朦多提醒老人，别轻信不知根底的人。

朦朦说她老爸舍不得吃，舍不得穿，最近买了几千块钱的保健品。她一看那些东西，差点儿气死。什么狗屁保健品，纯粹是三无产品，是骗子忽悠人的。

王磊知道现在有不少骗子，良心泯灭，专门以卖保健品为名骗老人钱财。他让朦朦提醒她老爸，千万别再上当了。

朦朦说她怎么说都不行，老头儿不信她的，就相信骗子。她爸没文化，根本不懂科学。骗子说是高科技产品，他就信。

王磊也遇到过这类老人，专爱买骗子的保健品，怎么劝都不听，连警察都不信，就信骗子。有的骗子管那老太太叫妈，老太太被忽悠得心甘情愿让骗子骗，有的几十万块钱都让骗子骗走了。他们抓了骗子，老太太还骂他们。他感觉这些骗子和小偷一样可恨，在他的管界，绝对不能让骗子逍遥法外。他让朦朦先别着急，抓骗子这事交给他。

王磊的管界临街的地方有个写字楼，楼里面什么公司都有。这天他发现经常有老人进这个写字楼，出来的时候拿着鸡蛋、保健品之类的东西。他怀疑那些卖假保健品的骗子就在这个写字楼里给那些老人洗脑，高价向老人们卖所谓的保健品。他想进去看看，可是那个楼门口有把门儿的，只让老人进，不让年轻人进。他就在外面暗中观察，看见有几个小伙子和女孩子搀扶着老人向写字楼里走。

小伙子恭恭敬敬地问老人："大叔、大妈，你们是怎么过来的？"

老太太道："我们是坐公共汽车来的。"

小伙子道："没让您的孩子送您过来？"

老头儿道："孩子不让来，到这儿来不敢让他知道。"

老太太道："今天有什么纪念品呀？买你们好几千块钱的东西了，该发纪念品了吧？"

小伙子道："今天免费送鸡蛋和米。"

门口有个女孩子迎接老人，向老太太和老头儿道："干爹，干妈，你们来了，我等你们半天了。"

老太太高兴地拉着女孩子道："姑娘我可想你呀，你比我亲闺女对我都好。"

女孩子道："当然了，您就是我亲妈。"

王磊看着这一幕，暗骂："这帮骗子还真会装孙子。"

王磊进不了骗子的讲堂，就找生子帮忙，让生子想办法进去，把骗子行骗的证据拿到手,最好能用手机录像。

生子一拍胸脯道:"他们不让年轻人进去?我还不信。我想进去,谁敢拦着我?我抽他们!"

第二天,生子跟着几个老人往写字楼里走,门口有个小伙子拦住生子道:"哥们儿,这儿是老年人的健康培训班,跟年轻人没关系。"

生子眼一瞪,怒道:"你敢不让我进?知道我是谁吗?"

小伙子道:"你不是胡同口修车的吗?"

生子道:"我可是大刑回来的,你知道吗?我在这一片儿玩菜刀的时候,你还在你妈的肚子里转筋呢。"

小伙子知道生子是个练武的硬茬子,不敢得罪他,忙赔笑道:"不是不让你进去,这儿是卖老年保健品的。你身强力壮的,用不着吃保健品。"

生子道:"老子就是要吃老年保健品,怎么着?你让不让我进去?告诉你,不让我进,我明天就找人灭了你们,信不信?"

小伙子知道这位真敢拿刀砍人,惹不起,只得让他进去了。

写字楼里有个会议室,里面聚集着众多的老人在听讲座,其中也有朦朦的父亲。

台上有个专家在讲话:"我们这个是进口、专利高科技、绿色环保产品,不但对各类糖尿病有奇效,就是您有冠心病、血压高,吃了我们的产品,踏踏实实地活到90岁。"

生子假装看手机,把会议室里骗子行骗的过程全录了下来。

生子回来后把手机里的录像给派出所所长和王磊看。

所长看着骗子忽悠老人的录像,向生子竖起大拇指道:"哥们儿,这回你可立功了。"

生子道:"这还不是应该的,我的户口是王磊帮我解决的,修车摊的事也是王磊帮我跑下来的,他找我办点儿事我能不帮忙?咱哥们儿是练武的,讲的是义气。"

所长点头道:"嗯,够哥们儿。"

生子道:"那当然,赴汤蹈火,在所不辞。"

所长道:"看来王磊的事你是真帮忙啊,王磊现在没媳妇,这事你帮帮忙吧。"

生子笑道:"王磊有媳妇,蓝头发的朦朦。"

王磊瞪眼道:"谁说那是我媳妇?我有胆子娶她吗?"

所长咧嘴道:"蓝头发的?开红跑车那个?"摇了摇头道,"不靠谱。"

第二天,众多老人正聚在会议室里,有的领纪念品,有的拿出大把的现金买保健品。朦朦的父亲也交了五万块钱,骗子递给朦朦的父亲一大堆保健品道:"大爷您数数,这东西三千块钱一盒。"

这时王磊和派出所的民警冲了进来。王磊大声喝道:"都别动!警察!"骗子们一看警察,个个呆若木鸡。民警上前把骗子一个一个地用手铐铐住。

朦朦的父亲吃惊地问王磊:"王磊,这是怎么回事?"

王磊道:"这帮骗子用假保健品骗老人,已经有好几个被骗的老人报警了。他们卖给您的保健品就值几十块钱,却卖给您几万块钱。"

朦朦的父亲愕然道:"啊?我又遇上骗子了?"

这时几个老太太、老头儿上来围住王磊,大喊大叫。

一个老太太道:"你们为什么乱抓人?你们怎么知道他们是骗子?警察是不是闲得没事了,多管闲事!"

另一个老太太道:"人家对我比亲妈还亲,为什么抓他们?"

王磊苦笑道:"各位大爷大妈,我们已经掌握了足够的证据,这伙人是在全国各地流窜作案的诈骗团伙,打着卖保健品的旗号,专门诈骗老年人。"

一个老太太愤怒地喊道:"你胡说八道,什么叫诈骗?人家请专家给我们上保健课,教我们怎么养生,怎么算诈骗?"

王磊道:"那个专家是假冒的,他连大学都没上过,是个江湖骗子。"

一个老头儿道:"人家说的养生方法不错,他们卖的保健品也挺好,前几天在他们这儿体检,我的心脏血管都通了。"

王磊道:"您的血管通不通他检查不出来,他忽悠您,您得上医院去检查。"

老头儿道:"什么叫忽悠我呀?我看你是瞎忽悠,看谁都像坏人。"

一群老头儿老太太把王磊围在中间,不依不饶。

王磊窘迫地擦着汗道:"各位大爷大妈,我们是在执行公务,你们不要妨碍我们执行公务。"

一个老太太指着王磊的鼻子道:"什么叫妨碍执行公务,你把我们都抓走得了。"说着就推了王磊一把。

王磊赔笑道:"大妈,您别激动,激动影响血压。"

老太太索性往地上一坐,哭天喊地道:"哎哟,老天爷呦,我的血压又高喽!今天就死在这儿,公安局得赔偿!"

晚上,朦朦的父亲回到家就喝酒,对朦朦说:"王磊是好人呀,两回了,都是他帮了咱们的忙,不然咱们的钱都让骗子骗走了。"

朦朦问是怎么回事,朦朦的父亲就把他买保健品遇上王磊抓骗子的事说了。还说王磊抓骗子,被那帮老太太连抓带挠的。王磊脾气好,不急不恼,没完没了地在那儿解释了一上午,还把那个坐地炮的老太太送医院看病去了,自己花钱给她挂号拿药。

朦朦一听大笑道:"王磊悲催了,活该,窝囊废。要我,骂死那帮不讲理的老帮菜!"

朦朦的父亲叹道:"唉,王磊可是好人,你帮我请请他,我请他喝好酒。"

朦朦道:"不用,我让他请我吃羊蝎子。"

朦朦的父亲道:"你让他请你?哪有这样的?他救了咱们,把咱们被骗的钱追回来了,哪有让他请客的道理。"

朦朦笑道:"讲什么道理?我让他请,他就得请!"

朦朦谈恋爱追求的是浪漫,是高消费。可是她那个自称是富二代的男朋友王耀东总约她在街心公园见面,而且有车不开,坐公共汽车,也不带她去高消费场所。她有些不解,问王耀东为什么有车不开。王耀东说怕堵车,不想开。国家主张环保出行,要不是道远,他就骑共享单车了。朦朦提出去王耀东家看看,王耀东就让朦朦开车到了昌平一个别墅区,在小区外面停下,王耀东指着一栋别墅说:"这就是我们家,不过我的父母有些看不起穷人,不让我和平民交往。如果他们知道我和你在一起,一定不同意。"

朦朦看着那些豪华别墅,觉得王耀东说的在理,人家这别墅是豪宅,看不起她这样的人很正常。她问王耀东能不能接受她,这很重要。

王耀东信誓旦旦地说,他很喜欢朦朦,和她志同道合,不过他得先做好父母的工作,等时机成熟了再带她到他们家来。

朦朦听了挺感动。

王耀东说他有个事想请朦朦帮忙,不知道她是不是愿意帮他。他的朋友结婚,女方提出来要坐跑车。他想借朦朦的车用一天,替他的朋友接亲。

朦朦的车是不外借的,可是觉得王耀东既然提出来了,不好驳他的面子,就把车钥匙交给了他,叮嘱他小心开。王耀东接过车钥匙,幸福地把朦朦揽在怀里亲吻了一下。

第二天,王耀东把车还给了朦朦,还把一个红色女式挎包递给她,说这个包算是他的一点儿心意。

朦朦接过包一看是名牌,也是她喜欢的样子。

王耀东说这个包是从网上海淘来的,一万多块钱。

朦朦兴奋地在王耀东脸上吻了一下,然后仔细看那个包,发现这个包做工有点儿糙，怀疑王耀东买到假冒产品了。

　　王耀东说这家海淘店信誉不错，应该不是假冒的。朦朦是名牌爱好者，看着这个做工粗糙的包，顿生疑窦，因为假冒的东西几十块钱就能买来，真货还真得上万。这个包十有八九不是真货。但是碍于王耀东的面子，不便说破。

　　王耀东把朦朦搂在怀里，温柔地喁喁低语，说是将来他要挣好多钱，让她过富有的生活。朦朦不解，他现在不是有很多钱了吗，干吗还要等将来？

　　王耀东说他父母的钱不是他的，而且他父母对他管得很严，从不让他乱花钱。他要靠自己的力量挣钱，挣大钱。

　　朦朦觉得王耀东有志气有理想，禁不住也吻了他。

　　王耀东见朦朦情意浓浓，就委婉地说，有个事想求她帮忙，又不好意思开口。他想向朦朦借点儿钱，最近做生意资金周转出了点儿问题，压在外面一笔钱，过两个月才能回来，可是现在他有急用。

　　朦朦问他需要多少才能周转，王耀东说需要十万。

　　朦朦有些吃惊，她是月月光的主儿，手头儿真没这么多钱。她对王耀东说："你父母不是亿万富豪吗？跟他们要十万他们还能不给你？"

　　王耀东道："他们从来不在做生意的问题上支持我，说是让我自己在生意场上磨炼。我平时花钱大手大脚，所以身上并没有什么钱，遇到周转不灵的时候还真不好办。"

　　朦朦为难道："可我也没钱呀。"

　　王耀东道："你们家不是拆迁土豪吗？你先跟你爸借点儿，反正我两个月之后就还给你。"

　　朦朦道："我爸那人死抠，我妈去世早，他一个人靠干力气活儿挣钱养活我，穷怕了。手里有几百万拆迁补偿款，舍不得吃舍不得穿的。跟他借钱可难了，不过你的事，我会尽力帮忙。"

　　王耀东高兴地搂着朦朦亲吻道："那我先谢谢了。"

　　朦朦回到家边吃饭边向父亲借钱。朦朦的父亲问她要多少钱，朦朦说要十万。

朦朦的父亲一听差点儿吓着,他知道朦朦花钱无度,问她要这么多钱干什么。朦朦说跟朋友合伙做生意。

朦朦的父亲知道朦朦从来不做生意,她要钱指不定怎么瞎造去呢,摇着头道:"十万可不是小数,过去我一年也挣不了十万。你准是拿着钱瞎造去,这可都是血汗钱,不能给你乱花。"

朦朦一听把筷子往桌上一扔道:"从今天开始,我不吃饭了。"

朦朦的父亲笑道:"你?不吃饭?我还真不信。"

朦朦道:"那我把跑车抵押给信托公司。"

朦朦的父亲道:"你把车抵押了?那你开什么?"

朦朦道:"我坐公共汽车。"

朦朦真把跑车放到典当行了,并且把十万块钱转账给了王耀东。晚上她依偎在王耀东的怀里说:"我给你转账的十万块钱,你知道是怎么来的吗?"

王耀东道:"你爸给你的。"

朦朦道:"不是,我把车放到典当行了,两个月赎回。"

王耀东皱眉道:"典当行?万一我两个月资金没回笼,那怎么办?"

朦朦道:"那我可就悲催了,车就没了。"

王耀东吻了朦朦一下道:"你对我真的太好了。"

朦朦从包里拿出一个手机包装盒,递给王耀东道:"我看你的手机款式太老了,拿不出手。这是最新款的手机,四千多呢。你送给我一个包,我也表示一下。"

王耀东兴奋地接过手机道:"最新款的?太好了,我拿这么个手机多有面子呀。"

朦朦有些奇怪了,王耀东号称是富二代,可是放着豪车总是不开,还用那么老的手机。看他拿着新手机的样子,就跟老农头一次见到手机似的。

王磊和朦朦想在社区里推广防盗系统，可是处处碰壁。王磊想让居民出一部分钱，街道出一部分，物业再出一点儿。可是问哪个居民，人家都摇头，没一户居民意愿掏一分钱。这天他和朦朦在社区警务站商量办法，看怎么才能动员居民出钱装防盗的门锁。

朦朦听了一个劲儿撇嘴，向王磊道："我跟你说，你别看这些拆迁户家里都有几百万，但是他拿着钱赌博去行，让他出钱防盗，比登天还难。"

王磊指了指墙上的标语道："看见没有，社区是我家，平安靠大家。"

朦朦哈哈笑道："咱谁也靠不上，小偷在这儿弄几家，就有人掏钱装了。"她有些心不在焉，说得赶紧走，晚上约会请男朋友看电影。

王磊不解地问："你请他看电影？应该他请你才对。"

朦朦道："他从来没请我看过电影，我不请他，他也不请我。"

王磊道："你不是说他家是亿万富豪吗，怎么连看电影的钱都舍不得花？我可提醒你，现在骗子多，你这个男朋友是网上认识的，不能说知根知底，你得提高警惕，别上当受骗。我怀疑你这个男朋友是个'假大空'，你应该仔细了解一下。"

朦朦本来就对王耀东产生了疑惑，让王磊这么一说更犯嘀咕了，但她不愿意往坏处想，向王磊道："他家的别墅我看到了，他开的豪车我也坐过，而且他西装革履的，不像是骗子。"

王磊整天在公安局，接触过各类骗子，觉得朦朦这个男朋友漏洞百出，问道："骗子往往打扮得人模狗样的，可是一个住别墅的人，连看电影都要女朋友出钱，这对劲吗？他家的别墅你进去了？不是租来的？他开的豪车你能保证不是借来的？"

朦朦看着王磊，心里咯噔一下，他说的还真有些道理。王耀东又跟她借钱，又跟她借车，这里面没准儿真有事。她越想越犯嘀咕，婚姻是一辈子的大事，还是得慎重。

晚上朦朦和王耀东从电影院出来，二人拥抱了一下，然后挥手告别。

朦朦走到公共汽车站,看到王耀东走远了,转身快步跟了上去,她想看看王耀东到底住在哪儿。

王耀东下了公共汽车,哼着歌走进了一个十分脏乱的棚户小区。

朦朦见王耀东进了胡同,暗中跟了上去。

王耀东进了一个杂乱的小院,在一间平房前停下,拿出钥匙开门,然后走了进去。

朦朦走进院子,看着王耀东进了一个小耳房,一下就明白了,真让王磊说对了,王耀东是个"假大空"的骗子。她走到平房前,用力推开门,大步闯了进去。

王耀东在屋里拿着一包方便面正要泡,一看朦朦闯进来,顿时怔住了。

朦朦盯着王耀东道:"你就住在这儿?"

王耀东吭哧瘪肚,似乎是感觉瞒不住了,良久才尴尬地点了点头。

朦朦一脸怒火,盯着王耀东问道:"你不是说住高档别墅吗?这你怎么解释?"

王耀东知道再骗朦朦是不可能了,冷冷一笑,索性摆出一副无所谓的样子道:"这还用解释吗?这就是我的住处。"

朦朦道:"你口口声声跟我说你父母都是大老板,你们家有豪宅,原来都是一派胡言!"

王耀东冷笑道:"没错,我是跟你编了个故事。我父母都是农民,我就住在这儿,租来的农民房。怎么着吧,既然你已经知道了,我也没什么可隐瞒的了。"

朦朦气得直哆嗦,指着王耀东道:"你混蛋!骗子!"

王耀东道:"我是没说实话,不过居然也有人信。我是骗子,你也不是什么好人,你爱慕虚荣,喜欢被我骗,这是你自找的。"

朦朦咬着牙道:"我瞎了眼了,你还我的钱,我的钱是用车抵押来的。"

王耀东道:"钱已经花光了,我朋友多,钱都请客吃饭花了。"

朦朦怒道:"你拿我的钱请客吃饭摆谱?你把钱还给我!"

王耀东道:"我没钱,再说,你的钱就是我的钱,咱俩是恋爱关系。"

朦朦道:"你混蛋,你这个冒充大款的骗子!"

王耀东嬉皮笑脸道:"我是骗子?你有什么证据?我骗你什么了?"

朦朦道:"你骗我的钱了!"

王耀东冷笑道:"我骗你的钱了?你有证据吗?"

朦朦道:"你借我的钱不还,就是骗子。"

王耀东道:"我借你的钱?什么时候?你有借条吗?"他当初跟朦朦借钱就没想还,当然也就没给她打借条。朦朦太信任王耀东了,也就没让他写借条。现在王耀东来个死不认账,气得朦朦眼睛直冒金星,冲着王耀东大喊道:"你耍无赖!"

王耀东摇头晃脑道:"我怎么耍无赖了?你可别诬陷我。我跟你说,我的女朋友多了,上次开你的跑车出去跑了一圈,马上就有一堆女孩子追我。我真不在乎少你一个,你说怎么办吧,你说。"

朦朦怒不可遏:"你这个大骗子!"看见桌上有一把西瓜刀,抄起来就向王耀东的头上砍去,这一刀砍得王耀东满脸是血,疼得他哇哇大叫。

朦朦一看王耀东脸上的血,吓得跑到了门口,慌慌张张拿出手机,拨了个号码:"110吗?我拿刀砍人了,他是个骗子。"说着哇哇大哭起来。

一大早,朦朦的父亲就慌慌张张地跑到王磊的社区警务室,向王磊道:"王磊,不好了,出事了,朦朦用西瓜刀把她男朋友砍了。"

王磊吃惊,好好的朦朦怎么会拿刀砍人?

朦朦的父亲说,警察把朦朦拘留了,让王磊帮帮忙,把朦朦捞出来。

王磊忙问，怎么回事？

朦朦的父亲说，那男的是个骗子，被朦朦发现了，朦朦一生气就拿西瓜刀砍了那男的一刀。

王磊一个劲儿摇头叹气，他早提醒过朦朦，可她不听，这下出事了。

朦朦的父亲焦急地对王磊说："你想想办法，咱们花点儿钱，把朦朦弄出来呀。"

王磊苦笑道："民警打听案情算违纪，您只能请律师了。您可别瞎托人，弄不好又受骗。"

朦朦出了事，推广防盗系统的事就放下了。这天有个年轻姑娘来到王磊的警务室，说她是朦朦的同事。他们公司派她来和王磊接洽一下在社区安装防盗系统的事。

王磊问为什么换人了，这事一直是朦朦在干。

姑娘说朦朦拿刀砍人，为这事公司把她除名了，说她影响公司名誉。

王磊苦笑了一下道："这不对吧？朦朦可是你们公司的功臣，说解雇就解雇了？"

姑娘道："她这事影响太坏了。"

王磊道："朦朦拿刀砍人，这是事实。但是她不是拦路抢劫，也不是打架斗殴。她是被骗子骗了，一时冲动，这和其他刑事犯罪的性质不一样。"

姑娘道："嗨，我们平时跟朦朦处得都不错，朦朦人挺好的，可是我们那儿是私企，老板说了算。"

王磊冷笑道："老板说了算？这儿我说了算。你回去跟老板说，朦朦如果被开除，咱们的合作就到这儿了。除了朦朦，别人我还不接待呢。"

姑娘有些尴尬，向王磊笑了笑道："王警官真不给面子？"

王磊道："谁的面子？弄防盗系统的公司可不止你们一家，找上门来要跟我合作的大有人在，我是看在朦朦的面子上才帮她跑这件事的。"

姑娘点头道："您够讲义气的，那我回去跟我们老板说。"

王磊道："对，跟你们老板说，人都有犯错的时候，要给人家改过的机会，不能因为犯了错就不给人家生路了。别说朦朦了，就是大刑回来的，不是也得接受他们吗？也得让他们挣钱养家，对吧？"

姑娘点头道："我明白您的意思，您是大善人。"

王磊道："你可过奖了，我是说，大家都得承担一部分社会责任。社会安定了，大家才能发财。"

姑娘笑了笑道："您说的对，朦朦有您这么个朋友，真是幸运。"

王磊道："她是我辖区的居民，她有事我当然得关心。"

姑娘点头道："您是个好警察。"

王磊笑道："那当然，相当好的警察。"

姑娘忍不住咯咯直笑。

朦朦被拘留了三个月才放出来，一上班，那个被王磊拒之门外的姑娘就找她聊天，问朦朦为什么这么快就出来了，是不是托人了。

朦朦说她砍了骗子一刀，才缝了四针，而且她是主动投案，拘留三个月也够重的了。

姑娘向朦朦道："你知道吗，本来老板要开除你，幸亏那个王警官帮忙。"

朦朦不信："他帮什么忙？我爸找他托人捞我出来，他不敢去，说是怕违纪。"

姑娘道："你可不知道，那警察可是个好人。公司让我找他接洽，把你的工作接下来。那个警察说，这事除了朦朦，别的人不接待。"

朦朦半信半疑道："真的？他真这么说的？"

姑娘道："当然，我还能骗你？他还真讲义气，说干防盗系统的公司多了,让我转告老板,如果公司开除你,他就找别的公司合作。老板没辙,只好答应不解雇你。"

朦朦心想,这个臭警察,够哥们儿,我得让他请我吃羊蝎子。

姑娘道:"我看这个警察比你那个'假大空'的男朋友强多了,你还不如找他呢。说实在的,我跟他接触不到半个小时,我都动心了。"

朦朦撇嘴道:"你赶紧找他,谁稀罕他呀,一个臭警察,整天骑一辆稀里哗啦响的破自行车在社区里转悠,多丢人。"

姑娘道:"人家有魅力,有社会责任感,而且重情重义的,多好。"

朦朦一听还真是这么回事,王磊确实重情重义。他还有这个优点,以前居然没发现。

姑娘建议朦朦认真考虑王警官,他是个难得的好男人。

朦朦以前根本没考虑过王磊,他哪儿排得上号,现在让同事这么一说,心还真有点儿乱了。

祸不单行,朦朦的倒霉事还没完。这天她下班回家,打开家门一看,屋里衣服扔了一地,柜子全开着,凌乱一片。她吓坏了,这是闹贼了呀,赶紧拿出手机报警。

警察很快就来了,王磊也到了。王磊问朦朦为什么没在自家门上安一个防盗门锁。朦朦说一个人住,平常在她爸那儿吃饭,晚上回来睡个觉,连防盗门都没安。

王磊有意吓唬朦朦,让她赶紧装个防盗门,装个防盗门锁也行,亡羊补牢。小偷弄不好还得来,她一个人睡在这儿,晚上要关好门窗,最好别遇上劫财劫色的。

朦朦瞪着王磊喊道:"你别吓唬我啊,我这儿刚被偷,再来个强盗,我没法儿活了。"

王磊笑道:"你最好找个男朋友,赶紧出嫁。有个家就安全了,一个人过总不是事。"

现场的民警笑道："最好找个警察，王磊就不错。"

朦朦撇嘴道："他？白给都不要。"

王磊道："对对，你得找个大老板，开奔驰的。不过你想嫁人家，谁敢娶你呀？"

朦朦道："嘿，现在追我的人多了，都是开奔驰宝马的，你以为都跟你似的，骑个自行车还稀里哗啦的，走哪儿现眼到哪儿。"

白天被撬了锁，晚上朦朦在床上辗转反侧睡不着，想着王磊说的，弄不好贼还得来，更害怕了。她到厨房拿了一把菜刀放在床头柜上，迷迷瞪瞪忽然听到门外有动静，吓得赶紧用被子蒙住了头。良久，她拿起床头柜上的菜刀，慢慢向门口走。这时窗户咣当一声，吓得她差点儿坐在地上。她三步跑回床上拿起手机，拨通了王磊的号码，哆嗦道："王磊！我这门口有动静！"

王磊正睡得迷迷糊糊的，问朦朦是什么动静。

朦朦说不知道是什么动静，反正是有动静。

王磊刚处理完一起闹酒炸的，躺下没十分钟，朦朦就把他吵醒了。他让朦朦别咋呼，洗洗睡。

朦朦说她害怕，睡不着。

王磊道："你怕什么呀？我告诉你，要是贼见到你，准吓得掉头就跑了。"

朦朦一听就怒了："你滚！你以为我是大老虎呀？"

王磊道："老虎也怕你。"

朦朦气得大叫："你滚！你滚！你这个臭警察，明天我开车撞你！"说着就挂了电话。

王磊看了看手表，已经半夜12点多了，让朦朦这么一咋呼，睡意全消，担心社区真的有贼，起身穿上警服去了社区。

王磊带着两个保安在社区里溜达。

一个保安向王磊道："王哥，我们一直在这一带巡逻，真是什么事都没有。"

另一个保安道:"是啊,连个野猫都没看见。"

王磊道:"最近贼多,惦记上这儿了。"

保安道:"您别听那个蓝头发的瞎咋呼,她经常半夜才回来呢,是个夜猫子。不是逛歌厅就是泡酒吧,不是正经人。"

王磊虽然对朦朦的奇装异服和蓝头发不适应,但也不认为她不是正经人。他向两个保安道:"别胡说,上歌厅酒吧就不是正经人了?"

保安道:"正经女孩子哪有深更半夜才回家的?"

王磊道:"我也深更半夜才回家,也不是正经人?"

保安笑道:"您是工作,为人民服务。"

王磊打了个哈欠,他最近没睡过一天踏实觉,睡觉都睁着一只眼,可是盗贼依旧猖狂,怎么办呀?得想办法让老百姓过平平安安的日子呀。他有些焦虑,甚至有点儿抑郁了。

朋友又给朦朦介绍了一个男朋友,叫张强,是个有钱的小老板,卖海鲜的。约会的地点是一个公园,二人坐在长椅上聊天。这张强高大健壮,脸上长了不少壮疙瘩。

朦朦看着张强道:"介绍人说你是体育健将?"

张强道:"上学的时候我是学校的铅球冠军,现在经常在健身房练健美。"

朦朦好奇地问:"练健美?听说练健美的人每天要吃好多鸡蛋?"

张强道:"我不怎么爱吃鸡蛋,吃蛋白粉和牛肉。"

朦朦道:"我看你壮得跟牛似的。"

张强道:"对,我有一身牛劲。"

朦朦道:"和你这样的男人在一块儿,很有安全感。"

张强大笑道:"我觉得和你在一块儿挺有安全感的,你看着像个泼辣的女汉子。"

朦朦道:"我胆子不大,有时候晚上一个人回家,特怕遇上坏人,还怕鬼。"

张强道:"没事,以后晚了我送你回家,保证你平安无事。"

朦朦笑道:"就冲这一点,咱们可以继续交往。"

张强有钱,和朦朦认识没几天就提出要给她买一身名牌衣服。朦朦喜欢名牌衣服,就跟着张强去了一家有名的服装店。

张强指着柜台里的一件衣服道:"这件衣服挺时尚,适合你这种开跑车的女孩子。"

朦朦看了看那衣服道:"这件衣服是名牌,价格不菲。"

张强道:"跟我这儿别在乎钱,我一笔海鲜生意下来,够你买几百件名牌衣服的。"

朦朦笑道:"你真土豪,你是不是顿顿吃龙虾呀?"

张强道:"我不吃那玩意儿,我喜欢吃炖肉,还得吃肥的。"

朦朦道:"好吧,既然你有诚意给我买衣服,我就不客气了。"于是就选了一套价格昂贵的衣服。

没过两天,张强为了讨好朦朦,提出要为她买一件首饰,二人到了菜百黄金用品商店。

张强指着柜台里的金镯子向朦朦道:"买这个金镯子多好,保值。"

朦朦看着那个又粗又大的镯子,感觉那东西土了吧唧,摇头道:"现在时兴戴翡翠镯子,金镯子戴着跟农村大妈似的。"

张强道:"这你就不懂了吧,买金镯子是投资,将来黄金升值了,翻番地挣钱。"

朦朦觉得张强说的有些道理,可这东西戴着好看吗?

张强说金镯子金光闪闪的,多有面子。要买个翡翠的,谁知道是真的假的?而且翡翠镯子弄不好就碎了。

朦朦被张强说动了,就答应买个金的。张强让她拣大的买,越沉越有派。朦朦有些犹豫,因为那个大的要三万多块钱。

张强拍着胸脯向朦朦道:"三万算什么呀?再说,将来你嫁给我,人都是我的,镯子还不是我的?"

朦朦苦笑着摇头道:"你真是个商人,事事算计。"

张强道:"不算计生意还不赔本了?我可不做赔本的生意。"

朦朦心想商人讲的是等价交换,可谈恋爱不是做买卖,皱着眉问张强:"你把谈恋爱也当成做生意?"

张强道:"那当然不是,不过谈恋爱也得投资,你说对不对?"

朦朦笑了笑道:"行,既然你肯投资,我就不客气了。就买这个金镯子吧,宰你一刀你可别心痛。"

张强道:"不心痛,我是心甘情愿地让你宰。"

朦朦买了金镯子,美滋滋地来到王磊的警务室,向他显摆,兴奋地对王磊说,她现在交的这个男朋友,特有钱,特大方,刚认识一个月,已经给她买了好几万块钱的东西了。

王磊道:"我估计你找的男朋友不会差,不是开奔驰就是开宝马的。"

朦朦道:"那当然,我是谁呀。像你这种骑破自行车的,根本不在我的视线之内。"

王磊笑道:"真的?谢天谢地,我安全了。"

朦朦瞪眼道:"你滚!你敢说我是大老虎?"

王磊道:"你不是老虎,你是山大王。"

辅警元元叹着气向朦朦道:"朦朦,不是我说你,我是过来人。找对象可不能把钱看得太重,那是面子事,你再有钱,一天吃几顿饭?"

朦朦道:"男人要是没钱,女人就活得没面子,就不能下饭馆吃大餐,也不能买名牌衣服。"

元元摇头道:"两口子在一块儿,重要的是感情,其他都不重要。你觉得穿名牌光彩,那是给别人看的。真正关心你的,还是跟你有感情的人。"

朦朦不服气地说:"我现在这个男朋友,对我有感情,说一天不见到我就想。他是批发海鲜的,老给我老爸送鲍鱼海参,我老爸乐坏了,天天夸他。"

元元摇头道:"这是表面现象,说明他会讨好你。不过这种人有心眼儿,会算计,他不会做赔本的生意。"

朦朦道:"我也不会做赔本的生意,我得考验考验他,考验合格才能嫁给他呢。"

元元问朦朦,对现在这个男朋友有感情吗?崇拜他吗?

朦朦承认目前和男朋友还没有感情,不过感情可以慢慢培养。至于崇拜嘛,他一个卖海鲜的商贩,有什么可崇拜的?

元元问她这个男朋友文化程度怎么样,朦朦说他是高中毕业,没考上大学。

元元道:"你是大学本科毕业,他可谈不上有文化,你们能有共同语言?我觉得找对象最重要的是情投意合。"

朦朦道:"我说元元姐,看来你是坚决看不上我这个男朋友了?哪天我把他带来,让您看看,人高马大的,很有男子汉气概。"

元元道:"人高马大的也不一定有男子汉气魄,他没准儿还是个窝囊废呢。"

朦朦被元元说得不高兴了,转头问王磊她被骗的钱追回来了没有。

王磊说那个骗子早把她那十万块钱花光了,就是把他卖了,钱也要不回来了。幸亏她老爸帮忙,把她的车赎回来了,不然她赔惨了。

朦朦一听钱要不回来了,哭丧着脸道:"啊?我的钱要不回来了?十万块呀。你们这帮警察也太没用了,你不是说认识刑警队的人吗?"

王磊道:"刑警队的人说,你那个前男友,一贫如洗,骗来的钱都拆东墙补西墙了,根本拿不出钱来还你。"

朦朦道:"我怎么这么倒霉,找了这么个骗子,真是瞎了眼了。"

元元道:"你在找对象的问题上,眼神儿是有点儿问题。"

朦朦生气道:"我走了,气死我了!"说着拿起包就走了。本来想在王磊和元元这儿炫耀一下,没想到让这两个人奚落一通,心里很不痛快。

朦朦下班以后说好和张强去三里屯酒吧喝酒，都没开车，二人在路边打车，边上有个公共汽车站，车站上人挺多，此时打扒的许建中和陈强盛、李小雄正在车站蹲守，三人警惕地盯着人群看。

这时有几个小伙子来到朦朦身后，看着朦朦把手机放进双肩背包里。一个人上前挡住朦朦，一个人挡住了张强，另一个人把手伸进了朦朦的双肩背包。

这时许建中在边上的车站看见了这几个年轻人，一眼就看出了名堂，带着陈强盛和李小雄走了过来。在小偷摸朦朦手机的一瞬间，许建中一把抓住了小偷的手腕，喝道："别动，你偷人东西！"

朦朦回头一看，见小偷正偷她的手机，大喊道："抓小偷！"

小偷拼命挣扎，和许建中扭打起来。小偷身边的几个帮手此时也和李小雄、陈强盛动起手来。小偷人多，对着许建中等人乱打。

朦朦着急地喊着："抓小偷啊！"回头向张强说，"你上去帮警察抓小偷！"

张强吓得脸都白了，哆嗦道："这帮人惹不起，连警察都敢打。"

朦朦不满地喊道："你真窝囊。"说着就扑了上去，抱住一个小偷的胳膊，狠狠咬了一口。

小偷正在和许建中扭打，忽然被朦朦抱住胳膊咬了一口，疼得大叫。许建中趁机把小偷按住，用手铐把他铐了起来。这时陈强盛和李小雄也一人铐住了一个小偷，还有两个小偷趁乱逃走了。

许建中拉着小偷，看着朦朦，赞道："姑娘，好样的。"

朦朦喘着粗气道："谢谢您，不然我的手机又丢了，我已经丢了三个手机了。"

许建中笑道："手机不能放双肩背包里，很容易被小偷掏包。"

这时陈强盛上前向许建中道："头儿，跑了两个。"

许建中道："先把这三个弄派出所去，那两个也跑不了。"

李小雄过来向朦朦道："姑娘，跟我们去派出所做个笔录，你是证人。"

朦朦道："行，没问题。"

陈强盛笑嘻嘻地问朦朦："美女，你是属虎的还是属……"

朦朦向陈强盛一龇牙道："我是属狗的，咬你！"

许建中哈哈大笑道："这姑娘真是太逗了。"

这时张强凑过来，关切地问朦朦："朦朦，你没伤着吧？"

朦朦瞪眼道："刚才你为什么不帮忙？亏你长得高高大大的。"

张强支支吾吾道："我是怕……"

朦朦道："你滚，胆小鬼，窝囊废！以后别来找我！"

张强有些委屈地看着朦朦道："我……我又不是警察……"

朦朦道："我被小偷偷了手机，你袖手旁观？将来我还能指望你保护我？我发现你连一点儿正义感都没有，胆小如鼠。以后你甭来找我，我不想见你了！"

许建中和陈强盛、李小雄听朦朦这么说，不禁面面相觑。

陈强盛向朦朦道："美女，你消消气。这小伙子没见过抓小偷，不敢上来帮忙可以理解。我们抓小偷很少遇到敢上来帮忙的。人家是老实人，胆子小点儿很正常。"

朦朦道："我都敢上来抓小偷，他那么大个子在后面躲着。"

陈强盛向朦朦竖起大拇指："你真帅，像你这么勇敢的女孩子可不多了。"

张强站在那儿，自知理亏，一脸尴尬。

第十一章　白蛇盗仙草

　　这天，有个小偷来到王磊的管界寻找作案机会，在一栋楼前溜达，见单元门口装了防盗识别器，有些纳闷，前些日子他在这儿撬了两家的锁，没见有这玩意儿呀，换高科技了？

　　他有些不甘心，可是又没辙，只得向防盗识别器做了个鬼脸，悻悻地走了。

　　王磊正在警务室，忽然手机发出报警信号，他一看是防盗系统报警，估计是来了贼，赶紧起身就向外跑。

　　朦朦刚开车进小区，打着哈欠从车上下来，忽然手机发出了报警信号。她一看就知道是小偷来了，赶紧向装了防盗系统的楼跑了过去。

　　王磊发现了嫌疑人，上前盘查，可这个小偷转身就跑，而且骑上了放在楼边的电动自行车。王磊跑得飞快，在后面紧追。小偷骑上电动自行车，越骑越快，还回身得意地向王磊挥手。王磊跑得再快也追不上电动自行车，眼看小偷就要跑出社区了。这时朦朦从前面跑来，见王磊追小偷，忙伸开双臂阻拦那个骑电动自行车的小偷。那小偷骑得飞快，猛然看见朦朦拦在前面，急忙左躲右闪，一下撞在了朦朦的身上，两个人都摔倒在地。

　　王磊追了上来，同时派出所的巡逻车也赶到了。众民警上前抓住了那个小偷。

　　王磊一看朦朦，只见她双目紧闭，鲜血顺着额头向下流。他赶紧抱起朦朦，让民警开着警车送朦朦上医院。

　　朦朦被撞得不轻，昏迷了好几个小时才迷迷糊糊地睁开眼。朦朦的父亲和王磊、派出所所长、街道主任都来到了医院。朦朦的父亲问朦朦头疼不疼。朦朦目光迟滞，似乎神志不太清醒，眼泪慢慢流了下来。

朦朦的父亲道："别哭，问题不大，缝了几针，有点儿脑震荡。"

王磊上前看着朦朦道："你可真够勇敢的，要不是你拦着，那小偷真没准儿跑了。那小子身上有 20 多起案子呢，前些日子咱们这片儿的入室盗窃案件，基本都是他干的。"

所长向护士询问朦朦的病情，护士说病人目前还不清醒，给她拍了片子，她颅脑里有淤血。如果这个淤血不能被吸收，将来可能会有后遗症。

朦朦的父亲一听就着急了，忙问道："后遗症？什么后遗症？"

医生道："现在还说不好，也许是失忆，或者精神出现异常。"

朦朦的父亲吃惊道："您说我的闺女会变成傻子？"

医生道："这也不一定，她的颅脑受到外伤，看她自己身体的抵抗力了，也许情况不像我们想象的那么严重。"

王磊道："这种后遗症能治吗？"

医生摇头道："开颅手术是不行了，那个淤血的部位手术有危险。"说着就出了病房。

护士道："再观察几天吧。"说完也跟着医生出了病房。

主任皱着眉，向所长道："朦朦看来被撞得挺严重的。"

朦朦的父亲拉着哭腔道："我的闺女要变成废人了？"

王磊安慰朦朦的父亲道："您先别着急，朦朦身体好，准能恢复。"

朦朦的父亲哭丧着脸道："这可怎么办呀？我就这么一个闺女，她要是摔傻了，这日子还怎么过呀？"

所长向朦朦的父亲道："您别着急，朦朦一定能恢复。"

王磊也道："对，朦朦一定能恢复。"

所长向王磊道："这回抓了个贼，说明朦朦他们公司的产品不错，刚才我和主任商量，要扩大试点范围。"

主任道:"嗯,她们公司致力于社区防范,我们得支持呀。以后街道、派出所、物业,加上朦朦,大家一块儿努力,把社区安全这事做实了。"

朦朦看着众人,咧嘴傻笑。

朦朦的父亲瞪着王磊道:"就是因为你,谁让你拉着她去抓贼的?好好的人,被贼撞成这样了!你赔我闺女!"

王磊看着朦朦的父亲,心里一阵委屈,我赔你闺女?怎么赔?

这时张强走进病房,手里拿着一束鲜花,恭恭敬敬地向朦朦的父亲道:"大叔,朦朦好点儿了吗?"

朦朦的父亲客气地说:"好多了,问题不大,医生说她过几天就能出院了。"

张强关切地看着躺在床上的朦朦道:"可把我急坏了,朦朦真够愣的,干吗要去抓小偷呀?"

朦朦的父亲白了王磊一眼道:"你问他,都是他干的好事。"

王磊有些尴尬地向张强道:"你是朦朦的男朋友吧?是这么回事,我们和朦朦的公司试验防盗报警系统,那天系统报警了,我就去抓贼,贼骑着电动自行车跑,我在后面追,朦朦看见了,上去拦那个贼,贼就把朦朦撞倒了。"

张强道:"朦朦真厉害,女汉子。"

这时朦朦哼哼唧唧的,似乎是有点儿痛苦,众人忙走到床前。

朦朦的父亲问朦朦道:"朦朦,头还疼吗?"

朦朦迷迷糊糊地眨眨眼道:"你是谁?"

朦朦的父亲吃惊道:"我是你爸,你不认识我了?"

朦朦眨眨眼,没有说话。

张强赶紧上前向朦朦道:"朦朦,我是张强,你能认出我吗?"

朦朦傻笑一下道:"你是窝囊废,你滚!"

张强脸上的笑容一下僵住了,看着朦朦,不知如何是好。

王磊上前关切地问:"朦朦,你哪儿不舒服?怎么不认识人了?"

朦朦傻笑道:"我认识你,你是臭警察。"她忽然抓住王磊道,"快抓贼!贼跑了!"

王磊不知所措,向朦朦道:"贼已经被我抓住了,不是,是被你抓住了。你拦住贼,贼摔在那儿爬不起来了。"

朦朦傻笑道:"贼抓住了?他跑不了,我一口就把他的胳膊咬住了。"说着狠狠地在王磊的胳膊上咬了一口。

王磊疼得大叫。

张强一看朦朦这样了,有些毛了。他找到医生,问朦朦的病能不能治好,以后会不会就是个傻乎乎的人了。

医生不敢打包票,只是说有这种可能性。朦朦受的是外伤,而且受伤的部位不能做手术,做手术可能会危及她的生命。能不能恢复,得看她的生命力了。张强一听就蒙了,像被人泼了一盆凉水,从头凉到脚。

这天王磊从医院回来,遇上了下班回家的许建中。许建中向王磊询问朦朦的病情,王磊唉声叹气,说朦朦的病还没好,医生就赶着出院,说朦朦的病只能这样了,不能总占着病房。

许建中也觉得朦朦是应该出院了,她的精神出了点儿问题,出来走走,或许对她恢复健康有好处。

王磊说朦朦的父亲见了他就念叨,非说他把朦朦害成这样了。

许建中安慰王磊,朦朦确实是帮警察抓贼才受伤的,得对她负责,想办法把她的病治好了。他让王磊带着朦朦去看看中医,中医有些药能活血化瘀。他知道一个老大夫是得过真传的,让王磊找这位老大夫给朦朦看看。

王磊一想也对,西医说朦朦脑袋里有淤血,中医没准儿能活血化瘀。他琢磨着哪天带朦朦去看看中医。

张强感觉朦朦的病是没治了,就找到朦朦的父亲,跟他要钱。

在朦朦家的楼下,他向老爷子道:"既然朦朦已经这样了,我不得不和她分手,我不能娶个傻子媳妇回家是不是?"

朦朦的父亲一脸痛苦,朦朦病成这样,张强这么做也不为过。

张强道:"现在朦朦跟傻子似的,有些事也没法儿跟她说,我只能跟您说了。"

朦朦的父亲道:"什么事,你说。"

张强道:"我跟朦朦谈恋爱,产生了不少费用,我现在没法儿跟她要,只能跟您把账结了。"

朦朦的父亲对钱的事很敏感,一听张强要和他把账结了,不由得愣了一下道:"什么账?"

张强道:"我可没少在朦朦身上花钱,这您应该知道。"

朦朦的父亲道:"我们可没跟你要过钱,是你自己上赶着要给她买东西。"

张强道:"是啊,那是情感投资。现在既然我们要分手了,我要收回投资。"

朦朦的父亲有些不解道:"收回投资?新鲜,我还头一次听说有这个词。"

张强从兜里拿出一把发票,递给朦朦的父亲道:"这是发票。这半年我和朦朦在一起,我的花费可不少,您看看吧。"

朦朦的父亲看了看那些发票,脸色骤变,心想这个张强真不愧是做买卖的,会记账。他冷冷地看着张强道:"这半年你送朦朦的所有礼物还留着发票?一块儿吃饭也留着发票?"

张强道:"朦朦不能还钱,我只能跟您要了。也没多少。我给她买的所有东西,你得退给我。另外,我们一起看足球比赛、看电影、上歌厅的钱,吃西餐的钱,按照金额一人出一半,总共两万块钱。"

朦朦的父亲一脸愤怒,咬着牙把发票摔在张强的脸上,嚷道:"这钱你也要?呸!我一分钱也不会给!"

张强大声道:"您怎么这么不讲理呀?您要是不讲理,咱们到法院讲去！"

朦朦的父亲气得直哆嗦，喊道："你爱上哪儿上哪儿！我一分钱也不会给你！"

张强道："您不给行，这是有账可查的。我给她买的金镯子就三万，必须退给我。"

朦朦的父亲道："我不知道什么金镯子，反正我是一分钱没有。你想怎么着？要不我把老命给你？"

这时聚拢来不少看热闹的，议论纷纷。王磊骑车从这儿过，赶紧走了过来，上前问朦朦的父亲是怎么回事。

朦朦的父亲道："你看见没有，朦朦谈的这个男朋友，人模狗样的，翻脸就不认人。"

张强道："民警在这儿呢，你给评评理，现在朦朦这样了，我跟她分手，是不是应该的？"

王磊看了看张强，觉得他这个时候和朦朦分手太不仗义，这人没劲。他冷冷地说："你要跟她分手？可以理解。"

张强道："我跟朦朦谈恋爱，花了不少钱，给她买了个金镯子就三万。我现在得把这些东西和钱要回来，没错吧？和她一起出去吃喝，这费用得两个人分摊吧？"

王磊冷笑道："你给她买的东西会还给你，可是你们在一起产生的费用，这你也要？你追女孩子花钱不是很正常吗？"

张强道："可不能这么说，我是感情投资，现在要收回投资。"

王磊道："收回投资？这事听着新鲜。"

张强把一堆发票递给王磊道："你看看这些发票，我都记着账呢。"

王磊看了看发票道："这么着，朦朦是帮我抓贼受的伤，这个钱我替她还了。至于你给她买的东西，等她清醒点儿的时候，准退给你。这你放心，朦朦可不是爱钱的人。"

张强高兴地看着王磊道："你替朦朦还钱？那好啊。你看看这些发票，不算太多。"

王磊看了看发票，冷笑道："你真不愧是商人，吃饭的发票还留着。"

张强道："您准备什么时候把钱给我？是现金还是转账？"

王磊盯着张强，一脸轻蔑地说："明天上午，我给你转账。"

张强道："好吧，够朋友，义气。这是我的账号，以后想吃海鲜找我。"说着递给王磊一张纸，上面写着银行卡的账号。

王磊接过纸看了看道："行，就这么着吧。"

张强道："那我走了。"他向朦朦的父亲说道，"再见了大叔。"说着转身上了路边一辆宝马车。

朦朦的父亲看着张强的背影，咬牙骂道："奸商！暴发户！"

王磊看着张强的宝马车，心想朦朦找的男朋友是什么人呀，人品也太次了。

这天王磊打个车，拉着朦朦去看中医。许建中介绍的这位老中医还真有两下子，他给朦朦诊了脉，说朦朦身体素质挺好，可是外伤的部位是个要命的地方，只能吃药，慢慢把淤血化开。

王磊恳求老中医，一定想办法把朦朦的病治好，她是见义勇为，帮警察抓贼的时候被撞伤的。

老中医笑着问道："她是你的女朋友吗？"

王磊摇头道："不是，她是我管片儿里的居民，我是那儿的社区民警。"

老中医点头道："片儿警，你对居民挺不错嘛，将来这个姑娘要是好了，一定会嫁给你。"

王磊撇嘴道："啊？她敢嫁给我，我可不敢娶她。"

老中医笑道："为什么？这姑娘挺漂亮的。"

王磊道："她得找开奔驰宝马的，我是骑自行车的，不是一个路子。"

老中医道："那你也买一辆奔驰呀。"

王磊道："我买奔驰？是想买，可是兜里没银两。"

老中医写了药方，嘱咐王磊，有一味药不好抓，野生三七。现在的三七人工种植的多，要尽量找到野生的三七。

王磊问，要是没有野生的，用人工种植的代替行不行？

老中医说野生的草药吸天地之精华，人工种植的药性要差很多。

王磊心想，北京这么多药店，还愁买不到野生的三七？

王磊回去拿着老中医给开的药方跑了五六家药店，都说没有野生三七这味药。王磊心想这可麻烦了，只能用人工种植的三七了。他抓了三服药，想让朦朦先吃着，看看效果。

朦朦吃了王磊给她抓来的药，没什么效果，整天傻呆呆地坐在王磊的警务室里，而且到点儿就来。

女辅警元元问朦朦道："朦朦，你吃了王磊给你抓的药好点儿了吗？"

朦朦傻笑着向元元道："王磊？谁是王磊？"

元元道："唉，他千辛万苦地满世界为你买药，你居然还想不起来他是谁？"

王磊向朦朦道："朦朦，你见义勇为的奖励批下来了。你帮警察抓贼，属于见义勇为。"

朦朦傻笑道："我见义勇为？我是谁？"

王磊道："你是谁？你是朦朦呀。"

朦朦道："我不是朦朦，我是大老虎！"说着就抱住王磊的胳膊咬了一下。

王磊疼得大叫："哎……你是大老虎，你厉害！"

朦朦松开王磊道："你是谁？"

王磊摇头叹气道："看来这药没什么效果。"

元元道："人家老中医让你买野生三七，你非用人工种植的糊弄我们朦朦，那她还不咬你？"

王磊道："不是我不给她买，是没地方买去。我在网上搜的药店，能去的都去了,腿都跑细了,就是买不到。"

这时朦朦站起来,在屋里跳起了街舞,一边跳还一边唱。

元元笑道:"你说这个朦朦,到点儿就到这儿来了,又是唱又是跳的。要说她脑子有毛病,她为什么不到别处跳舞去?"

王磊道:"对呀,说明她还是有记忆的,不然她也不会找到警务室来。"

元元让王磊带朦朦出去遛遛,朦朦老在这儿唱,影响她给群众办居住证。

王磊正要下社区,向朦朦道:"朦朦,跟我去抓小偷怎么样?"

朦朦瞪眼道:"你这个窝囊废!你滚!你滚!"

王磊看着朦朦,心想,我是窝囊废?我怎么窝囊了?

朦朦道:"警察抓小偷你为什么不帮忙?你滚!我不想再见到你。"

王磊愕然看着朦朦道:"帮警察抓小偷?我的妈,你真是见义勇为的女汉子。我惹不起你,躲你远远的。"说着抓起警帽逃出了警务室。

元元在后面大叫:"哎!你把这个跳舞的带走啊!"

朦朦整天在王磊的警务室跳迪斯科,弄得他挺郁闷。

这天,他在许建中这儿见到了老同学陈强盛,知道他主意多,问他到哪儿能买到野生的三七。

陈强盛白了王磊一眼道:"你听说过《盗仙草》这出戏吗?"

王磊道:"你的意思是我得像白蛇似的,盗仙草去?我上哪儿盗去呀?"

陈强盛道:"你笨蛋,上云南呀,云南文山,专门出三七的地方。"

王磊道:"上云南?那也太远点儿了吧?再说,我也不是采药的老农,也不知道三七长什么样呀,到时候准让人蒙了。"

陈强盛道:"你去那儿找个采药的老农,让他带着你找去。看着他挖,还能挖出假的来?"

王磊道:"那也太麻烦了,还得跑大山里去?"

陈强盛道:"就是上月球,你也值得一去。那女孩子可是帮咱们抓贼,你不能看着她一辈子傻乎乎的吧?"

王磊想了想道:"说的也是,不过这野生三七长什么样?"

陈强盛告诉他,三七主根是圆锥形或者圆柱形,表面灰褐色或灰黄色,跟人参差不多。到网上一查,对着照片找。云南的药农挺实在的,给他点儿钱,在那边的大山里爬几天,心诚则灵。弄不好能找到上好的野生三七,看他的命了。

王磊听了陈强盛的话,下定决心去云南"盗仙草"。他找到所长,说是要休假,到云南玩两天。

所长一听就怒了,冲他嚷道:"你休假?你休个屁假!你管界里入室盗窃案件这么多,你还好意思休假?"

王磊哭丧着脸道:"我想到云南散散心,这段时间倒霉事太多,出去吸点儿氧气。"

所长道:"去云南吸氧气?你真敢开口,现在所里多忙,你还好意思到云南去玩?脑袋进水了吧?"

王磊道:"对,我的脑袋现在发傻,经常走错路,还平地摔跟头。"

所长道:"我踢你,你不单是脑袋发傻,还有点儿抽风!"

王磊道:"对,我现在就要发病,您要是不让我去云南,我等会儿就躺地上满嘴吐白沫。"

所长道:"你吐白沫,吐黑墨也不让你去!不行。除非你说出能让我信服的理由,什么散心呀吸氧呀,你当我是一岁的孩子?"

王磊无奈地笑了笑道:"我管界不是出了个见义勇为的吗?她整天在我的警务室闹腾,脑子出了问题。"

所长一听,是啊,朦朦脑子撞坏了,他也为这事着急呢。

王磊说他给朦朦找了个老中医,那老先生说得用野生的三七,可是他跑遍了北京的药店也没买到,想上云南大山里找找去。

所长听王磊要去云南采药,差点儿被他吓着,问他道:"你说什么?上云南大山里采药去?你也犯病了,抽风。不过你到那地方真没准儿能找到野生的三七。"

王磊道："我想来想去，只能这么办了，不然朦朦这辈子就完了。"

所长一想也对，到云南买药是个办法。他从抽屉里拿出一沓钱，交给王磊，说这是他的私房钱，拿去给朦朦买药，算是他代表全所民警捐给她的。野生三七不会便宜，要买真货。

王磊接过钱，笑道："哎哟，那我先替朦朦谢谢您了。够哥们儿，朦朦要是不好，都对不起您。"

所长道："别废话，她是你媳妇，她的事我能不管吗？"

王磊眨眨眼道："什么？什么我媳妇？我敢娶她这样的吗？"

所长道："她将来就是你媳妇，你懂什么呀？这是缘分。"

王磊道："什么缘分呀？您怎么知道找个温柔体贴的，我就得找个大老虎似的？指不定哪天让她吃了。"

所长坏笑道："你还想找温柔体贴的？有那命吗？你命里注定得找个厉害的。"

王磊不以为然，心想，我非找个既温柔又漂亮的，让你们看看。

王磊坐高铁来到云南文山，这真是专门出三七的地方。农家院里到处晾晒着一堆堆的三七。王磊找到一个农家院，见院里有个老药农，就上去搭讪，说是要买野生的三七。

药农说已经几年没采到野生的三七了。那东西在大山里头，越来越少，不好找了。

王磊给药农递上一根烟道："您出个价，我陪您进一趟山。"

药农想了想道："进山？那可说不准能不能找到野生的三七。"

王磊道："心诚则灵。这么着，咱们一块儿进山，一天我给您二百块钱，找到野生的三七，我按市价收，您看怎么样？"

药农想了想道："一天二百？少了，三百。"

王磊一想，三百就三百，能找到野生的三七，花多少钱都值。

第二天早上，王磊和药农踏着晨雾就进山了，二人在长满荆棘的山里攀爬，累得王磊呼哧带喘。药农担心王磊爬不了这么高的山，问他行不行，不行就歇着。王磊这几天奔波劳顿，是有点儿累，但他自信体力没问题，跟着药农，一步不落。

老农边爬山边告诉王磊道，这山里有蛇，让他小心点儿。王磊一听有点儿害怕，加了小心，他最怕蛇，要是被那玩意儿咬一下，甭回北京了。

药农带着王磊艰难地爬上一个山崖，二人都累得坐在了石头上。

药农道："这个山头是最有希望找到野生三七的，前几年我在这座山上找过。可能是咱们运气不太好，一棵都没遇上。"

王磊叹气道："是啊，采药是得靠运气。咱们要是空手而回，那只能怪运气不佳了。"

药农看了看天道："要变天，这儿说下雨就下雨。咱们歇会儿，如果这个山头上没有，咱们就得赶紧下山。"

这时响起了阵阵雷声。王磊心想，今天运气怎么这么差，刚才还是晴天，转眼就雷声滚滚的。药农起身在山头上转悠，王磊跟在他后面。一个闪电，跟着就是一个炸雷，吓得王磊直缩脖子。

药农叹气道："看来今天是白来了。"

王磊不禁有些绝望，仰天长叹："唉，白蛇盗仙草啊，仙草在哪儿呀？"

药农沿着小路向山下走，王磊仍然在后面跟着。走到一个陡坡，王磊拉着小树枝向下走，忽然发现树上有一条大白蛇，大白蛇张着大嘴向他咬来。王磊吓得大叫一声，急忙躲闪，只听咔嚓一声，王磊抓着的树枝断了，一下从山坡上滚了下去。

山上满是荆棘，王磊滚落到悬崖边上，幸好有小树挡住。他抓住小树，向边上一看，吓得直咧嘴，边上就是万丈深渊。

药农跑过来，向王磊道："小兄弟，怎么着了？摔坏了没有呀？"

王磊挣扎着坐了起来，擦了擦脸上的血道："我的天，有一条大白蛇，要咬我，吓得我一下从山上掉下来了。"

药农道:"白蛇?不可能,我们这儿从来没有白色的蛇。"

王磊惊魂未定道:"真的,不骗你,真是白蛇。"

老农道:"你遇上蛇仙了,我活这么大岁数也没见过白色的蛇。"

药农走到王磊身边,忽然发现他腿边上有棵草,忙仔细看,兴奋地对王磊道:"该着我发财,这不是一棵野生三七吗?"

王磊半信半疑道:"真的?这是野生三七?"

老农道:"那当然,就在你腿边上,这么多年没见过这么好的三七了。"

王磊兴奋地看着那棵三七,百感交集,这可是仙草啊,我这跟头摔的,正趴仙草边上,真是天意呀。

王磊历尽千辛万苦买到了野生的三七,不顾身上的伤痛,坐高铁回到北京。他拉着行李一瘸一拐地走出了火车站口,想着找一辆出租车。这时,路边停着一辆红色跑车,朦朦从车上走了下来,一脸坏笑地看着王磊,向他喊道:"嘿!臭警察,眼里没我了?"

王磊抬头忽然看见了朦朦,颇为吃惊,上前仔细打量她,目光里满是疑惑,咋回事,朦朦看上去很正常呀?

朦朦笑道:"看什么看?不认识了?"

王磊疑惑地看着朦朦道:"你的病好了?怎么回事?"

朦朦笑道:"好了,吃了你的中药,好了。"

王磊半信半疑道:"真的?那药不是没效果吗?"

朦朦道:"那是灵丹妙药,而且我听说你跑到云南给我买野生三七,好感动啊,感动得我直冒鼻涕泡,病就好了。谢谢你,非常感谢。"

王磊道:"你是因为帮我抓贼才受的伤,我给你买药是应该的,而且买药的钱是我们所长捐的。"

朦朦点头道:"我知道,也知道张强上门要账,是你替我还的钱。其实我并没疯,也没傻。"

王磊一听,差点儿叫出来,盯着朦朦道:"嗯?你没疯?装的?

开什么国际玩笑。"

朦朦一本正经地说:"我装疯是要考验哪个男人对我有真情。这是爱情问题,你懂吗?"

王磊愕然,甚至有些怒了,瞪着朦朦道:"啊?你的疯病是装的?有你这么胡闹的吗?为了给你采药,我差点儿掉悬崖下面摔死。"

朦朦哈哈大笑道:"你真厉害,太酷了。"

王磊还是有些不相信朦朦说的是真的,瞟着她道:"我不明白,你脑子里不是有淤血吗?"

朦朦点头道:"我脑子里是有淤血,可是我并没傻,也没疯。"

王磊道:"真的?你拿我耍着玩?"

朦朦道:"我不是要耍你,是用这方法考验我的男朋友。我脑袋里的淤血虽然会让我头痛,但还不至于让我疯。"

王磊道:"你装疯卖傻是考验男朋友?"

朦朦道:"实践证明,我的考验是对的。我终于看清了哪个男人对我是真心的,张强这个混蛋,就是一个人渣。"

王磊苦笑道:"你那个男朋友,整个儿一奸商,那账算的,听了都让人头晕。"

朦朦道:"不过你也够逗的,傻乎乎到云南采药去,真是太逗了。"说着哈哈大笑。

王磊无奈地摇头道:"我千里迢迢地盗仙草,连滚带爬地从山上轱辘回来了,居然被你耍了。看来所长说我抽风,还真说对了。"

朦朦道:"你去云南为我采药,真的让我很感动。你才是懂得真情的男人,够哥们儿。前些日子吃了你的中药,我的头痛明显减轻了。我昨天做的检查,淤血在减少。现在你又给我买来了野生的三七,我会好得更快。谢谢你。"说着在王磊的脸上吻了一下。

王磊揉了揉脸,白了朦朦一眼道:"我要犯疯病!"

朦朦笑眯眯地看着王磊道:"我知道你一定特撮火,想咬我一口,我让你咬一口。"说着把脸凑向王磊,王磊赶紧躲开了。

第十二章　女贼

小偷不光偷老百姓，有时候还偷警察。这天王疤瘌和他的情妇刘小春就偷到警察的头上了。

他们在商店里闲逛，刘小春见一个妇女在卖首饰的柜台前看首饰，便拿出化妆镜，边涂口红边从镜子里看买首饰的妇女。这位妇女正是许建中的同事王秀兰。刘小春从镜子里看到王秀兰买完首饰就把钱包放在挎包里，便收起了镜子，挽着王疤瘌的胳膊，向在那边买首饰的王秀兰努了努嘴。

王疤瘌知道刘小春又发现下手的目标了，就陪着她跟上了王秀兰。在卖首饰的柜台前，刘小春趁王秀兰看首饰之机，在王疤瘌的掩护下，用刀片划开了王秀兰的包，迅速从包里夹出了钱包。王秀兰丝毫没有察觉。

刘小春得手以后，挽着王疤瘌从容地走出了商店。就这么简单，这位女警察的钱包就进了小偷的兜里。

出了商店，王疤瘌大赞刘小春这手抹子活儿真绝。刘小春很得意，自称用这招儿从来没失过手。

王疤瘌说她是没遇上那姓许的警察，遇上他恐怕也得戴上手铐。

刘小春不服气，觉得王疤瘌是让那姓许的给抓怕了，她要遇上那姓许的，一定好好地耍耍他。

王疤瘌劝刘小春千万别小看那姓许的警察，他手下的人，让那警察送进大牢的就有十多个，包括自己也让那警察送进去三次。

说来也巧，就在王疤瘌和刘小春谈论许建中的时候，许建中也来到商店买东西。他迎面向王疤瘌和刘小春这边走来。王疤瘌一眼看见了许建中，吓得他浑身一哆嗦，急忙把刘小春搂住，背对着许建中在树下与刘小春接吻。

许建中看见路边有一对男女接吻，反感地把头扭向一边。王疤瘌等许建中走远了才放开刘小春，心有余悸地长吁了一口气。

刘小春莫名其妙地问王疤瘌，怎么了？脸都白了，遇见鬼啦？

王疤瘌说遇见克星了，那姓许的刚从旁边过去，悬呀。

刘小春心想这事有点儿邪性，怕谁遇见谁。

王疤瘌埋怨刘小春，都是她念叨的，要不念叨那警察也不会来。

刘小春冷哼一声，心想哪天我再会会这个警察，让他见识见识老娘的手段。她对王疤瘌惧怕的这位警察，打心眼儿里不服。王疤瘌劝刘小春离那警察远点儿，别让他找上就算幸运。这警察神出鬼没，说不定什么时候就把手铐给你戴上。刘小春问王疤瘌，他睡觉老做噩梦，是不是梦里遇见那警察了？看来不除了那警察他是没法儿活了。王疤瘌被刘小春说到了痛处，心想，只要那姓许的警察在，自己就永远有做不完的噩梦。

许建中是小偷们的噩梦，是一个不可战胜的警察。可每当他回到家的时候，就是尽职尽责的丈夫和父亲。他回家就忙着做饭，还要帮姚晨曲看孩子，总是认认真真地干，像受过专业训练一样在行。他对姚晨曲说，队里的同志都说他跟上了弦似的，上班下班都急急忙忙的。但他自我感觉良好，受累也愿意，现在下班就想着俩字"回家"，就想早点儿见到小姚和两个宝贝女儿。

姚晨曲也觉得许建中是个家庭观念非常强的男人。她过去以为像许建中这种面对枪口都不眨眼的人，应该是事业型的男人，是愿意干一番事业的人。可许建中不是这种人，在他的心里，占第一位的是妻子和孩子，然后才是其他的东西。姚晨曲觉得对于一个男人来说整天顾着家太难做到了，担心自己拖累了许建中。但她心里也希望许建中能经常陪伴在她身边，她需要他。事实上，许建中成家以后并没有影响工作,他抓的小偷反而比以前多了。这和心气儿也有关系,现在心气儿足,眼睛也好使,只要小偷遇上他,准逃不过去。

许建中晚上要起来给孩子热奶,影响他的睡眠。上班有时候就打瞌睡。这天处里开会,传达文件,他的两个眼皮就开始打架。王秀兰特别注意许建中的表现,她看见许建中哈欠连天,讥讽道:"你上班像条虫,下班像条龙。"

许建中确实迷迷糊糊,说那俩宝贝姑娘夜里老闹。

王秀兰说她对许建中这些打扒的有意见,现在小偷越来越多。昨天她上百货商场买东西,挎包愣让小偷给划了个大口子,钱包也让小偷偷走了,丢了500块钱。

许建中半信半疑,心想王秀兰当了这么多年警察,怎么会让小偷偷了?王秀兰说她没防备,这小偷的手也太快了。她让许建中抓了小偷以后想办法把她的钱要回来,许建中答应一定想着她这事。

旁边的陈强盛听了王秀兰的话,高兴地笑了,向王秀兰道:"呦,您也丢钱包?这小偷可真不长眼,怎么连警察也偷呀?拿警察当傻瓜呀?"

王秀兰一听这不是骂我是傻瓜吗,气得瞪了陈强盛一眼道:"你少幸灾乐祸啊,这回你可得意了。"

陈强盛假装正经地对王秀兰说:"这你可就说错了,我可不是幸灾乐祸,我是痛心呀。我们的打扒工作没做好,让小偷这么欺负人民警察。世界上居然有这样的事——小偷抓警察。"

王秀兰气得直翻白眼,知道陈强盛是成心气她,可还没辙,论嘴皮子她斗不过陈强盛,赌气躲开他,出门走了。

李小雄在一边解恨地对陈强盛说:"该!叫她平常老看不起咱们打扒的,这回遭报应了吧?"

陈强盛也幸灾乐祸地说:"这小偷,怎么只偷了她500块钱?这也不解决什么问题呀。"

"对呀,这也不解恨呀。"李小雄和陈强盛一唱一和。

许建中对王秀兰没有成见，反对陈强盛时不时就和王秀兰对着干。他对陈强盛和李小雄说："你们俩怎么了？人家丢了钱包，你们倒幸灾乐祸，不像话。明天想办法帮她把钱包找回来。"

陈强盛翻着白眼道："找回来？哎呀，忙啊。"

"哎呀，没时间呀。"李小雄也说。

陈强盛说："让她等一年吧。"

"等两年也行。"李小雄应和着。

许建中知道这俩人跟王秀兰不对付，指着他们帮王秀兰找回钱包是不可能了，只能自己找机会帮帮王秀兰。实际上，有时候群众的钱包被偷了，及时报案，警察抓了小偷一核对情况，把丢的钱找回来还是可能的。

许建中对王秀兰从来没有恶意，他的处世原则是与人为善。可王秀兰却抓住许建中的毛病，及时向处长反映。她找到处长，说让许建中这样的人当先进她有意见，人家都说他上班像条虫，下班像条龙。他一到政治学习就睡觉，就算他家务事多，可也不能影响学习呀。再说谁家里没事呀，都上班睡觉行吗？

处长认真地听着，一言不发。他了解许建中，他是个出色的侦查员，不可能像条虫。如果他像条虫，天下的小偷还不都反了天了？许建中肯定是累的，他家务负担重，打扒工作又辛苦，这样长期下去，身体弄不好会垮了，这不是小事，抽空儿得关心关心他。

王秀兰的针没扎成，但她不甘心，想着多给许建中凑点儿材料，只是开会打瞌睡处长肯定不会重视，得找点儿有说服力的东西。

崔颖要去广州出差，李小雄来火车站送她。离进站还有一段时间，两人就在候车室的长椅上聊天。崔颖嘱咐李小雄，她去广州这段时间不许找别的女人解闷儿。李小雄撇一下嘴，说他不是崔颖交的那种大款，朝三暮四。

崔颖在李小雄面前很有自信心，知道李小雄不会背着她去找别的女人。她向李小雄保证,她回来就给他调工作,调完工作就结婚,然后就搂着小雄在他脸上吻了一下。李小雄揽着崔颖,刚要吻她,忽然看见一个从旁边走过的中年人背的挎包上有个划开的大口子。他惊奇地起身问这中年人他的包什么时候被人划的。中年人向李小雄苦笑着说,也就是几分钟前,他在那儿看了会儿车次表,包就让人给划了,三千块钱全没了。这小偷多可气,他真是倒霉。

  李小雄仔细看了看那被划开的包,问那中年人看车次表的时候旁边有什么人。中年人想了想说旁边就一个漂亮姑娘,也在看车次表。李小雄一想八成是个女贼,忙问那姑娘长什么样、穿什么衣服。中年人说她是大眼睛,脸抹得白白的,嘴角上有颗痦子,穿花上衣、超短裙。

  李小雄让崔颖先在这儿等会儿,自己去找找这个女贼。崔颖知道李小雄的职业病又犯了,拦也拦不住,嘱咐他快点儿回来。

  李小雄来到售票室里四处巡视,在离售票窗口不远的地方发现了一个穿超短裙的姑娘,这姑娘正是王疤瘌的情妇刘小春。此时刘小春正拿着化妆镜涂口红,从化妆镜里发现李小雄在用一种特殊的目光盯着她,凭她的经验,这人一定是个警察。她冷冷一笑,收起了小镜子,心想今天要斗斗这个警察,戏弄他一下。

  李小雄一去不回,到了进站的时候,崔颖只好自己进站。她心里有气,心想,这臭警察,追上别的女人就把她忘了。

  刘小春知道李小雄在盯着她,从容地走出车站,进了女厕所。

  李小雄在离女厕所不远的地方,看着女厕所的门,想等这女贼下手的时候抓她一个人赃俱获。可这时离崔颖上车的时间已经很近了,女贼似乎是便秘,就是不出来,李小雄不免有些焦急。

  崔颖等不及李小雄回来,自己上了车。在火车上她从车窗里向外看,希望能看见李小雄的身影,可直到开车也没看见李小雄。她有些恼了,心想回来再跟他算账。没有这样的,把女朋友扔在车站上,自己跑去抓小偷,还是个女小偷,这太不可饶恕了。

李小雄在厕所外等得心焦，似乎感到有些不对劲儿。他拦住一个过路的女青年，请她帮帮忙，说他和爱人走散了，请她帮忙进女厕所看看，那里面有没有一个穿花上衣、超短裙的女士。女青年还真乐于助人，进了女厕所查看，一会儿就出来了，说厕所里没人。李小雄不信，女青年说不信你自己进去看吧，然后就走了。

　　李小雄站在那里直发呆，他明白了，那女贼在厕所里化了装，早从他眼皮底下溜了。真是个厉害的女贼，耍他个瓷实。这会儿他才想起崔颖还在候车室，一看表已经到了开车的时候，赶紧大步跑到站台上，但火车已经开走了。他望着空空的站台，不禁长叹一声，心想今天背透了，不但没抓到女贼，还把崔颖给得罪了，崔颖回来准跟他没完。

　　李小雄回到公安局，向陈强盛和许建中说了遇上女贼的事。他回忆了一下当时的情景，看见一个老太太出了厕所，可没注意，估计那就是化了装的女贼。她化装很专业，他愣没看出来。

　　陈强盛觉得这事太滑稽了，对李小雄道："听了你的遭遇实在让人同情，一个打扒多年的警察，居然让一个女贼耍得一愣一愣的，太悲惨了。我估计你是看那女人太漂亮，见异思迁了，结果弄了个鸡飞蛋打。别这样嘛，女朋友有一个就得了，别追了这个追那个，太累。"

　　李小雄听了陈强盛的讥讽实在不服气，心想哪天非把那女贼抓来，看你还有什么可说的。

　　许建中让李小雄记住这女贼的长相，来日方长，她早晚会栽在他们手里。

　　李小雄心里撮火，发誓跟这女贼没完，非掐住她不可。

　　李小雄的牛劲上来了，第二天又到火车站找那女贼。他走进候车室转了一圈，这时有两个流浪儿过来端着盘子向他乞讨。他看了看这两个流浪儿，并没有掏钱给他们，低头问流浪儿是从什么地方来的。流浪儿说他们是从河南来的，是他们的父母带他们来的。这两个孩子一个十岁，一个八岁。李小雄对两个流浪儿动了恻隐之心，问他们不在家上学，到北京干什么。流浪儿说他们那儿闹了水灾，父母就上北京找活儿干来了，挣了钱就回家让他们上学。可他们的父母还没找到工作，在马路边等着呢，他们就出来乞讨。

李小雄叹了口气，从兜里掏出 20 块钱，给了两个流浪儿一人十块钱，让他们在火车站里帮着找一个女人，20 多岁，穿超短裙，嘴角上有颗痦子，找到以后再奖励 50 块钱。他还拿出两张纸，写了自己的手机号，让他们找到了就给他打电话，就说女朋友找到了。

两个流浪儿一听能挣这么多钱，高高兴兴地帮李小雄找"女朋友"去了。

李小雄在候车室转了一圈，没见到那个女贼，又向站外走。他来到汽车站等车，一辆汽车进站，车门一开，一个时髦女郎走下车，香味扑面而来。李小雄看了那时髦女郎一眼，耸了一下鼻子，心想，好香啊，这姑娘八成是抹了半斤香水。

李小雄上了公共汽车，此时有一个日本留学生在车上准备投币，他一掏书包，发现书包里的钱包没了，惊得大叫道："我的钱包没了！"他再看那旅行包，上面被划了个半尺长的大口子。

售票员问他的包什么时候被划的，他也说不清楚，急得要哭，说他那钱包里的钱是准备买机票回日本的。他留学来北京，已经三年没回家了。

李小雄一看车上出事了，就挤到日本留学生身边，问他刚才身边有什么人。留学生说有个小姐，很时髦的小姐。李小雄立刻想到刚才他上车的时候遇到的那个身上抹了半斤香水的小姐，忙问留学生那小姐是不是穿一身黑色连衣裙，身上抹得挺香。留学生点头说是，她穿黑色连衣裙，身上可香了。

李小雄让留学生赶快下车，到公安局报案。可留学生摇摇头说报案也没什么用，警察不会管。他听说中国警察破案率很低，这样的案子在日本也经常发生，根本破不了，报案也是瞎耽误时间。

李小雄听了有些撮火，心想这是中国，不是日本。日本警察破不了的案子，中国警察不一定破不了。售票员也劝留学生还是去报案，没准儿警察抓了那小偷，他的钱还能追回来呢。

这时汽车到站了，李小雄快步下了车。过了马路，又上了向回开的公共汽车。他知道那时髦女郎在火车站下的车，估计是到车站里找活儿去了。他来到火车站，四下寻找那个时髦女郎。

这时两个流浪儿走来，李小雄向他们招招手，让他们俩过来。他向两个流浪儿说："你们俩先帮我找一个小姐，她穿黑色连衣裙，身上特香。找到她就到进站口找我，我再给你们一人十块钱。"

两个流浪儿高兴地答应一声，拉着手跑进车站。

李小雄来到车站的进口处观察出入站口的旅客，并没有发现那个时髦的小姐。半个小时以后，两个流浪儿跑到李小雄跟前，说找到他要找的小姐了，她在候车室里，穿一身黑，身上可香啦。

李小雄精神一振，心说这俩孩子还真管用。他让这俩孩子带他去，两个流浪儿引着李小雄来到候车室，那个时髦女郎果然正在候车室里闲逛。李小雄不禁深吸了一口气，觉得非常香，就冲这味儿也没认错人。他拿出20块钱，给了两个流浪儿，让他们接着找那个脸上有痦子的小姐。两个流浪儿举着钱高高兴兴地走了。

李小雄暗中盯上了那个时髦女郎，暗想，哼，有本事你也躲女厕所里去。时髦女郎挤进了排队进站的人流，李小雄紧跟在她身后。时髦女郎在人群中发现一个老太太背着个挎包，手里拉着个小孩儿。时髦女郎四下扫了一眼，用手夹着个小刀片，一下就把老太太的挎包给划开了一个大口子，然后伸手去夹挎包里的钱包。就在这时，李小雄一步扑上来，一把抓住了时髦女郎的手，厉声说："别动！我盯你半天了！"

时髦女郎惊得浑身一哆嗦，眼睛瞪得大大的，呆住了。人群一阵骚乱，老太太看着自己的包说："呦——我的包！我的包给划了个大口子！"

李小雄掏出手铐给时髦女郎铐上。

群众议论纷纷:"看着挺漂亮的,没想到是个小偷。"

"女小偷,女贼!穿得还挺时髦的。"

时髦女郎羞愧地低着头,跟着李小雄向外走。

在公安局预审室,女贼面对预审员和李小雄已经没了时髦女郎所特有的傲慢,她很羞愧,说自己是头一次干,请警察饶了她这一回,千万别跟她的家人说,不然今后就没法儿做人了。预审员反问这女贼,人有脸树有皮,知道不好看为什么还干这种事?预审员答应不通知她的家人,前提是认错态度好,如实交代自己的问题。女贼一听赶紧认罪。

民警问她认不认识一个脸上有个痦子常在公共汽车上和火车站割包的女人。女贼一听说脸上有个痦子,立刻说不认识这个人,但知道这个女人。她不常来车站,多数时间在西单,在西单见过她几次,这女人干活儿一般身边有帮忙的。

李小雄一听这脸上有痦子的女人常去西单,心想不妨到西单去碰碰运气。

星期天,李小雄来到西城公安分局刑警队,找到警校的老同学小曹,非让他帮着抓那女贼。小曹对女贼有些不屑一顾,他见的贼多了,不在乎这一个半个的。老同学见面应该先去喝二两,抓女贼不用着急。可李小雄有点儿犟,非说抓了女贼再喝酒。这个女贼不除,心里是块病,他让这女贼给耍了,这口气出不了心里别扭。

小曹心想我在西单打扒也一年了,没听说有个女贼呀,李小雄也太较真儿了,大星期天的,陪崔颖逛公园多好,非跑到这儿来抓贼,真是一根筋。但小曹拿李小雄这个犟种没辙,只得依着他。

西单大街上人来人往,小曹边陪李小雄边在人群中搜寻女贼,边叨叨个不停:"我发觉咱俩都有病,这不是大海里捞针吗?西单这么大,上哪儿找她去?"

李小雄叹了口气说:"唉,今天要是碰不上,就由你抓她,不过我今天还要找找她。"

"嘿,我说你真累,有病,有大病。咱俩一年没见了,一块儿喝点儿多好,我们这儿有一家饺子馆特棒。"小曹道。

"抓住这个女贼,我请你吃烤鸭。"李小雄道。他问小曹,他们这儿什么地方最乱,小曹说卖服装那儿什么时候都乱。于是二人就来到卖服装的地方。

在一个卖服装的柜台前,李小雄和小曹在人群外观察。柜台前,有个戴墨镜的姑娘引起了小曹的注意,他轻轻碰了李小雄一下说:"哎,你看那戴墨镜的女孩儿,脸上是不是有颗痦子?"

李小雄看了看那姑娘,她脸上是有颗痦子,长得还真有点儿像那女贼,但他记不得她那痦子是长在左边还是右边了,不过她这脸形和这白劲儿有点儿像,只是她戴着墨镜看不清楚。小曹耸了耸肩,觉得他这烤鸭悬了,李小雄连那女贼的模样都没记清楚,这怎么抓?

戴墨镜的姑娘出了商店,李小雄和小曹不远不近地跟着她。戴墨镜的姑娘似是察觉有两个小伙子在后面一直跟着她,停了下来,后面的李小雄和小曹也停下来。姑娘在公共汽车站等车,李小雄和小曹也等车。车来了,姑娘故意没上车,李小雄和小曹也没上车。姑娘斜眼看了看身后的两个小伙子,大步向南走去,而且越走越快,李小雄和小曹也快步跟着姑娘。姑娘来到一个巡警岗亭前,拉开岗亭的门钻了进去,在后面跟着的李小雄和小曹都愣了。

这时有一个巡警从岗亭里走出来。

巡警一看小曹,不由得笑道:"嗨,是你呀。我说小曹,有个姑娘说你在后面跟踪她有半个小时了,你小子打的什么主意呀?"

这时戴墨镜的姑娘从岗亭里出来,她摘下墨镜,指着李小雄和小曹说:"就是他们俩。"

小曹问李小雄道:"是她吗?"李小雄仔细看了看那姑娘,不禁摇摇头。小曹耸耸肩道:"得,烤鸭吃不成了,还得给人家道歉。"他上前向那姑娘说,"对不起小姐,我们认错人了。"

巡警乐呵呵地对小曹说:"我说小曹,你这可不对,你一个人谈几个女朋友,还在街上追女孩子,我得上你们队长那儿扎你的针去。"

那姑娘看看小曹又看看巡警道:"你们认识?"

巡警说:"对,他是我们刑警队有名的坏小子,专门追女孩子,你可得上他们领导那儿告他去。"

"去你大爷的,你才成天追女孩子呢。"小曹骂了那巡警一句。

李小雄忙向那姑娘解释道:"对不起小姐,我们追一个割包的小偷,可是没看准……真对不起。"

姑娘笑了:"有意思,您说我长得像小偷?"

李小雄忙解释道:"不是不是。我们追的那个小偷正好脸上有个痦子,你戴个墨镜我们没看清楚,就跟上你了。"

姑娘大度地说:"我说你们怎么老跟着我,可把我吓坏了。"

李小雄连连道歉道:"真对不起,让你受惊了。"

姑娘说:"没事,没事,我理解警察,你们抓小偷是好事。"

小曹笑着说:"我们今天算遇上好人了,这年头儿还有人说理解警察,太少见了,我得给你鞠躬。"说着就给姑娘鞠了个躬。姑娘笑着忙摆手。

小曹对抓女贼没了信心,向李小雄说今天是不是就到这儿,追这姑娘追得他实在太累了,也没情绪了。

李小雄有点儿沮丧,受了刺激,也不想再找了。这时姑娘说没事儿,然后就走了。李小雄一问她去崇文门,正好与她同路,就和她一同上了公共汽车。他向姑娘做了自我介绍,姑娘也自我介绍说她叫黄雅琴,是120路汽车的售票员。李小雄说他们是同行,都是在公共汽车上干活儿,他是公安局打扒的。黄雅琴见过警察在公共汽车上抓小偷,觉得他们挺辛苦。李小雄向黄雅琴诉苦,他为了追一个女贼,已经两个星期天没休息了。追了这么长时间,也没抓到。

黄雅琴有些好奇,问李小雄,那女贼是不是真的长得像她?李小雄说是有点儿像,不过那女贼长得虽然漂亮,但妖里妖气,一看就不像好人。她专门在火车站和西单割人包。

黄雅琴说她的车老拉火车站的乘客,要发现了这个女贼就告诉李小雄。李小雄一听当然高兴,又仔细向黄雅琴描述了一下那女贼的相貌,还给她留了手机号,让她看见这个女贼就给他打电话。他对这姑娘印象不错,觉得她不但长得秀气,而且通情达理,还挺热情。

在汽车上丢钱包的日本留学生来到许建中的办公室报案,这时候他丢的东西已经被李小雄交到了许建中的手里。这留学生说是怕星期六、星期天公安机关休息,就星期一来了。李小雄看着日本留学生,脸上泛起一丝不易察觉的冷笑,他把日本留学生的钱包放在他的面前,日本留学生一看不禁愣了:这确实是他那个钱包,怎么到了警察的手里?中国警察也太厉害了。

李小雄冷笑着说,中国警察的破案率可没他们日本人高,但是找个钱包还不算什么。他把钱包放到日本留学生手上,让他点点钱,看看少了没有。

日本留学生拿过钱包,打开数了数里面的钱,激动得直说日本话,那意思大概是说,真是神了,中国警察真是神了!说着还一个劲儿地给李小雄和许建中鞠躬。

许建中嘱咐他下次一定要小心,出了事要早报案。日本留学生千恩万谢地走了。李小雄这时心里才找到了点儿平衡,最近遇到的晦气事实在太多,难得让他出一口气。

崔颖从广州打来电话,说她后天下午到北京,让李小雄去车站接她。李小雄赶紧向她解释,说上次他去追那女贼,女贼躲进女厕所不出来,所以就耽误了,等他到站台上车已经开了。这回他早早去车站接崔颖,一定不会晚。崔颖问他想不想她,李小雄看陈强盛在边上,不敢说太亲热的话,只低声说了句:"想。"但还是让陈强盛听到了。

陈强盛怪声怪气地说:"哎呀呀,真是千里相思呀,这回你的相思病就要好喽,不用满大街去追女贼喽。"

李小雄放下电话道:"你这人没劲,这女贼要是让你遇上,你抓不抓?我满大街追女贼,那是她撞我枪口上了。"

陈强盛说:"行啦,别解释啦,我怎么就遇不上女贼呀?这就是没缘分。你赶紧理理发,换换衣服,早早上火车站等崔颖去吧,可别再耽误了。这可是终身大事,耽误了可要跪搓衣板啦。最好别遇上那勾引你进厕所的女贼,遇上她你还得误了接站。"

李小雄不服气,心说,再遇上她,就是钻地缝里,我也把她揪出来!

这天李小雄穿得干干净净来到火车站接崔颖,刚到火车站,黄雅琴给他打手机,说他找的女人在火车站下了车。李小雄谢过了黄雅琴,心想,嘿,这事巧了,冤家路窄呀。又一想,黄雅琴是不是看错人了?八成是诈和,等会儿接了崔颖再说。他继续在站台上等火车。片刻,他的手机又响了,是那两个流浪儿打来的,说他的"女朋友"来了,她在售票处。李小雄心说,这俩小孩儿也看见这个女贼了,看来她是真来了。这女贼怎么偏偏这会儿来呀?可气,真让陈强盛这坏蛋说着了。他看看表,时间还早,心想我给你来个速战速决,抓贼接站两不耽误。想到这儿,他快步向售票处跑去。

李小雄找到两个流浪儿,跟着他们进了售票处。两个流浪儿抬手一指,李小雄发现脸上有痦子的女贼果然在售票处的车次表下,不禁眼睛一亮,确认是那个女贼没错,上次她逃进了厕所,这回绝对不能再让她跑了。他给了两个流浪儿一人50块钱,让他们拿着回去交学费。两个流浪儿欢天喜地地走了。

李小雄隐身在人群后面,盯着女贼,这女贼还真是王疤瘌的情妇刘小春。李小雄这一盯刘小春,就把接崔颖的事给忘了。

火车进了站,崔颖从车窗里向外看,站台上没有李小雄的身影。她恼了,心想,这臭警察,敢不来接我?她拿出手机给李小雄打电话，可李小雄因为怕抓小偷时暴露目标，把手机关了。崔颖打不通李小雄的手机，更生气了，心想你敢躲着我，看我怎么跟你算账。

此时李小雄正盯着刘小春呢，他眼睛里射出的光异常犀利，如同鹰鹫盯上了老鼠。刘小春和两个小伙子在一起，她拿出化妆镜，从镜子里寻找扒窃的目标。她发现一个旅客从一个皮包里拿出钱买票，又把一沓钱放回皮包里。她放下小镜子与两个同伙贴上了那个旅客。

李小雄看到刘小春用刀片划旅客皮包的一瞬间，突然冲上去，一把抓住了刘小春的手喝道："别动！这回你还往哪儿跑！"

刘小春一看是上次追她那个警察，眼珠一转，撒赖地尖叫："救命——有人耍流氓！"她的两个同伙上来就打李小雄。李小雄匆忙招架，三个人打成一团。

刘小春尖叫道："打流氓啊！抓流氓啊！"她趁乱溜出了售票厅。

在场的群众不明真相，有的向李小雄打冷拳，有的还用汽水瓶砸他。李小雄左右招架，来不及申辩。这时有几个民警赶来，双方才住了手。李小雄忙亮出工作证，自我介绍是公安局的，和他动手的两个人是扒手。他四下寻找刘小春，却不见她的人影。

崔颖提着包一脸怒气地往外走，琢磨着回去非和李小雄算总账。这时一个人挡住了她的去路，她抬头一看，是马征。

马征笑吟吟地看着崔颖说："欢迎崔小姐归来。"

崔颖愣了，问道："呦，是你呀，你怎么在这儿？"

马征笑着说："来接你呀。"

崔颖说："你怎么知道我今天回来？"

马征嬉皮笑脸地说："我想你啦，三天两头去葛经理那儿打听。你不会在意我的单相思吧？"说着接过崔颖的提包，"我送你回家。"

崔颖四下看了看，还不见李小雄的影子，只得失望地跟着马征走出车站，上了他的汽车。

马征把崔颖送到家，提出晚上请她吃西餐，给她接风。崔颖因为李小雄没去接她，心里有点儿烦，想了想说看情况再定，她有点儿累。马征说下午再跟她联系,看她休息得怎么样,然后再定。

崔颖一进家门,第一件事就是给公安局打电话找李小雄,接电话的是陈强盛。崔颖一听是陈强盛更火了,说今天她够倒霉的了,又赶上他接电话,还得倒霉。

陈强盛坏笑着说:"你遭遇什么不幸了?是不是丢钱包了?"

"你讨厌,你才丢钱包了呢。我不理你,你给我把小雄叫来!"崔颖怒道。

陈强盛心想李小雄又出什么事了,怎么没去接他这位亲爱的?他向崔颖说李小雄早早就到火车站去了,起码提前了两个小时。可崔颖不信,说根本没见到李小雄的人影。

陈强盛纳闷,这俩人是不是走岔了?不会呀,李小雄当了这么多年警察,还能找不到崔颖?又一想,坏了,李小雄没准儿又遇上那个女贼了。他成心想跟崔颖斗嘴,说李小雄可能是到火车站看美女去了,那儿美女太多,结果把接崔颖的事给忘了。

崔颖气得狠狠地挂上了电话。

在车站派出所里,刘小春的两个同伙向民警大声喊冤,说警察可不能冤枉好人,他们是见义勇为,怎么成小偷的同伙了?他们是听见有人喊抓流氓才过来帮忙的,真不认识那女的。警察得为见义勇为的人主持公道,要不然就没人敢见义勇为了。民警知道这两个臭小子绝不是什么见义勇为的,准是那女贼的同伙,可没有抓到他们的证据,能把他们怎么着?李小雄也是有苦难言,让民警放了这两个臭小子,将来有机会再和他们算账。民警只得放人,可还要敲打敲打他们,指着他们的鼻子说:"是怎么回事你们心里最清楚,别得了便宜卖乖,下次再犯到警察手里,可就别想出去了,新账老账一块儿算!"

一个扒手还信誓旦旦地说:"我们真是冤枉。"

民警眼一瞪说:"少废话!快滚!"两个扒手赶紧跑出了派出所。

两个扒手回去向王疤癞、刘小春一说,王疤癞和刘小春都哈哈大笑。刘小春得意地说："那个倒霉警察,让我耍了两次,指不定怎么恨我呢。"

王疤瘌劝刘小春以后不要再到火车站去了,那警察可能还到火车站等她。刘小春有些得意忘形,心想下次要是再遇到这个警察,就叫他一声亲爱的。

李小雄回去把遇上女贼的事向许建中和陈强盛说了,陈强盛笑得直捂肚子,点着李小雄的鼻子道："我说什么来着,我还嘱咐你别在接崔颖的时候遇到那女贼,可你偏偏和她有缘。这下坏了吧,鸡飞蛋打了吧。"

李小雄长吁短叹,说崔颖又生气了,给她打电话,她拿起电话就挂了。

陈强盛大笑,说："崔颖上午来电话找你。我和她聊了两句,她对我说了这两个字:讨厌!"

许建中埋怨陈强盛,准是他和崔颖斗嘴来着,崔颖本来就有火,他还火上浇油。

陈强盛笑着说："不是,我是火上浇水。我说李小雄提前仨钟头就到车站等她了,整个儿一个傻老婆等汉子。"

李小雄气得哭笑不得。

许建中认为李小雄最近运气真是不好,事事不顺,两次吃那女贼的亏,还都得罪了崔颖。这事有点儿倒霉,得跟崔颖好好说说,不行再让小姚找找崔颖。李小雄也觉得这事太巧了,两次去车站,一接一送,都遇上那女贼,跟崔颖都不好意思解释。陈强盛劝他要有点儿骨气,别那么怕崔颖。老这么让着她,太没出息,早晚得栽在女人手里。

李小雄知道自己在崔颖面前没地位,找不出话反驳陈强盛,气得干瞪眼。许建中让李小雄下班早点儿走,晚上请崔颖吃顿饭,说点儿好听的,事情说清楚就完了。

陈强盛说："对,请她吃拔丝山药,那叫谁也离不开谁。请她吃糖醋苦瓜，那叫品味生活的酸甜苦辣。"

李小雄气恼地说："我请她吃你的肉！她准爱吃！"

"啊？我的后臀尖——悬了！"陈强盛捂住自己的屁股道。

傍晚，李小雄来到崔颖家门口敲门，崔颖就是不开门。李小雄隔着门向崔颖解释，说是因为抓那女贼，把接她的事给耽误了，其实他早早就去了车站。崔颖在门里拿腔拿调地说："你甭来找我，你抓小偷去吧。小偷比我重要得多，我算什么呀。"

李小雄恳求道："崔颖，你把门打开好不好？你就让我在门口站着？"

崔颖说："我可没请您来门口站着，你是自己来的。你不愿意在门口站着，可以走呀，谁也没留你。"

李小雄忍着气说："咱们能不能心平气和地谈谈？你听我解释解释好不好？"

崔颖还是不开门，说："我这不是在听吗？送我的时候你去抓小偷，把我扔车站上不管了。我回来的时候你又抓小偷去了，让我在车站上傻等。怎么那么多小偷，都让你赶上了？你把我放在什么位置？你还有什么可解释的？"

李小雄长吁短叹道："唉，这事都赶一块儿去了。我真不是有意把你扔车站上，这事……唉，我说什么你也不会相信，这事是我不对，希望你能原谅我。咱们出去吃饭好不好，就算我给你赔礼。"

崔颖说："我没胃口，气都气饱了。"

李小雄无奈地说："那你先休息吧，我不打扰你了。"说着低头向外走，可他并没走远，而是坐在距崔颖家门口不远的花坛边，看着崔颖的家门发愣。

片刻，马征的车来到崔颖家门口。马征在车上按了两下喇叭，崔颖穿得十分时髦，高高兴兴地走了出来，向车里的马征说："你还挺准时。"

马征道:"那当然,这得看是接谁呀。"

李小雄看着崔颖上了马征的车,一下呆住了,心里像打翻了五味瓶,既生崔颖的气,又恨接崔颖的那个男人。马征的车启动以后,他跑到马路上拦了一辆出租车,向马征的车追去。

马征和崔颖来到三里屯的一家西餐厅,马征请崔颖喝红酒。崔颖与马征碰杯,说要不是马征陪她,今天她连饭都不想吃了。马征问为什么,崔颖说因为男朋友,一提他就烦。

李小雄坐在离马征和崔颖不远的一个角落里,拿着一扎啤酒,边喝边斜眼看着马征,眼睛里充满了敌意。他心想,这小子肯定在打崔颖的主意,现在一定对崔颖花言巧语。他烦恼地一口就喝完了酒,没有半个小时,三扎啤酒进去了。

深夜,西餐厅门口霓虹灯闪着迷人的光亮,崔颖醉眼迷离地挽着马征从西餐厅出来,二人亲亲热热,忽然迎面撞上了李小雄。只见李小雄瞪着马征,双目喷火。

崔颖吃惊道:"李小雄!你来干什么?"

李小雄也不说话,还是看着马征。

马征先是一愣,旋即尴尬地笑了笑道:"这位是……"

崔颖淡淡地说:"他是我的男朋友。"

马征向李小雄干笑一下道:"你好。"

李小雄二话不说,上前就是一拳,正打在马征腮帮上,打得马征四脚朝天摔倒在地。

崔颖惊叫一声拦住李小雄,大声说:"李小雄!你为什么打人!"

李小雄仍然不说话,还是盯着马征。马征从地上爬起来,捂着腮帮说:"你……你打人。"

李小雄向前走了一步,还想打马征,马征吓得直往后退。

崔颖使劲向后推李小雄道:"你干什么!你喝多了?"

李小雄推开崔颖,步步逼近马征,马征恐惧地步步后退。崔颖抓住李小雄的胳膊,向他大叫:"你再敢打人,我上你们单位告你去!"李小雄根本不看崔颖,仍然盯着马征。

崔颖见李小雄两眼血红,一身酒气,忙向马征喊道:"你快走!他喝醉了!"

马征捂着脸边后退边叨叨:"太粗野了,我不和你一般见识!"他赶紧退到车前,打开车门钻进去,启动车跑了。

崔颖见马征跑了,向李小雄大叫道:"李小雄,你太没修养了!一点儿没有绅士风度!简直是野人!"

李小雄见马征逃走了,看着他那车的背影,似哭似笑地说:"哈哈,孬种!"

崔颖咬牙切齿地对李小雄喊道:"好,李小雄,你就这样下去吧。咱俩没什么可谈的了,一刀两断!"

李小雄看着远处的霓虹灯,一句话也不说。

崔颖指着李小雄说:"瞧你这倒霉样!你以为会打人就了不起呀!你以为打人是英雄呀!我告你一状你就丢饭碗!这事咱们没完!"

李小雄仍不说话,任崔颖怎么向他嚷嚷,也不看她一眼。

崔颖气恼地一甩手道:"好,咱们以后谁也不认识谁!"掉头走向马路,拦了一辆出租车,扬长而去。

李小雄看着崔颖的背影,比哭还难看地笑了笑,眼睛里有无尽的痛苦。虽然今天捶了马征两下,但心里这口恶气还是没出,更觉得郁闷了。

第十三章　有情无缘

　　李小雄打了马征以后还想挽救和崔颖的关系，就主动到崔颖家来给她道歉。

　　崔颖开门一看是李小雄，脸色立刻就变了，挡着门不让他进去，冷冷地说："你来干什么？是不是也想给我一拳？"

　　李小雄垂着头近似低三下四地向崔颖道："上次我喝多了，请你原谅。当时我火气太大了。"

　　崔颖没有原谅李小雄的意思："咱们已经一刀两断了，你也不用解释了。"

　　李小雄实在舍不得和崔颖分手，说道："崔颖，你不要这么无情无义，应该珍惜咱们之间的感情。"

　　崔颖把头扭向一边，冷笑着说："你我之间已经没有感情可谈了，你没有资格跟我说'感情'二字。你自己应该想想，是不是珍惜感情。打人的事，算是你喝多了，情有可原。可你三番五次把我扔车站上，这能叫珍惜感情？"

　　李小雄知道自己理亏，还想向崔颖解释，可崔颖不耐烦地说："你又来解释你追女贼她躲进了女厕所？算了吧，下次你再来，我也躲进女厕所啦！"说完狠狠地关上了门。

　　李小雄知道一切都完了，面对眼前这道关着的门，久久不愿离去……

　　李小雄心情很沉重，也很空虚，忽然想到上次黄雅琴给他提供女贼的情况，还没有谢谢她，于是他来到120路公共汽车总站，向黄雅琴道谢。

见到黄雅琴，李小雄一脸沮丧，把他和那女贼的帮手打架的事说了。黄雅琴觉得李小雄真够倒霉的，就安慰他，等那女贼下次到火车站，她再给李小雄打电话。李小雄一个劲儿摇头叹气，断定这女贼不会再到火车站来了。

黄雅琴看出李小雄有些沮丧，问他是不是因为没抓到这个女贼，心里烦。李小雄本不愿意把自己的心事向别人说，可不知道为什么，见了黄雅琴就想和她说，就把他那天因为抓这女贼耽误接站的事说了。他向黄雅琴诉苦，就因为抓这女贼居然和谈了多年的女朋友分手了，真是赔了夫人又折兵。

黄雅琴听了很同情李小雄："你的女朋友也许不理解警察，警察的工作就是这样的，说走就走，失约应该是正常的。她不应该就为这点儿事和你分手。"

李小雄听黄雅琴这么说，心里多少舒服点儿，心想黄雅琴倒是挺理解警察的，问她："你是不是也找了个当警察的男朋友？"

黄雅琴笑了："我还没找男朋友呢，我才20岁，找男朋友还太早了点儿。"

李小雄心想这姑娘才20岁，还是小姑娘呢。她将来要是找个警察，这警察一定是个特有福气的人。他问黄雅琴道："你愿不愿意找个警察？"

黄雅琴笑着说："我是个汽车售票员，成天在公共汽车上挤。哪个警察愿意找我？"

经过这次见面，李小雄对黄雅琴有了好感，觉得她既漂亮又通情达理。崔颖要是有她这种思想境界该多好。他有些想入非非，心里更乱了。

星期天，李聪从图书馆借了一本书，正往外走的时候，陈强盛走进了图书馆。还没等李聪和他打招呼，杨洋和几个女孩子就围上了陈

强盛,叽叽喳喳地问他:

"哎,主席,你为什么这么长时间不来,是不是谈恋爱去了?"

"你再不来我们就换主席了。"

陈强盛一本正经地说:"是不是你们都想我了?"

"谁想你呀,觉着你怪不错的。"杨洋说。

另一个姑娘说:"觉着你是根葱,谁拿你炝锅呀?"

陈强盛说:"你呀,你拿我炝锅呀。"

"我拿你蘸臭豆腐!"姑娘笑着说。

众人正说笑,陈强盛看见了李聪,忙向她打招呼。李聪微笑着说:"我发现你在哪儿,哪儿就有笑声。"

陈强盛道:"多谢女侠夸奖。"

李聪瞥了陈强盛一眼说:"我发觉围着你的都是女孩儿。"

陈强盛扬扬得意地说:"这就对了,这年头儿光棍儿是宝贝。"

众女孩儿又不干了。杨洋捶了陈强盛一下道:"你又来了,谁拿你当宝贝啦?"

另一个女孩儿也捶了陈强盛一下说:"你敢说你是光棍儿?你是采花大盗!"

陈强盛故作疼痛道:"哎哟,我不是宝贝那也不是鼓呀,你们别拿我当非洲的战鼓敲呀。"

杨洋道:"什么是非洲战鼓呀?"

"非洲战鼓就是夹在俩腿之间敲的鼓。"陈强盛坏笑着说。

杨洋一听陈强盛又犯坏,使劲捶陈强盛道:"啊?叫你坏!叫你胡说!"

陈强盛捂着头叫道:"哎——暂停!"赶紧跑到借书的地方去了。

李聪看着陈强盛和女孩子们闹,有些醋意,她想独占自己喜欢的男人,不想和别人分享。

李娇娇也在图书馆,远远地看着陈强盛和女孩子们说笑,并没有凑过去,只是痴情地注视着他。

李聪从图书馆出来,在门口等着陈强盛。片刻,陈强盛拿着书走出来,一见李聪就故作惊讶地问道:"你还没走呀?"

李聪道:"等你呀。"

"等我?是不是想请我呀?"陈强盛坏笑着说。

李聪笑了笑说:"请你算什么,你说去哪儿吧。"

陈强盛道:"好大的口气,真不愧是大款的夫人。不过我不好意思,无功不受禄。"

李聪说:"我是真想请你,我有事要和你商量。那你陪我去歌厅吧,在那儿随便吃点儿什么。"

陈强盛摇头道:"我不喜欢那种地方。"

李聪不高兴了:"你是不陪我去了?"

"不陪,刀搁在脖子上也不陪。"陈强盛似乎态度很坚决。

李聪脸一沉说:"那好吧,你求我帮忙的时候好话说尽,我求你的时候你刀搁在脖子上都不去。行,明天我把小卖部关了,你再给雪芳找个工作吧。"

"别,别,我去,我去行了吧?"陈强盛忙说,"大不了我不带耳朵去。"

李聪笑道:"行,我带把小刀去。"

陈强盛吃惊道:"啊?要割我的耳朵呀?"

李娇娇从图书馆里走出来,远远看着陈强盛和李聪。她的目光迷茫而失落。良久,见陈强盛和李聪上了公共汽车,才慢慢向公共汽车站走去。她手里拿着一摞书,脚步十分沉重,泪水充满了眼眶。

杨洋走过来,见李娇娇一个人在街上走,感到有些奇怪,问她:"刚才大侠来了,你怎么不过去?"

李娇娇苦笑了一下:"我看见他了。"

杨洋奇怪地问:"既然看见他了,那怎么不和他一块儿走?你是不是和他吵架了?"

李娇娇道:"没吵架,什么都没发生。"

杨洋是个热心肠的人，知道李娇娇正和陈强盛谈恋爱。陈强盛来了她不出来，一定是有什么事。她对李娇娇说，刚才看见大侠和李聪走了，这有点儿不对头。

李娇娇避开杨洋的目光，有意回避这个问题，说这没什么不对头的，他们可能有事。

杨洋仔细打量李娇娇，见她眼泪汪汪的，一副可怜兮兮的样子，问是不是大侠欺负她了。李娇娇赶紧抹一下泪，说是沙子迷眼了。

杨洋怀疑是李聪在李娇娇和陈强盛之间插了一腿，有些愤愤不平地说："跟你说吧李娇娇，你可是大侠名正言顺的女朋友。你可不能让别人挖你的墙脚，这事不能谦让。这是一辈子的大事，该争的还得争。"

李娇娇凄苦地笑了笑说："争？感情是争不来的。古人说：'争是不争，不争是争。'我想，大侠要是不喜欢我，争也没用。"

杨洋愕然地看着李娇娇说："你这是怎么了？什么争啊不争的，你怎么连这点儿勇气都没有？"

李娇娇摇摇头道："我早想通了，什么事都得顺其自然，不能强求。"

杨洋对李娇娇实在不理解，要是她，非得找李聪理论去不可，不能受这种欺负。李娇娇说她要是找李聪理论去，强盛会更看不起她。她了解陈强盛，他对女人的品位要求很高。

杨洋气得直嚷嚷："我的天，那你就这么忍了？他一边和你谈恋爱，一边和别的女人好？"

"不忍又能怎么样？他有选择的权利。"李娇娇有些无奈。

杨洋生气地说："不行，这可不公平。我路遇不平，拔刀相助。我得找大侠说说去，他这么做不行！"

李娇娇拦住她说："你可千万别去，你去了他会以为是我让你去的，会怨我。"

"嘿，真憋气，我想行侠仗义还不行了？"杨洋愤愤不平。

李娇娇道:"我们的事你就别管了,我自己处理,谢谢你了。"

杨洋看着李娇娇,连连摇头,觉得李娇娇和陈强盛都不可理解。李聪也不可理解,她是有夫之妇,怎么能抢别人的男朋友?

李聪在歌厅给陈强盛唱了一首含悲带情的《你是我的梦》。这首歌是纯情歌,李聪边唱边大胆地向陈强盛送秋波。

陈强盛听着李聪唱歌,目光与李聪的目光相遇,赶紧低下了头。他明白李聪是以歌传情,但是他没有胆子接受这份情,因为她是有丈夫的。李聪唱完后问陈强盛她唱得怎么样,陈强盛说她唱得还可以,嗓子不错,有点儿共鸣。李聪觉得陈强盛真是鬼才,还懂得声乐里的共鸣。

陈强盛问李聪把他叫这儿来商量什么事。李聪说她准备离婚,她的老公马征偏不离,想让陈强盛给出个主意。陈强盛推托在这方面没实践经验,不想给她出主意。但李聪认定他足智多谋,一定会有主意。他要是拿搪,就是看不起她这结过婚的。陈强盛对李聪的小心眼儿深有体会,怕她又闹脾气,忙解释说他没有别的意思,他连婚都没结过,更不知道怎么才能离婚。李聪脸一绷,不管那么多,非让陈强盛给她想办法。

陈强盛想了想,让李聪跟老公闹。白天在他单位闹,晚上在家跟他吵。让他吃不好饭,睡不好觉,精神受刺激。等他实在忍受不了了,他就会答应和她离婚了。

李聪盯着陈强盛,良久才说道:"你是不是把我当成胡同串子了?我就是那种张嘴就骂人的泼妇对吧?"

陈强盛一笑说:"我错了,我错了,行了吧?算我没说。哎呀,我发觉你呀,有点儿小心眼儿。我说什么你都往坏处想,你怎么不往好处想呀?"

"我小心眼儿?是你老欺负我。"李聪有些委屈。

陈强盛被逼无奈,只得给李聪出了个主意,让她跟马征摊牌,要是协议离婚，她可以在财产分割上让步。如果马征不答应协议离婚，她就找北京最好的律师，而且立刻就和他分居。法律上规定，分居一段时间，就能说是感情破裂，可以判离婚。不过这是个法律问题，他还得上图书馆查查书。

李聪的脸上绽出了一丝笑容，如果是这样，还有点儿希望。她决定先租间房，和马征分居。她又向陈强盛提了个让他听了有些尴尬的问题，她说马征在外面花，找小蜜，她能不能也找个情人？陈强盛有些吃惊，找情人这事太可怕了，这怎么能随便说？可李聪说得轻描淡写。找情人按公安局的说法是作风问题，现在社会开放了，这种问题习以为常，但也属于隐私之类，哪能向别人说？他看着李聪，怀疑她是不是因为长期不过夫妻生活，精神上出问题了。

李聪见陈强盛用异样的目光看着她，就问他："你是不是觉得我是个坏女人，这种想法不能接受？"

"我不理解，你不是坏女人，是正派女人，不能干这种事。"陈强盛坦言道。

李聪道："我不认为有情人的女人都是坏女人，每个人的情况不同。现在是高度文明的社会，不是封建社会，找情人是实现幸福的一种常见事，而且已经很常见了。"

陈强盛一想这也对，好和坏本身就没有固定的标准，尤其是在道德问题上，不同的人就有不同的道德标准。

其实李聪之所以对陈强盛说情人的问题，真正用意是想做他的情人。她太爱陈强盛了，想在离开马征之前，得到陈强盛的爱，又不知道他敢不敢和她做情人，所以和他探讨情人的问题。有些话她不敢直说，只能和陈强盛绕圈子。她问陈强盛："我要是离了婚，找不到理想的男人，更孤独了怎么办？"

陈强盛笑道："你这么漂亮，人又好，当然能找到好的男人，但婚姻有时候和缘分有关系，看你和谁有缘分了。"

李聪看着陈强盛，良久没有说话，她知道陈强盛不敢和她做情人。她又试探陈强盛道:"我是离过婚的人,男人们会不会嫌弃我?"

陈强盛笑了笑说:"现在是文明社会,谁也不在乎这个问题。"他发现李聪正直视着他,目光有些异样,忙避开她的目光。

李聪仍然直视着陈强盛,看得陈强盛有些发怵。

星期六,马征觉得李聪有些反常,她对着镜子穿上高跟鞋、卡腰的连衣裙,系上裙带,又打开了盘着的长发,用吹风机吹头发,涂口红。他有些好奇地问:"你干什么去?怎么又涂口红又吹头的?"

李聪道:"我去借书,今天图书馆开门。"

马征心想借书也不用这么打扮呀,于是阴阳怪气地问李聪道:"你这是为谁打扮呀?"

"打扮不是给你看的,请你别误会。"李聪说完就拿着手包出了门。

马征知道李聪是不会为他打扮的,可她为谁打扮?不对劲儿呀,他得弄明白了,他经常让别的男人当王八,自己可别当了王八。

马征自己可以在外面搞女人,但决不允许自己的老婆在外面有情人,更不会同意李聪和他离婚。李聪一提离婚的事他就跟她大吵。这天他又和李聪吵了起来,吵架的时候他变得脸色通红,青筋暴露。他质问李聪:"我哪点对你不好?供你吃,供你穿,你要钱花,我从来没有说个不字。你还要怎么样?离婚,离婚对你有什么好处?"

"你那么多小蜜还在乎我?就凭这一点,我也应该跟你离婚。婚姻是爱情的结果,咱俩早就没有爱可谈了,离了婚对咱俩都有好处。"李聪说。

马征恼怒地吼道:"我不同意!"

李聪说:"你难道真想上法庭?上法庭对你对我都没有好处。"

"法庭也不会轻易拆散一个家庭。"马征理直气壮。

李聪道:"没有感情的婚姻法院是不会支持的,你还是想明白点儿好,免得大家在法庭上斗个你死我活的。"

"上哪儿我也不会同意离婚。我是不会痛痛快快让你去和情人结婚的。"马征阴冷地说。

李聪愣了,问道:"我的情人?我哪有情人?"

马征冷笑着说:"你没有情人?你以为我是傻瓜呀?"

"你胡说!你有什么根据?"李聪嘴上不示弱,可心里有些发虚,怀疑马征知道她爱陈强盛的事了。

马征道:"我不要什么根据。你每天坐那儿发呆,在想谁?你自己心里明白。你每天对着镜子描眉画眼儿地打扮,给谁看?"

李聪无言以对。马征冷笑着打开门出去了,李聪痛苦地伏在床上哭了起来。

马征和李聪吵完架,愤愤地离开家,叫上葛经理到一家僻静的饭馆喝酒,顺便还给葛经理带了点儿货。马征把两台笔记本电脑交给葛经理,让他开个价。葛经理看了看货,知道马征的东西给钱就卖,就像是白来的,就出了个很低的价钱,马征毫不犹豫地就答应了。葛经理把一沓钱交给马征,马征也不数就放进兜里,拿起酒杯一口就喝干了。

葛经理看出马征情绪不对,问他是不是有心事。马征把李聪提出和他离婚的事说了。他非常恼火,觉得这事有点儿邪性,要离也应该是他甩李聪,现在反倒是李聪要把他甩了。

葛经理也觉得不对,李聪是那种有钱就行的女人,怎么会跟马征离婚?

马征说他觉得奇怪,李聪历来只会花钱不会挣钱,离了婚吃什么呀?

葛经理认为是有人勾搭李聪,马征应该查查,不能吃这个亏。他八成是让人给戴绿帽子了,因为李聪是个有魅力的大美人儿。马征赞同葛经理的观点,他说李聪最近一直不让他碰,可她天到晚地打扮,打扮给谁看呀?这事他一定要弄个水落石出,要是真有人挖他的墙脚，非毁了这人不可。把他惹急了，什么事他都干得出来，杀人的事他都敢干。

又是一个星期天，马征躺在床上，看着李聪化妆。李聪对着镜子，一件一件地试戴项链、耳坠，然后又涂口红，化完妆就匆匆地出了门。马征从床上一跃而起，跟上了李聪。

李聪来到首都图书馆，马征就在外面等。大约过了一个小时，李聪和陈强盛拿着书从图书馆出来，二人边走边聊，看上去无拘无束，似乎还挺亲热。马征在离陈强盛和李聪不远处跟着二人。

李聪回到家，马征在沙发上抽烟，他脸色很难看，阴阳怪气地问李聪是不是每个星期天都去首都图书馆借书。李聪头也不抬，说她定期去首都图书馆借书解闷。马征忽然提高了声音问道："你借完书是不是就去和那个小伙子约会？"

李聪抬起头看着马征："你跟踪我？有这个必要吗？"

马征怒容满面道："当然有必要，我得知道是谁给我戴绿帽子。"

李聪心想马征真无聊，总以为别人都跟他似的，专门勾引女人。

马征追问道："和你在一起的那个男人是谁？干什么的？"

李聪觉得她和陈强盛目前就是普通朋友关系，没什么可保密的，就如实告诉马征，那个小伙子是警察。

马征听了有些吃惊，忙问："他是干什么的警察？"

李聪漫不经心地说："他是抓小偷的警察，专门抓贼。"

李聪说得轻描淡写，可马征着实被吓得不轻，脸色立刻变得苍白。他愣了很长时间，狐疑地说："你怎么跟警察混到一块儿去了？是不是那警察追求你？"

李聪白了马征一眼说："什么叫追求？是交朋友。不行吗？犯法吗？"

马征说："我不是这个意思，我是说你怎么和他认识的。"

李聪不屑地说:"怎么认识的?这有必要向你汇报吗?你有权知道吗?"

　　马征斜眼看着李聪说:"我只是有点儿好奇。你过去是不随便交朋友的,是不是他主动找的你?"

　　"对,他主动找的我,要和我认识认识,怎么样?"李聪理直气壮地说。

　　马征道:"他想和你认识认识?为什么要和你认识?有什么目的?"

　　"这我可不知道,没问过他。"李聪成心要气马征,"这也没什么可奇怪的,我长得漂亮,警察愿意和我在一块儿聊天。你不是也在外面追漂亮女人吗?警察追女人也很正常。"

　　马征还是觉得奇怪,警察怎么会无缘无故地和李聪交朋友?这说不通。警察这个职业规矩很多,没胆子到处追漂亮女人,他根本不信李聪的话。

　　李聪看马征脸色不对,有心无心地反问他:"你觉得警察为什么和我交朋友?是不是你在外面干了坏事,让警察盯上了?"

　　马征一听李聪这么说,脸一下变得更加苍白了,忙辩解说:"我从来不干坏事,我是靠自己的劳动挣钱。"

　　李聪冷哼一声,说:"这可没准儿,你这种人不干坏事才是怪事。"说完不再理睬马征,继续看自己的书。

　　马征呆呆地坐在那里,良久没有说话。窗外雷声滚滚,大雨倾盆,一道闪电把天空划开一道深深的裂缝。马征看着窗外的雷雨,心乱如麻。

　　晚上,马征躺在床上噩梦缠身,忽然梦见一副锃亮的手铐从天而降,"咔"地铐在他的手上,吓得他大叫一声:"啊……"他一下从梦中惊醒,坐在床上四下看看,知道是在做梦,才松了口气,擦了擦头上的虚汗。

　　第二天吃早饭的时候,马征心事重重,忽然对李聪说:"李聪,我给你一笔钱,咱俩离婚吧。"

李聪正吃饭,一听这话差点儿噎着,看着马征,有些不相信自己的耳朵,心想他变得也太快了点儿,昨天还坚决不离婚,今天怎么就同意了?

马征接着说:"我想了一夜,因为我爱你,所以只要你过得比我好,我可以牺牲自己的幸福,而且你的一切要求我全答应。"

李聪疑惑地看着马征,有些半信半疑,马征怎么突然变得高尚了?这也太让人难以置信了。

马征说咱们好离好散,在经济上我不能让你吃亏。他让李聪说个数,只要他能出得起,他一定满足李聪。李聪一分钱也不想要,马征能放她走,她已经很知足了。

马征建议当天就去街道办事处,协议离婚。李聪巴不得立刻就离开马征,什么东西都没要,找中介租了间房子,当天就离开了。

李聪和马征办完了离婚手续,高高兴兴地来到图书馆找陈强盛。她把离婚的事告诉了陈强盛,心里甜蜜极了,就像是被关了一年的鸟,突然被放出了笼子,那种痛快的感觉让她脸上挂着幸福的微笑。

陈强盛一听李聪已经离了婚,有些吃惊。这事发展得太快了。他问李聪她老公一直不同意和她离婚,怎么会突然同意?李聪也弄不明白马征为什么突然改变主意,而且是头一天还坚决不同意,睡了一晚上,第二天早上就改变主意了。陈强盛认为一晚上有这么大的变化,似乎不对劲儿,他怀疑马征是另有所图,或者有其他打算。

李聪说马征好像变了一个人,对她通情达理了。要把房子让给她,还要给她钱,可高尚了,简直就不是他了。

陈强盛想了想,认为这不符合人的性格逻辑,不一定是什么好事。李聪没想那么多,不管马征是怎么回事,反正离了婚,以后她就和马征没关系了,自由了。她想的是以后就可以大胆地公开地追求陈强盛了,她要和李娇娇竞争,追求真挚的爱情。

对李聪离婚这件事,陈强盛立刻感到了精神上的压力。他预感到，目前他和李聪以及李娇娇之间这种纠缠不清的关系，将来会发展得更加复杂。

李聪觉得她离婚是件大喜事，可陈强盛看上去并不高兴，连点儿热情劲儿都没有，她有些不快，问陈强盛："我有了好事，你就不能高兴点儿？"

陈强盛苦笑道："别人离婚我高兴什么呀？我有病呀？"

李聪委屈得要哭，扭过头不理陈强盛。

陈强盛不知所措地说："又怎么了？这也不高兴啦？我又说错什么了？"

李聪瞪着陈强盛道："你不把我当回事！漠不关心。"

陈强盛无可奈何地说："我的天，我这人很少关心人。"

李聪含着泪说："你关心不关心别人我不管，可你得关心我！"

陈强盛只得求饶道："好好，我关心你，行了吧？我把你当观世音供着，一天三炷香，外加仨响头，行了吧？"

李聪这才破涕为笑。

下班了，许建中匆匆忙忙地收拾办公桌，向陈强盛和李小雄说他得赶紧回去，小姚这几天身体不好。陈强盛和李小雄坐在椅子上，好像都情绪不高，没有回家的意思。许建中看了看这二人，问他们俩怎么了，下班了为什么不着急回家。

李小雄没精打采地说："你回去有家庭温暖，我回家干什么去？"

许建中又看看陈强盛，问他："你为什么也不回去，是不是也失恋了？"

陈强盛愁眉苦脸地说："我是不敢回去，那两位女士把我整惨了。"

许建中知道陈强盛和李娇娇、李聪纠缠不清，埋怨他道："你别把谈恋爱当儿戏，应该认真点儿，不然就把那两个女人的感情都伤害了。"

陈强盛低着头说："我刚开始以为这两个女人不会把我当回事，

可是现在她们都跟我干上了，缠上我了。"

李小雄说："这事简单，你自己喜欢谁就娶谁，有什么可为难的。"

"这里面的事太复杂，我也说不清楚喜欢谁。"陈强盛似乎骑虎难下。

许建中道："你说实话，到底喜欢她们中的哪一个，不能同时喜欢俩人。"

陈强盛想了想，说："我是真喜欢李聪，跟她可以说是有缘，从第一次在颐和园见到她，就对她印象特好。可她刚离婚，而且我要娶了李聪，那李娇娇怎么办？李娇娇也没什么不好，以前她有些虚荣，可现在特注意收敛，很少瞎打扮。我要说她的哪件衣服不好看，她马上就不穿了。说她看书少，她现在快把她们家变成书店了。我实在不能随便说声吹，不忍心。"

李小雄道："你谈恋爱太随便，这下自己酿的苦酒自己喝了，骑虎难下了吧。"

许建中心想这俩人一个是被女朋友拒之门外，一个是不知进哪个门，这事还真复杂。他向李小雄和陈强盛道："你们俩这都是怎么了？你们都冷静一下，把感情捋清楚，一辈子的大事，别轻易做决定。"

"感情捋清楚太难了，捋不清楚了，我现在见着女人腿就发软，跟见了祖宗似的。"陈强盛愁眉苦脸地说。

李小雄沮丧地说："我见了女人就想哭，全让那女贼给害的。下次要是再遇上那女贼，非捶她两下，不然难解这心头之恨。"

陈强盛道："李小雄，我给你出个主意。你要再遇上那女贼，就娶她做媳妇，什么烦恼都解决了。"

李小雄瞪了陈强盛一眼说："我把她让给你了，让她在你那儿'三国演义'。"

许建中叹口气说："唉，你们俩真是，都交了什么运了？"

陈强盛拉着哭腔道："好运，桃花运！"

自从李聪离了婚,陈强盛就躲着她。李聪感到既委屈又烦恼,她怀疑陈强盛天天和李娇娇在一起,把她扔到一边。这天她在小卖部对雪芳发牢骚,说她为了强盛已经离婚了,可他还脚踩两条船,对她就没说过一个爱字,还老躲着她,真不知道他是怎么想的。雪芳劝李聪,陈强盛也不是要脚踩两条船,可能是拿不定主意。他一定是个重感情的人,不愿意伤害她或者李娇娇。

李聪让雪芳给她出主意。雪芳觉得时间长了陈强盛必然有个选择,这要靠缘分。李聪说如果强盛不娶她,她就不能在这儿待着了。她得出国打工去,在这儿待着精神上受不了。她有个亲戚在澳大利亚,可以帮她办出国手续。雪芳劝李聪别错过和陈强盛的好姻缘,陈强盛人好,什么时候都乐呵呵的,就没见他绷过脸。可李聪认为陈强盛没心没肺,不懂感情。

马征和李聪离了婚,也自由了,更有理由找崔颖了。这天他和崔颖来到一家时装店,要给她买衣服。冤家路窄,陈强盛这天被李聪强迫着陪她去买衣服,也在这家店里,当时马征和崔颖并没有看见李聪和陈强盛。

李聪和陈强盛也没有看见马征和崔颖。李聪是因为陈强盛迟迟不说娶她的问题,要向他下最后通牒,特意请他出来。

李聪神情抑郁,边看服装边对陈强盛说了她想出国打工的事,陈强盛以为她是随便说的,问她是不是想出国去发大财,李聪瞪了他一眼,说他应该明白她为什么要出国。陈强盛知道李聪心情不好,说如果是他得罪了李聪,她不值得作如此大的牺牲。李聪看着陈强盛,眼睛里有怨也有情,委婉地问陈强盛:"你愿不愿意我出国?"

陈强盛笑了笑说:"我希望我的女朋友都别离开我。"

李聪白了陈强盛一眼:"你有多少女朋友?"

陈强盛爱开玩笑,说:"有一大堆女朋友。"

没想到李聪一听就急了,绷着脸问陈强盛道:"陈强盛,我跟你说正经的呢，你愿不愿意我出国？"

二人相视良久，长时间的沉默。陈强盛终于长叹一声，说："我的意见对于你真的很重要吗？"

李聪有些激动，泪盈于睫，说："对，我只听你一句话，你必须认真地回答。"

"我能不能不回答？我无权帮你选择你要走的路。"陈强盛说。

李聪道："不行，你今天必须给我一个准确的说法。"

陈强盛内心有说不出的矛盾，他的情感在李聪和李娇娇之间徘徊着，这两个美丽的女人，都让他喜欢，哪个离开都会让他伤心。面对李聪的追问，他不知道该如何回答。他看着李聪，良久没有说话。片刻，他叹了口气，说："李聪，你让我为难了。我希望你和李娇娇都别离开我，可我又怕面对你们俩。"

李聪心想，不能再这样下去了，今天陈强盛必须给她一个明确的答复，不然她会疯。她把一沓文件放在桌上，说："这是我办好的出国手续，你如果说句让我留下，我立刻就把这手续全撕了。"

陈强盛看着李聪，李聪也看着陈强盛，她的眼睛里充满了真情，眼泪顺腮而下。

陈强盛没有说话，他明白，现在近乎是在李娇娇和李聪之间做出选择。可他没有选择的勇气，但是也不能让李聪就这么离开他。许久，他凝视着李聪说："那你就留下吧。"

李聪激动地看着陈强盛，几乎要哭出了声。她抹去脸上的泪，破涕为笑，毅然把桌上的出国手续撕成了两半。

李聪正要买衣服，忽然看见马征和崔颖，不禁愣了一下，心想这世界真是太小了，总能见到不想见的人。她告诉陈强盛，边上那个男的就是她的前夫马征，他准是给小蜜买衣服来了。陈强盛一听觉得这事真巧，怎么他也来了？他想看看李聪的前夫长什么样，这一看，不禁大吃一惊，那个挽着马征胳膊的漂亮女人正是李小雄的女朋友崔颖。心想，她难道真把李小雄蹬了？而且还和这个马征混到了一起，这事蹊跷，怎么李聪的前夫会是李小雄的情敌？他有些发蒙，这事不可思议。他对李聪说："我认识那女的，她叫崔颖，是我的同事李小雄的女朋友。她把李小雄甩了，原来是傍上大款了。"他站起来，"我得过去恶心恶心她。"

李聪怕陈强盛闹出事来，拉住他，不让他管别人的事。

陈强盛微微坏笑一下，低声向李聪道："你放心，我恶心崔颖也不让她说出什么来。"

陈强盛走到崔颖和马征身边，恭恭敬敬地对崔颖道："你好，崔小姐。"

崔颖一看是陈强盛，脸一下就红了，觉得有些尴尬，心想，这个坏东西怎么会在这儿？她从心里怵陈强盛，他太难缠，太会气人。而且她和马征在一起，这让陈强盛看见未免有些尴尬。她有些慌乱，说："陈强盛？你怎么上这儿来了？和谁来的？"

陈强盛笑笑说："我是和一个朋友上这儿散散心。"他看了看马征，"你是和谁来的？是不是招待客户呀？"

崔颖赶紧解释道："对，我陪客户来看看。"她向马征介绍道，"这是陈强盛，我的一个朋友。"她没说陈强盛是自己男朋友的同事，她自己也不知道现在李小雄还算不算是她的男朋友。

陈强盛向马征点了一下头，大大方方地坐在了崔颖身边，一本正经地问崔颖："最近李小雄一天到晚美滋滋的，是不是你们要结婚呀？"他想恶心崔颖，说完看着崔颖的表情。

崔颖有些疑惑，心想李小雄失恋了，怎么会成天美滋滋的？一时不知该怎么回答陈强盛，支支吾吾道："没有这事，李小雄怎么会美滋滋的？"

陈强盛煞有介事地说："我也觉得奇怪，我问过李小雄：'你美什么美，要出嫁呀？'他说：'对，就是要出嫁。'我还以为他真的要结婚呢。"

崔颖直皱眉，心想，难道李小雄这么快就找到新女朋友了？不会吧？不禁狐疑地问陈强盛："结婚？没有，绝对没有，我们根本没说结婚的事。"

陈强盛夸张地撇了一下嘴，说："得了，别隐瞒了，你和李小雄谈了这么多年，谁不知道？你们准备什么时候结婚，可得提前通知我，我得给你们准备个礼物呀。"

崔颖尴尬得无地自容，忙说："没有，没有的事，我们还指不定怎么着呢。"

陈强盛还是一本正经地说："你真会开玩笑，我看李小雄一有空儿就拿着电话和你聊啊聊啊，那情意绵绵的劲儿，一点儿也不像个大男人。我跟你学啊，你看是不是这样：'一二三，放电话。一二三，放电话。你怎么还不放电话呀？'是不是这样，崔颖？"

崔颖哭笑不得，心想，我什么时候和李小雄这样了？她有点儿倒胃口，直犯恶心。可陈强盛说得有鼻子有眼，让她不得不信，于是问他道："我最近根本没和李小雄通电话，李小雄和谁在电话里情意绵绵呢？"

陈强盛哈哈大笑道："哈哈，崔颖，别不好意思。"说完站起身，"我走了，你们玩吧，我那儿还有个朋友。"说着向崔颖和马征点点头，回到李聪身边。

崔颖真让陈强盛恶心坏了，她虽然不太相信陈强盛的话，但陈强盛说得跟真的似的，不信都不行，没准儿李小雄真的谈了别的女朋友，而且和这女人很亲热。如果真是这样，那她太丢面子了。在她看来，李小雄被她甩了以后应该痛不欲生，整天茶饭无心才对，怎么能这么快就另有新欢了？这让她的自尊心受了极大的伤害。她不甘心，李小雄居然这么快就把她忘了？还找了别的女人，根本没把她放心上，这还了得？她越想心里越乱，不由得脸色苍白地把头伏在桌上。

马征看崔颖有些不对劲儿，问她怎么了，崔颖说她有点儿不舒服，马征只得扶着她出了服装店。

陈强盛看着马征和崔颖出去了，一阵冷笑，心想，叫你傍大款，有你恶心的时候。

　　李聪看马征和那漂亮女人走了,不解地问陈强盛:"你跟那女孩儿说什么了?她怎么愁眉苦脸地走了?"

　　陈强盛笑了笑说:"我恶心了她一下,她找地儿吐去了。"

　　李聪道:"你可真够坏的。"

　　陈强盛问李聪道:"你那位前夫到底是干什么的?"

　　李聪想了想道:"我也不清楚他到底干什么。他说开广告公司,可一次也没带我去过他的公司。不过他很有钱,养小蜜,而且老往家里拿手机、笔记本电脑之类的东西。他这个人神神秘秘的,跟做贼似的。"

　　陈强盛有些不解,李聪给马征当了那么多年老婆,居然不知道他的经济来源。而且马征行踪诡秘,这似乎不太正常。他心里闪过一个念头,李聪说马征跟做贼似的,难道他真的是个贼?李小雄曾经说过,他看马征就像个贼。如果马征真是个贼,那崔颖可就惨了,给贼做了小蜜,会是什么结果?

第十四章　胡搅蛮缠

陈强盛深陷谈恋爱带来的烦恼，他的警校同学王磊在恋爱问题上也遇上了大麻烦，比陈强盛还烦。

这天朦朦的父亲对朦朦说，街道主任给王磊介绍了一个女朋友，是办事处的会计。王磊可中意了，估计那女孩子长得不错。

朦朦听了有些吃惊，王磊居然找女朋友了？这不行，得把他的女朋友搅和黄了。

街道主任给王磊介绍的女朋友小杨 20 多岁，戴副眼镜，虽不算漂亮，但十分白净，而且有些腼腆。

主任对王磊说，小杨是街道办事处的先进工作者，研究生学历。王磊喜欢有知识的女孩子，人家是研究生学历，比自己强。从第一次见面就对小杨印象不错。小杨似乎并没有因为王磊是个普通的片儿警就看不起他，反而挺尊重他，还说他的管界入室盗窃案子多，不是他一个人的责任，搞好社会治安是地方党委和政府，再加上公安机关共同的责任。王磊感觉遇上知己了，小杨的政治觉悟就是高，问题看得就是准，真是知音难觅呀。

王磊对小杨印象不错，想着得抓住机会，找个这么称心的女朋友不容易。可他没想到，朦朦从中插了一杠子，非要把他这个女朋友给搅和黄了。

这天朦朦下班堵着街道办事处的门，拦住了小杨，质问她道："王磊是我的男朋友，你插进来干什么？"

小杨知道朦朦，也知道她疯疯癫癫的，王磊对她说过，他没女朋友。朦朦这是要干吗？

她皱着眉，问朦朦道："你说什么？王磊是你的男朋友？我怎么不知道？"

朦朦道："你当然不知道，我和他谈恋爱的时候你还不知道在哪儿呢。"朦朦说话霸气十足，甚至有些泼。

小杨也理直气壮："王磊是我们主任介绍给我的，主任说他没有女朋友。而且我和王磊志同道合，很谈得来，从来没听说过他有女朋友。"

朦朦冷笑道："你没听说过他有女朋友，那我现在告诉你，我是他的女朋友。你以后离他远点儿，不要破坏我们之间的感情。"

小杨气得直哆嗦，觉得朦朦是无理取闹，转身走了。她给王磊打电话，王磊说朦朦的病刚好，可能受了什么刺激，又犯病了。让小杨别惹朦朦，她精神不太正常。

朦朦真不好惹，天天在街道办事处门口蹲坑，吓得小杨不敢出门。她找街道主任，主任也怵朦朦，心想坏了，朦朦怎么会是王磊的女朋友？她是半疯，太难缠，小杨和王磊的事要悬了。

王磊听说朦朦整天找小杨的晦气，就找她理论，质问她道："我说朦朦，咱俩没仇吧？你干吗要把我的女朋友给搅和黄了？"

朦朦笑道："我就是要把你的女朋友搅和黄了。"

王磊道："你什么意思？我招你惹你了？"

朦朦得意地说："你当然招惹我了。我是你的女朋友，你还敢找别人？"

王磊哭笑不得，觉得朦朦肯定是落下后遗症了，恳求她道："你别胡来好不好，这是一辈子的大事，不能随随便便地开玩笑。"

朦朦道："我没开玩笑，我现在正式宣布，你是我的男朋友。"

王磊气得张口结舌："你……嘿，我惹不起，我躲得起。"说着转身走了。

朦朦看着王磊的背影喊道："你滚！臭警察，谁稀罕你呀。还敢轻视我，有你好瞧的。"说着哼起歌，高高兴兴地回家了。

朦朦把小杨闹得筋疲力尽，甚至心惊肉跳，怕了她了。最后干脆对王磊说，他们没缘分，交朋友的事再说吧。王磊理解小杨，哪个女孩子遇上朦朦也得躲着她，何况人家小杨心地善良，知书达礼，哪斗得过朦朦这种大老虎似的女人呀。

王磊没事就往许建中家跑，找许建中和姚晨曲聊天，还经常给星星和月月买玩具。

姚晨曲对王磊印象也挺好，一是他和小许结婚的房子是王磊帮着租的，二是王磊这小伙子实在。经过这段时间的接触，她已经把王磊当亲兄弟看了。

王磊近来被朦朦整得晕头转向，而且周围的人都劝他接受朦朦，说他和朦朦有缘。他想不通，问许建中什么是缘分。

许建中说这个问题太复杂了，简单地说，就是两个人有机会认识，然后处得也不错，就是缘分。比如他和王磊，王磊是陈强盛的同学，帮他租房子，然后他们就成了好朋友，这就是缘分。

姚晨曲见王磊心事重重，就问他："我说王磊呀，我看你心事挺重的，你说的缘分是不是男女之间的事？"

王磊道："是啊，我整天为这事纠结。您和许大哥有缘，小日子过得幸福。可我遇上的女人让我脑袋疼，人家还说我和她有缘，这哪是有缘呀？分明是冤家。"

姚晨曲笑道："冤家没准儿就是缘分。"

许建中道："我知道，你说的是朦朦对吧？朦朦是女汉子，性格爽快，还会咬人。"

王磊道："对对，她不但咬人，还拿菜刀砍人。"

许建中道："朦朦挺招人喜欢的，别看打扮得怪怪的，可是有正义感，而且挺懂事。上次我们抓小偷，在派出所我跟她简单聊了两句，发现她人很正派，不是那种穿着奇装异服的轻浮女孩子。"

王磊道:"她跟我说了,你们哥儿仨为了抓偷她手机的小偷,跟小偷打起来了。"

姚晨曲问王磊道:"你是不是喜欢人家了?"

王磊道:"不是,我哪敢喜欢她呀?是她把我的女朋友给搅和黄了,非说我是她的男朋友。这哪儿跟哪儿呀?我真没喜欢过她。"

姚晨曲道:"这个女孩子能把你的女朋友搅和黄了,说明真喜欢你。"

王磊道:"姚大姐,我把您当亲姐,我跟您说,这个女孩子曾经当着我的面说,必须要找开奔驰宝马的,绝对不会找我这种骑破自行车的。"

许建中笑道:"那她现在为什么来找你?说明改变想法了。"

王磊道:"是,她被骗了两回,可能觉得警察比较靠谱。"

姚晨曲道:"你哪天把她叫到我这儿来,我帮你看看。你既然把我当亲姐,你的事我得管。"

王磊道:"您一看她那样子,准吓着。头发是蓝的不说,裤子一个裤腿剪短了,还弄几个大窟窿。说话张牙舞爪的,根本没有女孩子的温柔劲儿。"

姚晨曲笑道:"张牙舞爪的?是个性格爽快的女孩子,这样的女孩子没心眼儿,好处。"

王磊道:"哎哟,姐,不是我夸她,小偷要是见到她,掉头就跑。"

许建中笑道:"我的天,你也太夸张了,准是跟强盛学的。"

王磊道:"陈强盛我可学不了,他满腹经纶,女孩子都围着他,死追。他身边都是美女,个个知书达礼。"

姚晨曲听了王磊对朦朦的夸张描述,觉得朦朦应该是个有性格的女孩子,只是和王磊不合拍。一个女孩子,对王磊穷追不舍,追得他心烦意乱,看来哪天真得见见朦朦。

王磊发现有个胡同里的路坑坑洼洼的,就找了把铁锹,每天有点儿时间就铲土填坑。

朦朦在警务室没找到王磊，元元说王磊扛着把铁锹，到胡同里填坑去了。朦朦到胡同里一看，果然王磊在那儿干活儿呢，上前不解地问道："王磊，你干吗呢？闲得没事了，在这儿填坑？"

王磊道："这胡同里的坑太多，老人孩子容易崴脚。"

朦朦道："你向街道反映反映，修修这条路。"

王磊道："我反映了，人家说这儿要拆迁，投资修路是白搭钱。"

朦朦看了看胡同道："这么多坑你得填多长时间呀？"

王磊道："愚公移山呀，每天有时间就填几个。你今天起这么早干吗？星期天没睡懒觉？"

朦朦道："睡不着，起来活动活动。"她想帮王磊干活儿，"我去给你找个推车，推点儿土来。"说完就走了。

王磊觉得朦朦想得太容易了，上哪儿找车去？

朦朦回到社区里，见一个园林工人在绿地里种树，一辆小推车放在路边。她上前推起小车，向园林工人道："王大爷，车借我用用啊。"说着推起车就跑了。

园林工人在后面大叫道："朦朦！你把我的车推走干吗呀？"他怀疑朦朦又犯疯病了。

朦朦推了一车土，帮着王磊填路上的坑。

这时生子走了过来，看了看王磊和朦朦道："你们二位这是干吗呢？"

王磊道："修路啊。"

朦朦道："王磊说这条路坑太多，老人孩子容易崴脚。"

生子道："修路用这土？一下雨还不又成坑了？"

王磊道："是啊，最好是用碎石子之类的东西。"

朦朦道："碎石子要钱，不给钱谁给你呀。"

生子说这事好办，那边有个拆了的旧厂房，院里堆了不少煤渣子。工厂关门了，煤渣子也没清走，他可以去推一车来。

王磊笑道:"煤渣子也不错呀,不过那得辛苦你了。"

生子道:"嘿,你这话说的。连朦朦这么懒的人都学雷锋了,我还能不帮忙。"

朦朦瞪眼道:"我怎么懒了?我才不像你呢,在家里扫帚倒了都不扶。"

生子推起车道:"你不懒?你爸说你在家从来不做饭,就是坐那儿等吃,吃完饭碗都不刷。"

朦朦咬牙瞪眼道:"我咬你!"

生子赶紧推车跑了,跑出老远才回头道:"你属老虎的,山大王。"

朦朦气呼呼地喊道:"我就是山大王!怎么着。"

王磊笑道:"生子现在可学好了,快当学雷锋先进典型了,经常义务给老弱病残修车。"

朦朦道:"你可不知道他,他那狗脾气上来,真拿菜刀砍人,不然他能进大牢里蹲这么多年。"

王磊道:"你别总拿老眼光看人,人都会变的。"

朦朦瞥了王磊一眼道:"你别拿老眼光看我,我也会变的。"

王磊看着朦朦,一时无言以对。

朦朦追王磊没什么效果,她也不着急,下定了决心,反正你不找我也别想找别人,找了别人我就给你搅和黄了。

这天,她在警务室和元元聊天,元元知道朦朦的心思,但是也知道王磊不喜欢她。元元想帮朦朦,就对她说,王磊找女朋友条件其实并不高,他喜欢那种文静的女孩子,朦朦现在这样王磊不太适应。她把头发染成蓝色的,一般人都看不惯。还有她裤子上面的大窟窿,一个裤腿长一个裤腿短,让人看着也别扭。王磊是警察,带着她出去,她打扮成这样,王磊会很没面子。

朦朦感觉她这种打扮是时尚,现在有很多年轻女孩子都这么打扮。王磊怎么会不喜欢?真是土老帽。

元元劝朦朦,王磊不喜欢时尚的东西,时尚不等于漂亮。她应该打扮得漂漂亮亮的,但是不能太时尚。元元让她把头发染黑,染成黄的也行,都比蓝头发强。而且平时还要对王磊温柔一点儿,别太厉害,跟大老虎似的。

朦朦被元元说得似乎开了窍,人家说的对,王磊是警察,审美观不一样。可他喜欢女孩子穿成什么样?衣服和头发都好办,但是让她假装温柔,这太累了。

朦朦和元元正聊天,王磊走进警务室,一脸疲惫。一看朦朦,笑道:"朦朦,你拿我的警务室当网红打卡地了。"

朦朦道:"当然,我得工作,跟社区民警共同推进社区技术防范。"

王磊道:"我刚从街道主任那儿回来,他说目前经费紧张,资金主要得投入环境改造、修路、建绿地、建电动车充电桩。咱们的项目得再往后推。"

朦朦皱眉道:"没人掏钱,想推广防盗系统看来是难上加难呀。"

王磊道:"咱们慢慢来吧,走一步看一步。等我这个社区的入室盗窃案子大幅度下降了,我再跟所长说,让他找主任要钱去。"

元元笑道:"等案子下来了,更没人掏钱了。"

朦朦道:"我看是没戏了。"她长叹了口气,"王磊,晚上咱们上三里屯酒吧喝酒去吧?"

王磊苦笑道:"上酒吧?不适应。我嫌那地方乱,闹腾。"

朦朦道:"那咱们看电影去吧?"

王磊道:"我下班哪儿也不想去,就想睡觉,累。"

朦朦噘嘴道:"你真没生活情调,就知道睡觉。"

王磊道:"昨天在所里值班,夜里两点有打架的到派出所解决问题,我三点才睡。今天一上班又去了街道办事处,到主任那儿磕钱装监控探头和防盗系统。等会儿还让我上勤,线路警卫。"

朦朦道:"我知道,你这个小片儿警整天要管外来人口问题、居民被盗问题、办理狗证问题,连房子漏水、两口子打架都找你。"

王磊笑道："你对我的工作还挺了解。"

朦朦道："我是你的红颜知己。"

王磊笑道："红颜知己？这词听着怪别扭的，不是你在这屋里咬我的时候了？"

朦朦道："我咬你是看得起你，别人想让我咬，我还嫌他臭呢。"

王磊笑道："你可别，我的肉也不香，我算是怕了你了。"

朦朦道："元元姐刚才让我把头发的颜色换一下，你说，你喜欢什么颜色的头发？"

王磊看了看朦朦道："你的皮肤应该适合那种略微发黄的颜色，不是特黄的那种。"

朦朦嫣然一笑道："好，我去染头发喽。"说着哼着歌走了。

王磊和元元面面相觑。

元元低声向王磊道："你的麻烦事来了，这姑娘要缠上你，够你受的。"

王磊皱眉道："那怎么办呀？我是没辙没辙的。"

元元道："有个最简单的办法：娶她当媳妇。"

王磊拉着哭腔道："哎哟，你们怎么都让我娶她呀？我不喜欢她。"

第二天，朦朦变样了，穿着 T 恤衫和喇叭裙，头发的颜色也变成淡黄的，看上去像换了一个人。她手里拿着国安足球队的绿色围巾，高高兴兴地到派出所找王磊。刚到派出所门口，遇上一个民警，他看见朦朦，招呼道："朦朦，你来了。"

朦朦严肃地向民警道："以后叫嫂子。"

民警愣了一下道："嫂子？从哪儿论呀？"

朦朦道："当然从王磊那儿论呀。"

民警咧嘴道："王磊比我小。"

朦朦道："小也得叫嫂子。"

民警眨眨眼道："啊？有这么不讲理的吗？"他看了看朦朦手里的

绿色围巾道:"你是国安的球迷?"

朦朦道:"对呀,晚上有国安的球,我找王磊陪我看球去。"

民警道:"他?我跟你说,他是我们分局足球队有名的臭脚。"

朦朦道:"真的?他不是少年足球体校出来的吗?"

民警道:"他?上次我们分局足球队和东城分局踢,他一共射了三次门,全踢门柱上了。"

朦朦笑道:"啊?他没穿射门靴。"

民警告诉朦朦,王磊在三楼写黑板报呢,让她上去找。

王磊正在楼道里写黑板报,他会写板书,而且写得还不错。朦朦蹦蹦跳跳地走来,手里挥舞着国安的绿色围巾。

王磊打量着朦朦,有些不认识她了,感觉她比过去漂亮了,也不那么怪模怪样了,不禁点头道:"你的头发终于变成正常人的了。"

朦朦在原地转了一圈,向王磊展示了一下她的新裙子:"怎么样,我今天的打扮还行吧?"

王磊道:"看着顺眼多了,比以前漂亮了。"

朦朦挥了挥围巾道:"晚上陪我看足球去吧,国安必胜!"

王磊道:"看什么球呀,听球。我们晚上到工体值勤去。球8点开始,我们5点就上勤,晚上10点以后才撤勤,每次有球赛都这样。"

朦朦道:"啊?那你们吃饭怎么办呀?"

王磊道:"有时候所里给送包子,有时候吃面包和榨菜。"

朦朦道:"就吃面包和榨菜?那怎么行啊?"

王磊道:"怎么不行,当警察的风餐露宿,站在马路上啃面包,这是常事。"

朦朦沮丧地噘嘴道:"没劲,我还得一个人看球去!"

王磊道:"你这个伪球迷,在家看电视得了。"

朦朦道:"我就要到现场去,感受现场气氛,为国安呐喊助威。"

王磊撇嘴道:"不懂球,还爱瞎凑热闹。"

朦朦道:"我就是喜欢热闹。"说着挥舞起国安队的绿色围巾,蹦着喊道,"国安是冠军!国安必胜!"

王磊一看朦朦这个疯样,赶紧捂耳朵道:"疯了,又犯病了!"

晚上,工体大门外有成千上万的球迷往体育场里涌,手里都挥舞着国安队的围巾。不少警察在门口执勤。王磊和两个年轻民警也在路边,戴着工作证维持秩序。

这时朦朦脖子上挂着国安队的围巾,手里拿着一个肯德基的纸袋,蹦跳着向王磊跑过来。

王磊一看朦朦道:"真给国安助威来了?"

朦朦道:"当然,我给你买了肯德基。"说着把那袋肯德基塞到王磊手里。

边上一个民警见朦朦给王磊送吃的,向她道:"朦朦,真知道心疼人呀。"

朦朦瞪着民警道:"叫嫂子,我奖励你吃肯德基。"

民警笑道:"嫂子好。"

朦朦笑眯眯地从肯德基纸袋里拿出一块炸鸡递给民警,向另一个民警道:"你也叫嫂子。"

那个民警忙道:"嫂子好。"

朦朦又给了这个民警一块炸鸡。

王磊看着直皱眉:"这什么跟什么呀?这就叫嫂子了?"

这时所长走过来道:"怎么回事?我这大舅哥还没吃呢,你们都给分了?"

王磊听了直翻白眼道:"我还没媳妇呢,哪来的大舅哥呀?"

朦朦上前抱着所长的胳膊道:"这是我亲哥,你以后要敢欺负我,我让我哥捶你。"

所长道:"对,你敢欺负我妹子,看我怎么收拾你。"他从肯德基纸袋里拿出一大块炸鸡,啃了一口,赞道:"不错,还热乎着呢。"说着边吃边走进体育场。

朦朦高兴地向王磊和两个民警挥了挥绿色的围巾："国安必胜！国安是冠军。"哼着歌向体育场里走去。

王磊看朦朦进去了，低头看了看手里的肯德基纸袋，从里面掏出一小块炸鸡，自语道："还有一块儿呢。"津津有味地吃了起来。

王磊管界的流动人口聚居区又发了两起撬锁的案子，他感到无能为力，就到许建中这儿问计。正巧许建中和陈强盛、李小雄三位打扒侦查员都在，许建中就让王磊带着他们到发案高的地方看看。王磊陪同许建中等人进了一个大杂院，指着居民门上的明挂锁道："你们看看这些锁，哪经得住小偷一锤子呀？"

许建中认为门上的锁只是表面现象，什么时候老百姓心里有把锁，这儿就不发案了。

陈强盛则认为什么时候把贼抓干净也能让这儿不发案，当务之急是想办法多抓贼，问王磊这院子里有没有空着的房子。

王磊说这个院子有几间还没租出去的房子。

陈强盛分析了一下当前王磊管界的总体发案形势："现在贼跟你打游击。你到这儿巡逻，贼就不来了；你一走，贼又蹦出来了。你总是被动。得给贼来个声东击西，你把志愿者都安排到拆迁安置楼一带，值班巡逻，再挂横幅贴标语，营造打击入室盗窃的氛围。把大杂院的巡逻力量撤走，把贼往这儿赶。然后带两个保安在这个院子的空房子里蹲守，猫在那儿，等着贼来。不出三天，准能抓住这个撬锁的贼。"

王磊半信半疑，向陈强盛道："我要是苦哈哈蹲三天，贼没来怎么办？"

陈强盛笑道："应该不会，不来不符合事物发展的一般规律。"

许建中也觉得陈强盛这个声东击西的计策不错，向王磊道："我看强盛这招儿灵，你先试试，不行再想别的办法。"

李小雄笑道："强盛可是大仙，能掐会算，他说三天之内贼会来，那就准来。"

王磊一想，既然打扒的高手都这么说，那就玩一回声东击西，关门打狗。

王磊按照陈强盛说的，在拆迁安置区布置戴红袖标的社区志愿者在街道上巡逻，还让那些下棋的、腿脚不利落在楼下晒太阳的都戴上红袖标，远远看着满街都是治安志愿者。

所长来检查防范，王磊陪着他在街上溜达。所长一看街上这么多红袖标，高兴了，点头道："不错，有些声势。别小看这些老头儿老太太，是鼠就避猫，有他们在这儿，小偷就不敢来。"

王磊说他发动群众都是实名制，一个是一个，肯定不虚报数字糊弄领导。

这时一辆警车闪着警灯在街上巡逻，所长看了感慨地说："好，警灯闪闪，红旗飘飘，满街红袖标，哪个贼还敢来？"

王磊其实并不喜欢这种表面文章，苦笑着向所长道："您觉得这能抓到贼吗？"

所长看了看王磊道："抓贼是刑警队的活儿，咱们就是搞防范，先把案子压下来再说。你要在高发案时段加强巡逻防控力量，一定把入室盗窃的案子压下来。"

王磊道："是啊，我天天在社区里宣传防范，还免费帮居民安装防撬锁。您看我书包里的工具。"说着把书包里的锤子、改锥给所长看。

所长道："好，你一天安一把防撬锁，一年就能换300多把，还愁案子下不来？"

王磊摇头道："只要贼不抓到，老百姓就没有安生的日子。我觉得抓贼和防范是一个目的，不能把这两件事分开干，咱们的防范理论出了问题。"

所长觉得王磊怪怪的，一个小片儿警，居然说什么防范理论。如果说公安局的防范理论出了问题,也不是他这类人能理解的。他哪儿知道,王磊近来得了打扒的高人指点,正探讨社区防范的战略战术呢。

王磊在发案高的大杂院蹲坑,领着两个保安在一间平房里,伏在窗户上看着院子里的动静。开始三个人还能忍受,可是两天过去了,一个贼影也没见到,哥仨有些烦了。

一个保安低声对王磊道:"王哥,咱们这可是第三天了,怎么还没见到贼影呀?"

另一个保安道:"是啊,老在这屋子里,我都快憋疯了。"

王磊也着急,但他坚信老同学陈强盛的判断,向两个保安道:"别着急,我哥们儿说了,三天之内贼准来,我估计贼快来了,下午这个点儿,院里一个人也没有,是入室盗窃案件高发时段。"

正说着,院子的大门被推开了。

王磊忙道:"别出声,有动静。"

两个保安忙瞪眼向院里看。

一个高个子小伙子探头探脑地向院子里看,此人不是一般人,正是有名的飞贼曹尚飞。

他本来是奔着那些拆迁土豪来的,可是看见那边满是红袖标,有点儿犯怵。但他也不想走空,见这边平房院里没什么人,就到这儿来了,想着顺手撬两家,弄几个小钱花。他进院看了看几家的门锁,走到一户居民家门前,从包里拿出一把改锥,两下就撬开了门锁。

这时王磊带着两个保安从小屋里冲了出来,三人手里都拿着警棍。

王磊大叫道:"站住!等你三天了!"冲上去抓曹尚飞。

曹尚飞大惊,回身对着王磊就是一拳。王磊闪身躲过,狠打了曹尚飞一警棍。曹尚飞低头躲过警棍。一个保安拿警棍打曹尚飞,曹尚飞对着这个保安就是一脚,把保安踢得坐在地上。王磊用警棍左右开弓,打得曹尚飞步步后退。曹尚飞向右猛冲,挥拳打倒另一个保安,跑到院墙边上，一下就蹿上了墙头，然后又上了房顶。

王磊和两个保安都吃了一惊，看着房上的曹尚飞无计可施。

曹尚飞在房上得意地向王磊等人摆了摆手道："拜拜。"三跳两蹿没了人影。

王磊愕然道："哇，这是什么人呀？属猴子的？"

一个保安道："飞檐走壁，这是飞贼！"

王磊大喊着："快追！"带着保安沿着胡同追赶。

曹尚飞从墙上跳下来，在胡同里飞跑。王磊和两个保安在后面紧紧追赶。曹尚飞跑到胡同口，只见生子手持活动扳子，胳膊上戴着红袖标，叉腰站在路中间。曹尚飞要从生子身边冲过去，生子抬手就是一扳子，曹尚飞闪身躲过，飞起一脚，生子急忙躲闪，曹尚飞趁机从生子身边冲了过去。生子大怒，用力把活动扳子向曹尚飞甩了过去，正砸在曹尚飞的后脖子上。曹尚飞一个趔趄，险些栽倒，飞快地拐进一个小胡同。生子大步追赶，可是曹尚飞三拐两拐就没了人影。

这时王磊等人追了上来。

王磊气喘吁吁地问生子："那小偷呢，跑哪去了？"

生子有些吃惊道："这小子是属兔子的，跑得飞快，转眼就钻胡同里没影了。"

王磊道："这小子是个飞贼，前些日子东城的人就没抓到他。"

生子道："我给了他一扳子，正砸他后脖子上。没想到这家伙跑得这么快，我趿拉着鞋，没追上他。"

王磊道："你给了他一扳子？好样的。"

生子道："下回他再敢来，我准把他拿下。"

王磊心想，这个飞贼准吓着了，下次恐怕不敢来了。虽然没抓到贼，但是这声东击西的计策还是奏效了，只是没想到遇到一个盗贼里的高手。

曹尚飞在王磊这儿挨了一扳子，恨透了那个修车的，想着得把他收拾了。可那个修车的似乎有两下子,他一个人去恐怕不行。他找来了小黑胡,请他喝酒,想让小黑胡跟他一块儿去,把那个修车的修理了。他对小黑胡说,前几天他在郊区玩炸了。跑到胡同口,有个修车的小子,给了他一扳子。

小黑胡不太相信,凭曹尚飞的功夫,还让一个修车的给一扳子?不太可能啊。曹尚飞就把那天警察追他,那个修车的拦路给了他一扳子的事说了。他当时没心思跟这个修车的打,不然也不会吃这个亏。

小黑胡常年在黑道上混,身上老带着刀,两杯酒下肚就敢说大话,对曹尚飞道:"不就是一个修车的吗?哪天咱俩去,一人给他一刀。他还能怎么着?"

曹尚飞一听行啊,小黑胡够哥们儿,就和他商量,找个吉日,上门去给那个修车的放血。

这天曹尚飞和小黑胡来到生子的修车摊前。

曹尚飞向生子道:"修车的,你还认识我吗?"

生子看了看曹尚飞和小黑胡,知道来者不善,但他可不怕这个,起身道:"怎么着哥们儿?叫茬子?"

小黑胡道:"你上次是不是给了我们哥们儿一扳子?"

生子想起来了,这小子是上次那个属兔子的飞贼,不禁微微一笑道:"哦,有这事。怎么着,想跟我练练?"

小黑胡道:"咱们是找个地方练呀,还是就在这儿练?"

生子道:"还找什么地儿呀,就在这儿练。"说着就走到曹尚飞和小黑胡面前。双方不再多说,拳打脚踢招招夺命。

生子是练家子,曹尚飞也不含糊,也是得过真传的,二人打得难解难分。小黑胡属于奸诈之辈,玩明的不行,善于暗算。他暗暗从包里摸出一把弹簧刀,想暗中给生子来一刀。

这时正巧王磊和朦朦从胡同里出来,王磊推个小推车,朦朦在王磊身边,肩上扛着一把铁锹,边走边唱:"我们走在大路上,意气风发斗志昂扬……"

王磊忽然看见生子和曹尚飞、小黑胡打起来了，大喊一声："住手！"推着车冲了过去。

　　朦朦一看，把铁锹端在手里，跟着王磊冲了过去。

　　王磊一看曹尚飞，当即认出是那个飞贼，不由得大叫一声："飞贼，你往哪儿跑！"放下推车，上前就打曹尚飞。小黑胡拿着弹簧刀就捅王磊，王磊闪身躲过。

　　朦朦一看小黑胡拿刀扎王磊，立刻就急了，大叫一声，对着小黑胡就捅了一铁锹，正捅在小黑胡的屁股上。这一下着实凶狠，小黑胡疼得龇牙咧嘴，返身用刀捅朦朦，朦朦用铁锹对着小黑胡乱捅，小黑胡左躲右闪，十分狼狈。

　　此时曹尚飞被生子和王磊打得步步后退，腮帮子挨了生子重重一拳，险些栽倒。他转身就跑，王磊和生子紧紧追赶。

　　小黑胡一看曹尚飞跑了，也赶紧向胡同里跑。朦朦端着铁锹，大喊大叫地追赶。一不留神摔了马趴，铁锹飞了出去，正扎在小黑胡屁股上，小黑胡疼啊，咬牙低着头狂奔，转眼就没了人影。

　　朦朦摔得不轻，趴在地上，痛得咧着嘴要哭。

　　曹尚飞对地形不熟悉，在胡同里乱窜。王磊和生子一个追，一个绕道堵截。曹尚飞跑进一个小胡同，生子忽然从侧面的胡同出来，向他扑了上来。曹尚飞不想恋战，掉头就跑，可王磊已经堵住了他的去路。

　　王磊冷笑道："小子，今天你是插翅难逃。"说完冲上去就打。生子也跑上来助战。曹尚飞开始还能抵挡，可是王磊和生子十分凶猛，曹尚飞渐渐抵挡不住，一不留神被生子一脚踢倒。王磊和生子合力将曹尚飞擒住。

　　抓了飞贼，朦朦让王磊请客，吃羊蝎子，于是王磊就叫上生子和朦朦，找了一家小饭馆，三个人高高兴兴地喝酒庆祝。

　　朦朦和生子喝酒划拳："哥儿俩好啊，九连环呀！"

二人都喝得迷迷糊糊，但还是谁都不服输。

王磊看着这二人划拳，心想朦朦怎么什么都会呀，哪有女孩子喝酒划拳的？有失大雅，她不是他喜欢的那种文静的女孩子。

朦朦划拳输了，喝了一杯啤酒，向王磊道："王磊，你跟他划拳，他老耍赖。"

王磊笑道："我可不会划拳，这叫武喝。我喝酒喜欢一个人闷头喝，慢慢品。"

生子道："你那是文喝。"

朦朦看着王磊道："你真没劲，喝酒不划拳不热闹，没有气氛。咱们抓了贼，应该好好庆祝。"

王磊摇头道："你太乐观了，咱们这儿可不是一个两个贼。什么时候夜不闭户了，我才敢痛痛快快地喝酒。"

生子道："咱们这儿都是从全国各地来的贼，那可不是一天两天能抓干净的。"

朦朦道："对，等咱们这儿的破房子都拆迁改造完了，再安上我们的防盗系统，那就太平了。"

王磊心想，都安上防盗系统？那还得跟街道要钱去。

王磊和朦朦在街道主任那儿没要到大钱，要了点儿小钱，能在胡同口安几个监控探头。

王磊挺知足，和朦朦带着工人立马就装。他们正干活儿，许建中骑着自行车路过，看见王磊和朦朦，急忙下了车，问王磊忙什么呢。

王磊说装几个防盗系统的监控探头，这地方贼太多了。

生子的修车摊在胡同口，一看许建中来了，招呼道："许大哥，您那车老是稀里哗啦地响，我给您修修。"

许建中一看是生子，笑道："不麻烦你了，你老是警察修车免费，我不好意思在你这儿修。"

朦朦道："您别不好意思，就让他修，他过去拿菜刀砍过警察。"

生子一听不乐意了："朦朦，咱俩没仇吧？你干吗老看我不顺眼？"

朦朦道："我跟你有仇，你老在王磊面前贬低我。"

生子笑道："我老在王磊面前夸你，说你是天下第一的美女。"

许建中道："我们朦朦就是漂亮，在这一带谁也比不了我们朦朦。"

朦朦笑道："对，还是许大哥说话公道。"

生子向朦朦道："许大哥的夫人才是这儿最漂亮的，还有陈强盛陈大哥那个女朋友，也是一流的美女，你连前十都进不了。"

朦朦咬牙道："生子！我要把你的修车棚子拆了！"

生子道："别，我还指着这个棚子吃饭呢。你是最漂亮的，行了吧？你比《水浒传》里那个孙二娘都漂亮。"

朦朦没看过《水浒传》，不知道孙二娘是谁，眨眨眼，问王磊道："孙二娘是谁？"

王磊道："孙二娘？就是那个母夜叉。"

朦朦大叫一声向生子扑去，喊道："生子！你死定了！"生子丢下修车工具就跑了。

许建中看着朦朦追生子，笑着向王磊道："你这个女朋友天真无邪，挺可爱的。"

王磊死活不承认朦朦是他的女朋友，向许建中道："她可不是我女朋友，我可不敢要她。"

许建中不解道："朦朦多好呀，你可别跟强盛似的，挑花了眼。"

王磊道："我跟强盛可没法儿比，他是大众情人，我是困难户。"

许建中道："我看你啊，就找朦朦，挺好。"

王磊似乎是铁了心不要朦朦，坚定地说："不行，坚决不行，打光棍儿也不能娶她。"

王磊坚定信念决不娶朦朦，可朦朦有坚定的信心，非嫁给王磊不可。

晚上，王磊从警务站出来，想去大杂院那边巡逻，迎面遇上了朦朦。

朦朦向王磊道："王磊，大晚上的你去哪儿呀？"

王磊道："我到胡同里转转，最近那边老有贼溜门。"

朦朦道："我陪你去。"

王磊觉得巡逻带着女孩子实在不妥，就对朦朦道："那地方黑乎乎的，你跟我去干吗？"

朦朦道："我帮你抓贼呀，你笨手笨脚，上次要不是我铲了那个小偷一铁锹，你能抓到飞贼吗？"

王磊笑道："那你再扛把铁锹吧。"

朦朦莞尔一笑道："去你的。"说着上前挽住了王磊的胳膊。

这时元元从警务站探出头，向王磊道："嘿嘿，注意点儿影响啊，没有巡逻挎着女朋友的啊。"

朦朦向元元道："是我领着他巡视管界。"

元元笑道："王磊是狐假虎威呀。"

王磊一听，狐假虎威？我是狐狸，朦朦是大老虎，看来今天晚上贼都得吓跑了。

王磊和朦朦在胡同里散步，朦朦挽着王磊的胳膊，二人宛如一对恋人。

朦朦美滋滋地向王磊道："晚上在这儿和你散步，感觉真好，心情特别放松，似乎还有点儿甜蜜。"说着向王磊嫣然一笑。

王磊和朦朦在一块儿从来没什么特殊的感觉，但是她要跟着，还拿她没辙。他不动声色道："我可没这感觉，我在琢磨咱们的监控探头怎么没发现贼呀？"

朦朦道："那是贼还没来，你放心，我们公司的产品，识别率百分之九十九。"

王磊道："我怀疑贼跟耗子似的，根本不走大路，专门找犄角旮旯里的小路走。"

朦朦道："这拆迁区不可能全覆盖，咱们在这儿转悠几天，没准儿真能遇上贼。"

王磊道:"要是遇上贼,你可不能往上扑啊,得听我指挥。我抓贼,你打电话报警。"

朦朦道:"行,你抓他,我狠狠咬他一口。"

王磊一听不禁苦笑道:"你是不是从小就爱咬人呀?太恐怖了。"

这时生子迎面走了过来,手里拎着一瓶二锅头,醉醺醺的。他一看王磊和朦朦,笑着向王磊道:"呦,大晚上的跑这儿泡妞来了,找个公园多好呀。"

王磊佯怒道:"你喝多了吧,别胡说,我这是工作。"

生子醉眼迷离地笑道:"泡妞也是工作?我跟你说王磊,不听老人言,吃亏在眼前。我发现你是日本人,'缺心眼子',找这么个女朋友,晚上睡觉不做噩梦啊?"

朦朦一听大怒道:"生子,我包里可带着菜刀呢!"

生子一听,朦朦真没准儿逛马路也带着菜刀,赶紧转身晃晃悠悠钻进了胡同,回头向王磊道:"王磊!你死定了。"

朦朦向生子喊道:"你死定了!你这个臭酒鬼,明天再跟你算账!"

这时胡同里又走过来一个人,王磊定睛一看,见是老同学陈强盛,不禁惊喜道:"我的天,老同学,大晚上的,你怎么来了?"

陈强盛一看是王磊,笑道:"晚上吃多了,出来转转。"他看着朦朦笑道,"朦朦,你脑袋里的淤血好了吗?"

朦朦道:"王磊到云南给我买的野生三七,吃了以后特见效。前几天去检查过,淤血基本没了,头也不疼了。"

陈强盛道:"王磊是好同志啊,不远万里为你采药,你要是不好都对不起他。"

朦朦道:"对呀,要不是他大老远地上云南给我采药,我能晚上出来陪他抓贼吗?"

陈强盛看了看表,向王磊道:"你们遛吧,我去小许那儿看看。"

王磊说许建中那房子漏水，一下雨屋里漏得稀里哗啦，他老说去修修，一直没抽出时间。

陈强盛让王磊周日过去，他叫上李小雄，找点儿油毡，借个喷灯，把那房顶修修。

陈强盛不想打扰王磊和朦朦，简单聊了一会儿就拐弯走了。

周日王磊要去许建中家，帮他修房子，朦朦非要跟着去，说上房是她的强项。王磊没办法，只好带着她去。

姚晨曲知道这天要修房子，就把两个孩子送到了娘家，让她妈帮着看一天。一大早王磊就带着朦朦来了，姚晨曲热情地请他们在院子里喝茶。

因为王磊总在朦朦面前说许建中的夫人姚晨曲美得不得了，于是她进门就仔细打量姚晨曲，发现她长得真是美，皮肤白皙不说，而且端庄，不禁向姚晨曲道："王磊说您是最美的美女，住最破的房子。今天我一看您长得真的是女神级别的。不过您居然真的住这么破的房子，太委屈您了。"

姚晨曲笑道："这房子挺好的，哪儿破呀。好多人都住这样的房子，别人能住我怎么不能住？"

朦朦道："您长得这么漂亮，带着两个孩子，住这么小的破房子，太委屈您了。谁要是让我住这样的房子，打死我也不嫁给他。"

王磊撇嘴道："故宫的房子好，可你不是娘娘。"

朦朦道："不是娘娘我也不住这样的破房子，这是贫民窟。"

王磊道："你还别瞧不起这房子，你们家过去还不如这儿呢。要不是赶上拆迁，你能住楼房买跑车？"

姚晨曲道："人家朦朦命好，什么好事都能赶上。"

朦朦道："我爸说了，只要我能和王磊结婚，他就帮我换大房子，买房子的首付他出了，其他的再慢慢还。如果我不嫁给王磊，他什么都不管，一分钱不给。"

姚晨曲笑道:"那你就赶紧嫁给王磊吧。"

朦朦道:"这家伙推三挡四的,不愿意娶我。"

姚晨曲看着王磊道:"王磊,真的?朦朦多好呀,你还犹豫什么呀?"

王磊苦笑道:"她老强迫我娶她,结婚有强迫的吗?"

朦朦瞪眼道:"你滚!谁强迫你娶我了?是你追的我!要不是你到云南给我买药,我能答应做你的女朋友吗?"

王磊道:"我给你买药是因为你见义勇为,不是想追求你。"

朦朦道:"你嘴上不承认,可是在用实际行动追求我。"

王磊哭笑不得,向姚晨曲道:"姐,你听听,有她这么不讲理的吗?"

姚晨曲感觉朦朦既天真又淳朴,真是个有性格的女孩子,很是喜欢她。她向王磊道:"我看谁追谁都不重要,重要的是两个人谈得来。我听我们家小许说,你们两个相互配合,把社区的技术防范弄得不错,快成先进典型了。这就是有共同的语言,有缘分。"

王磊道:"你不知道,她说咬人就咬人,而且花钱跟流水似的,我真受不了她。"

朦朦道:"受不了也得受,谁让你是我男朋友。"

王磊恳求地向朦朦道:"我不当你男朋友行吗?"

朦朦道:"不行!"

这时许建中、陈强盛和李小雄走进院子,手里都拎着蔬菜之类的东西。

许建中一看王磊,忙道:"呦,王磊,今天可要辛苦你了。"

王磊道:"应该的,我已经把油毡和喷灯都拿来了。"

陈强盛看了看院子里的油毡道:"这卷油毡够了。"

众人喝了一杯茶,陈强盛拉着王磊上房铺油毡。朦朦也要上房,被王磊拦住了,怕她从房上掉下来,让她帮姚大姐择菜。李小雄动手做手擀面,号称他的手艺可以考级。朦朦看着这些抓小偷的警察,感觉这些人其实也是普通人，住普通的房子，还会自己擀面条吃。想到自己将来也是警察的家属了，心里觉得挺温馨，甜滋滋的。

朦朦和姚晨曲把扁豆、芹菜拿出来，择菜，洗菜，许建中也过来帮忙。

许建中边择芹菜边问朦朦："朦朦，你和王磊弄的那个防盗系统不错，可以大面积推广。"

朦朦道："我是想扩大安装范围，我们公司也有这个意思。"

许建中说防盗系统不要局限在社区。他是抓小偷的，知道这里面的难度。小偷往往隐藏在暗处，很难发现。如果把防盗系统安装到小偷经常出没的地方，那就等于给他们布下了天罗地网。他建议朦朦在重点地区装，比如发案高的车站、自由市场门口、地铁站门口。这些地方只要有小偷出没，立刻报警。

朦朦一个劲儿摇头，说现在找不到投资。在社区里装防盗系统，街道出钱。可是到外面装，没人掏钱。公安局负责抓贼，可是没钱装防盗系统。他们要在商场里装，商场说抓贼不是他们的事，肯定不出钱。

许建中向朦朦道："抓贼当然不能让老百姓出钱，得争取政府投资。尤其是治安不好的地方，现在都装监控探头了，但是识别比对系统还是个空白。"

朦朦道："对，得政府出钱。明天我上市政府，找市长去。"

许建中笑道："你别去找市长，什么事都找市长那市长还不忙晕了。你找个人大代表，让他写个议案，由他出面帮你们呼吁这件事。"

朦朦道："我找人大代表，人家会帮我吗？"

许建中道："你拉上王磊呀，只要派出所管界里有人大代表，他就能说上话。"

朦朦道："对，得让王磊出面找人大代表。"她向房上的王磊道，"王磊！你赶紧干活儿，许大哥又给你安排工作了。"

王磊在房上道："别急，我得把油毡苫好了，不然刮风该把油毡刮跑了。"

朦朦向姚晨曲道："姐，我对王磊这么好，可他身在福中不知福，就是不愿意娶我，您得说说他。"

姚晨曲笑道："我这个兄弟是嘴硬心软，你得跟他来软的，他怜花惜玉就得乖乖地娶你。"

许建中也道："对，王磊心地善良。"

朦朦笑道："那我就天天跟他抹眼泪。"拉着哭腔道，"王磊你娶我吧，不娶我就咬你！"

许建中和姚晨曲都被朦朦逗得哈哈大笑。

许建中心想，王磊被这样的女孩子缠上了，还想跑？能跑哪儿去？

朦朦约王磊踢球，说是让他见识一下她的球技，谁输了谁请客，吃羊蝎子。王磊一直不愿意人家说他是臭脚，得为自己正名，当即就答应了。二人在一个街心公园的空地上，用包摆了两个球门，一人各占一边。

王磊开球，带球过掉了朦朦，正要射门，朦朦大喊一声："啊——"拦腰抱住了王磊，然后把球抢了回来。

王磊嚷道："你这是玩橄榄球呀！"

朦朦哈哈大笑道："这是中国功夫足球！"说着带球突破。王磊上前拦截，朦朦连拉带拽，弄得王磊踢不到球，无可奈何。

王磊和朦朦在街心公园打打闹闹地踢球，十分认真。这时公园边上的社区出了状况，一个小偷在社区偷电动自行车，被居民发现了。几个居民抓这个小偷，小偷跑出了社区，居民们在后面大喊大叫地追赶。小偷跑到了街心公园外面的树林里，惊动了王磊和朦朦。

一个居民看见了王磊，向他大喊："王磊！抓住他！偷电动车的！"

王磊一看，忙向朦朦道："你看着包，我去抓贼。"

朦朦向王磊道："你小心点儿！"

王磊快步向小偷追了过去，小偷跑得飞快，王磊跑得也不慢。

几个居民跟在王磊后面紧紧追赶小偷。

朦朦慌慌张张地从包里拿出手机，给派出所所长打了个电话，大喊道："哥！王磊追小偷去啦！"

所长问朦朦小偷往哪儿跑了，朦朦说他们沿着马路跑了。所长说他给王磊打电话，让他报告位置。朦朦说王磊没拿手机，什么都没拿，空着手追小偷去了。她让所长快来，不然王磊弄不好会吃亏。所长答应马上带人过来，让朦朦别担心，不出五分钟，准到。

这个偷电动自行车的小偷还有两个同伙，并没露面。被追的是这个盗窃团伙的老三，他们看老三被众人追赶，不敢上前，只能在树林外的自行车道上，骑着电动自行车暗中跟着。他们并不着急，因为相信老三不会被抓住，他们都是从山里一块儿出来的，都善逃跑，估计这帮管闲事的人追不了多久就得累垮了。

小偷老三是真能跑，在树林里跑出了将近十里地，几个和王磊一起追的居民一个个气喘吁吁，渐渐跟不上了，最后都停了下来，大喘着粗气。只有王磊还在小偷后面不紧不慢地追着，他从小就在体校踢足球，跑步是必须练的。他看出来了，前面跑的这个小偷，有体力，他得跟这小偷拼耐力。他心里有数，小子，有本事你跑回老家去，我追死你。

居民们跑不动了都停了下来，但他们不能让王磊一个人去追小偷，那小偷身上有家伙，于是就打电话报了警。

所长开着警车，带着两个民警到街心公园找到了朦朦，然后就开车寻找王磊。所长还布置四组巡逻警力在附近找王磊，可是都没发现王磊。

所长奇怪，王磊这家伙跑哪儿去了？

朦朦在警车上拉着哭腔向所长道："小偷要是带着刀怎么办呀？"

所长也担心这个，但还是安慰朦朦道："没事儿，你放心，王磊是谁呀，我手下的兵，都是能打能拼的好手。"

在公路树林里，小偷老三在前面跑，王磊在后面不远处紧追。小偷已经筋疲力尽，但还在挣扎着向前跑。他想拖垮后面这个追他的人，可回头发现后面这个人似乎是练长跑的，怎么都甩不掉。

王磊也累惨了，直大喘气，但他还是咬着牙追，还念叨着："小子，有本事你跑回老家去。老子是足球队的正印前锋，踢一场球跑一万米，看谁跑得过谁。"

小偷老三实在跑不动了，停下来，回头看着王磊，从挎包里拿出一把刀，喘着大气道："你再敢追，我一刀捅死你！"

王磊气喘吁吁，也停下来，指着小偷道："你小子跑呀，接着跑，咱看谁能跑得过谁。"说着从地上捡起一块半头砖，"你还敢跟我这儿玩刀？老子刀枪不入。"

小偷老三看着王磊手里的半头砖，一琢磨，这家伙是个硬茬子，不能跟他打，还得跑，于是咬着牙转身又跑。

王磊也咬牙继续追赶，二人一前一后，都有些跌跌撞撞了。

小偷老三还有两个同伙呢，这俩人始终在暗处追着王磊和老三。

一个小偷见只剩下一个人追了，感到机会来了，向同伙道："现在就他一个人了，咱们上去给他一刀得了。"

另一个小偷道："先别急，再等等，这儿人多，等老三跑到没人的地方咱们再过去。"

二人骑着电动自行车继续跟着王磊和老三。

所长在警车上着急呀，不时用对讲机呼叫各组巡逻车，可各组的回答依然是没有发现王磊。所长焦急地看着车窗外，心想，出什么事了？王磊跑哪儿去了？

朦朦泪涟涟地念叨着："王磊，你跑哪儿去了？"

这时对讲机里传来指挥中心的呼叫："048，01呼叫，听到请回答。"所长急忙应答。指挥中心说，接到群众报警，他们所的王磊追赶犯罪嫌疑人,在京密公路一侧,已经到了顺义,让派出所立即组织警力支援。

所长心头一振,王磊这家伙都追到顺义去了?跑出20多里地了?这个臭脚真能跑。

朦朦听了不由得大声欢呼:"王磊是冠军!王磊必胜!"

小偷老三又跑了二里地,实在跑不动了,一屁股坐在了地上,端着刀,上气不接下气地向追上来的王磊道:"你想怎么着?"

王磊大喘着气,走到小偷跟前,指着他道:"你想怎么着?"

小偷咬牙道:"我今天跟你拼了!"

王磊也咬着牙道:"来呀,我今天也跟你拼了!"说着扑上去抓住了小偷拿刀的手腕。小偷拼命挣扎,二人在地上扭打起来。

王磊正和小偷在树林里搏斗,这时小偷的两个同伙骑着电动自行车冲进树林。他们放下电动自行车,拿出刀向王磊冲了过来。

一个小偷喊道:"老三,别怕,我们来了!"

被王磊打倒的小偷一看同伙来了,急忙大叫:"大哥!快来救我!"

两个拿刀的贼上前举刀就扎王磊,王磊大惊,就地一滚,躲开了刀,爬起来的时候手中多了一块砖头。他咬着牙道:"嘿,还有同伙,来吧,老子今天跟你们拼了。"

三个小偷把王磊围住,步步逼近,王磊飞起一脚,正踢在一个贼拿刀的手腕上,刀立刻飞了出去。另一个贼用刀猛刺,王磊没闪开,刀正扎在他肩膀上。王磊咬牙挥拳,把贼打得四脚朝天。双方展开殊死搏斗,王磊身上多处受伤,但仍然死战不退。

所长的警车鸣着警笛停在路边,所长和朦朦及两个民警从警车上冲了下来。

两个贼一看警察来了,掉头就跑。小偷老三已经跑不动了,被王磊扑倒在地。两个跑了的贼骑上电动自行车,钻出树林逃走。

所长等人顾不上追跑了的小偷,大步奔到王磊身边,上前按住了拼命挣扎的小偷老三。朦朦一看王磊浑身是血，扑上去抱住他大哭："王磊！"

王磊进了医院的急救室，所长、朦朦和几个民警在急救室外等消息，一个护士出来说病人需要输血。

所长一撸袖子："输我的。"

另外几个民警都挽袖子，纷纷道："输我的。""输我的。"

朦朦哭着上前道："输我的血，王磊是我老公，先输我的。"

护士看了看朦朦道："你是他爱人？你是什么血型？"

朦朦道："他是A型血，我也是A型血。"

护士道："你的身体行吗？"

朦朦道："没问题，把血都输给他也没问题。"

护士犹豫一下道："那好吧，你跟我来吧。"

朦朦跟着护士走了。

一个民警看着朦朦的背影，低声向所长道："王磊这个女朋友够仗义的。"

所长道："那当然，这是我亲妹子。"

另一个民警道："我怎么听王磊说，这女孩子不是她女朋友呀，怎么她说王磊是她老公呀？"

另一个民警道："是啊，王磊说绝对不会娶这个女孩子。"

所长瞪眼道："别胡说，我让王磊娶朦朦，他就得娶。朦朦多好，把血抽干了都愿意。"

一个民警点头道："是，这女孩子不错，配王磊有富余。王磊怎么会看不上她呀？"

所长道："他眼神儿有问题，二五眼。"

这时朦朦的父亲和几个居民匆匆赶到医院，个个神色焦急。

朦朦的父亲一见所长，忙问："所长，王磊怎么样了？听说他伤得不轻。"

另一个居民也道:"是啊,社区里的人不放心,都惦记着他呢。"

所长道:"谢谢各位,谢谢了。王磊目前情况还成,没有生命危险。医生说那刀再偏一厘米,他就没命了。大家放心,这家伙命大。"

朦朦的父亲长舒了一口气道:"这我就放心了。"

另一个居民道:"是啊,王磊是好样的。要不是我们跑不动了,也不会让他一个人去追小偷。"

所长道:"谢谢大家,我代王磊谢谢各位了。我听说是你们发现了小偷,有的居民追出十多里地,不容易了。"

一个居民道:"我们惭愧呀,追着追着就都跑不动了,还是王磊厉害。"

朦朦的父亲自豪地说:"王磊是足球队的中锋,左右开弓,一脚就能把小偷踢趴下。"他打心里喜欢王磊,这小伙子才是他的正选女婿,什么卖海鲜的、富二代,都是狗屁,跟王磊没法儿比。

被抓的小偷老三交代了一个专门盗窃电动自行车的团伙,可是民警赶到这些人住的地方时已经没人了。民警四处查找,不久就找到了这些人的落脚点。这帮人居然没跑远,还在王磊的管界,只是换了个更隐蔽的小胡同。

所长没急着抓这伙贼,布置人暗中24小时监控,准备摸清情况以后再动手。

王磊手术成功,而且恢复得很快,虽然胳膊上挂着纱布,但是能坐起来了。这段时间朦朦没上班,天天在医院照顾王磊,对谁都说王磊是她老公。

这天朦朦在王磊床边摆个脸盆,用毛巾给王磊擦脸。

王磊有些不好意思,向朦朦道:"我自己来吧,一只手能洗脸。"

朦朦道:"别动,老实点儿。你这脸脏了吧唧的,用一只手怎么洗得干净?"她给王磊擦完脸,看了看,觉得满意了,又向王磊道,

"洗洗脚，你这个臭脚，一天不洗都不成。"

王磊更难为情了，哪能让朦朦给洗脚呀，她是大小姐，只能别人伺候她，她什么时候伺候过别人呀？可是朦朦不干，非要给他洗，而且还瞪着眼道："你是足球队有名的臭脚，不洗怎么成？"说着就给王磊脱袜子，洗脚。王磊拿她没辙，只能让她洗。

朦朦边给王磊洗脚边说："你这个臭脚，还当中锋，当球屁还差不多。"

王磊就不爱听别人说他是臭脚，不服道："我怎么臭了，从小我就是校队的主力中锋。"

朦朦道："主力中锋？我看你是主力捡球员。运动员进行曲一响，广播员就说：'运动员、教练员、捡球员入场！'然后你就拿着马扎入场了。"

王磊笑道："嘿嘿，捡球这事，我小时候还真干过。那可是美差。看球不花钱，不是体校的学生还不让去呢。"

朦朦笑道："我说你怎么这么牛呢，原来是球屁一个。"她给王磊洗完脚，又帮他把袜子穿上，然后把洗脚水倒了。

这时所长和几个民警走进病房，手里还拿着水果、点心之类的东西。

所长笑呵呵地向朦朦道："妹子，这两天你辛苦了，王磊怎么样了？"

朦朦道："好多了，医生说如果他的伤口不发炎，下个星期就能出院了。"

一个民警上前向朦朦道："嫂子好。"

朦朦一听大喜，一本正经地说："你好，谢谢你们来看王磊。"一副正印媳妇的样子。

所长向王磊道："怎么样？有我妹子照顾，你脸色不错呀。"

王磊道："我没事儿，用刀扎我那两个小子抓到了吗？"

所长道："已经找到他们的落脚点了，就住你的管界。我还没动手抓他们,想把他们的底细摸清楚,然后再一网打尽。"

王磊道:"在我的管界住,先别抓,等我过两天出院,亲自收拾他们。"

所长说局里给王磊记了三等功,他把奖章和证书给带来了。所长从包里拿出一个奖章盒,还有一个证书。

王磊接过奖章和证书,有些激动道:"谢谢,谢谢领导鼓励。"

朦朦高兴地拿过王磊的奖章道:"这奖章有你的一半也有我的一半。"说着就把奖章拿出来,挂在自己的胸前,向所长等人展示。

所长道:"这个奖章就算是王磊送你的结婚礼物了。"

王磊就怕别人说朦朦是他媳妇,支吾道:"什么跟什么呀?我什么时候说要结婚了?"

一个民警道:"嫂子天天照顾你,多好呀,你还不舍得把勋章给人家?"

所长道:"就是,上哪儿找我妹子这么好的女孩子去?你知足吧。"

朦朦也向王磊道:"对,你知足吧。"

王磊哭笑不得:"这都什么和什么呀?逼婚呀?"

朦朦嫌医院的饭菜不好,要亲自给王磊做饭,回家就看电视上教做菜的节目。朦朦的父亲知道朦朦那两下子,想替她给王磊做,但是朦朦不干。

朦朦的父亲问朦朦道:"你整天看做饭的节目,也没见你做饭的手艺提高呀?"

朦朦道:"谁说没提高,我昨天做的鱼香肉丝多好,王磊都吃了。"

朦朦的父亲撇嘴道:"我的天,王磊没说那肉丝跟铁丝似的?"

朦朦道:"王磊说味道不错,就是肉丝炒老了点儿。"

朦朦的父亲道:"那可不是炒老了一点儿,王磊不好意思说你。"

朦朦看着电视道:"今天我又学了一个红烧肉,王磊准保爱吃。"

朦朦的父亲道:"红烧肉?你还能做红烧肉?我还真不信,你说说这肉怎么做。"

朦朦道:"太简单了,电视上说了,把五花肉切成块儿,先放油,再放酱油和糖,然后把肉放里面炒。等肉上了色,再放水,炖熟就行了。"

朦朦的父亲撇嘴道:"说着容易,等你做两回就知道了,没这么简单。"

朦朦起身道:"哼,做饭对我来说不算事。我想学的东西,没有学不会的。我买五花肉去。"一边走一边哼运动员进行曲,念叨着,"运动员、教练员、捡球员,入场!"

朦朦的父亲暗笑道:"捡球员要入场了。"

所长让生子去侦查盗窃电动自行车团伙住的出租房大院。生子晚上拎着一瓶酒,戴着红袖标,醉醺醺地就进了这个大院。

院子里有几个小伙子正围着一个小桌子喝酒,一看生子进来,都站了起来。他们认识生子,知道这个修车的是个亡命徒,大刑放出来的。

一个小伙子笑脸相迎,向生子道:"大哥,您怎么有时间到我们这个小院来了?"

生子指了指胳膊上的红袖标道:"检查安全隐患。"

一个小伙子笑道:"大哥您别逗了,您拿菜刀砍人这事谁不知道?您戴这个红袖标不是起哄吗?"

众小伙子大笑。

生子上前看了看小桌上的酒菜,点头道:"不错,小日子过得不错。你们在北京靠什么发财呀?"

一个小伙子道:"我们是卖苦力的,装修房子。"

另一个小伙子道:"大哥您这是上哪儿喝去了?要不在我们这儿再喝点儿?"

生子摆手道:"不啦,我已经半斤二锅头进去了。你们喝你们的,我没事儿,路过这儿,听见你们这儿挺热闹,进来看看。"说着探头向出租房里看了看,在院子里转了一圈,看见一个空屋子里放了不少电动自行车,心里有了准儿,晃晃悠悠地返身向外走。

一个小伙子道:"大哥慢走,有工夫过来喝一杯啊。"

生子道:"好,哪天有工夫过来跟你们哥儿几个喝二两。"说着就出了院子。

生子回去向所长汇报了侦查的情况:那个院子里住的一伙人,一共五个,听口音都是一个地方的人。自称是干装修的,可院子里没有装修用的水泥沙子之类的东西,倒是有几辆电动自行车。

所长对生子的表现很满意,不过现在抓这些人还缺少点儿证据,得人赃俱获。

朦朦把红烧肉烧煳了,她把几块煳了的肉夹到父亲的碗里,让他吃。把不煳的挑出来装到保温桶里,准备给王磊送去。朦朦的父亲尝了一口朦朦放在碗里的肉,当即咧嘴道:"我的天,放了多少盐呀!"

生子到医院看王磊,还给他带了"药"。他趁病房里没医生,悄悄从包里拿出一瓶酒,递给王磊道:"这可是好酒。"

王磊接过酒瓶子一闻,那叫一个香,真是好酒。

朦朦在边上瞪眼道:"你受伤了还喝酒?酒影响伤口愈合。"

王磊拿着酒瓶子,馋得不得了,向朦朦道:"我不是喝,就是想尝一口,看看是什么味儿。"

朦朦上前抢酒瓶子,王磊赶紧把酒藏到被子里。

朦朦向王磊道:"你准是想没人的时候偷着喝。"

生子向朦朦道:"酒是药的头,什么药都得有酒做药引子。"

朦朦道:"你胡说,王磊受的是刀伤,喝酒对他不好。"

王磊道:"我小尝一口,不会影响伤口愈合。"

朦朦道:"不行,一口也不行。"说着拿起电话道,"我找你们所长，让他管你。"说完就拨了所长的电话，嚷道，"哥！王磊在医院喝酒，你管不管呀？"

所长在电话里向朦朦道："王磊在医院还敢喝酒？不要命了？你咬他！"

朦朦挂了电话，向王磊道："我哥说了，你敢喝酒，就让我咬你。"

王磊和生子面面相觑，王磊真怕朦朦咬他，只好把酒瓶子还给了生子。

生子道："没事儿，这酒我给你留着。"

王磊道："对对，我下星期就能出院了。等我出去咱们再喝，这可是好酒，是十年以上的老酒。"

朦朦向生子喊道："生子！你拿着酒到医院来，想害我老公是不是？"

生子撇嘴道："什么？老公？你问问王磊，他有媳妇吗？他敢娶你吗？"

朦朦向王磊道："王磊！你敢娶我吗？"

王磊就怕朦朦提这事，赶紧用被子蒙上头道："哎哟！我的伤口又疼啦！"

王磊一出院就惦记着抓那个盗窃电动自行车的团伙，他怀疑自己的管界丢电动自行车的案子全是这帮小子干的。派出所用监控探头盯着这个盗窃团伙，发现这帮人一到半夜就出去，回来的时候总有人推着电动自行车。这可是铁证，所长决定收网。

这天黄昏的时候，一群人在胡同里的大树下围成一圈吵吵嚷嚷，人群中生子和王磊正在摔跤。二人搭着架子，连踢带绊。王磊给生子使了个"背负投"，把生子背起来扔了出去，但是生子居然就地一滚，站了起来。

围观的人大声叫好。

朦朦在边上大喊："王磊加油！生子加醋。"

生子和王磊搭着架子，向朦朦道："不带这么喊的啊，什么叫加醋呀。"

这时从院子里出来五个小伙子，凑上前看热闹。

一个小伙子道："生子和人打起来了，咱们看看热闹去。"

另一个小伙子道："打起来了？太好了，这热闹得看。"

几个人说着都站在人群后面看热闹。

这时所长带着便衣警察，站在胡同口看着胡同里的动静。所长吩咐民警上前抓捕，两个人掐一个，并嘱咐民警注意安全，因为这帮人身上都有刀。十个便衣警察悄悄走进胡同。

王磊和生子摔跤，气喘吁吁，有些抵挡不住，被生子用了个"手别子"，摔了个四脚朝天，观看的人一阵鼓掌。

王磊从地上爬起来，咬牙道："嘿，有两下子，再来！"说着又扑了上来。生子左踢右绊，弄得王磊十分狼狈，几次差点儿摔倒。边上的朦朦一看不好，大叫一声扑了上去，紧紧抱住了生子的后腰。观看的众人不禁都开始起哄。

生子被朦朦抱住了腰，向王磊道："嘿，有这样的吗？还带帮忙的？"

这时场边的十个便衣警察突然开始抓捕盗贼，两人按住一个，扭打起来，现场顿时大乱。王磊和生子也不摔跤了，上前帮助民警抓贼。

有个贼居然挣脱了民警，向胡同里猛跑。王磊、朦朦、生子、几个民警和一群居民在后面紧追。贼跑得飞快，有些居民骑着电动自行车超过了王磊和民警向贼扑去。追贼的居民越来越多，在胡同里排起了长龙，前堵后截，街上到处是呐喊声："抓小偷呀！"

"抓小偷"的喊声惊天动地，小偷跑呀跑，恨不能跑到地球外面去。

第十五章　冤家路窄

　　姚晨曲生完孩子已经两年多了，病情没有大的变化，但还得定期做化疗。

　　许建中工作忙，不能总是陪姚晨曲到医院做化疗，但是只要一下班，他定会到医院来接姚晨曲。

　　这天他下了班匆匆忙忙来到医院，姚晨曲正躺在病床上打吊瓶。许建中就坐在她的床边，陪她聊天。

　　姚晨曲心情不太好，念叨着这个疗程十天，上不了班奖金全扣。本来挣钱就不多，还老扣奖金。人家孩子星期天都能上公园，星星和月月很想去公园玩。不能带孩子去公园玩不说，家里的钱全让她交医疗费了。说着眼泪直往下掉。

　　面对姚晨曲这样的贤妻良母，许建中深感对不起她，因为自己工作太忙，老家用钱的地方又多，让她和孩子跟着自己受穷。

　　他怕姚晨曲伤心，便安慰她道："咱们孩子没有人家吃得好穿得好，可咱们孩子听话懂事，将来准有出息。"

　　姚晨曲让许建中先去幼儿园接孩子，她打完吊瓶自己坐公共汽车回去。许建中也惦记着两个孩子，又从医院去了幼儿园。他已经习惯了在医院和幼儿园之间奔波，这就是生活，这就是生活中的苦与乐。他能给自己的妻子和孩子更多一些爱，对他来说就是多一份享受。他不认为警察就应该是不顾家的人，警察要是连家都不顾，那就不是一个好警察，起码是缺少爱心的警察。

　　晚上，许建中的两个孩子安静地躺在床上睡着，许建中和姚晨曲坐在床边，慈爱地看着两个孩子，这是一天中他们最幸福的时候，这种享受只有深爱孩子的人才能体会到。

许建中对姚晨曲低声道："咱孩子长得多好，我这一路就看，凡是领孩子的我都注意，没有一个赶得上咱孩子的。连幼儿园的老师都夸咱们孩子是幼儿园最漂亮的。"

"那当然，谁生的呀。"姚晨曲也为孩子的漂亮而自豪。

许建中道："人家都说崔颖漂亮，可我一直觉得你比崔颖漂亮。"他心里真是这么想的，觉得小姚更有女人味。

姚晨曲笑了，说："崔颖的漂亮是公认的，我可比不上。"

许建中摇摇头说："你比崔颖长得善，比她纯，从里到外都比她美。"一提起崔颖，许建中就想起陈强盛跟他说的崔颖和李聪前夫在一起的事。他告诉姚晨曲，崔颖现在思想上有了点儿问题，总是和那些大款混在一起。姚晨曲听了有些吃惊。许建中说这事他一直想跟姚晨曲说，可她身体不好，没敢告诉她。姚晨曲直皱眉，心想不会吧，崔颖可不是那种人。她是不是和这些人在做生意？

"强盛看见崔颖和李聪的前夫在服装店里，俩人卿卿我我的。那男的据说是个专门采花的大款。"许建中忧心忡忡，"崔颖和李小雄一刀两断了，连他的电话都不接，门也不让进，挺绝情的，这和她整天和大款在一起混不是没关系。"

姚晨曲仍然半信半疑，崔颖挺正派的，怎么会和那种人混在一块儿？她也真没想到崔颖和李小雄会到这种地步，这是怎么搞的？当初这俩人多好，就连她和许建中的婚姻也是这二人撮合的，可如今他们倒出问题了。

许建中认为这事不能怪小雄，是崔颖自己感情上有了变化。他让小姚抽空儿劝劝崔颖，她这样下去非常危险。

姚晨曲不放心崔颖，第二天就给她打了一个电话，说要去看看她。崔颖一听姚晨曲要来看她，想到姚晨曲身体不好，还是她去看姚晨曲为好，俩人约好了星期天见面，因为星期天许建中加班，她们俩正好聊天。

这天崔颖带着给星星和月月买的儿童玩具和两个大礼包，高高兴兴地来到姚晨曲家。星星和月月已经两岁多了，这两个孩子越长越像姚晨曲，一对小美人，崔颖打心眼儿里喜欢。她感慨地对姚晨曲说："这两个孩子真可爱。说实在的，一看到她们我就想，这俩孩子要是我的多好。"

姚晨曲笑道："你也不小了，该结婚了。"

"我知道你找我来就是为这事，我也知道你要劝我嫁给李小雄，对不对？"崔颖说。

姚晨曲道："对，我也知道很难说服你。可我还是得说，不说不舒服。"

崔颖坐在姚晨曲的床上，叹口气说："我也想和你说说，不说也不舒服。我就想和你说，别人我还不说。"

姚晨曲问崔颖道："你和小雄是怎么搞的？听说你和他一刀两断了？"

崔颖调侃道："是啊，一刀两断了。可这全赖他，他和你们家小许学的，谈恋爱失约。"

姚晨曲说："就因为我原谅了小许失约，才有了如今的两个孩子。你就不能原谅他？他是警察。"

崔颖沉思了一下说："我不是不能原谅他，我在想，我们之间的问题出在哪儿？我有时候也在问自己，李小雄是不是我要找的那种男人？"

"你不是一直在我面前夸他吗？说他要样儿有样儿，要个儿有个儿。人老实，也有才干。怎么忽然又提出这个问题来了？是不是你自己变了？"姚晨曲说出了自己担心的事。

崔颖说："可能吧。我过去属于没见过世面，看李小雄什么都好。可近来我接触了不少做买卖的人，发现我的恋爱观有些过时了。我有时候甚至会怀疑自己当初的选择，这世界上有很多优秀的男人，他们早早就成功了,甚至成了百万富翁。"

姚晨曲诧异地看着崔颖道:"崔颖,你想嫁给百万富翁?你没发烧吧?"

"我可没这么说,我只是有某种想法。"

"危险的想法,你简直在发烧。"

"我是在跟你说心里话,我并没有这么做。"

"你已经开始这么做了。你已经开始嫌弃小雄了,你嫌他是个普通的警察,没有那些做生意的人有钱,不能开着豪车带着你去高消费场所,对不对?"姚晨曲有些担忧地问崔颖。

崔颖看着姚晨曲,不置可否。姚晨曲终于明白了,问题就出在这儿,根本不是李小雄一两次失约的问题。

崔颖叹口气,坦白地说:"其实我还是挺喜欢李小雄的,不然也不会和他谈了这么长时间。"

姚晨曲诚恳地劝崔颖道:"咱们是从小一块儿长大的,这件事不能不说你,你的想法很离谱,简直是幻觉。你应该明白一个最简单的道理,女人嫁人,嫁的是人,不是嫁给钱。只要人好,没钱可以有钱。但是人要是不好,其他全是没用的东西,更谈不上感情了。离开了感情,两口子在一块儿还会有什么幸福?"

崔颖长叹了一声,自语道:"是啊,可能是我情感上有了变化。但是我现在还没决定嫁谁,还在考虑。李小雄没出息,不然我早就嫁他了。"

姚晨曲有些急了,问崔颖道:"什么是有出息,难道做一个普普通通的人就是没出息?"

崔颖看姚晨曲真的急了,笑着说:"你又急了。你是不是非逼我嫁给李小雄呀?"

"我不是非逼你嫁他,我对你的观点接受不了。我觉得小雄他们都是最有出息的,是最好的男人!"姚晨曲有些激动。

"他们都是好人,这我同意。可我不同意他们是有出息的男人,如果小许有出息，他能让你住这样的破房子？"崔颖不完全同意姚晨曲的话。

姚晨曲叹气说："唉，一开始我就说，很难说服你。看来今天咱俩谁也没法儿说服谁了，我真替你担心。我担心你让那些大款骗了，这样下去你会吃大亏。"

姚晨曲和崔颖推心置腹地谈了半天，姚晨曲最终也没有说服崔颖，她为崔颖担心。她担心崔颖被金钱迷惑了，但她又无能为力，因为她太了解崔颖的脾气了，就像崔颖无法阻止她和许建中结婚一样，她同样也阻止不了崔颖对金钱和物质享受的追求。

就在李小雄和崔颖的事即将告吹的时候，陈强盛想把他和李娇娇、李聪之间的事做个了结。

他把李娇娇和李聪做了比较，觉得自己更喜欢李聪，当然也不是不喜欢李娇娇，因为李娇娇身上的美也是非常诱人的，可惜他只能在李娇娇和李聪之间选一个。他狠了狠心，决定找李娇娇谈谈，不能再这样拖着了，屈指一算时间过得真快，他已经和李娇娇谈了两年多了，不能这么耽误人家。

这天陈强盛把李娇娇约到中山公园，说有话要跟她说。

这是个黄昏，和两年前头一次见李娇娇是同一地点。

李娇娇兴致勃勃地来了，她这回没有像头一次见陈强盛那样把"背面"穿身上，而是穿了一身朴素但很高雅的连衣裙，只是脚上的高跟鞋还是那种高高的尖尖的式样，看上去格外清丽动人。

她见了陈强盛，从他的眼神里看出他内心的矛盾，也看出他没有了往日的轻松和玩世不恭，他的眼睛里有一丝沉重和内疚。她有一种预感，陈强盛要和她分手。

陈强盛吭吭哧哧，头一次在女人面前有些局促不安。李娇娇已经猜出他要说什么了，她也知道他迟早要对她说。

她向陈强盛笑了笑，挽起他的胳膊在树林里散步，平静地对他说:"你想说什么我都知道,但不许你说。"

陈强盛看着李娇娇问:"你知道我想向你说什么?"

李娇娇语调平和地说:"我知道你要在我和李聪之间做出选择,对吧?"她看着陈强盛,目光有些凄凉,"可目前你还没有和李聪正式结婚,只要你还没有和李聪结婚,就是我的男朋友。即便你和李聪结了婚,也是我的朋友。"她轻轻拭去慢慢从眼角滚下来的泪珠,"我爱你,也相信缘分,如果哪一天你和李聪正式结婚了,我会自动离开你们,决不打扰你们。"

陈强盛被李娇娇的话震撼得无言以对,看着李娇娇那双漂亮的大眼睛,忽然觉得她有很多地方比李聪还美。而且让他吃惊的是,她的心胸怎么会如此宽阔?对他如此宽容?这对于女人来说太难做到了。他有什么地方值得她做如此大的牺牲?

他不禁拉起她的手,说:"你这么漂亮的女人找什么样的男人都能找到。"

李娇娇凄凉地一笑,毅然地说:"我再也不会找到像你这么好的男人了。"

陈强盛让李娇娇说愣了,看着她泪涟涟的眼睛,不知如何是好。

他想安慰她,但又想不出用什么话能安慰她。他把李娇娇搂在怀里,任她在怀里轻轻地啜泣。他深感对不起这个深爱他的女人,可他能怎么办?

许建中日子过得忙忙碌碌。这天早上他骑着自行车上班,路过一座立交桥的时候,见一个大汉骑着一辆满载货物的三轮车,吃力地向桥上蹬着。他下了车,上前帮着推车。骑车的正是大黑汉,他感到有人帮忙推车,回头要说声谢谢,可他一看是许建中,惊喜道:"许大哥?"

许建中一看是大黑汉,也觉得这事挺巧,正想找他呢。

大黑汉有些不好意思地说:"许大哥,怎么能让您推车呀,我来吧。"

"嗨，这多大的坡呀，快蹬吧。"许建中说着用力推车。

车上了桥，大黑汉停下车，擦擦汗对许建中说，他最近净忙着挣钱了，也没顾上去看许建中，问姚大姐最近身体怎么样，雪芳老念叨姚大姐的身体，也说要看看姚大姐去，就是没抽出时间来。

一提小姚的病，许建中就叹气道："唉，你姚大姐这病啊，我给她找了不少好大夫，都不成，不见好。"

大黑汉忙安慰许建中道："您还得想开点儿，也得多注意身体，姚大姐病了，这家里全靠您了。"

二人在马路上聊了一会儿，大黑汉说他前两天听说王疤瘌那伙人还憋着算计许建中呢，让许建中多加小心。许建中问大黑汉，王疤瘌在什么地方活动？大黑汉说他只探听到王疤瘌还在北京，具体住哪儿还没探听清楚。他一直在想法子找王疤瘌，有了消息一定告诉许建中。许建中让大黑汉常和他联系，争取早日抓到王疤瘌。二人聊了一会儿就匆匆分了手。

傍晚的时候，许建中还和李小雄、陈强盛在公共汽车站上打扒，这时候正是上下班的高峰期，乘客很多。一辆汽车刚进站，人们簇拥着，争先恐后地扒住车门往上挤。

许建中、陈强盛和李小雄三人各守一门，踮起脚尖，目光锐利地搜索目标。汽车开走了，三位侦查员重新回到一棵大树下聊天。

此时，夕阳被乌云遮住，云色越来越黑沉，远处还响了几声闷雷。

许建中看看天说："要下雨了，咱们都没带雨衣，看来要挨淋。"

雷声越来越近，乌云密集，大雨将至。

公路上，大黑汉骑着三轮车慢慢地走着，忽然他看见路边的树下许建中、陈强盛和李小雄在聊天，想过去跟他们打招呼，这时有几滴雨点儿落在他身上，他看看天，又看看树下的三位侦查员，此时他们仨为了避雨，正在树下躲着。大黑汉一想，得给他们找雨衣去，赶忙蹬起车，以最快的速度急驰而去……

雨越下越大，打得地上直冒水泡。

三位侦查员谁也没有退缩的意思，只是望着雨景，各自想着心事。

陈强盛咧着嘴说："真饿呀，肚皮都贴脊梁骨了。"

李小雄从兜里拿出几块糖："这是一个朋友给我的喜糖。"

陈强盛拿了一块，又递给许建中一块："来，吃李小雄的喜糖。"

李小雄剥开一块糖说："我的喜糖是没戏喽。"

许建中道："趁这会儿附近的电影院没散场，咱们先歇会儿，待会儿电影一散场，人往车上一挤，就有小偷下手了。"

此时公路上堵车，马征开着车正好路过此地，车上坐着崔颖。崔颖透过车窗一眼看见了在路边淋雨的李小雄，她一下呆住了，心情很复杂，这要是在以往，她一定会给李小雄送雨伞去，可现在她没这么做。

这时一辆120路公共汽车进了站，很多人向车上挤，三位侦查员又冒雨向车下观看，巧的是车上的售票员正是黄雅琴，她从车里看见李小雄在雨里淋着，忙拿起身边的伞下了车，几步就跑到李小雄身边说："李小雄！雨伞！"她把雨伞往李小雄身上一塞，转身又跑上车。

李小雄举着雨伞还没明白是怎么回事，黄雅琴的车已经开了。他向车上喊道："小黄——"黄雅琴没有回音。李小雄的脸上充满了感激，一直目送黄雅琴的车走远。

崔颖在车里看见了黄雅琴给李小雄送雨伞的一幕，想到陈强盛说李小雄在热恋，不由得心里隐隐作痛，看来陈强盛真没编瞎话，李小雄找的这个女朋友长得还不错，看上去挺年轻的。雨雾遮挡了崔颖的视线，她的心也像这雨天，朦朦胧胧的。她反问自己，是不是真的不爱李小雄了？如果真的不爱他，为什么看到他和别的女人来往，心里会有这种难以忍受的酸楚？

就在李小雄举着雨伞发呆的时候，一辆三轮车向车站急驰而来，到许建中等人跟前一个急刹车。

　　三位侦查员一惊，只见骑车人抱着两把伞、一件雨衣，跳下车向许建中喊："许大哥！雨衣！"

　　三位侦查员定睛一看，原来是大黑汉，不禁全愣住了。只见大黑汉穿件小背心，手里捧着雨衣、雨伞，淋得像个水鸡子……

　　窗外雨声沥沥，姚晨曲正和姚母在屋里给星星和月月量衣服。

　　姚母说："这俩孩子贪长，不到三岁就穿这么大的衣服。"

　　许星星嫩声嫩气地说："姥姥，您给我们做一样的衣服。"

　　"我不要一样的衣服，人家老管我叫许星星，我还得跟他们说我不是许星星，我是许月月。"许月月天真无邪地说。

　　姚母看了看两个外孙女说："你们俩就得穿一样的，不穿一样的就容易生病。"

　　这时许建中湿淋淋地走进屋子，进门就打喷嚏。

　　两个孩子一起叫："爸爸！爸爸回来了！"

　　"爸爸挨淋啦！"

　　姚晨曲一看许建中挨淋了，心疼地说："呀，你怎么不避避雨呀？"忙用毛巾为许建中擦脸上的雨水。

　　许建中看见姚母在屋里，忙向姚母说："妈，您来啦，这么大雨您没淋着吧？"

　　姚母看见许建中脸色就变了，冲着他嚷道："星期天下着雨你都不着家，这孩子是小姚一个人的？你就不管啦？啊？你这是不拿小姚当人呀！我就知道你们警察没一个好东西。当初你看我们小姚漂亮，拼命追，娶到手了你就欺负她！啊？你成天在外面野，让小姚一个人带俩孩子，你想累死她呀！"

　　许建中经常受这位岳母大人的骂，已经习以为常了，他低声申辩道："我没欺负她，这几天单位挺忙的，星期天也得加班。"

　　"你还狡辩？敢说你没欺负她？我可告诉你，你还别来你们警察那套！你这样的我见的多了，你还想把我抓走怎么着？"姚晨曲的母亲向来看不起许建中，一看许建中敢还嘴，声音更大了，"你以为你了不起呀，我告诉你，没你我们小姚照样找得着婆家！嫁给你这个警察，我们还委屈了呢！原来以为你挺老实，看来你也不老实呀！"

许建中知道姚晨曲的母亲不讲理，索性低垂着眼皮，咬着嘴唇一声不吭。他不想让姚晨曲为难，更不想顶撞长辈。

姚晨曲一个劲儿劝母亲，说小许单位忙，其实他挺顾家的。但是姚晨曲的母亲还是不依不饶，指着许建中的鼻子说："你要是顾家就不往外跑了，上个星期天我来就没见到你的影儿。"

姚晨曲解释道："他有时候值班，警察值班多。最近小偷也多，他就得加班。"

姚母瞪了姚晨曲一眼道："你少护着他，早我就看他不是个东西。你也不知怎么被他给骗了，瞎了眼了！"

许建中任凭姚晨曲的母亲怎么骂，就是一句话不说。他心里想的是姚晨曲的身体，自己受点儿委屈没什么，担心姚晨曲情绪不好会影响她的病情。

姚晨曲见母亲不停地骂许建中，伤心地伏在桌上轻声啜泣起来，两个孩子也被吓得大哭……

许建中租的房子没有厨房，做饭不方便，他和姚晨曲商量着自己在门口盖一间小厨房。

他没有盖房用的砖头，就借了一辆三轮车，星期天抽空儿来到拆迁的地方，捡了些砖头，回来的时候，他在乡间小路上慢慢地蹬着三轮车，心里盘算着这小厨房怎么盖。

说来真是冤家路窄，王疤癞租的房子也在这附近，正巧从这里走过，他东张西望，一眼看见了许建中，吓得他赶紧躲到一棵大树后面假装点烟。

许建中只顾蹬车，没有看见王疤癞。

王疤瘌心想，这可是天赐良机，一定得弄清楚这警察住哪儿。他远远地跟在许建中的后面，一直跟到了他家的门口。

许建中回到家，姚晨曲也来帮他从车上卸砖头，一看许建中找来这么多砖头，觉得差不多够用了。许建中说他已经请了李小雄和陈强盛来帮忙，待会儿他们就到，一天就能把小厨房盖起来。他把李小雄和崔颖分手的事向姚晨曲说了，让她有时间再找找崔颖，给他们调解调解。

姚晨曲对许建中说，上次崔颖来了，她有点儿变了，变得特别现实。问题不是因为李小雄失约，而是崔颖有点儿看不起小雄了。可能是崔颖接触的有钱人多了，跟着他们高消费，回过头再看小雄就不顺眼了。小雄哪能带她去高消费呀？她把该说的话全说了，崔颖就是听不进去，总以为和那些大款在一块儿，将来能学着赚大钱。她就是不明白，钱那么好赚？那都得付出代价。崔颖是不撞南墙不回头。有些事是当局者迷，非得吃了亏，才能真正明白。

许建中有些忧虑，心想一个人老出入那种高消费场所，无形中就学坏了。一个女孩子要是在那种地方待长了，像他们这样的普通警察肯定看不上眼。崔颖能在那些大款那儿满足虚荣心，但是不会找到好丈夫，那些大款十个有八个在外面花。她也就是现在年轻漂亮，等青春一过，指不定什么结果呢。他对姚晨曲说，作为崔颖的好朋友，千万得拉她一把。

姚晨曲最近一直没抽出时间，想着有时间还得找崔颖好好谈谈。她要不要小雄都不要紧，可不能走歪道。

许建中和姚晨曲聊天，王疤瘌在离许建中家不远的一棵大树后面，用恶狠狠的目光看着许建中，他阴冷地笑着，心想不是冤家不聚头，这警察居然和他住的地方如此之近，这回可以找上门去寻仇，这么多年的仇终于可以报了。

李小雄和陈强盛星期天到许建中家帮他盖小厨房，李小雄蹬着三轮车，车上坐着陈强盛，还拉着一些木头和砖。陈强盛坐在车上唱着怪声怪气的歌，忽然他想起了一件事，问李小雄道："我说，那天给你送雨衣的女售票员和你是什么关系？老说别人脚踩两条船，你是不是也脚踩两条船？"

李小雄道："那个黄雅琴我才认识不到一个月，就是普通朋友。"

陈强盛知道李小雄心里忘不了崔颖，可他见过崔颖和马征在一块儿，不想让李小雄和崔颖再谈下去，就有意撮合他另找对象，说："那汽车售票员给你送雨衣的时候表情可是含情脉脉的。眼睛是心灵的窗户，小许看一眼小偷，就知道他是小偷；我陈强盛看一眼女孩儿，就知道她在想什么。我看那女孩儿就是你的女朋友。她现在不是，将来也得是。"他见李小雄低头蹬车，不承认和黄雅琴的关系，又说，"你最近为什么不上崔颖那儿去了？是不是彻底绝交了？"

李小雄道："崔颖不接我的电话，不让我进她家的门。我也不想再向她解释什么了，人都有自尊。"

陈强盛挤对李小雄道："以前你根本没有自尊，恨不得跪地上求崔颖，现在是学得有骨气了还是另有打算？"

李小雄道："当然是有骨气了。"

陈强盛笑了，说："我根本不相信你在崔颖面前敢说有骨气，如果姚大姐再给你们调解，崔颖又回心转意了，你准得小跑着去见她。"

李小雄道："那当然，如果崔颖回心转意，我当然会跟她和好。"

陈强盛心想，李小雄完了，痴情变成痴呆了。现在崔颖八成已经是大款的小蜜了，这位还在这儿念念不忘，真是被人家耍了还痴心不改。

许建中的房子没有厨房，在门口做饭，赶上刮风下雨很不方便。他准备盖个小厨房，这事王磊自然得帮忙，他和生子拉来一三轮车建筑材料，沙子、石灰、水泥、油毡一样不少。

星期天，王磊和陈强盛、李小雄一起动手给许建中盖小厨房，朦朦也跟着来了。

众人给许建中盖小厨房的时候，朦朦和姚晨曲看孩子。朦朦看着姚晨曲的两个宝贝，喜欢得不得了，低声问姚晨曲怎么才能生双胞胎，她将来也要给王磊生两个漂亮的小姑娘。姚晨曲理解朦朦，但无法告诉她怎么才能生双胞胎。她让朦朦别着急，如果第一胎只生了一个，过一年可以再生一个。关键是先得和王磊结婚，不能这么拖着，夜长梦多。朦朦和现在众多年轻人一样，对结婚这事并不着急，反正她整天看着王磊，他还能跑了？

许建中的小厨房一天就盖起来了。晚上他在新盖好的小厨房跟前满意地对姚晨曲说，有了小厨房就方便多了，刮风下雨都不影响做饭。他是知足者常乐，住小平房也满足。姚晨曲也挺高兴，毕竟以后做饭不怕下雨了。

许建中对姚晨曲说，晚上还要回单位值班，让她早点儿睡。

姚晨曲一听许建中晚上又值班，舍不得让他去，和许建中结婚已经三年了，两人还像新婚一样谁也离不开谁，亲热得如同热恋中的少男少女。姚晨曲拉着许建中的胳膊说："你不值夜班行不行？你可以跟队长说说，让他照顾照顾你，你有两个孩子，家庭负担重。"

许建中搂住姚晨曲，吻着她道："那不行，谁家没点儿困难。你晚上锁好门，以防意外。"他心里总是担心姚晨曲，怕坏人打她的主意，毕竟她是个漂亮的女人。

姚晨曲吻了许建中一下，说："我当警察的媳妇，这点儿安全知识还懂。"

许建中笑了，放心地踏着夜色出了门。他哪知道，王疤瘌已经找到了他的住处，就要对他家下手了。

许建中走了以后，姚晨曲回到屋里，锁好门守在两个熟睡的女儿身边睡下。

这天晚上，王疤瘌借着月色，悄悄向许建中家走来。一阵风吹开了他的上衣，露出了一把匕首。

安谧，宁静的夜，只能听到小闹钟的嘀嗒声。

突然，只听"嘭！嘭！哗啦啦！"几声巨响，随着窗玻璃的破碎，两块砖头飞了进来，正落在床上，险些砸在姚晨曲的两个女儿身上。

姚晨曲"啊——"的一声尖叫，愣愣地看着被砸碎的玻璃，旋即扑到床上，用身体护住了哇哇大哭的女儿。

许建中家让人砸了玻璃，这事传到队里，队里的同事都为他担心。队长认为砸玻璃这事儿很可能和王疤瘌有关，他认识小许。

李小雄觉得奇怪，王疤瘌怎么会知道许建中的家在哪儿？

陈强盛推断，王疤瘌一定是跟上许建中了。

处长把许建中叫到办公室，嘱咐他最近要多加小心，领一根拉杆警棍带身上，以防万一。

许建中对王疤瘌砸他家的玻璃也感到吃惊，他不为自己担心，担心王疤瘌伤害姚晨曲和两个孩子。他整日坐立不安，想着要尽快抓到王疤瘌才能解决根本问题，可到哪儿去找王疤瘌？

许建中忧心忡忡，在公安局吃饭的时候感到胃总是痛。他最近省吃俭用，尽量把钱都花在老婆孩子身上，可他自己却一天天消瘦。

他是那种自己多苦也不想苦了妻子和孩子的人，可警察的收入不算高，他有两个孩子，姚晨曲看病也用了不少钱，生活水平一下子就下来一截，他也是无可奈何。

下班的时候天已经黑了，许建中一手拿着包，一手拿着一塑料袋奶粉之类的东西从小卖部出来。他脸色发黄，略显病态，用手顶了顶阵阵作痛的胃部，轻皱眉头，急步向家走。

夜色中，僻静的小巷阒无人迹，只有许建中的脚步声沙沙作响。也许是因为归家心切，他的步子走得很快，走到巷子的拐弯处，他似乎听到了什么异常的声音，陡然停住脚，警觉地站在那里，也就在这一瞬间，一块砖头迎面飞来。

他一歪头，砖头擦着他的脸颊，打在路边的墙上，"啪"地粉碎。

许建中灵活地跳到墙边，迅速扔掉手中的塑料袋，从包里抽出了拉杆警棍。这时，他面前出现了五个大汉，都手拿弹簧刀、木棒之类的凶器，个个面带杀气。

许建中厉声道："你们想干什么！"

"干什么，你还不知道？"为首的正是王疤瘌，他一脸杀气。

许建中认出了王疤瘌，心想，看来砸玻璃的事真是他干的，今天看这架势，是想要他的命，现在只能跟他们拼了。

他怒视着王疤瘌道："王疤瘌！你敢越狱潜逃！"

王疤瘌比哭还难看地一笑，说："嘿嘿，警察先生，我不是逃，是出来找你算账，你死到临头还有什么可说的？"

许建中双目有光，威仪难犯。

王疤瘌向同伙一挥手："上！"众贼一起向许建中扑来。

王疤瘌首先持刀向许建中当胸猛刺。许建中一挥警棍，王疤瘌不禁"啊——"的一声，刀飞了出去。几个欲动手的歹徒愣了。

王疤瘌后退一步，恶狠狠地说："小心，警棍！"

一个凶神恶煞般的大个子挥着手中的弹簧锁冲上来，对着许建中乱抡乱打。许建中也挥起警棍，左劈右打地招架。众歹徒一拥而上，对着许建中乱打。但地方狭小，众歹徒不能同时到许建中的跟前，许建中得以挡住进攻，步步后退。

巷口，大黑汉骑着三轮车过来，雪芳让他给许建中的两个孩子送衣服，走到胡同里忽听前面铁器铿锵，不由得停下车定睛眺望。

他一眼就看见了被围打的许建中，惊得"呀"的一声。他跳下车，抄起车上的一把大扳手，跑两步又觉得自己现在是公安局的耳目，不能暴露身份，又跑回来，抓起一块破洞累累的擦车布，往脸上一系，大步向械斗的人群冲来。

许建中力敌五人，衣服有好几处已被对方的刀子划破，额头上也挨了一弹簧锁。正在危急之时，只见众歹徒的身后突然冲上来一个蒙面大汉，手舞大扳手，一阵狂风似的向众歹徒打去。

众歹徒没防备背后,被蒙面大汉这突然袭击打得"哎哟""哎呀"地乱叫。王疤瘌肩头挨了一扳子,首先捂着肩膀撒腿就跑,几个歹徒也跟着逃了。

许建中看众歹徒逃了,举棍欲追,被蒙面大汉拉住道:"别追!他们人多。"

许建中看了眼蒙面大汉,不知道他是谁。蒙面大汉拉下破布,向许建中说:"许大哥,是我。"

许建中一看是大黑汉,心想要不是大黑汉赶来,今天自己非得被王疤瘌这伙人打死在这儿。不由得打心里感激他,大黑汉虽然人粗,但是够仗义。

此时大黑汉心里格外难受,看见王疤瘌一伙儿群殴许建中,想起自己当初也打过许建中一板砖,真是愧疚难当,幸亏今天有了赎罪的机会。

姚晨曲在屋里看电视,传来敲门声,听出是许建中,忙打开门。她抬头一看不禁愣住了,只见许建中"嘿嘿"强笑着站在门口,额角上有一块弹簧锁打的血印子,满脸尘土,衣衫破碎,手提的塑料袋里,奶粉袋也破了口,正往外漏着奶粉。

她不禁心疼地合上了眼,她知道,许建中一定又经历了一场生死搏斗,就像她头一次见到的那样,迎着枪口向前走。她感到有些晕眩,感到酸楚和心痛,猛然扑到许建中身上,紧紧地搂住了他,眼泪把许建中的衬衫浸湿了一片。

处长听说许建中遭到歹人暗算,把许建中叫到办公室,关切地问他的伤怎么样,劝他休息几天。

许建中摸摸头上的包,笑着说问题不大,他皮糙肉厚的,禁打。

处长劝许建中搬家,或者采取点儿预防措施。

许建中认为没有必要,哪有怕小偷的警察?他正找这帮人,他们自己跳出来更好。估计他们不会再来了,他们也怕警察有准备。

处长担心的是许建中在明处，王疤癞在暗处，应该格外小心。他让许建中不要一个人走夜路，并且通知他家那儿的派出所，把情况跟他们通报一声，让派出所的巡逻力量多注意。

许建中嘴上说不用担心，其实他心里也明白，王疤癞知道了他的住址，使他处于非常被动的地位。他既不知道王疤癞什么时候来，也不知道他以什么形式出现、采取什么卑鄙的手段，这就不太好防范了。

如许建中所料，王疤癞袭击许建中没有得手，怕警察设下埋伏，暂时偃旗息鼓了，只等风声过后再卷土重来。

王疤癞没除掉许建中，许建中却抓了他的情妇。

这天许建中在商店买东西，无意中发现一个形迹可疑的时髦女郎，她不买东西，东张西望，眼睛不离别人的衣兜和提包。许建中仔细一看，认出她不是别人，正是王疤癞的情妇刘小春。许建中暗中盯上了她。

刘小春作案还是老一套，发现了下手的目标后，先是拿着小镜子四下观察，觉得没人注意，就准备下手。她盯上的是一个外国人，发现这个外国人把钱放进了皮包里。外国人在卖服装的柜台前，正仔细看一条裤子时，刘小春在后面用刀片划开了他的挎包，也就在这时，许建中一步冲上来，抓住了刘小春的手，喊道："别动！警察！"刘小春大惊失色，还没来得及叫就被许建中戴上了手铐。

百货商店门口，王疤癞和两个同伙在一辆停着的小车上等刘小春。刘小春说是进去买个擦脸油，却好长时间不出来。王疤癞等得有些着急，想进去找她。这时忽然看见许建中拉着刘小春从商店里走出来，后面跟了一大群看热闹的人。一辆警车闪着警灯来到商店门口，许建中拉着刘小春上了警车。

王疤癞吓得直哆嗦，知道坏事了，刘小春折了，而且是折在那姓许的警察手里，这才叫冤家路窄呢。他让司机开车，匆匆离开。

李小雄一听许建中抓了一个女贼，赶紧和陈强盛来到看守所，看看是不是他要抓的那个人。他来到拘留室一看，正是两次从他手底下逃走的那个女贼，不禁幸灾乐祸地向刘小春道："真是你呀，这回你怎么没藏女厕所里呀？你不是挺有本事的吗？"

刘小春看了看李小雄，把头扭向一边。她真是从心里不服气，可也没明白什么时候让警察盯上的。

陈强盛在后面拉了拉李小雄说："这回你算出气了，也不用满大街追女贼了。"

李小雄道："我就知道这个女贼早晚要进来，没想到让小许给遇上了，还得说是小许有本事。"

李小雄和陈强盛都敬佩许建中在抓贼方面的绝活儿，那就是看得准，抓得狠。但李小雄也有遗憾，他一直想亲手把这个女贼抓进来，这下没机会了。

这天黄昏的时候，姚晨曲从幼儿园接回两个孩子，领着她们在小路上说说笑笑地走着。忽然，后面冲上来一辆小汽车，猛地停在姚晨曲身边。车上跳下三个蒙面人，其中一人一把将姚晨曲推倒，另外两人抱起两个孩子钻进汽车。

姚晨曲被这突然的变故吓蒙了，拼命呼救，但附近没人，她爬起来时，歹徒已经开车跑了。歹徒从车上丢给姚晨曲一张纸条。

姚晨曲痛不欲生地呼喊："你们要干什么！还我的孩子——"姚晨曲捡起那张纸条，上面写着一行字："放了刘小春，还你孩子。不然要她们的命……"纸条上还有一个手机号，让许建中给他打电话。姚晨曲痛苦地闭上眼，几乎昏了过去，她知道，抓孩子的人是许建中的仇人，他们决不会轻易放了两个孩子。她顿觉眼前一片黑暗……

孩子被绑架了，许建中快要急疯了。他的眉头拧成了疙瘩，焦虑不安地在办公室给绑架者留下的手机号打电话，可对方的手机一直关机。

　　李小雄在旁边挥着拳头嚷嚷:"这事准是王疤瘌干的,那个刘小春八成是他的情妇。这次非抓住他不可!咱们给他来个将计就计,用刘小春引出王疤瘌。"

　　陈强盛心想,这回要坏事,王疤瘌心黑手狠,要尽快想办法先救出星星和月月才行。他安慰许建中,刘小春在警察手里,两个孩子应该是安全的。

　　处长和队长走进许建中的办公室。处长安慰许建中别着急,这事他已经向局长做了汇报,局长很重视,这是绑架公安干警家属的恶性案件。局长要求一定要保证两个孩子的安全。现在刑警队已经开始监控王疤瘌留下的手机号,这部手机是一个居民前几天丢的。现在这部手机一直没有开机,估计今明两天会有结果,只要他一开机,小许就直接和他通话。一定要稳住他,争取在交换人质之前弄清王疤瘌的藏身地点,把他们一网打尽。

　　许建中一声不吭,走到电话前,拿起电话不停地拨,他的手在颤抖,额头上的汗一滴一滴地往下滚。

　　姚晨曲在家拿着两个布娃娃,眼睛里含着泪,呆呆地看着窗外。

　　李娇娇听说姚晨曲家出了事,急急忙忙来看姚晨曲。她劝姚晨曲道:"小姚,你可别着急。你本来身体就不好,再急坏了身体,那许大哥可就更难办了。"

　　姚晨曲哽咽着说:"孩子那么小,受不了惊吓。这些人怎么就这么黑心?孩子招谁惹谁了?干吗抢我的孩子?"

　　李娇娇说:"这些人是冲着许大哥来的,他们肯定会提条件,一时半会儿不会伤害孩子的。"

　　李娇娇让姚晨曲放宽心,这事许建中一定会处理好,大不了用女贼把孩子换回来。但是姚晨曲清楚许建中的为人,他是不会放那女贼的。

李小雄给崔颖发了短信。听说了姚晨曲孩子被抢的事，崔颖一看短信赶紧让马征开车送她到姚晨曲家。她让马征先回去，自己进去看姚晨曲。姚晨曲一见崔颖就伏在她身上啜泣不止。

崔颖气愤地直嚷嚷："谁这么可恨呀！绑咱家孩子干吗？"

李娇娇对崔颖说："小许抓了个女贼，这女贼的男人就抢了咱们孩子。要小许用女贼换孩子。"

崔颖一听女贼就有气："女贼？是不是李小雄这家伙一天到晚挂嘴边上的女贼？要不是这女贼，我也不会和李小雄闹到这个地步。他两次把我扔车站上，都是因为抓女贼。看来这女贼是该抓。"她轻轻扶着姚晨曲的头，"小姚，你也别太伤心了。警察不会就这么让贼把孩子抢走的，他们有办法。"

李娇娇也说："对，警察有办法，他们能对付坏人。强盛一肚子主意，准有办法。"

崔颖看姚晨曲一脸憔悴，歉疚地对她说："我这辈子干了一件错事，就是给你介绍个警察，我缺了德了。这倒好，得罪坏人了，这日子以后怎么过？警察不能嫁，我算看透了。"

李娇娇听崔颖这么说，一个劲儿皱眉头，心想，这事可不能赖警察，应该说坏人太狠毒。但她并没有和崔颖争论，现在不是争论谁是谁非的时候。

王疤瘌的手机一直处于关机状态，半天过去了，许建中在办公室里焦急地望着窗外。陈强盛和李小雄也非常忧虑。

李小雄念叨着："咱这俩闺女这回是吃苦了。"

"落到王疤瘌手里还能有好？我还真没想到他会来这一手。"陈强盛忧虑地说。

李小雄问陈强盛这事有没有万全之策。陈强盛认为现在只能等王疤瘌的消息了，看他提出什么条件。他肯定会玩花样，不过一时半会儿还不会撕票。他的主要目的是救刘小春，其次才是报复。他没见到刘小春前，应该不会对两个孩子怎么样。

李小雄担心王疤瘌狗急跳墙。陈强盛也担心这个，王疤瘌这小子什么坏事都干得出来。应该在王疤瘌交换人质之前，找到这两个孩子，那就主动了，不然也是投鼠忌器。

许建中心里乱极了，既担心孩子受到王疤瘌的伤害，也担心姚晨曲的身体，那位研究癌症的大学教授曾经嘱咐过他，千万别让姚晨曲生气，更不能让她的精神受刺激，可这次孩子被绑架，对姚晨曲的刺激太大了，她能经受得住吗？

第十六章　儿女情长

　　许建中焦虑万分,他的两个宝贝女儿被王疤瘌绑架,这是他做梦都想不到的事。

　　他一心想着尽快和王疤瘌取得联系,决不能让他伤害星星和月月。他按照王疤瘌留下的电话拨了半天都没有拨通。

　　许建中估计王疤瘌得把两个孩子藏起来,然后再找个交换人质的地方,他怕警察趁交换人质的时候抓他。王疤瘌这么精,不会轻易露面。

　　不过,他要是想救刘小春,就得和警察谈交换人质的地点,有了交换地点,就能知道他的大致方位,就能找到他,然后争取在交换人质之前抓到他。

　　姚晨曲的两个孩子被王疤瘌绑架了,姚晨曲的母亲一听也着了急,来到姚晨曲的小平房,拍着桌子骂警察。她讨厌许建中,认为许建中是把姚晨曲骗到手的,所以姚晨曲才倒霉。她埋怨姚晨曲,早就说不让她嫁警察,她就是不听。嫁警察有什么好啊?一天到晚不着家,还在外边得罪那些小偷流氓,招来这样的大祸。

　　姚晨曲泣不成声,但还是为许建中辩护:"这事不怨小许,是那些小偷太没人性。"

　　姚晨曲的母亲仍是跳着脚大吼道:"你还护着他,没出息。你要嫁个有钱的,一辈子有吃有喝不说,也不会成天担惊受怕呀。"

　　姚晨曲抹着泪说:"这是命里注定的,小许虽说不是大款,可对我好,我嫁给小许一点儿不后悔。"

姚晨曲的母亲气得直喘粗气，说："我那两个宝贝儿要是好好地回来，我什么也不说，她们要是有个三长两短，我就跟他姓许的没完！"她气呼呼地说，"姓许的是个倒霉鬼、丧门星，一脸倒霉相，从第一次见到他就看他不顺眼。他就没长个富态相，面黄肌瘦，生来就是穷样。"

姚晨曲当然不同意母亲这么说许建中，反问道："什么是穷样？什么是富样？有没有钱能从脸上看出来吗？他脸色不好，是因为他老省吃俭用，身体不好。再说他们警察工作也辛苦，每天回来都累得直不起腰。能胖吗？"

姚晨曲的母亲对姚晨曲的倔强是领教够了，而且事到如今她说什么也没用，她再怎么讨厌许建中也得面对他，反正什么倒霉事都是许建中造成的。

许建中连中午饭都没吃，就是拿着电话不停地拨，他相信王疤瘌总有开机的时候。忽然，王疤瘌的手机一下通了，许建中激动地喊道："喂？是王思水吗？我是公安局的，姓许。"

王疤瘌此时正在密云的一个山村里，这儿是刘小春的老家。他把许建中的两个女儿弄到密云的山沟里，为的是便于隐蔽。他拿着手机，得意又阴狠地对许建中说："我知道是你，警察先生。你够恶的呀，连我的老婆也收进去了，可你没想到吧，你的俩千金在我手里。"

许建中说："你想干什么？"

"干什么？明说了吧，你放了我的老婆，我放了你的两个女儿。"王疤瘌说。

许建中答应用刘小春交换两个孩子，让王疤瘌说个交换人质的地点。王疤瘌让许建中带着刘小春先到密云，到了密云再给他打个电话。

王疤瘌挂了电话，许建中的眼睛里直冒火。他知道密云是山区，地形复杂，王疤瘌可能要利用地形躲避抓捕，在和公安局交换人质的时候耍花样。

李小雄和陈强盛一听王疤瘌有音信了,心里才算踏实了点儿。有了地方就好,王疤瘌再狡猾,交换人质也得露面。

陈强盛盘算了一下,认为王疤瘌无非是想在警察放了刘小春的时候把她接应走,自己也不被警察抓住。不过他的如意算盘恐怕难以实现,因为双胞胎女孩儿的目标实在太明显,恐怕王疤瘌想藏也不太容易。

有了王疤瘌的下落,许建中又开始为姚晨曲担心。他怕姚晨曲伤心过度,身体吃不消,就匆匆赶回家来看姚晨曲,把王疤瘌有消息的事告诉了她。

姚晨曲的精神已经垮了,一天没有吃饭,泪汪汪地躺在床上。许建中坐在床边一个劲儿安慰她。姚晨曲用失神的目光看着许建中,嘱咐他去密云一定要把孩子带回来,而且要好好地回来。许建中轻轻拭去姚晨曲脸上的泪珠,发誓要把孩子完好无损地找回来,王疤瘌要敢伤害孩子,就跟他拼了。

姚晨曲哽咽着说:"孩子要有个三长两短,我也不想活了。"说着又哭了起来。

许建中赶紧劝姚晨曲道:"你放心,他抓咱们孩子就是为了那女贼。只要那女贼在我手里,咱们孩子就没事儿。"

姚晨曲拉着许建中的手,嘱咐他加小心,多带几个人去。孩子不能伤着,他也不能伤着。许建中把姚晨曲的手放在心口上,看着她那美丽而苍白的脸庞,心里一阵内疚。这么好的妻子,这么可爱的孩子,都因为自己而备受折磨。他受什么样的苦都不要紧,哪怕是和小偷斗个你死我活,可他舍不得自己的妻子和女儿跟着他受连累,但是这又有什么办法?难道他也像李小雄那样,改行,不当警察了?

处长向全处的民警布置了抓捕王疤瘌的方案,他强调,这次解救人质,最重要的是保证人质的安全。这么多年了,还没发生过这种绑架警察家属的事,非常恶劣。要借这个机会把王疤瘌这伙人一网打尽!

众民警议论纷纷。

许建中和陈强盛、李小雄的表情格外沉重。

处长让许建中和李小雄、陈强盛带着刘小春立刻去密云。他和刑警队专案组的人在密云刑警队组织清查王疤瘌可能落脚的一切地点。

解救人质的行动紧张而秘密地开始了,一张无形的大网在密云悄悄拉开。

许建中、陈强盛、李小雄和一个女民警带着刘小春来到密云一家招待所。在招待所的客房里,许建中开始和王疤瘌联系。这次王疤瘌的手机很快就打通了,他要求和刘小春通电话,许建中把电话交给了刘小春。

刘小春抓起电话说:"喂!是我,我是小春!你什么时候来换我出去?"

王疤瘌淫笑着说:"别着急宝贝儿,我一定尽快救你出来。放心吧,我不会扔下你不管的。"

许建中拿过电话对王疤瘌说:"你把我的女儿弄哪儿去了!我要听听她们的声音!"

王疤瘌说:"可以,你听吧。"

电话里传出星星和月月的哭喊声:"爸爸——"

许建中拿着电话,伤心得一句话也说不出来,眼泪夺眶而出。

王疤瘌说:"你的女儿就在这儿,你在招待所等我的电话。我找好了交换人质的地点就告诉你。"说完电话就挂断了。

许建中拿着电话,心如刀绞,泪流满面。

许建中去密云找孩子,崔颖每天到姚晨曲家来看她。

她坐在姚晨曲的床边,看着脸色苍白的姚晨曲,更坚信自己让李小雄离开公安局是对的,如果李小雄当警察,自己将来也得跟姚晨曲似的。

她心痛地问姚晨曲:"小姚,你和我说句心里话,你嫁个警察幸福吗?"

姚晨曲靠在床头,目光中没有了往日的生气,显得有些恍惚,但她面对生活的磨难并没有失落和悔恨,还是那么坚毅。她坦率地说:"在情感上我是幸福的。小许这么爱我,一个女人得到这样的爱还有什么可求的?不过从生活上看,我们可能比不上别人。我和小许的收入都不高,而且我还得看病。小许经常得罪坏人,前些日子有人砸了我们家的玻璃,现在又绑架了我们的孩子。这种生活是一般人体会不到的,只有警察的妻子才会有这种体验,可我从没有后悔过。"

崔颖摇头苦笑道:"我看过一部电影,叫《仅有爱是不够的》,那里面说一个女人得到男人的爱当然好,可他不能使你的生活变好,让你过穷日子,这样的丈夫不能算是好丈夫。如果你没有嫁给警察,你的生活可能会更好,那个男人也许会更爱你。"

姚晨曲想了想说:"你想找个丈夫既对你好,又能让你过富人的生活,这可不容易。我觉得一个女人最重要的是获得爱,丈夫的爱。我这人不讲究吃,也不讲究穿,可我追求精神上的享受。"

崔颖说:"我也不是不要精神上的享受,可过苦日子我受不了,当初我让李小雄调工作就是为了这个。"

姚晨曲一听崔颖提起李小雄,忙问道:"你跟小雄的事怎么样了?你们俩的事是不是就真的无法挽回了?"

崔颖似乎并不是真的要和李小雄一刀两断,说:"我和李小雄不是绝对不能挽回,但是通过你最近发生的事,我觉得还是不能嫁警察。今天看见你这样,我已经想象得到嫁给警察的后果有多么可怕了。"

姚晨曲道:"你再考虑考虑。不愿意嫁警察,可以给他调个工作,再说李小雄也答应调出公安局了。"

崔颖道:"你把问题看得太简单了,李小雄当警察只是一方面。

我现在喜欢有钱的男人，要是遇到一个大老板爱我，我当然会选择大老板，不会选择警察。李小雄是个好人，要是嫁他，他一定会像小许爱你一样爱我，这我非常清楚。可我还是坚信自己的观点，仅有爱是不够的。"

姚晨曲对崔颖的变化有些吃惊，也有些不适应，说："你要是找到爱你的大老板，那李小雄怎么办？"

崔颖苦笑着说："目前我还没有嫁大老板，至于小雄，我也是个重感情的人，他这份情也不是轻易能忘的，先这样维持现状。也许有一天遇上一个大款就嫁了，也许哪天又回心转意，给李小雄找个好工作，让他调出来，就嫁给他。不过现在李小雄也不一定非娶我不可，他也在变，听说正和一个汽车售票员谈着呢。"

姚晨曲半信半疑，小雄有女朋友的事小许没跟她说过。

崔颖道："那天我亲眼看见有个女售票员给李小雄送雨伞，那女孩儿挺漂亮的。李小雄有男人味儿，找个女孩子容易。"

姚晨曲责怪崔颖道："你看，小雄要跑了吧。"

崔颖自信地说："是我想放他跑，他才能跑。我要不想放他跑，谁也别想得到他。我是不想和他见面，要见他，现在给他打个电话他就得来。我要想嫁他，他还敢不娶我？"

姚晨曲道："你别太自信了，到时候弄个鸡飞蛋打，后悔就晚了。"

崔颖笑了，说："这不可能，我知道李小雄爱我爱得要死要活的。在精神上，我早就征服李小雄了，除非我放弃他，绝对没有他放弃我的道理。"

这时李娇娇在门外敲门，崔颖一听是李娇娇来了，起身要走，说是不愿意见她，看她酸了吧唧的难受。她让小姚多保重身体，说完就走了。她和李娇娇走了个对脸，二人只互相点了一下头。

李娇娇拿着一塑料袋水果，一进门就问姚晨曲道："小姚，咱们的两个宝贝儿有信儿了吗？我在家老是惦记这事，觉都睡不着。"

姚晨曲叹着气说："小许到密云交换人质去了，到现在还没回音，我都快急疯了。"

　　李娇娇也挺着急，劝姚晨曲道："你别往坏处想，许大哥是老公安了，他准能把孩子接回来。你的身体不好，得注意身体，别让许大哥两头儿不放心。"

　　姚晨曲欲哭无泪，现在也只好听天由命了。

　　李娇娇也陪着姚晨曲叹气。自从她和陈强盛认识以后，对警察有一种说不出的好感，看哪个警察都高大，她向姚晨曲道："许大哥这样的警察最让人敬佩了，没有他这样的警察和坏人斗，老百姓就别想过好日子。"她看了看姚晨曲，想问问陈强盛的情况，又不好开口，就拐着弯道，"强盛是不是也跟许大哥去了？"

　　姚晨曲一听就知道李娇娇想打听陈强盛，说："你是不是想强盛了？"

　　李娇娇有些不好意思："我就是随便问问，有他跟着许大哥，孩子准没事儿，强盛那人一肚子主意。"

　　姚晨曲对陈强盛印象也挺好，说："强盛脑子挺灵的，小许老夸他是个好侦查员，有勇有谋，机智过人。"

　　李娇娇一听姚晨曲夸陈强盛，一下兴奋起来，忘情地说："对对，他可以称得上机智勇敢。"说完觉得有点儿失态，忙又低下了头。

　　姚晨曲看着李娇娇那副痴情的样子，心想她一定是对陈强盛爱得挺深，便试探着问："你是不是真爱上强盛了？"

　　李娇娇有些怅然若失，说："我现在才知道什么叫单相思。我过去谈恋爱说吹就吹，现在人家跟我吹，我还日思夜想的。也不知道为什么，过去都是我和人家吹，现在好不容易找了个可心的，人家还要和我吹。真是受不了，我快疯了。我老想和你说说，我现在的心情比你好不到哪儿去。"

　　姚晨曲不明白陈强盛为什么和李娇娇吹，问李娇娇道："你是不是得罪强盛了？"

　　李娇娇道："没有，绝对没有。我对他百依百顺。他现在有了别的女人,不要我了,他找了个比我还漂亮的。他身边老有一堆女人,一个比一个漂亮。尤其是那个李聪,长得特高雅。不像我,没有风度。"

姚晨曲不太相信陈强盛有了别的女人,他是个爱开玩笑的人,可不是乱追女人的人。他身边怎么会有一堆女人?可能是李娇娇误会了,便安慰李娇娇道:"陈强盛身边的女人可能都是普通朋友。他就是那种人,喜欢和女孩子逗着玩,也招女孩子喜欢,有女人缘,你别多心。"

李娇娇摇摇头说:"你不知道,那些女孩子都是追强盛的人,没错,因为那些女人看强盛的眼神都是火辣辣的。唉,我命苦,现在是自己折磨自己,就是放不下强盛。我也不知道为什么,对他就是舍不得,总觉得再也找不到比他更好的了,有时候急了真想跳楼,一了百了。"

姚晨曲一听李娇娇动真情了,居然要死要活的,说些不吉利的话,瞪了她一眼道:"你别胡说,强盛不是还没和别人结婚吗?"

李娇娇说:"是啊,可我现在老是想他,又不敢找他去,怕他烦我,看不起我。你说怎么办呀?你给我出个主意。你想找个警察就找了,怎么到我这儿就这么费劲呀?"

姚晨曲沉思一下说:"强盛是个花心的人?还是眼儿太高?你没问问他为什么不喜欢你?"

李娇娇说:"那还用问?他嫌我看书少,知识少,穿衣服俗气,不高雅。总而言之,文化素质不高,内涵不够。"

"有这么严重吗?你哪来这么多毛病?我看你挺好的,没那么多问题吧?"姚晨曲哭笑不得,觉得李娇娇把事情看得太复杂了。

李娇娇认真地说:"你可不知道,他眼儿可高了,和他一块儿的女孩儿都这么说。他太追求完美了,又要女孩子漂亮,又要女孩子有修养、有情趣,还得高雅,举止也得大方,还不能不懂装懂。"

姚晨曲觉得李娇娇越说越离谱,陈强盛找对象的条件这么高?这也太夸张了,不可能。

李娇娇说:"强盛找对象的条件,哪条都够找一呛。我不明白,不就是在一块儿过日子,生儿育女吗?要那么复杂干什么?"她求姚晨曲,"有时间你跟强盛说说,劝劝他,他挺敬重你的,你的话准管用。"

姚晨曲看着李娇娇那副痴情的样子,不忍心回绝她,可她明白,爱情这事别人说了不算。她答应让小许帮忙说说,陈强盛听小许的。

李娇娇道:"许大哥要是不帮忙,我真跳楼了。"

姚晨曲心想,怎么也不能看着李娇娇跳楼呀。可也没有她这样的,非嫁陈强盛不可,天下那么多男人呢。她叹了口气道:"你和崔颖在找男朋友的问题上观点正好相反,让我搞不懂。崔颖死活不嫁警察,你是非嫁警察不可,这都是怎么了?"

李娇娇道:"崔颖看不起我。我也看不起她,我跟她不一样,人家眼儿多高呀,一副盛气凌人的样子,傲得不行。其实她不就是认识几个有钱的老板吗?有什么了不起的?过去有的老板跪地上求我,我都没嫁。我见的有钱人多了,都靠不住,不是过日子的人,档次也低,除了有钱,什么也没有。这种人我都看不上,怕他们把我耍了。崔颖不知深浅,太学生气了,早晚让那帮人给耍了。她让人给卖了还帮人吆喝呢。不信咱就走着瞧。"

姚晨曲同意李娇娇的看法,她也担心这事,万一崔颖上当受骗怎么办?但是崔颖不听她的,这真让她着急。

李娇娇道:"我也走过这条路,喜欢和有钱的男人出去逛歌厅、跳舞、喝酒,追我的老板也多,我跳一回舞能招回仨来。可时间长了就发现,在舞厅泡女人的老板,十有八九不是好人,花钱如流水,一看就知道他的钱不是好来的,早晚得进大牢。在一块儿跳跳舞还行,要嫁给他们可不行。再没本事,找丈夫也得找个靠得住的。"

姚晨曲问李娇娇道:"那你说,强盛是不是靠得住?他身边不是有很多女孩子吗?"

李娇娇一点儿不避讳:"强盛不但靠得住,还是我梦想中的白马王子。他人好,学问也好,哪儿都好。"

姚晨曲觉得李娇娇看陈强盛，有点儿当初自己看许建中那样，哪儿都好。她沉默良久，问李娇娇道："你真的这么喜欢强盛？他可是警察，警察意味着有危险，而且家人可能遭到报复，就像我这样，孩子都被坏人抢走了。"

李娇娇毫不犹豫地说："我这辈子非嫁警察不可。有危险说明警察太不容易了，警察在我眼里都是英雄，太高大了。"

姚晨曲看着李娇娇那副忠贞不渝的样子，觉得这点和自己很像。她当初嫁给许建中的时候，就认为他是个英雄，什么也不图，就是敬佩他。

李娇娇说："我在认识强盛之前，对警察没什么好印象。跟强盛接触一段时间以后，发觉警察特了不起。"

姚晨曲听着李娇娇夸赞警察，不住地点头，说："我感觉你现在还真的变了，变得有出息了，好学了。"

李娇娇对自己的变化也是颇有感慨："这都是跟警察谈恋爱谈的。我现在回家成天看书，连舞都不跳了。过去强盛老看不起我，嫌我俗，没有文化修养。我现在把买衣服的钱都买书了，不能让他看不起我。"

姚晨曲不住地点头，心想，这真是爱情的魔力，爱可以改变人的性格。女人为了爱，什么事都可以做。

许建中和李小雄、陈强盛自从住进密云的招待所以后，就焦急地等着王疤痢的回音。中午，陈强盛泡了三碗方便面，递给许建中和李小雄一人一碗，让他们先把面吃了，估计王疤痢这小子还没找好交换人质的地方呢。

许建中心情沉重，什么也不想吃。

三人又苦等了一个小时，许建中的手机终于响了，王疤痢让许建中下午3点带着刘小春，到密云水库后面最高的山上换人质。那是个秃山，只许他一个人去。

许建中追问王疤痢道："你带不带我的女儿？"

王疤瘌说："当然，我也一个人去。你要不守约，她们可就要受苦了。"

放下电话，许建中赶紧和陈强盛、李小雄商量。陈强盛认为水库后面是个大秃山，不好埋伏，如果惊了王疤瘌，他一定逃了，那就可能危害两个孩子的安全。

许建中看看表，已经是中午12点半了，赶紧把这个情况向处长做了汇报。

处长在密云的刑警队里，他和一个老民警看着地图，仔细分析了一下那儿的地形，认为水库后面的山不好隐蔽，小许还带着刘小春，要抓王疤瘌难度很大。不过那地方有旅游的，民警可以扮成旅游的人在山上埋伏。可他也担心王疤瘌太精，山上人一多就不来了。

老民警认为王疤瘌不来也好，逼着他换地方，那就有时间在城里找他了。

处长立刻命令民警进入现场，争取在王疤瘌进入交换地点的时候就发现他。上山就那几条路，在路上盘查他。他要带着孩子去就得打车，民警在路上抓他，不等他上山。他让李小雄和陈强盛跟着民警在山上设卡，争取在上山的路上抓住王疤瘌。处长让许建中一个人对付王疤瘌，他知道王疤瘌就怕许建中。

迅速行动，李小雄和一群防暴队员在路口一辆一辆地检查过往的车辆，每辆过来的车李小雄都要上去看看。连续查了几辆车，没有发现王疤瘌。时间已经到了，王疤瘌居然没有出现。

许建中拉着刘小春向山上走，山上没有多少游人，风吹树叶瑟瑟有声。他们来到山顶，山顶上阒无人迹。许建中在山顶上四下眺望，心想，马上就要见到自己的两个女儿了，假如王疤瘌敢伤害自己的女儿，他就和王疤瘌拼了。

这时王疤瘌正在一个山上的树林里。他是个胆小的人，让许建中抓怕了，知道他的厉害，所以不敢轻易和许建中正面交锋。他和小黑胡等人拿着望远镜向山顶上看，一直注视着许建中从山下走到山上，也看见了刘小春。

小黑胡一看只有许建中和刘小春来了，建议冲上去把许建中办了，因为这秃山上只有他们两个人，不像有埋伏的。

王疤瘌叼着烟，举棋不定。他想救刘小春，但是不想让警察抓住。凭他的经验，这姓许的警察不会放过任何抓他的机会。这次他能这么轻易放了刘小春？而且山上也太安静了，这不对呀？他想了想，决定放弃这个计划，撤回去。

小黑胡劝王疤瘌别太谨慎了，秃山上明摆着只有许建中一个人，有什么可害怕的？

王疤瘌摇摇头说："他这个当警察的，能一个人来救他的孩子？咱们来的时候看见路上有查车的。以前没有查车的呀？幸亏咱们是从山那边摸过来的，不然就可能让他们查着。"

小黑胡说："那怎么办？咱们不救小春啦？"

王疤瘌毅然扔下烟蒂说："回去！"

许建中带着刘小春回到招待所，拿着电话愤怒地对王疤瘌说："你不是个汉子，不守信用！"

王疤瘌冷冷地说："我要改个交换人质的地点，你等我电话。"

许建中拿着电话，忍不住想骂王疤瘌是个混蛋。他担心夜长梦多，自己的两个女儿在王疤瘌手里会出意外。小姚一个人在家，也不知道她能不能经得住这种精神上的强烈打击。许建中想到这就不敢再想了，生活中有些事真是太残忍了，他无法面对这种残忍的现实。

在密云刑警队，刑警队长布置民警组织清查旅馆，想在交换人质之前抓住王疤瘌。清查旅店的民警在一个偏僻的旅店发现了问题，民警询问服务员有没有带着孩子住宿的，服务员说，有个姓刘的本地人带着个女孩儿包了一间房，看上去那女孩儿三岁左右。那人早上来的，到现在也没出过门。

民警觉得有门儿，本地人到这儿住旅店，还不出门，这不对劲，他在屋里干什么？民警让服务员假装送开水，把门叫开，可服务员怎么叫门里面的人都不开。

民警们交换了一下眼色，让服务员用钥匙打开门。服务员用钥匙打开了房门，民警们猛然冲进房间，只见房间里有个中年男人正看电视，许建中的女儿许月月坐在床上，边玩机器人边哭，念叨着："爸爸，妈妈……"

中年男人一见警察冲进来，吓得目瞪口呆，腿都软了。

在刑警队，中年男人向民警交代，他是刘小春的表哥，王疤瘌让他在这儿看着这小孩儿，不许他出门，其他的事他一点儿不知道。王疤瘌在哪儿他也不知道，王疤瘌就是让他在旅馆等电话。

处长断定，王疤瘌很可能会和刘小春的表哥联系，他让民警带着刘小春的表哥在旅馆等王疤瘌，不能让王疤瘌察觉，虽然月月找到了，但星星还在王疤瘌的手里，要全力保证星星的安全。

处长在密云城里带人继续找王疤瘌，查遍了所有的旅馆和招待所，居然没有发现王疤瘌的人影。

许建中听说找到了月月，高兴得差点儿跳起来。他忙问星星找到没有，当听说星星还在王疤瘌的手里时，心一下又收紧了。王疤瘌够狠毒，把两个孩子分开，说明他不诚心交换人质，即便是交换也顶多用一个孩子换。幸亏民警找到了月月，不然指不定会出什么事呢。

陈强盛让许建中先去看看小月月，他们在这儿等王疤瘌的电话。许建中担心王疤瘌来电话找他，他还不能走，小星星还在王疤瘌的手里。

王疤瘌终于又给许建中来了电话，让他晚上9点把刘小春送到密云电影院门口，电影散场的时候，同时放人。如果他不放刘小春，那两个孩子的小命可就难保了。

从王疤瘌的口气可以看出，他还不知道刘小春的表哥已经被抓了。

许建中答应了王疤瘌的条件，但要求他守信用。

王疤瘌十分肯定地说，他一定守信用。

小黑胡不知道王疤瘌打的什么主意，认为在电影院门口交换人质不太妥当，那地方人太多，警察化装藏在人群里，怎么交换人质？王疤瘌说他打的算盘很简单，那地方正好晚上有一场电影，电影一散场，刘小春那么精，一定会趁乱逃跑，他们就可以暗中接应刘小春，根本不用交换人质。这小孩儿在他们手里，警察不敢把小春怎么样。小黑胡这才知道王疤瘌的真实打算，小孩儿在他们手里，警察一定会投鼠忌器。

晚上，电影院门口人来人往，许建中和一个女民警带着刘小春在电影院门口等王疤瘌，他们四下眺望，希望能发现王疤瘌的踪迹。

在离电影院不远的地方，陈强盛和李小雄扮成卖冷饮的，摆了个小摊，紧盯着电影院门前的动静。电影院的停车场上，处长在一辆面包车里拿着对讲机指挥民警注意电影散场后的动静，一散场民警就分组向电影院门口靠拢。

这时王疤瘌和小黑胡等人就在电影院不远处的一辆出租车上。王疤瘌知道电影要散场了，准备等看电影的人从电影院涌出来的时候开车接应刘小春。

电影院门口的刘小春戴着手铐，心里盘算着逃跑的办法。她把许建中拉到离女民警几步远的地方，低声对他说："抓了我对你有什么好处？是不是得了不少奖金呀？"

许建中冷笑道："你以为你值不少奖金？我看你一钱不值。"

刘小春被许建中说得有些恼火，反驳道："你……你才一钱不值呢。"

许建中淡淡地说："你难道不知道你在这个社会上是什么角色？你是不劳而获的寄生虫，社会渣滓。你自己说说你值几个钱？"

刘小春不屑地向许建中哼了一声，说："那是你们警察的论点。你知道吗，我是女人，是个漂亮的女人，难道你不喜欢漂亮的女人吗?"说着向许建中抛了个媚眼。

许建中有点儿恶心,仔细看了看刘小春,讥讽地说:"你是漂亮女人?我还真没注意。"

刘小春扭了一下腰,说:"你仔细看看,如果你眼神儿好,一定会发现我值多少钱。如果你想得到漂亮的女人,我可以让你很满意。"

许建中不禁冷笑道:"我没看出你哪儿漂亮。"

刘小春有些自我陶醉地说:"你不敢承认我漂亮,对不对?你怕我,怕我腐蚀你,然后我就跑了,对吧?"

许建中摇摇头说:"腐蚀我?你还差点儿。"

刘小春被许建中说得又羞又恼,瞪着许建中说:"你……你好大的口气,我不漂亮,你想找个我这样的还找不着呢。"

许建中又是淡淡一笑,有些自豪地说:"你又错了,我的爱人比你漂亮多了,她才是实实在在的美人儿。你和她站一块儿,就像是她的使唤丫头。"

刘小春气得想咬许建中,根本不相信许建中的话,这警察胡吹,不可能,他能找个漂亮的女人?她咬着牙说:"哼,臭警察能找多漂亮的,吹牛。"

许建中认真地说:"这有什么可吹的。第一,她比你白,而且是天生的白。第二,她是双眼皮,天生的双眼皮。第三,她眼睛也比你的眼睛大。至于气质,你就更不能和她相提并论了。要说眼神儿不好,我看王疤瘌的眼神儿倒有点儿问题。"

刘小春被许建中噎得说不出话来,许建中扭过头去不理刘小春。

刘小春仍不死心,气哼哼地对许建中说:"你明说了吧,要多少钱可以放了我?"

许建中说:"你有多少我要多少。"

"你……你别太贪心了。"刘小春说。

许建中问刘小春道:"你肯出多少钱,我听听。"

刘小春说:"五万,怎么样?我就这么多了。只要你放了我,我让人把钱送你们家去。"

"你有那么多钱，都是哪儿来的？为什么不早交代？你认错态度好点儿还能少判两年，看来你回去还得继续交代。"许建中盯着刘小春道。

刘小春真想扑上去抓许建中一把，她现在才明白王疤瘌为什么这么怕这警察，这么恨这警察，他是真可恨，软硬不吃。她恶狠狠地对许建中说："你……好，咱们走着瞧。有朝一日我出去，先宰了你！"

许建中对这种要挟的话听得多了，漠然一笑说："出去？你恐怕没机会了。"

刘小春翻一下眼睛，心想要拉拢这警察是不行了，这会儿不跑恐怕以后真的没机会了。她对许建中说要上厕所，许建中知道她在打鬼主意，警告她道："你以为上一趟厕所就能逃跑？你这套最好别跟我使，没用。"

刘小春头一昂，说："我就是要上厕所，你们警察不能不让我上厕所呀，想憋死我呀？"

许建中冷笑着说："你上厕所，可以。"他对女民警说，"你跟她上厕所，但是不要给她开手铐。"

刘小春说："不给我开手铐，我怎么上厕所？"

许建中说："这不难，有人帮你。"

女民警拉了一下刘小春道："你不是要上厕所吗？我带你去。"

刘小春只得与女民警去了路边的厕所。许建中也跟着她们，在厕所门口等。片刻，刘小春和女民警从厕所里出来。许建中又带着她们来到电影院门口。

刘小春边四下张望边转眼珠，对女民警说："我肚子有点儿痛。"

女民警不耐烦地说："忍着！"

刘小春说："我是痛经，你给我买点儿止痛药。"

女民警道："不行，你哪儿来那么多毛病。"

刘小春道："你这是什么话？女人就是毛病多。我有妇科病，你也是女人,这你还不懂?我得看病,要不你就给我找点儿药吃。"

女民警有些恼了:"你是有病,有大病!你是破肝、坏脾、烂胃、臭肠子,外加黑心!你还得妇科病?八成是艾滋病吧?离死不远了吧?"

刘小春被女民警说得又羞又恼:"你胡说,你才离死不远呢。"

女民警道:"你想吃什么药?说给我听听。"

刘小春说:"我……我吃止痛药。"

女民警笑道:"给你来两百片安眠药吃?"

刘小春嚷道:"什么?你想毒死我呀?"

女民警不紧不慢地说:"这话说的,是你要吃药的。安眠药止痛效果好,吃了就不痛。"

刘小春喊道:"哼,你敢虐待我?我告你去!"

女民警冷笑道:"我虐待你?你可以去告我,可我怎么虐待你了?拿出证据来。"

刘小春无言以对。

女民警冷冷地说:"你别跟我这儿耍什么花招了,你这样的我见的多了。你能怎么着?想从我这儿跑?没门儿!别做梦了!要做梦呀,留着上监狱再做吧。"

刘小春气得咬牙切齿,瞪着女民警,说不出话来。

许建中在一边听着这二人对话,脸上露出一丝嘲讽之色。他对刘小春说:"你还是歇会儿吧,不要自作聪明了。没用,你这点儿小聪明,甭跟警察使。"

刘小春恶狠狠地瞪了许建中一眼,把头扭向一边。

这时电影散场了,上百人从电影院里涌出来,场面十分混乱。刘小春一看逃跑的时机到了,趁许建中四下张望之机,突然向电影院里跑去。女民警一把没拉住,刘小春飞快地上了台阶,钻进了人群。

许建中和女民警在后面紧紧追赶刘小春,四周的民警一看有变,从两侧包抄上来,把刘小春拦在电影院门口。

王疤瘌等人正要上前接应刘小春，见刘小春又被便衣警察抓住了，都吃了一惊。

王疤瘌赶紧向司机说："开车！快开车！"出租车很快启动离开了电影院。

王疤瘌一计不成，也没了主意。警察把刘小春看得太紧，没法儿救她。小黑胡劝王疤瘌和警察交换人质，王疤瘌觉得交换人质是最后的打算。能不把孩子还他就不还，实在不成了再换人。就是交换人质，也得万无一失。不能他们刚交换完人，警察就出来把他们抓了。得想个办法，让警察放了人，也抓不到他们。得找个安全的地方，就跟上次那山似的。警察一放刘小春，他们开车拉上她就跑，而且现场只能有姓许的一个人，人多了就有诈。密云不行就上怀柔，找个野地，四周没法儿藏人，撤退方便。

小黑胡等人都赞成王疤瘌的想法，王疤瘌决定让小黑胡等人在密云等着，他先带着许星星去怀柔看地形。

第二天早上，王疤瘌拉着许星星拦了一辆出租车，对司机说是去怀柔。此时许星星手里还拿着她心爱的玩具机器人，泪珠挂在脸上。出租车在乡间小路上走，王疤瘌看见路边有个商店，就让司机停车，他下去买盒烟。下车前王疤瘌恶狠狠地对许星星说："不许乱跑，跑就打死你！"

许星星吓得哇地哭了起来。王疤瘌下车关上车门，走进了商店。

许星星在车上大哭，边哭边叫："爸爸——妈妈——我要爸爸妈妈——"

出租车司机关切地问许星星道："小朋友，别哭。跟叔叔说说，刚才带你来的人是谁呀？他不是你爸爸？"

许星星哭着说："他不是我爸爸，他是大坏蛋。我爸爸是警察。"

司机看着王疤瘌相貌凶恶，而这女孩儿十分漂亮，他们肯定不是父女，怀疑这里面有问题，又问许星星道："他不是你爸爸？他是你什么人呀?"

许星星说:"我不认识他,我要找我爸爸——"

司机一听这女孩儿不认识这个凶汉,心想这人八成是拐卖人口的吧,于是赶紧启动车向派出所开去。

王疤癞从商店里出来,拿着烟四下张望,不见了出租车,惊出一身冷汗。他拿出手机给刘小春的表哥打了个电话,说情况有变化,让他带着那孩子先回乡下。刘小春的表哥拿着电话问他在哪儿。王疤癞说他要去怀柔,什么时候回来也说不准,然后就匆匆挂了电话。

出租车司机把许星星送到派出所,民警们立刻赶到商店来抓王疤癞,可王疤癞已经逃得无影无踪。

在密云刑警队里,许建中的两个女儿喊着"爸爸"扑到许建中的怀里。

许建中百感交集地搂着两个女儿,叫道:"宝贝儿,爸爸可找到你们了——"说着眼泪顺腮而下。他仔细打量着两个女儿,见两个女儿似乎是瘦了,心痛地抚摸着她们的小脸蛋,心想两个孩子一定是受苦了,都是他这个当爸爸的连累了她们。他想着尽快把孩子送回家,小姚要是看见两个女儿回来得多高兴呀。他这次不但救回了女儿,还挽救了妻子。他心里明白,两个女儿要是有个三长两短,他失去的将不止她们。

他抚摸着两个孩子的头问:"宝贝儿,那强盗欺负你们了吗?"

许星星说:"他欺负我了,他用手指头戳我的头。说是您把他害成这样的,是您把他送监狱里三次。"

许月月也争着说:"他用脚踢我,说我再哭就把我掐死。"

许建中心痛地把两个孩子紧紧搂在怀里。

陈强盛和李小雄给两个孩子买来了冰激凌和糖,高兴得一人背起一个孩子,在屋里直跳舞。两个孩子和李小雄、陈强盛最熟,咯咯地一个劲儿笑,把连日的恐惧都忘了。

许建中让陈强盛先送星星和月月回家，小姚现在在家指不定怎么着急呢。他和李小雄到怀柔去追王疤瘌。

许建中摸着两个孩子的头，疼爱地说："你们先回家，妈妈在等你们，爸爸办完事就回家。"他真想现在就带着两个孩子回去和姚晨曲团聚，可他还得去抓王疤瘌，现在不抓住王疤瘌，将来后患无穷。

许建中和李小雄来到出租车站，向司机们打听王疤瘌的去向。一位出租车司机向许建中提供了一个情况，说是有个有疤的人在这儿打车，他问去不去怀柔，这司机当时有事，没答应他。那个人后来打个捷达车走了。捷达车是仁达出租车公司的，这个公司就在怀柔。

许建中和李小雄又跟踪追击到了怀柔，在怀柔的出租车站还真找到了那个拉过王疤瘌的出租车司机。这司机反映的情况让许建中和李小雄大感意外，他说那个有疤的人半路让他停车，说不去怀柔了，结了账又打了辆别的车。他觉得这人有病，哪有半截换车的？可惜他没注意那车是哪个出租公司的。

许建中知道这是王疤瘌怕人跟踪，用的反跟踪手段，这下他又逃脱了。

王磊和朦朦听说王疤瘌绑架了许建中的两个宝贝女儿，天天到姚晨曲家安慰她。这天，听说两个孩子找到了，赶紧过来了。他们陪着姚晨曲在门口向公路上眺望，从中午一直等到夕阳西下。

一缕余晖映得天红红的，夕阳下，一辆警车徐徐驶来。姚晨曲看着这辆警车，心怦怦直跳，两眼紧盯着车窗。警车在姚晨曲等人面前戛然而止，车门一开，陈强盛领着星星和月月从警车上走下来。

两个孩子叫着："妈妈——"一起扑向了姚晨曲。

姚晨曲冲上来，紧紧抱着两个女儿，激动得久久说不出话来，眼泪像断了线的珠子，一串串滚落下来。她觉得眼前发黑，慢慢昏倒在地上……

第十七章　真爱

　　姚晨曲病了，似乎是精神上受的刺激太强烈，使她的癌症复发，并开始转移，她不得不住进了医院。许建中最担心的事情还是发生了。他欲哭无泪，心如刀绞，赶紧来到医院，陈强盛和李小雄也跟着许建中来到医院。

　　姚晨曲正躺在床上打点滴，一见许建中，看他那消瘦而疲惫的样子，不禁心疼得要掉眼泪。许建中坐在床边温存地安慰她，陈强盛和李小雄也劝慰姚晨曲，孩子们都完好无损地回来了，什么事都没了，让她好好养病。

　　姚晨曲怕众人为她担心，说自己没什么事，就是孩子一被抢，她几天没吃东西，身体有些虚弱，歇几天就好了。她从心里感激陈强盛和李小雄，为了救孩子，他们可累坏了。

　　几个人在病房里聊了一会儿天，姚晨曲想起今天是星期天，陈强盛和李小雄应该去约会才是，于是向他们道："星期天到医院来看我，让我怪过意不去的，耽误你们和女朋友约会了。"

　　陈强盛道："我现在害怕约会，两个女朋友，哪个也放不下，进退两难，只好听天由命了，不去约会也罢。"

　　李小雄也说："崔颖现在不见我，我也是听天由命，走到哪儿是哪儿。"

　　姚晨曲心想，这两个人的事也是挺复杂的，还真得靠时间来解决问题。可惜她也帮不了他们，李娇娇是痴心不改，崔颖是当局者迷，她都说服不了她们。

李小雄一直惦记着姚晨曲的病，他在报纸上看到一个广告，说从山西来了个老中医，号称专治疑难杂症，就把报纸拿来给许建中看。许建中看了报纸，见上面写的是中医学院的教授，在一家小医院的门诊部就诊，觉得也许中医可以治癌症，就想让姚晨曲去试试。

第二天，天还没完全亮，许建中就在门诊部门口排队，门一开就第一个跑了进去。

他向老大夫说了姚晨曲的病情，他求老大夫帮帮忙，救救姚晨曲。

老大夫听了直叹气，说："癌症这病非常坑人，老实说，目前中医也只能是固本驱邪，对癌症没有效的办法。"

他给姚晨曲开了个方子，先让她吃着试试。

许建中对中医还抱有一线希望，向老大夫咨询气功能不能治癌症。

老大夫认为气功治不了癌症，而且现在气功师骗子多，十有八九没气，都是骗钱的。他觉得点穴的武术气功倒有点儿科学道理，建议许建中找个点穴的气功师给病人看看。

许建中拿着老大夫给开的药方，心情更加沉重了。他心想，哪怕有一线希望，也不能放弃。回到单位，他逢人就打听会点穴的气功师，说来也巧，队长就认识一位不错的点穴气功师，是气功协会的，给许建中写了个条子，让许建中带着姚晨曲去找他。

许建中、陈强盛和李小雄陪着姚晨曲来到气功协会。

这位气功师看了队长的条子，十分认真地为姚晨曲进行了诊治，发功、点穴，整整一个多钟头。许建中和陈强盛、李小雄在一边观看。良久，气功师点完穴，出来到外屋洗手。

许建中跟着气功师出来，问："小姚的病能不能治？"

气功师摇摇头，说："她开过刀，经络已经断了，点穴对她不起作用，打不通了。"

许建中哀求气功师道："您想想办法，救救她吧。"

气功师仍然摇头说:"您是公安局的,我不能骗您。我点穴是靠打通经络来治病,她的经络都切开了,断了,没法儿打通。"

许建中的心凉了半截,又一线希望破灭了。

对姚晨曲的病,许建中是不甘心放弃的。他听说有一种气功能治癌症,已经有治好的了,也不管是真是假,就找辆车拉着姚晨曲来听气功师讲课,陈强盛和李小雄也陪着来了。

听课的人有几百,气功师在讲台上让大家跟着他做。

姚晨曲站在那儿跟着气功师的口令练,许建中也练,边练边看姚晨曲。姚晨曲脸色不好,但练得很认真。

许建中看着姚晨曲,既心痛又可怜。他想,每个人都有求生的本能,尤其是热爱生活的人。小姚爱丈夫,爱孩子,她在努力和疾病抗争。可癌症就是这么残忍,非要夺走她的生命。他不敢再往下想了,他想紧紧抱住姚晨曲,永远不让她离开。

陪着来的李小雄和陈强盛没有跟着练气功,而是在一边聊天。

李小雄问陈强盛道:"你信不信气功?"

陈强盛摇了摇头,虽说他成天看武侠小说,可他不信气功能治癌症,气是什么样?谁见过?有几个练气功的成仙了?

李小雄和陈强盛都替姚晨曲惋惜,她怎么会得这病?两个孩子还小。这俩孩子命够苦的,这么小就要失去母亲,太可怜。

两人越说越觉得许建中和姚晨曲二人命运不济。他们开始探讨一个问题,许建中知道姚晨曲得了癌症还坚持娶她,当时这事只有他们俩知道,许建中的这个选择到底是对还是错?

谁也说不清楚。也许这就是爱,许建中义无反顾地选择了爱。不管怎么说,许建中是真正享受过爱的人。可他们俩呢?他们的爱会是什么样?

姚晨曲住院以后,许建中每天骑车带着两个孩子去幼儿园,晚上下了班再去幼儿园接孩子,然后去医院看姚晨曲。

这天，许建中用自行车一前一后带着星星和月月往家走。两个孩子吵着要去看妈妈，许建中一想到孩子对妈妈的依恋就想掉眼泪，心里不住地念叨，小姚，你不能离开孩子，这两个孩子多需要母爱呀。

他觉得应该多带孩子到医院看看姚晨曲，她一定想念孩子。要尽可能让她和孩子们多待在一起，要让孩子们多享受一些母爱，这种母爱享受一次就少一次了。

李小雄提着一袋营养品去医院看姚晨曲，在医院门口迎面遇到了崔颖，她刚从医院里出来。二人同时看见了对方，都有些意外。

李小雄向崔颖不自然地笑笑说："崔颖，你来看姚大姐？"

崔颖看着李小雄不冷不热地说："对，来看她。"

二人面对面站着，沉默良久。

崔颖看着李小雄说："你怎么不说话？不愿意理我了，是不是？"

李小雄支吾道："不是……我……你挺好的吧？"

崔颖说："还行，至少还没和别人谈恋爱。"

李小雄看了看崔颖，苦笑一下，没说话。

崔颖问李小雄道："你怎么样？还和那个女售票员谈着呢？什么时候结婚别忘了给我一块儿喜糖。"

李小雄心想，她怎么会知道黄雅琴的事？他怕崔颖误会，赶忙解释道："没有，没有。我根本没和什么女售票员谈恋爱，真的。"

崔颖仍是冷笑着说："她只是个预备的，对吧？"

李小雄忙说："不是，没这回事。"

崔颖四下看看说："咱们到那边的花园里坐坐吧，待会儿你再去看小姚，她正打点滴呢。"

二人来到花园里坐下。李小雄有些拘谨，崔颖倒显得若无其事。

崔颖看着李小雄说："这一段时间我没和你联系，你是不是也就不想和我联系了？今天要不是在这儿遇上，你是不会主动找我了，对吧？"

李小雄说:"我找了你几次,你都不让我进门。而且你已经说和我一刀两断,我再缠着你,反而会让你不高兴。"

崔颖说:"是,是我不想见你。不过我不想见你的原因可是在你,对不对?"

李小雄点头道:"对,在我。"他心里不明白为什么崔颖对他的态度有所缓和,是不是因为她也在犹豫?

崔颖笑看着李小雄问:"没有我你过得好吗?"

李小雄低着头说:"不太好吧。"

崔颖又问:"想我吗?"

"当然。"李小雄实话实说,他真的很想崔颖。

崔颖忽然笑了,笑得很甜,说:"我想你也不会就这么跑了。"

李小雄试探着问崔颖道:"你是不是在和那个马征谈?"

崔颖觉得新鲜,问:"和马征谈?谈什么?"

李小雄苦笑一下道:"这还用问,你是不是想嫁给他?"

崔颖说:"嫁给他?好像我还没这个打算。我在比较你和他谁更适合我,或者你们都不适合我。"

李小雄只是苦笑,他现在和崔颖在一起有一种陌生的感觉,已经没了往日的甜蜜。崔颖还是那么艳丽,那么甜美动人,这是汽车售票员黄雅琴没法儿比的,也是让李小雄难忘的地方。但她现在已经不是他的女朋友了,这让他心里也有了障碍,似乎有一堵无形的墙挡在他和崔颖之间。

崔颖看着李小雄,觉得他在走神,似乎没了往日的朝气,就说:"你怎么不说话?是不是你觉得我没有选择的权利?"

李小雄避开崔颖的目光说:"你当然有权选择,可我谈恋爱是认真的,这是一辈子的大事。"

崔颖微笑着说:"你说我谈恋爱不认真?"

李小雄没有说话,眼睛看着远处的树林。他不想和崔颖吵架,也不知道自己是否还有资格和她吵架。

崔颖想了想说:"你想和我结婚,不想再玩爱情游戏,这我知道。可你刚才说了,结婚是一辈子的事,我有权选择,对不对?"

李小雄点一下头,勉强说:"对,你已经选择了有钱的老板,对吧?我这个警察配不上你,对吧?"

崔颖收起笑容,侧目看着李小雄说:"你说呢?"

李小雄哀叹似的说:"我看我这个警察是很难在你这儿有一席之地了,但是我还想听听你的答复。"

崔颖说:"我可以实实在在地告诉你,你在我这儿还有一席之地。不过你不能当警察了,得调工作,这样你就和那些大款有同样的竞争力了。"

李小雄没有应声,心想,调了工作才有竞争力,而不是调了工作就嫁给我。这是什么意思?以前她可不是这么说的。

崔颖见李小雄没有应声,明白他在想什么,说:"现在向我求婚的不止你一个人,情况有了变化,所以我不能答应你调了工作就嫁给你。"

李小雄苦笑了一下,仍然没有说话,看上去没有一点儿自信和勇气。他根本不想调工作,也怀疑崔颖的诚意。过去他相信崔颖,他调了工作她一定会嫁给他,但现在他不相信,也琢磨不透她心里是怎么想的。

崔颖觉得自己又给了李小雄一次机会,但他看上去并不积极,有些不高兴了,说:"你看来不积极呀?是不是想放弃竞争?"

李小雄沉默片刻说:"我没有这个信心,因为调工作不是一件容易的事。"

崔颖说:"工作我已经给你找好了,你把我忘了,可我还没忘了你。我那个朋友马征说有家广告公司要聘一个副经理,他准备推荐你去,他说凭他的关系没问题。"

李小雄皱着眉说:"广告公司副经理?那我怎么干得了?"他一听马征这个名字就来气,马征能给他找什么好工作,何况自己还打过马征一拳，这小子不害他就不错了。他从心里不相信这个马征。

崔颖说："广告公司的活儿很好干，就是策划点儿广告活动，跟厂家联系联系，这没什么难的，而且广告最赚钱了，弄好了两年下来就是百万富翁。"

李小雄兴趣索然地说："我看没那么容易，现在广告公司多了去了，也没见有几个百万富翁。"

崔颖说："这你就不懂了，明天我给你买几本广告方面的书，你看看就知道了。中国的广告市场有几百个亿，就看你会不会赚。"

李小雄勉强答应说："行，那我看看书再说吧。不过我非常讨厌马征这个人，这人用我们的行话叫挂相，一看就不像正派人。"

崔颖理解情敌之间那种仇恨，而且李小雄爱吃醋，对大款也有成见，她劝李小雄不要老用阶级斗争观点看人，拿谁都当贼。不管马征的人品如何，他在社会上混的年头儿多，关系广，要想在社会上混，离不开马征这样的人。马征特能赚钱，连她的老板都敬他三分。

李小雄坚持自己的看法，认为发财得走正道，像马征这样的人，今天发了财，明天就能进大牢。崔颖见李小雄还是那么固执，眼一瞪，不高兴地说："你怎么这么看人家？这年头儿谁能赚钱说明他有本事，你的醋劲儿可真不小。心胸狭窄，小心眼儿。算了，不跟你说了，你进去看小姚吧，改天等工作的事有了眉目我再找你。"

李小雄无可奈何地说："好吧。"

他刚要走，崔颖又叫住他说："站住，还有一件事，我忘了问你。你和那汽车售票员是什么时候认识的？以前你怎么没跟我说过？"

李小雄说："认识时间不长，也就一个月吧。"

崔颖追问道："一个月？我刚走她就来了？你怎么和她认识的？是不是别人给你介绍的对象？"

李小雄说："不是，是我自己认识的。是……抓女贼的时候认识的。"

崔颖狠狠地说："又是女贼。这女贼把你和我拆开，又给你们当媒人了？"

"没这回事，我们只是普通朋友。就像你和那个马征一样，你们是什么关系，我和她也是什么关系。"李小雄反唇相讥。

崔颖有些恼火地说："李小雄，学会报复人了？"

李小雄辩解道："我不是小心眼儿，没想报复谁。"

崔颖质问李小雄道："那你说，她是不是对你有意思？"

"好像没听她说过，我好像也没想高攀人家小姑娘。"李小雄平静地说。

崔颖仍然有些气恼，说："小姑娘？叫得怪亲切的，你是不是挺喜欢她呀？"

李小雄有些成心气崔颖："有点儿吧，她人不错，对我也挺好的。"

崔颖一听就火了："我告诉你李小雄，你要还想和我谈恋爱，就不能再见她！要是我知道你再和她来往，咱俩就真的一刀两断了。"

李小雄有些不服地说："这我就不理解了。你能和马征上歌厅、下饭馆，我怎么就不能见她？我们只是普通朋友。"

"我说不行就不行，普通朋友也不行。你要是做不到，咱俩就彻底断绝关系。"崔颖又耍起了专横。

李小雄没办法，只得答应不见黄雅琴，关键时刻他还是顺从了她，谁让自己爱她呢。

崔颖又说："瞧你这一脸不高兴的样儿，我以为咱们重归于好你会高兴呢，没想到你是这样，看来我还得考验考验你。"

李小雄自我解嘲地说："考验吧，我还没到 80 岁呢。"

崔颖转怒为笑道："对，就是要考验你到 80 岁！"

葛经理知道崔颖最近跟广告公司的马征走得挺近乎，想探探她的底，问她是不是想嫁给马征。崔颖说马征老请她吃饭，她也不好意思拒绝，不能得罪业务上的关系。葛经理看得出来，马征已经让崔颖给迷住了，这是他最想看到的，因为崔颖要是利用自己的魅力把马征迷住,然后把他业务上的客户套上,就对他太有好处了。现在干广告都有自己的固定客户,那就是财源。与挣大钱比起来,即便把崔颖牺牲了也值得。

崔颖明白葛经理的用意,他是想让她对马征使美人计。她也想通过马征扩大自己的广告客户,可马征和她在一起的时候,从不跟她说生意上的事。

葛经理给崔颖出主意,对崔颖说:"根据我的经验,马征要想得到一个女人,是不惜一切代价的。只要你肯在马征面前施展魅力,马征一定会对你言听计从。"他一脸诡谲,"一个女人只有被男人喜欢,才能成功,女人的魅力就是生产力。"

崔颖反感葛经理用"得到"这个词,怪吓人的,好像马征在打她的坏主意似的。她向葛经理正色道:"你别瞎说,好像我用色相勾引马征似的。"

葛经理道:"可不能说这是勾引,对于商人来说,要达到目的,什么手段都可以用,这是商战的智谋。"

崔颖道:"我是有男朋友的人,不能拿这事儿乱开玩笑。"

葛经理不以为然地说:"你的男朋友对你来说是瞎掰的事,这我还不知道?"他拍了拍崔颖的肩头,"你要是不高兴,一脚就把那所谓的男朋友踢一边去了,他连屁也不敢放一个。他在你这儿就是一个摆设,没戏。"

葛经理这么一说,算说到崔颖的心事上了。她也在扪心自问,她和李小雄谈恋爱是认真的吗?如果是认真的,那为什么总是被马征吸引?马征事业上的成功、经济上的富有,对她无疑太有吸引力了。可马征身上除了钱值得爱,其他值得爱的东西并不多。他其貌不扬,根本不能和李小雄比,李小雄长得多帅。但是李小雄偏偏是个警察,嫁了他就和姚晨曲一样,得整天为他担惊受怕。有没有两全之策?还是让李小雄调个挣钱多的工作?她若有所思,不禁秀眉微蹙,心情烦躁。最后她决定按葛经理的计策,给马征来个美人计,先把他的广告客户弄到手再说。

第二天，崔颖穿着极性感的低胸上衣、超短裙来到马征家。马征一见崔颖这身打扮，迷得他真想把她抱在怀里蹂躏了。但他还是告诫自己，心急不得，采花得有耐心。马征想接触崔颖的肉体，又没有借口，就让崔颖欣赏他的高档音响，趁机放了一个舞曲，邀请崔颖跳个舞。崔颖本是施展美人计来的，自然就没有拒绝。马征一接触崔颖，立刻就把她搂得紧紧的。崔颖也没有反对。她听着音乐，觉得这音响效果还不错，音色极纯。马征的心思可没在音响上，他的手越搂越紧，紧紧抱着崔颖。

崔颖知道时候到了，娇笑着对马征说："马经理生财有道，能不能教教我？"

马征在搂着崔颖的时候，觉得她的身体格外柔软，只觉得浑身发热，欲火中烧，难以抑制。他已经听不清崔颖在说什么了，只想紧紧搂住她，嗅她的发香。他声音都有些变了，出气也显得有些急促："你还用自己去赚钱？你一笑值千金，我的钱就是你的钱。"

崔颖推了马征一下，撒娇地说："你老是不愿意把你做广告的关系户介绍给我，我不跟你好了。"说着假意推开马征，坐到一边。

马征正在兴头上，忙笑脸赔情："别生气，我的大美人儿。"他拉起崔颖，"来，我告诉你。"说着双手揽住崔颖的腰，"你吻我一下，我就告诉你。"

崔颖一扭头说："不！"

马征用力一抱崔颖，胸贴住了崔颖高耸的乳房，感到崔颖的乳房柔软而有弹性，他再也克制不住了，压抑数月的欲望一下爆发了。他猛然把崔颖抱起来向床走去。崔颖用力挣扎，但为时已晚，她被马征按在床上。

崔颖有些恼了，嚷道："你起来！不起来我喊了！"

马征喘着粗气，用力按压崔颖，把手伸进了她的内衣，说："你喊吧，今天我一定要得到你。"

崔颖用力挣扎，叫道："你敢，我告你去。"

马征说："你告吧，是你上门来诱惑我，你敢告我，我就说你是卖淫妇女。"说着粗暴地解崔颖的衣服。崔颖拼命挣扎，但渐渐地就力不从心了，直到她感到一阵撕心裂肺的疼痛，才意识到，自己一切都毁了……

音响发出的音乐异常亢奋。

马征强奸了崔颖以后，满意地下了床，走到卫生间去洗澡。

崔颖衣衫不整，头发蓬乱地坐在床边。她泪痕满面，目光呆滞。

马征从卫生间里出来，揽着崔颖说："崔小姐，生米已经做成了熟饭，别那么想不开。"他说着从柜子里拿出一沓钱，"这是一万块钱，你先拿去买衣服。"说着把钱塞到崔颖的手里。

崔颖也不说话，只是呆呆地看着窗外。

马征又从提包里拿出一部高档手机说："这个手机给你用，拿着。"他把手机放在崔颖的腿上，"你要是跟着我，从今天起就是款姐。"

崔颖欲哭无泪，怎么也没想到马征会强奸她。现在怎么办？和马征决裂，去公安局告他？那结果会是什么？世上的人会怎么看她？那她就全完了，鸡飞蛋打，还毁了名声。马征在她面前低声下气，说是太爱她了，才伤害了她。将来他会加倍补偿她，把所有的爱都给她，她让他干什么他就干什么。事到如今，崔颖权衡利弊，也只能接受现实了。她后悔不该向马征使什么美人计，可已经来不及了，用马征的话说，生米已经做成熟饭了。

马征征服了崔颖以后就请葛经理吃饭，二人在饭馆里谈笑风生。马征把和崔颖做爱说成是世上最大的幸福。说崔颖身上那叫白，皮肤那叫嫩，乳房那叫有弹性，说得葛经理心里直痒痒，心想这马征真是艳福不浅，他跟崔颖在一起工作五年了，一个手指头都没碰着。马征居然把崔颖弄到床上去了，真是有钱能使鬼推磨，可惜当初他怎么就没想到用钱来拉拢崔颖？像崔颖这样的女人，花多少钱都值呀。这下完了，崔颖成了马征的了，都是自己的错，不应该把崔颖介绍给马征，肥水不流外人田呀。

马征为了感谢葛经理帮忙，拿出一架日本高档照相机递给葛经理，说这点儿小礼不成敬意。葛经理接过照相机看了看，这机子值好几万，觉得马征还算够朋友。

马征不以为然地说这是小意思，下次从他这儿出的货，优惠葛经理百分之十。葛经理连声道谢。

马征忽然想起一件事，问葛经理，上次他说的那事办了没有，就是崔颖要给她男朋友找工作的事。葛经理说没有，以为马征是耍崔颖玩呢。

马征说，这事得办，要想长期玩崔颖，就得投其所好，给她点儿甜头，不然她就该跑了。他让葛经理找路子，他掏钱送礼，给崔颖的男朋友谋个广告公司的职务。这样崔颖就说不出什么了，她还是他们嘴里的肉，嫩肉。

葛经理觉得是这个理儿，但是他心里恨透了马征，他妈的马征，玩了我的女秘书，还来谢我。玩一回还不够，还想长期玩，真不是东西。老子早晚得把崔颖抢回来。

马征为了达到长期占有崔颖的目的，真给李小雄谋了个广告公司的虚职。崔颖被蒙在鼓里，高高兴兴地约李小雄逛景山公园。她挽着李小雄的胳膊向山上走，告诉李小雄，马征已经把他的工作找好了，广告公司副经理，月薪一万，拉广告有提成。

李小雄没有一点儿高兴劲儿，反而有些吃惊。他不知道如何应付，嗫嚅着说他得打个请调报告，上面批了才能走。崔颖觉得这事很容易解决，公安局不会不放李小雄走，现在讲究人才流动。李小雄说没那么容易，公安局虽说挣钱不多，但是进去不容易，出来也不容易，要不然技术骨干早都跑光了。崔颖觉得要是这样就太不讲理了，戏演得不好，还关着门不让观众走。李小雄实话告诉崔颖，他在公安局干了这么多年，要让他离开，心里还有点儿舍不得。

崔颖有些急，盯着李小雄质问他说："你是怎么回事？我问你，你是真爱我还是假爱我？我看你是有点儿变心了。你是不是觉得有了那个女售票员，我就可有可无了？你要是这么想，就直说。"

李小雄申辩说："我可没这么想，我就是不愿意离开我喜欢的工作。"

崔颖说："我知道你喜欢这工作，可你不能为了我作一点儿牺牲吗？"

李小雄张口结舌。

崔颖恼火地说："你怎么这么不理解人呀？好吧，你看着办！"说着甩开李小雄的手向山下走去。

崔颖回到办公室，向葛经理发牢骚，说她那个男朋友死心眼儿。费挺大的劲儿给他的工作联系好了，他就是不愿意离开他那公安局，多可气。她真不知道他是怎么想的，放着大钱不挣，非苦哈哈地在公共汽车上抓小偷，有病。葛经理打心里希望崔颖把她的男朋友甩了，就给她出主意，让崔颖给他点儿厉害的，不听她的就跟他吹。刺激刺激他，让他觉得崔颖有追求者，他不跟崔颖走，崔颖就嫁别人了。

崔颖觉得葛经理的主意不错，觉得应该刺激刺激李小雄。

第二天，崔颖来到李小雄蹲守的地方，让李小雄陪他去房山十渡玩，反正李小雄要调走，用不着再努力抓小偷了。李小雄说他实在走不开，现在正打战役，许建中的爱人住院还出来抓小偷，他怎么能因为玩耽误了工作？他在公安局一天，就得抓一天的小偷。去十渡什么时候不行，等他忙过这阵，找个车拉崔颖去，很容易。

崔颖冷冰冰地说不行，过几天她就没情绪了，要不去她就找别人。不是吓唬他，那马征天天追她。李小雄要是不去，她一个电话马征立刻就来。李小雄劝崔颖别理那个马征，那人不是什么好人。

崔颖不理睬李小雄，从包里拿出手机，大声约马征陪她去十渡玩一天，然后拦了辆出租车，头也不回地走了。

李小雄眼看崔颖打车走了，心里如同打翻了五味瓶，不知如何是好。刚刚跟她和好没几天，又闹别扭，这么下去他们之间能有好结果吗?她和那个马征在一起,指不定会出什么事呢。"

远处的车站上,许建中和陈强盛看着李小雄和崔颖争吵,没有过来。许建中知道崔颖霸道,别人的话很少能听进去。而陈强盛觉得李小雄这么和崔颖凑合着,还不如和她分道扬镳。

崔颖和马征并没有去十渡,而是来到一家舞厅。二人跳着贴面舞,低声聊天。崔颖的手机响个不停,她不予理睬。马征问是谁找她,她说是她的男朋友,已经找她一天了,她不想理他。

马征恳求崔颖说:"你还要那个男朋友干什么呀?咱俩已经这样了,你就嫁给我吧。我一定让你过最好的上等人的生活。"

崔颖摇摇头说:"我觉得咱们还是保持情人关系好。你们有钱的男人都拿女人当玩偶,不会从一而终。"

马征向崔颖发誓道:"我有了你还会要别人?不可能,你要嫁给我,我保证一辈子不会再打别的女人的主意,和你白头到老。"

崔颖笑道:"我考虑考虑。"

马征说:"只考虑我,不考虑他啊。"

崔颖白了马征一眼说:"我谁也不考虑,这一辈子也许还不嫁人呢。"

李小雄被崔颖逼得只好屈服了,他写了一份请调报告,第二天来到崔颖家,把请调报告给她看。

崔颖看了看李小雄递过来的请调报告,觉得写得虽然简单了点儿,但总归是写了,这也是对她的一种屈服。她很满意,认为这还像个男子汉,真正的男子汉就是爱美人胜过爱江山。为了感情,工作算什么?她对李小雄还是有信心的,凭他的机智和气魄,将来一定能干出一番事业。

李小雄一脸愁云,勉强笑了笑,觉得崔颖把他看得太高了,他不是经商的材料。他的特长就是抓小偷。

崔颖让李小雄抓紧时间把请调报告交上去,李小雄答应明天上班就交。

李小雄一夜失眠，第二天上班昏昏沉沉地拿出请调报告交给许建中。

许建中看了李小雄的请调报告，心情沉重地问李小雄，想好了没有？这可不是小事。

李小雄痛苦地告诉许建中，他没有什么选择的余地了，崔颖这次下了最后通牒。

陈强盛不同意李小雄向崔颖屈服，他提醒李小雄道："男怕入错行，女怕嫁错郎。你不当警察干别的去，不是不行，可你有兴趣吗？没兴趣干着有什么劲？"

李小雄道："我对什么狗屁广告公司没有任何兴趣，对钱也没兴趣。我就是舍不得崔颖，现在必须下决心做个选择。"

许建中虽然打心里不愿意李小雄离开，可还是尊重他的意见。他对李小雄道："主意你自己拿，如果你出了公安局，能和崔颖结婚，将来好好过日子，那当然好。我担心崔颖不一定会和你结婚，如果这边工作调了，她那儿又出什么变化，那可就坏事了。"

李小雄道："这事不会发生，我想崔颖不会这么不讲情义。"

陈强盛觉得李小雄太老实了，根本没有防人之心。他提醒李小雄，不能把事想得太简单，当警察的可不能没有防人之心。还是跟崔颖把话说清楚了。什么时候结婚，把日子定了。而且还得和她把话挑明了，结了婚以后，她不能再和那个叫什么马屁征的人来往。要不然，还真不能调这工作。出点儿差错，后悔都来不及了。

李小雄一听马征两个字就烦，盘算着得找机会收拾这个马征，现在先不搭理他。他决定和崔颖谈最后一次，如果他要调出公安局，也和她约法三章。

马征强奸了崔颖以后，崔颖索性破罐破摔，做了马征的情人。马征成天把崔颖弄到家里来寻欢作乐。这天他和崔颖衣衫不整地在床上嬉笑，一只手搂着崔颖，另一只手拿着一架高档照相机给崔颖看，说这个照相机值三万多，新闻专业相机，在屋里照也特清楚，他要用这相机给崔颖拍生活写真。

　　崔颖长得漂亮，也喜欢照相，她摆了个电影明星的姿势让马征照。马征照了几张，又支上三脚架按了自拍，上床搂着崔颖照了一张。第二天，马征就把他和崔颖的合影给葛经理看，葛经理拿着马征和崔颖的合影，羡慕得不得了，一个劲儿赞叹马征有对付女人的本事。

　　马征得意地说，征服女人是他的特长，有了这张照片，他要玩崔颖多久就玩她多久。他还要把她那个男朋友给搅黄了，永远占有崔颖。葛经理问马征是不是真想娶崔颖，马征说结婚不结婚倒无所谓，关键是要独占她。他不能和别人分享一个女人。葛经理连声附和，觉得马征说的对，不能让崔颖嫁人，她嫁了人再想沾她的边就不容易了。

　　李小雄来到崔颖家，想做最后的努力，争取不调出公安局。崔颖正在家弹钢琴，她给李小雄弹奏了一曲悠扬的情歌，以显示自己的浪漫。李小雄在旁边听着，并没有心思欣赏钢琴，反而有些心情抑郁。

　　崔颖昂着头，看了看李小雄，问："你觉得我这新钢琴怎么样？"

　　李小雄随便应了声："还成。"

　　崔颖不满地说："什么叫还成呀？你一点儿都不懂得什么叫浪漫，真土。"

　　李小雄说："我对钢琴不感兴趣。"

　　崔颖有些扫兴："你对什么都不感兴趣，对我也不感兴趣。对不对？你一来我就看出来了，你一脸不高兴。你说吧，你有什么话要对我说？是不是又不想调工作了？"

　　李小雄说："不是。工作我可以调，不过你是不是等我调了工作就和我结婚？"

崔颖笑道:"这可是一辈子的大事,我也得慎重点儿。不过我基本上是决定嫁给你了。别看你不是什么大款,可你具备了当大款的素质。"说着起身搂住了李小雄的脖子,反复端详李小雄的脸,"你长得蛮英俊的,我喜欢你的气质。"

李小雄拉开崔颖的手,并没有和她亲热的意思。

崔颖不高兴地说:"你怎么了?冷冰冰的。"

李小雄道:"我还有句话想和你说。"

崔颖有些扫兴,觉得李小雄一点儿不浪漫,缺少男人对女人的激情。这会儿他应该抱着她亲吻才对,怎么跟太监似的,冷冰冰的。她把头扭向一边,不看李小雄。

李小雄接着说:"咱们结婚以后,你别和那个马征来往了,行吗?"

崔颖看着李小雄,笑道:"你吃醋了?这就对了,我以为你不在乎我呢。不过马征可帮了咱们不少忙。你的工作就是他给找的。过河拆桥,合适吗?"

李小雄说:"他帮你的忙也是对你不怀好意,这我还看不出来?连我们同事都说那个马征有问题。"

崔颖一听就知道是陈强盛在从中捣鬼,说:"你们同事?是不是那个臭小子陈强盛?他准在背后说我的坏话来着,下次我见到他,非骂他不可。"

李小雄向崔颖解释,陈强盛也是为她好。崔颖认为陈强盛能说她好才怪呢。她答应结婚以后尽可能不和马征在一块儿,认真和李小雄过日子。李小雄听了崔颖这话,像是吃了定心丸,下决心从公安局调出去。

崔颖又撒娇地搂住李小雄,管他叫老公,让李小雄晚上别走了,在她这儿睡,她想他了,需要他。李小雄脸都红了,心想,崔颖怎么了?她以前不这样,现在她居然主动提出和他同居,这也太开放了点儿。他有些不适应,问她现在怎么突然变得这么开放了,以前她挺传统的。崔颖吻了一下李小雄说:"我学坏了,也长大了,要出嫁了。"

我要你今天晚上陪我，不然就不要你了。"

　　李小雄想要崔颖，但还是有些害羞，努力克制着说："我今天晚上值夜班。"

　　崔颖不信："你讨厌，瞎说。"

　　李小雄认真地对崔颖道："我真是值夜班。"

　　崔颖撒娇地推李小雄道："你滚！滚到你的公安局去。"她自从做了马征的情妇以后，对性爱的追求开始强烈。但李小雄并不知道这里面的情由，还是老观念，先结婚后上床。这让崔颖有些反感，这种观念在年轻人当中实在太少。其实李小雄之所以有这种观念，是因为他把崔颖看得太圣洁，不敢玷污她的清白。

　　陈强盛不舍得李小雄离开公安局，他也讨厌李聪的那个前夫马征。马征这人身上的疑点太多，凭陈强盛的第六感，马征不是一般人。陈强盛怀疑马征不是好人，因为李聪说他经济来源不明，他们俩结婚这么多年，李聪愣不知道马征是干什么的。陈强盛要看谁不顺眼，非弄明白了不可。他想查查马征，看他的钱是怎么来的。

　　星期天，李聪约陈强盛在图书馆的阅览室里见面。她早早来到图书馆，边翻书边向门口看。这时李娇娇走进了阅览室，她看上去比以前朴素多了，但穿的仍是陈强盛喜欢的卡腰连衣裙和高跟鞋。李聪一看李娇娇进来了，不禁直皱眉，把头扭向一边。李娇娇也看见了李聪，很大度地向她打招呼："李姐，你也来看书，强盛没来？"

　　李聪看了看李娇娇，语气不太友好地说："你来找强盛？"

　　李娇娇忙解释道："不，我来借书。"

　　李聪冷笑着说："来借世界名著？"

　　李娇娇知道李聪在讥讽她，但她不以为然，觉得自己过去是挺无知的，不怪别人看不起她。她向李聪道："我来借法国的骑士文学。"

　　李聪本来就看不起李娇娇，一听她要看法国的骑士文学，心想，你看得懂吗？不禁傲慢地看着李娇娇说："法国的骑士文学？您研究的学问够深的,我还真不知道什么是法国的骑士文学,李小姐可不可以给我这个俗人讲讲?"

李娇娇毫不怯懦,大大方方地说:"我也不太懂,我是听强盛说的。他说法国人的文化特点就是谈情说爱,法国人擅长谈恋爱。法国的骑士文学说的是法国的骑士怎么立战功,怎么追求贵夫人,怎么以追求贵夫人为荣,贵夫人怎么和这些年轻人谈恋爱,怎么在感情上搞欺骗,尔虞我诈。"

李聪一听强盛给李娇娇讲了这么多东西,心里更加嫉妒,而且有些恼火,冷冰冰地说:"强盛快成你的家庭教师了,你更像高雅人士了。"

李娇娇似乎不在乎李聪的讽刺,说:"我可不敢说自己高雅,我要是高雅,强盛也不会把我扔到一边去和别的女人谈恋爱了。"

李聪冷笑一声道:"那是他和别人有缘。"

李娇娇不但不恼,反而笑了,说:"这话说得有理,我就相信缘分。如果我和强盛没缘,再追他也没用。如果我和他有缘,他就是跑到天涯海角,也得回来。"

李聪一听这话脸色一下就变了,用力扔下手中的书,愤愤地说:"那咱们就看他会不会回到你身边。"

李娇娇迎着李聪的目光,毫不退让地说:"对,应该看看他和谁有缘。"

这时陈强盛哼着歌走进阅览室,一抬头看见李聪和李娇娇虎视眈眈地对视着,一下愣了,想退出去已经来不及了,只得走上前尴尬地笑笑说:"呦,今天可真巧,你们俩也来了。"

李聪一看陈强盛来了,微微一笑道:"我们在讨论缘分的问题呢。"

李娇娇认真地说:"我可不敢妄说缘分,'缘分'这两个字太复杂了。"

陈强盛眼珠一转道:"我和你们俩太有缘,我坐的车半路抛锚,不然我一个小时以前就借完书回去了,也就不用参加你们的讨论会了。"

李聪瞪着陈强盛说:"你这意思是不想见我们了?还是想见别人?"

陈强盛笑了笑说:"我看今天这讨论会要改成批斗会了,干脆你们省点儿事,一人喊一声打倒陈强盛,我就可以借书去了。"

李聪忍不住笑道:"就是要批斗你!给你挂上一个牌子,上面写着'世界第一大坏蛋'。"

李娇娇也笑道:"对,再踏上千万只脚,让你永世不得翻身。"

陈强盛做了个鬼脸道:"啊?真改批斗会啦?那我第三十六计了。"说完就跑出了阅览室。

李聪在后面追来,喊着:"你敢跑,回来!"

陈强盛在图书馆门口停了一辆吉普车,拉着李聪向吉普车上走,让她跟着办事去。李聪半推半就地说:"干什么呀?你的李小姐还在里面等你呢。"

陈强盛还挺着急,说:"顾不上她了,你先跟我走吧。"

李聪见陈强盛真的有事,忙问他上哪儿。陈强盛说:"不会把你拉人贩子那儿去,你带我上马征的公司去看看。"

李聪有些奇怪,她没去过马征的公司,马征也没跟她说过公司在什么地方,怎么去?陈强盛就是为了解开这个谜,他不理解,马征为什么不让人知道他在哪儿上班。李聪认为也许是马征那儿有小蜜,不想让人知道。陈强盛觉得这也讲不通,他完全可以给小蜜租间房子,不必住公司里。他推断马征可能干的是非法生意,或者他可能根本就没有什么公司。李聪想了想,觉得这不可能,没有公司他的钱是怎么赚来的?陈强盛说这就是要让李聪跟他走的原因,要弄清楚马征的钱是怎么来的。

李聪不愿意再和马征有任何接触,对陈强盛道:"你多余管马征的事,我已经跟马征离婚了,他已经不再是你和我之间的障碍了,还管他干什么,还不如去公园玩呢。"

陈强盛道:"我不是说马征妨碍了谁,我是怀疑马征的经济来源。

警察有职业的责任感，或者说有职业病，不能放过任何一条抓坏人的线索。"

李聪知道陈强盛的警察脾气，只得答应跟他去。反正只要和他在一块儿，干什么都心情愉快。

陈强盛让李聪估计一下马征在什么地方。李聪看看表，说马征每天中午回家睡觉，下午2点出门，晚上6点回家。特有规律，每天如此。

陈强盛一看表正好11点，决定先去吃饭，下午1点半在马征家门口等他，看看他到底去哪儿上班。他问李聪刚才和李娇娇在吵什么，李聪不承认和李娇娇吵了嘴，说："我和她探讨一下什么叫缘分，似乎她对你并没有失去信心。她还要借法国的骑士文学，跟真的似的。"

陈强盛听李聪这口气，好像李娇娇不能看法国书似的，劝她道："你别那么看不起人，李娇娇现在挺好学的。"

李聪不满地说："你还护着她，看来李娇娇真的还有希望呀。她现在挺好学的，你是不是还跟她有来往呀？"

陈强盛说："有来往也很正常呀，她是我的女朋友呀。"

李聪拧着陈强盛的胳膊，说："你成心气我是不是？"

陈强盛一笑，说："不是，我哪能成心气你呀，我还得求你帮我调查马征呢。"

李聪道："那你说，你和李娇娇还有没有来往？"

陈强盛说："没有，只是有点儿藕断丝连。"

李聪气得撒娇地在陈强盛的背上猛捶，嚷道："你坏！叫你坏！"

陈强盛和李聪在马征家门口蹲坑，等马征出来就开车跟上了他。这一跟，跟出了马征的本来面目和一个惊人大案，崔颖也因此走向了毁灭。

第十八章　黄粱梦

陈强盛和李聪跟踪马征,马征的车停在了市贸委会的机关门口,陈强盛把车停在距离马征的车不远的地方,暗中观察。

马征下了车,大摇大摆地走进机关大门。门卫见马征衣冠楚楚,拿着手机,边往里走边打电话,并没有拦他。

陈强盛觉得马征的行为有点儿怪异,他到市贸委员会干什么?拉广告?机关里有广告业务?他问李聪,广告应该是怎么拉?按他的理解,拉广告应该上效益好的工厂或公司去,机关里会有什么广告?李聪对广告更是一窍不通,她对马征的一切都没关心过。不过她也听马征念叨过,谁要登广告马征就去帮人家办手续,为人家跑腿儿。他挣的钱不是广告客户给的,是报社给的回扣,按百分之三十给。他拉来一万挣三千,拉来十万挣三万。

陈强盛不理解,那些想登广告的人自己去报社登不就行了,干吗非要找人代理?李聪对此也不清楚,但广告代理之所以有人干,恐怕还是有市场,有人找他们。陈强盛认为这里面的事绝不像李聪说的那么简单,估计还有点儿其他的东西。他感叹自己学的东西少,市场经济这门学问还没做到家,得想法儿弄懂广告的问题。陈强盛对于学问的追求,跟他抓小偷一样上瘾。他准备去图书馆查查有关广告经营方面的书,李聪问他什么时候去,她也要跟着,但陈强盛定不下时间。李聪坚持让陈强盛定个时间,她得去看着他,以防他偷偷和李娇娇约会。陈强盛心想李聪吃醋都没边儿了,防他跟防贼似的,随口说可能在星期天下午去。

星期天上午，陈强盛正好没事，他早忘了和李聪下午的约定，一心只想弄清楚广告业务的事，早早就来到首都图书馆。他在书架上找了几本广告方面的书认真地看，想从中找出马征是怎么赚钱的，这其中到底有什么问题。他没注意李娇娇悄悄坐到了他的身边，并没有打扰他看书。李娇娇手里拿着一本厚厚的书，斜着眼看陈强盛。

陈强盛看书看得很入神，良久没有发现坐在旁边的是李娇娇。半个小时过去了，李娇娇有些沉不住气，轻咳一声，可陈强盛还没发现她。她有些生气，把书慢慢伸到了陈强盛的面前。

陈强盛一惊，抬头看见了李娇娇，笑道："是你呀？我刚才知道有个人坐我旁边，没注意是谁。"

李娇娇道："只有你是上这儿真心看书来了，有了书你眼里就没别人了。"

"我也是遇到不明白的事了，跑到这儿来查书。"陈强盛说。

李娇娇不相信陈强盛还能遇到不明白的事，人家都说他是小百科全书。陈强盛说那都是别人瞎侃，他没多大学问，就是喜欢刨根问底，不明白的事非弄明白不可。李娇娇问他遇到什么不明白的事了，陈强盛说他怀疑一个人的经济来源不明。这人自称是搞广告的，他想看看这广告到底是怎么回事，靠拉广告能不能成为大款。

李娇娇以前有个朋友就是搞广告发的财，她也就懂了些广告业务，对陈强盛道："我的朋友跟我说过，只有广告公司有权拉广告。如果你是做化妆品的，想在一栋20层的楼上安一个你们工厂生产的擦脸油的广告牌，这个牌子做什么样的，是画个大美人儿，还是只写几个字，做好了牌子人家居民是不是让你往上装，这里面有好多事，厂家既不懂又没精力弄，就得找广告公司，广告公司就是干这个的。有的广告公司把这个地方的广告权买下来了，只有它有权在这儿安广告牌，客户只要把要求说出来，其他的事就不用管了，他们全办了。如果它没买这个地方的广告权，那他们负责联系这楼的产权单位，谈好人家一年收多少钱。他们还要把设计方案拿来给客户看，比如他们想画一个西施,你对西施不满意,他们可以给你改一个李聪什么的。"

陈强盛听着李娇娇侃得头头是道,还拿他开玩笑,不禁笑道:"你也学幽默了。"

李娇娇说:"我是你的徒弟呀。"

"我看你快成我师父了。"陈强盛点点头,"你这么一说我就明白了。以前我以为广告公司就是帮人家跑腿儿呢。"

李娇娇说:"不是,广告公司得有固定的办公地点,有营业执照,可复杂了。那里面有专门管广告创意的,有专门联系客户的,还有负责施工的……"

陈强盛问:"这广告公司好不好干?我那同事李小雄就要调广告公司去。"

李娇娇摇头道:"广告公司不好干,但是干好了可以挣大钱。比如说体育场要有足球比赛,广告公司把广告权买下来,凡是要到球场上做广告的单位就得找它了。要是有个外国的大公司想竖个广告牌,在电视上露露面什么的,它的广告费就多了去了,一个活动搞好了就能赚几十万。"

陈强盛心想,怪不得崔颖老要把李小雄弄到广告公司去,原来真能挣大钱。

李娇娇认为陈强盛怀疑开广告公司的人经济来源不明,那可就错了。他们这种人一挣就是大钱,可不像拿工资的。陈强盛也开始怀疑自己的判断是不是正确,马征难道真的是靠广告公司发的财?

陈强盛和李娇娇聊得正投机,李聪走进了阅览室,她一看见陈强盛和李娇娇在一起聊天,脸色一下就变了,心想,幸亏多了个心眼儿,上午就来了,果然不出她所料,陈强盛还真是约了李娇娇上午在这儿见面。她阴着脸走到陈强盛和李娇娇身边,阴阳怪气地说:"二位聊得好开心呀,能让我听听吗?"

陈强盛一看李聪,忙对她说:"我正向李娇娇请教什么是广告公司呢。"

李娇娇也解释说:"我也刚来。"

李聪气坏了,瞪着陈强盛说:"我说陈强盛,你安的什么心呀?你说下午来,可你一早上就来了。幸亏我了解你的鬼心眼儿,不然真让你骗了。"

陈强盛有些尴尬:"正好我上午没事儿,就赶紧来了,我可不是想蒙你。"他暗暗叫苦,这李聪可真是个醋坛子。

李聪说:"我看你是早有预谋,我要是不来,你们恐怕今天就在这儿聊上一天了。如果我妨碍你们,我是不是可以走了?"

李娇娇知道李聪醋劲儿大,不想和她争吵,赶忙向陈强盛和李聪告辞。她自己也不明白,陈强盛是自己的男朋友,是自己心爱的人,可她却要恭恭敬敬地把他让给另一个女人。

陈强盛觉得李聪这样对李娇娇太过分,李娇娇毕竟是他名正言顺的女朋友,自己即便见异思迁,也不能让别的女人当着他的面羞辱李娇娇。他想送李娇娇出去,向她解释解释,可刚一迈步衣服就被李聪拉住了,动弹不得。

李娇娇匆匆走出了阅览室,在阅览室门口,不禁悄悄抹了一下涌出眼眶的泪水。

李聪在阅览室里不依不饶地对陈强盛嚷嚷:"你这人怎么这样?我一会儿不在你就和她热乎上了。瞧你们俩那亲热样,鼻子都快贴一块儿了。"

陈强盛不喜欢李聪这样对待李娇娇,有些不快地说:"你也太多心了,你不能这样对她。她没惹你,你老挤对人家干吗?"

李聪没好气地说:"你心疼啦?我就是要挤对她,看她不顺眼,酸了吧唧的。"

陈强盛就不爱听人家说李娇娇酸,说:"人家哪儿酸呀?别老看不起人。她刚才给我讲了讲什么是广告公司,说得头头是道。"

"她比我好,你找她去吧,甭理我。"李聪仍然是冷言冷语。

陈强盛正忙着破案,没心思和李聪吵嘴,说:"你别老和我怄气好不好？我不喜欢有人老是管着我。你这样咱俩不会有好结果。"说完转身出了图书馆，把李聪一个人扔在图书馆里。

　　李聪看着陈强盛的背影，感到莫大的委屈。她是真心爱陈强盛的，可他心里老放不下那个李娇娇。一个男人怎么能同时爱着两个女人？她绝对不允许陈强盛这样，要让陈强盛百分之百地只爱她一个人。

　　陈强盛一上班就向许建中说了他跟踪马征的情况，怀疑自己的判断错了，按一般广告公司的经营规律看，开广告公司的发大财是可能的。他跟踪马征并没发现有什么可疑之处，马征出入的都是大机关，而且他每天西装革履的，出入大机关警卫都不拦他，好像认识他似的。

　　许建中问陈强盛是不是找到马征公司的地址了，陈强盛说马征一天换一个地方，没去他的公司。许建中认为这就是疑点。一个经理，一个星期不回单位，成天在外面转，这说不通，少有。另外，他到大机关，门卫不拦他，这也不能说明门卫就认识他。也许门卫看他衣冠楚楚的，不好意思拦他。他要是穿旧衣服，门卫就可能拦他，尤其是那些农村来的保安。

　　陈强盛想了想，觉得许建中说的有理，有这种可能。看来还得继续跟踪马征，至少把他公司的地点搞清楚，这样才好进一步调查。

　　陈强盛发现许建中的脸色不太好，问道："姚大姐的病情怎么样了？你的脸色不太好。"

　　许建中心里沉甸甸的，痛苦地说："小姚一天不如一天，我现在真不知道该怎么办，什么办法都想了。小姚还不让我在医院陪她，怕影响我工作，也不愿意让我看见她那痛苦的样子。"

　　事到如今，陈强盛想不出什么办法来安慰许建中，他知道，许建中将面对失去爱妻这个无情的现实。许建中看着窗外，心里总是想一个问题，人为什么会生离死别呢？相爱的人就不能终身在一起吗？一想到要永远失去姚晨曲,他的眼泪就要往下掉,真怀疑自己的精神能否经受得了这么残酷的打击。

　　第二天一早,陈强盛又来到马征家门口,独自坐在车上,看着马征家的动静。这时马征和崔颖一同走出了楼门,二人说说笑笑地上了门口的汽车。

　　陈强盛一看崔颖不禁吃了一惊,真不敢相信,李小雄爱得发狂的女朋友,居然在马征这儿过夜,成了马征的情妇。他暗自骂道:"妈的马征,让小雄当王八了!"

　　马征的车上了路,陈强盛赶紧开着车跟了上去。马征把崔颖送到单位门口,崔颖下了车。马征的车继续向前开,陈强盛的车不远不近地跟着他。

　　马征的车停在了文物研究所的门口,他下车大摇大摆地往里走,一个看门的老头儿拦住了他:"先生,您找谁?"

　　马征一皱眉,笑着对老头儿说:"老师傅,您不认识我?我是你们李所长的朋友。"

　　老头儿看了看马征,摇摇头说:"对不起,我不认识您。我们这儿没有姓李的所长。"

　　马征皱着眉说:"李所长调走了?您是什么时候来这儿的?"

　　老头儿说:"有半年了。"

　　马征道:"我说呢。我半年前来过。李所长不在我就不找他了。"他向老头儿挥挥手,"再见,老师傅。"说完转身走了。

　　陈强盛在车上笑了,心想,真有不认西装革履的,还是老门儿厉害。他看着马征的车开出百米之外又继续启动车跟着他。

　　马征的车停在贸委会门口,他下了车,仍是大摇大摆地走了进去,这回门卫没有拦他。

　　陈强盛下了车,也大摇大摆地向贸委会里走,这时门卫伸手拦住了他问:"先生,请您出示证件。"

　　陈强盛瞪了门卫一眼,拿出工作证给门卫看,说:"警察,找你们保卫处处长。"

门卫看了看陈强盛的证件说："对不起，我们这儿没有保卫处。"

陈强盛道："这儿谁管保卫？"

门卫道："这儿是办公室管保卫。"

陈强盛道："你这儿是不是每个进门的人都查证件？刚才进去的那个人为什么不向他要证件？"

门卫有些紧张，答不上来。

陈强盛质问门卫道："你是不是看着穿西服的就不查证件呀？看着我这种穿得土的就查？"他向门卫哼了一声，大步向里走。

陈强盛在楼里四下转悠，不见马征的影子。他正东张西望地找，忽然马征从一间办公室出来，二人眼看要走个对面，陈强盛赶紧进了旁边一个厕所。

马征也进了厕所，陈强盛又躲进了拉大便的地方，关上了小门，直到马征出了厕所才从里面出来。他大感晦气，和马征这种讨厌的人一块儿上厕所，屎都拉不出来。

陈强盛从贸委会出来，到门口一看，马征的车已经走了。

他长吁了口气，心想，好你个马征，腿还挺快，你跑得了今天跑不了明天。

中午，陈强盛回到公安局的食堂吃饭，他边吃边想着马征的事，越想越觉得马征不是个东西，尤其是崔颖怎么会被马征给拐走了？这事要是让李小雄知道，还不把他气死？现在许建中已经倒霉到家了，再加上个李小雄，那他们哥儿仨就更惨了。越想脑子越乱，饭都不想吃了，心烦。

这时他边上有两个民警的谈话引起了他的注意。这俩民警都是管内保的，一个是老王，另一个是老徐。

老王说："你说这个单位的人多麻痹，一个月连着发了三起案子，丢了六部手机，这又外加一台笔记本电脑，可他们还是不抓防范。上次发案以后我就让他们抓防范，可他们就请了几个保安在那儿摆样子。那么大一个机关,就是办公室老丢东西,弄得大家人人自危,还互相猜疑。就没有一个领导说抓内部防范,提高一下大家的防范意识。"

陈强盛听着两个民警聊天,问老王道:"老王,你说的是哪儿呀?"

老王说:"还有哪儿,贸委会。今天又报案,说是又发了一起内盗,一台笔记本电脑放在办公桌上就没了,两万多块钱的东西。你说说,炕头儿上丢被子,真拿公家的钱不当钱。"

陈强盛一愣,说:"贸委会?我刚去了那儿一趟,那儿的保安确实是个摆设,屁用也不管。"

老王笑道:"你去了?我说那儿怎么丢东西了呢?敢情是有高手光顾了。"

陈强盛一笑,说:"对,绝对高手,飞檐走壁,踏雪无痕。"

"那我可讹上你了,你可得把那笔记本电脑给我搬回来。不然我破不了案,队长老拿卫生球眼看我。"老王说。

陈强盛微微一笑,说:"这么小的案子都破不了?太没用了。这么办吧,你请我暴撮一顿,三天内我就把案子给你破了。"

老王的嘴差点儿撇到后脑勺,说:"你三天就能把丢的笔记本电脑给我搬回来?"

陈强盛一脸正经地说:"何止电脑呀?我连前些日子丢的那六部手机也一块儿给你。"

老王知道陈强盛爱瞎侃,喜欢拿人开心,撇着嘴说:"呦呦,我老遇见高人,要成仙。你三天能把笔记本电脑给我搬回来?除非是你搬走的。你踏雪无痕,我踩着荷叶能过河!"

老徐一听就乐了,这二位准是看武侠小说看迷瞪了,要驾云。

第二天,马征做梦也没想到,他的车在前面开,陈强盛开着吉普车在他后面紧跟着,车上还坐着李聪。

马征把车停在一个机关门口,大摇大摆地走进了机关的大门,门卫没有拦他。

陈强盛在车上看着马征进了机关大院，问李聪："你说他上班倒是挺准时，早上8点出来，晚上5点半回去。一天换一个上班的地方，这是为什么？"

李聪不以为然地说："当然是拉广告了。"

陈强盛说："拉广告？他去的都是国家机关，有什么广告可拉？他拉广告应该去工厂或公司才对。再说，他进去的时间都不长，既不像谈生意，也不像会朋友。咱们跟了他一个星期，也没找到他的公司在哪儿，为什么？"

李聪眨眨眼说："这是有点儿不对劲，他上班怎么没准地方？我跟他结婚那么多年，他也没带我去过他的公司。"

陈强盛冷笑一声，心想马征肯定没有什么公司。凭陈强盛的机智，现在已经基本明白马征的公司是什么了。

中午，陈强盛又回到公安局吃午饭，还和内保处的老王在一块儿吃，这老王愁眉不展地低着头吃饭，一副倒了大霉的样子。

陈强盛看着老王那副倒霉的模样，微笑着对他说："老王，你怎么跟得了大病似的？是不是你管的单位又发案了？"

老王长叹一声，没有说话。

陈强盛说："老王，我给你算算你发案的单位吧，我要是算对了，你请我喝酒。好不好？"

老王心里特烦，说："又来了，我知道你是踏雪无痕，要成仙，可凡是算卦的在我这儿都不灵。我不是烧香的，是拆庙的。你别给我添乱了，我够倒霉了。"

陈强盛还是面带微笑地说："嗨，你不就是发了两起案吗？"

老王诧异地抬起头，觉得奇怪："你是怎么知道的？"

陈强盛说："我不是说给你算算吗？我不但知道发了两起案子，还知道是哪天发的，在哪儿发的。"

老王半信半疑地问："这你也能算出来？你说说，你要是说对了，我请你暴撮一顿。"

陈强盛掐指一算，说："你星期一发了一起，星期五发了一起。对不对？"

老王呆了，说："对，没错。嘿，邪乎，你算得还挺准，你说说，在哪儿发的案？"

陈强盛又算了算说："星期一在京广，星期五在文联。"

老王愕然道："我的天，你还真灵呀，你是怎么算的？"

陈强盛乐道："这可不能告诉你，你得先请客。"

老王大感惊奇，说："请，绝对请你，好家伙，你真成了半仙儿了。"

陈强盛得意地说："干吗半仙儿呀，大仙。"

陈强盛吃了饭就给李聪打电话，让她想办法向马征打听一下，明天他去哪儿。李聪现在根本不想见马征，一口回绝，说马征不会告诉她的。陈强盛说不管她怎么打听，但是必须打听到。她可以用美人计，打听到了就给他打个电话。

李聪对着电话大嚷："你放屁！我用美人计？你怎么不让李娇娇跟马征使美人计呀？"

陈强盛成心逗李聪道："她怎么能跟你比呀？只有你能迷住马征呀。"

李聪叫道："你讨厌！你别成心气我，见面再跟你算账。"李聪虽说不想见马征，但对陈强盛的事还是一百个愿意干。她立刻给马征打了个电话，说是要回去取东西，问马征明天在不在家。马征说他明天要去经贸大厦，让李聪尽管来取东西，门钥匙她有，来去自由，这儿还是她的家。李聪轻而易举地探听到了马征的行踪，立刻告诉了陈强盛。

第二天，马征开车来到经贸大厦，下车以后大步走进大门。他身穿名牌西服，夹着密码皮箱，仍是边走边打手机，门卫没有拦他。

马征来到一间办公室的门口，敲了两下门，没有人应声，他推开门就进了办公室，见办公室里没人，桌上有一部手机，顺手就把手机装进了皮箱。他又拉开一个抽屉，见里面有一沓现金，也装进了兜里。墙上挂着一件衣服，他掏了掏那件衣服的兜，把里面的钱包拿了出来，然后若无其事地走出了办公室。

马征又推开了另一间办公室的门，里面有位小姐，他愣了一下，问道："小姐，请问王处长在吗？"

小姐说："我们这儿没有姓王的处长，您找错地方了吧？"

马征想了想说："对不起，我找错门了。"转身又上了楼。

马征又走进了挂着"经理室"牌子的房间，里面没有人。他见桌上有个手包，顺手把手包装进了皮箱里，动作非常熟练。

马征收获颇丰，感到差不多了就昂头挺胸地向门外走，走到门口一个门卫伸手拦住他说："先生，对不起，请您到保卫处去一下，有人在那儿等您。"

马征一愣，有些慌了，说："有人等我？你搞错了吧？"

门卫说："没错，您是马征先生吧？"

马征应道："对，是我。"他纳闷，这儿有人认识我？他懵懵懂懂地跟着门卫来到保卫处。

在保卫处里，许建中、陈强盛和李小雄及几个保卫干部在屋里等着马征。马征一进门，发现屋里的人全瞪着他，不禁呆住了。

陈强盛从沙发上站起来，冷笑着说："欢迎欢迎，马经理真是身手不凡呀。一上午在大厦里收获不小吧？"

马征一哆嗦，手中的皮箱一下掉在地上。

陈强盛说："您可真是白手起家。白别人的手，起自己的家。这公司开得不容易呀。"

马征还想抵赖："我……我是来找人的，你们可别冤枉好人。"

陈强盛冷笑着盯着马征说："你还想抵赖？可以，给你看段录像。"他吩咐保安，"打开监控录像。"

保安打开了电视屏幕的监控录像，屏幕上，马征在办公室里偷东西的一举一动，录得清清楚楚。

陈强盛向马征道："怎么样？马经理，你的广告公司买卖不错呀。"

马征吓得浑身直哆嗦。李小雄站起身，二话不说，上去掐住马征，给他戴上了手铐。马征戴着手铐，像泄了气的皮球，无力地垂下了头，差点儿瘫在地上。

在公安局预审室，马征向预审员交代，他以前也是一个正经人，大学毕业以后也想干一番事业。可是他工作一段时间以后才发现，现在靠工资永远也富不了，就下海做生意，但是没几天就明白了，他下海不知深浅，非淹死不可。一个偶然的机会，他在一个机关办事，顺手拿了办公桌上的一部手机，发了一笔财。后来觉得这么发财太容易了，在机关里行窃并不难。以后就开始专门偷机关，越干越有劲儿，想干够一百万就不干了。

预审员问他，一共干了多少次？

他说，每干一次都记一笔账，统计一下钱数，记一下在哪儿偷的。那记账本在他家写字台的抽屉里。到目前为止，他盗窃的现金大概有 50 多万，加上物品，合起来差不多七八十万。

从马征的交代看，他哪里是什么大款，完全是一个大贼。

公安局决定搜查他的住宅。

许建中和陈强盛、李小雄等几位民警在马征家里清查他的东西。陈强盛在翻马征的抽屉时，忽然发现一张马征和崔颖搂抱的照片，赶紧把照片装进公文包里。

李小雄此时指着马征家的高档家用电器说："你们看看，这小子偷了多少钱呀？这电器，全是名牌。"

许建中道："咱们靠工资要想买这么多高档电器，可不容易。"

陈强盛说："大款的钱没有几个是好来的，像马征这样的大款现在可不少。还真有不少女孩子专门傍大款，也不管他们的钱是怎么来的。"

李小雄一听陈强盛这话，不禁低头不语，他知道陈强盛说的是崔颖，这是他一直在想的事，是让他睡不着觉也想不明白的事。但到现在他还是不恨崔颖，恨的是马征。

　　许建中、陈强盛和李小雄探讨为什么有些人会当小偷的问题，像马征这样的大学毕业生为什么也会当小偷，而且还在外面冒充大款，这让他们实在不能理解。

　　陈强盛说："我问过马征这个问题，马征说他想当大款，想在别人面前显示自己有钱。他认为只要有钱，就能找到漂亮的女人。归根到底，还是金钱和美女，这两样太毁人了。"

　　李小雄心想，崔颖也在追求金钱，她是不是能够通过马征这件事觉醒？会不会没了马征，再找个牛征之类的人物？他不敢想，也难以预料。

　　陈强盛偷偷揣起了崔颖和马征的照片，回到办公室，趁李小雄不在屋里的时候，把照片交给许建中。许建中看了照片，既吃惊又叹气，崔颖是多好的姑娘，怎么变成这样了？她怎么会上了马征的贼床？

　　陈强盛问许建中，这事怎么办？小雄还蒙在鼓里，要不要告诉他？许建中觉得不能跟李小雄说这事，得把这照片烧了，让这一页成为谁也不知道的历史。如果让小雄知道这事，他会经不住打击，他太爱崔颖了。崔颖本质上是个好人，就是跟坏人学坏了。她要是嫁给小雄，准能改邪归正。

　　陈强盛和许建中的想法不一样，认为崔颖这样的女人不能要，干脆让小雄趁机甩了她得了。可许建中不同意，崔颖是姚晨曲的好朋友，而且他总认为人都有犯糊涂的时候，允许人家犯错误，也应该给人家改正错误的机会。

　　崔颖突然接到警察的口头传唤，有些莫名其妙，当听说马征是个大贼的时候，惊得目瞪口呆。她怎么也不敢相信这是事实，以为公安局抓错人了。

到了公安局，警察给她看了马征盗窃时候的现场录像，她傻眼了，看着电视屏幕上马征偷偷溜进办公室，动作熟练地偷着东西，简直不敢相信自己的眼睛。这是马征吗？这个就是她傍的大款，就是强奸了她，她又委身给他当情妇的大款？她感到一阵晕眩、恶心，脸色红一阵白一阵。她想的更多的是自己，那种被欺骗被侮辱的感觉，比她被强奸的时候还让她撕心裂肺地疼痛。

自己做了贼的情妇，这么一个肮脏下贱的贼，自己居然上了他的床。她感到自己被骗得太惨了，连女人最宝贵的东西都让他骗走了，太不幸了。

她想到了死，不死今后还有什么脸面见人？

民警告诉崔颖，马征是一个专门盗窃内部单位的大盗，盗窃金额在60万元以上。崔颖和他经常在一块儿，就没发现他有什么异常？

崔颖精神都快要垮了，她哪里会想到，这个腰缠万贯的大款，竟然是个小偷，或者说是个大盗。她如实告诉民警，马征是她的老板介绍给她认识的，她一直认为马征是靠经营广告公司发财的。

民警知道崔颖是李小雄的朋友，而且李小雄也递过话来，让他们多多关照崔颖。从案情来看，崔颖就是一个受害者，只要她把马征给她的赃物退回来，什么事都没有。

崔颖答应把马征给她的所有东西都退给公安局，民警也没有难为她，当场就放她回家了。

李小雄听说崔颖被传讯，早早就来到预审室接她。崔颖从预审室出来，抬头看见了李小雄，一肚子的委屈说不出来，一下扑到李小雄的怀里哭了起来。李小雄也不想多说，打辆车把崔颖送回了家。

崔颖回家就倒在床上，泪流满面，精神极度颓丧。

李小雄给她煮了面条，她也不吃，一个劲儿念叨着想跳楼，说一辈子也没这么丢过人，让警察抓去审问，怀疑她是小偷，让她交代问题，这脸往哪儿搁？

李小雄安慰她，向她解释公安局传讯知情人是例行公事，调查取证，没说她是小偷。

可崔颖还是觉得没脸见人，问李小雄是不是把她当坏女人看。

李小雄说崔颖是让马征骗了，是个受害者，不是马征的同伙，不能算是坏女人。

提起马征，崔颖就有一肚子的火，咬着牙骂道："他妈的马征，一个臭贼，居然假装大款，把我给骗了，我真想用刀捅死他！"

李小雄也是一肚子怨气，这会儿也找到发泄的机会了，他向崔颖埋怨道："你现在说这些还有什么用？当初我是怎么劝你的，你就是不听。说我们警察有职业病，说我吃醋。现在你看出来了吧，当初我不让你和他来往，是不是为你好？你要是听我的话，现在能出这事吗？你应该接受教训。"

崔颖后悔当初没听李小雄的劝告，现在说什么都晚了。

李小雄倒是从心里感谢陈强盛抓了马征，这次可以让崔颖回头了，他们还可以从头来。不管崔颖和马征做过什么，他都能原谅她。

但是崔颖不这么看，觉得有些失去的东西再也无法挽回了，现在大家都知道她是小偷的情妇，再也不是原来的崔颖了，已经低人一等，永远抬不起头来了。

李小雄见崔颖情绪极不稳定，担心她出事，劝她别胡思乱想，目前没人知道这里面的事，连姚晨曲都没告诉。

崔颖心想，小姚要是知道了，该多伤心呀。小姚也劝过她，可她没听，现在自己也没脸见小姚了。

崔颖失魂落魄地把马征给她的照相机、衣服、首饰，一件件放在桌上，准备把这些东西都交给公安局，如果公安局不要，她就把这些脏东西都扔出去。

李小雄看着这些东西，感慨地说："马征这小子顺手牵羊，还真弄了不少好东西。这也怪了，这么多年，他就以盗窃内部单位办公室为生，这些丢东西的单位就没人察觉，警惕性也太差了。"

崔颖和李小雄想的不一样，她觉得马征最可恨的是蒙骗了不少女人,包括他的前妻。她问李小雄道:"这世界上怎么会有马征这样的人?本来是个贼,却冒充大款,伪装得天衣无缝,还偏偏让我遇上了,我怎么这么倒霉?"

李小雄道:"马征他老婆比你还惨,被他骗了好多年。他老婆也以为他每天按时上下班呢。他是典型的两面人,当面是人,背后是鬼。这次查马征,就是他老婆带着陈强盛去的。他老婆可漂亮了,陈强盛让她迷的,连李娇娇都吹了。"

崔颖恍恍惚惚地说:"马征老婆还有个好的结果,找个陈强盛这样的人也不错。可我就惨了,谁还看得起我?我是被贼糟蹋过的女人。"

李小雄忙安慰崔颖道:"还有我在你身边,你在我眼里还是以前的崔颖。"

崔颖不相信李小雄不嫌弃她,颓然道:"我不是以前的崔颖了,我是跟马征上过床的女人,是被他彻底毁了的女人!"

李小雄听崔颖说她和马征上过床,受的刺激不轻,但他还是忍了。崔颖毕竟是受害者,是马征欺骗了她。他虽说是个传统观念很强的人,但是他太爱崔颖了,甚至可以原谅她的失身。他强忍着内心的痛苦对崔颖道:"你别这么说,不管你以前和马征干过什么,那都过去了,我不会嫌弃你。"

李小雄虽然这么说,但崔颖看出了李小雄那被痛苦扭曲了的神情,知道他心里一定嫌她是个脏女人,不禁发出一阵狂笑,说:"男人玩一百个女人也不会失去贞节,而女人有一次就不行了,再也抬不起头了,我完了。"

李小雄听崔颖发疯似的狂笑,浑身都在战栗,不知道该怎么安慰她。他真诚地向崔颖道:"你别这么想,只要你愿意,我们可以马上结婚,我真的不在乎你和马征的过去,陈强盛就不在乎李聪是马征的前妻。"

崔颖已经没有心情谈论结婚的问题了,含着泪对李小雄道:"小雄，我对不起你，我不能和你结婚了。如果你需要我，我现在就可以和你同居，把一切都给你。"

李小雄不想随随便便地对待婚姻问题，想堂堂正正地娶崔颖。但崔颖感到"堂堂正正"这几个字对她来说是不可能了，她不会堂堂正正地嫁人，没这脸面了。

马征的案子发了以后，李小雄向政治处要回了请调报告，这事算是踏实了。但他知道崔颖上了马征的床，精神上受了刺激，整天心里沉甸甸的，像压了一块大石头，在车站蹲守的时候老是望着大街发呆。

许建中知道李小雄在为崔颖的事发愁，劝他多关心崔颖，不要埋怨她，人都有走错道的时候，以后别和那些大款瞎混就行了。

李小雄说这回崔颖是受教育了。他以前跟崔颖说过不下一百回，可她不听，落得今天这地步。现在崔颖也不提让他调工作了，也不念叨着挣大钱了，连精神都有点儿不太正常了，成天待在家里，约她出来玩都不肯，就跟丢了魂似的。

许建中让李小雄多劝劝崔颖，年纪轻轻的，今后的路还长着呢。她又不是马征的同伙，马征给她的东西她都退回来了。她只不过是上一回当，感情上有点儿接受不了。

陈强盛也说，崔颖是受了点儿刺激，过两天就好，谁被公安局传去审一通也得别扭好几天。她被马屁征骗了，发财梦也破灭了，肯定会追悔莫及。

崔颖虽然精神受了刺激，但听说姚晨曲住了院，还是赶来看她。本来许建中没有向姚晨曲说崔颖和马征的事，但是崔颖自己向姚晨曲说了。这着实让姚晨曲吃惊不小，她心痛崔颖，怪她不该轻信那些大款的花言巧语，以致上了大当。

崔颖坐在姚晨曲的病床旁，看着她憔悴的脸，伤心地说："我以为自己是世界上最命苦的人,可看到你这样,比我还命苦。"

姚晨曲道:"我的命苦,但是你的命不能说是苦。你只不过受了骗,这不算什么,今后的路还长着呢,你别太悲观。"

崔颖有些话不能跟别人说,只能跟姚晨曲念叨:"我把什么都给了马征,包括女人最宝贵的东西,可没想到他是个地地道道的骗子,是个偷东西的贼。现在人家都把我看成是和贼上床的坏女人,我看得出来,人们议论纷纷,看我就跟看妓女似的。"

姚晨曲也觉得崔颖在这件事上太不检点。挺聪明的人,怎么会吃这么大的亏?

崔颖说:"这马征表面上像个绅士,还有大学文凭,但其实就是个流氓。我并没想跟他有什么,可是马征把我强暴了,我后悔也晚了。后来也就将错就错,本想利用他的关系经商,可他哪有什么公司呀?这个骗子,把我一生都给毁了。"她边说边流泪,弄得姚晨曲陪着她哭。

姚晨曲埋怨崔颖道:"这么大个骗子,你怎么就一点儿没发现异常?"

崔颖道:"马征以前的老婆和他过了几年都不知道他的公司在哪儿,而且越是骗子越会打扮,从外表上根本看不出什么来,这就是当局者迷。当初李小雄也劝过我,可我以为李小雄是吃醋呢。现在看来,他们当警察的眼睛就是贼,一看一个准儿。"

姚晨曲道:"这事过去就过去了,李小雄还没和你吹,你们还可以从头再来。"

崔颖从心里觉得对不起李小雄,知道李小雄是不会主动和她吹的。她了解李小雄,李小雄是真爱她。可现在自己已经不干净了,自己都嫌自己身上脏。她回家洗澡,恨不得洗下一层皮去。

现在她不想嫁给李小雄,而且她还有不少奇怪的想法。她对姚晨曲道:"我不想再谈恋爱了,就想报仇。我心里老是堵得慌,咽不下这口气!我就不服,为什么女人就应该这么受男人的欺负?我是千金小姐，怎么会被一个一钱不值的臭贼耍得这么惨？我得出了这口气，得向男人报复，向马征这样的有钱的男人报复。我这回付出的代价太大了，一辈子都忘不了。我觉得活着没劲，看什么都不顺眼。这世界上除了你，没好人。我谁也不想见，连李小雄都不想见，看了男人就烦，看了有钱的男人更烦。那些男人拿钱买女人的一切，而女人还觉得挺美。就像我，整个儿一个人家手里的玩具。"

崔颖说的时候眼睛里冒出的光异常冷漠，让姚晨曲看了心里直发冷。她发现崔颖的精神处在一种极度混乱的状态，这样弄不好会出事。她劝崔颖道："你怎么了？千万不要从一个极端走到另一个极端。世界上还是好人多，李小雄就是个难得的好人。你不该这样对他，你已经对不起李小雄一回了，应该对他好点儿才对。"

崔颖苦笑着对姚晨曲说："我还要怎么对他好？男人最喜欢女人什么？不就是想和女人上床？那天我跟他说了，和他同居。可他不同意。"

姚晨曲不同意崔颖这么对待爱情，说："小雄把爱情看得很神圣，怎么能未婚同居？这太随便了，你应该马上和他结婚。"

崔颖精神恍惚地说："爱情有什么神圣的？我都这样了，反正是不干净了，还有什么可顾忌的？要说结婚，我还真是没有精神头儿，没情绪。我过去把结婚想象得特甜蜜，现在没这感觉了。结婚不结婚就那么回事，俩人在一块儿过就得了，不高兴的时候，分手也方便，省得上法院了。"

姚晨曲有些吃惊，心想崔颖怎么变成这样了，也太颓废了，年纪轻轻的怎么能这样？她担心地说："你怎么了崔颖？你真让我不放心。你认真听我说一句行不行，你这辈子不能就这么自暴自弃，这样就把自己毁了，弄不好连李小雄也给毁了。"

崔颖对姚晨曲的话不以为然："他不会毁了，没我还有那个汽车售票员呢。"

姚晨曲苦口婆心地劝崔颖道："李小雄一天到晚想的都是你，根本没想什么售票员。"

崔颖道:"我也知道李小雄爱我,但我不知道自己现在还爱不爱他,似乎我已经没资格谈'爱'字了。"

姚晨曲道:"你和李小雄谈了这么多年,应该踏踏实实和他结婚过日子。你和马征出了这事,李小雄不但没嫌弃你,还处处关心你。作为一个男人,做到这一步不容易了。"

崔颖依旧神情冷漠地说:"一想到嫁给一个警察,过平平淡淡的日子,真不知道能不能适应。"

姚晨曲道:"你应该理解警察,嫁给一个警察并不委屈。职业就是一个谋生的手段,不能把这些东西看得太重。"

崔颖道:"我在这个问题上不如你,你没有职业偏见,当售货员也不觉得低人一等。可我总是把这些东西看得比较重,这也是我的个性,恐怕一时半会儿也改不了。但你放心,我会好好对李小雄,除非他不要我了。"

姚晨曲苦劝了崔颖半天,但崔颖依旧如同患了大病的人,悲观厌世,毫无生机,甚至没了活下去的勇气。

李小雄把崔颖约出来散步,崔颖神色暗淡,连妆都没化。

李小雄知道她心里的阴影一时还抹不去,安慰她道:"你别总是没精打采的,这几天瘦多了,你以前是个活泼的人,现在却变得这么消沉。马征的事过去就过去了,别老想了。"

崔颖心灰意冷:"有些事是不能忘的,有些东西失去了就再也无法挽回了。所以我现在觉得活着没劲,干什么都没劲。"

李小雄道:"只要你能重新振作起来,咱们俩在一起还会很愉快,将来会很幸福。"

崔颖根本听不进去,说:"我不相信还有什么好的将来,将来也是一样,失去的是不能回来了,我这辈子完了。"

李小雄心想,现在要想让崔颖振作起来,得多给她些关爱,看来应该尽快和她结婚。他提议找个好日子和崔颖去把结婚证领了,他们共同生活，她的精神会好起来。崔颖摇摇头，说她没心思结婚。李小雄到了这时候，只能叹气，一筹莫展。

崔颖在家歇了几天，觉得无聊就去上班。一上班葛经理就惊慌失措地对她说，这马征可把他坑苦了，卖给他的手机、笔记本电脑什么的都是偷来的。现在公安局找他，说那都是赃物，还说他替马征销赃，怀疑他是马征的同伙，审讯他半天。他哪知道马征是贼呀，真是跳进黄河也洗不清了。

他求崔颖帮帮忙，她男朋友在公安局，帮忙给说说情，千万别让他进大牢。崔颖巴不得葛经理进公安局，要不是他鼓动她向马征使美人计，她也不至于上这么大的当。她一见葛经理就有气，哪有心情帮他。葛经理一个劲儿地求崔颖，说现在公安局让他退赃，问他把东西都卖给谁了。他上哪儿找去呀？当初也没个发票什么的，这可怎么办？

崔颖逼视着葛经理说："你赚大钱的时候没想到有今天？马征可是你介绍给我的。我让他给耍了，你是不是也有一份功劳呀？"

葛经理心虚，但还是抵赖，装作无辜的样子对崔颖说："你可别这么想，我要知道他是贼，能介绍给你吗？我可不是有意害你。这么多年了，我什么时候害过你，你可不能落井下石。"

崔颖咬了咬牙说："落井下石？这倒不会。不过我要记住那些有钱的男人，那些大款。总有一天我会报复！报复那些害过我的男人！那些有钱的男人，那些黑了心的男人！"

这时有两个民警走进办公室，来到葛经理面前，神情严肃地问道："你是葛经理？"

葛经理吓得脸都白了，应道："是我。"

民警道："请你跟我们去一趟公安局。"

葛经理腿一软，差点儿瘫在地上，哆哩哆嗦地跟着警察走了。崔颖看着葛经理那副狼狈的样子，忽然哈哈大笑起来，这笑声近似疯狂，充满了悲凉。

第十九章　倒大霉

许建中在几年前得知姚晨曲得了癌症的时候,曾经去拜访过一位研究癌症的大学教授,当时这位姓张的教授正在研究治疗癌症的新药。

现在姚晨曲病情严重,许建中抱着一线希望又找到这位张教授,并拿着星星和月月的照片给张教授看。

张教授看了照片上一对漂亮的双胞胎,感觉这太神奇了。在他的印象中,一个中期的癌症病人,很少有生双胞胎的,而且这两个孩子健康漂亮,十分可爱。他觉得许建中太善良了,娶了患绝症的女朋友,或许是感动了上苍,这个患了绝症的女人给他生了一对双胞胎,这就是对好人的回报。几年前许建中从他这儿走的时候,他还有些怀疑,不相信许建中真的会娶一个得了绝症的人。现在看来,这个警察品德很是高尚。他询问许建中的爱人现在的病情,他从许建中的表情看出患者恐怕情况不好。

许建中沉痛地告诉张教授,他的妻子目前情况极不好,医院说她的癌细胞已经扩散了,顶多再活三个月。

张教授仍然坚持癌症是精神病的学术观点,询问许建中和姚晨曲结婚以后生活得如何,有没有让妻子生气,或者说让她受委屈。

许建中说他们有了两个孩子以后,在经济上出现了困难,但他们一家生活得很幸福,夫妻从来没有吵过架拌过嘴什么的。

张教授询问姚晨曲在单位有没有和谁生过气,或者在精神上受过什么强烈的刺激。

许建中把前些日子两个孩子让小偷绑架的事说了,并说小偷是从姚晨曲的手里抢走的孩子,使她受了很大的刺激,后来几经周折才把孩子找回来。从那儿以后,姚晨曲的身体就垮了,再没缓过来。

张教授认为这就是不幸的根源,就怕这种事。姚晨曲精神上受伤过度,是她病情恶化的直接原因。他感到非常惭愧,帮不了许建中,他的研究到现在还没有取得突破,没有找到特效药,有些药只能取得某种程度的治疗效果,不能彻底恢复休克的脑细胞功能。癌症是世界性的难题,他相信人类总有一天会攻克这一关。

许建中听了张教授的话,彻底绝望了,知道姚晨曲真的要永远离开他和孩子了。他无法面对这个现实,两个孩子这么小,她们就要失去母亲,这太残忍了。

张教授安慰许建中,最近研究发现有几种中药醒脑效果不错,让许建中抓几服给姚晨曲试试,也许对她有一定的好处。这些药不太贵,就是不太好抓。

他给许建中写了一个方子,许建中没敢耽搁,赶紧到同仁堂去抓药,抓了药连夜就给姚晨曲熬。

第二天早上,许建中带着煎好的中药,骑着车送两个孩子去幼儿园。

许建中领着两个孩子进了幼儿园,幼儿园的孩子们已经在排队准备做早操了。一个女老师叫住许建中,说该交托儿费了。许建中一摸兜,发现没带这么多钱,请老师宽限两天。老师说人家孩子家长没有拖欠托儿费的,他可不能搞特殊。人家都是一个孩子,他是两个,一欠就是两份。许建中一个劲儿解释,说他最近经济上出了点儿问题。不过他就是借钱,也不会欠着托儿费不给。主要是他这两天太忙,单位事太多,再加上他爱人住院了,两头儿跑,又跑医院又接送孩子,都忙晕了。女老师埋怨许建中太惯孩子,让孩子整托,一个星期接两次,省事多了,天天接多累。许建中说孩子前些日子让坏人绑架过一回,从那以后,他一天见不着孩子就想,睡不着觉。

女老师和许建中开玩笑道:"你明天把托儿费送来,再不送来就不给你们孩子饭吃。你要是养不起,送给我一个,我正想要个闺女呢。人家都生一个,你生俩,还都长得这么漂亮,那还不让人惦记?"

许建中边推着自行车向外走边说:"等他们长大了再惦记吧,现在还早了点儿。到时候就看你儿子有没有福气娶这么漂亮的媳妇了。"说着骑车出了幼儿园。

许建中和往常一样,与陈强盛、李小雄来到公共汽车站蹲守。三个人心情都不好,各怀心事。李小雄望着马路发呆,许建中愁眉苦脸,而陈强盛也是没有高兴劲儿。说来也巧,这天李聪去商店买东西,出了商店就看见了陈强盛和许建中、李小雄在车站蹲守,她心里一阵高兴。自从陈强盛抓了马征以后,已经好长时间没见到陈强盛了。他老说忙,今天可算是见到他了。她没有马上向陈强盛走去,而是想跟他开个小玩笑,从手包里拿出手机给陈强盛发了个短信:"我立刻就想见到你,请速给我的手机回电话。"发完短信,远远看着陈强盛。

陈强盛正在看公共汽车站上等车的人,忽然手机响了,他看了看手机,是李聪发的短信,心想一定是李聪又犯什么毛病了,收起手机,没有立即给她回电话。

李小雄看着陈强盛,猜想一定是李聪在找他,就问道:"是那位胖美人儿找你?"

陈强盛无可奈何地说:"除了她还有谁?"

许建中看陈强盛没有给李聪回电话的意思,忙催他道:"你赶紧给她打个电话吧。还等什么?"

陈强盛不以为然地说:"她找我没急事,就是吃饭。"

李小雄也催陈强盛道:"这就是你不对了,人家有事找你,你应该给她回个电话。"

陈强盛说:"我知道,你找崔颖她老不给你回电话。可我跟你的情况不一样,我是真烦有人老缠着我。我本来还有点儿时间看武侠小说,可自从认识李聪以后,连这点儿自由都没了。她天天找我,不让我干别的,一点儿自由时间都不给我。这刚几点呀,大上午的就找我,准是让我晚上别回家,直接找她。我算是服了,就是俩人再好,也不能天天在一块儿泡着呀。"

李小雄的情况正好和陈强盛相反,崔颖不理他,他非常苦恼。他自我解嘲地说:"我倒想天天和人家一块儿泡着,可人家不理我,把我晾这儿了,我还没脾气。"

许建中比李小雄和陈强盛还苦,也不禁感叹说:"唉,谁的日子都不好过呀。我现在也烦,也不知道心里哪儿烦,就是看什么都烦,有一种无名火。回家空空荡荡,上医院看着小姚又心痛。老有一个怪念头,就是小姚要是没了,我还活不活,活着有什么意思?"

李小雄知道许建中说的是真心话,忙安慰他道:"头儿,你可别这么想。姚大姐就是得了这种不能治的病,你得让她安心地走。可不能想别的,你可还有俩小宝贝儿呢。"

陈强盛也劝许建中道:"是啊,孩子的命够苦的了,你可得好好活着。不管怎么也得把孩子拉扯大了,这才对得起姚大姐呀。"

许建中眼含着泪说:"是啊,要不是为这俩孩子,我真想和小姚一块儿走了算了。你们知道我想什么吗?说了你们都不信。我想现在要有个小偷,我就冲上去,让他给我一刀,那就什么烦恼都没了。"

李小雄一听许建中的想法太吓人了,忙说:"你可别这么想,太吓人了。"

陈强盛听着也不寒而栗,说:"别,别,你可得想开了,俩孩子还指着你呢。人生没有过不去的坎儿,你得挺住了。"他理解许建中,他太爱姚晨曲了,姚晨曲一走说不定他真能干出傻事来。

许建中精神颓丧,实在有点儿挺不住了。他不明白,人生为什么会有这么悲惨的生离死别?为什么会有这么残酷的现实?而且这现实还不能逃避,不得不面对。怎么倒霉的事都让他遇上了?怎么就偏偏让小姚得这种不能治的病?他只能看着她受苦,一点儿都帮不了她。

李小雄也觉得人生有些现实太残酷了，没法儿面对。尤其是崔颖这件事，让他太难接受。崔颖是多漂亮的人，愣让一个贼给毁了。一想这事心里就烦，真想和谁打一架。这会儿谁要是招惹他，非打起来不可。

这时李聪远远看着陈强盛，见陈强盛看了看手机，并不给她回电话，生气了。她又拿起电话发了个短信："我要去找你了！"陈强盛的手机又响了，他看了看，心想李聪要来找我，上哪儿找我？可笑。他有些烦躁，收起手机，不予理睬。

许建中知道陈强盛的拧脾气又上来了，劝他给李聪回个电话，李聪没准儿真找他有事。陈强盛坚持不给她回，他要看李聪怎么找来。李小雄心想陈强盛是让女人给惯坏了，身在福中不知福，女人对他好他还不领情。

陈强盛烦躁地对许建中和李小雄说："我就不给她回电话。我烦她，让她缠烦了。"

他话刚说完，李聪款步来到他的面前，听见他说的话，脸色一下就阴了下来，向陈强盛道："你烦我了？让我缠烦了？"

李聪的突然出现，让在场的三个人全愣了。最感到意外的是陈强盛，不明白她怎么会在这儿。

许建中一看陈强盛和李聪要闹别扭，忙上来劝李聪道："李聪，你可别误会。我们在这儿执行任务，强盛离不开，他刚才说过一会儿给你回电话。"

李聪斜眼看着陈强盛，问许建中道："您可是他的领导，您都看见了他怎么对我。您也不用替他掩饰，我刚才就在你们旁边，他说的话我都听见了。我知道，他烦我，他还想着那个李娇娇呢。行，我招人烦，我走，我离他远远的，行了吧？"说着掉头就走。

许建中在后面忙叫道："李聪！你先听我说。李聪……"

李聪头也不回地走了。陈强盛看着李聪的背影，心想，这不是我女朋友，是我姑奶奶。

许建中也不禁摇头,觉得这李聪也太爱闹脾气。陈强盛也有问题,就给她回个电话又怎么了?何必招她不高兴?

陈强盛也是个倔强的人,对许建中说:"我就是不想给她回电话,因为她老挤对李娇娇,而且话说得特难听。我在图书馆和李娇娇聊会儿广告公司的问题,她看见了,那叫不依不饶,把李娇娇气得直要哭。我特烦这个,人不能太霸道。"

李小雄道:"你是女朋友太多了,招得李聪对你不放心,所以老缠着你。"

许建中劝陈强盛道:"感情上的事,还真得认真对待。你既然知道李聪爱吃醋,就应该注意一点儿,少和别的女人接触。"

陈强盛道:"你不知道,我就是当了和尚也不行,李聪也会怀疑我和尼姑有一腿,我太了解她了。"

李小雄叹口气说:"咱们仨也不知怎么了,不顺心的事全让咱们赶上了。"

三个生活中都不顺的警察,这天遇上了更倒霉的事。他们遇上了一个更倒霉的小偷,倒霉事遇到了一块儿,甚至惊动了警界和舆论界。

就在许建中三人聊天的时候,有一辆公共汽车进站,有三个身材强壮的小伙子从车上下来,引起了许建中的注意。他看着这三个年轻人,向陈强盛和李小雄低声道:"这三个人挂相。"

李小雄凑过来,低声问许建中:"有什么不对吗?"

许建中道:"那高个儿下车的时候把手伸进前面女人的皮包里了,只不过没掏出东西。"

陈强盛道:"贼不走空,他们好像是顺手牵羊,大概目标不在车上,可能还有戏看。"

许建中等人盯上了从车上下来的三个小伙子。三个小伙子并没有走,而是在车站点上烟,开始抽,似乎是在等人。此时车站上等车的人开始多了起来,许建中等人暗中紧盯着那三个小伙子。陈强盛拿出手机,佯装看手机,暗中把镜头对准了三个小伙子。良久,三个小伙子中的一个看到有个小姑娘背着双肩背包向车上挤,他暗中把手伸进了那个小姑娘的包,从里面掏出一个钱包。

陈强盛低声向许建中和李小雄道:"下货了。"

许建中低声向陈强盛和李小雄道:"抓!"

许建中话音一落,三个人箭步扑上前,分头抓三个小伙子。这时三个小伙子正要离开,一看许建中等人扑上来,急忙招架。两个小伙子分别和陈强盛、李小雄扭打起来,拼命想挣脱。另一个冲开人群,快步向胡同里跑。

许建中一把没抓住这个逃跑的小伙子,在后面边追边喊:"站住!警察!"

小伙子吓得头也不回,跑得更快了,几步就跑进了小胡同。许建中在后面紧紧追赶。许建中追到了一个小胡同里,小偷对着许建中打了一砖头。许建中用手挡开砖头,上前抓住小偷,由于最近他疲劳过度,忽然一阵头晕,险些摔倒。小偷趁机抓住许建中的胳膊,在他的手上狠狠咬了一口。许建中用力甩开小偷,一把将他推倒在地,掏出手铐把小偷铐上。但这个小偷突然脸色苍白,开始抽搐倒在地上。许建中急忙拿出手机呼叫120。一辆救护车很快赶到,许建中和医务人员将小偷抬上车。

此时陈强盛和李小雄一人押着一个小偷,这两个小偷都被戴上了手铐。陈强盛问许建中是怎么回事,许建中说这小偷咬了他一口,他推了小偷一把,这小偷就开始抽搐,倒在地上起不来了。他让李小雄和陈强盛先把这两个嫌疑人送到派出所,他跟着救护车去了医院。

陈强盛和李小雄把小偷送到派出所,也急急忙忙去了医院。在急诊室外,三个人感到事情有些严重,心里都沉甸甸的。果然,最不想发生的事发生了,一个穿着白大褂的医生从急诊室里走了出来,向许建中等人道:"病人抢救无效,已经死亡。"

许建中和陈强盛、李小雄都大惊失色。

陈强盛不禁自语道:"坏了,这下可坏事了。"

李小雄诧异地问医生,这个小偷是什么原因死亡的?

医生也说不出个所以然,他判断这个人可能有什么病,因为剧烈运动或者强刺激引发心脏病,导致猝死,得解剖尸体才能得出肯定的结论,目前还不好说。

许建中心情沉重地问医生,这个小偷要是平常没有病,会不会因为强刺激引发猝死?

医生想了想,这他也说不好,问许建中在抓这个小偷的时候,他有没有对他实施暴力。说白了,他有没有打小偷要命的地方。

许建中说他抓这个小偷的时候,小偷拼命反抗,还咬了他一口,他推了小偷一下,把他推倒了。可他倒在地上以后就开始抽搐,吐白沫。

医生听了一阵阵苦笑,摇了摇头道:"如果这个小偷的家属认定是你把他打死的,你的麻烦可就大了,弄不好要吃官司。"

许建中和陈强盛、李小雄面面相觑。

李小雄烦恼地向许建中道:"咱们仨倒霉事够多了,现在又来更倒霉的事了。"

陈强盛叹道:"坏了,这事检察院肯定得介入调查。"

许建中紧皱眉头,拿出手机道:"我向李队长汇报,是我的责任我一定承担。如果法院认定我有罪,我就去坐牢。"

李小雄看着许建中道:"我说头儿,你去坐牢?姚大姐怎么办?你的两个孩子怎么办?"

陈强盛向许建中和李小雄道:"先别说这个了,咱们等检察院调查完了再说吧。"

许建中拿着手机拨了个号码,他的手在不停地颤抖。

小偷死了是大事,小偷的家属不干了,到公安局门口喊冤,要求公安局偿命,查办凶手。网上也开始出现咒骂警察的声音,迅速形成了舆论热点。公安局和政府的公信力受到了影响。公安局的领导责成纪检和政治部门查办此事。

这天在公安局的会议室里研究对许建中这件事的处理办法。几个政治部的领导，还有处长、李队长、政治处张主任，以及许建中、陈强盛和李小雄，众人脸上的表情都十分严肃。

处长向众人说："现在的情况很严重。小偷的母亲在网上喊冤，说她儿子从来没有过小偷小摸的坏毛病，不可能去当小偷。而且平常很健康，没有病，是警察暴力执法，把她儿子给打死了。最倒霉的是我们的执法现场没有监控录像，那个小胡同连个旁观证人都找不到。"

李队长极力为许建中辩护说："我们的民警便衣打扒，不可能身上挂着执法记录仪。而且小偷激烈反抗，还咬了许建中一口，伤口是明摆着的。"他拉着许建中的手道，"各位领导可以验伤，这是不是人咬的，不是狗咬的！"

政治处张主任向李队长道："李队您先别激动，谁也没确定说那小偷就是小许打死的。这不是正在调查吗？"

许建中心情沉重地向在场的领导道："我愿意协助纪检部门进行调查，是我的工作没有做好，给领导添了麻烦。我也知道这件事的后果，如果检察院和法院认定我要对这件事情负责，我会承担我应该承担的法律责任。"

李小雄忽地站起来嚷道："那小偷本来就有病，小许不可能推了他一把就把他打死了！"

陈强盛也道："小许不是少林和尚，推谁一下，拍谁一掌，就把他打死了。即便他是少林高僧，也不一定有这本事。不信谁表演一个我看看，拿我试试，看他有没有这武功，推我一下我就死了。"

处长瞪了陈强盛一眼道："陈强盛，现在不是讨论武侠小说的时候。倒霉的是那小偷已经死了，咱们没抓他之前他还活蹦乱跳的，还能用牙咬人。我相信小许是我们这儿最好的侦查员，是劳模级的人，是个勤勤恳恳任劳任怨的好同志，谁也不想他摊上这种事。可偏偏是一个最倒霉的警察，遇上一个更倒霉的小偷，事就出了。这事已经不是小许一个人的问题了，现在网上已经吵开锅了，有支持警察抓小偷的，有骂警察暴力执法的。一夜之间所有媒体都在关注这件事，从各种角度报道这件事。几乎是在四个小时之内就形成了严重的涉警舆情。根据网安的统计，现在小许这件事已经成为网上最大的热点，我怀疑那些小偷也开始在网上大肆攻击警察。"

另一个老警察道："这件事已经引起了市局党委和市政府的重视，市局党委决定，一定要认真调查这件事情，公安机关决不护短。要给社会舆论一个明确的交代。现在检察院已经决定对这个案子进行调查。你们三个人一定要认真配合调查，绝对不能有抵触情绪，我看小许的态度很好，要相信组织，相信法律的公正。李小雄和陈强盛，你们两个一定得注意，不要跟检察机关唱反调，更不能在心理上有对抗情绪。"

有个老民警声音低沉地说："现在我们面临的舆论压力很大，已经不是一个警察抓小偷这么简单的事了。"

一个老民警苦笑道："不过我看这也没什么，我们可以通过这件事，逐渐完善我们的执法规范，这是血的教训，是我们必须认真反思的。我们以后一定要强化规范执法、文明执法，这样我们才能得到群众的理解和支持。我现在明确一条纪律，陈强盛和李小雄你们两个，谁也不许在网上和那些反对警察的人对骂，你们两个近期不许上网。少给我惹点儿祸！心里再不痛快也得忍着。小许在接受检察院调查期间，宣传部门加强正面宣传，把我们打扒侦查员为民除害的事迹在媒体上宣传一下，树立我们的正面形象。"

李队长看着老民警道："您是纪检部门的领导，您的意思是，检察院调查期间，小许得停止工作了？"

老民警苦笑一下道："这个问题等党委研究以后再定，如果检察院提出对小许采取强制措施，咱们也得配合，毕竟人命关天呀。现在小偷的家属提出要进行尸检，尸检的时间一般要三个月左右，到时候看尸检的结论吧。"他看了看许建中道,"小许呀,你要有思想准备。"

许建中看着老民警,欲哭无泪。

姚晨曲在医院里也能用手机上网,她看到网上热炒警察抓小偷打死人的事,立刻想到近来许建中整天愁眉不展,他是抓小偷的,难道这件事和他们有关?她越想心里越不踏实,总感到网上说的是许建中他们。她心里七上八下,在病床上给陈强盛打了个电话,问是不是许建中出事了。

陈强盛接到姚晨曲的电话,一个劲儿安慰她,让她可千万别信网上的谣言。他们什么事都没出,小许天天抓小偷,有些小偷从监狱里出来以后,就在网上骂他们。他让姚晨曲安心养病,尽量别上网。

陈强盛虽然一再遮掩,但他知道,姚晨曲是个聪明人,他们的事肯定瞒不了她。心想这下坏了,这事非要了她的命不可。

姚晨曲又给许建中的单位打了个电话,从王秀兰的嘴里知道了许建中出事的具体情况。王秀兰还添油加醋,说许建中可能会面临牢狱之灾。姚晨曲听后惊得目瞪口呆,悲从心头起,抹着泪仰天长叹:"命运对许建中这个忠诚的警察太不公平了。"

这天,政治处召开全体民警会议,进行规范执法教育,讨论许建中的问题。会场里的民警们一个个脸色阴沉,目光忧郁。许建中和陈强盛、李小雄三人的心里更像压着大石头,心情格外沉重。

王秀兰首先发表了自己的意见。她侃侃而谈,认为在尸检报告出来之前,公安局应该进行自我检讨,对有关人员进行纪律处理。这样也算是不护短,也是给社会舆论一个交代。她建议先给许建中警告处分,并且停职检查。许建中作为打扒组长,带头打人,问题是严重的。公安局要以许建中为反面教材,进行规范执法教育。发言的最后,她也没忘客套几句,希望许建中不要因此一蹶不振,应该正确认识自己的错误,尽快改正错误。

陈强盛听着王秀兰发言，肺都要气炸了，斜眼看着王秀兰，目光中充满了轻蔑。李小雄更是气哼哼地噘着嘴，脸色铁青，像是刚和别人吵完架。许建中看着窗外，目光呆滞。他在想姚晨曲，想两个孩子，他担心小姚知道这件事心里会承受不了，病情会加重。

王秀兰刚说完，陈强盛腾地站了起来，冷冷地说："我说几句，我是和小许一块儿打扒的，我理解他。我知道他抓了多少小偷，为老百姓除了多少害。有些人对他的批评也是善意的。可我就是不明白，这件事检察院还没有调查结果，事情的性质还没有定论，现在就说他应该对这事负有责任，我认为不妥当。要是现在处分他，也不对。我们是要规范执法，而且我认为许建中是规范执法的典范，不然他怎么会受了那么多的表彰？当然，事情出了，在社会上造成了不良的影响，这也是事实，但是我觉得，如果真的希望小许下次遇事冷静一点儿，不要过于急躁，批评一顿就得了，干吗非要处分？怎么检讨都不行，有必要吗？我觉得有些人是别有用心，想借机打击别人，抬高自己！有不可告人的目的！或者说是有野心！"

李队长一听陈强盛这话火药味太浓了，忙向他道："强盛，你别这么激动。什么事就说什么事，别扯别的。我们进行规范执法教育，是市局党委的决定，这事我想小许能够正确认识。你说呢，小许？"说着转头看着许建中。

许建中低着头说："我感谢同志们对我的批评。我最近情绪是不好，今后一定注意。"

李队长道："小许的觉悟是高的，我相信他能正确对待这件事，不要因此而背上包袱，也不要因此而影响了打扒的工作。"

一个民警与旁边的民警低声议论道："正赶上涨工资，如果当年挨处分就不能涨工资，还影响公务员考评，弄不好弄个考评不合格。这也太不公平了，小许怎么了？多好的人呀。"

另一个民警说："本来小许就够倒霉的了，老婆有病住院，这又不给涨工资，要是我就不在这儿干了，到哪儿也比这儿挣钱多，还没那么多臭事儿，受这份窝囊气。"

李队长向众人道："哪位还发言？"

王秀兰又站起来说："我认为许建中发生这种事，不是偶然的，是量变到质变的结果，是有思想根源的。许建中要好好从思想深处找原因。"

王秀兰的话还没说完，陈强盛和李小雄站起身向场外走，以示抗议。

李队长叫住陈强盛道："陈强盛，干什么去？会还没开完呢。"

陈强盛捂着肚子道："哎哟，对不起队长，我得上厕所，泄私粪！这屎憋了好几年了，不拉能行吗？"

李小雄也说："我也得出去透透气啊，这屋里有味儿，老有人放臭屁，太难闻。"

陈强盛道："对，这屁能把黄鼠狼招来，一定是公狼。"

二人说着出了会议室。在场的民警不禁捂嘴偷笑。王秀兰气得直咬牙。

开完会，许建中一脸愁云地走进办公室，见桌上摆满了小孩儿衣服、鞋、帽子、玩具，还有一辆小孩儿玩的三轮车，车上有个信封。

许建中打开信封，里面有一沓钱和一张纸条。他拿着纸条细看，纸条上写着："小许，东西和钱是大家凑的，你收下吧。钱虽然不多，不能解决什么问题，但这是我们的一点儿心意。那小孩儿车是我儿子的，旧了点儿，但还能骑，你拿去给孩子玩吧。"

许建中看完纸条，不禁泪水充满眼眶。人情冷暖，世态炎凉，但世上还是好人多。

许建中下班后带着两个女儿来看姚晨曲，他尽量掩饰自己心中的悲伤，安慰姚晨曲安心养病。

姚晨曲心里明白，现在许建中需要的是支持和安慰，可自己已经帮不了他了。她躺在病床上,看着两个女儿,不住地抚摸着她们的头。她向许建中道:"你上一天班还要接送孩子,要不把孩子整托吧,一个星期接两次。"

许星星说:"不,不要整托,我要天天来看妈妈。"

许月月也说:"我也要天天来看妈妈。"

姚晨曲对两个孩子说:"爸爸成天骑车带着你们俩,多累呀。"

许建中忙说:"不累,我也舍不得把孩子放幼儿园住,我一天见不到她们心里就不踏实。"

姚晨曲看着许建中,凄楚地对他说:"我这病可能好不了了,我自己走了不要紧,可我就是舍不得离开咱们的孩子。她们才这么小,不能没有妈。"说着眼泪涌出了眼眶,抹着泪把两个女儿搂进怀里。两个孩子见妈妈哭了,也跟着哭了起来……

王秀兰虽然快四十了,可还没生过孩子。有人说她是因为一心想着当官,心思用得太多了,所以精神紧张,怀不上孩子;也有人揶揄地说:"她老公有问题,要是我,一晚上就让她的肚子鼓起来。"总之,王秀兰从二十七八岁的时候就经常诈和,一到喝酒的时候就说有情况。后来老是没动静,精神上也似乎受了刺激,而且像陈强盛这样的坏小子还老拿这事挤对她,说什么应该让她老公吃完晚饭没事看看电线杆子,还说一般属骡子的都不能让老婆怀孕。骡子是中性,这不是骂她老公吗?气得她恨不得踢陈强盛两脚。但不管别人怎么说,她还是在当官的问题上继续下功夫。这天她给处长送文件,见处长一个人在屋里,就没话找话地和处长套磁。她坚信自己是有魅力的,而且30多岁的女人正是有女人味的时候,处长这个男人应该不会讨厌她。果然,处长还真对王秀兰的印象不错,何况她还会把她那特有的女人魅力充分地展示出来。

事也凑巧,王秀兰刚走,政治处张主任就来找处长,向他汇报关于提拔打扒队一个民警当副队长的问题。说是政治处研究过了,以前定的培养对象是许建中，可是经过这一段时间的考察，发现许建中的家务事多了一点儿，他的家庭观念也重了点儿，再加上刚出了事，这会儿提他不太合适，可以提王秀兰当副队长。

处长想了想，认为这事应该拿到处党委会上讨论一下。王秀兰工作还是干得不错的，但她不是一线打扒的，业务上不熟。听听大家的意见，他个人同意。

没过多久，王秀兰的官运来了，她摇身一变，成了许建中、陈强盛、李小雄的领导。

许建中似乎命是不好，他没当上副队长，这还不算，最让他悲痛的是姚晨曲的病已经到了无法挽回的地步，眼看就下不了床了。许建中每天都要来医院陪着姚晨曲，这天姚晨曲躺在病床上，以泪洗面，握着许建中的手哽咽着说："小许，我的病治不好了，我知道，你也不用瞒我。我没有什么，我不怕死，就是不放心咱们的孩子，她们还太小。"

许建中也不禁泪往下流，说："小姚，孩子不能没有你，我也不能没有你。"

姚晨曲饮泣着说："小许，我对不起你。我没有好好地照顾你，还老让你为我操心。我知道你最近遇到了事，承受了很大的压力，你要挺住，为了咱们的两个孩子，你也要好好活着。"

许建中心如刀绞，哽咽着说："我知道，要不是为了你和孩子，我真挺不住了。是我没有照顾好你，整天让你为我担惊受怕。"

姚晨曲诚恳地对许建中说："我走了以后你再找一个吧，找一个贤惠点儿的，别让咱们孩子受委屈。"

许建中悲痛地把头伏在姚晨曲的手上说："小姚，你不能扔下我和孩子……"

姚晨曲哽咽道："你将来要好好培养咱这两个孩子，要让她们上大学。她们俩要是上了大学，你就在我的坟上放两朵花，我在九泉之下一定能知道。"

许建中强忍着痛苦说："小姚，你别胡思乱想了。你好好养病，别太操心。咱们孩子现在就这么懂事，将来一定有出息，准能上大学，上名牌大学。"

　　姚晨曲道："过去我就一直梦想着能上大学，可是家里经济条件差，只能早早工作。但是星星和月月将来的条件一定会比我们这一代人好，上大学的机会一定多，可惜我等不到她们上大学的日子了。"

　　许建中紧握着姚晨曲的手，悲痛万分。

第二十章　报复

自从马征被抓以后，崔颖精神上受了巨大的打击，而且有明显的抑郁症的症状。

她突然之间觉得世界充满了邪恶和欺骗，一个貌若天仙的女人，一个向来高傲的女人，居然被一个贼骗走了贞节和名誉。她觉得眼前一片黑暗，自尊受到了极大的伤害，心灰意冷，整天不想上班，连头也不梳。

李小雄来电话约她出去玩，她说没兴趣，哪儿也不想去。李小雄要来看她，她也不让李小雄来，不想让人陪。李小雄和崔颖联系几次都被她回绝了，一筹莫展。他知道崔颖受了刺激，心情不好，担心她会得精神方面的病，但他想不出办法来安慰她。

陈强盛建议李小雄请崔颖看电影，她不是爱看夜场电影吗，那就投其所好。李小雄觉得陈强盛说的有理，查出晚上大华影院有新片子，就给崔颖打了个电话，约她晚上9点到大华看电影。崔颖说不想去，李小雄说反正晚上他在电影院门口等她，去不去由崔颖自己定。

晚上，李小雄早早来到电影院门口等着崔颖，看电影的人都入场了，就是不见崔颖的影子。他心里烦躁，担心崔颖真的不来了。

其实崔颖早就来了，她在离电影院不远的地方看着李小雄。她没有像以前那样打扮，甚至没有化妆，头发也有些散乱。她此时心情非常复杂，没有勇气向李小雄走过去。她想的是还要不要和李小雄继续交往下去。自己是被小偷玷污过的女人，在李小雄面前没了地位。她万念俱灰，哪还有兴致和男朋友约会？见了李小雄和他谈什么？谈恋爱？她还能有爱吗？她相信李小雄还会像以前那么爱她，可她却提不起精神，甚至怀疑自己得了"男人厌恶症"，见了男人就讨厌，哪还会再去爱一个男人？她从心里讨厌男人，恨男人。她想报复马征，可马征进了大牢，没有十年是出不来了。她拿谁出这口气？她最终没有向李小雄走过去，而是掉头漫无目的地在街上走。

崔颖在街上瞎逛，来到一家歌厅门口，停下来看歌厅的广告。这时有几个穿着奇装异服的小伙子走过来，他们看见崔颖衣服穿得松松垮垮，头发乱蓬蓬的，把她当成了风尘女子，就围了上来。

一个小伙子上来嬉皮笑脸地对崔颖道："小姐，跟我们上歌厅玩会儿去？"

崔颖白了小伙子一眼，继续往前走。

另一小伙子又拦住崔颖说："小姐，跟我们吃夜宵去？咱们喝一杯？"

"小姐，一晚上多少钱？"一个小伙子干脆向崔颖来了个直截了当。

崔颖本来就担心别人用歧视的眼光看她，赶上这些人把她当妓女看，更让她无地自容，说不出是愤怒还是自卑，伸手拦了一辆出租车，上车以后狠狠瞪了这几个小伙子一眼，声嘶力竭地喊道："回家问问你妈，她一晚上多少钱！"

出租车开上了公路，崔颖委屈得直抹眼泪。她怎么也没想到，自己会混到这一步，连马路上的小流氓都看不起她，拿她当下贱的女人。

崔颖没有来赴约会，李小雄不死心，第二天早早来到崔颖家门口候着。崔颖一出来，他立刻迎了上去。崔颖一看李小雄，转身要回去。李小雄伸手拦住了她："你先别走，听我跟你说一句话。"

崔颖捂着脸道："我什么也不想听，你放过我吧。"

李小雄说："那好，我不说咱们俩的事。我想跟你说说你好朋友的事，你好朋友姚大姐。"

崔颖抬头看着李小雄问:"小姚怎么了?"

李小雄痛苦地说:"她病危了,恐怕没多长时间了。"

崔颖愕然,最近因为马征的事一直没去看姚晨曲,没想到她的病情发展得这么快,后悔自己没有早点儿去看她。

大黑汉得知姚晨曲病重了,骑着板车拉上雪芳来医院看姚晨曲。板车来到医院门口停下来,雪芳下了车,大黑汉去找地方停车。这时陈强盛从医院里走出来,身边跟着李娇娇。陈强盛一看雪芳,迎上去和她打招呼。

雪芳向陈强盛询问姚晨曲的病情。陈强盛叹着气说,医院已经无能为力了,现在只能靠打点滴维持,估计坚持不了几天了。

雪芳和姚晨曲感情甚笃,一听姚晨曲要不行了,掩饰不住内心的悲痛,眼泪直往下掉。她心里难受,姚晨曲人这么好,怎么好人没好命?她的两个孩子这么小,以后的日子怎么过呀?

陈强盛向雪芳询问小卖部现在生意如何,雪芳看李娇娇在边上,说话有些犹豫,说这小卖部生意还可以,就是李聪大姐心情不太好。

陈强盛苦笑一下说:"她是不是老骂我?"

雪芳说:"不是,她没骂你。她就是一提起你就哭,说她一辈子没好命,没有一个男人真心爱她。"

李娇娇看了看陈强盛说:"你是不是欺负人家李聪了?"

陈强盛说:"没有,就是她给我打电话,我没时间回,她挑眼了。"

这时大黑汉停完车回来,上前和陈强盛打招呼。陈强盛让大黑汉和雪芳赶快进去,说姚大姐不太好,赶紧去看看她。雪芳拉着大黑汉往医院里走。

李小雄和崔颖恰巧同时来到医院看姚晨曲,站在姚晨曲的病床前。崔颖看着姚晨曲那被病魔折磨得消瘦而苍白的脸,不禁握着她的手潸然泪下道:"小姚,你怎么会病成这样……"

姚晨曲哽咽着说："崔颖……你瘦了，你还好吧？"

崔颖只是流泪，不说话。

李小雄看崔颖哭，怕她影响姚晨曲的情绪，劝她道："你来看姚大姐，安慰安慰她才对，别老是哭呀，让姚大姐也陪着你流眼泪。"

崔颖问："小姚，你都病成这样了，怎么不告诉我一声？"

姚晨曲说："你们都挺忙，我这也是老毛病了，不能老麻烦你们。"

崔颖问："孩子谁看着呢？"

姚晨曲说："送整托了，一个星期接两次。她们都挺好的，也都懂事了。"

崔颖埋怨道："你真应该让小许跟我说一声，我要知道你病成这样就来陪你了，这小许也太不像话。"

姚晨曲说："其实我躺在床上也老是想你，有时候也真想让小许找你去。有些话我一直想和你说，可就是没有机会。我听说这些日子你和小雄闹别扭，我真不放心。"

崔颖叹口气说："唉，有时间咱们再谈这件事，我也想好好跟你说说呢。"

医生走进来，对李小雄和崔颖说，病人要做检查，请他们明天再来。李小雄和崔颖只得站起身向姚晨曲告辞。

李小雄和崔颖从医院里出来，并肩走在林荫道上。崔颖最好的朋友就是姚晨曲，她从姚晨曲的命运中得出结论，那就是不能当好人，好人命都不好。她心灰意冷地对李小雄大发感慨道："人这一辈子就这么回事，小姚过去身体那么好，说不成就不成了。我算看明白了，不能自己跟自己过不去，想吃什么就吃什么，想穿什么就穿什么，谁知道哪天会遇到什么事呀，还没享受就入土了，多冤哪。"

李小雄不同意崔颖这种类似于世界末日来临的论点，觉得对待人生还是积极点儿好。但崔颖还是认为人不能想不开，不能自我束缚。人要是脑子里有好多框框，自己限制自己的七情六欲，很不值。

李小雄感觉崔颖好像看破红尘了，劝她道："你还是把过去忘了，向前看。"

崔颖道："我是受刺激了，小姚多好的人呀，从来不招惹别人，没干过一件对不起别人的事，可就她命苦，而那些成天害人的人却活得自由自在。"

李小雄认为崔颖太偏激了："要想活得自在不一定都是害人的人。马征就因为害了不少人，所以现在进大牢了，少说也得在里面待十年，他活得连自由都没了，更不能说自在了。"

崔颖道："马征该享受的都享受够了，何况警察能让几个坏人进大牢？现在靠坑蒙拐骗发大财、当大款的大有人在。我不去害别人，可也想开了，不能自己对不起自己。"

李小雄心想，现在正是劝崔颖的时候，道："既然你已经把什么都看明白了，就不应该把自己关在房子里，成天不见人，那还不是自己对不起自己？"

崔颖觉得李小雄说的有理，抓住李小雄的胳膊道："对，你说的对，我是有点儿自己对不起自己。我现在算明白了，什么女人最宝贵的东西，没什么可心疼的。男人和女人都是互相利用，互相玩弄。你现在说，你爱不爱我？"

李小雄没明白崔颖为什么这么问，诧异道："你怎么这么说？什么互相利用，我什么时候对你有过别的想法？"

崔颖说："这你就别问了，我说的是男人，不是专门指你。你先说你爱不爱我吧。"

"这还用说吗？我当然爱你。"李小雄道。

崔颖说："好，从今天晚上开始，咱们同居，好好享受人生。"

李小雄觉得崔颖的想法很荒诞，爱情应该严肃点儿，不能太随便。他推托说："你又来了，同居怎么行？我是警察，你不是不知道我们那儿规矩多。再说同居也不是个事呀，咱们可以去领个结婚证，成了合法夫妻怎么都行。"

崔颖看着李小雄，像是看一个陌生人，觉得他在生理上一定有问题，大概还是真童子，连性享受是怎么回事都不知道，送上门的美色居然不要，还非得结婚，真是不可理解，这哪像现代的年轻人？她忍不住狂笑道："结婚？哈哈……"

李小雄被她笑蒙了，道："你笑什么？这有什么好笑的？"

崔颖说："你就是那种永远想不开的人，自己限制自己七情六欲的人。"

李小雄道："警察跟别人不一样，我们那儿规矩多。"

崔颖嘲笑李小雄永远想不开，让李小雄请她喝酒，现在就想喝酒。李小雄觉得喝酒当然可以，喝多少他都奉陪。

二人来到酒馆里，崔颖喝得大醉，似哭似笑地对李小雄说："小雄，你为什么不早和我上床？你就是一个木头。我恨你，是你没有早早地要我。人家欺负我，你也不管。现在我全完了，没脸活在世上了。"她的泪流进酒杯里，伴着泪的酒让她更加肝肠寸断。

李小雄本是有些酒量的，可今天酒一沾唇就醉了。他舌头打转："你……你不像话，你不该去和那些大款瞎混，不该让我调工作。你要早嫁我，怎么会出这种事？你为什么总是想发财？钱对你就这么重要？人家好多人都没有发财，可都过得挺好的，都能白头到老。我就喜欢过普通人过的日子，没有大富大贵，也没有大灾大难。我不想当大款，就想当警察，当警察心里痛快。"

崔颖一口喝干杯中的酒，说："现在说什么都晚了，我恨那些玩弄女性的大款。我……我知道你为什么不想当大款了，因为你是好人，没有坏心眼儿的好人。哼，什么大款，没有好东西。我要报复所有的大款，所有的男人，男人都是骗子。"

"你要报复男人？我可也是男人。"李小雄说。

崔颖说："我说的男人，是有钱的男人，是专门打女孩子主意的男人。他们的钱都不是好来的。他们毁了我，我也不让他们好过。马征要是出来，我就杀了他！"

李小雄苦笑道:"你想杀他?不可能了,他至少要在监狱里待十年。"

崔颖说:"他待十年?枪毙了都不够。我真后悔当初没听你的话。我后悔,我瞎了眼了。"

喝完酒,天已经黑了,崔颖又让李小雄陪她到迪厅里跳舞。迪厅的音乐震得人的心都要碎了,崔颖发狂地扭跳,像是在发泄着心中的郁闷。几个男人把崔颖围在中间,疯狂地蹦着,一个个就像吃了摇头丸,脑袋摇个不停。

李小雄在一边看着崔颖酒后的疯狂,心里比这舞厅的鼓点还乱,他极不适应这种群魔乱舞式的迪斯科。良久,他实在忍受不下去了,走过来拉起崔颖的胳膊,劝她离开。崔颖用力甩开李小雄,还继续跳舞。李小雄看着狂跳的崔颖,气得不知怎么办才好,只得在一边看着她跳。

舞厅里的音乐震耳欲聋,李小雄烦躁地用手捂住了耳朵。最后他实在受不了,冲上去拉住崔颖,不管她怎么挣扎,还是把她拉出了舞厅。

出了舞厅,李小雄就向崔颖大吼:"崔颖!你听我一回好不好!你不能这么成天浑浑噩噩地过日子,这样下去对你没好处。过去的事就只当没发生,咱们重新开始,成不成?"

崔颖也向李小雄大吼:"不成!不成!我心里难受!我恨!我恨一切欺骗了我的人!"

李小雄气得直喘粗气:"你恨,可你想怎么样?你能怎么样?你把马征拉出来枪毙?他已经受到惩罚了,你还能怎么样?你就不能接受教训,重新开始?"

崔颖大喊道:"我不服气!我生气!我就要自暴自弃,自我毁灭!"

李小雄瞪着崔颖说:"你对谁有气你就报复谁,可你别自己报复自己呀!你现在是用别人的错误惩罚自己。你傻不傻呀!"

崔颖喊道:"我是在惩罚自己,我心里烦!"

李小雄看得出来，崔颖是真烦，他也理解崔颖，她受的伤害太重了，重得让她难以承受。他低声下气地劝崔颖："崔颖，你心里烦我知道。咱们找个安静的地方，好好谈谈，好不好？"

崔颖说："不好，我就要在这儿。这儿乱，可以发泄我心里的愤恨。要不咱们还去喝酒，醉死了为止。"

李小雄气急地说："好，那咱们就天天往死里喝！爱怎么着就怎么着！"

第二天，崔颖忽然想起得回公司看看了，她有些常用的东西还在公司里。她来到公司门口，见门上贴着封条。她愣了，半天才醒悟过来，原来公司已经被法院查封了。

她感觉非常解恨，心想葛经理八成是到监狱里找马征去了，这两个坏蛋应该有这种报应。她摸着门上的封条，发出一阵撕心裂肺的狂笑……

崔颖跌跌撞撞地下了楼，来到马路边的长椅上坐下，看着路上过往的车辆，一脸茫然。公司没了，自己现在是无业游民了，将来干什么去？

李聪强迫陈强盛陪她去买衣服，回来的时候，二人高高兴兴地在马路上走着，正巧遇上崔颖。陈强盛发现崔颖眼睛呆呆的，根本没有看见有人在她边上。他听李小雄说过，近来崔颖精神状态出了问题，难道她真的得了抑郁症？

他向崔颖轻轻叫了一声："崔颖，崔颖！"

崔颖猛然抬头看见了陈强盛，精神恍惚地问："是你叫我？"

陈强盛心想看来崔颖的精神真有点儿不对劲，忙说："对呀，是我叫你，你怎么了？一个人在这儿坐着。"

崔颖再仔细一看，这才认出了陈强盛，有些尴尬地说："没什么，累了，在这儿休息一会儿。"

陈强盛把李聪介绍给崔颖，李聪也没多想，说："我好像见过你，你和马征在一块儿。"

崔颖本来并没有在意李聪,以为是陈强盛新交的女朋友,一听她提马征,立刻神经质地绷起了脸,问李聪道:"你怎么认识马征?"

李聪一笑,说:"我当然认识他,我是他的前妻。"

崔颖这才想起来,马征跟她提过,他的前妻李聪是个胖美人,怎么把这事忘了?这个李聪果然丰满漂亮。

陈强盛问崔颖道:"你是不是在等李小雄?"

崔颖感觉陈强盛又在挤对她,虽说正倒霉,也不愿意让陈强盛得意,回敬了他一句:"我等他干什么?我和他没关系。我只是出来散散心,没想到遇上你,算我倒霉。不过看你现在这个女朋友比原来那个好像强了点儿,原来那个酸了吧唧。"她又看看李聪,冷笑一下,"你怎么想起离开马征的?"

李聪对崔颖夸她感到挺高兴,爽快地对崔颖道:"马征是个流氓!我瞎了眼嫁给他。幸好我和他离婚了,不然我也得陪他坐牢。他到处骗人,专门玩弄女性,害了多少女人呀!这个混蛋!真应该枪毙他。"

李聪的话并不是针对崔颖的,她不知道崔颖是马征的情妇,可崔颖听了觉得有些刺耳,以为李聪在影射她,不禁盯着李聪说:"你是不是觉得被他害的女人都特不值得同情?"

李聪对崔颖倒是没有恶意,诚挚地说:"我觉得她们都挺可怜的,傍了半天大款,却傍了个贼,小偷!"

这话着实伤得崔颖不轻,崔颖听了就像刀子剜心,脸色一下变得异常惨白,看着李聪,良久说不出话。陈强盛看崔颖的脸色不好,知道李聪的话戳到了她的痛处,这不是往人家伤口上撒盐吗?他忙上前打岔:"这几天李小雄老给你打电话,可找不到你,你忙什么呢?"

崔颖冷凄凄地苦笑道:"你转告李小雄,以后不要找我了。"

陈强盛知道李小雄情况不妙,他对崔颖痴心不改,要是崔颖真跟他吹,他准受刺激,于是劝崔颖道:"你别,小雄可是真心对你。这事你可得慎重。"

他拉着李聪和崔颖告辞，赶紧走了。走了挺远他才悄悄告诉李聪，这位小姐就是被马征骗上床的人，她是李小雄的女朋友。李聪也觉得自己刚才失言了，难怪这小姐脸色白得跟纸似的，一定是被马征害苦了。

陈强盛回去就把看见崔颖的事跟李小雄说了，李小雄一听崔颖一个人在马路上发呆，担心她出事，在办公室一遍一遍地给崔颖打电话，可没人接，最后那电话干脆被挂了。李小雄知道崔颖是有意不接他的电话，心里有一种绝望的感觉。

陈强盛向李小雄道："崔颖现在正是又烦又乱的时候，弄不好走错了路，还得盯住她，别让她出事。万一她想不开就麻烦了。"

李小雄一听更担心了，立刻请假去找崔颖。崔颖没在家，李小雄从下午一直等到天黑，也没见到崔颖的人影，他真担心崔颖一时想不开寻了短见。

崔颖并没有去寻短见，她独自一人在一家名叫烛光的酒吧里喝酒。她穿着松松垮垮的衣服，喝得糊里糊涂昏天黑地。

烛光酒吧的老板是个四十来岁的女人，有几分姿色，也属于有魅力的女人。她一直在柜台里看着崔颖，不时露出一丝冷笑。她是个老江湖了，见的人多，经的事也多，崔颖连续两天在这儿喝酒，到很晚才走，一看就知道是个失恋的女人，或是受了很大的挫折。不过崔颖这相貌和身段可是上品，是个靠脸蛋儿就能挣大钱的美人。她感到赚钱的机会又来了，于是端着一杯酒凑到崔颖的身边说："小姐这两天老照顾我们的生意，今天我请小姐喝一杯。"说着就把酒杯放到崔颖的面前。

崔颖眯着醉眼看着女老板说："你是这儿的老板？好，我喝。"说着就拿起酒杯喝了一口，"我现在只和女人喝酒。"

女老板道："我看你常到这儿来，是不是遇到不顺心的事了？"

崔颖苦笑着说："没什么不顺心的事，只是活得没劲。"

女老板同情地对崔颖道:"唉,我看出来了,你准是让男人坑了。没有什么事能让一个女人感到活着没劲的。"

还真让女老板说中了,崔颖迷迷糊糊地说:"你说的真对,我就是让男人坑了。"

女老板一笑,说·"不瞒你说,我也是一个被男人坑惨了的人。你看我这个酒吧,就是我向他要的。他要他的小蜜,我要这酒吧,我让他走人了。女人呀,还得想开点儿。"

崔颖好奇地看着女老板,问:"你也是被男人耍了的女人?咱们真是同病相怜,不过你还弄了个酒吧,我什么也没弄上,让人家给耍惨了,人财两空。"

女老板冷冷地一笑,诡谲地低声问崔颖道:"你想不想报复男人?"

这话正中崔颖下怀:"当然想,我要报复所有的男人。"她瞪着眼睛说。

女老板说:"你知道报复男人最好的方法是什么?"

"是什么?"崔颖好奇地问。

女老板说:"挣他们的钱,就是报复他们。"

崔颖看着女老板,忽然笑道:"哈哈,我明白了,你是想让我帮你赚钱。直说吧,是不是这么回事?"

女老板不好意思地笑了笑,说:"小姐真是聪明,我这儿经常有一些大款,想找一些小姐寻欢作乐。他们肯出钱,像你这样的小姐,一晚上能挣七八百。就是陪他们喝酒也能收两三百的小费。"

崔颖吓了一跳,虽说是醉了,可还明白女老板话的真实含义,这是让她当妓女呀。

她酒都吓醒了一半,问道:"你是不是看我像这种女人?"

女老板忙掩饰:"我没别的意思,因为我是过来人,经历的事多,男女这点儿事对我来说太清楚不过了。女人想赚男人的钱,要么傍大款,要么做买卖。傍大款得陪他睡觉,不陪他睡挣不到钱。"

女老板看崔颖并不反对她的观点,就开始向崔颖灌输她的生意经。崔颖被女老板侃晕了,女老板说的正迎合她目前的心态。

女老板见崔颖动了心,进一步诱导她道:"漂亮女人要是想从男人身上赚钱,真是太容易了。"

崔颖听了沉思不语,被女老板的话深深地打动了。她把一张名片递给女老板:"这是我的手机号。"然后站起身,摇晃着走出了酒吧。

过了两天,烛光酒吧的女老板开始给崔颖拉皮条。崔颖如约来到宾馆,和一个中年人上了床。他把崔颖折腾够了,自己也精疲力尽,心满意足地躺在床上大睡。崔颖忍着痛苦强打精神,好不容易应付完了这个如狼似虎的男人,见他睡了,就起身下了床。她看到桌上有个皮包,打开看了看,见包里有不少钱,就把钱全装进自己的手包里,轻蔑地看了看躺在床上呼呼大睡的中年人。她穿好衣服,拿起手包,不辞而别。

崔颖出了宾馆就去了商店,买了不少营养品和儿童食品,抱着就来到医院看姚晨曲。

马征和葛经理害了崔颖,这二位也没得好报。马征被判了十年大刑,葛经理被拘留了十多天才放出来,还被工商局罚了巨款,营业执照也给吊销了。他如今也像丧家之犬,到处找辙做生意。这天他神情沮丧地来到烛光酒吧里喝酒,女老板上前与他搭讪,问他一个人在这儿喝酒,要不要找个小姐陪,可以给他找个漂亮的。

葛经理到酒吧来就是想找个小姐冲冲晦气,去去火气。

20分钟以后,崔颖匆匆进了酒吧,女老板迎上来说客户等得都急了。崔颖面无表情地问客人在哪儿。女老板向葛经理一指说:"就是那位先生。"说着领着崔颖来到葛经理面前。

崔颖和葛经理目光一对,全都惊呆了。

女老板给葛经理介绍道:"这位是崔小姐,怎么样?"

葛经理眼睛瞪得大大的,看着崔颖说不出话来。崔颖看着葛经理,忽然凄惨地大笑起来:"哈哈,真没想到呀,过去我为你服务,现在又来为你服务了。"

女老板说："既然你们认识，那好，你们谈，我就不打搅了。"

崔颖不客气地坐下来，拿出一支烟点上，看着葛经理。葛经理也用看陌生人的目光打量着崔颖，他做梦也不敢相信，崔颖竟然当了妓女。他有些吓着了，心虚，从心里怕崔颖。他明白，如果崔颖真当了妓女，就是他和马征害的。他甚至不敢正视崔颖，不知道如何面对她冷冽的目光。

崔颖盯着葛经理，强压着内心的愤怒和悲哀，语气并不严厉地对他道："怎么样葛经理？还认识我吧？"

"怎么会是你？你怎么会干这个？"葛经理有些慌乱。

崔颖仇恨地看着葛经理道："怎么？这难道不是你的功劳？"

"这……我可没害你。"葛经理想为自己辩解，可又找不到合适的词。

崔颖阴冷地笑了笑，说："你没害我？马征偷东西，你负责卖，然后你把我介绍给马征，你们想方设法地合伙欺骗我，让我上马征的圈套。你把我当性贿赂礼品来回报他，对吧？"

葛经理张口结舌："这……我过去真不知道马征是小偷，我把你介绍给他，是想让他帮助你发财。"

崔颖对这套谎话早就看透了，到现在葛经理还拿什么发财来蒙她，也太小儿科了。她狠狠地瞪了葛经理一眼说："你还想拿什么发财来蒙我，真让我恶心。我就不明白，公安局怎么会放了你？"

葛经理吭吭哧哧地说："该退的钱我都退了，我几乎倾家荡产，公司也被查封了。我也是受害者，真的，崔颖，我也让马征害惨了。"

崔颖冷笑着摇摇头说："我看你没有伤筋动骨，还能来酒吧泡小姐，兜里能没钱吗？"

葛经理说："嗨，最近倒霉事太多，我是出来去去晦气，没想到遇上你了，你怎么干起这个来了？"

"赚钱呀，既然你是我的顾客，你出个价钱吧，看看我值多少钱！"崔颖那样子就像是讨债红了眼的债主。

葛经理尴尬地回避着崔颖的目光，说："崔颖，你真会开玩笑，我哪敢呀。"

崔颖咬着牙说："这有什么不敢的？过去你我之间是雇主和雇员的关系，现在还是雇主和雇员的关系，不过我现在的价钱可高了。"

葛经理真是吓坏了，心虚地说："崔颖，我……我知道我对不起你，我向你赔罪。"

崔颖似哭似笑地说："赔罪？怎么赔？你赔得了我的青春吗？赔得了我一生的幸福吗？"

葛经理如鲠在喉，结结巴巴地说："这……将来我有了机会，一定想法儿补偿你。"

崔颖忽然狂笑道："将来？哈哈，咱们还是说现在吧。你们这些有钱的臭男人，没一个有人味儿，还谈什么补偿！"

葛经理紧张得直哆嗦，不知道该对崔颖说什么好。

崔颖狠巴巴地说："你出不起价钱？还是不好意思出价钱？这样吧，我出个价……"

葛经理紧张地说："不不，我……我今天身体不好，我得走了。"他从兜里拿出一沓钱放在桌上，"这是一千块钱，算是我给你的打车钱，我先走了啊。"说着狼狈地逃出了酒吧。

崔颖在后面看着葛经理，先是哈哈大笑，旋即瘫坐在椅子上，咬着牙骂道："姓葛的，你来玩老娘呀，你这只蠢猪！你别跑呀！"她骂着，眼泪顺腮而下。

自从见过葛经理以后，崔颖更加似癫似狂，心境就像烛光酒吧一样，整天昏昏暗暗的。她打扮得花枝招展，穿着超短裙，和那些形形色色的男人在酒吧单间里搂搂抱抱。然而这烛光酒吧不久就被公安局纳入了视线，在"扫黄打非"开始的时候，突然查抄了这家黄色酒吧。

崔颖正在单间和一个嫖客进行性交易，被警察抓了个正着。

许建中和陈强盛、李小雄听说崔颖因为卖淫被拘留的时候,都傻了,简直不相信这是真的。李小雄更是如雷击顶,他以为自己听错了,但现实就是这么残忍。

这天许建中和李小雄、陈强盛来到拘留所看崔颖,三个人都心情沉重。走到一间拘留室前,许建中让李小雄进去看崔颖,他和陈强盛在外面等着。他嘱咐李小雄,千万要冷静,别太刺激崔颖。李小雄垂着头,拿着一些生活用品进了拘留室。

拘留室里,崔颖目光淡然地面对着李小雄,两个人相对无言。

良久,李小雄痛苦地问崔颖道:"崔颖,你能不能告诉我,你为什么要走这条路?"

崔颖面无表情地说:"也许是为了钱吧。"

"为了钱?你不是个贪钱的人呀?"李小雄不相信崔颖会因为钱去卖淫。

崔颖淡淡地说:"那就是为了虚荣吧。"

李小雄痛苦地说:"崔颖,都这样了,你还若无其事的,你难道不知道卖淫妇女在社会上是多么让人唾弃吗?你是一个大学毕业生,是有文化的人,'羞耻'两个字应该懂吧?"

崔颖冷笑着说:"我不懂什么叫羞耻,你可以走了,你来看我,我很感激,我领情了。"

李小雄紧锁双眉,说:"崔颖,你怎么变成这样了?我真不明白,你放着公关小姐不当,却去……"

崔颖仍然冷冷地说:"你不明白?不明白就好,明白了也没用,反正我已经这样了。我早知道会有今天,真的。我对不起你,这辈子我也没法儿挽回了。不过这不是我的错。唉,事到如今我也不想说什么了,爱怎么着就怎么着吧。"

李小雄痛苦地看着崔颖,无言以对。眼前这个崔颖他几乎不认识了,她怎么会堕落到如此地步?他怎么也想不明白。

崔颖看着李小雄说:"小雄,你别这样看着我,我已经不值得你看了。我是一个失了身的女人,身上很脏。"

李小雄动情地说:"崔颖,你别这么说,你还是你,我没有嫌弃你的意思。"

崔颖凄惨地一笑,说:"可我嫌弃我自己,如果来世咱们有缘,我再嫁给你。我一定好好地保护自己,干干净净地嫁给你。"

崔颖说得很真诚,李小雄听了欲哭无泪。

崔颖道:"你去医院看小姚时别说我的事,她会受不了的。你就跟她说我出差了,回来就去看她,让她等着我。"

"姚大姐昨天还在问你,我跟她说你去广州了。"李小雄道。

崔颖眼含着泪说:"我不知道什么时候才能出去,可能赶不上再见她一面了。"她想念姚晨曲,想念这个从小就和她在一起的最好的朋友。

第二十一章　来生再续缘

　　这天,李小雄出门就听见乌鸦叫,本来心里就烦,心想今天准没好事。果然,他一进办公室就见处长和陈强盛等人在低声议论着什么,一个个表情都很沉重。陈强盛一见李小雄来了,忙告诉他,大家都在等他,得赶快去医院,姚大姐病危了,大夫说她过不了今天。李小雄听了心里咯噔一下,心想坏了,这几天担心的事还是发生了。

　　处长招呼大家上车,众人急匆匆向医院赶。

　　姚晨曲已经被癌症折磨得瘦骨嶙峋,躺在病床上奄奄一息。许建中坐在姚晨曲的病床前,握着她的手,抑制不住心中的悲伤,眼泪充满了眼眶。

　　姚晨曲深情地望着许建中,吃力地说:"有件事我一直想问你,结婚前你是不是知道我得了癌症?"

　　许建中点了点头。

　　姚晨曲吻着许建中的手说:"和你生活这几年,我享受了人间最大的幸福。如果有来世,我还嫁你这个警察。我走了以后,你一定要把两个孩子带大,要让她们上大学……"

　　许建中点着头,再也忍不住,眼泪夺眶而出。此时他感受了人生最大的悲伤,这种生离死别的悲伤是发自内心深处的剧痛。他最爱的人将要永远离开他,他将永远见不到她了。他舍不得她,不能没有她。他拉着姚晨曲的手,想在她弥留之际抓住她,不让她走。

　　姚晨曲的父母领着星星和月月进了病房。两个孩子走到妈妈的床边,一起扑到姚晨曲的身上,哭喊着:"妈妈……"姚晨曲看着两个孩子,眼泪一串串地往下流。她抚摸着两个孩子的手,上气不接下气地说:"孩子,妈妈不能管你们了,你们要听话。"

两个孩子大哭起来:"妈妈!妈妈——"这哭声撕心裂肺。

这时处长、陈强盛、李小雄、大黑汉、李娇娇等人也走进了病房。姚晨曲环视一下屋里的人,拉着许建中和两个孩子的手,慢慢闭上了双眼。

屋里哭声骤起。

姚母扑到姚晨曲的身上边哭边嚷:"我的孩子!你怎么这么早就走啦!你好狠心呀,你丢下我不管啦!"她把失去女儿的悲痛记在了许建中的头上,认为姚晨曲的死就是因为嫁了许建中这个警察,她边哭边骂许建中,"我闺女嫁了个臭警察才走得这么早,这个倒霉的警察!你缺了德啦!我倒了八辈子霉啦,臭警察你还我女儿!"

许建中悲痛欲绝,拉着姚晨曲的手不肯松,哭道:"小姚!我对不起你……"

处长和陈强盛、李小雄上前扶起许建中。许建中哭着向处长说:"我对不起她,让她跟着我过苦日子,还整天为我担惊受怕。我没有照顾好她——"

在场的人无不为之泪下。

相爱几年的妻子走了,晚上许建中坐在小屋的床边,望着两个熟睡的孩子,听着她们在梦中叫着妈妈,又流下了伤心的眼泪。他的眼睛模糊了,朦胧间产生了幻觉,姚晨曲还坐在床上,向他温柔地笑着说:"你看咱这俩孩子像谁?眼睛像我,脸形像你。"许建中失声叫道:"小姚——"姚晨曲的身影一闪而逝。许建中昏昏沉沉,泪流满面,四下寻找姚晨曲,却不见她的人影。他想再在幻觉中与姚晨曲相会,可这幻觉竟不再出现,他只得从桌上的相册里拿出一张姚晨曲的照片,小心地装到了钱包里,放到胸口上。

许建中推着自行车进公安局大门的时候,迎面遇上了处长。处长觉得奇怪，忙问许建中，小姚刚去世，他怎么不在家歇几天？许建中心情沉重，说不敢歇着，一坐下就想小姚，实在受不了。出来干活儿还能分散一下注意力，减轻点儿痛苦。处长担心许建中的身体，他几天几夜都没睡了，还怎么抓小偷？许建中说还能挺得住，他问李小雄和陈强盛去哪儿了，处长说他们刚出去，上120路打扒去了，劝许建中还是回家安排安排，休息休息。

许建中没有休息，还是骑车奔了120路车站。

许建中来到120路公共汽车站，没见到李小雄和陈强盛，就把自行车放到路边，独自在车站蹲守，习惯性地观察着向车上挤的每个人。这时大黑汉骑着三轮车经过车站，一眼看见了许建中，忙停下来，问许建中怎么不在家歇着，姚大姐刚去世，他应该在家歇几天。许建中说他心里难受，出来能分散一下注意力。他看大黑汉给雪芳拉了不少货，问雪芳的小卖部情况怎么样，大黑汉说雪芳现在比他挣钱多，那个李聪大姐还是挺有办法的。雪芳挺惦记星星和月月，老念叨这俩孩子命苦，这么小就没妈了。许建中说他把孩子都送幼儿园了，不然她们一跟他念叨妈妈，就跟刀子剜心似的。

许建中和大黑汉坐在马路边上聊了一会儿，许建中嘱咐大黑汉，王疤瘌最近没影了，让大黑汉多留心。大黑汉说他准备这两天就去找找过去的几个朋友，让他们暗中找找王疤瘌。他估计王疤瘌没走远，不会离开东城他的老窝。

大黑汉走后，许建中盯上了一个可疑的胖小伙子，跟着这胖小伙子上了公共汽车。在车上，他一直盯着这个人。胖小伙子贴上了一个姑娘，趁车拐弯之机拉开了姑娘挎包的拉锁，他正从里面往外夹钱包的时候，许建中一把抓住了胖小伙子的手，喝道："别动，你偷人东西！"

胖小偷惊呆了。

被偷的姑娘惊叫道："我的钱包！"她赶紧从小偷手里夺过了钱包。

这时汽车到了站,许建中因为这几天忙着姚晨曲的事,出来竟然忘了带手铐,只得拉着小偷下车,又请那被偷的姑娘跟他下车,去派出所作证。但是姑娘不下车,说是她不想去派出所作证。许建中打扒多年,遇到过这种事。他耐心地劝那姑娘,按法律规定她有义务作证,她不去就无法给小偷定罪,请她协助警察的工作。

　　车上的售票员正是黄雅琴,她和李小雄接触过,知道警察抓了小偷一定要有证人,不然影响给小偷定罪。她就催促姑娘快下车,并劝她道:"警察抓小偷也是为你好,你应该配合一下。"

　　姑娘仍不下车,说:"警察把小偷抓走不就行了,不用耽误我的时间呀。"

　　车上的乘客都在等着这姑娘下去,一位乘客谴责不愿下车的姑娘,大声说:"你下去吧,警察帮你抓了小偷,你还不给作证,像话吗?你这样耗着,连我们也走不了。"

　　姑娘仍低着头,任凭大家怎么说,就是不下车。这时胖小偷眼珠一转,趁许建中不备,突然对着许建中的头狠打了一拳。许建中只顾和那姑娘说话,一下被打倒在地。胖小偷掉头就跑,许建中挣扎着想站起来,可一阵头晕又栽倒在地。本来这几天他就没睡觉,身体虚弱,再挨这么一拳,顿时头晕眼花,挣扎了几下没站起来。

　　在场的人大哗。黄雅琴下车把许建中扶了起来,惊叫道:"警察同志!警察同志!"

　　许建中慢慢睁开眼,问:"小偷呢?"

　　黄雅琴说:"小偷跑没影了,您没伤着吧?"

　　许建中用力站起来,说:"我没事。"他看了看黄雅琴,觉得她有点儿眼熟,忽然想起她是上次给李小雄送雨衣的那个女孩儿,忙问她是不是黄雅琴。黄雅琴一听许建中问她的名字,点了点头。许建中看一车乘客都在等着售票员,没好意思和她多说,只是简单说李小雄最近心情不好,希望黄雅琴去看看他。黄雅琴答应得很痛快。由于乘客已经等了好长时间,黄雅琴匆匆上车走了。

陈强盛因为帮许建中忙姚晨曲的事，好长时间没和李聪联系，李聪一找他，他就说忙，没时间。但是李聪不理解陈强盛，整天疑神疑鬼的，怀疑陈强盛背着她偷偷和李娇娇约会。这天她在小卖部里向雪芳发牢骚："陈强盛一天到晚苦着脸，一找他就说忙，可能是另有新欢了，八成是和李娇娇旧情复发了。"

雪芳知道陈强盛最近在忙姚大姐的事，忙说："陈大哥的同事许大哥的爱人前些日子病重，前两天刚去世。陈大哥忙前忙后的，肯定没时间。"

李聪不能理解："别人的爱人去世，他苦着脸干吗？"

雪芳道："他们是铁哥们儿。许大哥的爱人跟大姐似的，人特好，待强盛和小雄大哥也跟亲兄弟似的。连我家那口子最近几天也跟着忙这件事，整天愁眉苦脸的，老念叨姚大姐命苦。许大哥两口子都是好人，对朋友那是一百一地好。"

李聪心想就算陈强盛和那位姚大姐感情深，这事忙完了他也该有时间了。我为他把婚都离了，可这么长时间，这家伙对我一个爱字没说过，结婚的事提都不提。

雪芳建议李聪主动向陈强盛提结婚的事，她主动点儿，这也没什么不好意思的。李聪也觉得陈强盛要是总不开口，只能自己厚着脸皮向他求婚。可哪有女人向男人求婚的？这也太难为情了。

雪芳给李聪出了个主意，让她换个说法，问问陈强盛打算什么时候结婚，看他怎么说。他要说不准备结婚，自然要说出理由。他要是爱李聪，准会答应和她结婚。

李聪对陈强盛一点儿把握都没有，陈强盛对她怎么想的她都不知道，也不知道陈强盛是不是真爱她。看来也只能像雪芳说的，逼着他说。

星期天，李聪在首都图书馆抓住了陈强盛，问他道："你最近真忙啊，你们同事的事忙完了吗？"

陈强盛叹着气说："刚忙完。"

李聪立刻单刀直入地问他道："咱俩的事也该考虑考虑了吧？"

"咱俩的事？什么事？"陈强盛似是装傻。

李聪说："你别装傻，咱们俩还能有什么事？咱们谈了这么长时间了，也应该有个结果了。"

"你着急了？"陈强盛笑道。

李聪一噘嘴，说："你讨厌，我跟你说正经的呢。你说，你想不想娶我？"

"你逼着我娶你？"陈强盛还是嬉皮笑脸。

李聪脸一红，说："你又来了，你正经点儿好不好？我就是逼你娶我又怎么了？和我谈了这么长时间，也不给我一个明确的答复。这不成，今天你必须给我答复。"

陈强盛想了想，说："给你一个准确的答复？好吧，什么时候我给你买一枚戒指，就是什么时候娶你。"

李聪高兴了，问："那你准备什么时候给我买戒指？"

陈强盛挠了挠头，说："什么时候给你买戒指？这我还没想好呢。"

李聪一脸失望，说："你还没想好？那你先回答我，你想不想给我买戒指？"

陈强盛肯定地说："当然想。"

"那你还想让我等多长时间？"李聪追问。

陈强盛眨眨眼说："这可说不好。也许一天，也许两天。也许一年，也许两年。不一定。"

李聪一听就急了："什么？两年？不行，太长了。"

陈强盛说："我还没想好呢，你给我点儿时间想想。"

"你还想什么？为什么不能现在就给我买枚戒指？"李聪有些不高兴了。

陈强盛为难地说："唉，结婚的事我确实在考虑，可现在结婚不是时候。小许的爱人刚去世，这会儿结婚合适吗？我也没这个情绪。"

"别人的爱人去世,和你结婚有什么关系?哼,没情绪?不想娶我就直说。"

陈强盛一听就知道李聪一点儿不知道他和许建中的友谊有多深,解释说:"你不懂我们同事之间的友谊,真的。我的心情真不好,等过了这段时间再说,结婚不是小事,我得准备准备,怎么样?"

李聪气哼哼地站起来说:"你看着办吧。"扔下陈强盛走出图书馆。

李聪一脸不高兴地回到了小卖部。雪芳见李聪回来,忙问她找到陈大哥没有。李聪委屈地说找是找到了,可他说没有结婚的心情。她厚着脸皮向他提出来了,可他一点儿诚意都没有。雪芳说她也该理解陈大哥,他确实心情不好。姚大姐刚去世,他心里难受着呢,等过些日子就好了。李聪认为陈强盛肯定是嫌她结过婚,要不就是看上别人了。

雪芳一个劲儿劝李聪,陈强盛看上别人的可能性不大,不能乱猜疑。李聪说她不是乱猜疑,围着陈强盛转的女孩子可多了,而且都是大姑娘。她决定跟踪陈强盛,看看他到底有没有和别的女人来往。

星期天,陈强盛在阅览室借了一本书,然后匆匆出了图书馆。李聪在书架后面看见了陈强盛,并没有和他打招呼,而是暗中跟上了他。

陈强盛在街上走,李聪在他后面不远处跟着。陈强盛来到一家珠宝店,在珠宝店的柜台上认真地挑选着戒指,他想,既然李聪提出来了,就得认真对待,还是给她买枚戒指为好,以表示他的诚意。他对服务员说想买枚订婚戒指,服务员说订婚买钻戒比较好,这儿有不少钻戒,他可以选一枚。

陈强盛很认真地为李聪选了一枚钻戒。

李聪在珠宝店外的马路上等着陈强盛。良久,陈强盛从珠宝店里出来,迎面遇上了一个穿白色连衣裙的姑娘,这姑娘是首都图书馆的常客,一见陈强盛就高兴地大叫:"哟——大侠!你跑这儿干什么来了?"

陈强盛道:"我来买东西,你最近怎么没去图书馆?"

姑娘微笑道:"我去图书馆你也看不见,你现在眼里就只有那个胖美人儿。"

陈强盛只是笑,不说话。

姑娘笑着说:"你看,我说对了吧?不过我可提醒你,你那个胖美人儿可不是省油的灯。你知道我们最近为什么不敢和你逗了吗?我们是怕她吃醋。她可是个醋坛子,我们刚和你说句话,她那脸色马上就变了,那醋劲就别提了,我们都躲着她。"

陈强盛不信,说:"没那么严重吧?"

姑娘说:"你没觉出来,可我得提醒你,她要是这么心眼儿小,你们以后少不了打架。不信咱们走着瞧,你是个什么都不在乎的人,她对你这不在乎的态度肯定受不了。"

陈强盛说:"要是她不相信我,我也没办法,我这人的性格是改不了了。"

姑娘笑着说:"你娶个厉害媳妇,不改也得改。你的好日子还没开始呢。"

陈强盛道:"你可别吓唬我啊,我可是个喜欢自由自在的人。"

"你以后可没有自由了,以后就是个受管制分子。"姑娘笑着说。

陈强盛故作哭腔道:"那我可惨了,要不你嫁给我吧?"

姑娘不在乎地说:"好呀,你不怕那胖美人儿咬你一口?"说着向陈强盛挥挥手,"不和你逗了,我还有事呢,拜拜。"

马路对面,李聪看着陈强盛和姑娘逗,心想这个花心的家伙,谁都想娶。

晚上,陈强盛约李聪在中山公园见面,准备把订婚戒指给她。他去得早,李聪还没到,他就坐在公园的长椅上等。片刻李聪穿着一身白色连衣裙款款而来,这白衣服在月光下显得很是扎眼。陈强盛心想,她今天怎么穿这身衣服?这和她平日的风格不太符。

李聪看见了陈强盛，美滋滋地说："强盛，你早来了？"

陈强盛看着李聪的衣服说："大晚上的，你穿件白连衣裙干什么？晚上应该穿深色的。"

李聪在陈强盛面前展示了一下连衣裙："我穿白连衣裙还不是为了让你高兴。"

"你穿白连衣裙我就高兴啦？"陈强盛有些不明白。

李聪坐在陈强盛身边，依偎着他道："你最近一直不开心，可是你白天见了那个穿白连衣裙的姑娘就眉开眼笑的，对吧？我觉得你一定是喜欢女人穿白连衣裙。"

陈强盛愣了，心想李聪也学会跟踪了，问她道："你是偶然遇上我还是有意跟踪我？"

李聪说："我只是想看看你是不是有二心。"

陈强盛最不喜欢别人限制他的自由，不快地说："你真无聊，你怎么变成这样了？"

李聪委屈地说："不是我变了，是你变了。你以前有说有笑，又幽默又爽快。现在一见我就皱着眉，一点儿都不开心，一点儿也不幽默。你要是觉得我配不上你就直说。我知道亏欠了你，我是结过婚的女人。"

陈强盛说："我没这么想过。"

李聪问："那你为什么和我在一起的时候老不开心？"

陈强盛道："嗨，这跟你没关系，我不是跟你说过吗，小许的爱人病逝了，我心情不好。"

李聪说："你又是这个借口，我不信。"

陈强盛无奈地说："唉，随你怎么想吧。"

李聪气得转过身，背对着陈强盛。

陈强盛摇了摇头，从兜里掏出白天买的戒指看了看，他本来是想郑重地把这枚戒指给李聪，然后把他们之间的关系明确了。这本是一件很浪漫很幸福的事，可让李聪这么一闹，他又没了兴致。想到白天那个姑娘的话,自己如果和李聪结婚以后天天受管制,那日子怎么过?于是他又把戒指装进了兜里,想等等再说。

陈强盛没想到的是,这一等,居然和李聪之间的距离越来越远。

一个星期过去了,陈强盛没有和李聪联系,李聪给他打电话,他就说忙。他想冷静地想想和李聪的关系,周围人的忠告不是没有道理,李聪的脾气太大,也许真不适合他。

星期天,陈强盛照常来到首都图书馆的阅览室,一进门正碰上李娇娇也在借书。李娇娇面对陈强盛的时候还是那么坦坦荡荡,似乎把心思都用在看书上了,对发生在她身上的事已经看开了,所以她把陈强盛还当成朋友或者爱人,哪怕是得不到的爱人,她也能和他亲密相处。

陈强盛发现李娇娇手里的书是中学课本,觉得有些奇怪,问她道:"你都20多岁的人了,还看中学课本干什么?"

李娇娇道:"我想考业大,正在复习功课。"

陈强盛半信半疑,问:"考业大?你想学什么专业?"

李娇娇道:"受你的感染,我喜欢上文学了,想上东城业大中文系。"她自信地说,"我不是想混文凭,就是要充实一下自己,提高自己的文化水平。"说着向陈强盛一笑,"你老说我不爱学习,现在我开始改邪归正了。"

陈强盛还是有些不相信李娇娇会去学中文,考业大不是容易的事。他问李娇娇道:"你能考上吗?挺难考的。"

李娇娇道:"我知道难考,今年考不上就明年,明年考不上就后年。用陈大侠的话说'为者常成,行者常至',不停地走准能走到。"

陈强盛听李娇娇这么一说,感觉她挺有决心,这当然是好事,同时也感到吃惊,三日不见得对李娇娇刮目相看了。于是点头道:"你考试需要我帮忙的时候,尽管说话。"

李娇娇道:"我复习起来很吃力,上学的时候学习不好,现在捡起来更困难。最怵的就是地理,那么多地名、铁路都得背,一点儿记不住,狗熊掰棒子,记了后面,忘了前面。"

陈强盛道:"背地理得找窍门儿,你把难背的编成顺口溜。像中美洲里的小国,就编成'危、洪、萨、尼、哥',就是危地马拉、洪都拉斯、萨尔瓦多、尼加拉瓜、哥斯达黎加。"

李娇娇听陈强盛这么一说,觉得不错,高兴地学了一遍:"危、洪、萨、尼、哥。好,记住了。"

陈强盛又告诉她怎么背铁路,先背横的那几条铁路线,再背竖的那几条,然后再往一块儿合,这让李娇娇茅塞顿开。

李娇娇和陈强盛只聊了半个小时就感觉大有长进,比她死背一个星期还强。她问陈强盛道:"我能不能常向你请教,比如地理、古文什么的?"

陈强盛本来就觉得自己亏欠李娇娇,当时就答应道:"没问题,我全力帮助你复习功课,无论是哪一门功课,我都可以帮你。"

李娇娇道:"你是没问题,我担心李聪不会同意你帮我复习功课,她准会吃醋。"

陈强盛不以为然:"李聪不会有意见,不管怎么说,你是我的老朋友了,朋友有难处,我应该帮忙。"

李娇娇微微一笑,心想没这么简单,这事将来弄不好会惹出麻烦,于是问陈强盛:"你为什么不顾李聪的反对来帮我?"

陈强盛道:"我从心里觉得很对不起你,在你和李聪的问题上,我对你很愧疚,我得想办法补偿。我想……"

李娇娇打断陈强盛的话,诚挚地说:"你别说了,你没有对不起我的地方。我身上有不少毛病,配不上你,你选择别人是你的自由。虽说我心里不好受,可我觉得有你这么个朋友很幸运,挺知足。"

陈强盛听了李娇娇这番话很受感动,凝视着李娇娇,柔声说:"你成熟多了,不知道将来谁有福气娶你。"

李娇娇心里酸酸的,含着泪道:"咱们换个话题,不谈这个。"

陈强盛还是坚持要把话说完："我对不起你，你应该再找个男朋友。"

李娇娇眼泪直在眼圈里转，说："世上如果还有你这样的男人，我就嫁。如果没有，我还不急着出嫁。"

陈强盛道："我有什么好？你就忘了我这个不讲情义的人，世上好男人有的是。如果你不找对象，我心里会很内疚。"

李娇娇凝视着陈强盛道："好吧，什么时候你结了婚，我就找个男朋友，这总可以让你安心了吧？"

陈强盛无奈地长叹一声，心想李娇娇也是一根筋，这太让他愧疚，得想办法补偿补偿她。

李聪和陈强盛长时间没联系，后来又听说陈强盛经常和李娇娇见面，帮她辅导功课，气坏了。这天她突发奇想，找陈强盛的领导谈谈。她知道许建中是陈强盛的头儿，因为陈强盛常在她面前这么称呼许建中，就给许建中打了个电话，约他出来见面。

许建中接到李聪的电话有些莫名其妙，估计是陈强盛得罪了李聪，立刻答应去见她。

李聪请许建中在一家咖啡馆见面，见到许建中婉转地说："我想向您了解一下您和陈强盛的关系，或者说是友谊。"

许建中觉得李聪问的有些奇怪，问道："这有必要了解吗？"

李聪说："这对我很重要。"

许建中心想，既然李聪认为这对她很重要，就坦率地告诉她也没什么不可以，于是诚恳地说："我和强盛是肝胆相照的战友，是一个打扒小组的，我是组长，陈强盛和李小雄习惯称我是头儿，实际上我们是好朋友，没有领导和被领导的关系。打扒的时候齐心协力，平常谁有点儿事都互相帮忙，不分你我，可以说是铁哥们儿。"

李聪道："听说您爱人前些日子去世了，陈强盛心情不好，是不是有这么回事？"

许建中点点头道："对，我爱人对强盛就像对亲兄弟一样。强盛和她处得很好。我爱人病重的时候强盛一直忙前忙后，直到我爱人去世。"他心情显得很沉重，"我最了解强盛，他是个很重感情的人，不但重感情，还讲义气，在这方面你可以对他放心。"

李聪道："我对强盛一直很好，可以说不顾女人的面子，主动向他求婚。可强盛对我不冷不热的，跟我在一块儿就皱着眉，对别的女人却有说有笑，他以前不这样。"她说的时候有些委屈，眼泪汪汪的，"我百分之百地对他好，恨不得把心掏出来，希望能和他有个好结果。我找您来，就是想求您帮帮我。"

许建中当然愿意帮李聪，对她现在的心情也能理解，但他觉得李聪似乎是个爱吃醋的人，心胸也不够豁达。这很难适应陈强盛那种无拘无束的性格，但他不好说得太直，委婉地说："我很了解强盛，他的性格很开朗，喜欢自由自在。我觉得你可能爱他爱得太深了，有时候往往物极必反。你不能把他看得太严，如果把他看得太严了，他会受不了。也就是说，如果他对你的爱不太适应，或者说忍受不了，那就会出问题，你们之间的问题可能就在这儿。"

李聪有些语无伦次地说："我……我不知道怎么跟您说好，我这个人也许有些自私，真的，我只想独自占有他，看见他和别的女人说说笑笑就受不了，真的。我就得让他爱我一个人，不能再和别的女人好。我……我觉得他不能这样对我，这不公平……"说着就抹起了眼泪。

就在李聪约许建中见面的时候，陈强盛回到办公室。李小雄一看陈强盛回来了，赶紧神秘地告诉他："大事不好啦，你那位胖美人儿把头儿约出去了，说是要谈谈，准是你欺负人家了。"

陈强盛有些吃惊，李聪把许建中约出去了？她想干什么？真是莫名其妙。

李小雄得意地对陈强盛说："李聪一定是反映你脚踩两条船的问题。"

"我脚踩八条船。"陈强盛有些烦躁。

李小雄幸灾乐祸地说:"嘿嘿,你还说我栽在女人手里,我看你也差不多,不信咱们走着瞧。"

陈强盛打心里烦李聪这种做法,他是拧脾气,李聪越逼他,他离李聪越远。

黄雅琴这时来电话找李小雄,李小雄感觉挺突然,这姑娘怎么会想起他来了?他在电话里和黄雅琴一聊,才知道她遇上许建中了,许建中让她关心关心他。黄雅琴问李小雄是不是让女贼给拉拢腐蚀了,所以心情不好。李小雄说他现在背透了,都有跳河的心了。黄雅琴不信警察会跳河,一定是他自寻烦恼。李小雄说警察也是人,也有七情六欲。他问黄雅琴什么时候有时间,一块儿出去吃顿饭,聊聊天。

黄雅琴问李小雄道:"你请我吃饭,你的女朋友答应吗?"

李小雄苦笑着说:"我得打一辈子光棍了,我的女朋友不嫁我了。"

黄雅琴这才明白,敢情李小雄是被女朋友甩了,所以想跳河,没想到他还挺痴情的。她拒绝了李小雄请她吃饭的邀请,理由是他正在失恋的时候,她不想乘人之危。她不知道李小雄为什么和女朋友分手,但是从李小雄想跳河这种痛苦的表现来看,他还是舍不得他那个女朋友,没准儿还有挽回的可能。所以等过一段时间,大家都冷静下来,再看看结果。如果那时候李小雄还想和她交朋友,再来找她也不迟。

李小雄被黄雅琴说得张口结舌,没想到这姑娘把他看得这么透彻,他还真是不舍得崔颖,但他能怎么办?只得答应按黄雅琴说的办。

放下黄雅琴的电话,李小雄看着窗外直发呆,他也搞不明白,自己是想见崔颖还是想见黄雅琴。李小雄把黄雅琴的话对陈强盛说了,陈强盛觉得这个黄雅琴令人敬佩,很不简单,一个涉世不深的小姑娘,居然能把李小雄的心事看得如此透彻。他点头道:"黄雅琴说的有道理,你痛苦就是因为忘不了崔颖,她这会儿和你交朋友不合适,你会做出错误的判断，这样对你对她都不好。"

李小雄道："我恐怕一辈子也忘不了崔颖，这么多年的感情，哪能说忘就忘了？崔颖再伤害我，在我的脑子里还是以前的崔颖，根本抹不掉。"他凝视着窗外，"我想去看看崔颖，劳教所有我警校的同学，他们能帮忙让我和崔颖见面。"

陈强盛其实最理解李小雄，自己何尝不是这样？他在李娇娇和李聪面前，这份感情就是理不清，拿着给李聪买的戒指，就是拿不定主意，不确定能不能给她这枚戒指。李小雄放不下崔颖，也是因为他重感情。

李聪约陈强盛来到咖啡厅。二人面对面坐着，相视无言。良久，李聪盯着陈强盛说："你是不是最近在给李娇娇辅导功课？"

陈强盛显得很淡然："李娇娇要考业大，可她基础不太好，我得帮帮她。"

李聪冷笑道："李娇娇好像变得好学上进了，一定是想赢得你的好感才这么做。一个售货员，上大学干吗？"

陈强盛道："李娇娇上学与我无关，她只是想提高自己的素质。"

李聪冷哼一声，说："我有一种感觉，你好像对李娇娇旧情复燃了。"

陈强盛感觉李聪有些无聊，说："我和李娇娇谈不上有旧情，如果有旧情就不会和你坐在一起了。"

李聪反问陈强盛道："那咱们俩有没有旧情？"

"旧情肯定有过，只是事情的发展不像我想的那样顺利。或者说情是有，只是没有进一步发展，我认为这样下去咱们不会有好结果。"陈强盛说得很中肯。

李聪有些伤感："你告诉我，我什么地方让你不满意了。"

陈强盛道："我无权要求一个女士让我满意，只是觉得和你的性格合不来，你容不下我的朋友。"

"你是不是想让我容下你的女朋友，包括李娇娇？"李聪用的是质问的口气。

陈强盛毫不相让："我的朋友应该就是你的朋友。"

"我做不到，爱情是自私的，我不能容忍你心里有别的女人。"李聪斩钉截铁地说。

陈强盛道："有了爱情也可以有女性朋友，这是人之常情。"

李聪根本不能接受陈强盛这种观点，说："一个男人只能爱一个女人。我是真心爱你的，你也只能爱我一个人，心里不能有其他女人。"

陈强盛摇了摇头，以示不接受李聪的爱情观。

李聪有些激动，盯着陈强盛道："你有没有看出来我爱你爱得不得了？"

陈强盛点头道："这我是知道的，也很感动，可是我有点儿承受不了你的爱，你爱人的方式让我有一种受管制的感觉，我不太适应。"

李聪有些伤感，觉得陈强盛真的变了。她以为和陈强盛有缘，可他却承受不了她的爱，心里有一种说不出的滋味。

沉默片刻，陈强盛反问李聪道："你知不知道一个男人成天受管制是什么滋味？"

李聪无言以对，双手捂着头说："我料到会有这一天。"她凄楚地把一张出国申请表放在桌上，"我已经把出国手续办好了，如果你说一声留下，我立刻就把这出国手续撕了。"说着，期盼地看着陈强盛。

陈强盛默默地看着李聪，一直没有说话。

李聪明白，她的最后通牒失效了，她将失去陈强盛，不禁绝望地伏在桌上，轻声啜泣起来……

第二十二章　血祭忠诚

　　李小雄最近痛苦极了，夜里总是梦见崔颖，梦见她在劳教所里吃窝头，干体力活儿。有时候还梦见崔颖哭着叫他的名字，把他从梦里叫醒。每到这种时候，他就睡不着了，坐起来看着外面的星星发呆，想和崔颖在一起那快乐的日子，想将来。一想到将来他就烦躁起来，他和崔颖还有将来吗？有时候他也想黄雅琴，觉得这姑娘也不错，将来要是能和她做朋友也是一件幸事，可毕竟他心里装着崔颖，再去追求另一个女孩子，对这个女孩子来说公平吗？这不是欺骗她吗？自己在空虚的时候去找人家解闷，这叫爱情吗？他想来想去觉得还是得去见见崔颖，不管怎么说，和崔颖得有个了结。

　　这天李小雄在和许建中、陈强盛蹲守的时候，向他们说了自己想去看崔颖的想法。

　　许建中对他说："崔颖被强劳三年，这三年可不短。你应该自己有个准主意，到底准备怎么对崔颖，是等她，还是忘了她，必须有个准谱。"

　　李小雄摇着头说："我就是忘不了崔颖，老是想着以前和她在一块儿的事儿。"

　　陈强盛也同意许建中的观点："你应该下决心做出选择，是和崔颖彻底告别，另找别人，还是等她三年，然后再继续谈。要明确一点，弄清楚自己的感情。爱情不是同情，也不是怜悯。"

　　李小雄认为三年不算长，他可以等，但他不知道崔颖是怎么想的。

许建中觉得既然李小雄对崔颖还有感情，就应该去劳教所看看她，然后再做出选择。

李小雄真想见崔颖，又怕见她，担心她还是把自己拒之门外。他思前想后，还是去了。

第二天一早，李小雄拿着一些水果、日用品之类的东西来到劳教所，他的警校同学答应立刻就安排他和崔颖见面。李小雄向民警了解崔颖的情况，民警说崔颖情绪没什么异常，就是不说话。老是眼睛看着天，一脸的忧伤。

会面的地点是亲友会面室，民警把崔颖带来就知趣地走了。

李小雄一看崔颖，心怦怦直跳，只见崔颖穿着一身黑色的衣服，脸色显得更加苍白了。她还是那么漂亮，眼睛里虽说充满了忧郁，但仍然是那么美。

崔颖看着李小雄，目光中有惊喜，也有淡淡的哀伤。

李小雄迎上去，有些激动，声音颤抖地问崔颖道："崔颖，你好吗？"

崔颖看着李小雄，点点头，没有说话。

李小雄上下打量着崔颖，上前拉住崔颖的手说："崔颖，你瘦了。"

崔颖也仔细打量了一下李小雄说："你也瘦了，你怎么想起看我来了？"

李小雄拉崔颖坐下说："咱们坐下说话。"他看看崔颖的衣服，"你穿这身衣服脸显得更白了。"

崔颖叹口气，说："是啊，做梦也没想到会穿上囚犯的衣服。"

李小雄垂下头，沉痛地说："姚大姐走了，你知道吗？"

崔颖悲伤地摇摇头道："我估计她现在已经离开我了，我们从小一块儿长大，她是我最好的朋友，可我连她最后一面也没见到。"说着眼泪涌了出来。

李小雄也叹道："姚大姐真是个好人。她这么早就走了，太可惜。"

崔颖抹去泪，问："星星和月月呢，谁看着呢？"

李小雄说:"小许带着呢,都送幼儿园了。"

崔颖忧戚地说:"这俩孩子,够可怜的。"

"你要是想她们,哪天我带她们来看你。"李小雄说。

崔颖摇摇头说:"我可不想让她们看到我这样,等我出去再说吧。唉,要在这儿待上三年呀,到那时候两个孩子都大了。"

李小雄说:"三年说长也不长,转眼就过去。"

崔颖垂下头,声音苦涩地说:"唉,三年。对我来说像是 30 年。"她抬起头看着李小雄,忽然问,"你现在和那个售票员谈得怎么样了?"

李小雄摇摇头说:"我没有心思再找女朋友,我要等你出来。"

崔颖愣了一下,似乎是不太相信李小雄说的话,旋即苦笑着说:"你能不能让我安心一点儿?你找个好姑娘结婚多好?你等我这个坏女人干吗?"

李小雄低着头道:"我忘不了你。"

崔颖叹道:"时间一长你就忘了,这样对你有好处,真的,你把我忘了吧。"

李小雄声音不大,但语气坚决地说:"不,我不想忘。我等你出来,三年我等得了,30 年也等得了!"

崔颖目光温柔地看着李小雄,叹口气说:"唉,你也老大不小的了,别这么固执。我有什么好?我是个不干净的女人。"

李小雄固执地说:"那都是过去的事了,以后就甭提它了。咱们还像以前一样,你还是以前的崔颖,行吗?"

崔颖望着窗外说:"像以前一样,过自由自在的生活,自由自在地相爱,那该多好。现在我才真正知道自由有多好。"她转头看着李小雄,忽然问,"你想我吗?"

李小雄动情地说:"想,每天想。"他有些激动,"我做梦总是梦见你,我梦见你在叫我的名字,你真的在叫我吗?"

崔颖满脸是泪,哽咽着说:"我也想你。"她期盼地看着李小雄,"你想吻我吗?"

李小雄忘情地站起身，把崔颖拉起来，紧紧搂在怀里。崔颖倒在李小雄的怀里，眼泪一串串地流了下来……

这天陈强盛得到一个很不好的消息。

他急忙找到许建中，低声对他说："我听说检察院的调查对你很不利，矛头一直对着你。他们可能是迫于网上的舆情压力，不得不追究这件事的法律责任。"

许建中沉思良久，有些痛苦地说："李队长跟我说了，我有心理准备。我想过了，事情总要有个结果，即便死的人是小偷，也得有人承担这个责任。这件事如果不对社会舆论有个交代，对公安局的社会公信力会有很大的影响，甚至有人会借机攻击政府，影响社会的稳定。我知道这件事的轻重，如果牺牲我个人的利益，能挽回公安局的形象，我愿意承担任何结果。"

陈强盛苦笑道："你别把这事情想得那么简单，这是法律责任。万一……"

许建中一脸痛苦地看着陈强盛道："我知道最坏的结果是什么，我可能会被开除党籍、开除公职，去坐牢。我有两个孩子，她们会失去父亲的照顾。可是我能怎么办？这事咱俩私下里说，如果我有什么不测，你和小雄就把星星和月月接走，认她们当闺女，替我抚养她们。"

陈强盛看着许建中，许久没有说话。

许建中看着窗外的天空，十分沉重地说："现在我能做的，就是尽快抓到王疤瘌，不能让他再危害社会了。时间不多了，得抓紧时间。"

晚上许建中回到家，辗转反侧。他看着星星和月月在床上熟睡，拿出姚晨曲的照片，默默地看着。他眼中含着泪，心中默默地念叨着："小姚，我想你。我对不起你，我可能不能再照看咱们的孩子了……"

星星和月月睡得很香甜，许建中低下头看着两个女儿，眼泪一滴滴掉在她们的脸上。

许建中从大黑汉那儿得到一个消息，王疤癞这个月10号过生日，要请黑道上的人喝酒，但是不知道王疤癞在哪个饭馆请客。许建中决定利用王疤癞过生日的机会抓他。他和陈强盛、李小雄商量，王疤癞10号过生日，很可能要在大饭馆里请客。估计会在东城找个地方，他们这种人地盘观念很强。东城的大饭馆不少，找起来有困难，但他一顿饭至少要吃两个小时，要找他还是有时间的。可以分头行动，再叫上大黑汉，让他也帮着找。

李小雄和陈强盛觉得只能这样了，这是个难得的机会，王疤癞也就过这一回生日了。陈强盛认为王疤癞过生日一定请不少人，光靠他们仨抓王疤癞这伙人不行，人手不能少。许建中准备找王秀兰，到时候让她派几个人协助。

正在研究抓王疤癞行动方案的时候，李聪给陈强盛的手机打了电话，在电话里对陈强盛说她要出国了，想和他告别一下，问陈强盛有没有时间出来谈谈，她出国前必须和他见一面。

陈强盛觉得奇怪，上次以为李聪是拿出国威胁他，没想到她真的要出去，问她道："你出国干什么去？"

李聪说："我要去澳大利亚打工，已经买好飞机票了，10号的，你去不去机场送我？"

陈强盛怀疑李聪在开玩笑，说："我现在正忙，你别开玩笑。"

李聪道："我绝对不开玩笑，在走之前想和你好好谈谈。"

陈强盛答应和李聪见面，但心里很烦，正忙着抓王疤癞，李聪又出来闹事。李小雄一听说李聪要上澳大利亚，警告陈强盛，李聪要飞，要是不跟她说点儿好听的，她真会走的。陈强盛心想，李聪要真想走，我也拦不住。她要是不想走，不拦她也不会走。许建中劝陈强盛尽可能挽留李聪，别让她一个人到外面去，人生地不熟的，怎么生活？即便两个人分手，也不用躲到澳大利亚去呀。

晚上，李聪和陈强盛在咖啡厅对面而坐，李聪的表情显得很沉重。

陈强盛低头不语，良久才说："你为什么要出国？"

李聪道："是因为爱。"

陈强盛觉得李聪因为爱出国说不通，还不如说因为恨。他让李聪把话说明白了，要他怎么做，她才不走。李聪说她的条件只有一个，就是要陈强盛爱她，马上和她结婚。

陈强盛觉得爱这个字要是直说出来，反而有些虚。他对李聪说，她应该明白，爱和婚姻是一回事，都有个水到渠成的过程。这个过程可能很短，也可能要长一些，取决于两个人相处得是否融洽。李聪也同意陈强盛的观点，认为她和陈强盛已经相互了解了，从时间上看也不短了，应该可以马上结婚。

陈强盛说正是因为更了解了，所以他才更慎重。这话刺伤了李聪，她听得出来，陈强盛的意思是了解她以后就不爱她了。

陈强盛说爱是有，可他还没敢下决心把订婚戒指给她，这得慎重考虑。李聪很委屈，如果这样，她就非走不可了。陈强盛让李聪给他时间考虑，不希望他们就这么匆匆忙忙地说再见。

李聪眼里含着泪问陈强盛："你为什么不愿意把订婚戒指给我？"

陈强盛苦笑着说："也许也是因为爱，因为你的爱。"

李聪不能理解："因为我爱你爱得太深了，所以你不敢娶我？这说不通，世上有哪个男人不希望女人爱的？"

陈强盛坦率地点头道："我就是这样的男人。"

李聪质问陈强盛："李娇娇也爱你爱得很深，你是不是也不想娶李娇娇？"

陈强盛坦言道："目前我还没想李娇娇的问题，因为我在和你谈恋爱。"

李聪道："你和我谈恋爱，可现在你和我越来越远，和李娇娇却越来越近，这是为什么？"

陈强盛想了想，说："如果真的出现了这种情况，恐怕不光是我一个人的责任。"

李聪欲哭无泪，似乎明白了，如果她和陈强盛分手，陈强盛还会说责任在她。

二人开诚布公地在爱情的问题上交换了看法，最终没有达成一致。但陈强盛还是由衷地对李聪说："不管你怎么看我们之间的爱情，我都不希望你一个人跑到澳大利亚去受苦。那地方人生地不熟的，何苦要去那儿？"

李聪道："我可以忍受肉体上的苦，但受不了精神上的苦！留下来结果会更不堪设想。但是鉴于你的挽留，我答应再考虑考虑，10号那天上飞机前，会给你一个最后的答复。"

为了10号这天抓王疤癞，许建中找到了大黑汉，让大黑汉10号晚上找几个饭馆。如果发现了王疤癞，立刻和他联系，他在办公室，等陈强盛、李小雄和大黑汉的电话，负责联络这三路人，谁找到了就向谁靠拢。

大黑汉说他负责交道口和东四一带的大饭馆，这一带他熟。许建中让他多加小心，遇事随机应变。

10号终于到了，傍晚，陈强盛、李小雄、大黑汉分头行动。大黑汉先进了一家烤鸭店，转了一圈没看见王疤癞，失望地走了出来，骑上自行车又继续去另一家大饭馆。

陈强盛在一家餐厅找王疤癞的时候，李聪给他打电话，约他晚上一起吃饭，看来是没有要走的意思。但是陈强盛正找王疤癞，当然不能陪李聪去吃饭，只好说今天他有重要事情，不能去，改天他请李聪。他知道李聪又会不高兴，可抓王疤癞是大事，再重要的约会也得往后推。

李聪一听陈强盛说晚上有事，感到一阵沮丧。她本来就是个小心眼儿的人,认为这是陈强盛在有意推托。自己已经跟他强调过了,10号是给他回音的重要日子,难道他就不在乎?老说忙,一找他就忙。她都要走了,他也不说和她见个面,挽留挽留她,还说不愿意让她走,看来是巴不得她走。本来她想把机票退了,现在看来不用退了。

她准备再找陈强盛一次,他要是再不答应陪她吃晚饭,就坐晚上的飞机走。

大黑汉连跑了几家餐厅,都没有发现王疤癞。当他精疲力竭地走进明珠海鲜餐厅的时候,忽然看见靠窗的一张桌子上坐着几个大汉,正在幽暗的灯光下推杯换盏。他眼睛一亮,慢慢凑上前去。

这时喝得半醉的小黑胡看见大黑汉走过来,忙起身相迎道:"嗨——黑哥们儿,少见啊。来来来。"他拉着大黑汉的胳膊对同桌的几个人说,"我来给各位介绍一下,这是黑哥们儿,武林高手。"他放低声音对众人道,"上次一板儿砖把那雷子放倒的就是他。"

一个小伙子向大黑汉一拱手道:"久仰大名。"

另一个小伙子给大黑汉让座说:"请坐,一块儿喝点儿。"

小黑胡拉着大黑汉坐下道:"今天是我们王大哥过生日,你来得正好,一块儿喝点儿。"

大黑汉问:"哪位是王大哥?"

小黑胡指着坐在正座的王疤癞道:"那位就是王大哥。"

一直坐着没说话的王疤癞此时站起来与大黑汉握握手说:"咱们哥儿俩没见过面,可我常听小黑胡说你是个能打能拼的好手。"

"不敢当,我也是久仰王大哥的大名。"大黑汉一阵紧张,找了一晚上王疤癞,终于没白跑,现在得赶紧把这个情况告诉许建中。他心里急,嘴上应付着王疤癞和小黑胡,心里琢磨着怎么尽快脱身。

小黑胡说:"我说黑哥们儿,你今天怎么上这儿来了?有饭局?"

大黑汉道:"我上这儿送点儿货,兄弟可不像你。兄弟现在过的是穷日子,得靠卖力气挣钱。"

小黑胡给大黑汉倒上一杯酒说:"我说黑哥们儿,你要是缺钱花了跟我说一声呀,咱们谁和谁呀。"

"哥们儿缺钱花了?缺多少先从我这儿拿点儿。"王疤瘌道。

大黑汉忙说:"别,兄弟现在还过得去,兄弟领情了。"他拿过小黑胡给他的酒杯,"王大哥够哥们儿,我敬你一杯,祝你长寿,干!"

王疤瘌和大黑汉一饮而尽。

大黑汉起身说:"我得告辞了,多谢各位。"

王疤瘌说:"一块儿喝点儿吧?"

"改日吧,今天兄弟还有事,忙着干活儿呢,回头见。"大黑汉说着与众人点头告别,走出了餐厅。

看着大黑汉走出餐厅,小黑胡对众人说:"这黑哥们儿倍儿仗义。"

一个小伙子附和着说:"我知道他,心黑手狠,谁都不怕,就怕他老婆。"

另一个小伙子奸笑道:"他老婆一定是个大美人儿喽?"

众人一阵淫笑。

王疤瘌对大黑汉并不信任,问小黑胡,大黑汉为什么洗手不干了?是不是学好了?他让人卖过一回,现在谁也不信任。而且他也被警察抓怕了,处处谨慎,如惊弓之鸟。小黑胡说大黑汉这人傻仗义,不会出卖别人,让王疤瘌放心。

大黑汉走出餐厅,环视四周,见无人注意,拿出手机急忙给许建中打电话,可许建中办公室的电话老是占线。原来是王秀兰在许建中的办公室打电话呢,她拿着电话闲聊:"喂,是我,你大姐。对,今天晚上有时间吗?干什么?跳舞呀。你老婆不让你去?就你那老婆你还当宝贝似的?你得了吧,你去也得去,不去也得去,这是命令。"

大黑汉按原定的电话打不通,又赶紧拨许建中的手机,许建中接到大黑汉的电话心里一阵兴奋,大黑汉在明珠海鲜餐厅找到了王疤瘌,这可太好了。他立刻对王秀兰说了这情况,让她找几个人跟他去抓王疤瘌。

王秀兰提着包正要找情人跳舞去，一听说抓王疤瘌，觉得奇怪，问谁是王疤瘌。许建中也觉得奇怪，他昨天刚跟她说过抓王疤瘌的事，让她派几个人跟他去抓王疤瘌，今天她怎么就忘了？王秀兰这才想起来，许建中是和她说过，可她给忘了，没有通知人加班，侦查员们都下班回家了。

许建中催王秀兰赶快派几个人跟他上明珠海鲜餐厅，大黑汉在那儿发现王疤瘌了。王秀兰不以为然："这都下班了，我上哪儿找人去？"

许建中焦急地说："情况紧急，可以让队里值班的民警去。"

王秀兰有些不耐烦："不就是个王疤瘌嘛，你带上陈强盛、李小雄，把王疤瘌抓来不就行啦，一个老侦查员了，抓个人还兴师动众的？"说完就急急忙忙地向外走。

许建中道："就我们几个人去抓王疤瘌一伙人把握不大，还是你派人跟着比较稳妥。"

王秀兰道："我还有事，就这么办了。"然后就若无其事地走了。她现在是副队长，喜欢看许建中求她的样子，但是她对许建中说的什么王疤瘌并不感兴趣，不就是一个小偷吗，抓得着就抓，抓不着就算了，有什么大惊小怪的，她是这么想的。

许建中没有办法，只得用电话通知李小雄和陈强盛，让他们速到明珠海鲜餐厅会合，然后就匆匆向明珠海鲜餐厅赶去。

王疤瘌一伙儿醉醺醺地打着饱嗝走出了餐厅，正与大黑汉碰个对面，双方都不由得一愣。王疤瘌皱皱眉，心想这大黑汉怎么还没走，立刻起了疑心，问他在这儿干吗。大黑汉有些慌，说他等个人。王疤瘌黑着脸问他给谁打电话，大黑汉说给一个哥们儿。他心里着急，心想这群人都快走了，许建中他们还没来，不由自主地四下张望，希望许建中他们立刻出现。

王疤瘌好像看出了什么，向大黑汉冷冷一笑，说："我今天还有事，改日再聊。"

大黑汉见王疤瓤要走,有些着急,上前拦住王疤瓤说:"各位别急着走呀,咱们聊会儿。"

王疤瓤眼冒凶光,阴冷地说:"你不会是想劝我们自首吧?"

大黑汉一惊:"王大哥这是什么意思?"

王疤瓤盯着大黑汉说:"什么意思?我听说你进了局子以后就洗手了,你是让警察给宽大了吧?"

大黑汉有些语塞。

王疤瓤慢慢地从兜里掏出一把弹簧刀,对着大黑汉说:"你是不是给警察打电话,想拿我们换奖金?"

大黑汉有些不知所措,直视着王疤瓤,他一琢磨,先下手为强,突然挥起一拳,正打在王疤瓤的脑门上,王疤瓤仰天摔倒在地。众歹徒一看打起来了,慌忙迎战,双方打成一团。对方虽然人多,可大黑汉仗着会武功,毫无怯意。混战中,王疤瓤见大黑汉身手了得,就用砖头暗算他,一砖头打在大黑汉头上,顿时血流不止。

这时许建中开着吉普车赶到,他下车大叫:"别动!警察!"

王疤瓤一眼认出了许建中,叫声:"警察来了!快走!"

众歹徒掉头逃进一条胡同,许建中和大黑汉在后面紧追不舍。

王疤瓤没跑多远,回头见只有许建中和大黑汉两个人追来,叫道:"别怕,他们就两个人,灭了他们!"

众歹徒喘着粗气,一看追来的人不多,都停住脚摆出了拼命的架势。

许建中与大黑汉赶到,许建中一摸身上,发现出来得太匆忙,没带警棍,不禁暗皱眉头。王疤瓤看见了许建中这个微小的动作,庆幸地说:"嘿嘿,警察先生,忘带警棍了?咱们今天是你死我活,哥们儿,上!"

王疤瓤举起弹簧刀,由上往下向许建中扎下来。许建中动作敏捷地用左手挡住了王疤瓤持刀的手腕,上前一步抓住了王疤瓤的衣领,一个"背负投"把王疤瓤扔了出去,狠狠地摔在地上。小黑胡冲上来，端着双拳要与许建中打拳击。许建中上面招架，下面狠狠踢了小黑胡一脚，把小黑胡踢得坐在地上。大黑汉也出手如重锤，一拳就打倒一个歹徒。其他人见许建中和大黑汉如此勇猛，吓得掉头就跑。

王疤瘌见事不好，爬起来想逃。许建中上来一个迎面脚又把王疤瘌踢倒，扑上去按住他的头，想给他戴上手铐。这时小黑胡扑了上来，从背后抱住许建中，把许建中从王疤瘌的身上拉了下来。此时大黑汉又与一个壮汉交上了手，不能支援许建中。王疤瘌趁机爬起来，举刀对着许建中狠狠刺去。许建中正与小黑胡扭打，王疤瘌这刀正扎在许建中的肚子上，许建中大叫一声："啊——"他松开了小黑胡，鲜血从他的身上涌了出来。

许建中直盯着王疤瘌，眼中放出灼人的光。王疤瘌被许建中的目光吓得魂飞魄散，这时小黑胡从地上拿起一块大砖头，对准许建中的头猛砸了一下。许建中晃了一下，仍然没有倒。小黑胡又向许建中狠砸了一下。许建中一头栽倒。

王疤瘌和小黑胡掉头逃走。众贼一看王疤瘌逃了，也都纷纷逃走。

大黑汉跑过来扶住许建中，焦急地叫道："许大哥——"

许建中捂着肚子，身上、头上都是鲜血，脸色异常苍白。他坚持着站起来，摇晃着欲向前走。他眼前朦胧地出现了姚晨曲的身影，他张开双臂，向前走了几步，想拉住姚晨曲，但眼前一黑，慢慢倒了下来。

大黑汉抱着许建中，哭喊着："许大哥！"

一辆警车赶来，陈强盛和李小雄跳下警车飞跑过来。三人急忙把许建中送到了医院。许建中已经高度昏迷，生命垂危。

听说许建中出了事，处长、李队长立刻带着王秀兰等人赶到了医院，众人在手术室外焦急地等着消息。

处长质问王秀兰道："你怎么让许建中一个人去抓王疤瘌？"

王秀兰没想到她一时玩忽职守,竟造成这么严重的后果,许建中要是死了,她非得弄个撤职查办不可,吓得直哆嗦,说:"我以为抓个小偷许建中一个人去没问题,再说还有陈强盛和李小雄呢。"

李小雄气得向王秀兰大吼:"我们当时没和他在一起!"

陈强盛也向王秀兰吼起来:"我们昨天跟你说了,要你今天派几个警力协助我们。你把这事不当回事,你是什么意思?你成心想害死小许是不是?你要借刀杀人是不是?"

李小雄气得脸红脖子粗,指着王秀兰的鼻子嚷道:"我看你没时间干正事了,你净忙着请客送礼吃喝玩乐了!"

王秀兰被李小雄和陈强盛骂得脸红一阵白一阵的,张口结舌,说不出话来。

这时一个医生从手术室出来,处长忙上前问许建中的情况,医生说许建中腹腔洞穿,头部的伤也很重,严重的脑震荡,已经重度昏迷。现在病人需要输血。

陈强盛忙挽袖子:"抽我的血!"

李小雄也说:"抽我的!"

处长拦住李小雄和陈强盛说:"抽我的吧,我是O型的。"

处长给许建中输了血,但是许建中伤势太重,医生还是给他下了病危通知书,问他有什么家属,赶快让他的家属来看他,他随时都有生命危险。

陈强盛一听悲痛万分,赶紧去幼儿园接许星星和许月月。他开着警车来到幼儿园,一进幼儿园就看见许星星和许月月坐在传达室,眼巴巴地向窗外看着。别的孩子都被家长接走了,只剩下她们俩。

许星星一看陈强盛就认出了他,站起来喊道:"陈叔叔!你怎么来了?"

陈强盛赶紧向幼儿园的老师说,他是这俩孩子爸爸的同事,他爸爸受伤了,得带她们上医院。

许星星问陈强盛道:"陈叔叔,我爸爸怎么了?"

许月月一听爸爸没来就哭着说:"陈叔叔,我爸爸为什么不来接我们?"

陈强盛有些慌了,忙安慰两个孩子道:"别哭,别哭。好孩子,你爸爸病了,我来接你们,快跟叔叔去医院看爸爸。"

老师问陈强盛小许怎么了,陈强盛压低声音告诉老师,许建中让小偷扎了一刀,已经下了病危通知书。老师大吃一惊,这事真是太不幸了,这俩孩子刚没了妈,怎么许建中也……老师的眼圈都红了,要不是当着孩子,就得哭出来。

陈强盛拉起两个孩子急忙向医院赶。

检察院认定许建中在小偷死亡的事件中应该承担法律责任,决定对他采取强制措施。这天几个检察院的人来到公安局,找到李队长,对他说了检察院的决定。

一个检察官向李队长郑重宣布道:"检察机关经过调查认定,许建中在小偷死亡的事件中,应该承担责任。现决定,对许建中采取强制措施。"

李队长看了看面前的几位检察官,没有说话。

另一个检察官道:"我们决定,从今天开始对许建中采取拘留措施。"

李队长目光凄凉地看了看面前的几位检察官,声音有些悲凉地说:"你们要拘留许建中?现在?"

一个检察官道:"请你理解我们的工作,支持和配合我们的工作。"

李队长欲哭无泪,良久才说:"对你们的工作我无权干涉,不过许建中现在躺在医院里,你们可以去医院。"

一个检察官一脸狐疑地问:"他在医院?他生了什么病?"

李队长盯着检察官说:"他生了什么病?他浑身都是病,可是从来没请过病假。他是我们这儿出勤率最高的侦查员,为了公安工作,他把命都拼上了。"

检察官不解地看着李队长道："李队长是不是对我们的决定有些抵触情绪，请你不要激动。我们也是公事公办，依法行使职责。"

李队长凄苦地咧了一下嘴道："我当然知道你们是依法办案，也知道你们是干什么的。法律面前人人平等，我相信你们是公正执法的人。请原谅我今天心情不好，不想再说什么了。你们要找许建中，可以去医院看看，去问问他是因为什么才住进医院的。"

几个检察官来到医院，在抢救室外，见这儿站着不少人，便停下来观看。此时陈强盛、李小雄和一群警察在急诊室的玻璃窗外，看着在病床上躺着的许建中。只见许建中头上和身上都缠着纱布，双目紧闭。边上有几个医生在忙碌着，各种仪器及呼吸机也给许建中戴上了。

许星星和许月月伏在玻璃窗上，边哭边叫："爸爸！爸爸——"

许星星悲惨地叫着："爸爸！你怎么啦！"

许月月也哭着念叨："爸爸！你怎么不说话——"

这两个孩子的哭声凄凉悲惨，在场的民警无不落泪。

这时大黑汉头缠纱布，跌跌撞撞地跑到急救室外，伏在玻璃窗上，看着许建中，撕心裂肺地叫道："许大哥——"

几位检察官看着这一幕，不禁面面相觑，目瞪口呆。

陈强盛看着许建中，心里实在太难受了，独自一人走到医院走廊的尽头，目光悲伤地望着窗外的天空。他没有哭出声，但眼泪却一串串地往下流，悲痛至极。他的手机响了，他拿起来看了看，是李聪给他发的短信，上面写着："我今天晚上的飞机，已经到了机场，你来不来送我？李聪。"

陈强盛抹去泪水，许建中的事已经让他伤心到了极点，李聪又要离他而去，看来是没办法挽留了。他的心境很乱，决不会在许建中生命垂危的时刻离开他去追李聪。既然李聪执意要走，那就由她去吧。

他拿出手机拨通了李聪的电话，声音沙哑地说："李聪，祝你一路平安。"说完放下了电话，一脸的痛苦。

李聪在机场候机室拿着行李向外张望，希望陈强盛立刻出现，把她的机票撕了，拉她回去，但陈强盛始终没有出现。手机一响，她赶紧拿出来接听，一听陈强盛只说了一句"祝你一路平安"就挂了电话，知道一切都无法挽回了，禁不住眼泪夺眶而出……

陈强盛让李娇娇临时照顾许星星和许月月，李娇娇自然对这两个孩子百般疼爱，特意买了五花肉，做了红烧肉给这两个孩子吃，可是许星星和许月月坐在饭桌前，都呆呆地看着面前的红烧肉，谁也没有吃。

李娇娇有些奇怪地问："怎么不吃呀？阿姨做的红烧肉可好吃了。"

许星星抬头看着李娇娇道："阿姨，我要把红烧肉拿给我爸爸吃。"

许月月道："我也要把肉拿给我爸爸吃，我爸爸还没吃饭呢。"

李娇娇看着两个孩子，一下惊呆了，眼泪一串串地流了下来。她哽咽着道："好孩子，你们先吃，然后再给爸爸带去一碗，阿姨做了好多肉呢。"

许星星道："我要去医院和爸爸一块儿吃。"

许月月道："我也要去医院和爸爸一块儿吃。"

李娇娇心里酸酸的，实在忍不住，捂着脸啜泣起来。良久，她抹去脸上的泪，拿出手机给陈强盛打电话道："强盛，怎么办呀？两个孩子不吃饭，要去医院和她们爸爸一块儿吃。我实在受不了……"说着就哭了起来。

陈强盛一听也要掉泪，他让李娇娇把两个孩子带到医院，他哄两个孩子吃饭。他心如刀绞，想着如果许建中有什么不测，他就把这两个孩子当自己的孩子养，让她们平平安安地长大成人，上大学。

王疤癞和小黑胡打伤了许建中以后，二人一合计，当今之计就得远走高飞。王疤癞让小黑胡先回去收拾一下，把金银细软都带上，第二天上午就坐火车走,去广州。上午 9 点在北京站入口见,不见不散。

小黑胡和王疤癞分手以后想着去广州得多带点儿钱,得撬两家有钱的。他过去在王磊的管界干过溜门撬锁的事,熟门熟路,所以就到这儿来了。

现在王磊的管界和过去不一样了,增加了不少监控探头和防盗报警系统,而且管界里的居民警惕性也高了。小黑胡一进大杂院,被一位在屋里做饭的老头儿发现了。小黑胡刚要撬锁,这老人就给王磊打了个电话。王磊正和生子、朦朦在胡同里修路,一听有歹人来了,赶紧就带着生子和朦朦赶过来,当即就把小黑胡堵在了院子里。

王磊一看是小黑胡,认识,而且他也知道许建中身受重伤,凶手就是王疤癞和小黑胡。真是冤家路窄,踏破铁鞋无觅处,得来全不费工夫。

王磊冷笑着向小黑胡道:"小黑胡,你贼胆包天呀,把我许大哥给伤了,哼,今天该跟你算账了。"

小黑胡一看王磊、生子和朦朦,吓得魂飞魄散,知道今天想跑恐怕是不行了,索性跟他们拼了。他一咬牙,猛然后退一步,从包里抽出一把弹簧刀,对着王磊等人。

王磊大喝一声:"把刀放下!"

生子飞起一脚踢向小黑胡,小黑胡被踢了个趔趄,险些栽倒。他拿着刀胡乱挥舞着,想闯出去。王磊等人被他的刀逼得步步后退,不能近身。

朦朦猛然抓起地上一块半头砖,大叫一声向小黑胡砸了过去,正砸在小黑胡的头上。小黑胡一捂脑袋,生子趁机扑了上去,把小黑胡扑倒在地。王磊一脚踩住了小黑胡拿刀的手腕。小黑胡拼命挣扎,众人一齐把他按住。

王磊抓了小黑胡,问他:"王疤癞在哪儿?"

小黑胡确实不知道王疤癞住哪儿,但说王疤癞和他约定明天上午

9点在北京火车站入口见面，一块儿坐火车去广州。

处长亲自带队，布置便衣民警，在北京火车站撒下了天罗地网。

陈强盛和李小雄来到北京火车站，二人满腔怒火，在进站的必经之路上等着王疤瘌。

早上，王疤瘌从出租车上下来，小心翼翼地向北京火车站的进站口走。他已经用偷来的身份证和手机在网上买了去广州的火车票，想着从此远走高飞，到南方发财去。

距王疤瘌不远处的商店里，陈强盛和李小雄透过商店的玻璃注视着王疤瘌的一举一动。陈强盛咬着牙，慢慢从腰上摘下了手铐。李小雄盯着王疤瘌，双目喷火，他把手伸进怀里，慢慢从里面掏出了手枪。

王疤瘌贼头贼脑地向进站口走，正路过陈强盛和李小雄埋伏的商店，他不紧不慢地走着，离陈强盛和李小雄越来越近……

在路边一个小卖部后面，还有一双复仇的眼睛盯着王疤瘌，此人正是大黑汉。他躲在小卖部后面，头裹纱布，盯着王疤瘌，目眦欲裂。

王疤瘌一步步走近小卖部，大黑汉慢慢把手伸进挎包，从挎包里抽出一把锃亮的大斧……

尾声

　　陈强盛和李小雄分别领着许星星和许月月向长城上走，他俩的表情都很凝重。
　　许星星问李小雄说："叔叔，你为什么说我爸爸是长城上的一块砖呢？"
　　李小雄自语似的说："你爸爸是长城上的一块砖，将来你长大就懂了。"
　　许月月也问陈强盛道："陈叔叔，长城是干什么用的？"
　　陈强盛语气深沉地说："长城是保护人民的，长城是一块砖一块砖搭起来的，这些砖成年累月地在这儿保护人民，默默无闻，也没有怨言。"
　　许星星似是懂了，说："警察就是保护人民的，所以我爸爸就是长城上的砖。"
　　李小雄点点头说："对，星星真聪明。"
　　许月月说："我长大了要当警察，当个像我爸爸那样的警察。"
　　陈强盛摸摸许月月的头说："好孩子，你像你的爸爸，也像你的妈妈。"
　　陈强盛和李小雄深情地望着远方，望着绵延万里的巍巍长城……

附录

"中国法治文学网络作品征文"获奖名单

一等奖：

长篇小说《警察生死情》(原名《警官生死情》)，作者：关玺华

二等奖：

报告文学《中国反商业贿赂第一案》(原名《国家行动——葛兰素史克商业贿赂案侦破纪实》)，作者：易卓奇

长篇小说《惊天御瓷案》，作者：刘庆玉

长篇小说《警察与小偷》，作者：葛辉

三等奖：

长篇小说《刑事检察官》，作者：徐苏林

长篇小说《天道》，作者：许丽晴

长篇小说《咒怨》，作者：李双其、陈怡静

中篇小说《断链之谜》，作者：张国庆

中篇小说《疑路归途》，作者：沈雪

报告文学《黄海行动》，作者：殷毅

报告文学《无欲的坚守》，作者：夏晓露

报告文学《老马识途》，作者：艾璞

报告文学《松绑的土地》，作者：李错

散文《往事并不如烟》，作者：肖范科

优秀奖：

短篇小说《抢岗》，作者：张玲玲

短篇小说《法院实习生》，作者：郭雅菲

短篇小说《笔架山的镇山虎和守护神》，作者：黄玉华

中篇小说《调解风云》，作者：骆丁光

中篇小说《无声世界的守护》，作者：杨逵锋

长篇小说《滨江利剑》，作者：苏晓慧、李大志

长篇小说《誓言嘹亮》，作者：楸立

报告文学《寻找一种温暖——医患纠纷人民调解之昆山纪实》，作者：蓝鸿

散文《巡回人的巡回事》，作者：王毓莹

散文《寻找》，作者：范桂荣

散文《让学法伴随我们的人生》，作者：赵建华

诗歌《山涧那一泓清泉》，作者：童国梁

诗歌《儿歌声声唱法治》，作者：林蓝

诗歌《念奴娇·昆仑利剑——和田地区扫黑除恶有感》，作者：杨前勇

诗歌《插上法治的翅膀》，作者：苗云辉

诗歌《法治的力量》，作者：张莎莎、康忠慧、张霞